AF553051

# ख़ुदा की बस्ती

[विश्व की तीस भाषाओं में उर्दू का महानतम एवं पुरस्कृत उपन्यास]

# ख़ुदा की बस्ती

[विश्व की तीस भाषाओं में उर्दू का महानतम एवं पुरस्कृत उपन्यास]

शौक़त सिद्दीक़ी

लिप्यन्तरण

सुरजीत

राजकमल प्रकाशन

ISBN : 978-81-267-1603-6

**मूल्य :** ₹ 995



**पहला संस्करण** : 2008
**दूसरा संस्करण** : 2023

**प्रकाशक :** राजकमल प्रकाशन प्रा.लि.
1-बी, नेताजी सुभाष मार्ग, दरियागंज
नई दिल्ली-110 002
**शाखाएँ :** अशोक राजपथ, साइंस कॉलेज के सामने, पटना-800 006
पहली मंजिल, दरबारी बिल्डिंग, महात्मा गांधी मार्ग, प्रयागराज-211 001

वेबसाइट : www.rajkamalprakashan.com
ई-मेल : info@rajkamalprakashan.com

**मुद्रक :** बी.के. ऑफसेट
नवीन शाहदरा, दिल्ली-110 032

KHUDA KI BASTI
by Shaukat Siddeeqi
*Translated* by Surjeet

# फ़सल अव्वल[1]

## [1]

गली के नुक्कड़ पर म्यूनिस्पैलटी की लालटेन रोशन थी।

लालटेन की रोशनी में मुहल्ले के कुछ नौ-उम्र लड़के बैठे ताश खेल रहे थे। उनमें सबसे बड़ा राजा था। वज़ा-क़ता[2] से वह आवारागर्द और लफ़ंगा नज़र आता था। बड़े-बड़े उलझे हुए बाल। फटी हुई—बोसीदा क़मीज़ और गले में बँधा हुआ मैला-कुचैला रेशमी रूमाल। मिली-जुली आवाज़ों के शोर में वह बार-बार चीख़कर कहता :

"कहो उस्ताद! कैसा बीमा किया है?"

"अबे यह रही बेगी! वाह मेरी जान, मैं तेरे क़ुरबान!"

"सालो! आज तुमको पदा मारूँगा!"

वह बराबर जीत रहा था। उसके मुक़ाबले में शामी था। वह दुबला-पतला था और क़द भी ज़रा दबता हुआ था। आँखों से शोख़ी झलकती थी। मिज़ाज का भी तेज़ था। एक बार जब राजा ने सबकी नज़रें बचाकर, पैर के नीचे छुपा हुआ ताश का पत्ता निकाला, तो शामी ने ताड़ लिया। फ़ौरन चिल्लाया, "देख लिया...देख लिया...साले! यह बेइमानियाँ करते हो।"

राजा उसके एहतिजाज[3] पर खिसियानी हँसी हँसने लगा। ढिठाई से बोला, "अबे! कुछ दिमाग़ ख़राब हो गया है?"

शामी ने आँखें निकालकर कहा, "तुमने अभी पैर के नीचे से पत्ता निकाला है!"

राजा ने धाँधली करनी चाही। शामी ने जलकर हाथ में दबे हुए ताश के पत्ते फेंक दिए और रूठकर बैठ गया।

राजा उसे छेड़ने लगा, "साला हारने लगा, तो रोने बैठ गया।"

शामी बिगड़कर बोला, "तुम एक नम्बर बेईमान हो। अब तुम्हारे साथ कभी नहीं खेलूँगा।"

राजा ने त्योरी पर बल डालकर कहा, "खेलोगे क्यों नहीं? दाँव देकर जाना पड़ेगा।"

शामी अकड़कर बोला, "देखें, कौन माई का लाल दाँव लेता है!"

राजा को ग़ुस्सा आ गया। उसने क़हर-आलूद[4] नज़रों से दुबले-पतले शामी को देखा। कड़ककर बोला, "अच्छा, तो यह बात है," और झपटकर शामी का गरेबान पकड़ लिया। शामी ने झटका देकर गरेबान छुड़ाना चाहा। खींचातानी में गरेबान झर से फट गया। शामी को ताव आ गया। उसने मुँह बिसूरकर राजा की जानिब देखा, और तड़ से ज़न्नाटे का एक

---

1. प्रथम परिच्छेद, 2. शक्ल-सूरत, 3. विरोध, 4. प्रलयंकारी, क्रोधपूर्ण

हाथ राजा के गाल पर रसीद किया। राजा के कान झनझना उठे। वह तिलमिलाकर शामी पर झपटा और दोनों गुत्थमगुत्था हो गए।

लड़कों में खलबली पड़ गई। उन्होंने शोर मचाना शुरू कर दिया। अब वे दो टोलियों में बँट गए थे। एक टोली राजा की हिमायत में थी। दूसरी ललकार-ललकारकर शामी को बढ़ावा दे रही थी। शामी था तो मरियल-सा, मगर उसके जिस्म में बड़ा कस-बल था। पहले राजा ने टँगड़ी लगाकर पटख़नी दी। शामी को गिराया और ऊपर से दबाकर बैठ गया।

लेकिन एक बार शामी ने नीचे से किचकिचाकर ज़ोर लगाया, तो राजा से सँभला न गया। धड़ाम से नीचे आ गया। शामी झट से उसके सीने पर चढ़ बैठा। गरदन पर घुटना रखकर दो-तीन घुस्से जो दिए, तो राजा की चीं बोल गई। लगा ग़ैं-ग़ैं करने।

उसी वक़्त गली में एक साया नमूदार[1] हुआ। जब रोशनी में आया, तो लड़कों ने देखा, वह काले साहब था। उसकी कमर काफी हद तक झुकी हुई थी। क़दम बोझल पड़ रहे थे। उसे देखते ही लड़कों ने नारा लगाया, "काले साहब!"

उसने तीखी नज़रों से उनको देखा और आहिस्ता-आहिस्ता चलता हुआ क़रीब पहुँच गया। राजा और शामी अभी तक गुत्थमगुत्था थे। काले साहब ने डाँट-डपटकर दोनों को किसी-न-किसी तरह अलग किया। उनकी क़मीज़ें जगह-जगह से फट गई थीं। चेहरे ख़ाक में लुथड़े हुए थे। साँस धौंकनी की तरह चल रही थी। धुँधली रोशनी में दोनों का हुलिया भूतों की तरह ख़ौफ़नाक मालूम हो रहा था। काले साहब ने आँखें निकालकर ग़ुस्से से देखा और धमकाने के लिए उन पर झपटा। उन्होंने काले साहब को अपनी जानिब बढ़ते देखा, तो घबराकर भाग खड़े हुए। काले साहब को बेसाख़्ता हँसी आ गई। उसने बग़ल में दबा हुआ चमड़े का बैग सँभाला और आगे बढ़ गया।

लड़के तालियाँ बजा-बजाकर चीख़ने-चिल्लाने लगे।

"काले साहब! टूट गई बोतल, उड़ गया काक..."

"काले साहब!"

वह चलते-चलते ठहर जाता। बार-बार लड़कों को डाँटता। कभी डराने-धमकाने के लिए झपटता! लड़के उसे पलटते देखकर भाग खड़े होते। फिर इकट्ठा होते और तालियाँ बजा-बजाकर छेड़ते। दूर तक उसके पीछे शोर मचाते चले गए।

लालटेन के नीचे अब सिर्फ़ राजा, शामी और नौशा रह गए थे। राजा खिसियाना-खिसियाना लग रहा था। वह मुहल्ले के सारे लड़कों का सरग़ना[2] था और उस वक़्त शामी के हाथों सबके सामने उसकी बड़ी किरकिरी हुई थी। उसने अपने बिखरे हुए बाल दुरुस्त किए। जेब से एक मुड़ी-तुड़ी सिगरेट निकाली। सुलगाई। दो-तीन लम्बे-लम्बे कश लगाए और एक रुपया निकालकर नौशा से बोला, "अबे, सिनेमा चलता है?"

नौशा की ख़ुशी से बाछें खिल गईं, "कौन-सी पिक्चर देखोगे?"

राजा ने शामी की जानिब देखकर कहा, "आज तो यार लोग 'बग़दाद का चोर' देखेंगे। बाप कसम, ऐसी फ़शट क्लास पिक्चर है। लुत्फ़ आ जाएगा।"

नौशा ने शामी की सिफ़ारिश की, "और शामी को नहीं ले चलोगे?"

---

1. प्रकट, 2. सरदार

राजा बिगड़कर बोला, "देख बे, चलना है, तो वैसी बात कर, वरना जा अपनी ऐसी की तैसी में।"

शामी गुर्राने लगा, "देखो जी! तुमको सिनेमा जाना हो, तो जाओ। मेरा नाम मत लो। मैं तो घर जाऊँगा। तुम्हारी तरह मैं रात-रात-भर आवारागर्दी नहीं करता," इतना कहकर वह तो वहाँ से चल दिया।

नौशा ने उसे रोकना चाहा, "अबे, बात तो सुन!"

राजा ने झपटकर कहा, "जाने दे साले को! देख लेना। अब कभी उसे साथ नहीं ले जाऊँगा। एक नम्बर हरामी है। साले ने गरदन छील डाली," वह आहिस्ता-आहिस्ता अपनी गरदन सहलाने लगा, जिस पर ख़राश पड़ गई थी।

दोनों बातें करते हुए सिनेमा-हॉल की तरफ़ चल दिए।

आधी रात के क़रीब जब वह 'बग़दाद का चोर' देखकर लौटे, तो गली भायँ-भायँ कर रही थी। हर तरफ़ गहरा सन्नाटा था। म्यूनिस्पैलटी की लालटेन के नीचे एक ख़ारिशज़दा कुत्ता बैठा अपनी पीठ खुजा रहा था। दोनों उसके क़रीब से गुज़रे, तो राजा को ज़रा मस्ती सूझी। उसने ऐसी ज़ोरदार लात मारी कि वह ट्याऊँ-ट्याऊँ करता भागा। उसकी चीख़ों से सारी गली गूँज उठी। नौशा पहले ही सहमा हुआ था। इस शोर से और भी ख़ौफ़ज़दा हो गया, मगर राजा ला-उबालीपन[1] की तरंग में था। फ़िल्म उसे पसन्द आई थी। बार-बार कहता, "यार, बड़ी ज़ोरदार पिक्चर थी। साला, क्या स्टाइल से मुक्का मारता था!"

राजा ने पैंतरा बदला। मुट्ठी भींचकर हवा में लहराया और हलक़ से आवाज़ निकाली, "ढम!" साथ ही उसने ज़ोरदार क़हक़हा लगाया। नौशा की पीठ पर धप मारकर बोला, "बाप क़सम, मज़ा आ गया आज!"

नौशा जलकर बोला, "अबे, तुझे तो मज़ा आ रहा है। कहीं अपना सिनेमा न हो जाए!"

राजा उसे छेड़ने लगा, "जब इतना ही डर है, तो साले ख़ान फिर सिनेमा क्यों जाते हो?"

"यार! अब नहीं जाऊँगा। बहुत रात हो जाती है।"

"अबे! तू रोज़ यूँ ही कहता है। कल फिर जाएगा। देख लेना!"

दोनों बातें करते सुनसान गली में चलते रहे। नौशा का घर क़रीब आ गया, तो उसने राजा को ठहरा लिया। आहिस्ता-आहिस्ता चलता हुआ दरवाज़े पर गया। कान लगाकर अन्दर की सुन-गुन ली। सब गहरी नींद सो रहे थे। उसने किवाड़ों को आहिस्ता से हिलाया। दरवाज़ा अन्दर से बन्द था। नौशा उलटे क़दमों राजा के पास वापस पहुँचा।

राजा ने पूछा, "सब ठीक-ठाक है?"

नौशा ने जवाब दिया, "दरवाज़ा तो बन्द है," उसकी आवाज़ में हलकी-सी थरथराहट थी।

"अबे! तो फिर इन्तज़ार किस बात का है," राजा ने आगे बढ़ते हुए कहा।

दोनों दबे क़दमों चलते हुए घर की चारदीवारी के नीचे पहुँच गए।

नौशा का घर भी मुहल्ले के आम मकानों की तरह पुराना और मामूली ढंग का था। दीवारें ज़्यादा ऊँची न थीं। राजा बैरूनी[2] दीवार से टेक लगाकर घोड़ा बन गया और हाथ हिलाकर बोला, "आ जा, मेरे शेर!"

---

1. निश्चिन्तता, लापरवाही, 2. बाहरी

नौशा चुपचाप उसकी पीठ पर चढ़ गया। उसने दीवार मज़बूती से पकड़ी और बन्दर की तरह उचककर ऊपर पहुँच गया। नीचे से राजा ने सरगोशी की, "यार! मैं तो अब चला!"

नौशा ने दबी ज़बान से कहा, "अच्छा!"

राजा तेज़-तेज़ क़दम बढ़ाता हुआ अँधेरे में गायब हो गया, लेकिन नौशा दीवार पर ख़ामोश बैठा रहा। जब देर तक कोई आवाज़ न सुनाई दी, तो वह धम से सेहन में कूद गया। वहीं टीन का एक डिब्बा पड़ा था। डिब्बा उसके पैरों के नीचे आकर ज़ोर से खड़खड़ाया। उसी वक़्त कमरे के अन्दर माँ की आवाज़ उभरी, "कौन?"

नौशा दीवार से चिमटकर बैठ गया और मुँह से बिल्ली की तरह आवाज़ें निकालने लगा, "म्याऊँ म्याऊँ!"

माँ की नींद में डूबी हुई आवाज़ फिर उभरी, "हिश बुल-बुल-बुल...हिश!"

नौशा दीवार के क़रीब सहमा हुआ बैठा था। धड़कते दिल से सोचता था। अगर माँ ने बाहर आकर कहीं उसे देख लिया, तो अच्छी-ख़ासी मरम्मत हो जाएगी। जाड़ों की रात थी। हवा सायँ-सायँ करती चल रही थी। सर्दी के मारे नौशा के दाँत कटकटा रहे थे। सारा बदन बर्फ़ की मानिंद[1] सर्द पड़ गया था, मगर वह दुबका हुआ जहाँ था, वहीं बैठा रहा। जब देर तक कमरे के अन्दर कोई आहट न हुई, तो उसने एहतियात के तौर पर दो-तीन बार बिल्ली की आवाज़ निकाली, मगर कोई न बोला।

वह पंजों के बल चलता हुआ कमरे के दरवाज़े पर पहुँच गया। दरवाज़े का एक पट खुला था। उसने गरदन बढ़ाकर अन्दर देखा। कोने में लैम्प जल रहा था। धुँधली रोशनी में सामने फ़र्श पर उसका छोटा भाई अनवर सो रहा था, जिसे प्यार से अन्नू कहा जाता था। ज़रा फ़ासिले पर माँ लेटी थी और उसके क़रीब ही सुलताना लिहाफ़ में दुबकी पड़ी थी। वह अन्नू और नौशा से बड़ी थी।

नौशा चोरों की तरह चुपके से कमरे के अन्दर गया और अन्नू के बराबर लेट गया। उसी वक़्त माँ ने करवट बदली। डर के मारे नौशा ने अन्नू की रज़ाई को हाथ भी न लगाया, जिसे ओढ़कर दोनों सोया करते थे। वह जानता था कि नींद में ज़रा भी अन्नू के हाथ लगता, तो घबराकर इस बुरी तरह चीख़ता कि सोतों की आँख खुल जाती। वह सर्दी से काँपता सिकुड़ा-सिकुड़ाया लेटा रहा।

ज़रा देर बाद सुलताना ने खँखारकर गरदन ऊँची की और उठकर बैठ गई। उसने मुड़कर नौशा की जानिब देखा, जो आँखें बन्द किए पड़ा था। वह उठकर नौशा के पास गई। रज़ाई उसके जिस्म पर डालकर सरगोशी की, "ओ मुए बिल्ले! रज़ाई तो ओढ़ ले। तुझे तो सर्दी भी नहीं लगती।"

नौशा ने आँखें खोल दीं और गुस्से से घूरने लगा। वह उसे छेड़ने लगी, "आँखें निकालीं, तो अभी जगाती हूँ अम्माँ को!"

नौशा ने ज़बान से तो कुछ न कहा, अलबत्ता उसकी कमर में ज़ोर से बकोटा भरा। वह बिलबिलाकर बोली, "हाय अम्माँ! एक तो कमबख़्त के साथ नेकी करो। ऊपर से चुटकियाँ भर रहा है!"

---

1. भाँति

इस दफ़ा सुलताना की आवाज़ काफ़ी ऊँची थी, मगर माँ गहरी नींद सो रही थी। उसने करवट भी न ली। नौशा ने डर के मारे चूँ भी न की। आँखें बन्द किए चुपचाप पड़ा रहा। जब सुलताना उठकर जाने लगी, तो वह जलकर बड़बड़ाया, "हरामज़ादी!"

सुलताना ने उसकी गाली सुन ली थी, मगर अब वह उस से उलझना नहीं चाहती थी। ख़ामोशी से जाकर अपनी जगह पर लेट गई। नौशा ज़रा देर तक करवटें बदलता रहा। फिर गहरी नींद सो गया और दिन चढ़े तक सोता रहा।

नौशा उस रोज़ ड्यूटी पर पहुँचा, तो देर हो गई थी। फाटक पर वर्कशाप का चौकीदार गुल ख़ान बैठा नाक में हलास चढ़ा रहा था। देखते ही बोला, "ख़ू, तुम इतनी देर से आता है। सेठ बोत गर्म होता है। जाओ, जल्दी जाओ, नईं तो..." फ़ौरन ही उसे छींक आ गई। फिर कई छींकें आईं। उसकी बक़ीया[1] बात छींकों की नज़र[2] हो गई।

नौशा झपाक से अहाते में दाख़िल हो गया।

अन्दर पहुँचते ही उसने चौकन्ना नजरों से अब्दुल्ला मिस्त्री को तलाश किया, मगर वह कहीं नज़र न आया। अब्दुल्ला मिस्त्री कारों की मरम्मत करनेवाले वर्कशाप का मालिक था। कारीगरों को सज़ा देने के मुआमले में दूर-दूर तक उसका शुहरा[3] था। नौशा इधर-उधर देखता-भालता, शेड के नीचे पहुँच गया, जहाँ दूसरे कारीगर काम कर रहे थे। उसके पहुँचते ही एक कारीगर ज़ोर से खँखारकर बोला, "अबे! देर से आना था, तो सिर से तवा बाँधकर आता!"

दूसरी तरफ़ से आवाज़ आई, "अरे यार! यह तो बड़ा पक्का है। अबे! रात कौन-सी फ़िल्म देखी थी?

"साला रोज़ सिनेमा जाता है। मालूम होता है, किसी शौक़ीन से टकरा गया।"

"अरे! इसकी क्या पूछते हो। इस पर तो चाक़ू चलते हैं चाक़ू!"

नौशा बिगड़कर बोला, "देखो जी! मुझे यह मज़ाक़ अच्छा नहीं लगता!"

अभी उस पर एकाध फ़िक़रा और चुस्त होता, इसी असना[4] में अब्दुल्ला मिस्त्री की आवाज़ सुनाई दी। वह उसी तरफ़ आ रहा था। नौशा ने जल्दी से एक पाना उठाया और क़रीब खड़ी हुई कार के नीचे घुस गया और ख़्वाहमख़्वाह खटर-पटर करने लगा। थोड़ी देर बाद अब्दुल्ला मिस्त्री वहाँ आ गया। कारीगरों की रूह-फ़ना[5] गई। सबके हाथ जल्दी-जल्दी चलने लगे। नौशा कार के नीचे घुसा हुआ खटर-पटर करता रहा। निचला धड़ बाहर निकला हुआ था और बराबर जुम्बिश[6] कर रहा था। वह तो साफ़ बच गया। सारी आई-गई एक और कारीगर के सिर गई। वह भी देर से पहुँचा था। उसके पास कोई काम न था। हाथ पर हाथ धरे बैठा था।

अब्दुल्ला ने पहली ही नज़र में उसे भाँप लिया। गरदन हिलाकर बोला, "क्यों बे, देर से आया है?"

डर के मारे लड़के के मुँह से आवाज़ न निकली। इस दफ़ा अब्दुल्ला ने झपटकर पूछा, "अबे! क्या मुँह फूट गया। बोलता क्यों नहीं?"

वह घबराकर बोला, "अम्माँ ने रोक लिया था!"

---

1. बाक़ी, शेष, 2. भेंट, 3. ख्याति, 4. दौरान, अन्तराल, 5. आत्मा नष्ट हो, 6. हिल-डुल

अब्दुल्ला ने टेढ़ी-सी गाली देकर कहा, "अम्माँ ने क्या अपने किसी यार के पास भेजा था?"

इस सवाल का वह बेचारा क्या जवाब देता। सिर्फ़ अब्दुल्ला का मुँह टुकुर-टुकुर तकने लगा।

अब्दुल्ला ग़ज़बनाक[1] होकर चीख़ने-चिल्लाने लगा, "सालों को काम भी सिखाओ। ऊपर से तनख़्वाह भी दो और यह हराम के तुख़्म[2] इसका सिला यह देते हैं कि घर से नवाब बनकर निकलते हैं!"

उसने एक कारीगर के हाथ से प्लॉस छीना और लड़के की नाक उसमें रखकर ज़ोर से भींच दी। वह बिलबिलाकर चीख़ा, "हाय! मर गया मिस्त्रीजी!"

"तुम्हारे आगे हाथ जोड़ता हूँ!"

"अब कभी देर से नहीं आऊँगा!"

वह बराबर चीख़ता रहा। फ़रियाद करता रहा, मगर अब्दुल्ला ने उसकी नाक न छोड़ी। जब वह तकलीफ़ से बेक़ाबू होकर फ़र्श पर हाथ-पाँव पटकने लगा, तो अब्दुल्ला ने डाँटा, "साले! यह एक्टिंग हो रहा है!"

वह तड़पकर चीख़ा, "अरे! मर गया मिस्त्रीजी! अब कभी नहीं करूँगा।"

मिस्त्री ज़ोर से गरजा, "सीधा बैठ!" लड़का एकदम सँभलकर बैठ गया।

ज़रा देर बाद अब्दुल्ला ने प्लॉस के शिकंजे से उसकी नाक आज़ाद कर दी। अब नाक टमाटकर की तरह सुर्ख़ नज़र आ रही थी। लड़का बार-बार नाक छूता और ज़ोर-ज़ोर से सिसकियाँ भरता।

अब्दुल्ला ने उसकी तकलीफ़ पर तवज्जो[3] दिए बग़ैर ऊँची आवाज़ से पुकारा, "मुंशीजी! ए मुंशीजी! ज़रा यहाँ तो आओ।"

फ़ौरन ही एक सूखा-पतला अधेड़ आदमी नाक की फुनगी पर ऐनक दुरुस्त करता हुआ पहुँचा।

अब्दुल्ला ने लड़के की जानिब इशारा करते हुए कहा, "देखो जी, आज की इस हराम के जने की तनख़्वाह नहीं लगेगी। समझ गए?"

मुंशीजी फ़ौरन समझ गए। झट जवाब दिया, "बहुत बेहतर! बहुत बेहतर! मैं अभी जाकर रजिस्टर में इसकी गैर-हाज़िरी लगाए देता हूँ।"

लड़के ने इत्मीनान की साँस ली। सोचा, अब तो जान बच गई, लेकिन अब्दुल्ला मिस्त्री इतनी आसानी से कारीगरों की ख़ता[4] मुआफ़ कर देता, तो फिर उसका इस क़दर शुहरा क्यों होता। कहने लगा, "अच्छा जी! अब तुम कपड़े उतारो और नलके के नीचे जाकर बैठ जाओ। फ़िलहाल तुम्हारी यही सज़ा है!"

कारीगर लड़का गिड़गिड़ाने लगा, मगर अब्दुल्ला ऐसी ख़ुशामद से कहाँ पसीजनेवाला था। आँखें निकालकर बोला, "अबे! उतारता है कपड़े या फिर दिखाऊँ काल-कोठरी का रास्ता!"

काल-कोठरी का नाम सुनते ही लड़के के औसान-ख़ता[5] हो गए। उसने घबराकर जल्दी-जल्दी सारे कपड़े उतारे और मादरज़ाद बरहना[6] हो गया।

---

1. उद्विग्न, क्रोधित, 2. बच्चे, 3. ध्यान, 4. ग़लती, भूल, 5. होशो-हवास उड़ गए, 6. बिल्कुल निरावरण

आसमान पर अब्र[1] छाया था। हवा भी बिफरी हुई थी। महावटों की सर्दी थी। ख़ुद अब्दुल्ला मोटे ऊनी कपड़े का ओवरकोट पहने था। सिर और कानों को मफ़लर से ढाँप रखा था। लड़के का बरहना जिस्म सर्दी से कँपकँपाने लगा।

अब्दुल्ला ने उसे ख़ामोश देखकर कहा, "अबे! इस तरह कब तक चूतड़ खोले खड़ा रहेगा। नलके तले जाता है कि नहीं?"

नौ-उम्र कारीगर ने बेबसी से अब्दुल्ला की जानिब देखा और नज़रें शर्म से नीची किए पाइप के नीचे जाकर बैठ गया, जिसकी टोंटी खुली थी और पानी धार बनकर गिर रहा था।

अब्दुल्ला चला गया, तो नौशा ने चूहे की तरह मोटर-कार के नीचे से गरदन निकाली और बाहर आ गया। उसके कपड़े गर्द से अट गए थे। चेहरे पर स्याही के जगह-जगह धब्बे थे। पास बैठे हुए एक कारीगर ने, जो उम्र में दो-तीन साल बड़ा होगा, उसके कान के पास मुँह ले जाकर कहा, "उस्ताद। अब रिश्वत में एक प्यार दिलवाओ, नहीं तो अभी तुमको भी नलके के नीचे भिजवाता हूँ।"

नौशा उसके तसव्वुर[2] ही से काँप उठा। उसने चुपचाप चेहरा उसकी तरफ़ बढ़ा दिया। कारीगर ने उसके गालों का एक बोसा[3] लिया। फिर बुरा-सा मुँह बनाकर फ़र्श पर थूक दिया।

"साले ने मुँह कड़वा कर दिया। अबे! यह मोबल-आयल कहाँ से चुपड़ लिया!"

सब कारीगर खिलखिलाकर बेतकल्लुफ़ी से हँसने लगे।

लैम्प की धुँधली रोशनी में सुलताना गरदन झुकाए कैंची से बीड़ी के पत्ते काट रही थी। क़रीब ही माँ बैठी थी, जो कटे हुए पत्तों में तम्बाकू भर-भरकर बीड़ियाँ बना रही थी। दोनों से ज़रा हटकर अन्नू कापी पर झुका हुआ लिखने में मुन्हमिक[4] था। नौशा सबसे अलग-थलग कोने में लेटा बेचैनी से करवटें बदल रहा था।

कमरे में देर से ख़ामोशी छाई थी।

आख़िर माँ ने सुकूत[5] तोड़ा। अन्नू को मुख़ातिब[6] किया, "अन्नू! देख कल सवेरे-ही-सवेरे उठकर कारख़ाने जाना। मलिकजी से कहना, सारा पिछला हिसाब साफ़ कर दो!"

अन्नू ने माँ की जानिब देखे बग़ैर बेनियाज़ी[7] से जवाब दिया, "अच्छा! अच्छा!"

माँ ने फिर कहा, "भूलना मत। पूरा हिसाब लेकर आना, नहीं तो घर में फ़ाक़ा पड़ जाएगा, मेरे पास अब पैसा नहीं रहा, और हाँ, उनसे यह भी कह देना! शाम तक हज़ार बीड़ियाँ पहुँच जाएँगी। समझ गया न?"

उसके हाथ तेज़ी से चलते रहे। वह रुक-रुककर अपनी बात कहती रही। ज़रा देर ख़ामोश रही। फिर न जाने क्या सोचकर बोली, "आ, बीड़ियों के बंडल बना-बनाकर तागा लपेटता जा!"

अन्नू ने एहतिजाज[8] किया, "मैं स्कूल का काम कर रहा हूँ। काम पूरा नहीं हुआ, तो कल मास्टर साहब बेंच पर खड़ा कर देंगे।"

मगर माँ ने उसकी एक न सुनी। डपटकर बोली, "चल, बातें न बना! बड़ा आया पढ़नेवाला! बहुत हो चुकी पढ़ाई। पहले पेट का धन्धा कर। खाने को नहीं होगा, तो सबसे ज़्यादा तू ही शोर मचाएगा!"

---

1. बादल, 2. कल्पना, 3. चुम्बन, 4. मग्न, 5. मौन, ख़ामोशी, 6. सम्बोधित, 7. बेपरवाही, 8. प्रतिकार

अन्नू बादिले-नाख़्वास्ता[1] उठा और माँ के पास जाकर बैठ गया। वह बीड़ियों के बंडल तैयार करने लगा। कुछ ही देर बाद गली में गीदड़ के बोलने की आवाज़ उभरी। नौशा, जो आटो-वर्कशाप से वापस आने के बाद अभी तक थका हुआ-सा लेटा था, झट उठकर बैठ गया। सुलताना ने उसकी जानिब मुस्कराकर देखा और माँ को मुख़ातिब किया, "अम्माँ! आज तो सरे-शाम ही गीदड़ बोलने लगे।"

माँ लापरवाही से बोली, "तौबा करो बेटी! इस वक़्त कहाँ से गीदड़ आ गए?"

नौशा फ़ौरन बीच में बोल उठा, "नहीं अम्माँ! आवाज़ तो गीदड़ की मालूम पड़ती है। जाकर भगा आऊँ!"

"चल बैठ। बड़ा आया गीदड़ भगानेवाला," माँ ने उसे डाँटा, "यह क्यों नहीं कहता वह तेरा सगा बाहर खड़ा बुला रहा है। देख, मैं तुझसे हज़ार बार कह चुकी हूँ, उस हरामी राजा की सोहबत छोड़ दे...नहीं तो सिर पर हाथ धरकर रोएगा!"

नौशा खिसियाना होकर रह गया। देर तक पड़ा सुलताना को कोसता रहा, जो शोख़ी से बार-बार उसकी जानिब देखकर मुस्करा रही थी। नौशा का बस चलता, तो उसके मुँह पर ऐसा सन्नाटे का थप्पड़ रसीद करता कि सारी हँसी निकल जाती।

## [2]

गली की धुँधली-धुँधली रोशनी में राजा बार-बार हलक़ से गीदड़ की आवाज़ निकालता रहा। हर बार वह दरवाज़े की जानिब देखता, मगर उस रोज़ दरवाज़ा न खुलना था, न खुला। वह देर तक नौशा का इन्तज़ार करता रहा। आखिर मायूस होकर वापस चला गया।

राजा म्यूनिस्पैलटी की लालटेन के नीचे पहुँचा, वहाँ भी सन्नाटा था। मुहल्ले के किसी लड़के का दूर-दूर तक नामो-निशान न था।

हर तरफ़ हू का आलम था। सर्दी कड़ाके की पड़ रही थी। दिन-भर बादल छाए रहे। शाम को बूँदा-बाँदी भी हुई। अब हवा के झक्खड़ चल रहे थे। राजा के पास उस रोज़ पैसे भी ज़्यादा न थे, वरना सिनेमा ही चला जाता। सोचा था कि नौशा मिल जाएगा, तो दोनों मुस्लिम होटल में एक-एक कड़क चाय पिएँगे और रेडियो से फ़िल्मी गाने सुनेंगे।

राजा ने लालटेन के नीचे खड़े होकर ज़ोर-ज़ोर से गीदड़ की आवाज़ निकाली।

"हक्का हुआ...हक्का हुआ!"

गहरी ख़ामोशी में देर तक उसकी आवाज़ गूँजती रही, मगर कोई दरवाज़ा न खुला। कोई बाहर न निकला। वह जलकर बड़बड़ाने लगा, "आज सब साले मर गए!" इसी झुँझलाहट के आलम में वह मुस्लिम होटल की तरफ़ चल दिया, मगर उस वक़्त रेडियो पर ख़बरें सुनाई जा रही थीं। उसने सोचा, जब तक ख़बरें चलें, उतनी देर क्यों न चम्पी करा ली जाए? सिर में कुछ दर्द भी था। चम्पी करनेवाला एक नौजवान मालिशिया मुस्लिम होटल के बाहर ही बैठा था।

राजा ने उसके क़रीब जाकर कहा, "अबे! होती है कुछ चम्पी-वम्पी?"

---

1. इच्छा के विरुद्ध, मन न चाहते हुए

वह झट बोला, "अभी लो!" और तेल की शीशियाँ सँभालकर सामने आ खड़ा हुआ।

राजा ने पूछा, "मगर यह तो बता...लेगा क्या?"

"यार! जो भी चाहे, दे देना!"

"मेरे पास एक दुअन्नी है। बोल, क्या कहता है?"

उसने लम्हा-भर तवक़्क़ुफ़[1] करने के बाद कहा, "चल, यार! तू भी क्या याद करेगा?"

राजा वहीं चायख़ाने की सीढ़ियों पर बैठ गया। चम्पी करनेवाले ने शीशी से तेल निकालकर राजा के सिर में डाला और मालिश शुरू कर दी। उसकी उँगलियाँ नरम थीं और हाथ फुर्ती से चल रहे थे। राजा ने चम्पी कराते-कराते बेनियाज़ी से पूछा, "क्यों जी! रोज़ाना तुमको क्या मिल जाता होगा?"

"बस यार! यह न पूछ, क्या मिल जाता है!"

राजा इसरार[2] करने लगा, "फिर भी?"

"यही रुपया-डेढ़ रुपया रोज़ पीट लेता हूँ।"

"अबे! तो यह कुछ कम है," राजा ने हैरत से कहा, "किसी का घर लूटने का इरादा है?"

"कम तो नहीं, पर मेहनत बड़ी है।"

राजा बोला, "अबे! क्या मेहनत है। मैं सीखूँ, तो सिखा देगा?" वाक़ई वह इसके लिए आमादा भी था।

"यार! क्या करेगा सीखकर? साला बड़ा वाहेयात धन्धा है!"

"वाहेयात की इसमें कौन-सी बात है?"

वह बेज़ारी से बोला, "बस, कह दिया कि है!"

राजा ने झपटकर कहा, "अबे! साफ़-साफ़ बता। आख़िर बात क्या है?"

वह मुस्कराने लगा, "तो फिर उस आदमी से पूछ लो!"

राजा ने उस आदमी की जानिब देखा, जो बराबर की दुकान के थड्डे पर बैठा अपनी रान खुजा रहा था। राजा ने उससे तो कोई बात नहीं की, अलबत्ता चम्पी करनेवाले से दर्याफ़्त[3] किया, "अबे! उससे क्यों पूछूँ? तू क्यों नहीं बताता?"

वह हँसने लगा, "वह बिल्कुल ठीक-ठीक बता सकता है," उसने उस शख़्स को मुख़ातिब किया, "अमाँ खान साहब! यह राजा तुमको पूछ रहा है!"

ख़ाँ साहब ने रान खुजाते-खुजाते राजा की तरफ़ देखा। हँसकर बोला, "रुपया एक अदद कलदार मिलेगा। बोल चलता है?"

राजा ने हैरतज़दा[4] होकर पूछा, "कहाँ?"

उसने बदमाशी से आँख मारकर कहा, "वाह, जानेमन! अब यह भी समझाना पड़ेगा," और राजा की समझ में सारी बात आ गई। उसने ग़ज़बनाक होकर मोटी-सी गाली दी और लपककर उसके क़रीब पहुँच गया।

"साले, हरामीपन करता है। अभी सारी बदमाशी निकालकर रख दूँगा!"

वह घबराकर बोला, "अबे! मैंने तुझसे कहा भी क्या है?"

राजा ने उसी तरह कड़ककर कहा, "साले, यहाँ लौंडों को पटाने आते हो!"

---

1. विलम्ब, 2. आग्रह, 3. पूछा, 4. विस्मित

"अबे! जाएगा या कुछ लेगा। ख़्वाहमख़्वाह सर हुए जा रहा है," उसने राजा को धमकी दी, मगर राजा ज़रा भी मरऊब[1] नहीं हुआ और चीख़-चीख़कर गालियाँ देता रहा। चम्पी करनेवाला भी ख़ाँ साहब की हिमायत में बोल उठा।

राजा उसके सर हो गया। ग़ुस्से से उसकी तेल की शीशियाँ तोड़ डालीं। अच्छा-ख़ासा हंगामा बरपा हो गया। ख़ाँ साहब बहुत सटपटाए। बड़ी मुश्किल से राजा को मनाया। मिन्नत-समाजत भी की और गालियाँ भी खाईं।

राजा ने झुँझलाहट में चाय भी नहीं पी और अपनी खोली की जानिब चल दिया।

खोली में घुप्प अँधेरा था। यह खोली एक शिकस्ता[2] इमारत में थी, जो पिछली बरसात में मुनहदिम[3] हो गई थी। राजा दरवाज़ा खोलकर अन्दर दाख़िल हुआ। क़दमों की आहट के साथ ही बूढ़े गदागर[4] ने खाँसना शुरू कर दिया।

राजा ने पूछा, "अमाँ उस्ताद! तुम अभी तक जाग रहे हो?"

वह खाँसते-खाँसते बोला, "बाप-रे-बाप! आज तो ग़ज़ब की सर्दी पड़ रही है। ज़रा दरवाज़ा तो बन्द कर दे। और देख, वह कोने में जो चद्दर पड़ी है, मुझे उढ़ा दे!"

अँधेरे में कुछ नज़र नहीं आ रहा था। राजा ने माचिस जलाई तो समाने चिथड़ों में लिपटा हुआ बूढ़ा फ़र्श पर गठरी बना हुआ दिखाई दिया। रोशनी के साथ ही एक चमगादड़ खोली में तेज़ी से चक्कर काटने लगी। राजा ने कोने में पड़ी हुई चादर उठाई और गदागर के ऊपर डाल दी। गदागर अपने कोढ़ के ज़ख़्मों को खबड़-खबड़ खुजाते हुए बोला, "आज तू जल्दी आ गया। सर्दी लगी होगी। बाहर झक्खड़ चल रहे हैं।"

राजा ने उसकी बात का कोई जवाब नहीं दिया। दरवाज़ा बन्द किया और अपनी गुदड़ी के अन्दर घुस गया। उस वक़्त ग़ज़ब की सर्दी पड़ रही थी। राजा को ऐसा महसूस हुआ, गोया गुदड़ी पानी में भीग गई है और उसका सारा बदन मुनजमिद[5] होता जा रहा है। उसने खिलंदड़ेपन से हो-हो करके हलक़ से बेहंगम आवाज़ें निकालीं, और दोनों घुटने सिकोड़कर सीने से लगा लिए। बड़ी देर बाद राजा को नींद आई।

सवेरे-ही-सवेरे गदागर ने कमर पर लात मारकर राजा को जगा दिया। आँख तो खुल गई, मगर वह दम साधे ख़ामोश पड़ा रहा। गदागर की दूसरी लात उसके कन्धों पर लगी। अब टालना मुश्किल था। बूढ़ा बख़्शनेवाला नहीं था। लातें भी मारता और शाम को अठन्नी देने में नख़रे अलग करता। आख़िर वह उठकर बैठ गया।

दरवाज़ा खुला था। बूढ़े गदागर ने खोला था या रात गए तेज़ हवा से पत्थर हट गया था। बाहर हर तरफ़ गहरी धुन्ध छाई थी। धुँधली-धुँधली नीलगूँ रोशनी में गदागर भूतों की तरह डरावना नज़र आ रहा था। उसकी गन्दी दाढ़ी बिखरी हुई थी और सिर के बाल उलझकर आँखों पर आ गए थे। वह अपने रिसते हुए ज़ख़्म खुजा रहा था।

राजा ने खोली से लकड़ी की छोटी-सी गाड़ी बाहर निकाली। गदागर को उसमें बिठाया और गाड़ी खींचता हुआ आगे चल दिया। बूढ़ा तो अपनी चादर ओढ़कर मज़े से गाड़ी के अन्दर बैठा रहा, मगर राजा सिर्फ़ एक फटी हुई क़मीज़ पहने था। उसका जिस्म सुबह की ठंडी हवा से लरज रहा था। उसे सर्दी से ठिठुरते देखकर गदागर ने मुँह बिगाड़ा :

---

1. प्रभावित, 2. जर्जर, टूटी-फूटी, 3. ध्वस्त, 4. भिखारी, 5. संशीत

"अबे! यह रोज़-रोज़ जो तू सिनेमा जाता है, क्यों बेफ़िज़ूल पैसा बरबाद करता है। एक गर्म कोट किसी पुराने कपड़े बेचनेवाले से क्यों नहीं खरीद लेता? देख तो कैसी ठंड पड़ रही है!"

राजा ने कोई जवाब न दिया। चुपचाप गाड़ी खींचता रहा और सर्दी से कँपकँपाता रहा। सारा शहर नीलगूँ क़ुहरे के जाल में उलझा हुआ अभी तक सो रहा था। हर तरफ़ धुन्ध-ही-धुन्ध थी। सन्नाटा था। ख़ामोशी थी और उस गहरे सुकूत[1] में आहिस्ता-आहिस्ता उभरती हुई आमदे-सुबह[2] की पहली आवाज़ें मक्खियों की तरह भिनभिना रही थीं। गदागर ने अपनी मख़सूस-सदा[3] लगाई :

*जागना है, जाग ले अफ़लाक[4] के साए तले*
*हश्र तक सोता रहेगा ख़ाक के साए तले*

गदागर की आवाज़ में बला का सोज़ था। सुबह की गहरी ख़ामोशी में उसकी सदा बड़ी दर्दनाक मालूम हो रही थी, मगर राजा पर उस दर्दनाक सदा का ज़रा भी असर न हुआ। अगर कोई अहसास था, तो सर्दी का! वह गाड़ी खींचता हुआ अल्ला के चायख़ाने के सामने पहुँच गया। अन्दर भट्ठी में अंगारे दहक रहे थे। कभी-कभी कोई कोयला ज़ोर से चटख़ता, तो सुर्ख़ रोशनी की लकीर दूर तक लहरा जाती। भट्ठी के ऊपर समावार रखा था। समावार से हलकी-हलकी भाप निकल रही थी।

राजा ने गाड़ी की रफ्तार सुस्त कर दी। गदागर गिड़गिड़ाकर अल्ला को दुआएँ देने लगा, "अल्ला कारोबार में बरकत दे..." मगर अल्ला दिया, जिसे उस वक़्त दुआओं के बजाय गाहकों की ज़रूरत थी, बेरुख़ी से बोला, "बाबा, आगे जाओ!"

राजा ने एक झटके से गाड़ी आगे बढ़ा दी।

अन्दर चायख़ाने में अल्ला बड़बड़ा रहा था, "साले, सुबह-ही-सुबह नाज़िल[5] हो गए। न बोहनी, न बट्टा। पहले इनको दे दो!"

गदागर ने उसकी बड़बड़ाहट सुनकर राजा से कहा, "अबे! तूने भी किस साले नसूढ़िए के पास गाड़ी रोकी!"

राजा ने बेज़ारी से जवाब दिया, "सोचा था, साला एक चाय तो पिला ही देगा!"

गदागर ने फ़ौरन कहा, "अबे! तूने यह बात पहले क्यों न कही? पैसे देते, तो उसका बाप भी चाय पिलाता। चल, तुझे अभी चाय पिलाता हूँ। ओहो हो! भई ज़बरदस्त सर्दी है।" उसके दाँत सर्दी से बज रहे थे।

आगे बढ़कर वह एक और चायख़ाने के क़रीब पहुँचे। दोनों ने एक-एक प्याली गर्म-गर्म चाय की चढ़ाई और ताज़ादम होकर फेरी पर चल दिए। थोड़ी ही दूर गए होंगे कि एक राहगीर ने क़रीब से गुज़रते हुए एक सिक्का गदागर के प्याले में डाला। टन से आवाज़ उभरी। बूढ़े ने टटोलकर उसे उठाया। ख़ुश होकर बोला, "इकन्नी जान पड़ती है।" उसने चुपके से आँखें खोल दीं। इकन्नी उठाकर देखी, और बड़बड़ाने लगा, "मुझे तो खोटी लगे है। ज़रा तू देख राजा!"

---

1. ख़ामोशी, 2. प्रातःकाल का आगमन, 3. विशिष्ट आवाज़, 4. आकाश, 5. प्रकट

राजा ने इकन्नी उसके साथ से लेकर ग़ौर से देखी और वापस देकर बोला, "एकदम कंडम है!"

गदागर जलकर बोला, "यारो, क्या ज़माना आ गया है। अब तो पब्लिक अल्लाह मियाँ से भी चार सौ बीसी करने लगी," वह रुक-रुककर बड़बड़ाता रहा, "आज का दिन तो मनहूस लगे हैं। साली सवेरे से नसीठ-पर-नसीठ हो रही है!"

मगर वह दिन दोनों के लिए मनहूस साबित न हुआ। कुछ ऐसे भी अल्लाह के बन्दे मिल गए, जिनके दिल में ख़ौफ़े-ख़ुदा था और जो ख़ैरात[1] देकर अपनी आक़िबत[2] सँवारना चाहते थे। दोपहर तक रुपए सवा रुपए की रेज़गारी इकट्ठा हो गई। एक मुहल्ले में किसी मरनेवाले का चालीसवाँ था। दोनों ने ठाठ से फ़ातिहा की ख़मीरी रोटियाँ और सालन खाया। ज़रा देर तक धूप में बैठकर आराम किया और आगे बढ़ गए।

दोनों जब शहर की एक साफ़-सुथरी सड़क से गुज़र रहे थे, तो एक शख़्स ने, जो वज़ा-क़ता से डॉक्टर लगता था, राजा के बराबर लम्हे भर के लिए रुककर पूछा, "ए बच्चे! तुम इस बूढ़े के साथ कब से हो?" और जवाब का इन्तज़ार किए बग़ैर गदागर की जानिब देखा, जो आँखें बन्द किए मुरदों की तरह निढाल पड़ा था और अपने ज़ख़्मों को लुंजी-पुंजी उँगलियों से कुरेद रहा था।

"तुम इस बूढ़े का साथ छोड़ दो। उसे कोढ़ का मर्ज़ है। यह बड़ी ख़तरनाक बीमारी है!"

उसने नज़दीक खड़ी हुई कार का दरवाज़ा खोला। स्टीयरिंग-व्हील सँभाला और कार स्टार्ट कर दी।

"जब कार आगे बढ़ गई, तो बूढ़े कोढ़ी ने गन्दी-सी गाली देकर राजा से कहा, "साले ने पैसा एक नहीं दिया। नसीहत ढेर भरकर दी। अब उस मुर्ग़ी के जने से पूछो कि ख़ाली नसीहत से पेट तो नहीं भरता। धत् तेरे की..." गदागर ने फिर गाली दी।

राजा ने सोचा, बूढ़ा ठीक ही तो कह रहा है। ख़ाली नसीहत से पेट नहीं भरता। जब कोई काम-धन्धा नहीं मिला, तब ही तो उसने गदागर की नौकरी की थी। अब उसे दोनों वक़्त पेट भरने को खाना मिलता था। रोज़ाना अठन्नी दिहाड़ी की और इसके अलावा गदागर की नज़र बचाकर जो पैसे भीख से उड़ा लेता, वह आमदनी अलग थी।

दिन-भर राजा, बूढ़े गदागर को गाड़ी में डालकर शहर के गली-कूचों में घुमाता रहा। बूढ़ा अपनी दर्दनाक सदा बुलन्द करता रहा। गाड़ी के पहिए ऊँचे-नीचे रास्तों पर खड़खड़ाते रहे। गदागर जब एक करवट पड़े-पड़े थक जाता, तो दूसरा पहलू बदलता। कोई सुनसान जगह आती। राजा दम लेने को ठहर जाता। सिगरेट सुलगाकर दो-चार कश लगाता और ताज़ादम हो जाता।

सुबह के निकले हुए दोनों थके-हारे खोली में वापस पहुँचे। पहर रात गुज़र चुकी थी। बाज़ारों की रौनक उजड़ने लगी थी। गली-कूचों में सन्नाटा पड़ गया था।

खोली में पहुँचते ही राजा ने हस्बे-मामूल[3] अपनी दिहाड़ी माँगी। बूढ़ा अठन्नी देने में हस्बे-मामूल टाल-मटोल करने लगा, "अबे! तू इन पैसों को बरबाद कर देगा। मेरे कने पड़े रहने दे। तेरे ही भले की कहता हूँ।"

---

1. दान, 2. परलोक, 3. रोज की भाँति, पूर्ववत्

राजा ज़िद करने लगा, "नहीं, मैं तो अभी लूँगा।"

गदागर जलकर बोला, "साले, मरेगा तो कफ़न भी भीख ही का पड़ेगा।"

"देखो उस्ताद! अब ज़्यादा बातें न बनाओ। सीधे हाथ से अठन्नी निकालकर दो!"

आख़िर गदागर ने टटोल-टटोलकर आठ आने की रेज़गारी गिनी और राजा के हाथ में रखकर एक गाली भी दी। पैसे मिलते ही राजा ने ज़ग़न्द भरी और खोली से बाहर चला गया।

## [3]

म्यूनिस्पैलटी की लालटेन के नीचे सिर्फ़ शामी बैठा था। मुहल्ले के दूसरे लड़के न जाने कहाँ थे? राजा उसके क़रीब से गुज़रा, मगर कोई भी न बोला। उस रात के झगड़े के बाद दोनों में अब तक बातचीत बन्द थी।

राजा टहलता हुआ गली के नुक्कड़ तक चला गया। चलते-चलते उसने सोचा, शामी से अब सुलह कर लेना चाहिए, लिहाज़ा वापसी पर लालटेन के पास दोबारा आया, तो बेनियाज़ी से पूछा, "अबे शामी! यह साला नौशा आज कहाँ मर गया?"

शामी भी शायद इसी इन्तज़ार में था। उसने झट से जवाब दिया, "उसकी अम्माँ ने पकड़कर बिठा लिया होगा!"

राजा उसके क़रीब ही बैठ गया। बेतकल्लुफ़ी से बोला, "यार! नौशे की माँ साली एक नम्बर चंडाल है। बाप-रे-बाप! इस तरह ज़ोर-ज़ोर से चीख़ती-चिल्लाती है कि उससे तो डर लगता है!"

शामी ने उसकी बात नज़रअन्दाज़ करते हुए कहा, "यार, ताश हो, तो निकाल! ज़रा दो-चार हाथ हो जाएँ।"

राजा ने फ़ौरन पतलून की जेब से गड्डी निकाली और ताश के पत्तों को फेंटने लगा।

"देखो उस्ताद! ट्रिक-बाज़ी नहीं चलेगी, वरना मैं नहीं खेलूँगा। बेकार में झगड़ा-टंटा हो जाता है," शामी ने उसे ख़बरदार किया।

राजा अपने गन्दे दाँत निकालकर हँसने लगा, "नहीं बे! उस रोज़ तो मैं ज़रा मज़ाक़ कर रहा था। ख़्वाहमख़्वाह का फड्डा हो गया।"

दोनों इत्मीनान से बैठकर ताश खेलने लगे। एक बार शामी ने चहककर ज़ोर से पत्ता मारा और झूमकर बोला, "कहो उस्ताद कैसी रही?"

उसी वक़्त उसके सिर पर धड़ से जूता पड़ा और गरजदार भारी आवाज़ उभरी, "और यह कैसी रही?"

शामी ने घबराकर देखा। उसका बाप पुश्त पर खड़ा ख़ूँख़्वार नज़रों से घूर रहा था। उसके हाथ में जूता था और चेहरा ग़ुस्से से डरावना हो रहा था। शामी की सट्टी गुम हो गई। बाप ने जूते का दूसरा हाथ घुमाया, मगर शामी गरदन झुकाकर सिर को साफ़ बचा गया। ताश छोड़कर बगटूट भागा। बाप ने झपटकर कहा, "ठहर जा हरामी। नहीं तो खाल उधेड़ दूँगा।"

मगर शामी अब कहाँ ठहरनेवाला था। उसने ज़गन्द[1] भरी, और आँख झपकते ही दूर जा पहुँचा। गली का चक्कर काटकर वह सीधा घर गया। बाप अभी तक वापस नहीं आया। माँ ने उसे देखा, तो समझ गई कि बाप से मुठभेड़ हो गई, जभी इतना ख़ौफ़ज़दा नज़र आ रहा है। उसने शामी को दो-चार कोसने दिए और कोठरी की जानिब धक्का देकर बोली, "अब मुँह क्या देख रहा है। जा, जल्दी से छुप जा, वरना तेरा बावा आज हड्डी-पसली तोड़े बग़ैर नहीं छोड़ेगा।"

शामी जल्दी से कोठरी में घुस गया। दरवाज़ा अन्दर से बन्द किया और एक कोने में दुबककर बैठ गया। ज़रा देर बाद बाप घर के अन्दर आया और शामी को इधर-उधर तलाश करने लगा। उसकी गालियों की आवाज़ घर के सन्नाटे में उभरती रही। शामी का ख़ौफ़ के मारे बुरा हाल था। वह सहमा हुआ कोठरी में बैठा रहा। दरवाज़े पर ज़रा भी आहट होती, तो उसका दिल उछल पड़ता।

बहुत देर बाद किसी ने दरवाज़ा खटखटाया। माँ सरगोशी में आहिस्ता-आहिस्ता उसे आवाज़ दे रही थी। शामी ने दरवाज़ा खोला। वह उसे बावर्चीख़ाने में ले गई। बाज़ू में ग़ुस्से से बकोटा भरकर बोली, "ले, कुछ ठूँस ले। सुबह से अब तक भूखा-प्यासा फिर रहा है। कमबख़्तों ने मेरी ज़िन्दगी हराम कर दी!"

वह बैठी अपनी क़िस्मत को कोसती रही और शामी लम्बे-लम्बे लुक़्मे हलक़ के नीचे जल्दी-जल्दी उतारता रहा। बार-बार उसकी सहमी हुई नज़रें कमरे की जानिब उठ जातीं। वह अपने बाप से बहुत डरता था। डरने की बात ही थी। मार के मुआमले में वह बड़ा जल्लाद था। जो चीज़ हाथ में आती, खींच मारता। कई दफ़ा उसकी मार से शामी का सिर और पेशानी[2] लहूलुहान हो चुके थे। उस रोज़ वह ख़ौफ़ के मारे बाप के कमरे में नहीं सोया, बल्कि माँ से रज़ाई लेकर कोठरी के अन्दर जाकर पड़ गया।

सवेरे किसी के उठने से पहले ही शामी घर से बाहर निकल गया। बग़लों में हाथ दबाए सर्दी से ठिठुरता अख़बार के दफ़्तर पहुँचा, मगर अख़बार अभी छप रहा था। थोड़ी देर बाद उसने अख़बारों का बंडल उठाया और सड़कों पर आवाज़ लगाने लगा, "आ गया...आ गया...आज का ताज़ा अख़बार आ गया!"

सनसनीख़ेज़ ख़बरों की सुर्ख़ियाँ चीख़-चीख़कर सुनाता हुआ वह तेज़-तेज़ क़दम उठा रहा था। अभी बहुत-से ठिकानों पर उसे अख़बार पहुँचाना था। हर घर पर वह अख़बार खिड़की के रास्ते या दरवाज़े की झिरी से अन्दर फेंक देता और जल्दी से आगे बढ़ जाता। जहाँ दरवाज़ा खुलवाए बग़ैर चाराकार न होता, वहाँ आवाज़ लगाता, "अख़बारवाला!" इसी तरह घरों पर अख़बार पहुँचाता हुआ जब वह एक मकान पर पहुँचा, तो आवाज़ लगाते ही एक शख़्स दरवाज़े पर नमूदार हुआ। उस वक़्त वह तौलिए से अपना चेहरा पोंछ रहा था।

शामी को देखते ही त्योरी पर बल डालकर बोला, "तुम इतनी देर से अख़बार क्यों लाते हो?"

शामी माज़िरत[3] करने लगा, "आइन्दा जल्दी लाऊँगा, जी! आज अख़बार ज़रा देर से छपा था!" वह साफ़ झूठ बोल गया, लेकिन उस शख़्स ने अख़बार उठाकर उसके मुँह पर फेंक दिया।

---

1. चौकड़ी, 2. माथा, ललाट, 3. क्षमा-याचना

"ले जाओ अपना अख़बार! मुझे नहीं चाहिए!"

"कह रहा हूँ, अब इतनी देर नहीं होगी।"

वह बिगड़कर बोला, "बस कह दिया कि अख़बार नहीं चाहिए। क्यों बेकार में दिमाग़ खाए जा रहा है?" शामी मुलज़िमों की तरह गरदन झुकाए ख़ामोश खड़ा रहा। जब वह शख़्स दरवाज़ा बन्द करने लगा, तो शामी ने दबी ज़बान से कहा, "साब! पिछले महीने का पेमेंट अभी तक नहीं हुआ।"

वह आँखें निकालकर बोला, "भाग जाओ। कोई पेमेंट-वेमेंट नहीं होगा। उल्लू के पट्ठे।" उसने ज़ोर से दरवाज़ा बन्द कर दिया।

शामी को ग़ुस्सा तो बहुत आया, मगर उसने सोचा, अगर झगड़ा-टंटा हो गया, तो दूसरी जगह भी अख़बार देर से पहुँचेगा, और वहाँ भी डाँट पड़ेगी, वरना वह अपना पेमेंट तो खड़े-खड़े वसूल कर लेता।

वहाँ से बढ़कर वह अपने दूसरे ठिकानों की जानिब चल दिया, लेकिन उसके लिए सबसे बड़ा मरहला[1] उस इंजीनियर का बँगला था, जहाँ एक ख़तरनाक एलसेशियन पिल्ला था। उसे देखते ही गुर्राकर भौंकना शुरू कर देता। उसकी आवाज़ इस तरह निकलती, गोया गुम्बद के अन्दर गूँज रही हो। जैसे ही शामी फाटक पर पहुँचता, वह भौंकता हुआ उसकी तरफ़ झपटता! एक बार तो उस पर इस तरह झपटकर सवार हो गया, कि ख़ौफ़ के मारे शामी की घिग्घी बँध गई। वह शायद उस बँगले पर कभी अख़बार न लगाता, मगर बात यह थी, बिल अदा करने के मुआमले में इंजीनियर बड़ा खरा गाहक था। कभी पेमेंट नहीं रोकता। यही वजह थी कि कुत्ते के ख़ौफ़ के बावजूद वह निहायत पाबन्दी से अख़बार पहुँचाता रहा।

नौ बजे के क़रीब वह अख़बार बेचकर थका-हारा घर पहुँचा, तो माँ ने कमर भी सीधी न करने दी। कहने लगी, "जा, जल्दी से दुकान चला जा! आज तेरे बाप की तबीयत कुछ ख़राब है," वह चुपचाप दुकान की जानिब रवाना हो गया।

शामी का बाप बिसाती[2] था। बाज़ार में उसकी छोटी-सी दुकान थी। वह दुकान पर बैठा रुक-रुककर खाँस रहा था। शामी पहुँचा, तो बाप ने सिर्फ़ तीखी नज़रों से देखा, मगर कोई बात नहीं की। शामी ने ख़ुदा का लाख-लाख शुक्र अदा किया कि मुसीबत उसके सिर से साफ़ टल गई। वह ख़ामोशी से दुकान पर जाकर बैठ गया।

उस वक़्त दुकान पर कोई गाहक नहीं था।

ज़रा देर बाद सात-आठ साल की एक लड़की सीप के बटन खरीदकर ले गई, मगर थोड़ी ही देर बाद वापस आ गई। कहने लगी, "सीप के नहीं, प्लास्टिक के बटन चाहिए।" शामी ने प्लास्टिक के बटन दे दिए, मगर चन्द ही मिनट बाद लड़की फिर मौजूद थी। इस दफ़ा उसे बड़े बटन दरकार[3] थे। शामी ने बटन तो दे दिए, मगर जलकर उसके हाथ में चुटकी भर ली। वह तिलमिलाकर चीख़ी, तो बाप को भी उसकी इस हरकत का पता चल गया। उसने गुस्से

---

1. समस्या, 2. मनियारा, 3. वांछित

से आँखें निकालकर कहा, "अबे! ओ हराम के तुख़्म! तू अपनी हरकतों से बाज़ नहीं आएगा?"

वह देर तक गालियाँ देता रहा और शामी ख़ामोश बैठा गालियाँ सुनता रहा। उसका बाप दमे का मरीज़ था। वह दुकान पर बैठा तमाम दिन खाँसता रहता या शामी को गालियाँ देता। ज़्यादा ग़ुस्सा आता, तो दो-चार थप्पड़ रसीद कर दिए। एकाध लात टिका दी।

दोपहर का सन्नाटा रफ़्ता-रफ़्ता बाज़ार में फैलने लगा था। गाहकों की आमदो-रफ़्त कम हो गई थी। दुकानदार लापरवाही से बैठे बातें कर रहे थे या ऊँघ रहे थे। शामी का बाप तो यूँ भी हर वक़्त मज्हूलों[1] की तरह पड़ा रहता था।

उस वक़्त भी वह आँखें बन्द किए पड़ा था। इसी असना[2] में बराबरवाली दुकान के बिसाती ने खँखारकर उसे मुख़ातिब किया, "अमाँ, दिलावर ख़ाँ जमती है?"

यह जुआ खेलने की दावत थी। शामी के बाप ने फ़ौरन जवाब दिया, "यहाँ कब इनकार है?"

वह बोला, "तो फिर निकालो रक़म!"

शामी के बाप ने गल्ले से रुपया निकाला, "लो, यह रही रक़म!"

दोनों ने एक-एक रुपया निकाला। अपना-अपना रुपया साबुन से अच्छी तरह धोकर साफ़ किया और दुकान की गद्दी के सामने एक साफ़ जगह पर रख दिया। दोनों ज़रा हटकर पास-पास बैठ गए और पूरी तवज्जो से देखने लगे कि मक्खी किसके रुपए पर बैठती है। शर्त यह बदी गई कि जिसके रुपए पर पहले मक्खी बैठ जाए, वह दोनों रुपए उठा ले।

कुछ ही देर बाद एक मक्खी उड़ती हुई आई। शामी का बाप गरदन हिला-हिलाकर कहने लगा, "आओ, आओ, जानी! इधर आओ!"

दूसरी तरफ़ से भी ऐसी ही आवाज़ आई, "उधर कहाँ चलीं छबीली! इधर आओ जानेमन इधर! ए...ए..." मक्खी उस वक़्त शामी के बाप के रुपए पर मँडला रही थी। वह मुस्कराते हुए गोया हुआ, "वह आई...वह आई, शेख़जी! आज तो दोनों रुपए अपनी जेब में गए!"

शेख़जी ने फ़ौरन कहा, "ज़रा तेल देखो, तेल की धार!" मगर उसका चेहरा फ़क़ होता जा रहा था। इसलिए कि मक्खी ने उसके रुपए की जानिब रुख़ ही नहीं किया।

मक्खी भी बड़ी सितम-ज़रीफ़[3] थी। शामी के बाप के रुपए पर बराबर मँडलाती रही, मगर बैठी नहीं। शामी के बाप के दिल की धड़कन कई बार तेज़ हुई। कई बार मर्सरत[4] से उसकी आँखें चमकीं, मगर बात न बनी। उधर शेख़ साहब की हालत दिगर-गूँ[5] थी। मक्खी दूसरी ही तरफ़ चक्कर काट रही थी। एक बार भी उधर का रुख़ न किया, मगर यह कहकर अपने दिल को ढाँढ़स देता रहा।

"भाई, वह बैठेगी तो इसी रुपए पर। बड़ी खरी कमाई का रुपया है!"

शामी का बाप बिगड़कर बोला, "और यहाँ तो हराम की रक़म आती है!"

"इसका पता तो अभी चल जाएगा।"

---

1. आलसियों, 2. दौरान, अन्तराल, 3. हँसी की आड़ में अत्याचार करनेवाला, 4. प्रसन्नता, 5. और भी अलग

"इस तरह शेख़ी बघारने से काम नहीं चलेगा। गुमटीवाले शाहजी से रुपया पढ़वाकर लाओ। तब शायद कुछ हो जाए। यह रुपया तो समझ लो अपनी जेब में गया!"

मगर उसका सारा तनतना[1] धरा-का-धरा रह गया। मक्खी एक बार फुर्र से उड़ गई। शामी का बाप जलकर बोला, "धत् तेरे की!" उसने मक्खी को एक अदद गाली दे डाली। शेख़जी ने फ़ौरन जलती आग पर तेल छिड़का, "मैं तो पहले ही कह रहा था। अब चाहे गाली दो या टसवे बहाओ। वह तुम्हारे रुपए पर बैठने के लिए आई ही नहीं थी।"

दोनों बच्चों की तरह चुहलें कर रहे थे। एक-दूसरे पर चोटें कस रहे थे। इसी असना में मक्खी फिर भिनभिनाती हुई आ गई। वही थी या कोई दूसरी, लेकिन इस दफ़ा जो आई, तो सीधी शेख़जी के रुपए की तरफ़।

वह इस तरह चुमकारने-पुचकारने लगा, जैसे वह वाक़ई उसकी बातें सुन रही हो।

"आ-आ पुच-पुच...मेरी जान, एक बार तो कलेजा ठंडा कर दे।"

मक्खी वाक़ई उसके चुमकारने में आ गई। उसने एक बार पर समेटे और ऐन उसके रुपए के ऊपर आ गई। उसी वक़्त शामी के बाप को खाँसी का ठसका लगा और वह ख़ूँ-ख़ूँ करके ज़ोर-ज़ोर से खाँसने लगा। मक्खी फ़ौरन उड़ गई।

शेख़जी ने झुँझलाकर कहा, "लगे तुम चोट्टापन करने! उड़ा दिया न खाँसकर!"

"अमाँ! खाँसी आ गई, तो मैं क्या करूँ!" शामी का बाप ढिठाई से हँसने लगा।

"कुछ ख़ुदा के ग़ज़ब से डरो। झूठ बोलते शर्म नहीं आती। जान-बूझकर खाँसे थे!"

बात भी दरअसल यही थी। शामी का बाप मक्खी को भगाने के लिए खाँसा था, मगर यह चालबाज़ी वह तस्लीम[2] कैसे करता। साफ़ मुकर गया, "अमाँ, खाँसी का तो बहाना हो गया। वह तुम्हारे रुपए पर बैठनेवाली ही कब थी?"

दोनों बुड्ढों में एक बार फिर नोक-झोंक शुरू हो गई। शामी उनकी हरकतें बड़ी दिलचस्पी से देखता रहा। रोज़ाना दोपहर को आम तौर पर इसी तरह जुआ होता, मगर हार-जीत की नौबत शाज़ो-नादिर[3] ही आती, अलबत्ता दोनों में तकरार हर बार होती। अक्सर गाली-गलौज भी होती, मगर दूसरे रोज़ जहाँ दोपहर होती, दोनों को हुड़क उठती। रुपए निकाले जाते और साबुन से धोकर रख दिए जाते।

मक्खी शेख़जी के रुपए से उड़कर ऐसी गई कि फिर न लौटी। किसी दूसरी मक्खी ने भी उधर का रुख़ न किया। दोपहर का सन्नाटा और बढ़ गया। बाज़ार की रौनक़ मुज़्महिल[4] हो गई। दोनों बैठे-बैठे ऊँघने लगे। उन्होंने अपने-अपने रुपए उठाए। आँखें बन्द कीं और थके हुए से लेट गए।

धूप अब सामने की रुख़ पर आ गई थी। दोपहर के सन्नाटे में कभी-कभी कोई गाड़ी पहिए खड़खड़ाती हुई गुज़र जाती। बाज़ार पर ख़ामोशी छाई थी। सिर्फ़ ट्रंक और सन्दूक बनानेवाले कारख़ाने में धड़ाधड़ टीन की चादरें पीटने की आवाज़ें उभर रही थीं। ख़ाली बैठे-बैठे शामी का जी उकता गया। उसने बाप की जानिब देखा। वह बेख़बर पड़ा ख़र्राटे ले रहा था। शामी अपनी जगह से उठा और चुपके से दुकान के बाहर आ गया।

---

1. रोब-दाब, शानो-शौकत, 2. स्वीकार, 3. कभी-कभार, 4. मन्द

बाहर तेज़ बसन्ती धूप फैली थी। मौसम कुछ ऐसा था कि साए में बैठने से सर्दी मालूम होती और धूप में सूरज की सुलगती हुई किरणें जिस्म में सुइयों की तरह चुभतीं। दुकान से निकलकर शामी टहलता हुआ बाज़ार के दूसरे नुक्कड़ की जानिब चल दिया। वहाँ नीम का घना पेड़ था, जिसके नीचे अक्सर दोपहर को राजा गदागर की गाड़ी लाकर ठहराता था। दोनों धूप में बैठकर जिस्मों को हरारत पहुँचाते थे और कपड़ों से जुएँ निकालकर मारते थे। राजा उस वक़्त मिल जाता, तो वह उसके साथ बैठकर सिगरेट के दो-चार कश लगा लेता।

वह कुछ ही दूर गया था कि यकायक बाज़ार के दरम्यान से मुड़नेवाली गली में मिली-जुली आवाज़ों का शोर उभरा। शामी लपककर गली के अन्दर घुस गया। देखा, मस्जिद के दरवाज़े पर लोगों का हुजूम है। उसने एक शख़्स से पूछा, "क्या हो गया?"

वह बोला, "चोर पकड़ा गया है।"

शामी ने दिलचस्पी का इज़हार करते हुए दर्याफ़्त किया, "क्या चुराया था?"

"साला मस्जिद से जूते चुरा रहा था।"

शामी ने हैरतज़दा होकर कहा, "अच्छा!"

"हाँ जी! नमाज़ी बेचारे तो जुहर[1] की नमाज़ पढ़ रहे थे, और यह साला उनके जूतों की ताक में था!"

शामी ने उससे मज़ीद[2] कोई बातचीत नहीं की। आगे बढ़कर मजमा में घुस गया। देखा, लम्बे क़द का एक आदमी लोगों के दरम्यान खड़ा है। उसका सिर नंगा था। वह गन्दी-सी वास्कट पहने हुए था। देखने में बिल्कुल सीधा-सादा लगता था।

शामी हैरत से आँखें फाड़कर उसे घूरने लगा। इसलिए कि वह सिर्फ़ चोर ही नहीं था, बल्कि उसने अल्लाह मियाँ के घर में चोरी की थी। अभी वह चोर का जायज़ा ले ही रह था कि हुजूम में से एक ठिगना आदमी तहमद सँभालता हुआ निकला और उछलकर चोर के मुँह पर कसकर थप्पड़ रसीद किया। यह गोया इब्तदा[3] थी। फिर तो हर तरफ़ से चोर पर मार पड़ने लगी। तमाँचे, मुक्के, लातें, हर शख़्स बिफर-बिफरकर उसे मार रहा था। गालियाँ दे रहा था और चोर बिल्कुल ख़ामोश खड़ा मार सह रहा था। न उसने अपने बचाव की कोशिश की, न फ़रियाद के लिए गिड़गिड़ाया। मज़े से खड़ा मार खाता रहा।

इसी असना में एक बूढ़ा वहाँ आ गया। उसकी सफ़ेद लम्बी दाढ़ी थी। उसने हाथ उठाकर सबको रोका। ऊँची आवाज़ में बोला, "इस तरह मारने से क्या होगा? इसे तो ऐसी सज़ा मिलनी चाहिए कि दूसरों को भी इबरत[4] हासिल हो!"

उसने सज़ा के लिए जो स्कीम बताई, शामी गुल-गपाड़े में सुन न सका, अलबत्ता उसने यह ज़रूर देखा कि एक शख़्स हाथों में कालिक भरे हुए आया और चोर का चेहरा स्याह कर दिया। अब वह वाक़ई ख़ौफ़नाक नज़र आ रहा था। उसकी चमकती हुई आँखें डरावनी मालूम हो रही थीं।

थोड़ी देर बाद कहीं से एक गधा भी आ गया। चोर को गधे पर बिठा दिया गया। गले में पुराने जूतों का हार डाला गया और गधे को हाँककर आगे बढ़ा दिया गया। पीछे-पीछे लोगों का ग़ोल[5] था। कुछ लौंडे-लपाड़े, टीन का एक पीपा उठा लाए और ज़ोर-ज़ोर से बजाने लगे।

---

1. दोपहर की नमाज, 2. ज़्यादा, 3. शुरुआत, 4. प्रेरणा, 5. समूह

शामी भी उस जुलूस में शामिल हो गया। उसने कई बार लड़कों से पीपा छीनकर ज़ोर-ज़ोर से बजाया और सबके साथ मिलकर नारे लगाए। नारे लगानेवाले दो गिरोहों में बँटे हुए थे।

एक गिरोह गला फाड़कर कहता, "जूते-चोर का?"

दूसरा गिरोह जवाब देता, "मुँह काला!"

जुलूस गली से निकलकर बाज़ार में आ गया। दुकानदार उठ-उठकर चोर को देख रहे थे, जो ज़रा ज़िन्दादिल थे। वे दुकानों के नीचे उतरकर जुलूस में शामिल हो गए थे। हर शख़्स हँस रहा था। क़हक़हे लगा रहा था। शामी को बड़ा लुत्फ़ आ रहा था। एक बार उसने ज़ोर का क़हक़हा लगाया। क़हक़हा लगाते ही उसकी गुद्दी पर ज़न्नाटे का हाथ पड़ा। शामी चकराकर गिरते-गिरते बचा। पलटकर देखा। बाप भूत की तरह सिर पर सवार था।

जूते-चोर का जुलूस तो पीपा बजाता, शोर मचाता, आगे बढ़ गया, मगर शामी पर बीच बाज़ार में धड़ाधड़ जूते पड़ने लगे। न जाने उसके बाप के मरियल हाथों में कहाँ से क़ुव्वत आ गई थी। ऐसे कस-कस के जूते मार रहा था कि शामी बिलबिलाकर सड़क पर लोटने लगा। आस-पास के दुकानदारों को उसकी हालत पर तरस आ गया। क़रीब जाकर उसके बाप को समझाने-बुझाने लगे।

"अमाँ, ख़ाँ साहब! अब जाने भी दो। बच्चा है, आइन्दा ऐसी हरकत नहीं करेगा!"

एक ने बढ़कर शामी के बाप का हाथ भी पकड़ लिया, मगर वह बार-बार हाथ छुड़ाकर शामी पर झपटा, "छोड़ो जी! मैं इस हरामी की आज हड्डी-पसली बराबर कर दूँगा। अमाँ, ज़रा आँख बची और यह साला दुकान से रफ़ूचक्कर! हाल यह है कि लोग ख़ुदा के घर को छोड़ते नहीं। दुकान तो फिर दुकान ठहरी। मियाँ सोया, मरा बराबर होता है। कोई उठाकर कुछ ले जाए, तो इस साले की गिरह से क्या जाएगा?" वह चीख़-चीख़कर बोल रहा था और साथ ही गालियाँ भी दे रहा था।

दुकानदारों ने मिन्नत-समाजत की। शामी के बाप का ग़ुस्सा ठंडा किया। क़समें दीं कि अब और न मारे। बाप ने उसके बाद शामी को मारा तो नहीं, अलबत्ता कई बार झुँझलाकर मारने के लिए उठा। जब भी शामी सिसकी भरता, वह जलकर उसे गालियाँ देता।

शामी दुकान पर बैठा देर तक सिसकियाँ भरता रहा और बाप की गालियाँ सुनता रहा। तीसरी पहर हो गई। बाज़ार की रौनक़ लौट आई। गाहक दुकानों पर मँडलाने लगे। मिली-जुली आवाज़ों का शोर बढ़ने लगा। गाड़ियों के पहिए पुख़्ता सड़क पर खड़खड़ाने लगे। उस शोरो-गुल में, उस गहमा-गहमी में शामी और उसका बाप सब कुछ भूल गए और दुकानदारी में उलझकर रह गए।

शाम गुज़री रात आई। बाप ने दुकान बन्द की। शामी को तम्बीह[1] की, "मैं एक ज़रूरी काम से जा रहा हूँ। तू सीधा घर की तरफ़ जाना!"

शामी दुकान से निकलकर बाप की हिदायत के मुताबिक़ घर की जानिब रवाना हुआ। रास्ते में नौशा से मुठभेड़ हो गई। उस वक़्त वह इतरा-इतराकर चल रहा था। शामी को देखते ही उसने क़मीज़ की जेब से दस-दस के दो करारे-करारे नोट निकाले। गरदन अकड़ाकर बोला, "आज तो अपने ठाठ हैं!"

---

1. चेतावनी

शामी ने उसे हैरत से देखा, "अबे! कहाँ से मार लाया?"

नौशा उसी तरह इतराकर बोला, "मार कहाँ से लाता! मुझे मिले हैं!"

शामी अभी तक हैरतज़दा था, "कहाँ से मिल गए? अबे! इकट्ठे बीस रुपए!"

नौशा फिर इतराया, "बस मिल गए!"

शामी ने फ़ौरन घर जाने का इरादा मुल्तवी[1] कर दिया। सामनेवाले चायख़ाने की जानिब इशारा करके बोला, "तो फिर हो जाए कुछ चाय-पानी!"

"नहीं, यार! आज नहीं। फिर किसी और दिन!"

शामी जलकर बोला, "लगे साले सियानापन करने। अबे! तू एक नम्बर कंजूस है!"

नौशा ने ज़ोर से क़हक़हा लगाया, "जा बे! तू भी बस यूँही रहा। यह रुपए मेरे कब हैं? मकान का किराया देने नियाज़ की दुकान जा रहा हूँ!"

"जभी तो मैं सोच रहा था कि एक न दो, इकट्ठे इतने रुपए कहाँ से पार कर दिए!"

नौशा ने कहा, "अबे! चलता है, नियाज़ की दुकान तक! ज़रा देर की तो बात है!"

"चाय पिलाओ, तो चलता हूँ।"

मगर नौशा के पास चाय पिलाने के लिए पैसे नहीं थे। लिहाज़ा शामी उसके साथ जाने पर आमादा न हुआ। वह अपने घर की तरफ़ चल दिया।

## [4]

नियाज़ की दुकान बाज़ार से ज़रा हटकर गली के अन्दर थी। पहले वह फर्नीचर तैयार करनेवाले एक कारख़ाने में मुलाज़िम था, मगर अब उसने अपनी दुकान खोल ली थी और पुरानी और इस्तेमालशुदा अशया[2] बेचने और ख़रीदने का कारोबार करता था। दुकान के पिछले हिस्से में एक कमरा था। उस कमरे में नियाज़ की रिहाइश थी। बीवी अरसा हुआ फ़ौत[3] हो चुकी थी। औलाद भी उसने कोई न छोड़ी। शादी के दो साल बाद एक लड़की पैदा हुई, जो छह माह बाद नमूनिया में मुब्तला होकर मर गई। बीवी शादी के बाद आठ साल तक ज़िन्दा रही और औलाद की हसरत दिल में लिए एक रोज़ अल्लाह को प्यारी हो गई।

नियाज़ ने अब तक दूसरी शादी नहीं की थी। वह क्वांरों की-सी ज़िन्दगी बसर कर रहा था। यूँ वह अभी तक जवान था। उसकी उम्र पैंतीस बरस से कुछ ऊपर थी, अलबत्ता जिस्म की चर्बी बढ़ जाने के बाइस[4] अब किसी क़दर भद्दा लगता था। काम भी कुछ ऐसा था कि ज़्यादा जिस्मानी मुशक़्क़त[5] न करना पड़ता। तमाम दिन दुकान पर बैठे-बैठे गुज़र जाता। सिर्फ़ इतवार को वह नीलाम में जाता था, या कभी इत्तिफ़ाक़िया सौदे के सिलसिले में दुकान से निकलता, लेकिन ऐसा कभी-कभार होता था। कहने को तो वह कबाड़िया था, मगर काम दरअसल करता था चोरी के माल की ख़रीदो-फ़रोख़्त का।

उस वक़्त नियाज़ की दुकान में लालटेन रोशन थी। वह किसी गहरी सोच में डूबा हुआ था। नौशा दुकान में दाख़िल हुआ। नियाज़ ने देखते ही पूछा, "अबे! आज कैसे आना हुआ?"

---

1. स्थगित, 2. वस्तुएँ, 3. दिवंगत, 4. कारण, 5. श्रम

नौशा ने उसकी बात का कोई जवाब न दिया। चुपचाप क़मीज़ की जेब से दोनों नोट निकाले और उसको देकर बोला, "अम्माँ ने दो महीने का किराया भेजा है!"

"दो महीने का क्यों?" नियाज़ ने नागवारी से कहा, "सारा हिसाब क्यों नहीं साफ़ किया?"

नौशा ने माँ को हिदायत के मुताबिक़ जवाब दिया, "उन्होंने कहा है, बाक़ी दो महीने का किराया जल्द ही आ जाएगा। आप फ़िक्र न करें।"

"उनसे कह देना। इस तरह काम नहीं चलेगा। किराया वक़्त पर मिलना चाहिए, वरना रहने का कहीं और बन्दोबस्त कर लें।"

नियाज़ चाहता भी यही था कि किसी तरह मकान ख़ाली हो जाए। उसके पास कई ऐसे ज़रूरतमन्द आ चुके थे, जो ज़्यादा किराए के अलावा हज़ार-बारह सौ पगड़ी देने को भी तैयार थे। नियाज़ ऐसा फ़ायदे का सौदा हाथ से निकालना नहीं चाहता था। मुहल्ले में उसके दो मकान थे, जो उसने एक हिन्दू दुकानदार से बहुत सस्ती क़ीमत पर ख़रीदे थे। फ़िरकावाराना[1] फ़सादात की ख़बरों से मकानों का हिन्दू मालिक बहुत सहमता हुआ था। वह सिन्धी था और किसी-न-किसी तरह सारी जायदाद ओने-पोने बेचकर बम्बई जाना चाहता था। उसके बीवी-बच्चे पहले ही बम्बई पहुँच चुके थे।

नौशा वापस जाने का इरादा कर रहा था कि नियाज़ ने पूछा लिया, "अबे नौशे! आजकल तू कर क्या रहा है?"

नौशा ने जवाब दिया, "अब्दुल्ला मिस्त्री की वर्कशाप में काम सीख रहा हूँ।"

"अच्छा, कब से?" नियाज़ ने हैरत का इज़हार किया।

"छह-सात महीने हो गए। अब तो बीस रुपया महीना तनख़्वाह भी मिलने लगी है!"

"यह बहुत अच्छा हुआ, मगर अब्दुल्ला तो एक नम्बर बदमाश है। सुना है, कारीगरों को बहुत मारता-पीटता है, पर उसने कारोबार अच्छा जमा लिया है। जब यहाँ आया था, तो ठेकेदार अली बख़्श के ट्रक पर क्लीनर था। साला पास खड़ा हो जाता, तो ऐसी बू आती थी, कि दिमाग़ फटने लगता था," नियाज़ तीखे लहजे में रुक-रुककर बोलता रहा, "मैंने तो उसका वह वक़्त भी देखा है, जब मद्दन ख़ाँ के गैराज में तेरी तरह मामूली कारीगर था। फिर उसने अपना अलहिदा गैराज खोल लिया, और देखते-ही-देखते इतना बड़ा बना लिया कि कई सौ ग़ज पर फैला हुआ है। फाटक पर 'अब्दुल्ला ऑटो-वर्कशाप' का यह बड़ा बोर्ड लगा है, लेकिन जब से कारोबार चमका है, साला सीधे मुँह बात भी नहीं करता!"

नौशा चुपचाप नियाज़ की बातें सुनता रहा। नियाज़ उसे बदज़न[2] करने की ग़र्ज़ से कुछ देर तक अब्दुल्ला मिस्त्री और उसके कारोबार के बारे में इज़हारे-ख़याल करता रहा। फिर उसने राज़दाराना लहजे में आहिस्ता से कहा, "मौक़ा लगे, तो कभी-कभार कोई पुरज़ा या औज़ार उड़ा दिया कर। उस साले पापी का माल खाना तो सवाब[3] का काम है।" नौशा उसकी बात सुनकर चौंका। घबराई हुई नज़रों से नियाज़ का मुँह तकने लगा।

नियाज कहता रहा कहीं और जाने की ज़रूरत नहीं। बस सीधा यहाँ आ जाया कर। चाय-पानी का खर्चा निकल आएगा। मैंने सुना है, तुझे तो फ़िल्म देखने का भी बहुत शौक़ है, लम्हा-भर रुककर उसने सवाल किया, "बोल, क्या कहता है?"

---

1. साम्प्रदायिक, 2. गुमराह, 3. पुण्य, नेकी

नौशा से कुछ न कहा गया।

नियाज़ ने इस दफ़ा ज़ोर देकर पूछा, "तो फिर क्या इरादा है?"

नौशा सहमा हुआ था। कहने लगा, "कहीं मिस्त्रीजी को पता चल गया, तो मेरी शामत आ जाएगी!"

नियाज़ अपने ढब पर लाने के लिए उसे फुसलाने लगा, "अबे! जब उस साले को पता लगे, तब...बस ज़रा होशियारी की ज़रूरत है। देख, मैं तुझे तरकीब बताऊँ!" उसने पुरज़े चुराने के नौशा को कई तरीक़े बताए। फिर भी नौशा किसी तरह आमादा न हुआ।

लेकिन नियाज़ ने उसे अपने फन्दे से निकलने न दिया। नौशा जाने लगा, तो उसने जेब से एक रुपया निकालकर दिया। मुस्कराकर बोला, "ले, आज मेरी तरफ़ से जाकर फ़िल्म देख!"

नौशा रुपया लेने में हिचर-मिचर करने लगा, तो नियाज़ ने इसरार करके उसकी जेब में डाल दिया, "ज़्यादा ज़िद नहीं करते। मेरे कहने पर चलेगा, तो ऐश करेगा," नौशा ने उसकी बातें ख़ामोशी से सुनीं और शरमाया हुआ-सा दुकान से बाहर चला गया।

म्यूनिस्पैलटी की लालटेन के नीचे मुहल्ले के लड़के जमा थे। मम्मद जो होटल में बैरागिरी करता था, मज़े से बैठा माउथ-आर्गेन बजा रहा था।

नौशा ने गली में दाख़िल होकर देखा। राजा भी वहाँ मौजूद था और मुँह से तबला बजाकर संगत दे रहा था। नौशा पर मम्मद का बड़ा रौब पड़ा। वह भी उसके क़रीब जाकर बैठ गया। मम्मद उस वक़्त तक फ़िल्मी धुन बजा रहा था, जिसके बोल बाजे के सुरों में से साफ़ निकल रहे थे। ज़रा देर बाद उसने माउथ-आर्गेन बजाना बन्द कर दिया और मुँह साफ़ करके बोला, "खेल ख़त्म, पैसा हज़म!"

सब लड़के इसरार करने लगे। मम्मद को उनके इसरार में मज़ा आ रहा था।

नौशा ने पूछा, "अमाँ, कितने का ख़रीदा तुमने यह बाजा?"

वह हँसकर बोला, "क्या करोगे जानकर? तुम्हारा पाजामा भी बिक जाएगा, तब भी ख़रीद नहीं सकोगे। नक़द छह रुपए लगते हैं। क्या समझे? है हिम्मत ख़रीदने की?"

छह रुपए का नाम सुनकर नौशा ख़ामोश हो गया।

जब लड़कों ने बहुत इसरार किया, तो मम्मद ने एक नई धुन शुरू कर दी। सब मज़े में आकर गरदन हिलाने लगे। मम्मद माउथ-आर्गेन बजाते-बजाते एकदम उठकर भाग गया। सब देखते-के-देखते रह गए।

राजा ने जलकर मोटी-सी गाली दी और नौशा से कहने लगा, "अबे ठेटर चलता है?"

नौशा हस्बे-मामूल तैयार हो गया, "हाँ-हाँ, चलो!"

राजा हँस पड़ा, "पहले एक अदद रुपया तो लेकर आओ!"

नौशा ने जेब से रुपया निकालकर सामने कर दिया, "यह लो!"

राजा चौंक पड़ा, "अबे! यह ठाठ हैं। आज कहाँ हाथ मार लिया?"

नौशा ने उसकी बात नज़रअन्दाज़ करते हुए बेचैनी का इज़हार किया, "तो फिर चलो। कै बजे ठेटर शुरू होता है?"

"कल चलेंगे। वह भी अगर एक रुपया कहीं से हाथ लग गया। अपनी तो गाड़ी टूटी पड़ी है। एक हराम के जने ने पूरी मोटर चढ़ा दी। यार, अल्लाह ने बाल-बाल बचाया," राजा अपनी परेशानी बयान करने लगा।

"कौन-सा खेल होगा?" नौशा ने पूछा।

"कल तो शीरीं-फ़रहाद होगा। देखेगा, तो आँखें खुल जाएँगी। अबे! जब फ़रहाद-शीरीं, 'हाय, मेरी प्यारी शीरीं' कहकर तेशा मारता है और गिरकर मर जाता है, तो सच जान, आँसू निकल पड़ते हैं," राजा ने सीने पर हाथ रखकर सारा मंज़र कुछ ऐसी अदाकारी के साथ बयान किया, कि नौशा हैरतज़दा हो गया। उसने घबराकर दर्याफ़्त किया, "तो क्या वह सचमुच मर जाता है?"

राजा ने हँसकर जवाब दिया, "यार, तू धामड़-धामड़ ही रहा। कहीं वह सचमुच मर सकता है। अबे! यह तो एक्टिंग-है-एक्टिंग!"

नौशा अभी तक हैरतज़दा था, "कमाल है भई!"

"यही नहीं, पुतली जान का डांस देखेगा, तो मज़ा आ जाएगा। साली, बिल्कुल नंगी नाचती है!"

"नंगी नाचती है, सच?" नौशा ने हैरत से चौंककर पूछा।

"बस ज़रा-सान जाँघिया पहन लेती है। साली की गोरी-गोरी रानें रोशनी में ऐसी चमकती हैं, कि यार, तबीयत ख़राब हो जाती है।

नौशा शरमाकर रह गया, "साले, तू एक नम्बर बदमाश है," मगर पुतली जान की नंगी-नंगी रानें देखने के लिए उसका भी दिल तड़प रहा था। ज़रा देर रुककर बोला, "तो फिर कल की पक्की रही?"

"हाँ जी! कल ज़रूर चलेंगे। अब इस बात पर एक-एक चाय हो जाए!"

नौशा तैयार तो नहीं था, मगर इनकार भी न कर सका। रोज़ राजा से चाय पिया करता था। सिनेमा देखता था। वह उसे चायख़ाने में ले गया। राजा थियेटर की एक-एक तफ़्सील इस दिलचस्पी के साथ बताता रहा कि नौशा का शौक और बढ़ गया, मगर जब दोनों चायख़ाने से बाहर निकले, तो नौशा के पास कुल चार आने रह गए थे। रास्ते भर वह सोचता रहा कि अब थिएटर का प्रोग्राम कैसे बनेगा?

नौशा वर्कशाप गया, तो वहाँ भी थिएटर देखने का ख़याल सताता रहा। शाम की छुट्टी हुई। इत्तिफ़ाक़ ऐसा हुआ कि जिस जगह वह काम कर रहा था, वहाँ बिल्कुल अकेला रह गया। उसने एक पुरज़ा एलमोनियम के उस डिब्बे में रख लिया, जिसमें वह अपना खाना लाता था, मगर जब उसे लेकर चला, तो क़दम काँप रहे थे और साँस फूली हुई थी। गेट पर पहुँचा, तो चौकीदार किसी से बात कर रहा था। वह उसकी जानिब देखे बग़ैर झट बाहर निकल गया। घबराहट के बाइस उसके क़दम कहीं-के-कहीं पड़ रहे थे।

वह सीधा नियाज़ की दुकान पर पहुँचा और जाते ही पुरज़ा निकालकर सामने डाल दिया। नियाज़ ने उलट-पुलटकर उसे देखा। मुँह बिगाड़कर बेज़ारी से बोला, "अबे! यह क्या उठा लाया? किसी अच्छे माल पर हाथ डाला होता।"

नौशा बुझकर रह गया, मगर नियाज़ ने उसे ज़्यादा देर नाउम्मीदी में मुब्तला न रखा और डेढ़ रुपया निकालकर दे दिया। ख़ुशी के मारे नौशा का चेहरा सुर्ख़ पड़ गया। नियाज़

ने पीठ ठोंककर शाबाशी दी और इस बात पर आमादा किया कि आइन्दा कोई क़ीमती पुरज़ा चुराकर लाए।

नियाज़ की दुकान से निकलकर नौशा आज भी घर जाने के बजाय गली में पहुँचा। राजा पहले से ही वहाँ मौजूद था। उसने भी कुछ रक़म का बन्दोबस्त कर लिया था। अब शामी का इन्तज़ार था, मगर उसका कहीं पता न था। दोनों उसके घर की जानिब चल दिए। क़रीब पहुँचे, तो घर के अन्दर ऊधम मचा हुआ था। शामी चीख़-चीख़कर रो रहा था और उसका बाप गालियाँ बक रहा था।

राजा ने आहिस्ता से कहा, ‘‘मालूम होता है, शामी साला पकड़ा गया!’’

नौशा बोला, ‘‘चलो, यार! उसके अब्बा ने देख लिया, तो हम दोनों पर भी गालियाँ पड़ेंगी।’’ दोनों चुपचाप लौट आए और ‘शीरीं फ़रहाद’ देखने थिएटर की जानिब चल दिए।

थिएटर से वापसी पर सुबह हो गई। जैसे ही दोनों गली में दाख़िल हुए, कहीं नज़दीक ही मुर्ग़ ने बाँग दी। नौशा सहमकर रह गया। डरते-डरते दीवार पर चढ़ा और जैसे ही कूदकर घर के अन्दर पहुँचा, तो माँ की आँख खुल गई। उसने नौशा को कमरे में दाख़िल होते हुए देख लिया। उसी वक़्त उठकर उसकी पीठ पर ऐसा ज़ोरदार दोहत्थड़ मारा कि नौशा फ़र्श पर गिर पड़ा। वह ज़ोर-ज़ोर से कोसने लगी। इस हंगामे से सबकी आँख खुल गई।

नौशा मुजरिमों की तरह सिर झुकाए बैठा था और उस पर लानत-मलामत हो रही थी।

लेकिन दूसरे रोज़ नौशा ने फिर एक पुरज़ा चुरा लिया और उसे नियाज़ के पास ले गया। रुपया-डेढ़ रुपया जो कुछ उसने दिया, जेब में डाला। राजा के साथ मुस्लिम होटल में जाकर चाय पी। बिस्कुट खाए और फ़िल्मी गाने सुने।

फिर तो उसका यह मामूल हो गया। जहाँ मौक़ा लगा, कोई पुरज़ा या औज़ार चुरा लाता और नियाज़ के हाथ फ़रोख़्त कर देता। उस रक़म से रोज़ाना नित्य नए प्रोग्राम बनते और रात-भर आवारागर्दी होती। नौशा ने ग़ौर किया कि जब से उसकी जेब गर्म रहने लगी थी, शामी और राजा दोनों के अन्दाज़ में ख़ुशामद आ गई थी। अब वह उसकी हर बात मान लेते थे। रफ़्ता-रफ़्ता वह उनका सरग़ना बनता जा रहा था।

## [5]

नौशा अभी तक वर्कशाप से वापस नहीं आया था। पहर रात गुज़र चुकी थी। हर तरफ़ सन्नाटा छाया था। यह पहला मौक़ा नहीं था। अक्सर ऐसा होता कि नौशा सुबह का निकला रात के पिछले पहर उस वक़्त लौटता, जब सब घरवाले सो जाते। माँ उसके इन्तज़ार में बैचेन बैठी थी और झुँझला-झुँझलाकर कोसने दे रही थी। अचानक दरवाज़े पर किसी ने दस्तक दी। अन्नू ने बाहर जाकर देखा। दरवाज़े पर नियाज़ खड़ा था। उसने माँ को फ़ौरन ही इत्तिला दी।

माँ ने कहा, ‘‘अन्दर बुला लो!’’

ज़रा देर बाद नियाज़ घर के अन्दर आ गया। उसने नौशा की माँ को सलाम किया और उसके क़रीब ही फ़र्श पर बिछी हुई दरी पर बैठ गया। नियाज़ का नौशा की माँ से कोई सगा रिश्ता नहीं था। नियाज़ की बीवी रिश्ते में सुलताना की मामूँज़ाद बहन थी। उस रिश्ते से वह नौशा की माँ का भतीज-दामाद लगता था।

नियाज़ को आए हुए चन्द मिनट गुज़रे थे कि सुलताना कमरे में दाख़िल हुई। उसने दुपट्टे से सिर ढाँपा और शरमाते हुए कहा, "दूलहा भाई, सलाम!"

नियाज़ ने देखा, तो देखता ही रह गया। वह बहुत अरसे बाद आया था। वही सूखी-मरियल-सी लड़की, जो बाल बिखराए घर में ढबर-ढबर करती फिरती थी; अब छट-छटाकर पत्थर के मुजस्समे की तरह सुडौल हो गई थी। उसकी आँखों में सितारों की झिलमिलाहट और चेहरे पर चाँदनी की छूट थी। नियाज़ ने दिल-ही-दिल में कहा, "यार, यह लड़की तो अब क़ियामत बन गई है।"

उस रोज़ वह अपना सैकेंडहैंड अमेरिकन कोट पहने हुए था, जिसकी शिकनें साफ चुग़ली खा रही थीं कि उसे चन्द ही रोज़ पहले ख़रीदा गया है। सिर पर नई जिन्ना कैप थी। गरदन में गुलूबन्द था। कबाड़ियों की इसतिलाह[1] में वह उस वक़्त बिल्कुल टनाटन नज़र आ रहा था।

नियाज़ आया, तो मकान के किराए का तक़ाज़ा करने की ग़र्ज़ से था, मगर सुलताना उसकी नज़रों में ऐसी खुब्ब गई कि वह किराए का सवाल तक ज़बान पर न लाया, बल्कि जब नौशा की माँ ने दो माह का किराया बर-वक़्त न पहुँचाने पर इज़हारे-माज़िरत[2] किया, तो वह हँसकर बोला, "जब जी चाहे, भेज दीजिएगा। मैं इस इरादे से तो आया नहीं था। इस तरफ़ से गुज़र रहा था। सोचा, आपकी ख़ैरियत मालूम कर लूँ।"

नौशा की माँ अपनी परेशानियों का दुखड़ा रोने लगी। नियाज़ ने उसकी दिलजोई करते हुए कहा, "परेशान न हों। जिस बात की तकलीफ़ हो, मुझसे कहलवा दिया करें, बशर्ते कि आप मुझे अपना समझें वरना मरनेवाली के साथ सब ही ने मुझसे आँखें फेर लीं, हालाँकि मैं तो आप लोगों को आज भी वैसा ही मानता हूँ," उसके लहजे में शिकवा था।

नौशा की माँ बोली, "वह तुम्हारी सआदतमन्दी[3] है कि तुम अभी तक सबको उसी तरह समझते हो, वरना पाकिस्तान में भाई कहाँ की अज़ीज़दारी, कहाँ का रिश्ता! जिसे देखो, एक-दूसरे की काट में लगा है, न पहली-सी मुहब्बत है, न मेल-मिलाया! ऐसी आपा-धापी है, ऐसी नफ़सा-नफ़सी[4] है कि मैं तुमसे क्या बताऊँ!"

दोनों देर तक ऐसी ही घरेलू बातें करते रहे। नियाज़ दौराने गुफ़्तगू में बार-बार सुलताना की जानिब चोर-नज़रों से देखता रहा, जो माँ के बराबर ख़ामोश बैठी थी। एक बार जब सुलताना ने भी शरमाई हुई नज़रों से उसकी जानिब देखा, तो नियाज़ तड़प उठा। उसने कोट के बटन खोल दिए और सीना तानकर जवान पट्ठों की तरह ज़रा अकड़कर बैठ गया। किसी तमाशबीन से उसने सुन रखा था कि औरत पैसे-कौड़ी पर इतना नहीं रीझती, जितना मर्द के जिस्म पर मरती है।

दुकान से वह यह सोचकर चला था कि खड़े-खड़े दो बातें करके वापस आ जाएगा, मगर उसका ऐसा दिल लगा कि उठने को जी ही नहीं चाहता था। जब वह नौशा के घर से निकला, तो रात ख़ासी भीग चुकी थी। हर तरफ़ सन्नाटे का राज था। सुनसान गलियों में कुत्ते भौंक रहे थे। अपने कमरे में पहुँचा, तो उसे तनहाई का शिद्दत से अहसास हुआ।

एक रोज़ नाग़ा करके तीसरे रोज़ वह फिर नौशा के घर पहुँचा। झूठे मोतियों का एक हार भी लेता गया। हार बड़ी नफ़ासत से तैयार किया गया था। नियाज़ ने उसे इंगलिस्तान

---

1. परिभाषा, 2. क्षमायाचना की अभिव्यक्ति, 3. आज्ञाकारिकता, 4. आपाधापी

वापस जानेवाले किसी अंग्रेज़ ख़ानदान के सामान से नीलामी में ख़रीदा था और अरसे से कबाड़ख़ाने की अलमारी में पड़ा था। नियाज़ ने डिब्बा खोलकर हार नौशा की माँ के सामने डाल दिया। हिचकिचाते हुए बोला, "आज एक शख़्स ज़बरदस्ती यह हार मेरे सिर चिपका गया। देखिए, कैसे हैं?"

नौशा की माँ ने हार हाथ में लेकर देखा और उसकी तारीफ़ करने लगी, "बड़ा ख़ूबसूरत हार है!"

सुलताना लम्हा-भर तक उसे बेचैनी से देखती रही, मगर अल्हड़ लड़की से ज़्यादा देर ज़ब्त न हो सका। उसने माँ के हाथ से हार लिया। नज़र भरकर देखा और गले में पहनकर माँ से पूछने लगी, "क्यों अम्माँ! कैसा लग रहा है?"

माँ ने उसे डाँटा, "ए हे, सुलताना! तुझे तो किसी आए-गए का भी ज़रा लिहाज़ नहीं। कैसे जल्दी से हार मटकाकर बैठ गई। उतार कमबख़्त! आँखें निकाले क्या देख रही है?"

नियाज़ को तो ऐसे ही मौक़े की तलाश थी। कहने लगा, "पहने रहने दीजिए!" मगर सुलताना ने बुझे हुए दिल के साथ हार उतारकर डिब्बे में डाल दिया और मुँह लटकाकर ख़ामोश बैठ गई। नौशा की माँ ने नियाज़ से कहा, "तुम्हारी बात दूसरी है। तुम ठहरे घर के आदमी! लेकिन लड़कियों में यह आदत नहीं होनी चाहिए। किसी और के सामने ऐसी हरकत कर बैठी, तो वह उसके जन्म पर क्या थूकेगा! मैं लड़कियों को सिर पर चढ़ाने की क़ायल नहीं। औलाद को निवाला खिलाए सोने का, मगर देखो हमेशा क़हर की नज़र से, वरना यह आजकल की औलादें तो आफ़त का परकाला हैं।"

नौशा की माँ ने औलाद की तर्बियत[1] पर अपना लैक्चर ख़त्म किया, तो नियाज़ ने कहा, "अब उसने पहन लिया है, तो उसी को दे दीजिए!"

"कितने का लिया तुमने?"

नियाज़ ने हँसकर कहा, "क्या कीजिएगा पूछकर? मैं अब उसकी क़ीमत तो आप से लेने से रहा!"

वह ज़रा देर इसरार करके ख़ामोश हो गई। उसके बाद इधर-उधर की बातें होती रहीं। उस रोज़ भी वह रात गए वापस गया।

अब नियाज़ का यह मामूल[2] हो गया कि रात का खाना होटल से खाकर हर दूसरे-तीसरे रोज़ नौशा के घर पहुँच जाता और घंटों बैठा उसकी माँ से दुनिया-जहान की बातें किया करता।

नौशा हस्बे-मामूल घर से ग़ायब था। माँ पड़ोस में किसी काम से गई थी। घर में सिर्फ़ सुलताना थी और अन्नू था, जो लैम्प के पास पढ़ते-पढ़ते लुढ़ककर सो गया था। इसी असना में नियाज़ आ गया।

सुलताना ने नियाज़ से ज़्यादा बातचीत न की और चलने के लिए उठ खड़ी हुई।

नियाज़ ने पूछा, "कहाँ चलीं?"

"अम्माँ को बुलाने जा रही हूँ। सामनेवाले घर में तो गई हैं।"

---

1. शिक्षा-दीक्षा, 2. दिनचर्या

वह बाहर जाने के लिए मुड़ी, तो नियाज़ ने हाथ बढ़ाकर उसकी कलाई पकड़ ली। हाथ कुछ ऐसा बेढब पड़ा कि कलाई में पड़ी हुई तमाम चूड़ियाँ छनछनाकर टूट गईं। वह मुँह बिसूरकर बोली, "लीजिए, आपने सारी चूड़ियाँ तोड़ डालीं। कल ही तो पहनी थीं।"

नियाज़ हँसकर बोला, "और पहन लेना!"

वह आहिस्ता से बोली, "बड़ी मुश्किल से अम्माँ ने चूड़ियाँ पहनाई थीं। आपने मेरा पूरा हाथ नंगा कर दिया। अम्माँ देखेंगी, तो मेरा फ़ज़ीता[1] करके रख देंगी।"

उसका चेहरा अफ़सुर्दा[2] हो गया।

नियाज़ की जेब में उस वक्त कई सौ के नोट मौजूद थे। उसने नोटों की गड्डी निकालकर सामने कर दी, "तुम इतना परेशान क्यों हो रही हो? लो, कितने की चूड़ियाँ पहनोगी?" सुलताना ने कभी इतने बहुत-से रुपए नहीं देखे थे। उसकी आँखों में हैरत झलकने लगी। लम्हा-भर ख़ामोश रहकर बोली, "जी नहीं! मुझे आपके रुपए नहीं चाहिए!"

वह शरमाई हुई ज़रा हटकर वहीं दरी पर बैठ गई। लैम्प की गहरी बसन्ती रोशनी में वह बहुत प्यारी लग रही थी। आँखों पर झुकी हुई पलकें और रुख़सारों[3] पर कुन्दन की-सी चमक, सिमटता और फैलता हुआ सुडौल जिस्म। नियाज़ ने उसे उस आलम में देखा, तो बेक़ाबू हो गया। कहने लगा, "एक बात कहूँ?"

वह बोली, "कहिए!"

नियाज़ कुछ कहना चाहता था, मगर कहा न गया। उलझी हुई साँस भरकर सिर्फ़ इस क़दर कहा, "तुम्हारी अम्माँ से बात करूँगा।"

सुलताना बात की तह तक न पहुँच सकी। दबी ज़बान से बोली, "मुझसे कहने में कोई हर्ज है?"

नियाज़ ने गहरी नज़रों से उसे देखा, और एकटक देखता रहा, "सुलताना! न जाने तुम मुझे इतनी अच्छी क्यों लगती हो?" उसने बड़ी सादगी से दिल की बात कह दी।

सुलताना ख़ामोश बैठी पैरों के नाख़ून तोड़ती रही। नियाज़ ने मुस्कराकर कहा, "तुम्हें पता है, मैं रोज़-रोज़ क्यों आता हूँ?" वह इस वक्त सब कुछ कह देना चाहता था।

वह बेनियाज़ी से बोली, "मुझे क्या मालूम?"

"और जो मैं यह कहूँ कि सिर्फ़ तुम्हारी ख़ातिर यहाँ आता हूँ।"

सुलताना ने तड़ाक से जवाब दिया, "बिल्कुल झूठ!"

"अब तुमको कैसे यक़ीन दिलाऊँ!"

वह दीदे मटकाकर बोली, "वाह! बैठे अम्माँ से बातें करते रहते हैं और कहते हैं कि मेरे लिए आते हैं। मेरे लिए क्यों आने लगे?"

नियाज़ बराबर मुस्कराता रहा, "लेकिन मेरी आँखें तो बराबर तुमको ढूँढ़ती रहती हैं।"

सुलताना ने बड़ी सादगी से जवाब दिया, "क्यों?"

"मेरे क़रीब आकर बैठो, तो बताऊँ!"

उसने गरदन हिला दी, "मैं यहीं ठीक हूँ!"

---

1. मार-कुटाई, 2. उदासीन, 3. गालों, कपोलों

सुलताना की एक-एक अदा नियाज़ को डसे जा रही थी। वह बेक़रार होकर बोला, "तो फिर मैं तुम्हारे पास आ जाऊँ?"

वह उसी तीखे लहजे में बोली, "आप वहाँ बैठे क्या बुरे लग रहे हैं?"

नियाज़ ने उसे फिर छेड़ा, "अच्छा! ज़रा मेरी तरफ़ तो देखो!"

वह आँखें फाड़कर देखने लगी, "लीजिए।"

नियाज़ उसकी आँखों में आँखें डालकर बड़ी बेक़रारी से बोला, "हाय!"

दिल की बात ठंडी साँस के साथ बह गई। सुलताना के लिए नियाज़ की यह तमाम हरकतें कुछ अजीब-सी थीं। बहुत-सी बातें उसकी समझ में आ गईं और बहुत-सी वह बिल्कुल न समझ सकी।

नियाज़ कुछ और कहने की वाला था कि उसी वक़्त माँ दरवाज़ा खोलकर घर में दाख़िल हुई। नियाज़ सँभलकर बैठ गया।

नौशा की माँ ने उसे देखते ही पूछा, "अरे! तुम कब आए? मैं तो बराबरवाले मकान में थी। बुलवा लिया होता?"

वह साफ़ झूठ बोल गया, "आए हुए ज़रा ही देर हुई थी!"

"ए सुलताना! नियाज़ को पान भी खिलाया?" उसने क़रीब पहुँचकर पानदान खोला और पान बनाने लगी।

पान खाकर इधर-उधर की बातें शुरू हो गईं। सुलताना ज़रा देर तक बैठी रही। फिर उठकर अपने बिस्तर में जाकर दुबक गई।

शाम हो चुकी थी। नियाज़ अपनी दुकान में बैठा था।

लालटेन की मटियाली रोशनी में एक शख़्स से राज़दाराना लहजे में आहिस्ता-आहिस्ता बातें कर रहा था। किसी माल का सौदा हो रहा था, जो किसी तरह तय ही न हो पाता। नियाज़ सौ रुपए से आगे नहीं बढ़ रहा था और वह शख़्स बज़िद था कि एक सौ दस से कम न लेगा।

नियाज़ ने आख़िरी क़ीमत लगाते हुए कहा, "पाँच और बढ़ा लो। पसन्द आए, तो दे दो, नहीं तो दूसरी जगह दिखा दो, मगर एक बात याद रखना, अगर दूसरी जगह भी इतने ही दाम लगें, तो यहाँ दे जाना!"

वह आदमी बोला, "बेचूँगा, तो तुम्हारे ही हाथ, और पूरे एक सौ दस लूँगा। लो, यह सँभालो अपना माल!"

उसने दो घड़ियाँ नियाज़ के सामने डाल दीं।

नियाज़ा आमादा न हुआ, "नहीं, भई! इससे ज़्यादा की गुंजाइश नहीं।"

"ख़ुदा क़सम! बाज़ार में सिर्फ़ एक की क़ीमत दो सौ से ज़्यादा है। रोज़ हम तुम्हारी बात मान लेते हैं, आज तुमको हमारी बात माननी पड़ेगी।"

"देखने में तो दोनों ठीक लगती हैं, मगर उनका निकालना कितना जोखों[1] का काम है। हर वक़्त पुलिस का ख़तरा! चोरी का माल बेचना तुम कोई आसान काम समझते हो!"

---

1. जोखिम

"नियाज़ भाई! तुम ज़्यादा दुकानदारी न किया करो! तुम्हारे साथ कोई आज पहला मुआमला कर रहा हूँ। ख़ुदा झूठ न बुलवाए। इन हाथों से तुमको हज़ारों का माल दे चुका हूँ। हर वक़्त की बिज़नेस अच्छी नहीं होती। लाओ, निकालो! सीधे हाथ से रुपए!"

नियाज़ अपनी बात पर अड़ा रहा, "होंगे वही एक सौ पाँच!"

"ला, यार, निकाल जो तेरा जी चाहे!"

नियाज़ ने जेब से नोटों की गड्डी निकाली और एक सौ पाँच रुपए गिनकर उसकी तरफ़ बढ़ा दिए। वह बोला, "अमाँ, चाय-पानी को तो कुछ दे दो।" नियाज़ ने अठन्नी और दे दी। जलकर बोला, "यह भी लो। तुम्हारे इसी लीचड़पन से मुझे चिढ़ है!"

वह शख़्स ढिठाई से हँसने लगा। उसने नोट गिनकर कोट की जेब में रखे और मुस्कराता हुआ दुकान से बाहर चला गया। नियाज़ ने दोनों घड़ियों को लालटेन की रोशनी में ग़ौर से देखा। बिल्कुल नई थीं। उसने दुकान के पिछले हिस्से में जाकर अलमारी खोली। घड़ियाँ रखीं और अलमारी में ताला लगा दिया।

नियाज़ कमरे से निकलकर बाहर आया। देखा, नौशा बैठा उसका इन्तज़ार कर रहा है। वह उस रोज़ मोटरसाइकिल के इंजन का कोई पुरज़ा लाया था। नियाज़ ने पुरज़े को सिर्फ़ एक नज़र देखा और जेब से दस रुपए का नोट निकालकर नौशा को दिया।

"जा, आज ठाठ से ऐश कर!"

नौशा के हाथ में पूरा दस रुपए का नोट आया, तो वह भौंचक्का-सा हो गया। नियाज़ उस वक़्त तरंग में था। हँसकर बोला, "अबे! मेरा मुँह क्या तक रहा है। इसे जेब में डाल ले!"

नौशा ने जल्दी से नोट जेब में रख लिया। उस वक़्त उसका हाथ कँपकँपा रहा था।

## [6]

गली में सिर्फ़ शामी मौजूद था। राजा का कहीं पता नहीं था। नौशा को सख़्त कोफ़्त हुई। वह जल्द-से-जल्द राजा को यह ख़ुशख़बरी सुनाने के लिए बेचैन था कि उसकी जेब में पूरे दस रुपए का करारा नोट है।

शामी ने बताया कि राजा काले साहब के घर तम्बोला खेलने गया है और यह कहकर गया है कि नौशा आए, तो उसको वहीं लेते आना! नौशा ने सोचा, आज तो ठाठ से वह भी तम्बोला खेलेगा। वह शामी के साथ उसी तरफ़ चल दिया।

काले साहब का मकान फर्लांग, सवा फर्लांग के फ़ासिले पर था। बीच में दो गलियाँ पड़ती थीं। उसके बाद ईसाइयों का मुहल्ला शुरू होता था। वहीं काले साहब का मकान था। दोनों जब वहाँ पहुँचे, तो उस वक़्त सुरंग की तरह लम्बे कमरे में बोसीदा बेंचों पर बहुत से आदमी बैठे थे। कमरे में हर तरफ़ तम्बाकू का धुआँ मँडला रहा था। सामने चबूतरे पर काले साहब, ऊँची बाड़ की हैट लगाए, हाथ में जादूगरों की तरह स्याह छड़ी लिए खड़ा था। उसके सामने चौकोर मेज़ थी, जिस पर एक थैला रखा था। चार-पाँच साल का एक गोल-मटोल बच्चा थैले के अन्दर से टिकट निकालकर देता जा रहा था, जिन पर लिखे हुए नम्बर काले साहब सर्कस के मसख़रों की तरह गरदन मटका-मटका ऊँची आवाज़ से पढ़ रहा था।

कमरे में एक तरफ़ बैंच पर राजा भी बैठा था। काले साहब नम्बर बोलता जा रहा था। कमरे में बैठे हुए लोग हाथों में दबे हुए काग़ज़ों पर पेंसिल से जल्दी-जल्दी नम्बर काट रहे थे। किसी को तन-बदन का होश नहीं था। हर शख़्स के कान काले साहब की आवाज़ पर लगे थे, जो धड़ाधड़ नम्बर बोल रहा था।

अचानक एक मोटे-तगड़े आदमी ने हाथ उठाकर एलान किया, "हाउस!" किसी दिलजले ने चीख़कर अपनी झुँझलाहट का इज़हार किया।

"धत् तेरे की!"

उसकी आवाज़ देर तक गूँजती रही।

शामी ने राजा को आवाज़ दी। उसने पलटकर दोनों की जानिब देखा और उठकर उनके पास आ गया। नौशा ने तम्बोला खेलने का इरादा ज़ाहिर किया। राजा ने डपटकर कहा, "यार! तू इस चक्कर में न पड़। यह काले साहब एक नम्बर बेईमान है। साला ज़रूर गड़बड़ करता है!"

राजा शाम से बैठा तम्बोला खेल रहा था और बराबर हार रहा था।

काले साहब के मकान पर हर सनीचर की शाम को तम्बोला होता था। राजा कई हफ़्तों से वहाँ जा रहा था और हर बार हारकर आता था। तम्बोला खेलने के लिए वह हफ़्ता-भर तक पैसे जमा करता और सब हार आता। बाद में काले साहब को गालियाँ देता।

नौशा का दिल तम्बोला खेलने को मचल रहा था। उसने दबी ज़बान से कई बार इसरार भी किया, मगर राजा ने एक न सुनी। वहाँ से निकलकर तीनों बाहर आए। नौशा ने दस रुपए का नोट निकालकर दिखाया। राजा पर बड़ा रोब पड़ा।

ज़रा देर के लिए तो वह चकरा गया। हैरतज़दा होकर बोला, "अबे! यह नक्शे हैं। आज तू बड़ी लम्बी रक़म मार लाया।"

"इसीलिए तो तम्बोला खेलने के लिए कह रहा हूँ," नौशा ने एक बार फिर अपनी ख़्वाहिश का इज़हार किया।

राजा ने इस दफ़ा भी उसकी ख़्वाहिश का गला घोंट दिया, "अबे! तम्बोले में क्या रखा है? मैं तो पैगी को देखने चला गया, पर साली वह आज आई नहीं!"

नौशा ने कहा, "यार! तू तारीफ़ तो उसकी बहुत करता है। किसी दिन दिखा तो दे!"

शामी बीच में बोल उठा, "अबे! क्या करेगा देखकर! मेरी दुकान पर रोज़ सौदा लेने आती है। एकदम वाहेयात है। काली कलूटी...बिल्कुल कौआ परी!"

राजा को उसकी बात सख़्त नागवार गुज़री। उसने तीखी नज़रों से शामी को देखा। जलकर बोला, "साले! वह तुम्हारी इश्शो तो जैसे परिस्तान की शहज़ादी है। साली भैंगी कहीं की!"

उनकी बातें सुनकर नौशा को शदीद अहसासे-कमतरी[1] हुआ। बेचारगी से बोला, "यार! तुम दोनों ने तो एक-एक माशूक़ छाँट लिया। यहाँ तो साली कोई काली कलूटी भी नहीं मिलती।"

दोनों उसकी सादगी पर बेसाख़्ता हँस पड़े। शामी ने आँख मारकर कहा, "उस्ताद! उसके लिए बड़ा रियाज़[2] करना पड़ता है। तब जाकर कहीं लौंडिया फँसती है!"

---

1. हीन भावना, 2. अभ्यास, तपस्या

राजा बेतकल्लुफ़ी में हँसता रहा, "साला! यह दुकान पर बैठा दिन-भर यही तो चक्कर चलाता रहता है।"

शामी ने झटका देकर अपने बड़े-बड़े बालों को एक्टरों की तरह पीछे पलटा और फ़ख़रिया[1] अन्दाज़ में मुस्कराने लगा।

राजा बोला, "अबे नौशे! तुझे एक तरकीब बताऊँ। वह जो ओवरसियर है न! वही, जिसका चौराहे पर दो-मंज़िला मकान है, तू उसकी लौंडिया को गाँठ ले। रोज़ स्कूल पढ़ने जाती है। बाप क़सम, बड़ी ज़ोरदार चीज़ है। मैंने तो उसके भाई से याराना कर लिया है, चाहे तो तू भी साझा कर ले। पट गई, तो मौज करेंगे। ला, मिला इसी बात पर पुलाववाला हाथ!" उसने गर्मजोशी से नौशा का हाथ दबोच लिया।

"वैसे, यार लौंडिया तो मीर कल्लन की भी बहुत ज़ोरदार है। बिल्कुल पटाख़ा है पटाख़ा..." शामी ने मुड़कर नौशा की जानिब देखा, "अबे नौशे! तूने तो उसे देखा होगा?"

"वही तो नहीं, जो स्कूल के पिछवाड़े रहती है?"

"हाँ! यार, वही!" शामी ने नौशा की पीठ पर हौले से धप मारा, "मैंने तो उसे टाँचने की बहुत कोशिश की, पर साली बिदकती बहुत है। पुट्ठे पर हाथ रखने नहीं देती। तू लग जा उसके पीछे। फँस गई, तो ऐश करेगा।"

"अबे! इससे क्या लौंडिया फँसेगी। यह तो एकदम लैंडी कुत्ता है। उसके सामने जाकर दुम हिलाने लगेगा," राजा ने ज़ोर से क़हक़हा लगाया।

नौशा भी खिसियाना होकर हँसने लगा।

तीनों देर तक मुहल्ले की लड़कियों के बारे में तरह-तरह की बातें करते रहे। राजा और शामी, जो लगभग नौशा ही के हमउम्र थे और किसी का भी सन चौदह-पन्द्रह साल से ज़ाइद[2] न होगा, इस अन्दाज़ से बढ़-चढ़कर बात कर रहे थे कि नौशा हवन्नक़[3] की तरह उनका मुँह देखता रह गया।

तम्बोला खेलने का प्रोग्राम मंसूख़[4] हुआ, तो राजा ने एक नया प्रोग्राम बनाया, मगर उसकी तफ़सील न बताई। शामी ने ज़िद की, तो उसने डाँट दिया, "बस कह दिया, एक जगह चलेंगे। तुझे चलना हो, तो चल!"

शामी ने पूछा, "कब तक वापसी होगी?"

"कोई ठीक नहीं। ग्यारह तो बज ही जाएँगे," राजा ने जवाब दिया।

शामी ने कानों पर हाथ रख लिए, "न बाबा! मैं इतनी देर तक नहीं ठहर सकता। अब्बा मौलाना कद्दुम का वाज़[5] सुनने गए हैं। दस बजे तक लौट आएँगे। मुझे घर में नहीं देखा, तो ऊधम मचा देंगे। मैं तो भई चला!" वह अपने घर की तरफ़ चला गया।"

राजा और नौशा बातें करते हुए बाज़ार की जानिब मुड़ गए।

बाज़ार की चहल-पहल अब उजड़ चुकी थी। कहीं-कहीं इक्का-दुक्का दुकानें खुली थीं। चौकीदारों ने गश्त लगाना शुरू कर दिया था, और दुकानों के ताले हिला-हिलाकर दे रहे थे। राजा और नौशा ने बाज़ार उबूर[6] किया और एक गली में दाख़िल हो गए।

---

1. गर्वीले, 2. अतिरिक्त, 3. मूर्खों, 4. स्थगित, 5. प्रवचन, 6. पार

गली में घुप अँधेरा था। आगे-आगे राजा था और उसके पीछे नौशा चल रहा था। थोड़ी दूर जाने के बाद एक मोड़ पर तेज़ रोशनी नज़र आई। क़रीब ही मिली-जुली आवाज़ों का शोर उभर रहा था। दोनों उसी तरफ़ मुड़ गए। जिस क़दर वह आगे बढ़ते गए, शोर नज़दीक आता गया। आख़िर राजा एक क़दीम वज़ा[1] की ऊँची इमारत के सामने आकर ठहर गया।

बड़ा फाटक बन्द था और अन्दर ख़ूब शोर हो रहा था। राजा ने खिड़की-नुमा दरवाज़ा खोला और अन्दर दाख़िल हो गया। उसके साथ ही नौशा भी चला गया। दरवाज़े के सामने कुशादा[2] सेहन था। उसके एक तरफ़ नीची मेहराबोंवाला तवील दालान था, जिसमें गैस-बत्तियाँ रोशन थीं। जगह-जगह टीन की कुर्सियाँ और लकड़ी की भद्दी मेज़ें पड़ी थीं। मेज़ों पर शराब की बोतलें थीं। गिलास थे।

उस शराबख़ाने में देसी शराब मिलती थी। दालान में शराबियों की अच्छी-ख़ासी भीड़ थी। वे शराब पी रहे थे। चीख़-चीख़कर बातें कर रहे थे। क़हक़हे लगा रहे थे। राजा और नौशा कुर्सियाँ खींचकर एक मेज़ के पास बैठ गए। राजा ने नौशा से दस रुपए का नोट लिया और काउंटर पर जाकर ठर्रे का एक अद्धा ले आया। उसने बोतल खोलकर मेज़ पर रखी। अपने गिलास में शराब उँडेली, लेकिन जब वह दूसरे गिलास में शराब डालने लगा, तो नौशा घबराकर बोला, "यार! यह तू किसके लिए उँडेल रहा है?"

वह हँसकर बोला, "अबे! तेरे लिए, और किसके लिए?"

नौशा सहमी हुई आवाज़ में बोला, "नहीं, यार मुझे न पिला।"

राजा इसरार करने लगा, मगर नौशा बराबर इनकार करता रहा। इसी असना में दालान के अन्दर ढोलक ठनकने लगी। एक हिजड़ा लहक-लहककर गाने लगा :

*बरेली के बाजार में झुमका गिरा रे...*
*ओ झुमका गिरा रे...*

गाने के साथ-साथ वह कमर लचकाकर नाचने भी लगा। एक शराबी झूमता हुआ उठा और हिजड़े के साथ नाचने लगा। उसका जिस्म ख़ासा भारी-भरकम था। धम-धम करके नाचता, तो छत तक हिल जाती। दालान में बैठे हुए लोग उसे नाचते देखकर ज़ोर-ज़ोर से क़हक़हे लगाने लगे। दोनों के नाच ने शराबख़ाने की फ़िज़ा में हलचल पैदा कर दी। नौशा भी उस हाऊ-हू में दिलचस्पी लेने लगा। वह बार-बार खिलखिलाकर हँस पड़ता। इसी दौरान में एक अधेड़ आदमी ने दोनों के क़रीब आकर पूछा, "खाने को कुछ लाऊँ?"

राजा ने कहा, "कबाब होंगे?"

"कबाब तो अभी-अभी ख़त्म हो गए।"

राजा बोला, "अच्छा, तो आलू-छोले ले आओ, मगर ख़ूब चटपटे हों!"

"अभी लो, जी, अभी!"

वह चला गया और ज़रा देर बाद एलमोनियम की गन्दी-सी प्लेट में आलू-छोले ले आया, जिन पर पिसी हुई लाल मिर्चें पड़ी थीं।

भारी-भरकम जिस्मवाला शराबी अभी तक हिजड़े के साथ नाच रहा था। वह अपने चौड़े-चकले कूल्हे मटकाकर नाचता, तो नौशा को बड़ा लुत्फ़ आता। राजा ने कहा, "अबे!

---

1. प्राचीन ढंग, 2. विशाल, लम्बा-चौड़ा

ज़रा-सी लगाए बग़ैर क्या मज़ा आएगा।!" उसने गिलास उठाकर नौशा के होंठों से लगा दिया।

नौशा ने एक घूँट पीकर बुरा-सा मुँह बनाया, "यार! यह तो बहुत कड़वी है!"

राजा ने आलू-छोले की प्लेट सामने कर दी, "ले आलू का एक क़तला खा ले!"

नौशा ने प्लेट से आलू के कई क़तले उठाकर खा लिए। राजा ने गिलास उठाकर अपनी आँखों के सामने किया। गहरी गुलाबी शराब को रोशनी में देखा। गिलास को बोसा दिया और ग़टाग़ट कई घूँट चढ़ा गया। नौशा ने भी गिलास उठाकर थोड़ी-सी पी ली और राजा से कहने लगा, "यार! तू तो बड़ा छुपा रुस्तम निकला!"

"नहीं बे! बस दो-तीन बार इससे पहले और पी थी, और यहाँ दूसरी दफ़ा आया हूँ।"

"लगे साले झूठ बोलने! अबे! तू पक्का शराबी मालूम होता है।"

"नहीं यार! क़सम ले ले!" राजा ने सफ़ाई पेश की।

दोनों बातें करते रहे और ठर्रे के घूँट चढ़ाते रहे। जब गिलास ख़त्म हो जाता, तो राजा और उँड़ेल देता।

नौशा पीते-पीते ज़रा देर बाद बोला, "यार राजा! मुझे तो कुछ अजीब-सा लग रहा है।"

"अबे! अभी से चढ़ने लगी। चल, थोड़ी-सी और लगा।"

नौशा ने ठर्रे की चुस्की ली और ख़्वाहमख़्वाह हँसने लगा। यह हँसी बड़ी बेढंगी थी। उसने गिलास उठाया और ग़टाग़ट कई घूँट चढ़ा गया। भारी-भरकम जिस्मवाला शराबी नाचते-नाचते यकायक लड़खड़ाकर गिर पड़ा था और अब चारों खाने चित फ़र्श पर लेटा भैंस की तरह डकार रहा था। दालान में बैठे हुए शराबी ज़ोर-ज़ोर से क़हक़हे लगा रहे थे।

हिजड़े ने गाना बन्द कर दिया था। वह हर मेज़ पर जाता। फिर से गन्दा मज़ाक़ करता। किसी को दो-चार बाज़ारी फ़िक़रे सुनाता और दोअन्नी-चवन्नी वसूल करके दूसरी मेज़ पर चला जाता। वह बारी-बारी हर मेज़ पर जा रहा था। राजा और नौशा को देखकर उसने हाथ मटका-मटका तालियाँ बजाईं और ज़ोर सें तान लगाई :

*छोटे-से बलमा मोरे आँगना में गुल्ली खेलें...*

नौशा तो उसकी हरकतों पर शरमा गया, मगर राजा ने बड़ी बेबाकी से उठकर उसके गले में बाँहें डाल दीं और चटाख़ से उसका गाल चूम लिया। हिजड़ा हाथ फैलाकर बोला, "इसी बात पर एक चवन्नी दिलाओ।"

राजा ने फ़ौरन ज़ेब से चवन्नी निकालकर दे दी। वह कूल्हे मटकाता हुआ आगे बढ़ गया।

दोनों देर तक बैठे ठर्रे से शग़ल करते रहे। ठर्रे की ख़ासियत है कि उसका नशा तूफ़ान की तरह चढ़ता है। राजा ने ग़ज़ब यह किया, कि बोतल ख़त्म होने के बाद एक पव्वा और ले आया। पव्वा ख़त्म नहीं हुआ था कि राजा बहकने लगा। अब वह ख़्वाहमख़्वाह हँस रहा था। बात कहते-कहते भूल जाता। कभी नौशा के गले में बाँहें डाल देता। कभी इस तरह चेहरा बिगाड़ता, जैसे रो पड़ेगा। नौशा भी हौले-हौले झूम रहा था। इसी आलम में एक बार वह डगमगाया और धड़ाम से फ़र्श पर गिरा। उठकर उसने मेज़ का सहारा लिया, तो मेज़ उलट गई। बोतल लुढ़क गई। गिलास गिरकर चकनाचूर हो गए। राजा ने गन्दी-सी गाली दी। साथ

ही एक ज़न्नाटे का हाथ नौशा के गाल पर पड़ा। नौशा ने आँखें फाड़कर देखा। राजा ख़ूँख़्वार नज़रों से घूर रहा था। उसे न जाने क्या सूझी कि दालान से निकलकर सेहन में आ गया। पीछे से राजा ने आवाज़ दी। उसने पलटकर देखा भी नहीं। फाटक की खिड़की से निकलकर बाहर गली में आ गया।

वह डगमगाता हुआ एक तरफ़ चल दिया। उसे मुत्लक़[1] इल्म नहीं था कि कहाँ जा रहा है? किधर जा रहा है? आध घंटे तक सुनसान गलियों में इधर-उधर भटकने के बाद वह एक कुशादा सड़क पर आ गया, लेकिन सड़क पर कुछ ही दूर गया होगा, अचानक उसका जी मतलाने लगा। उसने वहीं सड़क पर कै कर दी। उठकर लड़खड़ाता हुआ चन्द क़दम गया। हर चीज़ उसके सामने गर्दिश कर रही थी। मकानों के दरीचों पर झलकती रोशनियाँ जुगनुओं की मानिंद उसकी नज़रों के सामने जलने-बुझने लगीं। फिर वह सपेरे की बीन पर झूमनेवाले नाग की तरह लहराया और चकराकर गिर पड़ा। सड़क ठंडी थी। हवा चल रही थी। नौशा को बड़ा सुकून मिला। उसने आँखें बन्द कर लीं और बेख़बर सो गया।

सड़क के बीचोबीच वह हाथ-पाँव फैलाए लाश की तरह बेजान पड़ा था। दफ़अतन[2] क़रीब के मोड़ से एक कार तेज़-रफ़्तार से निकली और आनन-फ़ानन नौशा के सिर पर पहुँच गई। नौशा पहिए की लपेट में आकर दूर तक लुढ़कता चला गया। एक बार वह कलेजा फाड़कर चीख़ा, "हाय!" और फिर ख़ामोश हो गया। ड्राइवर ने ब्रेक लगाए। कार शोर करती ज़ोर से उछलकर रुक गई। किसी ने कार के अन्दर से गरदन निकालकर नौशा को देखा। वह धुँधली रोशनी में मुरदे की तरह बेसुध पड़ा था।

"मर गया?" झाँकनेवाले की घबराई हुई आवाज़ उभरी।

कार के अन्दर से किसी ने कहा, "गाड़ी आगे बढ़ाओ। अब यहाँ ठहरना मुनासिब नहीं," इंजन स्टार्ट होने की आवाज़ ख़ामोशी में उभरी और कार तेज़ी से सड़क पर दौड़ती हुई अँधेरे में ग़ायब हो गई।

## [7]

नौशा सड़क पर बेसुध पड़ा था। रात आहिस्ता-आहिस्ता गुज़रती रही। आधी रात को एक राहगीर उधर से गुज़रा। यह सलमान था। वह एक मुक़ामी कॉलेज का तालिबे-इल्म[3] था और फ़िल्म देखकर लौट रहा था। उसने नौशा को देखा, तो रुक गया। झिझकता हुआ उसके क़रीब जाकर खड़ा हो गया। उसी वक़्त नौशा ने कराहते हुए करवट बदली। सलमान झुककर उसे ग़ौर से देखने लगा। उसके तमाम जिस्म पर ख़ाक थी। उसने नौशा का हर तरफ़ से जायज़ा लिया।

चोट ज़्यादा नहीं मालूम होती थी। सिर्फ़ कन्धे के पास ख़ून का गहरा सुर्ख़ निशान था।

उसे बीच सड़क से उठाकर वह फुटपाथ पर ले आया। दूर-दूर तक किसी आदमज़ाद का पता न था। सड़क सुनसान थी। हर तरफ़ वीरानी बरस रही थी। उसने नौशा को हौले-हौले झँझोड़ा और किसी-न-किसी तरह नाम और पता मालूम किया।

---

1. नितान्त, क़तई, 2. अकस्मात्, 3. विद्यार्थी

इत्तिफ़ाक़[1] से एक ख़ाली ताँगा आता हुआ नज़र आया। सलमान ने ताँगा रुकवाया। कोचवान की मदद से नौशा को ताँगे में डाला और ख़ुद भी सवार हो गया। ताँगा नौशा के घर की तरफ़ चल दिया।

सड़क का रास्ता तो ताँगे में इत्मीनान से गुज़र गया, लेकिन गली इतनी तंग थी कि ताँगा अन्दर नहीं जा सकता था। सलमान ने ताँगेवाले को किराया दिया और नौशा को दोनों हाथों पर उठाकर गली के अन्दर दाख़िल हो गया। अँधेरे में दो बार ठोकर खाकर गिरते-गिरते बचा।

रात का वक़्त और अजनबी जगह! सलमान के लिए नौशा के घर का पता लगाना भी एक मसला बन गया। न जाने कितनी देर उसे अँधेरी गली में भटकना पड़ता। ख़ुशक़िस्मती से मुहल्ले का एक आदमी मिल गया। वह रेलवे में मुलाज़िम था और उस वक़्त ड्यूटी पर जा रहा था। उसने नौशा का मकान बता दिया। सलमान ने नौशा को घर के दरवाज़े पर लिटाया और ज़रा देर तक हाँफता रहा। वह छरहरे जिस्म का दुबला-पतला नौजवान था। इस क़दर मुशक़्क़त का आदी न था। उसका सारा बदन पसीने-पसीने हो गया था।

सलमान ने दरवाज़े पर दस्तक दी। कई बार दरवाज़ा खटखटाया, मगर कोई जवाब न मिला। घर में सब सो रहे थे। वह रुक-रुककर दरवाज़े पर दस्तक देता रहा।

आहट से नौशा की माँ की आँख खुल गई। उस रोज़ उसकी तबीयत कुछ ख़राब थी। लिहाज़ा ख़ुद तो दरवाज़े पर न जा सकी, आवाज़ देकर सुलताना को बेदार[2] किया। वह कच्ची नींद से उठी थी। दरवाज़े पर खटखटाने की आवाज़ सुनी, तो डरकर बोली, "ए अम्माँ! यह इतनी रात गए दरवाज़ा कौन पीट रहा है?"

माँ ग़ुस्से से बोली, "होगा कौन? वही हरामख़ोर होगा नौशा! सारी रात वाही-तबाही फिरने के बाद अब लाट साहब को घर की सूझी है। जा बेटी, दरवाज़ा खोल दे, वरना वह कमबख़्त सोने भी न देगा।"

सुलताना ने कोई जवाब न दिया। चुपचाप उठकर कमरे से बाहर चली गई। आँगन में पहुँचकर सर्दी का अहसास हुआ, तो जिस्म कँपकँपाकर रह गया।

अव्वल-शब[3] मौसम ख़ुशगवार था, मगर अब ख़ुनकी[4] बढ़ गई थी। उसने दरवाज़ा खोला और गरदन बाहर निकालकर बोली, "नौशा! ऐ नौशा!"

सलमान भौचक्का होकर उसे देखने लगा। उसकी ज़बान से एक लफ़्ज़ न निकला। सुलताना गहरी नींद से उठी थी। अँधेरे में उसे कुछ दिखाई न दिया। नौशा की आवाज़ न आई, तो वह बोली, "अरे, कहाँ चला गया? बोलता क्यों नहीं?"

सलमान से अब ख़ामोश न रहा गया, "कार से इसका एक्सीडेंट हो गया है।"

एक्सीडेंट का नाम सुनते ही सुलताना बदहवास होकर चीख़ी, "हाय अल्लाह!" और तेज़ी से भागती हुई माँ के पास पहुँची।

माँ ने घबराकर पूछा, "अरे! क्या हो गया?"

सुलताना ने मुँह बिसूरते हुए कहा, "नौशा मोटरकार से कुचल गया।" वह सिसकियाँ भरने लगी।

---

1. संयोगवश, 2. जागृत, 3. पहली रात, 4. ठंडक

माँ भी चीख़कर रोने लगी। शोर सुनकर अन्नू जाग उठा और फटी-फटी आँखों से दोनों को देखने लगा। सलमान उस वक़्त तक नौशा को हाथों पर उठाए हुए कमरे के दरवाज़े पर पहुँच चुका था। उसका जिस्म सलमान के हाथों पर बारिश से भीगी हुई शाख़ की तरह झूल रहा था। सलमान ने नौशा को दरी पर लिटा दिया और माँ-बेटी को तसल्ली देने लगा।

"घबराइए नहीं। ज़्यादा चोट नहीं आई है। बाल-बाल बच गया।"

दोनों बिलख-बिलखकर रो रही थीं। उन्हें रोते देखकर अन्नू भी मुँह बिसूरकर रोने लगा। सामने नौशा आँखें बन्द किए बेहाल पड़ा था। लैम्प की रोशनी में उसका चेहरा लाश की तरह ख़ाकिस्तरी[1] नज़र आ रहा था।

सलमान ने फिर उनको तसल्ली दी, "आप इस तरह क्यों रो रही हैं? कोई घबराने की बात नहीं। कन्धे पर ज़रा-सा ज़ख़्म आ गया है।"

माँ नौशा के सिरहाने बैठ गई। सुलताना भी उसके क़रीब पहुँच गई।

नौशा अभी तक बेहोश था।

उसकी माँ और बहन बेकरार होकर आँसू बहा रही थीं। रुक-रुककर सिसकियाँ भर रही थीं। यह बड़ा अलमनाक-मंज़र[2] था।

सलमान से ज़्यादा देर देखा न गया। परेशान होकर बोला, "अब मैं चलूँगा।"

माँ उसे दुआएँ देने लगी।

सलमान बाहर गली में आ गया और सीधा अपने घर की तरफ़ चल दिया। कमरे में पहुँचकर तब बिस्तर पर लेटने लगा, तो उसे ख़याल आया कि घर पहुँचाने के बजाय नौशा को अस्पताल क्यों न ले गया। मुमकिन है, चोट जिस्म के अन्दरूनी हिस्सों में आई हो। वह दिलगिरिफ़्ता[3] हो गया। सोचने लगा, न जाने नौशा की अब क्या हालत हो। घर में कोई ऐसा मर्द भी नज़र न आया था कि रात में अगर तबीयत ज़्यादा गड़बड़ हो जाए, तो ज़ख़्मी को अस्पताल ले जाए।

यूँ तो सलमान बड़ा आशुफ़्ता-तबा[4] और ला-उबाली[5] नौजवान था। यहाँ उसका कोई सरपरस्त भी न था। तनहा रहता था और बड़ी ग़ैर-ज़िम्मेदाराना ज़िन्दगी बसर करता था। वह उन तालिबे-इल्मों के ज़ुमरे[6] में शामिल था, जो ज़माना-ए-तालिमे-इल्मी में ही ज़िन्दगी के बहुत-से तजुर्बात हासिल कर लेते हैं। फ़लश या रमी खेलने पर आता, तो रात-रात-भर खेलता रहता और एक-एक पैसा हार जाता। महफ़िल जम जाती, तो कभी-कभार शराब भी पी लेता। घर से जिस रोज़ मनीऑर्डर आता, उस रोज़ वह किसी बालाख़ाने[7] पर जाकर गाना ज़रूर सुनता, मगर इन तमाम कमज़ोरियों के बावजूद बड़ा नरमदिल और ख़ुदापरस्त था। यही वजह थी कि वह रात उसने बड़ी बेचैनी से गुज़ारी।

सुबह उठते ही वह नौशा के घर पहुँचा। नौशा की माँ ने उसे अन्दर बुला लिया। कमरे में जाकर उसने देखा, नौशा अभी तक बेख़बर सो रहा था। माँ ने बताया कि सवेरे बहुत तड़के उसे होश आया था। बातचीत भी की थी। अब तबीयत ज़रा ठीक है।

---

1. मटियाला, 2. करुणापूर्ण दृश्य, 3. खिन्नचित्त, 4. करुण-स्वभाव, 5. बेपरवाह, 6. गिरोह, 7. वेश्यालय

सलमान वहीं दरी पर बैठकर नौशा की माँ से बातें करता रहा। सुलताना कमरे के बाहर थी। उसने कई बार सलमान को देखा। वह आहिस्ता-आहिस्ता बोल रहा था और बराबर सिगरेट पर कश लगा रहा था। सुलताना ने अन्नू को इशारे से क़रीब बुलाया। पड़ोस में भेजा कि कुर्सी माँग लाए। उसे सलमान का पतलून पहनकर फ़र्श पर बैठना बड़ा बेतुका लग रहा था। ज़रा देर बाद अन्नू कुर्सी लेकर आ गया। कुर्सी बोसीदा थी। उसका एक पाया भी टूटा हुआ था। सुलताना ने कुर्सी कमरे के अन्दर भिजवा दी।

नौशा की माँ ने इसरार करके सलमान को कुर्सी पर बिठा दिया। लम्हा-भर बाद उसने पहलू बदला, तो कुर्सी डगमगाकर उलट गई और इसके साथ ही सलमान धड़ाम से फ़र्श पर आ रहा। वह जल्दी से उठकर खड़ा हो गया और अपने कपड़े झाड़ने लगा। कमरे के बाहर सुलताना की हँसी रुक-रुककर उभर रही थी। सलमान झेंपकर मुस्कराने लगा।

माँ बच्चों को ख़्वाहमख़्वाह कोसने लगी, "ख़ुदा समझे इन कमबख़्तों को। अच्छी-भली कुर्सी तोड़ डाली।" उसने कुर्सी उठाई। दीवार से टिकाई और सलमान को उस पर ज़बरदस्ती बिठा दिया। उस वक़्त वह इस तरह चौकन्ना होकर कुर्सी पर बैठा था, जैसे फोटो खिंचवा रहा हो। अब वह ऐन दरवाज़े के मुक़ाबिल[1] बैठा था। कई बार उसने सुलताना को दरवाज़े की आड़ से झाँकते हुए देखा। और कई बार उसकी नज़रें सुलताना की नज़रों से टकराईं।

लगभग पौन घंटे तक नौशा की माँ से इधर-उधर की बातें करने के बाद जब वह जाने लगा, तो नौशा की माँ ने बड़े इसरार से कहा, "आइन्दा भी आते रहना।" उसके लहजे में ख़ुलूस[2] था मुहब्बत थी। दरअसल सलमान उसे बड़ा शरीफ़ और सआदतमन्द[3] लड़का मालूम हुआ था।

---

1. सामने, 2. सहृदयता, 3. आज्ञाकारी

# फ़सल दोएम[1]

## [1]

मौसम बदल रहा था। सर्दी का चल-चलाऊ था। गर्मी की आमद-आमद[2] थी। धूप की तमाज़त[3] बढ़ गई थी, मगर रातें बड़ी सुहानी होतीं। फागुन का महीना था। चाँद निकलता, तो दरो-बाम[4] आईनाख़ाना बन जाते। शफ़्फ़ाफ़ चाँदनी से दिल में कसक उठती। कितनी ही दबी हुई ख़्वाहिशें अँगड़ाइयाँ लेकर बेदार हो जातीं।

एक ऐसी ही सुहानी रात थी। नौशा की माँ दालान में सायबान तले बैठी थी। उसने तीसरे पहर को गुसल[5] किया था। धुले हुए उजले कपड़े पहने थे। सुलताना को बैठे-बिठाए न जाने क्या सूझी, कि उसने माँ का दुपट्टा उतारकर अपना बसन्ती दुपट्टा ओढ़ा दिया।

माँ ने एहतिजाज[6] किया, "अरी लड़की, कुछ दीवानी हो गई है। ला, मेरा दुपट्टा तो दे!"

वह हँसकर बोली, "अल्लाह क़सम, अम्माँ, बसन्ती, दुपट्टा तो तुम पर खिल गया।"

बात भी ऐसी ही थी। उसकी ढँकी-छुपी जवानी बसन्ती दुपट्टे में जाग उठी थी। बाहर सेहन में चाँदनी चटकी हुई थी। माँ का चेहरा दमक रहा था, जगमगा रहा था। यूँ उसकी उम्र ऐसी ज़्यादा नहीं थी। पन्द्रह बरस की उम्र में शादी हो गई। साल भर बाद सुलताना पैदा हुई, जो अब लगभग सत्रह साल की थी। इस हिसाब से उसका सन् 33 साल के क़रीब था, लेकिन शौहर के इन्तक़ाल के बाद कुछ तो दुखों ने उसका हुलिया बिगाड़ दिया और कुछ उसने अपनी वज़ा-क़ता[7] भी बड़ी-बूढ़ियों की-सी बना रखी थी, वरना एक ज़माने में वह बड़ी तरहदार औरत थी। शौहर चाहनेवाला मिला था। ज़िला कचहरी में मुहर्रिर था, मगर उसने कभी बीवी का दिल मैला नहीं किया। आधी रात को भी अगर उसने किसी चीज़ की फ़रमाइश की, तो उसी वक़्त जाकर ले आता, लेकिन अब उसे मरे हुए पाँच बरस हो गए थे और इन पाँच बरसों में उसके सारे जतन बेकार हो गए। कौन-सी मुसीबत थी, जो उसने नहीं झेली? कौन-सी परेशानी थी, जिससे उसका साबिक़ा नहीं पड़ा।

ओढ़ने को तो उसने बसन्ती दुपट्टा ओढ़ लिया, मगर डर रही थी कि किसी मुहल्ले-टोलेवाले ने देख लिया, तो नक्को बन जाएगी। सब यही कहेंगे कि रंडापा छोड़-छाड़ अब बनना-सँवरना शुरू कर दिया है। मारते का हाथ सब पकड़ लेते हैं, कहनेवाले की ज़बान कोई नहीं पकड़ता। वह बैठी यही सोच रही थी कि नियाज़ आ गया।

---

1. परिच्छेद द्वितीय (दूसरा), 2. आगमन, 3. तपिश, 4. दीवार और दरवाज़े, 5. स्नान, 6. प्रतिरोध, 7. रूप-रंग

उस रोज़ वह बिल्कुल छैला बनकर आया था। सफ़ेद मलमल का कुरता। उसके नीचे शरबती बनियान। खड़खड़ाती हुई कलफ़दार लट्ठे की शलवार। टोपी भी उसने उतार दी थी। आड़ी माँग निकालकर बड़ी मेहनत से बालों को जमाया, जिन पर चुपड़ा हुआ ख़ुशबूदार तेल चमक रहा था। एक हाथ की कलाई में मोतिए के फूलों का गजरा पड़ा था। कान में इत्र का फ़ुहा था। नियाज़ आकर बैठा, तो सारा घर महकने लगा। उस वक़्त वह था भी बड़ा ख़ुश। नौशा की माँ को बसन्ती दुपट्टा ओढ़े देखा, तो मुस्कराकर बोला, "अरे! आज तो आपको पहचानना मुश्किल हो गया।"

सुलताना जो क़रीब ही बैठी थी, मुस्कराकर बोली, "दूलहा भाई! मैं इनसे अभी यही कह रही थी। अच्छा-ख़ासा अपना हुलिया बिगाड़ रखा है। जब देखो, यह निगौड़ा मोटा सफ़ेद दुपट्टा सिर पर मँढे बैठी हैं।"

नियाज़ ने मुड़कर सुलताना को देखा। उसका हुस्न सफ़ेद लिबास में कुछ और निखर गया था। गुलाबी होंठ मुस्करा रहे थे। आँखों में ताज़ा खिले हुए फूलों की शगुफ़्तगी[1] थी। वह उसकी हाँ-में-हाँ मिलाने लगी।

"ठीक तो कह रही है, सुलताना। ख़ुदा क़सम! यह दुपट्टा तो आप पर बड़ा अच्छा लग रहा है।"

नौशा की माँ शरमाकर बोली, "क्यों, तुम दोनों मिलकर मुझे बना रहे हो?"

सुलताना खिलखिलाकर हँस पड़ी। नियाज़ को उसकी हँसी बड़ी अच्छी लगी। वह उसे ख़ुश करने के लिए बोला, "सुलताना! तुम इनको रोज़ रंगीन दुपट्टे ओढ़ाया करो। ज़रा देखो, तो कैसी जँच रही हैं। भई, इसी बात पर सबका मुँह मीठा हो जाए," वह उस वक़्त बड़े शाहाना मूड में था। अभी-अभी उसने चोरी के सोलह मोटर-टायर फ़रोख़्त किए थे, जिसमें कई सौ रुपए का मुनाफ़ा हुआ था। उसने अन्नू को बुलाया और जेब से पाँच रुपए का नोट निकालकर बोला, "ज़रा लपककर सेर भर गर्म-गर्म बालूशाही तो लाना।"

नौशा की माँ ने बहुत मना किया, मगर वह बाज़ न आया। ज़िद करके अन्नू को मिठाई लाने के लिए भेज दिया।

ज़रा देर बाद अन्नू मिठाई लेकर आ गया। नियाज़ ने बड़े इसरार से नौशा की माँ को ख़ुद अपने हाथ से एक बालूशाही खिलाई। फिर मिठाई तक़सीम की गई। सब ख़ुश थे। हँस रहे थे। बातें कर रहे थे। घर-भर में हंगामा बरपा था। नौशा भी उसी वक़्त आया था और सबसे ज़्यादा शोर मचा रहा था।

रात गए तक यह हंगामा जारी रहा। आख़िर नौशा और अन्नू अपने-अपने बिस्तरों में जाकर दुबक गए। थोड़ी देर में सुलताना भी जम्हाइयाँ लेने लगी। वह जाने के लिए उठी, तो नियाज़ ने इस तरह देखा कि उसकी नज़रें साफ़ कह रही थीं कुछ देर तो और बैठो, मगर वह उठकर कमरे के अन्दर चली गई। नियाज़ बार-बार मुड़कर कमरे की जानिब तकता रहा कि शायद सुलताना वापस आ जाए, लेकिन वह बेख़बर सो रही थी।

नियाज़ ज़रा देर तक बुझा-बुझा-सा बैठा रहा। फिर उसने सोचा, चलो आज लगे हाथों सुलताना के साथ रिश्ते की बात छेड़ दी जाए। वह अपनी घरेलू तकलीफ़ों का रोना रोने लगा।

---

1. प्रफुल्लिता

होटल के ख़राब ख़ाने से घर के अकेलेपन तक, सारी बातें सुना डालीं। सुलताना की माँ चुपचाप उसकी बातें सुनती रही। जब वह सब कुछ कह चुका, तो उसने इज़हारे-हमदर्दी के तौर पर कहा, "मेरा कहा मानो, तो तुम अपना घर बसा लो। इस तरह कब तक तकलीफ़ें उठाओगे।"

नियाज़ यही बात उसकी ज़बान से सुनने का अरसे से ख़्वाहिशमन्द था। उसने फ़ौरन कहा, "सोच तो मैं भी रहा हूँ, मगर मेरा यहाँ कौन बैठा है, जो कहीं सिलसिला छेड़ा जाए। ले-दे के एक आपका घर है, जहाँ चला आता हूँ।"

"कोई लड़की है तुम्हारी नज़र में?"

नियाज़ के ज़ेहन में एक बार यह ख़याल उभरा कि साफ़-साफ़ कह दे, मगर हिचकिचाहट के बाइस अपनी बात न कह सका। उसने सिर्फ़ इस क़दर कहा, "यह तो आप ही को सोचना पड़ेगा।"

वह उसकी बात का मतलब कुछ-कुछ भाँप गई, "भई, मैं क्या बताऊँ? अगर मेरी सुलताना कुछ बड़ी होती, तो मैं ख़ुदा क़सम उसको तुम्हारे साथ ब्याह देती!"

नियाज़ के सीने पर घूँसा-सा लगा। बौखलाकर बोला, "आप मेरी उम्र कितनी समझती हैं?"

"यह तो मैं जानती नहीं। हाँ, इतना ज़रूर है कि सुलताना की और तुम्हारी उम्र में आधोआध का फ़र्क़ होगा।"

नियाज़ यह बात किसी तरह मानने को तैयार न था। खिसियाना होकर बोला, "आप भी कमाल कर रही हैं। इतना फ़र्क़ कैसे हो सकता है?"

"बुरा न मानो, तो एक बात कहूँ?"

"ज़रूर कहिए।" वह इस वक़्त सब कुछ सुनने को तैयार था। सुलताना की माँ ने दबी ज़बान ने कहा, "सच पूछो, तो सन में दो-चार साल मैं तुमसे छोटी हूँगी।"

वह हैरतज़दा होकर चीख़ पड़ा, "जी!"

"मेरी उम्र क्या समझते हो? तीस साल से ज़्यादा न होगी," दो-तीन साल की उसने अपनी तरफ़ से डंडी मार दी।

नियाज़ ने इस दफ़ा उसे भरपूर नज़रों से देखा। वह वाक़ई अभी तक जवान थी। सिर के सारे बाल स्याह थे और बड़े सलीक़े से गुँथे हुए थे। चेहरे के नक़्श का तीखापन गो कि माँद पड़ चुका था, फिर भी उनमें ताज़गी थी। दिल-आवेज़ी[1] थी, अलबत्ता जिस्म ज़रा भद्दा हो गया था। ख़ास तौर पर कूल्हे, जो किसी क़दर फैल गए थे, लेकिन उसमें एक दिलफ़रेब सज-धज और कशिश थी। नियाज़ ने अब तक उसे इस नज़र से नहीं देखा था। वह उसे सिर्फ़ सुलताना की माँ की हैसियत से देखता रहा था, मगर उस वक़्त सिर्फ़ एक औरत की हैसियत से देख रहा था और वह भी एक मर्द की नज़र से।

सुलताना की माँ ने उसे इस तरह टटोलती हुई नज़रों से घूरते हुए देखा, तो शरमाकर दुपट्टा सिर पर सरका लिया। पहली बार उसे अहसास हुआ कि नियाज़ के सामने वह शरमा भी सकती है। इस अहसास में ख़ौफ़ था। लज़्ज़त थी। ऐसी लज़्ज़त, जिससे वह ना-आश्ना[2] नहीं थी और जिसे वह थपककर सुला चुकी थी। उसने अपने जिस्म में पसीने की नमी महसूस

---

1. आकर्षण, 2. अनजान

की। वह घबरा रही थी और उस घबराहट पर क़ाबू पाने के लिए उसने जल्दी से पानदान खोलकर पान लगाया और नियाज़ की तरफ़ हाथ बढ़ाकर बोली, "किस सोच में पड़ गए, लो, पान खाओ!"

नियाज़ ने हाथ बढ़ाकर पान लिया। दोनों की उँगलियाँ एक-दूसरे से मिस हुईं। नौशा की माँ का हाथ कँपकँपाया और पान नीचे गिर पड़ा।

दोनों चौंककर एक साथ बोले, "अरे!!!"

दोनों ख़ामोश हो गए और कई मिनट तक चुपचाप बैठे रहे। चाँदनी और निखर गई। हवा में सरसराहट थी और नियाज़ की कलाई में पड़े हुए गजरे के फूल महक रहे थे। अचानक कमरे के अन्दर लैम्प ज़ोर से भड़का और बुझ गया। वह उठकर कमरे में चली गई, जहाँ घुप अँधेरा था।

जितनी देर वह कमरे के अन्दर रही, यह तमाम वक़्त नियाज़ ने बड़ी बेचैनी से काटा। वह ख़ामोश बैठा सोचता रहा कि यह सब क्या हो रहा है? क्या होनेवाला है? क्या वह उठकर वहाँ से चुपचाप चला जाए? कई सवाल उसके ज़ेहन में उभर-उभरकर ग़ोते लगा रहे थे। उजली चाँदनी सेहन में बिखरी हुई थी। हवा सरसराती हुई चल रही थी, और मोतिए के फूल महक रहे थे। वह कमरे से निकलकर बाहर आई। नियाज़ ने गरदन मोड़कर उसकी जानिब देखा। वह आहिस्ता-आहिस्ता चलती हुई उसके क़रीब आ गई। नियाज़ की नज़रें बराबर उसके जिस्म के पेचो-ख़म[1] पर मँडलाती रहीं, मगर जब वह उससे हटकर दूर बैठने लगी, तो नियाज़ की ज़बान से बेसाख़्ता निकल गया, "यहाँ मेरे क़रीब!"

वह खिसककर उसके क़रीब हो गई, मगर नज़र उठाकर न देखा। दोनों चुपचाप बैठे रहे। उजली चाँदनी की हलकी-हलकी जगमगाहट में दोनों दालान की तनहाई में गुमसुम बैठे थे। नियाज़ ने फूलों का गजरा हाथ से निकालकर सामने रख दिया। लम्हा-भर तक वह उसके साथ उँगलियों से खेलता रहा और बराबर सोचता रहा कि क्या बात करे?

कुछ देर बाद वह बोली, "बहुत रात हो गई," उसकी आवाज़ में थरथराहट थी।

"ग्यारह बजे होंगे!"

दोनों फिर ख़ामोश हो गए। यह ख़ामोशी बड़ी हयजानख़ेज़[2] थी। नियाज़ ने घबराकर अँगड़ाई ली। उसे ग़ौर से देखा। फिर आहिस्ता से कहा, "ज़रा और क़रीब आ जाओ," और वह ख़ुद उसकी तरफ़ झुक गया। वह कसमसाकर अपनी जगह पर रह गई।

कमरे में सुलताना और उसके दोनों भाई घुप अँधेरे में बेख़बर सो रहे थे।

नियाज़ बहुत तड़के उठकर नौशा के घर से चला गया। रात के हादसे की यादगार गजरे के मसले हुए फूल रह गए थे, जो दालान में हर तरफ़ बिखरे हुए थे।

अब अक्सर ऐसा होता कि नियाज़ सरे-शाम नौशा के घर आ जाता। रात गए तक बैठा बातें किया करता और अलस्सबाह[3] उठकर चुपके से चला जाता।

लेकिन सुलताना अभी तक उसकी नज़रों में चढ़ी हुई थी, बल्कि माँ और बेटी जब साथ बैठी होतीं, तो माँ उसे भद्दी और बद-वज़ा[4] मालूम होती।

---

1. उतार-चढ़ाव, 2. अशान्ति फैलानेवाली, 3. सवेरे-सवेरे, 4. कुरूप

मौक़ा मिल जाता, तो नियाज़ सुलताना से हँसकर बात भी कर लेता, मगर माँ अब उसकी कड़ी निगरानी करने लगी थी। किसी वक़्त भी अकेला छोड़कर न जाती। ज़रा-ज़रा-सी बात पर इस सख़्ती से डाँट देती कि नियाज़ की मौजूदगी में सुलताना का बैठना दूभर हो जाता।

एक रात ऐसा हुआ कि नियाज़ सुलताना की माँ से बैठा बातें कर रहा था। किसी रिश्तेदार के यहाँ कोई तक़रीब[1] थी। माँ और बेटी ज़रा देर पहले लौटी थीं। सुलताना अभी तक अपना रेशमी जोड़ा पहने हुए थी। उस लिबास में उसकी ख़ूबसूरती को चार चाँद लग गए थे। चेहरे पर मासूमियत के साथ रानाई[2] झलक रही थी।

नियाज़ के लिए ज़ब्त करना मुश्किल हो गया। वह बार-बार उसकी जानिब देख रहा था। सुलताना को भी उस वक़्त अपनी दिलकशी का पूरा-पूरा अहसास था। माँ के बार-बार कहने के बावजूद उसने लिबास तब्दील नहीं किया और वहीं माँ के कूल्हे से लगी बैठी रही।

नियाज़ ने एक बार नज़र उठाकर देखा, तो सुलताना की निगाहें भी उसकी जानिब उठी हुई थीं। वह बेसाख़्ता मुस्करा दी। वह भी मुस्करा दिया। माँ सिर झुकाए पान लगा रही थी। मअन[3] उसकी नज़र सुलताना पर पड़ गई।

उसने सुलताना को मुस्कराते हुए देख लिया। उसकी त्योरी पर बल पड़ गया। क़हर-आलूद[4] नज़रों से उसे घूरा। डपटकर बोली, "जा, अन्दर जाकर बैठ। जब देखो, सिर पर सवार है!"

सुलताना इतराने लगी, "अभी नींद नहीं आ रही!"

माँ ने गुस्से से कहा, "जाती है कि नहीं," फिर उसका हाथ पकड़कर खींचती हुई कमरे के अन्दर ले गई। उसने सुलताना के रुख़सार में ज़ोर से चुटकी भरकर दबी ज़बान से कहा, "हरामज़ादी! मैं तेरे सब करतूत जानती हूँ!"

सुलताना मुँह बिसूरकर रह गई।

माँ के अन्दाज़ में जज़्बा-ए-रक़ाबत[5] साफ़ झलक रहा था। यह बात सुलताना ने तो महसूस नहीं की, अलबत्ता नियाज़ को उसका शिद्दत से अहसास हुआ।

दूसरे ही दिन से नियाज़ महसूस करने लगा कि सुलताना अब उसके सामने आते हुए कतराने लगी है। कमरे के अन्दर से कभी-कभार सिर्फ़ उसके बोलने की आवाज़ आ जाती। नियाज़ ने एकाध बार बातों-बातों में सुलताना का ज़िक्र छेड़ा, तो उसकी माँ बेरुख़ी से टाल गई। नियाज़ के ज़ेहन में अच्छी-ख़ासी उलझन पैदा हो गई। कई रोज़ उसी उलझन में गुज़र गए।

उन्हीं दिनों का ज़िक्र है।

नियाज़ ख़िलाफ़े-तवक़्क़ो[6] दिन के वक़्त नौशा के घर चला गया। दस साढ़े दस बजे का वक़्त था। उस रोज़ माँ की तबीयत ख़राब थी। वह अन्नू के साथ अस्पताल गई थी। नौशा वर्कशाप जा चुका था। घर में सिर्फ़ सुलताना थी।

नियाज़ उसके पास पहुँचा। वह उसे अपने रू-ब-रू देखकर घबरा गई। नियाज़ ने सबसे पहली बात जो उससे पूछी, "वह यह थी, "तुम दिखाई क्यों नहीं देतीं? हर वक़्त कमरे के अन्दर क्यों बैठी रहती हो?"

---

1. समारोह-दावत, 2. लावण्यता, 3. तत्क्षण, 4. प्रलयंकारी, 5. प्रतिद्वन्द्वी का भाव, 6. आशा के प्रतिकूल

उसने साफ़-साफ़ बता दिया, "अम्माँ ने आपके सामने आने से मना कर दिया है!"

नियाज़ के ज़ेहन को ज़बरदस्त धचका लगा। घबराकर बोला, "क्यों?"

उसने सादगी से जवाब दिया, "उन्होंने कहा है, कि दूल्हा भाई से परदा किया करो!"

नियाज़ ने दिल-ही-दिल में कहा, अच्छा तो यह बात है। जब ही सुलताना ने उसके सामने आना बन्द कर दिया। अचानक उसने सुलताना की माँ के ख़िलाफ़ शदीद नफ़रत का जज़्बा महसूस किया। ज़रा देर ख़ामोश खड़ा पैचो-ताब[1] खाता रहा। फिर उसने मुहब्बत-भरी नज़रों से सुलताना को देखा और बड़े प्यार से बोला, "सुलताना!"

वह आहिस्ता से बोली, "जी!"

चन्द लम्हे दोनों ख़ामोश खड़े रहे। फिर सुलताना की घबराई हुई आवाज़ उभरी, "आप जाइए! अम्माँ आती होंगी। आपको यहाँ देख लिया, तो मुसीबत आ जाएगी!"

नियाज़ ने सोचा, वाक़ई इन हालात में उसका यहाँ ठहरना मुनासिब नहीं। वह फ़ौरन बाहर आ गया। उसे रह-रहकर सुलताना की माँ पर ग़ुस्सा आ रहा था और इसके साथ ही सुलताना को हासिल कर लेने की तमन्ना शदीदतर होती जा रही थी।

## [2]

काले साहब ने नियाज़ का उतरा हुआ चेहरा देखा, तो अपनी तश्वीश[2] का इज़हार किया, "मिस्टर नियाज़! बहुत परेशान दिखाई दे रहे हो। क्या बात है?"

नियाज़ ने टालना चाहा, तो काले साहब उसके सिर हो गया, "मैं कहता हूँ, तुम अपनी लाइफ इंश्योर करा लो। कोई परेशानी नहीं रहेगी!"

नियाज़ उस वक़्त झुँझलाया हुआ था। जलकर बोला, "काले साहब! तुम्हें हर वक़्त बीमा ही कराने की पड़ी रहती है। न वक़्त देखते हो, न मौक़ा। हर वक़्त साला बीमा तुम्हारे साथ लगा रहता है!"

काले साहब हँसने लगा। नाराज़ होना तो उसने सीखा ही नहीं था, वरना इस क़दर कामयाब इंश्योरेंस एजेंट न होता।

"अरे! तुम नाराज़ हो गए। आओ, तुमको चाय पिलाऊँ!" काले साहब नरमी से बोला, मगर नियाज़ उसके हमराह जाने पर रज़ामन्द न हुआ।

काले साहब इसरार करने लगा, "बीमा न कराओ, मगर मेरी चाय तो पी लो। आओ, मेरे साथ!"

वह नियाज़ को घेर-घारकर क़रीब के एक चायख़ाने में ले गया। चाय का ऑर्डर दिया और इधर-उधर की बातें शुरू कर दीं, मगर बीमे का ज़िक्र किए बग़ैर काले साहब ज़्यादा देर ख़ुद पर क़ाबू न रख सका। घूम-फिरकर इसी मौज़ूअ[3] पर आ गया।

"ज़िन्दगी में गारंटी बहुत बड़ी चीज़ है और वह सिर्फ़ इंश्योरेंस से मिलती है। तुम तजुर्बे के लिए दस हज़ार की पॉलिसी लेकर देखो। फिर ख़ुद ही उसकी इम्पारटेंस समझ लोगे!"

---

1. कलाबाज़ी, 2. जिज्ञासा, 3. विषय

नियाज़ ने संजीदगी के साथ बीमा कराने के बारे में न कभी सोचा था, और न अब उसका इरादा था। उसने सिर्फ़ काले साहब को छेड़ने की ग़र्ज़ से कहा, "देखो, काले साहब! बीमा-वीमा तो मैं करवाऊँगा नहीं, अलबत्ता कोई ऐसी तरकीब तुमको मालूम हो, तो बताओ, जिससे साल-सवा साल में चालीस-पचास हज़ार की रक़म मिल जाए!"

काले साहब कहाँ मैदान छोड़नेवाला था! बड़ी संजीदगी से बोला, "उसका भी एक ही तरीक़ा है। इंश्योरेंस और सिर्फ़ इंश्योरेंस। अपने किसी बच्चे या वाइफ़ का बीमा करा दो। अगर साल-भर के अन्दर उसकी मौत वाक़िआ हो गई, तो पचास हज़ार क्या, एक लाख की भी पॉलिसी लोगे, तो तुमको कम्पनी उतना ही रुपया देगी!"

नियाज़ सोच में पड़ गया। काले साहब समझा कि वह उसकी बातों पर नाराज़ हो गया। लिहाज़ा माज़िरत के अन्दाज़ में बोला, "देखो भई! इसमें बुरा मानने की कोई बात नहीं। इंश्योरेंस एजेंट मौत और ज़िन्दगी की बात हमेशा डॉक्टरों की तरह साफ़-साफ़ करता है!"

"यह बात नहीं। दरअसल मैं इस वक़्त एक परेशानी में हूँ। बात यह है!" नियाज़ आगे और कुछ कहता, मगर काले साहब ने बात भी पूरी न कहने दी। लगा अपनी हाँकने, "मैं तुम्हारी परेशानी ख़ूब जानता हूँ।"

नियाज़ ने उसे तीखी नज़रों से देखा और चाय का घूँट पीकर सोचने लगा। यह काले साहब भी अजीब मसख़रा है। मेरी परेशानी यह क्या जाने! मगर काले साहब क़तई कारोबारी मूड में था। उसने देखा, शिकार फँस रहा है। अब इसे निकलने न दो। यहीं गरदन दबोच लो कि फड़फड़ा भी न सके। वह जोश में आकर बोलने लगा, "देखो, मिस्टर नियाज़! आगे का हाल कोई नहीं जानता! ज़िन्दगी क्या है?" यह बात तो ख़ुद काले साहब को भी नहीं मालूम थी। बात कहते-कहते लम्हा-भर के लिए वह उलझा कि अब क्या कहे। फिर उसने मेज़ पर रखी हुई चीनी की प्लेट उठा ली और उसे नियाज़ के सामने करते हुए बोला, "ज़िन्दगी की मिसाल इस प्लेट की तरह है। इस प्लेट को उठाते हुए तुम डरोगे कि कहीं टूट न जाए, लेकिन अगर इसका इंश्यारेंस हो चुका है, तो डर की कोई बात नहीं। इसकी क़ीमत तो तुम्हारी जेब में है। तुम इसको यूँ उठाकर फेंक सकते हो!"

और काले साहब ने वाक़ई प्लेट उठाकर उछाल दी। वह फ़र्श पर गिरकर चकनाचूर हो गई। प्लेट के टूटने का छनाका हुआ, तो काले साहब भी चौंका कि यह उसने क्या कर दिया। चायख़ाने में ज़रा देर के लिए सनसनी फैल गई।

एक बैरा लपककर उसके पास आया। हैरतज़दा होकर गोया[1] हुआ, "साहब! आपने प्लेट क्यों तोड़ डाली?"

काले साहब बहुत चकराया। फिर खिसियाना होकर हँसने लगा। नियाज़ को भी हँसी आ गई।

बैरा बोला, "साब! हँसी की बात नहीं। दो रुपया डंड भरना पड़ेगा!"

हुआ भी यही! चाय के बिल के साथ काले साहब को प्लेट के भी दो रुपए देने पड़े। उस दो रुपए की चपत से काले साहब की सारी तेज़ी रफ़ूचक्कर हो गई। भीगी बिल्ली की

---

1. व्यक्त/सम्बोधित

तरह मरी हुई आवाज़ से उसने नियाज़ को मुख़ातिब किया, "मिस्टर नियाज़! अब तुमसे कहाँ मुलाक़ात होगी?"

आज से पहले अगर काले साहब यह बात नियाज़ से पूछता, तो वह जलकर कहता, "जहन्नुम में..." मगर अब वह वाक़ई बीमा कराने के बारे में संजीदगी से सोच रहा था।

"परसों तीसरे पहर को आ जाओ। उस वक़्त काम भी नहीं होता। इत्मीनान से बात होगी!"

दोबारा मिलने का प्रोग्राम तय करके दोनों अपने-अपने रास्ते पर चल दिए।

दुकान पर पहुँचकर काले साहब की बातों पर नियाज़ देर तक ग़ौर करता रहा। वह उन लोगों में से था, जो सिर्फ़ रुपया पैदा करने के लिए पैदा होते हैं और उसी के बोझ से दबे हुए एक रोज़ ठंडे-ठंडे दुनिया से कूच कर जाते हैं।

नियाज़ ने सोचा कि अगर बीमे के ज़रिए साल-दो साल में चालीस-पचास हज़ार की रकम हाथ लग जाए, तो मज़ा आ जाए। बात कुछ समझ में आती थी, लेकिन उसके लिए पहले एक अदद बीवी की ज़रूरत थी।

सोचते-सोचते उसने एक स्कीम तैयार की और नौशा के घर पहुँच गया।

सुलताना कमरे के अन्दर बैठी थी। कभी-कभी उसकी आवाज़ उभरती, तो नियाज़ के सीने पर साँप लोट जाता।

नौशा की माँ की हर बात उसे ज़हर में बुझी हुई मालूम हुई। वह उस वक़्त नियाज़ के सामने बैठी हँस-हँसकर पड़ोस की एक औरत का क़िस्सा सुना रही थी, जिसकी शलवार में चुहिया घुस गई थी।

जब पहर रात गुज़री और घर पर सन्नाटा छा गया, तो नियाज़ ने ख़िल्वत[1] में बड़े प्यार से कहा, "इस तरह कब तक यह चोरी-छिपे का सिलसिला चलता रहेगा? मेरा तो अब तुम्हारे बग़ैर एक घड़ी जी नहीं लगता!"

वह मुस्कराकर बोली, "दिन में घड़ी-दो घड़ी को चले आया करो!"

"मैं तो कहता हूँ कि क्यों न एक रोज़ काज़ी को बुलवाकर दो बोल पढ़ा लिए जाएँ। अल्लाह रसूल भी ख़ुश और दुनिया का ख़ौफ़ भी नहीं!"

सुलताना की माँ की भी यही ख़्वाहिश थी, मगर उसके प्रोग्राम के मुताबिक़ अभी इस नेक काम का वक़्त नहीं आया था। बात यह थी कि उसे नियाज़ की नीयत पर शुब्हा था। वह चाहती थी कि पहले सुलताना को ब्याह कर घर से रुख़सत कर दे।

उसने नियाज़ की बात ख़ुश-उस्लूबी[2] से टाल दी।

## [3]

तीसरे पहर का वक़्त था। साए तवील[3] हो गए थे। सलमान कहीं से थका-हारा आ रहा था। रास्ते में उसकी अन्नू से मुठभेड़ हो गई।

---

1. एकान्त, 2. सुघड़ता, 3. लम्बे

घर नज़दीक था। वह इसरार करके सलमान को घर ले आया। माँ ने अन्दर बुला लिया।

सलमान उन दिनों परेशानियों में घिरा हुआ था। कॉलेज में गर्मियों की छुट्टियाँ हो चुकी थीं, मगर इस दफ़ा वह घर नहीं गया था। बाप उससे नाराज़ था। हर माह के इख़राजात[1] के लिए जो रक़म घर से आती थी, वह भी बन्द कर दी गई थी। वह पैसे-पैसे को मोहताज था। अक्सर फ़ाक़े भी करने पड़ते। सेहत ख़राब हो गई थी। चेहरा बीमारों की तरह ज़र्द-नज़र[2] आ रहा था।

नौशा की माँ ने उसकी यह हालत देखी, तो ताज्जुब से पूछा, ''क्या तुम बीमार पड़ गए थे?''

वह साफ़ बोल गया, ''जी हाँ, मलेरिया हो गया था!''

''जब ही तो मैं कहूँ कि तुम उस रोज़ के बाद से आए क्यों नहीं!''

सलमान कुछ देर इधर-उधर की बातें करके जाने लगा, तो नौशा की माँ ने रोक लिया कि खाना खाकर जाना! वह थी भी कुछ बातूनी औरत और उस रोज़ तो उस पर बातों का दौरा पड़ा था। न जाने कहाँ-कहाँ के क़िस्से सुनाती रही। इस अरसे में कई बार दरवाज़े पर सुलताना की झलक नज़र आई। सलमान, जो माँ की बे-सिर-व-पा[3] बातों से उकता गया था, सुलताना में दिलचस्पी लेने लगा। अब वह माँ की नज़रें बचाकर उसकी जानिब भी देख लेता।

सलमान ने सोचा, लड़की ख़ूबसूरत है। अल्हड़ है, और सबसे बड़ी बात यह है कि उसकी ज़ात में दिलचस्पी भी ले रही है। यह अहसास ख़ुद अपनी जगह कम कशिशअंगेज़ नहीं था। उन दिनों वह सख़्त परेशान था। उसे पनाह की ज़रूरत थी। ज़िहनी फ़रार की ज़रूरत थी। यही वजह थी कि कमरे में गरमी और हब्स[4] के बावजूद देर तक बैठा नौशा की माँ से बातें करता रहा।

दिन ढलने लगा। शाम की आमद-आमद थी। नौशा की माँ किसी ज़रूरत से बाहर चली गई। कमरे में वह तनहा रह गया था, और उस तनहा में सुलताना के जवान जिस्म की महक रची हुई थी। उस महक में एक लज़्ज़त और वारफ़्तगी थी, जिसे वह चुपचाप बैठा महसूस कर रहा था।

शाम का धुँधलका उफ़क़[5] की सीढ़ियों से उतरता हुआ दरो-दीवार पर फैल गया था। गली की चहल-पहल बढ़ गई। घरों में बच्चों का शोर उभरने लगा। मौसमे-गरमा की यह एक ऐसी शाम थी, जिसकी गहमा-गहमी वह सिर्फ़ आवाज़ों से महसूस कर रहा था। इन आवाज़ों में सुलताना की भी आवाज़ शामिल थी। वह ख़्वाहमख़्वाह इठला-इठलाकर इस तरह बोल रही थी, जैसे उसे बख़ूबी अहसास था कि कोई उसकी आवाज़ सुन रहा है।

थोड़ी देर बाद खाना आ गया। खाने में ख़ासा तकल्लुफ़ किया गया था। वह सुबह का भूखा था। खाना उसे पसन्द आया और उसने तारीफ़ भी की। नौशा की माँ इसरार करके एक-एक चीज़ खिलाती रही। उसकी यह शाम बड़ी मज़ेदार गुज़री।

दो रोज़ का ग़ोता देकर चौथे रोज़ सलमान फिर वहाँ पहुँचा। नौशा की माँ उस रोज़ भी बड़ी मुहब्बत से पेश आई। बातों-बातों में नौशा के बाप का ज़िक्र आ गया। वह एक

---

1. ख़र्च, 2. पीला, 3. बिना सिर-पैर की, 4. उमस, 5. आसमान

लम्बी-चौड़ी दास्तान सुनाने लगी। न जाने कब तक यह सिलसिला जारी रहता, इसी असना[1] में किसी ने आकर इत्तिला दी कि पड़ोस में जो मुंशीजी रहते थे, उनका इन्तक़ाल हो गया। उनके घर से नौशा की माँ के देरीना-मरासिम[2] थे। कुछ तो वह जूद-रंज[3] थी। कुछ दुखों की मारी हुई भी थी। इस ख़बर के सुनते ही ऐसी हवास-बाख़्ता[4] हुई कि सलमान से भी कुछ न कहा। उठी, और फ़ौरन मुंशीजी मरहूम के घर की तरफ़ रवाना हो गई।

कमरे में अब सलमान के पास नौशा रह गया था। कमरे के बाहर सुलताना थी, जो खाना पकाने में मशग़ूल थी।

वह नौशा से बातें करने लगा। अब ज़्यादा देर ठहरना मुनासिब नहीं था। उसने जाने का क़स्द[5] किया, तो सुलताना ने ख़ुद दरवाज़े पर आकर कहा, "खाना खाकर जाइएगा। अम्माँ थोड़ी देर में आ जाएँगी!"

वह दरवाज़े की आड़ में कुछ इस तरह खड़ी थी कि साफ़ छुपते भी नहीं, सामने आते भी नहीं, वाली कैफ़ियत थी। दोनों ने एक-दूसरे को नज़र भरकर देखा। सुलताना की निगाहें झुक गईं और सलमान ने जाने का इरादा तर्क[6] कर दिया।

शाम की ख़ामोशी में दरवाज़े पर दस्तक हुई। नियाज़ आया था। पहले तो सुलताना घबरा गई कि क्या करे? फिर उसने मुनासिब यही समझा कि नियाज़ को अन्दर न बुलाए।

उसने नौशा को क़रीब बुलाकर कहा, "दूल्हा भाई से कह दो, अम्माँ घर में नहीं हैं। आप रात को आइएगा। उस वक़्त तक वह वापस आ जाएँगी!"

नियाज़ ने नौशा की ज़बानी यह बात सुनी, तो तिलमिलाकर रह गया। सुलताना पर तो उसे ज़रा शुबहा न हुआ, अलबत्ता उसकी माँ पर सख़्त ग़ुस्सा आया। सोचा, घर से जाते हुए वह सुलताना को मना कर गई होगी। वह झुँझलाया हुआ वापस चला गया।

नौशा देर से बाहर निकलने का बहाना ढूँढ़ रहा था। देखो, मौक़ा ग़नीमत है। वह भी वहाँ से खिसक गया। कमरे में सलमान तनहा रह गया। उस तनहाई ने उसे शदीद बेचैनी में मुब्तला कर दिया। अब घर में वह था और सुलताना थी। उनके दरम्यान सिर्फ़ एक दीवार थी। दीवार में दरवाज़ा था, जिसका एक पट खुला था।

शाम की हवा के हलके-हलके झोंके कमरे के अन्दर आ रहे थे। लैम्प की लौ बार-बार भड़क उठती।

एक बार सुलताना दरवाज़े के सामने से गुज़री। दोनों में कोई बातचीत नहीं हुई। हादसा पेश नहीं आया। लैम्प की भड़कती हुई लौ जैसे बार-बार कह रही थी, "कुछ होनेवाला है!" "कुछ हो के रहेगा!"

अचानक गहरी ख़ामोशी में शीशा टूटने का छनाका हुआ। सलमान चौंक पड़ा। कमरे के बाहर शीशे का कोई बर्तन गिरकर किरची-किरची हो गया था। छनाका कुछ इस तरह गूँजा कि सलमान से घबराकर पूछा, "क्या हो गया?"

बाहर से सुलताना की आवाज़ उभरी, "कुछ नहीं। चूहों ने ताक़ से गिलास गिरा दिया था!"

"चोट तो नहीं आई?" सलमान ने हमदर्दी का इज़हार किया।

---

1. अन्तराल, दौरान, 2. पुराने सम्बन्ध, 3. शीघ्र क्रोधित होनेवाली, 4. बदहवास, घबरा जाना, 5. इरादा, 6. त्याग

वह खिलखिलाकर हँस पड़ी। हँसी की आवाज़ सुनकर सलमान को अपने सवाल के बेतुकेपन का अहसास हुआ।

कुछ और वक़्त ख़ामोशी से गुज़र गया।

सलमान ने ख़ामोशी से उकताकर ऊँची आवाज़ में कहा, "यह नौशा कहाँ चला गया?" सुलताना ने कोई जवाब न दिया। सलमान को सख़्त कोफ़्त हुई।

ज़रा देर बाद कमरे के बाहर क़दमों की आहट उभरी। सुलताना ने दरवाज़े के क़रीब खड़े होकर पूछा, "आपने मुझसे कुछ कहा था?"

"जी हाँ! दीवारों से तो बातें करने से रहा।"

"अरे!" वह बेनियाज़ी से हँसने लगी।

"अब मैं चलूँगा।" वह उठकर खड़ा हो गया।

वह शोख़ी से बोली, "अकेले कमरे में आपको डर तो नहीं लग रहा?"

कॉलेज का शोख़ और खिलंदरा नौजवान शरारत पर उतर आया, "बात तो कुछ ऐसी ही है।"

इस दफ़ा सुलताना से कोई जवाब न बन पड़ा।

"ऐसा कीजिए, आप यहाँ कमरे में आकर बैठ जाइए, और मैं खाना तैयार करूँगा," सलमान ने उसे छेड़ा।

"वाह! यह कैसे हो सकता है?"

"ऐसा फ़र्स्ट क्लास खाना तैयार करूँगा कि आप भी क्या याद करेंगी!"

"कहाँ सीखा आपने?"

"बाक़ायदा इम्तिहान पास किया है!"

वह हैरतज़दा होकर बोली, "अच्छा तो खाना पकाने का भी इम्तिहान होता है!"

"बड़ा सख़्त इम्तिहान होता है!"

दोनों बातें करते-करते बिल्कुल आमने-सामने आ गए। फिर न जाने क्या सोचकर सुलताना शरमा गई और दरवाज़े की ओट में छुपने लगी। सलमान ने फ़ौरन कहा, "अब क्या कीजिएगा परदा-वरदा करके!"

सुलताना ने इनकार में आहिस्ता-आहिस्ता गर्दन हिलाई। फिर बड़ी मासूमियत से कहा, "अम्माँ नाराज़ होंगी!"

सलमान मुस्कराने लगा, "इनके सामने परदा कर लिया कीजिए। ठीक है न!"

वह कमरे से बाहर निकलकर उसके सामने जाकर खड़ा हो गया। सुलताना ने उसे अपने रू-ब-रू इस तरह पाया, तो घबराकर बोली, "हाय अल्लाह!"

उसने दोनों हाथों से चेहरा छुपा लिया। सलमान को उसकी वह अदा भा गई। उसने डरते-डरते सुलताना के शाने[1] पर अपना हाथ इस तरह रख दिया, जैसे वह दहकती हुई अँगीठी हो, जिससे उसका हाथ झुलस जाएगा।

सुलताना का तमाम जिस्म लरजकर रह गया। सलमान ने जल्दी से अपना हाथ हटा लिया।

---

1. कन्धे

ज़रा देर दोनों ख़ामोश खड़े रहे। सलमान किसी नामालूम ख़ौफ़ से घबरा गया। दबी ज़बान से बोला, "मुझे अब चलना चाहिए!" उसकी आवाज़ में थरथराहट थी। उसने सुलताना के जवाब का इन्तज़ार भी न किया। तेज़-तेज़ क़दम उठाता हुआ घर के बाहर चला गया।

सुलताना सोचती ही रह गई कि क्या कहे?

## [4]

शाम गहरी हो गई थी। अँधेरा बढ़ता जा रहा था। सलमान ने सुबह से कुछ नहीं खाया था। न उसकी जेब में कोई पैसा था, और न कहीं से कुछ मिलने की उम्मीद थी। उसके पास एक घड़ी रह गई थी, जिसे वह कई रोज़ से फ़रोख़्त करने का इरादा कर रहा था। रास्ते में नियाज़ की दुकान पड़ती थी। वह झिझकता हुआ दुकान के अन्दर दाख़िल हो गया।

दुकान में लालटेन रोशन थी। उसकी पीली-पीली रोशनी में नियाज़ ख़ामोश बैठा था। उसे देखकर बोला, "कहिए!"

सलमान घबराया हुआ था। दबी ज़बान में गोया हुआ, "मैं यह घड़ी फ़रोख़्त करना चाहता हूँ," नियाज़ ने उसके हाथ से घड़ी ली। उलट-पुलटकर देखी। कान के पास ले जाकर अन्दाज़ा लगाया कि आला चल रही है या बन्द है। जब वह उसे अच्छी तरह देखभाल चुका, मुस्कराकर बोला, "आप ही की है न?"

सलमान को इस बेतुके सवाल पर हैरत भी हुई। कुछ ताव भी आया। जी चाहा, कि जवाब दे, "जी नहीं, चोरी की है," मगर वह झगड़ने नहीं आया था। घड़ी फ़रोख़्त करने आया था। उसने सिर्फ़ इस क़दर कहा, "जी, मेरी ही है!"

"अगर आपकी नहीं भी है, तब भी कोई मुज़ायक़ा[1] नहीं," नियाज़ के होंठों पर ज़हरख़न्द[2] था।

"नाराज़ न हों। मैंने मान लिया कि आप ही की है," नियाज़ बदस्तूर मुस्कराता रहा।

"आप इसे ख़रीदना चाहते हैं?"

नियाज़ बेनियाज़ी से बोला, "ख़रीद लूँगा। वैसे आम तौर पर ऐसी चीज़ें ख़रीदता नहीं। यह मशीनरी का मुआमला है। इसमें बड़ी चार-सौ-बीसी होती है!"

सलमान सोचने लगा, अजीब नामाकूल से साबिक़ा[3] पड़ा है। उल्लू का पट्ठा ख़्वाहमख़्वाह एक के बाद दूसरा इल्ज़ाम आयद करता जा रहा है, लेकिन कुछ कहने की गुंजाइश नहीं थी। उसने बड़ी संजीदगी से कहा, "आप मुझ पर इतिबार कर सकते हैं!"

नियाज़ ने सलमान के चेहरे का बग़ौर जायज़ा लिया। ज़ेरे-लब मुस्कराया। "सूरत से तो आप भलेमानस लगते हैं।" लम्हा-भर वह ख़ामोश रहा।

उसकी यह ख़ामोशी सलमान को बेहद शाक़[4] गुज़री। जी चाहा कि घड़ी वापस ले ले। दो-तीन मोटी-मोटी गालियाँ देकर दुकान से बाहर चला जाए, मगर वह दुकान से बाहर नहीं गया। गोमगो-के-आलम[5] में खड़ा रहा।

---

1. हर्ज, 2. खिसियानी हँसी, 3. वास्ता, 4. कष्टप्रद, 5. असमंजस की अवस्था

नियाज़ ने कहा, "अच्छा, अब यह बताएँ कि आप लेंगे क्या?"

"यह ओमेगा वॉच है। मैंने इसे 325 रुपए में ख़रीदा था।"

"चार-पाँच साल से इस्तेमाल भी कर रहे होंगे। इससे कम तो पुरानी नहीं लगती।"

"जी हाँ! कोई चार साल तो इसे ख़रीदे हुए हो गए," सलमान ने साफ़गोई से काम लिया।

वह हँसकर बोला, "यूँ समझिए कि इसकी क़ीमत तो आपने वसूल ही कर ली!"

सलमान ने जल्दी से कहा, "नहीं, साहब!"

नियाज़ ने बात को ज़्यादा तूल नहीं दिया। सीधी-सीधी मुआमले की बात की, "मैं तो इसके पचास रुपए से ज़्यादा नहीं दूँगा। जी चाहे, तो घड़ी रख जाइए और रुपए लेते जाइए!"

सलमान पचास रुपए में घड़ी फ़रोख़्त करने पर आमादा नहीं था।

बड़ी मुश्किल से नियाज़ ने पन्द्रह रुपए और बढ़ाए। सलमान को घड़ी बेचते हुए दुख तो बहुत हुआ, मगर उसके बग़ैर चाराकार[1] भी न था। उसने नियाज़ से 65 रुपए लेकर जेब में डाले और दुकान से बाहर जाने के लिए मुड़ा। नियाज़ ने टोका, "सुनिए! आइन्दा भी कुछ बेचने-खोचने का इरादा हो, तो यहीं आ जाया कीजिए। इंशाअल्लाह दूसरी जगह के मुक़ाबले में आप यहाँ से ख़ुश जाएँगे!"

सलमान ने उसकी तरफ़ देखे बग़ैर कहा, "बहुत बेहतर!"

वह दुकान से निकलकर बाहर सड़क पर आ गया।

रात सुहानी थी और सलमान की जेब गर्म थी। अरसे से दबी हुई ख़्वाहिशें अचानक जाग उठीं। वह सीधा एक बार में गया और बियर की दो बोतलें चढ़ाईं। होटल में डटकर खाना खाया और एक दोस्त के घर चला गया। हस्बे-मामूल वहाँ रमी हो रही थी।

सलमान भी जाकर शामिल हो गया।

सनीचर की रात थी। दूसरे रोज़ इतवार की छुट्टी थी। लिहाज़ा तमाम रात खेल होता रहा। उस रोज़ सलमान का सितारा उरूज[2] पर था। जैसे ताश के पत्ते उसने चाहे, वैसे ही मिले। दो आने प्वाइंट से खेल हो रहा था। सलमान के वारे-न्यारे हो गए।

जब रमी खेलकर उठा, तो मस्जिदों में अज़ानें हो रही थीं। हर तरफ़ सुरमई धुन्ध फैली हुई थी। सलमान की जेब में तीन सौ रुपए से कुछ ऊपर थे और आँखें शबे-बेदारी से सुर्ख़ हो रही थीं।

तमाम दिन वह कमरे में पड़ा बेख़बर सोता रहा जिसकी हर चीज़ उसकी ज़िन्दगी की तरह बेतरतीब थी। दिन ढले वह नौशा के घर की जानिब जाने के इरादे से निकला। रास्ते में अकबर मिल गया। वह उसका बेतकल्लुफ़ दोस्त था। दोनों ने बार में जाकर बियर के कई गिलास पिए और वहीं यह प्रोग्राम बना कि किसी इश्वासाज़ और तरहदार तवायफ़ का गाना सुना जाए।

दोनों ने कई बालाख़ानों के चक्कर काटे। आख़िर एक गानेवाली उनको पसन्द आई। गाना तो वह कुछ वाजबी-सा जानती थी, मगर आवाज़ ऐसी रसीली थी, जैसे कोयल कूक रही

1. उपाय, 2. बुलन्दी

हो। सिन[1] भी ज़्यादा नहीं था। अदाओं में शोख़ी और लगावट थी। एक-एक बोल के साथ यूँ भाव बताती कि आँखों के सामने तस्वीर खिंच जाती।

सलमान को वह साँवली-सलोनी तवायफ़ कुछ इस तरह भा गई कि कई घंटे तक बैठा गाना सुनता रहा। शुरू में कुछ दूसरे तमाशबीन भी मौजूद थे, मगर रफ़्ता-रफ़्ता सब चले गए।

पहर रात गुज़र चुकी थी। महफ़िल अपने शबाब पर थी। सलमान की फ़रमाइश पर तवायफ़ एक ठुमरी गा रही थी :

"तुम बिन नाहीं आवत चैन..."

अब उसने पैरों में घुँघरू बाँध लिए थे और आहिस्ता-आहिस्ता नाचती भी जा रही थी। ठुमरी के बोल ऊँचे उठते गए। नाच तेज़ होता गया। तबलची झूम-झूमकर ठेका दे रहा था। तवायफ़ के जिस्म में यूँ पेचो-ख़म पैदा हो रहे थे कि सलमान बेकरार हो जाता। बार-बार पहलू बदलता। वह आँखों में आँखें डालकर लहराती हुई क़रीब आती, तो वह तड़पकर गहरी साँस भरता। झुककर अकबर के कान में कहता, "यार, हम तो क़त्ल हो गए!"

"बड़ी ज़ोरदार लौंडिया है!"

नाच और ठुमरी के फड़कदार बोलों ने सलमान को वारफ़्ता कर दिया था। वह बेक़ाबू होकर चीख़ पड़ता, "हाय! क्या बात है मेरी जान!"

"हे जियो जुग-जुग जियो!"

"साग़र को मेरे हाथ से लेना कि चला मैं..."

ऐने हंगामे-तरब[2] में एक भद्दा और बेडौल शख़्स दरवाज़े पर नमूदार हुआ। उसकी घनी मूँछें थीं। आँखें उल्लू की तरह गोल-गोल थीं। लिबास ढीला-ढीला था। वज़ा-क़ता[3] से भड़वा लगता था। अन्दर आकर उसने दोनों को ग़ौर से देखा और गाव-तकिए से लगकर बैठ गया। सलमान भी उसे भड़वा ही समझा। बेतकल्लुफ़ी से मुख़ातिब हुआ, "अमाँ, कुछ पीने-पिलाने का भी इन्तज़ाम होगा?"

उसने सलमान की जानिब तीखी नज़रों से देखा। डपटकर तवायफ़ से कहा, "बन्द करो जी यह नाच-वाच। बहुत हो चुका मुजरा!"

तवायफ़ ने फ़ौरन नाच बन्द कर दिया। हाथ पर हाथ रखकर एक तरफ़ खिसककर बैठ गई।

साज़ भी ख़ामोश हो गए। सारंगिया सारंगी पर ग़िलाफ़ चढ़ाने लगा। तबलची हथौड़ी लेकर तबलों को ठोंकने-पीटने लगा। सलमान को सख़्त तैश आया। वह सौ रुपए से ज़ाइद[4] ख़र्च कर चुका था और जब महफ़िल शबाब पर आई, तो उस नामाकूल आदमी ने जो हर तरफ़ से भड़वा लगता था, रंग में भंग डाल दिया।

सलमान ने तीखे लहजे में पूछा, "आप यहाँ के चौधरी हैं?"

उस शख़्स ने सिगरेट का लम्बा कश लगाया। चुटकी बजाकर ऐश-ट्रे में सिगरेट की राख झाड़ी। गर्दन ऊँची की और बड़े तनतने से कहा, "जी नहीं! हज़ार रुपए महीना देता हूँ। यह मुलाज़िम है मेरी! क्या समझे?"

सलमान सरख़ुशी[5] के आलम में था। झूमकर बोला, "बहुत सस्ता सौदा कर लिया। यहाँ तो सिर्फ़ रात-भर के हज़ार रुपए देने का इरादा था।"

---

1. आयु, 2. हर्ष के शोर, 3. चाल-ढाल, 4. अधिक, 5. मस्ती

"आप लोगों का अफ्यून का ठेका तो नहीं है?" उसने संजीदगी से यह बात कही थी, मगर सलमान समझा कि चोट कर रहा है। तड़ से बोला, "आप बता सकते हैं, आजकल कोयले का भाव क्या है?" वह ज़ेरे-लब मुस्कराया, "कोयले की दलाली ही करते हैं न?"

वह शख़्स काला भुजंग था। सख़्त तिलमिलाया, "देखिए, साहब! मैं इस क़िस्म की बदतमीज़ी बरदाश्त नहीं कर सकता!"

सलमान ने कहा, "रंडी के कोठे पर तमीज़ तो लखनऊ के नवाबज़ादे सीखा करते हैं। हम ठहरे रूहेलखंडी!"

वह जलकर बोला, "आप रुहेलखंडी हों या बुन्देलखंडी! बस अब शराफ़त के साथ यहाँ से तशरीफ़ ले जाएँ!"

अकबर जो अब तक ख़ामोश बैठा था, बीच में बोल पड़ा, "वरना?"

उसने अकबर की बात का कोई जवाब नहीं दिया। ऊँची आवाज़ से पुकारने लगा, "अबे मीरू! कहाँ मर गया! यहाँ तो आ!"

फ़ौरन एक लहीम-शहीम आदमी कमरे के अन्दर आ गया। उसने आते ही पूछा, "क्या हुक्म है सेठ? ज़रा सुलफ़े पर दम लगा रहा था!"

"कमरा ख़ाली करा के दरवाज़ा बन्द कर दो। यह दोनों फड्डा करना चाहते हैं। इन्हें यहाँ से चलता करो!"

मीरू ने दोनों को बग़ौर देखा, "चलो जी। बढ़ाओ टट्टू! अब गाना-वाना नहीं होगा।"

सलमान को उसकी बदतमीज़ी पर गुस्सा आ गया। झपटकर बोला, "ठीक से बात करो!"

"सीधी तरह जाओगे या कुछ लेकर...?"

उसने झपटकर सलमान का बाज़ू पकड़ा और एक झटके के साथ उठाकर खड़ा कर दिया। सलमान ने घबराकर तवायफ़ की जानिब देखा। वह नज़रें झुकाए ख़ामोश बैठी थी। सलमान सँभलने भी न पाया था कि मीरू ने अपने मज़बूत हाथ से उसकी गर्दन दबोच ली और ज़ीने के दरवाज़े की जानिब ले चला। सलमान ने बहुत हाथ-पाँव मारे, मगर उसकी गिरफ़्त[1] से न छूट सका। मीरू ने दरवाज़े पर पहुँचकर इस ज़ोर से चूतड़ों पर लात मारी कि सलमान सीढ़ियों से लुढ़कता हुआ सड़क पर आ गया।

वह सड़क पर दम-बख़ुद[2] पड़ा रहा। सब कुछ इस क़दर आनन-फ़ानन हुआ कि उसकी समझ में कुछ न आया। मअन[3] उसे अकबर का ख़याल आया। उसी वक़्त अकबर आकर उसके ऊपर धम से गिरा। दोनों बौखलाकर एक-दूसरे से चिमट गए।

ज़रा देर बाद उन्होंने उठकर कपड़े झाड़े। ख़ैरियत यह हुई कि हड्डी-पसली नहीं टूटी। सिर्फ़ ज़िस्म पर कहीं-कहीं ख़राशें आई थीं। अकबर के घुटने पर से पतलून फट गई थी।

सलमान ने गर्दन सहलाते हुए कहा, "साले के हाथ लोहे के बने हुए थे!"

अकबर खिसियाना होकर बोला, "यार, बड़ी बेइज़्ज़ती हुई!"

सलमान ने उसकी बात का कोई जवाब न दिया। झुककर दाएँ हाथ की कुहनी देखने लगा, जिससे हलकी-हलकी टीस उठ रही थी। कुछ देर ठहरकर दोनों चुपचाप आगे बढ़ गए।

---

1. पकड़, जकड़, 2. हतप्रभ, 3. तत्क्षण

सलमान अपने कमरे में गहरी नींद सो रहा था। दरवाज़े पर आहट हुई। उसकी आँख खुल गई। कोई आहिस्ता-आहिस्ता दरवाज़ा खटखटा रहा था। उसने उठकर दरवाज़ा खोला।

दिन ढल चुका था। धूप चढ़कर मकानों की ऊँची मुँडेरों पर पहुँच चुकी थी। साए झुक गए थे और उन झुके हुए सायों में दरवाज़े के पास 'दिलरुबा होटल' का मालिक रोशन ख़ाँ खड़ा था। सलमान उसे देखते ही घबरा गया।

रोशन ख़ाँ ने बिला किसी तम्हीद[1] के कहा, "मिस्टर! आज हमारा हिसाब बेबाक हो जाना चाहिए।"

उसके बदले हुए तेवर देखकर सलमान को अन्दाज़ा हो गया कि वह क़र्ज़ की रक़म लिए बग़ैर टलेगा नहीं। इधर उसकी हालत यह थी कि पास खोटा पैसा भी न था। रात वह जुए में सब कुछ हार गया था और सुबह से अब तक बेख़बर सो रहा था। सवाल यह दरपेश था कि इस बला को किस तरह टाला जाए। उसने ख़ुशामद का पहलू इख़्तियार किया। बेतकल्लुफ़ी से बोला, "अमाँ ख़ाँ साहब! क्या किसी से लड़कर आ रहे हो?"

वह बग़ैर किसी लगावट के बोला, "नहीं, मिस्टर! हम ग़रीब आदमी हैं। भला किससे झगड़ा-टंटा कर सकते हैं!"

इस दफ़ा सलमान ने हमदर्दी जताई, "तो फिर कुछ तबीयत ख़राब होगी। देखने से तो यही पता चलता है!"

"गर्मी के दिन हैं जी! आजकल तबीयत का मुआमला बस गड़बड़ ही रहता है," "उसकी चढ़ी हुई त्योरी के बल रफ़्ता-रफ़्ता खुलते जा रहे थे। वह एक झुँझलाए हुए क़र्ज़ख़्वाह के बजाय सीधा-सादा आम आदमी नज़र आने लगा था। सलमान उसी आलम में उसे देखना चाहता था। इत्मीनान से बोला, "घर से अभी मेरा मनीऑर्डर नहीं आया। कल-परसों तक आ जाएगा। तुम्हारा सारा पेमेंट कर दूँगा।"

यह बात वह दो हफ़्ते पहले भी कह चुका था, और परसों रात चाय पीते हुए भी यही उज़्र[2] तराश कर उसे साफ़ ग़च्चा[3] दे गया था, लिहाज़ा बात कुछ बनी नहीं।

रोशन ख़ाँ मअन भड़क उठा। आँखें निकालकर बोला, "मिस्टर! इस तरह काम नहीं चलेगा। पूरा हिसाब चुकता करना होगा। आज और अभी!"

सलमान ने फिर मसका लगाया, "ख़ाँ साहब! तुम ज़रूर किसी से लड़कर आए हो!" उसने ख़्वाहमख़्वाह मुस्कराने की कोशिश की, "कुछ ऐसी ही बात है। लगता है, बेगम से लड़कर आ रहे हो!"

रोशन ख़ाँ ने बैरागीरी करते-करते ख़ुद अपना चायख़ाना खोल लिया था, जिसमें चाय के अलावा खाना भी मिलता था। उसकी छत फूस की थी और दीवारें कच्ची थीं, मगर उसका नाम उसने 'दिलरुबा होटल' रखा था। रोशन ख़ाँ को अपनी फटीचर बीवी के लिए बेगम जैसा मुअज़्ज़िज़[4] लफ़्ज़ कुछ अजीब-सा लगा। बहरहाल, उसे ख़ुशी ज़रूर हुई। इस दफ़ा वह मुस्कराकर बोला, "वह तो मैके गई है जी! लड़ूँगा किससे?"

सलमान को मौक़ा मिल गया। हँसकर बोला, "याद सता रही होगी!"

---

1. भूमिका, 2. बहाना, 3. धोखा, 4. सम्मानित

रोशन ख़ाँ अपने पीले-पीले दाँत निकालकर हँस पड़ा। सलमान की जान-में-जान आई। उसने इसरार करके रोशन ख़ाँ को कमरे में बुलाकर बिठाया और इधर-उधर की बातें शुरू कर दीं।

इस तरह उसे कुछ रोज़ की और मोहलत मिल गई, मगर आज की बातों से बख़ूबी अन्दाज़ा हो गया था कि अगर जल्द ही रोशन ख़ाँ को कुछ न दिया गया, तो वह किसी रोज़ हंगामा कर देगा। रोशन ख़ाँ कमरे से बाहर आ गया, तो उसने उठकर दरवाज़ा बन्द किया और थका हुआ-सा कुर्सी पर बैठ गया। उसने सिगरेट की तलब महसूस की, मगर सिगरेट मौजूद नहीं थी, अलबत्ता कमरे के एक गोशे में सिगरेटों के कई ख़ाली डिब्बे और मुख़्तलिफ़ ब्रांड के पैकेट पड़े थे। फ़र्श पर जा-ब-जा सिगरेटों के टोटे बिखरे हुए थे। उसने एक अधजली सिगरेट फ़र्श से उठाकर सुलगाई। कश लगाते हुए ही ख़ाली मेदा सुलगने लगा। झुंझलाकर उसने सिगरेट फेंक दी। ग़ुस्से से उसे मसल दिया।

वह बुत की मानिंद साकित[1] बैठा रहा और सोचता रहा कि अब क्या किया जाए। सोचते-सोचते उसकी नज़र मेज़ पर रखे हुए थर्मस पर पहुँच गई। पिछले साल वह उसे घर से लाया था। माँ ने यह सोचकर कि सफ़र में तकलीफ़ न हो, बर्फ़ भरवाकर यह थर्मस साथ कर दिया था। वह ख़्वाबनाक नज़रों से उसे तकता रहा। फिर उसने उठकर कपड़े तब्दील किए और थर्मस अख़बार में लपेटकर बाहर आ गया।

नियाज़ की दुकान उसके घर से दूर थी। थर्मस लेकर इतनी दूर पैदल चलना उसे खल रहा था। भूख की नक़ाहत[2] और भी निढाल किए दे रही थी। जब वह नियाज़ की दुकान पर पहुँचा, तो गला ख़ुश्क पड़ गया था और साँस बोझल हो गई थी। ख़ैरियत हुई कि नियाज़ उस वक़्त दुकान पर मौजूद था।

नियाज़ ने उसे देखते हुए कहा, "आज इधर कैसे भूल पड़े?"

उसकी बेतकल्लुफ़ी सलमान को अच्छी न लगी। वह कोआपरेटिव सोसाइटिज़ के रजिस्ट्रार का बेटा था। किसी कबाड़िए का इस तरह बेतकल्लुफ़ी से बात करना उसके नज़दीक इंतहाई बदतमीज़ी थी। उसने नियाज़ की बात का कोई जवाब न दिया। ख़ामोशी से थर्मस पर लिपटा हुआ काग़ज़ अलाहिदा किया और उसके सामने रख दिया। थर्मस बिल्कुल नया था।

नियाज़ ने क़दरे हैरत से कहा, "बेचने लाए हो?"

सलमान ने गर्दन हिला दी, "जी हाँ!"

नियाज़ ने थर्मस उठाया। घुमा-फिराकर अन्दर बाहर से देखा, "अपना ही है?" उसने एक आँख दबाकर राज़दाराना लहजे में पूछा।

"देखिए, आइन्दा आप मुझसे ऐसी बात न कहें!"

नियाज़ बेबाकी से हँसने लगा, "अरे भई! आप तो बुरा मान गए। अच्छा यह बताइए, इसका क्या दे दूँ?"

"जो आप मुनासिब समझें।"

"यह क्या बात हुई। मैं कहूँ कि मुफ्त दे दें, तो आप दे देंगे?"

---

1. चुपचाप, 2. अतिरिक्तता

सलमान भी तरंग में आ गया, "आप माँगकर तो देखें। मुफ़्त भी दे दूँगा।"

ख़ूबसूरत चेहरेवाले सलमान की यह अदा नियाज़ के दिल में उतर गई। ख़ुश होकर बोला, "भई, बिज़नेस की बात तो बाद में होगी। आप पहले चाय पिएँगे?" उसने गर्दन बढ़ाकर चायख़ाने के बैरे को आवाज़ दी।

वह दुकान के अन्दर आ गया। नियाज़ उसे चाय और पेस्ट्री लाने का ऑर्डर देने लगा। सलमान तकल्लुफ़न इनकार करने लगा, मगर नियाज़ ने एक न सुनी। गर्दन अकड़ाकर बोला, "वाह! यह कैसे हो सकता है?" उसने बैरे से झपटकर कहा, "अबे! मुँह क्या तक रहा है। जा, जल्दी से एक सेट चाय लेकर आ। पेस्ट्री ताज़ा लाना! कल का बचा हुआ माल न लाना! मिर्ज़ाजी से बोलना! बेकरी से जो माल अभी आया है, उसमें से भेजें, वरना एक पैसा न दूँगा," बैरा चला गया।

कुछ देर बाद बैरा चाय लेकर आ गया। नियाज़ ने अपने हाथ से सलमान को चाय बनाकर पिलाई। इसरार करके ताज़ा पेस्ट्रियाँ भी खिलाईं। इस ख़ातिर-मुदारात[1] में नियाज़ की कोई ग़र्ज़ वाबस्ता न थी। बात सिर्फ़ इस क़दर थी कि सूरत-शक्ल और वज़ा-क़ता से तालीमयाफ़्ता और शाइस्ता[2] नज़र आनेवाला सलमान उसे बहुत अच्छा मालूम हुआ था।

चाय पीते-पीते अचानक उसने सलमान से पूछा, "आप कुछ परेशान मालूम होते हैं?"

सलमान ने साफ़ बात कह दी, "परेशान न होता, तो यह थर्मस लेकर यहाँ क्यों आता?"

नियाज़ को उस पर तरस आ गया। बड़ी शफ़क़त[3] से बोला, "कितने रुपए की ज़रूरत है?"

सलमान उसके अहसासात का अन्दाज़ा न लगा सका, "थर्मस की आप जो क़ीमत लगाएँ!"

नियाज़ ने मुस्कराकर कहा, "भई, हद हो गई। अमाँ, थर्मस गया ऐसी-तैसी में," उसने जेब से पचास रुपए निकालकर उसकी तरफ़ बढ़ाए, "लो, इससे काम चल जाएगा?"

सलमान की समझ में कुछ न आया। सोचने लगा, आख़िर माजरा क्या है? यह कबाड़िया अचानक उस पर इस क़दर मेहरबान क्यों हो गया?

उसे ख़ामोश देखकर नियाज़ ने फ़ौरन कहा, "अमाँ, पहले उनको जेब में तो रखो," सलमान ने रुपए ले लिए।

"थर्मस जी चाहे, तो लेते जाओ," नियाज़ ने बेनियाज़ी से कहा।

सलमान ने हैरत से पूछा, "क्यों?"

नियाज़ ने उसकी पीठ पर बेतकल्लुफ़ी से हाथ मारा, "यार, हम तो शराफ़त पर जान देते हैं। पैसा साला तो हाथ का मैल है। इधर आया, उधर गया। सच पूछो, उस रोज़ भी तुम्हारी घड़ी न रखता। फिर यह सोचकर रह गया कि पहला साबिक़ा है। तुम न जाने क्या सोचो! यह ज़माना साला बहुत ख़राब है!"

हालाँकि यह बात उसने बिल्कुल झूठ कही थी। उस रोज़ उसने कोई ऐसी बात नहीं सोची थी। बस चलता, तो वह घड़ी के बीस रुपए से ज़ाइद न देता, मगर आज उसका रवैया बिल्कुल मुख़्तलिफ़ था।

---

1. आतिथ्य सत्कार, आवभगत, 2. शिष्ट, सभ्य, 3. स्नेह

सलमान उसकी बातों से बहुत मुतआस्सिर[1] हुआ। गर्दन झुकाकर गोया[2] हुआ, "थर्मस अपने पास ही रखें। मैं आपकी रक़म देकर इसे वापस ले जाऊँगा।"

नियाज़ तीखे लहजे में बोला, "यार! अब दिल तोड़ने की बातें न करो। दोस्तों का हिसाब दिल में रहता है। यह लेना-देना तो चलता ही रहेगा," वह ज़रूरत से ज़्यादा बेतकल्लुफ़ होता जा रहा था और सलमान को उसकी यह बेतकल्लुफ़ी ज़रा भी बुरी न लगी।

वह देर तक बैठा उससे बातें करता रहा।

शाम हो गई। अँधेरा फैलने लगा। सलमान ने दोबारा आने का वायदा किया और दुकान से बाहर आ गया, लेकिन जिस वक़्त वह बाहर निकल रहा था, ऐन उसी वक़्त नौशा भी पहुँच गया। उसने सलमान को देखा, तो ठिठक गया। सलमान की उस पर नज़र न पड़ी। नौशा चाहता भी यही था। जैसे ही सलमान आगे बढ़ा, तो नौशा झट दुकान के अन्दर दाख़िल हो गया।

## [5]

नौशा उस रोज़ ख़ाली हाथ आया था और इस इरादे से आया था कि नियाज़ से एक रुपया उधार मिल जाए। उस शाम उसने राजा और शामी के साथ सिनेमा देखने का प्रोग्राम बनाया था, मगर नियाज़ ने साफ़ इनकार कर दिया। बेरुख़ी से गोया हुआ, "जब कुछ पास हुआ करे, तब ही यहाँ आया करो!"

नौशा ख़ुशामद करने लगा, "कल मैं ज़रूर कुछ-न-कुछ लेकर आऊँगा, बस आज एक रुपया दे दो!"

वह बिगड़कर बोला, "बस एक बार कह दिया। ख़्वाहमख़्वाह जान न खा!"

नौशा ज़रा देर गर्दन लटकाए हुए चुप बैठा रहा। फिर उठकर चल दिया, लेकिन जब वह दरवाज़े पर पहुँचा, तो पीछे से नियाज़ की आवाज़ आई, "अबे! अब चला ही जाएगा?"

नौशा ने पलटकर उसकी जानिब देखा। नियाज़ बैठा बेतकल्लुफ़ी से मुस्करा रहा था। उसने हाथ के इशारे से नौशा को बुलाया।

वह पालतू कुत्ते की तरह आहिस्ता-आहिस्ता चलता हुआ उसके पास पहुँच गया।

"सिनेमा देखने के लिए रुपया चाहिए। है न?"

नौशा ने इनकार न किया। गर्दन हिलाकर बोला, "हाँ!"

नियाज़ ने एक ही साँस में कई गालियाँ दीं। फिर जेब से एक रुपया निकालकर सामने फेंक दिया, "ले! मगर याद रखना, साले! यह सिनेमा की चाट तुझे तबाह कर देगी," नौशा ने चुपचाप रुपया उठा लिया। नियाज़ त्योरी पर बल डालकर बोला, "देख! कल कुछ-न-कुछ लेकर ज़रूर आना, वरना साले ख़ाँ, आइन्दा एक पैसा न दूँगा।"

नौशा ख़ुश-ख़ुश बाहर चला गया।

---

1. प्रभावित, 2. अभिव्यक्त

म्यूनिस्पैलटी की लालटेन रोशन हो चुकी थी, मगर राजा मौजूद नहीं था। क़रीब ही एक मकान के चबूतरे पर शामी अकेला बैठा था। उसकी क़मीज़ का गरेबान फटा हुआ था। निचले होंठ से खून रिस रहा था, जिसे वह बार-बार आस्तीन से पोंछ रहा था। आस्तीन पर जगह-जगह ख़ून के लाल-लाल धब्बे नज़र आ रहे थे।

शामी ने डबडबाई आँखों से नौशा की तरफ़ देखा, और होंठ से रिसता हुआ ख़ून पोंछने लगा।

नौशा ने क़रीब जाकर घबराए हुए लहजे में दर्याफ़्त किया, "अबे! क्या हो गया? अब्बा ने मारा है?"

उसने गर्दन हिला दी, "नहीं!"

नौशा ने जल्दी से पूछा, "फिर क्या हुआ?"

शामी ने मुँह से तो कुछ न कहा, अलबत्ता उसकी आँखों से आँसू फूट पड़े। वह गर्दन झुकाकर रोने लगा।

नौशा और घबरा गया। डपटकर बोला, "अबे! कुछ मुँह से तो बोल! हुआ क्या?"

शामी ने भर्राई हुई आवाज़ से बताया, "डॉक्टर मोटू के लड़के और उसके नौकर ने मिलकर मारा है," वह और भी ज़्यादा फूट-फूटकर रोने लगा।

"अच्छा, तो वह साला भूरिया था। वह तो एक नम्बर हरामी है, पर तू उससे कहाँ टक्कर गया!"

शामी ने सिसकियाँ भरकर कहा, "बात कुछ भी नहीं थी। दोपहर को मैं दुकान से खाना खाने के लिए घर आ रहा था। बड़े मैदान में वह मिल गया। कहने लगा, 'आओ, गुली-डंडा खेलें!' पहले तो यही बदमाशी की कि दाँव अपना रखा। फिर देर तक धूप में पिदाया। जब मेरी बारी आई, तो कहने लगा कि 'दाँव नहीं दूँगा।' मैंने कहा, 'दाँव दिए बग़ैर जाने न दूँगा।' क्यों, ठीक बात कही न मैंने?" उसने अपनी बात कहते-कहते पूछा।

"बिल्कुल ठीक बात थी," नौशा ने उसकी ताईद[1] की, "हाँ, फिर क्या हुआ?"

"साले ने छूटते ही नाक पर घूँसा मारा। ख़ुदा क़सम, मेरे आँसू निकल आए। फिर तो मुझे भी ताव आ गया। साले को उठाकर धूँ से वहीं दे मारा। रोता हुआ चला गया। अब शाम को अपने नौकर के साथ आया। दोनों के पास स्टिकें थीं।"

नौशा ने हैरत से कहा, "अच्छा, तो साले स्टिकें लेकर आए थे?"

"हाँ जी। आते ही मारना शुरू कर दिया।"

"उनकी तो ऐसी की तैसी! आख़िर समझा क्या है?" नौशा ने आस्तीन चढ़ाते हुए कड़ककर कहा, "तू परवाह न कर। सालों को घर में घुसकर न मारा, तो नाम नहीं," शामी का सारा दुख-दर्द उड़न-छू हो गया। जल्दी से बोला, "राजा को भी साथ लिए लेते हैं!"

"हाँ, उसको भी ले ले, मगर वह आया क्यों नहीं?"

"पता नहीं, क्यों नहीं आया अब तक?"

नौशा ने मशविरा दिया, "चल पहले उसे ढूँढ़ लें!" शामी झट चबूतरे से नीचे उतर आया। दोनों राजा की खोली की जानिब चल दिए।

---

1. अनुमोदन

राजा ख़िलाफ़े-मामूल[1] दरवाज़े पर मुँह लटकाए गुमसुम बैठा था। क़रीब ही लकड़ी की भद्दी गाड़ी नज़र आ रही थी, जिस पर बूढ़े गदागर को बिठाकर वह फेरी पर जाता था। खोली के अन्दर गहरी तारीकी[2] फैली हुई थी। दोनों ने उसे अफ़ुर्सदा[3] देखा, तो हैरतज़दा रह गए। नौशा समझा कि राजा भी कहीं लड़-झगड़कर आया है। क़रीब जाकर बोला, "अबे! यह रोनी सूरत बनाए क्यों बैठा है?"

राजा ने कोई जवाब न दिया। उसी तरह मुँह लटकाए बैठा रहा। नौशा ने जेब से रुपया निकालकर टन से बजाया, "बोल, क्या कहता है?"

इस दफ़ा वह बेज़ारी से बोला, "यार! तंग न कर। पहले ही अपना डिब्बा गुल हो रहा है!"

शामी बीच में बोल पड़ा, "उस्ताद से झगड़ा हो गया?"

"नहीं यार! उस्ताद बेचारे को पुलिसवाले पकड़कर ले गए!"

राजा की बात सुनकर दोनों चौंक पड़े। दर्याफ़्त करने पर मालूम हुआ कि उसे इनसिदादे-गदागरी[4] के क़ानून के तहत गिरफ़्तार करके सरकारी मोहताजख़ाने में भेज दिया गया। राजा बात कहते-कहते उदास हो गया। उदास होने की बात ही थी। गदागर के गिरफ़्तार हो जाने के बाइस उसकी आमदनी का जरिया अचानक बन्द हो गया था।

दोनों इरादे से आए थे, राजा को ग़मगीन देखकर उसका ज़िक्र भी न किया।

सिनेमा जाने का प्रोग्राम मंसूख हो गया। तीनों ने जाकर मुस्लिम होटल में चाय पी और देर तक ग़ौर करते रहे कि राजा को अब क्या करना चाहिए। रात गए, जब उनकी महफ़िल बर्ख़ास्त हुई, तो नौशा ने वायदा किया कि वह उसे अपने ऑटो-वर्कशाप में काम दिलाने के लिए हाजी फ़िटर से बात करेगा।

मगर नौशा की कोई कोशिश काम न आई। राजा कई-कई वक़्त के फ़ाक़े करने लगा। उसने भीख माँगने की कोशिश की। उन दिनों इनसिदादे-गदागरी की मुहिम ज़ोर-शोर से चल रही थी। गदागरों और भिखारियों की पकड़-धकड़ हो रही थी। राजा भी एक रोज़ पुलिस के हत्थे चढ़ गया। दूसरे गदागरों के साथ उसे भी मवेशियों की तरह हाँककर पुलिस की लारी में बन्द कर दिया गया, मगर राजा का निडरपन काम आ गया। हुआ यह कि जब गदागरों को थाने के अहाते में लारी से उतारा गया, तो राजा सबकी नज़रें बचाकर लारी के नीचे दुबक गया और मौक़ा मिलते ही अहाते की दीवार फाँदकर ऐसा रफ़ूचक्कर हुआ कि पुलिसवाले देखते-के-देखते ही रह गए।

कई रोज़ तक वह अपनी खोली में पुलिस के डर से छुपा रहा। नौशा और शामी आ जाते, तो पेट भरने का सहारा हो जाता।

शामी उन दिनों देर से आता। आते ही क़मीज़ के अन्दर छुपी हुई रोटियाँ निकालता और राजा के सामने रख देता। यह रोटियाँ वह घर से चुराकर लाता था। नियाज़ से जिस रोज़ कुछ रक़म मिल जाती, तो नौशा होटल से सालन मँगवा देता, वरना राजा को रूखी-सूखी रोटियों पर ही गुज़ारा करना पड़ता।

---

1. नियम-विरुद्ध, 2. अन्धकार, 3. उदास, 4. भिक्षा-उन्मूलन

## [6]

नौशा क़रीब-क़रीब हर रोज़ कुछ-न-कुछ उड़ा लाता और सीधा नियाज़ के पास पहुँचता, मगर रोज़-रोज़ की चोरी से वर्कशाप में जल्दी ही खलबली पड़ गई। अब्दुल्ला मिस्त्री चीख़-चीख़कर सारे कारीगरों को गालियाँ देता। फाटक पर हर कारीगर की सख़्ती से तलाशी ली जाती, मगर नौशा अपने काम में ऐसा मँझ गया था कि चौकीदार की आँखों में धूल झोंककर साफ़ निकल जाता।

एक बार ऐसा हुआ कि उसके हत्थे कोई पुरज़ा या औज़ार न चढ़ा, लिहाज़ा उसने मौक़ा मिलते ही ताँबे के तार का लच्छा उठाकर एक पुरानी कार की सीट के नीचे छुपा दिया।

छुट्टी होने के कुछ पहले उसने कारीगरों की नज़रें बचाकर तार क़मीज़ के अन्दर छुपाया और झट पेशाबख़ाने में घुस गया। दरवाज़ा बन्द किया और पाजामा उतारकर तार किसी-न-किसी तरह रान से बाँधा और बाहर आ गया। सेर-सवा सेर वज़न था। चलने में क़दम ठीक से न पड़ते थे। वह लँगड़ाता हुआ फाटक से गुज़रा तो चौकीदार ने मुश्तबह[1] नज़रों से देखकर टोका, "ख़ू, तुम कैसा चलता है? तुम्हारा टाँग को क्या हो गया?"

नौशा ने जल्दी से चेहरे पर तकलीफ़ से तासुरात[2] पैदा किए और बुरा-सा मुँह बनाकर बोला, "लाला, बड़ा दर्द हो रहा है। साला पूरा टाईराड टाँग पर गिर पड़ा, "यह कहता हुआ वह फाटक से बाहर निकल गया।

घबराहट में उसने तेज़ क़दम उठाने की कोशिश की, तो लड़खड़ाकर इस तरह फाटक के सामने गिरा कि तार का गुच्छा पायजामे के अन्दर से निकलकर बाहर आ गया। चौकीदार उसे बराबर देख रहा था। फ़ौरन उसकी नज़र तार पर पड़ गई। वह लपककर उसके क़रीब पहुँच गया। आँखें निकालकर बोला, "ओए ख़ंज़ीर! चोरी करता है। बोलता है, टाँग में दर्द ए!"

उसने हाथ बढ़ाकर नौशा की गर्दन अपने चौड़े-चकले हाथ में दबोच ली, "ख़ूचा, अब तुम सेठ के पास चलो!"

नौशा गिड़गिड़ाने लगा, मगर छह फुटे पठान चौकीदार पर उसका कोई असर न हुआ। वह उसे घसीटता हुआ फाटक के अन्दर ले गया।

अब्दुल्ला मिस्त्री उस वक़्त अपने दफ़्तर में बैठा शग़ल-बादानोशी[3] कर रहा था। उसके सामने जीमखाना व्हिस्की की बोतल रखी थी। हाथ में गिलास था। चौकीदार ने नौशा को उसके रू-ब-रू पेश किया और तार का लच्छा मेज़ पर डालकर बोला, "साहेब! इस खंज़ीर ने चोरी किया था। हमने इसको पकड़ लिया!"

अब्दुल्ला ने गिलास मेज़ पर रख दिया। चौकीदार को मुख़ातिब किया, "ख़ाँ! तुम बहुत अच्छा चौकीदार है। हम तुमसे बहुत ख़ुश हुआ," चौकीदार ने फ़ौरन अटेनशन होकर सलाम किया और कमरे से बाहर चला गया।

अब्दुल्ला ने तार का लच्छा छूकर देखा। फिर नौशा पर नज़र डाली। ग़ुस्से से उसकी आँखें उबलकर सुर्ख़ पड़ गईं। कड़ककर बोला, "क्यों बे हरामी?"

---

1. सन्दिग्ध, 2. प्रभाव, 3. मदिरापान

उसने ग़ज़बनाक होकर मेज़ पर रखा हुआ रजिस्टर उठाया और नौशा के मुँह पर दे मारा। नौशा भों-भों रोने लगा। अब्दुल्ला ने उसके रोने पर मुत्लक़-तवज्जो[1] न दी। उसने लोहे की तीन लम्बी-लम्बी मेख़ें[2] निकालीं, जिन्हें वह कारीगरों को सज़ा देने की ग़र्ज़ से हमेशा मेज़ की दराज़ में रखता था। अब्दुल्ला ने खड़े होकर एक मेख़ दीवार में ठोंकी। उसे हिला-डुलाकर देखा कि मज़बूत लगी है कि नहीं। नौशा सहमा हुआ सब कुछ देखता रहा। फिर वह बिलक-बिलककर रोने लगा।

"मिस्त्रीजी, अब कभी चोरी नहीं करूँगा।"

"अब चोरी करूँ, तो जो जी चाहे, सज़ा देना!"

"मिस्त्रीजी! बस अब के मुआफ़ कर दो!"

अब्दुल्ला शिकार पर झपटनेवाले तेन्दुए की तरह आहिस्ता-आहिस्ता चलता हुआ क़रीब आया और उसके मुँह पर ज़ोर का थप्पड़ मारा, "चुप! साले, आवाज़ निकाली, तो यहीं दफ़्न कर दूँगा।"

नौशा को साँप सूँघ गया। उसने चूँ तक न की। अब्दुल्ला ने उसके दोनों हाथों की उँगलियाँ इस तरह आपस में फँसाईं कि उँगलियाँ हथेलियों के अन्दर ही रहें। उसके बाद उसने नौशा को उठाकर मेख़ से लटका दिया और ऐन उसके तलवों के नीचे फ़र्श पर दो मेख़ें गाड़ दीं, जिनके नुकीले सिरे ऊपर उभरे हुए थे। इस काम से फ़ारिग़ होकर उसने झपटकर कहा, "देख बे, हाथ छोड़े, तो समझ लेना, साले दोनों मेख़ें पूरी अन्दर उतर जाएँगी।"

नौशा ने झुककर मेख़ों को देखा, तो सहमकर रह गया। तकलीफ़ से उसकी उँगलियाँ टूटे जा रही थीं। ऐसा महसूस हो रहा था कि एक उँगली की हड्डी दूसरी की हड्डी तोड़कर अन्दर पैवस्त हो जाएगी। वह दर्द से बिलबिलाकर रोने लगा।

"मिस्त्रीजी! अल्लाह के लिए छोड़ दो!"

"मिस्त्रीजी! हाय, मिस्त्रीजी! मैं मरा!"

"हाय, मेरी उँगलियाँ टूटे जा रही हैं!"

नौशा गिड़गिड़ाता रहा। तकलीफ़ से बिलकता रहा। ख़ुदा और रसूल की दुहाई देता रहा, मगर मिस्त्री इत्मीनान से बैठा चुस्की ले-लेकर देसी व्हिस्की के घूँट हलक़ से नीचे उतारता रहा। जब नौशा ज़्यादा शोर मचाता, तो गालियाँ देकर चीख़ता :

"चुपका रहेगा या साले दो-चार हाथ भी लगाऊँ!"

"साले, रात-भर लटकाऊँगा। तूने मुझे समझा क्या है?"

"रोज़-रोज़ चोरी करके बहुत शेर हो गया था। तुझे छोड़ूँगा नहीं! बहुत मुश्किल से हाथ आया है!"

उसकी डाँट-झपट सुनकर नौशा लम्हा-भर के लिए चुप हो जाता। फिर गिड़गिड़ाने लगता। अब्दुल्ला व्हिस्की की चुस्की लगाकर कहता, "चोरी करो बेटा, चोरी करो!"

देर तक वह सिलसिला चलता रहा। हर तरफ़ अँधेरे का जाल फैलता जा रहा था। अब्दुल्ला पर जीमख़ाना व्हिस्की का तेज़ नशा चढ़ रहा था। वह बेढंगेपन से अपनी भोंडी आवाज़ में झूम-झूमकर गुनगुनाने लगा :

---

1. क़तई ध्यान, 2. कीलें

*ओ दूर जानेवाले, वायदा न भूल जाना*
*ओ दूर जानेवाले...*

अब्दुल्ला नशे की धुन में किसी दूर जानेवाले को याद कर रहा था, और नौशा को, जो क़रीब की दीवार से लटका हुआ बिलबिला रहा था, भूल चुका था। दफ़अतन[1] नौशा ज़ोर से चीख़ा, "हाय, मिस्त्रीजी, मैं मरा!"

अब्दुल्ला नशे की झोंक में बोला, "अबे! तू अभी तक लटका हुआ है। ठीक है। ठीक है। लटके रहो, बेटा! बिल्कुल चमगादड़ लग रहा है इस वक़्त तू!" अपनी बात पर वह ख़ुद ही ज़ोर से हँस पड़ा।

लेकिन नौशा की टाँगें लोहे के स्पिरिंग की तरह ज़ोर-ज़ोर से काँप रही थीं। वह ज़िबह होनेवाले बकरे की मानिंद गला फाड़कर चीख़ रहा था। इस दफ़ा अब्दुल्ला ने मुड़कर उसकी जानिब देखा। ऊपर से ख़ून का क़तरा फ़र्श पर गिरा। फिर दूसरा, तीसरा...टप...टप...ख़ून के क़तरे नीचे गिर रहे थे। उँगलियों की खाल फट गई थी। नौशा के हाथ लहूलुहान हो गए थे। वह कब का हाथ छोड़ चुका होता, मगर अब्दुल्ला ने उँगलियों को इस तरह फँसाकर लटकाया था कि वह खुल न सकती थीं। ख़ून देखकर लम्हा-भर के लिए अब्दुल्ला का चेहरा फ़िक्रमन्द हो गया। वह ज़रा देर ख़ामोश बैठा रहा। फिर उसने गिलास में पड़ी हुई व्हिस्की एक ही साँस में गटागट चढ़ाई। नौशा को गन्दी-सी गाली दी और उठकर खड़ा हो गया।

क़रीब जाकर उसने नौशा को नीचे उतारा। उसकी उँगलियाँ तक आपस में गुत्थी हुई थीं। उनसे जीता-जीता लहू बह रहा था। सारा जिस्म काँप रहा था। उसने वहीं खड़े-खड़े पायजामे में पेशाब कर दिया। अब्दुल्ला ने उसके दोनों हाथ पकड़कर खींचे। नौशा तकलीफ़ से बिलबिलाकर ज़ोर से चीख़ा। उँगलियाँ एक-दूसरे से अलहिदा हो गईं। ख़ून तेज़ी से बहने लगा।

अब्दुल्ला ख़ामोश खड़ा नशे से झूमता रहा। फिर उसने झपटकर कहा, "जा, पहले हाथ धोकर आ!"

नौशा लड़खड़ाते क़दमों से बाहर चला गया। अब्दुल्ला कुर्सी पर बैठ गया। उसने गिलास में थोड़ी-सी व्हिस्की उँडेली और आहिस्ता-आहिस्ता चुस्की लगाने लगा।

थोड़ी देर बाद नौशा वापस आ गया। अब्दुल्ला ने उसे क़हर-आलूद[2] नज़रों से देखा, मगर ज़बान से एक लफ़्ज़ न निकाला। चुपचाप जेब से बीस रुपए के नोट निकाले और नौशा के सामने फेंक दिए, "ले, यह भी लेता जा, मगर अब कभी यहाँ अपनी शक्ल न दिखाना। अबे, मुँह क्या देख रहा है? जा दफ़ा हो!" वह चीख़-चीख़कर गालियाँ बकने लगा।

नौशा ने काँपते हाथों से नोट उठाए और सिसकियाँ भरता हुआ फाटक से बाहर निकल गया।

नौशा की उँगलियाँ सूज गई थीं। हाथों पर वरम[3] आ गया था। चेहरा गेंदे के फूल की तरह पीला पड़ गया था। माँ ने देखा, तो बदहवास हो गई। जल्दी से पूछा, "अरे! यह क्या कर लिया हाथों को?"

---

1. सहसा, 2. प्रलयंकारी, 3. फूलन

नौशा ने जेब से बीस रुपए निकालकर माँ के सामने डाल दिए। मुँह बिसूरकर बोला, "मिस्त्रीजी ने मुझे निकाल दिया," मगर उसने साफ़ बात न बताई। बहाना यह बनाया कि एक क़ीमती पुरज़ा टूट गया था। नाराज़ होकर अब्दुल्ला मिस्त्री ने मारा भी और बरतरफ़ भी कर दिया।

माँ अब्दुल्ला को कोसने लगी।

नौशा जब वर्कशाप से निकला, उसी वक़्त से उसका जिस्म बुख़ार से तपने लगा था। अब बुख़ार की शिद्दत और बढ़ गई थी। माँ ने जर्राह से मरहम मँगवाया और उँगलियों पर लगाकर ऊपर से पट्टी लपेट दी। नौशा बिस्तर पर लेट गया। रात गए, उसने बुख़ार के आलम में सुना, नियाज़ घर में आया था, और माँ से बैठा बातें कर रहा था।

वह उस वक़्त नौशा ही का ज़िक्र करते हुए कह रहा था, "मैं कहता हूँ कि यह तो आवारा लड़कों की सोहबत में रहकर परले दर्जे का हरामख़ोर हो गया है। उसने ज़रूर कोई ऐसी हरकत की होगी, जिस पर अब्दुल्ला ने इस तरह मारा, वरना वह तो बड़ा भला आदमी है। कारीगरों को औलाद की तरह रखता है!"

नौशा को उसकी बातें सुनकर सख़्त गुस्सा आया। उसने दिल-ही-दिल में उसे कई गालियाँ दीं और करवट बदलकर दूसरी तरफ़ मुँह फेर लिया।

## [7]

नियाज़ की दुकान पर काले साहब की आमदो-रफ़्त बढ़ गई थी। काले साहब दूसरे-तीसरे रोज़ किसी-न-किसी वक़्त वहाँ पहुँच जाता। देर तक बैठा इंश्योरेंस की ख़ूबियाँ बताता रहता। नियाज़ भी उसकी बातों में अब इन्हिमाक[1] और गहरी दिलचस्पी का इज़हार करता। पचास हज़ार की पॉलिसी का मुआमला था। कमिशन अच्छा बनता था। काले साहब चाहता था कि जल्द-अज़-जल्द मुआहिदे पर दस्तख़त हो जाएँ।

एक रोज़ उसने आते ही अपना ब्रीफ़केस खोला। बीमा-कम्पनी के कुछ काग़ज़ात निकाले और नियाज़ के सामने रखकर बोला, "मिस्टर नियाज़! आज तुम फ़ार्म तो भर ही दो!"

"मगर बीमा तो मैं अपनी बीवी का करवाऊँगा!"

काले साहब ने हैरत से नियाज़ को देखा, मगर जल्द ही सँभल गया, "कोई बात नहीं! तुम ख़ुद पॉलिसी लो या वाइफ़ के नाम से लो। बात एक ही है।" लम्हा-भर तवक़्क़ुफ़[2] करने के बाद वह बोला, "तो फिर ऐसा करो कि वाइफ़ के नाम से फ़ार्म भरवाकर दस्तख़त करवा दो। उसके साथ पहली क़िस्त भी अदा करनी होगी!"

नियाज़ मुस्कराकर बोला, "मगर बीवी तो मेरी मौजूद नहीं!"

काले साहब उसकी बात का मफ़हूम[3] समझ न सका, "मैके-वैके गई हैं?"

नियाज़ उसी तरह बेतकल्लुफ़ी से मुस्कराता रहा, "उसको तो मरे हुए भी कई साल हो गए!"

काले साहब सन्नाटे में आ गया। झुँझलाकर बोला, "तो गोया तुम अब तक मुझसे मसखरी कर रहे थे!"

---

1. तन्मयता, तल्लीनता, 2. विराम, 3. मतलब

वह ग़ुस्से से न जाने और क्या-क्या कहता, मगर नियाज़ ने क़ते-कलाम[1] करते हुए फ़ौरन वज़ाहत[2] की, "भई काले साहब! तुम तो ख़्वाहमख़्वाह बुरा मान गए। बात दरअसल यह है कि मैं अनक़रीब दूसरी शादी करनेवाला हूँ!"

काले साहब के चेहरे की करख़्तगी कम हो गई, "तो यूँ कहो न!"

"तुमने मेरी पूरी बात ही कब सुनी? ख़्वाहमख़्वाह नाराज़ हो गए।"

"तो फिर कब तक इरादा है? एक अदद पार्टी तो ज़रूर होगी।"

"पार्टी होगी और बहुत जल्दी होगी!"

उसके बाद दोनों बेतकल्लुफ़ी से हँस-हँसकर बातें करने लगे। कुछ देर बाद काले साहब ने अपने काग़ज़ात समेटकर ब्रीफ़केस में रखे और दुकान से बाहर चला गया।

नियाज़ ख़ामोश बैठा सोचता रहा कि वह नौशा की माँ से निकाह कर लेगा। पचास हज़ार रुपए में उसका बीमा भी करा देगा, मगर सवाल यह था कि उसे किस तरह रास्ते से हटाया जाए, ताकि बीमे की रक़म जल्द-से-जल्द मिल जाए और सुलताना भी उसके क़ाबू में आ जाए।

सोचते-सोचते एक तजवीज़ उसके ज़ेहन में आई। उसने उठकर दुकान बन्द की। ताला डाला और डॉक्टर मोटू के मतब[3] की जानिब चल दिया।

नियाज़ ने मतब के अन्दर जाकर देखा। डॉक्टर उस वक़्त तक पहुँचा नहीं था। कम्पाउंडर ने बताया कि वह घर पर है। थोड़ी देर बाद आएगा। नियाज़ ने सोचा, चलो, यह भी अच्छा हुआ। मतब में वह मरीज़ों की मौजूदगी के बाइस ठीक से बात न कर सकता था। घर पर इत्मीनान से बात हो सकती थी।

डॉक्टर घर से निकलने ही वाला था, उसी असना में नियाज़ पहुँच गया। डॉक्टर ने उसे कमरे में बिठाया। मुस्कराकर गोया हुआ, "कहो मियाँ नियाज़! आज इधर कैसे आ गए?"

नियाज़ अपनी बात कहते हुए झिझक रहा था, हालाँकि डॉक्टर मोटू से उसके अच्छे-ख़ासे मरासिम[4] थे। वह बीमार पड़ता, तो उसी के ज़ेरे-इलाज रहता, मगर उस वक़्त जो बात वह कहना चाहता था, ऐसी न थी कि बेधड़क कह दी जाए, हालाँकि उसे अच्छी तरह मालूम था कि डॉक्टर मोटू को रक़म खिलाई जाए, तो वह हर काम के लिए तैयार हो जाता है। बात भी कुछ ऐसी ही थी। डॉक्टर मोटू का नाम ख़ैरात मुहम्मद था, मगर उसने अपने बेडौल और तनोमन्द[5] जिस्म के बाइस उर्फ़ आम में डॉक्टर मोटू के नाम से मशहूर था। वह करनाल का रहनेवाला था और वहाँ एक डॉक्टर के मतब में कम्पाउंडर था। फ़सादात के बाद महाजरीन[6] बनकर पाकिस्तान आया, तो उसने अपनी प्रैक्टिस शुरू कर दी। अब उसने अपने नाम के साथ एक बोगस डिग्री लगा ली थी, और ठाठ से डॉक्टरी करता था। उसे यहाँ आए हुए पूरे चार साल भी नहीं हुए थे, मगर इस अरसे में वह कई संगीन मुक़दमात में मुलव्विस[7] हो चुका था और हर बार जेलखाने से बाल-बाल बच गया था, लेकिन इस बदनामी के बावजूद वह अपनी ख़तरनाक हरकतों से बाज़ न आता था।

---

1. बात काटते हुए, 2. स्पष्टीकरण, 3. चिकित्सालय, दुकान, 4. सम्बन्ध, 5. हृष्ट-पुष्ट, 6. शरणार्थी, 7. लिप्त

डॉक्टर ख़ैरात मुहम्मद उर्फ मोटू ने नियाज़ को ख़ामोश देखा, तो हँसकर गोया हुआ, "क्या कहीं से कोई पोशीदा बीमारी ले आए हो, जो कहते हुए झिझक रहे हो। मेरा कहना मानो, तो अब तुम घर बसा लो और यह बाज़ारी औरतों का चक्कर छोड़ दो।"

किसी और वक़्त डॉक्टर ने यह बात कही होती, तो नियाज़ उसके सिर हो जाता, मगर इस वक्त तो वह ग़र्ज़मन्द बनकर आया था। मुस्कराकर उसकी बात टाल गया।

"आप कह रहे हैं, तो घर भी बसा लूँगा, मगर इस वक़्त मैं आपके पास एक ज़रूरी काम से आया हूँ।"

"लोगों की ख़िदमत करना तो अपना पेशा ठहरा। कहो, क्या काम है?"

नियाज़ बात कहते-कहते रुक गया!

"कहो, कहो! घबरा क्यों रहे हो? कोई ख़ास बात है?"

"ख़ास ही बात है!"

डॉक्टर हैरत का इज़हार करने लगा, "अच्छा! तो फिर कहते क्यों नहीं?"

नियाज़ हिचकिचाते हुए बोला, "बात यह है, डॉक्टर साहब!" वह पूरी बात न कह सका। घबराकर डॉक्टर का चेहरा तकने लगा।

डॉक्टर ने ज़िच[1] होकर कहा, "भई, अब कह भी चुको। तुमने ख़्वाहमख़्वाह तश्वीश[2] में मुब्तला[3] कर दिया!"

नियाज़ घबराकर उठ खड़ा हुआ, "फिर किसी वक़्त आकर बात करूँगा!"

डॉक्टर ने फ़ौरन टोका, "यह कैसे हो सकता है। अब तो तुम अपनी बात कहकर ही जाओगे। बैठो, कहाँ चले?"

नियाज़ को मजबूरन बैठना पड़ा। उसने नज़रें झुकाकर दबी ज़बान में कहा, "मैंने सुना है, कोई चीज़ स्लो-प्वाइज़िंग होती है!"

डॉक्टर ने दिल-ही-दिल में कहा, अच्छा तो यह बात है, जिसे बताते हुए इस क़दर झिझक महसूस हो रही थी। वह न ख़ाइफ़[4] हुआ और न ही किसी तौर घबराया। लम्हा-भर तक नियाज़ का चेहरा देखता रहा। फिर मुस्कराकर पूछा, "ख़ैरियत तो है? यह स्लो-प्वाइज़िंग के बारे में मालूम करने की ज़रूरत तुमको क्यों महसूस हुई?"

"कुछ ऐसी ही बात है!"

डॉक्टर की आँखों में मुजरिमाना चमक उभर आई। सरग़ोशी के अन्दाज़ में आहिस्ता से बोला, "मेरा कहना मानो, तुम स्लो-प्वाइज़िंग के चक्कर में न पड़ो। यह तरीक़ा ख़तरनाक है और इसमें बड़ा झंझट भी है!"

नियाज़ किसी क़दर ना-उम्मीद होकर बोला, "तो फिर क्या किया जाए?"

डॉक्टर ने उसकी हौसला-अफ़ज़ाई की, "घबराओ नहीं। ज़रा सब्र से काम लो। ऐसे कामों के लिए अब तो एक से एक नया तरीक़ा निकल आया है!"

नियाज़ ख़ामोश बैठा उसकी बात सुनता रहा।

"सिर्फ़ चन्द इंजेक्शन लगाने होंगे, जिनसे दिल कमज़ोर पड़ जाएगा और हरकते-क़ल्ब[5] बन्द होने से मौत वाक़िआ हो जाएगी। उसमें ज़्यादा ख़तरा भी नहीं," डॉक्टर सँभल-सँभलकर

---

1. तंग, 2. चिन्ता, 3. ग्रस्त, 4. भयभीत, 5. हृदयगति

बोलता रहा। "काम हमेशा हाथ-पाँव बचाकर करना चाहिए। ऐसा न हो कि बाद में धर लिए जाओ। मेरी राय पूछते हो, तो यह सबसे अच्छा तरीक़ा है। यूरोप और अमेरिका में अब यही चल रहा है!"

नियाज़ को डॉक्टर का मशविरा पसन्द आ गया। उसने रज़ामन्दी का इज़हार करते हुए कहा, "जैसी आपकी मर्ज़ी!"

डॉक्टर कुछ न बोला। ख़ामोशी से उठकर घर के अन्दर चला गया। ज़रा देर बाद वापस आया। उसने दरवाज़े का बोल्ट चढ़ाया। नियाज़ के क़रीब पहुँचा। कोट की जेब से एक डिब्बा निकालकर खोला और नियाज़ के सामने रखकर राज़दाराना लहजे में बोला, "देखो, यह है वह इंजेक्शन! ऐसी चीज़ें मैं क्लीनिक के बजाय घर में रखता हूँ!"

नियाज़ ने डिब्बे के अन्दर रखे हुए इंजेक्शनों को हैरत और ख़ौफ़ से देखा, "यही हैं वह इंजेक्शन?" उसने अटकते हुए दर्याफ़्त किया।

"हाँ!" डॉक्टर ने आहिस्ता-आहिस्ता और सिर हिलाते हुए कहा, "मगर इस काम के मैं पाँच हज़ार रुपए लूँगा।"

नियाज़ ने पाँच हज़ार का नाम सुना, तो सन्नाटे में आ गया। मरी हुई आवाज़ में बोला, "डॉक्टर साहब, यह तो बहुत हैं!"

"बस इतना ही लूँगा। इससे कम न होगा। सोच-समझ लो। सच पूछो, तो ऐसे ख़तरनाक कामों के लिए लाखों भी थोड़े हैं!"

नियाज़ ने कोई जवाब नहीं दिया। डॉक्टर भी ख़ामोश बैठा रहा। थोड़ी देर बाद नियाज़ ने कहा, "कुछ कम नहीं कीजिएगा!"

"नहीं," डॉक्टर ने साफ़ इनकार कर दिया।

"मेरी इतनी हैसियत नहीं!"

"तो फिर यह ख़याल छोड़ दो," डॉक्टर बेमुरव्वती से बोला।

नियाज लम्हा-भर बैठा सोचता रहा। फिर डॉक्टर की बात मान ली, "चलिए, आप ही की बात बड़ी रही, मगर इसमें कितना अरसा लगेगा?"

डॉक्टर ने जवाब दिया, "चार-पाँच महीने तो लग ही जाएँगे!"

"आप चाहें, तो और भी ज़्यादा वक़्त ले सकते हैं, मगर साल-भर से ज़्यादा न लगे!"

"नहीं भई! साल भर की मुद्दत तो बहुत हुई!"

दोनों ने कुछ और ज़रूरी बातें कीं और यह तय हुआ कि नियाज़ डॉक्टर को एक हज़ार रुपया पेशगी देगा और जब मरीज़ की हालत ख़तरनाक सूरत इख़्तियार करने लगे, तो मज़ीद दो हज़ार रुपया दिया जाएगा। बक़ाया रक़म मौत वाक़िआ हो जाने के बाद फ़ौरन अदा कर दी जाएगी।

नियाज़ ने तमाम बातें तय तो कर लीं, मगर जब दुकान पर वापस पहुँचा, तो ना-मालूम ख़ौफ़ से सहमा हुआ था, हालाँकि वह चोरी का माल बेच-बेचकर ख़ासा निडर हो गया था लेकिन इतना ख़तरनाक जुर्म उससे अब तक सरज़द न हुआ था, लिहाज़ा वह बहुत घबराया हुआ था।

इसी उलझन में वह उस रोज़ नौशा के घर भी नहीं गया। होटल में खाना खाया और चुपचाप बिस्तर पर जाकर लेट गया।

रात के कोई ग्यारह बजे का अमल होगा। किसी ने दरवाज़ा खटखटाया। नियाज़ गहरी नींद सो रहा था। आहट से आँख खुल गई।

उसने दरवाज़ा खोलकर देखा। सलमान सामने खड़ा था। उसकी आँखें सुर्ख़ हो रही थीं। बाल बे-तरतीब थे। चेहरा मटियाला पड़ गया था।

नियाज़ उसे अपने हमराह अन्दर ले आया। रात गए आने का सबब पूछा। सलमान ने हिचकिचाते हुए कहा, ''नियाज़ भाई! इस वक़्त तुम्हारे पास बड़े ज़रूरी काम से आया हूँ। अगर सौ रुपए का बन्दोबस्त कर दो, तो तुम्हारा बहुत बड़ा एहसान होगा!''

नियाज़ उसकी बातों से ज़रा मुतआस्सिर न हुआ। उसने सुख़न-साज़ी[1] से काम लिया, ''मुझे तो आजकल ख़ुद रुपए की सख़्त ज़रूरत है, और इस वक़्त तो मेरे पास कुछ है भी नहीं!''

सलमान ख़ुशामद करने लगा, ''नहीं, नियाज़ भाई! इस वक़्त तो तुमको कहीं-न-कहीं से बन्दोबस्त करना ही पड़ेगा। मैं बड़ी परेशानी में मुब्तला हूँ।''

हालाँकि नियाज़ के पास इस वक़्त कई सौ रुपए मौजूद थे, मगर वह उसे कुछ देना नहीं चाहता था। सलमान, जिस रोज़ से थर्मस देकर गया था, उसके बाद अब पलटा था। नियाज़ ने इस अरसे में कई बार सोचा कि सलमान मिल जाए, तो उससे रुपए का तकाज़ा करे। अब वह आया भी, तो रुपए माँगता हुआ। दस-बीस नहीं, पूरे सौ। उसने बेरुख़ी से कहा, ''भई, मुआफ़ करना! तुमने पहले ही जो रक़म ली थी, वही नहीं दी। अब और माँग रहे हो।''

सलमान फिर भी इसरार करता रहा। बात यह थी कि वह दोपहर से बैठा फ़लश खेल रहा था और इस वक़्त एक-एक पैसा हारकर निकला था। हारे हुए जुआरी की जो हालत होती है, वही उस वक़्त उसकी थी। उसे रुपया चाहिए था, चाहे किसी तरह मिले।

जब नियाज़ किसी तरह रुपया देने पर आमादा न हुआ, तो सलमान ने कहा, ''अगर आपको मेरा इतिबार नहीं, तो रसीद लिखवा लीजिए।''

नियाज़ अचानक भड़क उठा, ''इसका मतलब यह हुआ कि मैं झूठ बोल रहा हूँ। भई, वाह! अच्छा याराना पाला! रसीद लिखवानी होती, तो फिर तुम ही रह गए थे!''

सलमान शर्मिन्दा होकर बोला, ''आप मेरी बात का मतलब ग़लत समझे।''

''मैं तुम्हारी बात का मतलब बिल्कुल समझ गया। सौ बात की एक बात यह है कि मेरे पास इस वक़्त एक पैसा नहीं।''

सलमान ज़रा देर तक ख़ामोश बैठा रहा। फिर मुँह लटकाए हुए उठकर चला गया।

नींद ऐसी उचाट हुई कि देर तक न आई। नियाज़ करवटें बदलते-बदलते उकता गया, तो ख़याल आया कि नौशा के घर चलना चाहिए। उसने कपड़े तब्दील किए और नौशा के घर की तरफ़ चल दिया।

---

1. बहाना

जिस वक़्त नियाज़ वहाँ पहुँचा, रात आधी से ज़्यादा गुज़र चुकी थी, मगर नौशा के घर में अच्छी-खासी चहल-पहल थी। बात यह थी कि जब से नौशा की मुलाज़मत ख़त्म हुई थी, सुलताना और उसकी माँ को ज़्यादा काम करना पड़ता था। दोनों उस वक़्त लैम्प की रोशनी में कारखाने के लिए बीड़ियाँ तैयार कर रही थीं।

घर में नियाज़ के दाख़िल होने से पहले सुलताना दालान से उठकर कमरे में चली गई, लेकिन नियाज़ ने जाते-जाते भी उसकी एक झलक देख ही ली। चुस्त लिबास में वह इस वक़्त क़लमी आम की क़ाश[1] मालूम हो रही थी। नियाज़ ने बड़े जज़्बाती अन्दाज़ में गहरी साँस भरकर सोचा कि अब उसे अपनी स्कीम पर जल्दी ही काम शुरू कर देना चाहिए।

1. फाँक

# फ़सल सोएम[1]

## [1]

नौशा के हाथों में ज़ख़्म मुन्दमिल[2] हो गए थे, मगर अब वह दिन-भर लावारिस कुत्तों की तरह गली-कूचों में आवारागर्दी करता। राजा भी हनोज़[3] फ़ाक़ा-मस्ती की ज़िन्दगी बसर कर रहा था। उन दिनों दोनों आम तौर पर साथ-साथ नज़र आते।

कुछ अरसे से उन्होंने यह मामूल बना लिया था कि दिन चढ़े दोनों में से कोई-न-कोई राशन के दफ़्तर के सामने नीम के पेड़ के नीचे जाकर बैठ जाता और दूसरे का इन्तज़ार करता। यहाँ साइकिलों की मरम्मत करने की छोटी-सी दुकान थी। उसका मालिक मजीद नामी एक नौजवान था, जिससे उन्होंने याराना गाँठ लिया था। दिन का ज़्यादा वक़्त उसके पास गुज़ारते। वह अकेला था। अक्सर ऐसा होता कि कई गाहक एक साथ आ जाते, तो वे पहियों में हवा भरते या ऐसे ही छोटे-मोटे कामों में उनको लगा देता। इसके सिले में सिगरेट और कभी-कभार चाय भी पिला देता।

एक रोज़ ऐसा हुआ कि मजीद के पास काम बिल्कुल न आया। राशन के दफ़्तर के सामने स्टेंड पर बहुत-सी साइकिलें एक क़तार में खड़ी थीं। राजा और नौशा हस्बे-मामूल दुकान पर मौजूद थे। दोपहर का वक़्त था। सड़क पर सन्नाटा छाया था। मजीद को बैठे-बिठाए न जाने क्या सूझी कि आँख मारकर दोनों से मुख़ातिब हुआ, "अबे! आज तुम ही कुछ बाँदगी[4] दिखाओ। गाहक ने तो आने की क़सम खा ली है।"

उन्होंने ग़ौर से उसका चेहरा देखा, मगर उसकी बात का मतलब न समझ सके। मजीद ने ख़ुद ही वज़ाहत की, "यार, जाकर दो-चार साइकिलों में पिंक्चर ही कर दो। कुछ तो साला काम आएगा!"

नौशा तो चुप रहा, लेकिन राजा ने कहा, "यार, पकड़े गए, तो बड़ी मार पड़ेगी।"

मजीद मुँह बिगाड़कर बोला, "अबे! तू बड़ा डरपोक निकला। बस टायर में जाकर ज़रा पिन ही तो चुभोनी है और कौन-सा बड़ा तुमको डाका डालना है!"

राजा रज़ामन्द हो गया, "यार, बुरा क्यों मानता है। आज यह भी सही," वह उठकर दफ़्तर की इमारत की तरफ़ चल दिया।

इहतियातन उसने नौशा को भी साथ ले लिया। उस वक़्त आस-पास कोई न था। नौशा को पहरे पर लगाकर राजा ने झपाक-झपाक कई साइकिलों में पिंक्चर कर दिए।

---

1. परिच्छेद-तृतीय, 2. भरना, 3. अभी तक, 4. चमत्कार

मजीद का क़ियास[1] ठीक निकला। कुछ ही देर बाद साइकिलों के पिंक्चर जुड़वानेवाले उसकी दुकान पर आना शुरू हो गए। दिन ढले जब दुकान बन्द करने लगा, तो उसने राजा और नौशा को फी पिंक्चर एक आने के हिसाब से सात आने दिए।

तजुर्बा कामयाब रहा था। लिहाज़ा दूसरे दिन उन्होंने पूरे एक दर्जन पिंक्चर किए और उसके सिले में नकद बारह आने कमाए। अब तो उनका यह मामूल हो गया कि साइकिलों के स्टेंड के इर्द-गिर्द मँडलाते रहते। उँगलियों में मज़बूत नुकीली पिनें दबी होतीं। जहाँ मौका, मिला, आँख बचाकर काम कर जाते।

वे अपने काम में इस क़दर मँझ गए थे कि अक्सर बेधड़क पिंक्चर कर देते। उनकी इस दीदा-ए-दिलेरी[2] पर मजीद ने एकाध बार तम्बीह[3] भी की, मगर उनको तो अब ख़तरा मोल लेने में लुत्फ़ आने लगा था। एक दफ़ा उन्होंने बदमाशी की हद कर दी। एक सिरे से तमाम साइकिलों के पिंक्चर कर डाले। बड़ी खलबली मची। कुछ लोगों ने मुश्तबह[4] नज़रों से भी देखा, मगर वे ज़रा न घबराए। उस रोज़ उन्होंने कुल कम तीन रुपए कमाए।

चन्द रोज़ बाद का ज़िक्र है। राजा ने एक साइकिल में पिंक्चर किया। ऐन उसी वक़्त दफ़्तर से वह शख़्स बाहर निकला, जिसकी साइकिल थी। उसने राजा को टायर में पिन चुभोते हुए देख लिया। पहले भी दो बार उसकी साइकिल में इसी स्टैंड पर पिंक्चर हो चुका था। उसने झपटकर राजा की गर्दन दबोच ली। शोर सुनकर लोगों को हुजूम हो गया। उनमें बेशतर[5] ऐसे थे, जिनकी साइकिलों के पिंक्चर हो चुके थे। पहले तो राजा पर गालियाँ पड़ीं। फिर मार पड़ने लगी। नौशा भी हुजूम में मौजूद था और घबराया हुआ सोच रहा था कि किस तरह राजा को बचाया जाए। उसी वक़्त किसी ने कहा, ''इसके साथ एक लड़का और भी होता था। उस साले की भी ख़बर लो।''

नौशा के फ़ौरन कान खड़े हुए। सख़्त परेशान हुआ। हुजूम को चीरकर धक्कम-धक्का करता हुआ सरपट भागा। लोगों ने शौर मचाया, ''पकड़ना! पकड़ना! जाने न पाए!'' मगर नौशा कहाँ हाथ आनेवाला था। सड़क छोड़कर झपाक से एक गली में घुस गया और गलियों-गलियों फिरता हुआ घर पहुँच गया।

शाम को राजा मिला। नौशा ने देखा। उसकी गर्दन अकड़ी हुई थी। एक आँख सूज गई थी। वह लँगड़ा-लँगड़ाकर चल रहा था। मुँह बिगाड़कर बोला, ''यार! सालों ने मार-मारकर भुरकस निकाल दिया।''

नौशा ने पूछा, ''मजीद ने नहीं बचाया?''

''वह साला तो ख़ुद डरा हुआ था। दूर खड़ा तमाशा देखता रहा।''

दोनों गली के नुक्कड़ पर खड़े बातें कर रहे थे। इसी दौरान में शामी आ गया। वह बड़ा ख़ुश नज़र आ रहा था। उसने आते ही पाँच रुपए का नोट दिखाया और चहककर बोला, ''सिनेमा चलते हो?'' नौशा और राजा फ़ौरन तैयार हो गए।

सिनेमा जाने से पहले तीनों ने मुस्लिम होटल में चाय पी और वहीं शामी ने बताया कि पाँच रुपए का नोट उसने दुकान से उड़ाया है। उस दिन उसके बाप को दमे का सख़्त दौरा

---

1. अनुमान, 2. दुस्साहस, 3. चेतावनी, 4. सन्दिग्ध, 5. अधिकांश

पड़ा था, लिहाज़ा वह दुकान नहीं गया। जिस रोज़ बाप दुकान नहीं जाता था, शामी के पौ-बारह होते। ख़ूब गुलछर्रे उड़ाता। पकड़ा जाता, तो मरम्मत भी ख़ूब होती।

राजा और नौशा ने शामी के पाँच रुपए से सिनेमा भी देखा और तफ़रीह भी की। बड़े मज़े की शाम गुज़री।

दूसरे रोज़ नौशा सवेरे-ही-सवेरे राजा के पास पहुँच गया। मजीद की दुकान पर जाने की अब गुंजाइश नहीं थी। उसने राजा से साफ़-साफ़ कह दिया था, "देखो जी, अब तुम यहाँ न आना, वरना ख़्वाहमख़्वाह लोग मेरे पीछे पड़ जाएँगे। सारी दुकानदारी चौपट हो जाएगी।"

अब मसला यह पैदा हुआ कि वक़्त कहाँ गुज़ारा जाए। कुछ देर दोनों खोली के अन्दर बैठे इधर-उधर की बातें करते रहे। फिर शामी की दुकान पर पहुँचे, मगर शामी वहाँ मौजूद न था, अलबत्ता उसका बाप बैठा खाँस रहा था।

दोनों ने बाज़ार का एक चक्कर लगाया और राजा की तजवीज़ पर दरिया की तरफ़ जाने का प्रोग्राम बनाया।

प्रोग्राम यह था कि दरिया के उस पार से आनेवाले फलों और सब्ज़ियों को कश्तियों पर से उतारने का धन्धा किया जाए, मगर चार मील का रास्ता तय करके जब दोनों वहाँ पहुँचे, तो हर तरफ़ सन्नाटा छाया हुआ था। कश्तियाँ मौजूद ज़रूर थीं, लेकिन उनमें से बेशतर रेत पर दूर तक कछुओं की तरह उलटी पड़ी थीं। क़रीब ही मल्लाह बैठे ऊँची आवाज़ में बातें कर रहे थे। राजा को सख़्त हैरत हुई। वह एक टीले पर खड़ा कश्तियों को देखता रहा।

जरा देर बाद एक मल्लाह क़रीब से गुज़रा। उससे दर्याफ़्त करने पर मालूम हुआ कि म्यूनिस्पैलटी ने कश्तियों पर टैक्स बढ़ा दिया है, लिहाज़ा बतौर एहतिजाज मल्लाहों ने हड़ताल कर दी। इस इत्तिला से दोनों को बुरी कोफ़्त हुई।

वे आहिस्ता-आहिस्ता चलते हुए घाट पर पहुँचे। वहाँ भी सन्नाटा था। घाट आसारे-क़दीमा[1] के किसी खंडहर की तरह शिकस्ता था। उसका एक हिस्सा दरिया की तुग़यानियों[2] से कट-कट मुन्हदिम[3] हो चुका था। सिर्फ़ एक ब्रिज बाक़ी था। उसमें भी बड़ा-सा शिगाफ़ था। दोनों सीढ़ियाँ तय करते हुए ब्रिज के ऊपर पहुँच गए।

दोपहर हो चुकी थी। सूरज आसमान के बीचोबीच आ गया था। धूप की तमाज़त[4] बढ़ गई थी। राजा और नौशा थके हुए थे। तेज़ धूप में कई मील चलकर आए थे। ब्रिज के अन्दर पहुँचते ही ऐसा भीगा हुआ झोंका आया कि मज़ा आ गया।

दोनों शिकस्ता मेहराब के नीचे बैठ गए। निशेब[5] में दरिया आहिस्ता-आहिस्ता बह रहा था। दूर तक पानी-ही-पानी था। नौशा को ब्रिज के अन्दर बैठकर दरिया का नज़ारा करने में बड़ा लुत्फ़ आ रहा था, मगर राजा चुप-चुप था। उसका चेहरा उतरा हुआ था। नौशा ने कई बार बात करने पर उकसाया, मगर वह बेज़ारी से कुछ-न-कुछ कहकर ख़ामोश हो जाता। आख़िर नौशा ने दर्याफ़्त किया, "अमाँ राजा! बात क्या है, जो तुम इतने चुपचाप बैठे हो?"

वह बुरा-सा मुँह बनाकर बोला, "यार, परेशान न कर।"

नौशा बाज़ न आया। उसने कुरेदकर पूछा, "आख़िर हुआ क्या? यार! तू ख़्वाहमख़्वाह रूठा हुआ-सा बैठा है?"

---

1. पुरातत्त्व, 2. तूफ़ानों, जल-प्लावनों, 3. ध्वस्त, 4. गर्मी, 5. ढलाव

राजा ने कुछ जवाब न दिया।

इस दफ़ा भी वह ख़ामोश रहा। नौशा भी चुप हो गया। दोनों ख़ामोश बैठे रहे। सूरज की सुनहरी किरणें दरिया की लहरों पर झिलमिलाती रहीं। पानी के आहिस्ता-आहिस्ता बहने की गुनगुनाहट उभरती रही। भीगी हवा के झोंकों से उनके सिर के बाल बार-बार बिखरकर चेहरे पर आ जाते। ब्रिक के अन्दर गहरा सुकूत[1] था और इस सुकूत में दोनों शिकस्ता मेहराब के नीचे उल्लू की तरह गोल-गोल आँखें निकाले ख़ामोश बैठे थे। अचानक राजा खिसककर आगे चला गया। उसने अपनी दोनों टाँगें बाहर लटका दीं।

नौशा ने राजा से कोई बात नहीं की, अलबत्ता झुककर नीचे देखने लगा। लहरें बार-बार उमड़कर घाट की दीवारों से टकरा रही थीं। उनके टकराने से सफ़ेद-सफ़ेद झाग उठता। पानी के छींटे दूर-दूर तक बिखर जाते। हर बार ऐसा शोर उठता, जैसे कोई कराह रहा हो, सिसकियाँ भर रहा हो। ख़ौफ़ से उसका जिस्म लरज उठा। उसी वक़्त लहरों के शोर में राजा की आवाज़ उभरी। वह कह रहा था, ''यार, जी चाहता है, मर जाऊँ।''

नौशा ने सहमी हुई नज़रों से राजा को देखा। उसकी गर्दन दीवार से टिकी थी। आँखें आसमान की जानिब थीं, और टाँगें दरिया की तरफ़ थीं। नौशा की बात सुनकर कुछ इस क़दर ख़ौफ़ज़दा हो गया कि ज़बान से एक लफ़्ज़ भी न निकल सका।

राजा लम्हा-भर ख़ामोश रहकर बोला, ''साली इस ज़िन्दगी में रखा ही क्या है?''

नौशा ने देखा, उसका चेहरा छिपकली के पेट की तरह पीला पड़ गया था। आँखों से ऐसा महसूस होता था, जैसे वह देर तक रोता रहा है। राजा ने गहरी साँस भरी और गर्दन झुकाकर नीचे देखने लगा। उसकी टाँगें खिसककर आगे बढ़ गई थीं। आधा धड़ बाहर लटक रहा था।

नौशा ने झपटकर उसे दोनों हाथों से दबोच लिया। घबराकर बोला, ''यार राजा, तुझे हो क्या गया?''

राजा ने कोई जवाब नहीं दिया। नौशा की गिरफ़्त से ख़ुद को छुड़ाने लगा। दोनों एक-दूसरे के साथ गुथ गए। राजा ने ख़फ़गी से कहा, ''नौशा! मुझे छोड़ दे!'' मगर नौशा बाज़ न आया। वह उसे अपनी जानिब घसीट रहा था और राजा उसकी गिरफ़्त से आज़ाद होने की कोशिश कर रहा था। उसकी दोनों टाँगें बाहर लटकी हुई ज़ोर-ज़ोर से हिल रही थीं। नीचे दरिया की लहरें उभर-उभरकर घाट की दीवार से टकरातीं। पानी उछलकर दूर तक बिखर जाता। सतहे-आब[2] पर सफ़ेद-सफ़ेद झाग फैल जाता। हर बार इस तरह शोर उठता, जैसे कोई कराहते हुए हाय करे।

लहरें टकराती रहीं। शोर उभरता रहा।

हाय...हाय...हाय...!

''नौशा! मुझे छोड़ दे। नौशा! मुझे छोड़ दे।'' राजा बार-बार कह रहा था।

उसकी आँखें सुर्ख़ पड़ गई थीं। चेहरे पर पसीने के क़तरे बिखरे हुए थे। बड़े-बड़े बाल झुककर पेशानी[3] पर आ गए थे। अचानक राजा ने चीख़कर कहा, ''छोड़ दे मुझे, वरना तू भी मेरे साथ जाएगा।''

---

1. ख़ामोशी, निस्तब्धता, 2. पानी की सतह, 3. माथा, ललाट

नौशा ने कुछ कहना चाहा, उसी वक़्त बिलबिलाकर राजा ने उसकी कलाई पर अपने दाँत गाड़ दिए। लम्हा-भर के लिए नौशा की गिरफ़्त ढीली पड़ गई। राजा ने डपटकर कहा, "अबे हरामी! छोड़ मुझे!"

नौशा ने जल्दी से बाज़ू पकड़कर ज़ोर से घसीटा। राजा का तमाम जिस्म ऊपर आ गया।

राजा ने कोई मज़ाहमत[1] नहीं की। निढाल होकर फ़र्श पर गिर पड़ा। उसका चेहरा झुका हुआ था, जिसे उसने एक हाथ से छुपा लिया था, नौशा उसके क़रीब ही बैठा हाँफ रहा था। घाट के शिकस्ता ब्रिज के अन्दर आहिस्ता-आहिस्ता सिसकियाँ उभरने लगीं। राजा फ़र्श पर पड़ा रो रहा था। वह देर तक रोता रहा। नौशा खिसककर और नज़दीक हो गया। उसका बाज़ू झँझोड़कर बोला, "अबे! कब तक यूँ औरतों की तरह रोता रहेगा।"

राजा ने कोई जवाब नहीं दिया। चेहरा हाथ से छुपाए सिसकियाँ भरता रहा।

नौशा ने कहा, "आओ, अब घर चलें!"

राजा बेज़ारी से बोला, "नहीं, यार! मैं कहीं नहीं जाऊँगा।"

"अबे! कुछ दिमाग़ तो ख़राब नहीं हो गया?"

राजा ज़रा देर ख़ामोश रहा। फिर आहिस्ता-आहिस्ता कहने लगा, "यार! तूने नाहक़ रोक लिया। मर जाता, तो अच्छा था। मेरे मरने से किसी को दुख न होता। कोई न रोता। मेरा बैठा ही कौन है। न माँ, न बाप, न भाई, न बहन! कोई भी तो नहीं," और वह फूट-फूटकर रोने लगा।

दोपहर के सन्नाटे में नागाह[2] बन्दूक चलने की आवाज़ उभरी। दोनों ख़ौफ़ज़दा हो गए। रोना-धोना भूलकर ब्रिज से बाहर देखने लगे। दरिया के ऊपर परिन्दे शोर मचाते उड़ रहे थे। घाट के मशरिक़ी-जानिब,[3] निशेब[4] में सरकंडों और दरियाई घास के ऊँचे-ऊँचे झुंड थे, जिनकी ओट से शिकारियों की उभरी हुई गर्दनें नज़र आ रही थीं। ऊपर फ़िज़ा में आबी-परिन्दों[5] के ग़ोल[6] मँडला रहे थे। दोनों ज़रा देर चुपचाप बैठे उन्हें देखते रहे।

शिकारी दबे-दबे क़दमों आगे बढ़ते। धाएँ-धाएँ करके बन्दूकें चलतीं। कोई परिन्दा ज़ख़्मी होकर चीख़ता हुआ नीचे गिरता। राजा और नौशा कीचड़ और पानी में घुसकर उसे निकाल लाते। बड़ा दिलचस्प मशग़ला[7] था। बहुत देर बाद जब शिकारी थके-हारे पड़ाव पर आकर इकट्ठा हुए, तो उन्होंने दोनों को भुना हुआ गोश्त और डबलरोटी के टुकड़े दिए। तीसरे पहर को चाय पिलाई। दिन ढले तक वे शिकारियों के साथ हाऊ-हू करते रहे।

शाम हो गई। सूरज मग़रिब[8] में उतर गया। दरख़्तों के साथ तवील हो गए। उफ़क़[9] पर गहरी नारंजी रोशनी फैल गई। दरिया की चंचल मौजें दुल्हन के सुर्ख़ आँचल की तरह लहराने लगीं। शिकारियों की टोली जीप में सवार होकर जा चुकी थी। हर तरफ़ ख़ामोशी थी। मग़रिब में बिखरे हुए सुर्ख़ रंग मन्द पड़ते जा रहे थे।

दोनों दिन-भर के थके-हारे शहर की जानिब चल दिए।

---

1. विरोध, हस्तक्षेप, 2. अकस्मात्, 3. पूर्वी ओर, 4. ढलान, 5. जलपक्षी, 6. टोली, 7. मनोविनोद, 8. पश्चिम, 9. क्षितिज

## [2]

नौशा घर में दाख़िल हुआ, तो रात हो चुकी थी। माँ बेरोज़गारी के बाइस उन दिनों उससे यूँ भी बेज़ार थी। बात-बात पर बरस पड़ती। नौशा तमाम दिन ग़ायब रहा था, लिहाज़ा वह और भी जली-भुनी बैठी थी, जैसे ही वह सेहन में पहुँचा, माँ उसी वक़्त बावर्चीख़ाने से निकलकर दालान में आ गई। नौशा ने चाहा कि नज़रें बचाकर कमरे में घुस जाए, मगर उसकी नज़र पड़ गई। ग़ज़बनाक होकर बोली, "हरामख़ोर! नखट्टू! अब क्यों वापस आया? दिन-भर जहाँ आवारागर्दी करता रहा, वहीं जा। यहाँ किसलिए आया है?"

नौशा ने कोई जवाब न दिया। माँ देर तक कोसने और ताने देती रही। वह चुपचाप एक तरफ़ जाकर बैठ गया। थोड़ी देर बाद सुलताना खाना लेकर आई। गर्म-गर्म खाने की ख़ुशबू नथुनों में पहुँची, तो वह मरियल कुत्ते की तरह सहमा हुआ उस तरफ़ बढ़ा। माँ ने उसे बेरुख़ी से झिड़क दिया, "ख़बरदार, जो खाने पर हाथ लगाया। मैं अपनी हड्डियाँ पेल-पेलकर इसलिए मेहनत नहीं करती कि तू मुस्टंडा हराम की खा-खाकर ऐंड़ता फिरे।"

नौशा के क़दम जहाँ थे, वहीं रुक गए। सुलताना ने सिफ़ारिश की। माँ ने उसे भी ऐसी सख़्ती से डाँटा, कि सहमकर रह गई। उसी वक़्त अन्नू भी आ गया। माँ ने उसे अपने क़रीब बुलाकर बिठा लिया। तीनों नौशा के सामने खाना खाते रहे। किसी ने उसकी जानिब देखा भी नहीं। वह ख़ामोश बैठा रुक-रुककर उनकी जानिब नज़रें उठाकर देख लेता। उसे तवक़्क़ो थी कि माँ ज़रूर खाने पर बुलाएगी, मगर जब सब खाना खा चुके, और सुलताना बर्तन समेटकर बावर्चीख़ाने की तरफ़ चल दी, तो वह तिलमिलाकर रह गया। उसे सख़्त भूख लग रही थी। गुस्से और दुख से उसका दिल भर आया। वह ख़ामोशी से उठकर कमरे के अन्दर चला गया और अँधेरे में बैठा सिसकियाँ भरकर आँसू बहाता रहा।

ज़रा देर बाद वह कमरे से निकला और आँगन से गुज़रता हुआ बाहर जानेवाले दरवाज़े की जानिब बढ़ा। माँ ने तीखे लहजे में टोका, "फिर बाहर चला।"

नौशा ने जवाब नहीं दिया।

माँ ग़ज़बनाक होकर बोली, "एक बाप का जना है, तो अब वापस न आना।"

उसने भी पलटकर माँ की तरफ़ तीखी नज़रों से देखा। भर्राई हुई आवाज़ में कहा, "नहीं आऊँगा!" वह तेज़ी से चलता हुआ घर से बाहर निकल गया।

राजा अपनी खोली के दरवाज़े पर कुबड़ों की तरह झुका हुआ बैठा था। नौशा को देखते ही हैरतज़दा होकर बोला, "अबे! बहुत जल्दी आ गया?"

नौशा ने उसकी बात ख़ामोशी से सुनी और ज़बान से एक लफ़्ज निकाले बगैर चुपचाप क़रीब जाकर बैठ गया।

राजा ने उसके तमतमाते हुए चेहरे को तीख़ी नज़रों से देखा। फ़ौरन भाँप गया कि मुआमला कुछ गड़बड़ है।

"अबे नौशे! क्या किसी से झगड़ा हो गया?"

नौशा ने उसकी बात का जवाब देने की बजाय पूछा, "राजा! मैं अगर तेरे साथ यहाँ रहूँ, तो मुझे रख लेगा?"

"क्यों?" राजा और हैरतज़दा हो गया।

"मैं घर नहीं जाऊँगा।"

"आख़िर बात क्या हुई?"

नौशा ने आबदीदा[1] होकर बताया, "अम्माँ ने मुझे घर से निकाल दिया," यह कहते-कहते वह बेइख़्तियार रो पड़ा। राजा ने फ़ौरन तसल्ली दी, "अबे! तू तो रोने लगा। घबराता क्यों है? दोनों मज़े से यहाँ रहेंगे!"

नौशा सिसकियाँ भरकर शिकवा करने लगा, "सब मुझे जलील समझते हैं। हर एक बुरा कहता है। मेरा दुनिया में कोई नहीं, कोई भी नहीं।"

"अबे! मैं तो मौजूद हूँ। तू किसी की परवाह न कर," राजा ने उसकी दिलजोई की, "यह माएँ तो सालियाँ सब एक नम्बर हराम की जनी होती हैं। अब मेरी ही माँ को देख। सुना है, बहुत ठाठ से लाहौर में रहती है, और मैं यहाँ भीख माँगता फिरता हूँ," यह कहते-कहते दुख का गहरा साया उसके चेहरे पर फैल गया।

नौशा को उसकी बात पर सख़्त ताज्जुब हुआ। हवन्नक़[2] की तरह आँखें फाड़कर बोला, "अबे! तेरी माँ भी है?"

राजा तुर्शरूई[3] से बोला, "क्यों नहीं है?"

"और बाप?" नौशा ने दर्याफ़्त किया।

राजा ने ठंडी साँस भरकर नौशा को देखा। दुख भरे लहजे में बोला, "यार! वह तो फ़सादात में मारे गए। दो बड़े भाई थे। वे भी क़त्ल कर दिए गए। हम दोनों को तो दिल्ली से वह साला बशीरा लाया था। एक नम्बर हरामी था। मुझे बहुत मारा करता था। एक रोज़ मैंने जलकर गाली दे दी। साला मेरे सीने पर चढ़ बैठा। जलती सिगरेट से मेरा मुँह चीरकर ज़बान जला डाली। यह देख!"

उसने मुँह खोलकर ज़बान निकाली, जिसके एक गोशे में भूरा-सा धब्बा था। नौशा ने ग़ौर से उसकी जली हुई ज़बान देखी। इज़हारे-हमदर्दी के तौर पर बोला, "साला बड़ा हरामी था?"

"एक नम्बर हराम का तुख़्म था। मेरी ज़बान जलाने पर अम्माँ को भी बहुत ग़ुस्सा आया था। उस साले से तो कुछ कहा नहीं, लेकिन दूसरे ही दिन मुझे यतीमख़ाने में दाख़िल करा दिया।"

नौशा ने एक बार फिर उसे अहमक़ों की तरह गोल-गोल आँखें निकालकर देखा। हैरतज़दा होकर पूछा, "अबे! तू यतीमख़ाने में भी रह चुका है?"

"यह साली भीक माँगने की आदत वहीं से तो पड़ी है। वहाँ साला एक मुल्ला था। यह लम्बी दाढ़ी थी। पाँचों वक़्त नमाज़ पढ़ता था, पर एक नम्बरी था। सब उससे डरते थे। छोटा मोहतमिम[4] तो ज़रा अच्छा था, मगर बड़ा बहुत पाजी था। रोज़ाना शाम को मुआयना करने आता। उस वक़्त उसके हाथ में बेंत होता। जो लड़का पैसे कम लाता, बस उसकी शामत आ जाती। यार, ऐसी मार मारता था कि अब भी याद करता हूँ, तो रोंगटे खड़े हो जाते हैं," राजा ने यतीमख़ाने के बड़े मोहतमिम को एक ही साँस में बहुत-सी गालियाँ देकर अपने दिल का

---

1. रुआँसा, 2. मूर्खों, पागलों, 3. कटुता, रूखापन, 4. प्रबन्धक, व्यवस्थापक

ग़ुबार हलका किया। "एक रोज़ मुझे सिर्फ़ ग्यारह आने मिले। बस इसी बात पर उसके आग लग गई। साले ने मार-मारकर दुम्बा बना दिया। उसी रात में यतीमख़ाना से निकल भागा।"

नौशा ने पूछा, "वहाँ से तुम माँ के पास गए होंगे?"

"नहीं, यार! वह फिर यतीमख़ाने भिजवा देती। वह साला दढ़ियल मेरी खाल उधेड़ देता।"

"माँ तुमको याद तो करती होगी?" नौशा ने दबी ज़बान से कहा।

"पता नहीं, पर मैं तो अब उसकी सूरत भी नहीं देखूँगा।"

नौशा ने सवाल किया, "क्यों?"

राजा ख़ामोश बैठा रहा।

नौशा इसरार करने लगा, "यार! आख़िर बात क्या है? उसने क़दरे तवक़्क़ुफ़ के बाद दर्याफ़्त किया," वह रहती तो यहीं है न?

"नहीं बे! वह तो अभी तक लाहौर ही में है। मैं भागकर यहाँ आ गया।"

"कभी उससे मिलने भी नहीं गए?" नौशा ने कुरेदकर पूछा।

राजा का चेहरा सुर्ख़ हो गया। तीखे लहजे में बोला, "अब उसके पास जाकर क्या करूँगा। साली हीरामंडी में रंडी का पेशा करती है। कभी मिल गई, तो ख़ुदा की क़सम, क़त्ल कर दूँगा। बशीरे को भी नहीं छोड़ूँगा। उसी साले ने तो उसे इस धन्धे से लगाया।" वह नथने फुलाकर हाँफने लगा। नौशा ने मारे डर के कोई बात नहीं की। दम-बख़ुद[1] बैठा रहा। ज़रा देर ख़ामोश रहने के बाद राजा ने कहा, "यह बात मैंने तुझे बता तो दी, लेकिन तूने अगर किसी से कुछ कहा-सुना, तो समझ लेना, अच्छा न होगा।"

नौशा ने जल्दी-जल्दी क़समें खाकर उसे यक़ीन दिलाया।

राजा के चेहरे पर छाई हुई झुँझलाहट रफ़्ता-रफ़्ता मिटती जा रही थी और दुख का अहसास साए की तरह फैलता जा रहा था। खोली के पिछवाड़े खंडहर में एक कुत्ता ख़ौफ़नाक आवाज़ से रो रहा था। बहुत देर बाद राजा की आवाज़ उभरी, "यार! मेरा तो जी चाहता है, इस साले शहर ही को छोड़ दें। बोल, क्या कहता है?"

"मगर जाएँगे कहाँ?"

"अबे! कराची चलेंगे। बड़े ज़ोरों का शहर है। काम तो वहाँ फटाफट मिल जाता है," राजा ने मुस्कराकर बताया।

नौशा फ़ौरन रज़ामन्द हो गया, "मैं भी तेरे साथ ही चलूँगा। यार! वाक़ई अब यहाँ रहने को दिल नहीं चाहता?"

राजा ख़ुशी से उछलकर बोला, "तो फिर मिला इसी बात पर पुलाववाला हाथ!"

दोनों ने गर्मजोशी से एक-दूसरे का हाथ दबोच लिया। उस वक़्त वह किसी अनजानी मसर्रत[2] से सरशार[3] थे। उनके लिए इस अहसास में बड़ी दिलकशी थी कि वह इस शहर को छोड़ देंगे, जिसमें हर तरफ़ दुख-ही-दुख थे। इन दुखों से छुटकारा हासिल करने का अब उन्होंने रास्ता देख लिया था। वह अभी इस लज़्ज़त से लुत्फ़-अन्दोज़ हो ही रहे थे कि शामी पहुँच गया। उसे देखते ही राजा ने ज़ोर का नारा लगाया, "आ यार! बस तेरी ही कसर थी।"

---

1. हतप्रभ, विस्मित, 2. उल्लास, हर्ष, 3. विभोर

लेकिन शामी उस पुर-जोश ख़ैर-मक़दम[1] से ज़रा भी मुतअस्सिर न हुआ। वह उदास और मुरझाया हुआ नज़र आ रहा था। नौशा ने उसकी यह हालत देखी, तो घबराकर पूछा, "अबे! चुप-चुप क्यों है?"

वह ख़ामोश रहा। राजा ने डपटकर दर्याफ़्त किया, "अबे! मुँह से तो बोल! आख़िर बात क्या है?"

उसने आहिस्ता-आहिस्ता बताया, "साले डॉक्टर मोटू ने अब्बा से मेरी शिकायत कर दी। बस इसी बात पर उन्होंने मुझे मारना शुरू कर दिया। अब तक कमर में दर्द हो रहा है," वह अपनी कमर सहलाने लगा।

राजा ने कहा, "तूने अब्बा से कहा नहीं कि असली बात क्या थी?"

"यार, उन्होंने मेरी सुनी ही कब...? बस एकदम धुनकना शुरू कर दिया। डॉक्टर मोटू के साथ साला उसका लड़का भी था। ख़ूब ख़ुश हो रहा था। यार! कितनी ज़िल्लत की बात है," उसकी आवाज़ भर्रा गई।

नौशा ने फ़ौरन उसे बताया, "अबे! हम दोनों तो कराची जा रहे हैं। यहाँ अब रहना बिल्कुल बेकार है। जिसे देखो, गालियाँ दे रहा है, मार रहा है।"

शामी ने हैरतज़दा नज़रों से पहले नौशा को देखा। फिर राजा से पूछा, "क्यों बे राजा? यह नौशे ठीक कह रहा है?"

"हाँ जी! अपना तो अब यही प्रोग्राम है। मेरा तो जी चाहता है कि तू भी हमारे साथ चल। तीनों ठाठ से वहाँ रहेंगे। न किसी साले का डर, न किसी की धौंस।"

शामी पहले तो कुछ झिझका। फिर आमादा हो गया। अब सवाल यह था कि सफ़र के लिए रक़म कहाँ से मुहैया की जाए। यह मसला शामी ने हल कर दिया। उसके पास अख़बारों की बिक्री के तीस रुपए मौजूद थे। वहाँ से उठकर वह घर गया और चुपके से सारे रुपए निकाल लाया।

रात के दस बजे का अमल था। पौने ग्यारह बजे एक पैसेंजर ट्रेन कराची जाती थी। उन्होंने सोचा, कल तक इन्तज़ार क्यों किया जाए? सीधे स्टेशन पहुँचे। टिकट ख़रीदे और ट्रेन में सवार होकर कराची रवाना हो गए।

## [3]

रात आधी से ज़्यादा गुज़र चुकी थी।

राजा, नौशा और शामी रेलगाड़ी के तीसरे दर्जे के एक डिब्बे में सफ़र कर रहे थे। राजा फ़र्श पर टाँगें फैलाए बेख़बर सो रहा था। क़रीब ही नौशा और शामी बैठे ऊँघ रहे थे। बिजली की ज़र्द-ज़र्द रोशनी में मुसाफ़िर सामान में बंडलों की तरह बिखरे हुए थे। कुछ सो रहे थे। कुछ ऊँघ रहे थे और कुछ ऐसे भी थे, जो जागने की कोशिश कर रहे थे।

नौशा ने अचानक राजा को झिंझोड़कर जगाने की कोशिश की, मगर वह बड़ी गहरी नींद में था। करवट बदलकर मुँह दूसरी तरफ़ फेर लिया। नौशा ने जलकर इस दफ़ा ज़ोर से

1. स्वागत

झिंझोड़ा। राजा ने आँख खोलकर उसकी जानिब देखा। बिगड़कर बोला, "यार, सोने दे! क्यों ख़्वाहमख़्वाह परेशान कर रहा है?"

नौशा ने आहिस्ता से कहा, "अबे, उठ तो!"

राजा लम्हा-भर तो आँखें बन्द किए ख़ामोश लेटा रहा। फिर घबराकर उठ बैठा। पूछा, "क्या बात है?"

नौशा ने ज़बान से तो कुछ न कहा, अलबत्ता एक आँख दबाकर शामी की तरफ़ इशारा किया, जो दीवार की तरफ़ मुँह किए आहिस्ता-आहिस्ता सिसकियाँ भर रहा था। राजा की समझ में कुछ नहीं आया। घबराई हुई नज़रों से शामी को घूरने लगा।

ज़रा देर वह इसी आलम में बैठा रहा। फिर खिसककर शामी के क़रीब गया। मुहब्बत से उसके कन्धे पर हाथ रखकर आहिस्ता-आहिस्ता थपथपाया, "अबे! रो रहा है?"

शामी ने कोई जवाब न दिया। बराबर सिसकियाँ भरता रहा। राजा ने उसके कान के पास मुँह लेकर सरगोशी की, "अबे! बात क्या है?"

कई बार दर्याफ़्त करने पर शामी भर्राई हुई आवाज़ में बोला, "घर याद आ रहा है।"

राजा के तन-बदन में आग ही लग गई। उसने शामी को गन्दी-सी गाली दी, "जब यही बात थी, तो साले हमारे साथ आया ही क्यों था?"

नौशा ने भी उसे समझाने की कोशिश की, मगर वह और भी ज़्यादा सिसकियाँ भरने लगा। अब उसकी आवाज़ कम्पार्टमेंट की ख़ामोशी में साफ़ सुनाई पड़ रही थी। जो मुसाफ़िर जाग रहे थे, वे मुड़-मुड़कर तीनों की जानिब देखने लगे। राजा ने परेशान होकर नौशा से कहा, "यार! यह साला तो सबको पकड़वाएगा।" उसके लहजे में तश्वीश[1] थी।

नौशा भी सहमा हुआ था। दबी ज़बान से बोला, "सब हमारी तरफ़ देख रहे हैं।"

दोनों ने चुमकारकर ख़ामोश करने की कोशिश की, तो शामी और फूट-फूटकर रोने लगा। राजा ग़ुस्से से तिलमिला उठा। उसका जी चाहा, कि शामी की गर्दन दबोचकर ख़ूब मारे, मगर मुसाफ़िरों के डर से कुछ न कर सका। आख़िर दोनों ने तय किया कि अगले स्टेशन पर शामी को समझा-बुझाकर मनाने की कोशिश की जाए। अब सफ़र जारी रखना उनके लिए मुसीबत बन गया था। जैसे ही ट्रेन एक स्टेशन पर रुकी, दोनों शामी के हमराह कम्पार्टमेंट से बाहर आ गए।

यह छोटा-सा क़स्बाती स्टेशन था। हर तरफ़ वीरानी छाई थी। ट्रेन ज़रा देर रुककर रवाना हो गई। स्टेशन के सन्नाटे में चन्द लम्हों के लिए हलचल पैदा हुई। फिर हर तरफ़ हू-का-आलम-तारी[2] हो गया। स्टेशन की मुख़्तसर इमारत में धुँधला-सा लैम्प रोशन था, जो हर समत फैले हुए अँधेरे में रोशनी का धब्बा मालूम हो रहा था।

तीनों स्टेशन से बाहर जाने के बजाय प्लेटफ़ार्म ही के एक ग़ोशे में ठहर गए। शामी अभी तक सिसकियाँ भर रहा था।

राजा जला हुआ तो था ही, उसने झुंझलाकर कई गालियाँ दीं।...मारने के लिए भी झपटा, मगर नौशा ने समझा-बुझाकर मार-पीट से बाज़ रखा था। शामी ने ख़ौफ़ज़दा होकर रोना बन्द कर दिया।

---

1. चिन्ता, 2. सन्नाटे की स्थिति का प्रभावी होना

तीनों ने तय किया कि सुबह तड़के जो ट्रेन आएगी, उससे सफ़र किया जाए। शामी ने घर वापस जाने का इरादा तर्क कर दिया था। अब वह किसी हद तक मुत्मइन[1] नज़र आ रहे थे और हँस-हँसकर बातें कर रहे थे। तीनों बहुत देर तक बातें करते रहे। रात ढलने लगी थी। हवा में ख़ुनकी आ गई थी। सन्नाटा गहरा हो गया था।

नींद का ग़लबा[2] हुआ, तो तीनों ऊँघने लगे और वहीं पथरीले फ़र्श पर सो गए।

हर तरफ़ धूप फैली थी। सूरज चढ़कर दरख़्तों की बुलन्दी पर पहुँच गया था। राजा की आँख खुली, तो उसने देखा, एक ख़ारिशज़दा कुत्ता बराबर बैठा अपनी गर्दन ज़ोर-ज़ोर से खुजा रहा था। राजा घबराकर उठ बैठा। कुत्ता दुम दबाकर भाग गया। राजा को यह देखकर सख़्त हैरत हुई कि नौशा तो वहीं पड़ा सो रहा था, मगर शामी का कहीं पता न था। उसने फ़ौरन नौशा को जगाया। दोनों देर तक शामी का इन्तज़ार करते रहे कि शायद कहीं इधर-उधर चला गया हो, तो आ जाए।

मगर शामी रात के पिछले पहर आनेवाली ट्रेन से वापस जा चुका था। उसने किसी को कानोकान ख़बर न होने दी। चुपके से खिसक गया।

राजा और नौशा इस क़दर गहरी नींद सोए थे कि कराची जानेवाली गाड़ी जब सुबह तड़के आई, तो उनकी आँख न खुली। दूसरी गाड़ी तीसरे पहर को आती थी। सबसे बड़ी परेशानी यह थी कि सारी रक़म शामी ही के पास थी, जिसे वह अपने साथ ले गया था। दोनों की जेबें बिल्कुल ख़ाली थीं। ख़ैरियत यह हुई कि टिकट राजा के पास रह गए थे।

दिन-भर वह प्लेटफ़ार्म पर एक दरख़्त के नीचे बैठे रहे। चार बजे के क़रीब ट्रेन आई, तो उसमें बैठकर कराची रवाना हो गए।

जब वे कराची पहुँचे, तो पहर रात हो चुकी थी। अजनबी शहर। न किसी से जान, न पहचान। रात का वक़्त। दोनों जाते भी कहाँ? सफ़र के थके-हारे और दिन-भर की भूख से निढाल वह मुसाफ़िरख़ाने के एक कोने में जाकर पड़ गए।

रात आहिस्ता-आहिस्ता गुज़रती गई। सन्नाटा बढ़ता गया।

मुसाफ़िरख़ाने में इक्का-दुक्का मुसाफ़िर रह गए थे। वे टाँगें पसारकर सो गए थे। या ऊँघ रहे थे, मगर राजा और नौशा को भूख के मारे नींद नहीं आ रही थी।

## [4]

रात गए मुसाफ़िरख़ाने में एक शख़्स दाख़िल हुआ। यह चाल-ढाल और वज़ा-क़ता से औबाश[3] और काइयाँ नज़र आता था। उसने चारों तरफ़ तजस्सुसअंगेज़[4] नज़रों से देखा। मुसाफ़िरख़ाने का एक सिरे से दूसरे सिरे तक चक्कर लगाया। अचानक उसकी नज़र उन दोनों पर पड़ी। लम्हा-भर के लिए वह ठिठका और तीखी नज़रों से देखता हुआ उनके क़रीब चला गया। ज़रा देर तक वह ख़ामोश खड़ा रहा। फिर इत्मीनान से उनके पास बैठ गया।

उसने बैठते हुए पूछा, ''घर से भागकर आए हो?''

---

1. सन्तुष्ट, 2. प्रभाव, 3. गुंडा बदमाश, 4. उत्सुकतापूर्ण

नौशा तो दम-ब़ख़ुद होकर डर गया, अलबत्ता राजा ने किसी क़दर निडर होकर जवाब दिया, "नहीं जी! हम तो अपने मामूँ के पास आए हैं!"

"कहाँ रहता है तुम्हारा मामूँ?"

इस ग़ैर-मुतवक़्क़े[1] इसतिफ़सार[2] पर राजा घबरा गया। उसे शहर के किसी इलाक़े का नाम ही मालूम नहीं था। पहली बार आया था। हकलाकर बोला, "वह...वह...वहाँ रहते हैं...उधर!" उसने एक तरफ़ हाथ उठाकर इशारा किया।

वह शख़्स एक आँख दबाकर बदमाशी से मुस्कराया, "झूठ बोलोगे, तो उस्ताद सीधे हवालात में होंगे," अब तो राजा के भी औसान-ख़ता[3] हो गए। सहमी हुई नज़रों से अजनबी की जानिब देखने लगा। वह बेतकल्लुफ़ी से हँसने लगा। उसने जेब से सिगरेट का पैकेट निकाला। दोनों की तरफ़ बढ़ाकर बोला, "लो, पहले सिगरेट पियो!" नौशा तो ख़ामोश बैठा रहा, मगर राजा ने हिचकिचाते हुए एक सिगरेट निकाल ही ली।

उसने माचिस जलाकर राजा की सिगरेट सुलगाई। कन्धा थपककर बोला, "डरो मत! मुझसे तुमको कुछ फ़ायदा ही पहुँचेगा। बैसे वह कराची साला बहुत ख़राब शहर है। यहाँ एक-से-एक बड़ा दस-नम्बरिया पड़ा है!"

दोनों ख़ामोशी से उसकी बातें सुनते रहे। लम्हा-भर रुककर उसने कहा, "किसी ऐसे-वैसे के चक्कर में पड़ गए, तो समझ लो गए काम से!"

उन्होंने ख़ौफ़ज़दा नज़रों से उसे देखा। वह बड़े इत्मीनान से उनके सामने बैठा था। उसने जेब से दोबारा सिगरेट का पैकेट निकाला। इस दफ़ा उसने अपनी सिगरेट सुलगाई। लम्बा कश लगाया। पूछा, "नौकरी करोगे?"

दोनों ने एक साथ चौंककर उसे देखा। जल्दी-जल्दी गर्दन हिलाकर अपनी रज़ामन्दी का इज़हार किया। वह ज़रा देर ख़ामोश बैठा हुआ सोचता रहा। फिर तीखे लहजे में बोला, "धन्धे से तो मैं तुम दोनों को लगवा दूँगा, मगर कोई गड़बड़ हुई, तो अच्छा नहीं होगा।"

उनकी समझ में उस शख़्स की बात का मतलब न आया। वह अहमक़ों की तरह उसे देखने लगे, मगर उसने उनकी तरफ़ तवज्जो न दी। उठकर खड़ा हो गया।

"अच्छा, तो फिर आओ मेरे साथ!"

दोनों उसके हमराह हो गए। स्टेशन से निकलकर बाहर सड़क पर आए और मुख़्तलिफ़ रास्तों के चक्कर काटते हुए कोई पौन घंटे बाद एक मकान के सामने जाकर ठहर गए। यह इलाक़ा स्टेशन से ज़्यादा दूर नहीं था। आबादी ख़ासी घनी थी, मगर गन्दी और बेतरतीब थी, जिसमें तंग और पुर-पैच गलियाँ थीं। बेशतर मकानात कच्चे और नीम-पुख़्ता थे, मगर वह मकान पुख़्ता था। अलग-थलग था, और एक गली के नुक्कड़ पर था। उसकी दीवारें बुलन्द थीं, और धुले हुए कपड़ों की तरह उजली नज़र आ रही थीं। चारों तरफ़ गहरा सन्नाटा था। गली के अन्दर अँधेरा भी था। राजा और नौशा ख़ामोश खड़े रहे। उस शख़्स ने आगे बढ़कर दरवाज़े पर आहिस्ता से दस्तक दी।

दरवाज़ा तो नहीं खुला, अलबत्ता किसी ने खिड़की का एक पट खोलकर पूछा, "कौन?"

"मैं हूँ जी रहमान!" वह शख़्स बोला।

---

1. अप्रत्याशित, 2. प्रश्न, 3. होश उड़ गए

"अच्छा, अच्छा!" अँधेरे में किसी की आवाज़ उभरी, लेकिन उसका चेहरा नज़र न आ सका।

ज़रा देर बाद दरवाज़ा खुल गया। रहमान दोनों के हमराह अन्दर दाख़िल हो गया। अँधेरे दालान से गुज़र वे कमरे में पहुँचे, जहाँ लैम्प की धुँधली रोशनी में गठे हुए जिस्म और म्याना क़द का एक आदमी आँखें बन्द किए सिर की मालिश करा रहा था। वह घुटनों तक ऊँची लुंगी बाँधे हुए था। बदन पर सिर्फ़ बनियान थी। रहमान ने खँखारकर उसे अपनी जानिब मुतवज्जेह[1] किया। बेतकल्लुफ़ी से बोला, "मैंने कहा, शाहजी! बहुत ज़ोरों की चम्पी हो रही है!"

शाहजी ने बग़ैर आँखें खोले हुए जवाब दिया, "कहाँ रहा इतने दिनों तक?"

रहमान ने मिसकीन-सी सूरत बनाकर कहा, "बीमार पड़ गया था, जी!"

"ओए ख़ाना ख़राब! बेईमान, हर बार तू यही कहता है," इस दफ़ा उसने आँखें खोलकर देखा, मगर जैसे ही राजा और नौशा पर नज़र पड़ी, वह चौंका। फ़ौरन पूछा, "दोनों तेरे साथ आए हैं?" उसने क़दरे तवक्क़ुफ़ किया, "स्टेशन से लाया है?"

रहमान ने आँख मारकर जल्दी से कहा, "हाँ जी! बेचारे घर से रूठकर चले आए। मुसाफ़िरख़ाने में पड़े थे। यहाँ इनका कोई जान-पहचान का भी नहीं। मैं अपने साथ ले आया। रख लो। पड़े रहेंगे!"

शाहजी ने उसकी बातें सुनकर लम्बी "हूँ" की। दोनों को नज़रों से देखा, "वैसे तो ठीक-ठाक लगते हैं!"

रहमान ने उसकी बात काटकर फ़ौरन कहा, "मुसीबत के मारे हुए हैं जी! धन्धे से लग जाएँगे। तुमको ज़िन्दगी भर दुआएँ देंगे।"

वह गर्दन हिलाकर बोला, "अच्छा! अच्छा!" फिर उनसे मुख़ातिब हुआ, "कब आए जी तुम दोनों यहाँ?"

राजा ने मरी हुई आवाज़ में जवाब दिया, "आज ही आए थे।"

शाहजी ने गर्दन घुमाकर रहमान को देखा, "तो फिर इनको रख लिया जाए?"

"इनको लाया तो इसीलिए हूँ!"

शाहजी बेतकल्लुफ़ी से मुस्कराया, "अच्छा जी, मैंने तेरी बात मान ली। वैसे भी कब तेरा कहा टाला है," उसने दोनों की जानिब नज़र भरकर देखा, "तुमने रोटी-शोटी भी खाई?"

दोनों सिर झुकाए ख़ामोश खड़े रहे। शाहजी ने चम्पी करनेवाले मालिशए से कहा, "ओए दल्ले! जा होटल से इनके लिए रोटी लेकर आ!"

अब्दुल्ला उर्फ़ दल्ला जाने लगा, तो उसने टोका, "देख वह कोनेवाला कमरा ख़ाली करा देना! दोनों उसमें रहेंगे। आज तो इनको कहीं और सुला दे," वह नौशा और राजा की तरफ़ मुतवज्जेह हुआ, "जाओ जी तुम इसके साथ। डटकर रोटी खाओ और आराम करो।"

दोनों ख़ामोशी से दल्ला के पीछे-पीछे कमरे से चले गए।

शाहजी ने रहमान से दर्याफ़्त किया, "हाँ जी! अब मुआमले की बात करो। क्या लोगे?"

"शाहजी, आज तो सीधे हाथ से सौ-सौ के करारे-करारे दिलवा दो। ख़ुदा कसम, बड़े काम के छोकरे हैं।"

---

1. आकृष्ट

शाहजी ने उसे झिड़क दिया, "ठीक-ठीक बात कर! हज़ार से एक पैसा ज़्यादा नहीं मिलेगा।"

"अरे शाहजी! क्या ज़ुल्म कर रहे हो? इतने में सौदा न होगा। वापस बुलवा लो। अभी तो उन्होंने तुम्हारा नमक भी नहीं चखा।"

शाहजी ने उसे तीखी नज़रों से देखा, "दलाली करते-करते दादागीरी तूने कब से शुरू कर दी? खाल में रह खाल में! ज़्यादा पैतरेबाज़ी न दिखा। मारा जाएगा!"

रहमान रोनी सूरत बनाकर बोला, "जब ही तो मैं तुम्हारे लिए माल नहीं लाता!"

"चल, चल, टसवे न बहा। सौ और ले ले!"

रहमान ने थोड़ी हीलो-हुज्जत करने के बाद शाहजी को पन्द्रह सौ पर राज़ी कर लिया। सौ रुपए उसी वक़्त मिल गए। बकाया चौदह सौ के लिए शाहजी ने वायदा किया कि तीसरे दिन अदा कर दिए जाएँगे।

रहमान सौ रुपए लेकर चला गया। शाहजी ख़ामोश बैठा रहा। थोड़ी देर बाद दल्ला वापस आ गया। शाहजी ने पूछा, "दोनों को रोटी खिला दी?"

वह मुस्तैदी से बोला, "हाँ जी!"

"दोनों को बुलाकर यहाँ ला!"

दल्ला फ़ौरन जाकर दोनों को अपने हमराह ले आया। शाहजी ने उन्हें देखकर किसी क़दर शफ़क़त से कहा, "रोटी पेट भरकर खाई?"

इस तमाम अरसे में नौशा पहली मर्तबा बोला, "खूब पेट भरकर खाई है!"

"अरे! तू भी बोलने लगा।"

नौशा शरमा गया। शाहजी बड़े अच्छे मूड में था। उसने मुस्कराकर पूछा, "चाय पियोगे?"

दोनों ने आमादगी का इज़हार किया, तो उसने गर्दन मोड़कर दल्ला को मुख़ातिब किया, "दल्ले दो सिंगल चाय मँगवा!"

राजा को सिगरेट की तलब सता रही थी। दबी ज़बान से बोला, "शाहजी! एक सिगरेट भी मँगवा दो।"

शाहजी बड़े बेढंगेपन से हँसा, "ओ, तेरा ख़ाना-ख़राब! सिगरेट भी पीता है?" उसने दल्ला की जानिब देखा। "इनके लिए पासिंग-शो का एक पाकिट भी ला दे!"

दोनों के चेहरे पर ताज़गी आ गई। शाहजी उस वक़्त बादशाह बना हुआ था। उसने बेनियाज़ी से पूछा, "और कुछ?" राजा और नौशा ने इनकार में गर्दन हिला दी। शाहजी ने दोनों का जायज़ा लिया। उनके लिबास गन्दे और बोसीदा थे। राजा नंगे पैर था। नौशा जूते पहने हुए था, मगर उनकी हालत भी ख़स्ता थी। एक जूते के अगले हिस्से से अंगूठा झाँक रहा था।

"क्यों जी, तुम दोनों के पास कपड़े-लत्ते भी हैं?'

दोनों एक साथ बोले, "नहीं!"

शाहजी ने दल्ला के लिए एक और हुक्म सादिर[1] किया, "कल तूने बाज़ार जाना है। इनके लिए दो शलवारों और कुरतों का कपड़ा ले आना! मास्टर से कहना, फटाफट सी दे! मोची गली से दो पिशावरी चप्पलियाँ और टोपियाँ भी। दल्ले नवाब बना दे इनको!"

---

1. जारी

वह उनको 'नवाब' के लिए अभी और न जाने क्या कुछ करता, इस दौरान में बाहर से दरवाज़ा खुलने की आवाज़ आई। शाहजी ने चौकन्ना होकर दरवाज़े की जानिब देखा। बाहर दालान में भारी क़दमों की आवाज़ उभरी। फिर मिली-जुली सरगोशियों की भिनभिनाहट सुनाई दी। शाहजी लुंगी टाँग के ऊपर चढ़ाकर एक हाथ से रान खुजाने लगा।

''तुम जाकर अब सो जाओ, दल्ले! इनको सोने की जगह बता दे,'' शाहजी ने दोनों को रुख़सत कर दिया।

वे आहिस्ता-आहिस्ता चलते हुए अब्दुल्ला उर्फ़ दल्ला के हमराह कमरे से बाहर चले गए।

# फ़सल चहारम[1]

## [1]

नौशा ने अचानक ग़ायब हो जाने से घर में खलबली मच गई।

रात को वह वापस नहीं पहुँचा, तो सवेरे-ही-सवेरे माँ ने पूछा, "अरे! यह नौशा अभी तक नहीं आया?" कोई उसकी बात का क्या जवाब देता! वह झुँझलाकर नौशा को कोसने-पीटने लगी और देर तक बड़बड़ाती रही। दिन चढ़ गया। हर तरफ़ धूप फैल गई। अन्नू किताबें सँभालकर स्कूल चला गया। गली में फेरी लगानेवालों की आवाज़ें उभरने लगीं। मुहल्ले के बच्चों ने शोर मचाना शुरू कर दिया, लेकिन नौशा का कहीं पता न चला।

माँ ने झुँझलाना और बड़बड़ाना बन्द कर दिया था। अब उसे तश्वीश[2] लाहक़ हुई। बार-बार दरवाज़े की जानिब नज़र उठ जाती। आज तक नौशा इतनी देर घर से बाहर नहीं रहा था। उसे रह-रहकर रात की बातें याद आ रही थीं। हर बार सोचती, कहीं सचमुच वह नाराज़ होकर किसी तरफ़ चला तो नहीं गया। अपने इस ख़दशे[3] का इज़हार उसने सुलताना से भी नहीं किया, जो दालान में बैठी बीड़ी के पत्ते तराश रही थी। उसे डर था कि कहीं सारी आई गई उसके सिर न आ जाए। जब वह इन ख़दशात[4] के बारे में सोचती, तो दिल-ही-दिल में नौशा को कोसने देती। हरामी ने ख़्वाहमख़्वाह परेशानी में डाल दिया। न जाने कहाँ वाही-तबाही घूम रहा होगा।

इसी उधेड़बुन में दोपहर हो गई। घर के काम-काज में उसका दिल नहीं लग रहा था। गली में किसी की आवाज़ उभरती, वह चौंक पड़ती। दरवाज़े पर आहट हुई और उसके कान खड़े हुए। सुलताना भी अब परेशान हो गई। दोनों माँ-बेटी बैठकर क़ियास-आराइयाँ[5] करने लगीं कि नौशा कहाँ हो सकता है? जिस क़दर वे सोचतीं, उसी क़दर दिल में नए-नए वसवसे[6] पैदा होते।

अन्नू स्कूल से वापस आया, तो माँ ने उसे फ़ौरन नौशा की तलाश में भेजा और उसकी वापसी का इन्तज़ार करने लगी।

घंटा-भर बाद अन्नू आया, तो वह अकेला था। उसे तनहा देखकर माँ के दिल पर घूँसा-सा लगा। अन्नू का चेहरा धूप की तमाज़त[7] से तमतमा रहा था। बालों पर गर्द और आँखों में थकन थी। वह सुबह का भूखा-प्यासा था। माँ ने उसे खाना निकालकर दिया, मगर ख़ुद कुछ भी न खाया। निढाल होकर कमरे में जाकर लेट गई।

---

1. चौथा परिच्छेद, 2-3. चिन्ता, 4. आशंकाएँ, 5. अन्दाज़े, अनुमान, 6. वहम, भ्रम, 7. तपिश, गर्मी

शाम होने से कुछ देर पूर्व सलमान आया। माँ ने नौशा की गुमशुदगी की उसे भी इत्तिला दी। वह उसी वक़्त अन्नू को अपने हमराह लेकर नौशा की तलाश में निकल गया। जहाँ-जहाँ उसके ठिकाने थे, हर जगह ढूँढ़ा। मुहल्ले के हर लड़के से दर्याफ़्त किया। किसी ने कोई सुराग़ न दिया। शामी से भी उन्होंने पूछा, मगर वह डर के मारे साफ़ झूठ बोल गया।

"मैंने तो उसे हफ़्ते-भर से नहीं देखा!"

देर तक वह जगह-जगह नौशा को तलाश करते रहे। शाम का अँधेरा हर तरफ़ फैल गया। रौशनियाँ झिलमिलाने लगीं, मगर नौशा की कोई ख़बर न मिली।

सलमान जब अन्नू के साथ नौशा के बग़ैर वापस पहुँचा, तो घर में कुहराम मच गया। माँ फूट-फूटकर रोने लगी। कमरे में सुलताना की सिसकियाँ रुक-रुककर उभर रही थीं। सलमान सिर झुकाए दालान में ख़ामोश बैठा था। लैम्प की इरक़ानज़दा-ज़र्द[1] रोशनी में सबके चेहरे परछाइयों की तरह धुँधले नज़र आ रहे थे।

सलमान कुछ देर ठहरकर चला गया।

उस रोज़ घर में किसी ने कुछ नहीं खाया। अन्नू तो दीवार से टेक लगाकर ऊँघते-ऊँघते सो गया, मगर सुलताना और उसकी माँ को नींद न आई। रात का सन्नाटा बढ़ता जा रहा था। गली की चहल-पहल ख़त्म होती जा रही थी। कुत्तों के भोंकने की आवाज़ें ऊँची होती जा रही थीं। घर पर मौत की-सी वीरानी छाई थी। फिर उस सुकूत में माँ की आवाज़ उभरी, "बेटी! अल्लाह से दुआ करो!"

उसने आँसू पोंछे और उठकर उसी वक़्त गुसल किया। धुले हुए उजले कपड़े पहने और मुसल्ला बिछाकर नमाज़ पढ़ने लगी। सुलताना भी वुज़ू करके उसके पास आ गई। नमाज़ से फारिग़ होकर माँ देर तक सजदे में पड़ी रो-रोकर दुआएँ माँगती रही।

जब रात आधी हो गई और हर तरफ़ हू का आलम तारी हो गया, तो माँ सुलताना के हमराह बाहर सेहन में आ गई। आसमान के नीचे बरहना[2] सिर होकर दोनों गिड़गिड़ाकर दुआएँ माँगने लगीं। उनकी आँखों से आँसू जारी थे। होंठ आहिस्ता-आहिस्ता हिल रहे थे। कभी-कभी माँ बेक़रार होकर ऊँची आवाज़ में कहती, "अल्लाह! मैं बहुत मुसीबतज़दा हूँ। मेरे बच्चे को मुझसे मिला दे। मैं राँड-बेवा हूँ। मेरा कोई सहारा नहीं, मेरा कोई नहीं। हाय! मेरा कोई भी तो नहीं!"

वह बिलख-बिलखकर रोने लगती। सुलताना की आवाज़ भी भर्रा जाती। उसकी सिसकियाँ उभरने लगतीं।

आसमान पर तारे आँसुओं के क़तरों की तरह झिलमिला रहे थे। रात ढलती गई। सितारों की रंगत काफ़ूरी पड़ गई। हवा सर्द हो गई। ओस से दरो-दीवार भीग गए। दोनों बरहना सिर सेहन में टहल-टहलकर दुआएँ माँगती रहीं, गिड़गिड़ाती रहीं। अश्क बहाती रहीं।

सारी रात परेशानी और बेक़रारी में गुज़री। फिर कई रातें इसी आलम में गुज़रीं। माँ ने रो-रोकर बुरा हाल कर लिया था। वह हर वक़्त बैठी रहती। कभी-कभी ठंडी साँस भरकर बेख़याली में कहती, "या-अल्लाह! मेरा बच्चा न जाने कहाँ होगा? हाय! यह क्या हो गया?"

---

1. पीलियाग्रस्त, 2. नंगा

अक्सर ऐसा भी होता वह बैठे-बैठे ख़ुद को कोसने लगती। नौशा के चले जाने का उसे बेहद सदमा था, क्योंकि उसने बड़े नाज़ो-नेमत[1] से पाला था। ज़रूरत से ज़्यादा उसका लाड़ किया था। उसकी माक़ूल वजह भी थी। सुलताना के बाद दो लड़के पैदा हुए, मगर साल डेढ़ साल ज़िन्दा रहकर फ़ौत[2] हो गए। नौशा भी बचपन में दाइमुलमर्ज़[3] था। उसके इलाज-मुआलजे[4] के लिए उसने न जाने क्या-क्या जतन किए थे।

उन्हीं दिनों एक और मुसीबत नाज़िल हुई। बीड़ी के कारख़ाने में हड़ताल हो गई। आमदनी का सिलसिला अचानक मुन्क़ता[5] हो गया। यह बहुत बड़ी मार थी। ऐसी ठोकर लगी कि वह उफ़ भी न कर सकी। सिर्फ़ एक ही ख़याल बार-बार ज़ेहन में सवाल बनकर उभरता था। अब क्या होगा? होता क्या? चन्द ही रोज़ में फ़ाक़ाकशी की नौबत आ गई।

नियाज़ उन दिनों अपने किसी काम से क्वेटा गया हुआ था, अलबत्ता सलमान अक्सर आता रहता, मगर वह भी परेशान-परेशान-सा नज़र आता। लिबास में बेनियाज़ी, बाल उलझे हुए, आँखों में दबे-दबे कर्ब[6] के साए। आम तौर पर वह ख़ामोश रहता। घड़ी दो घड़ी बात करता। वह भी अन्नू के बारे में। उसका इरादा था कि अन्नू को किसी अच्छे स्कूल में दाख़िल करा दिया जाए। उसे आला तालीम दिलाई जाए। अन्नू अगर मौजूद होता, तो बुलाकर पढ़ाई के मुताल्लिक़ पूछता। किताबें मँगवाता और देर तक बैठा उसे पढ़ाता रहता। इस अरसे में कभी-कभार सुलताना की झलक नज़र आ जाती। यह लम्हा बड़ा हसीन होता। ऐसा महसूस होता, जैसे ख़ुशबू में बसा हुआ झोंका पास से गुजर जाए।

शाम का वक़्त था। हलकी-हलकी बूँदा-बाँदी हो रही थी। आसमान पर बादल छाए हुए थे। हवा सरसराती हुई चल रही थी। घर पर वीरानी छाई थी। कैम्प की धुँधली रोशनी में सब ख़ामोश बैठे थे। घर में सुबह से कुछ नहीं पका था। नक़ाहत[7] के बाइस सबकी तबीयतें निढाल थीं।

माँ बुत बनी, खोई-खोई नज़रों से आँगन की दीवार को तक रही थी, जिस पर बराबरवाले मकान में लगे हुए शीशम के दरख़्त का महीब साया हवा के झोंकों के साथ लहरा रहा था। अभी-अभी वह अन्नू को मारकर बैठी थी, जो भूख से बेक़रार होकर रोने लगा था और समझाने-बुझाने पर भी रोता रहा। अब वह कमरे में पड़ा हुआ सिसकियाँ भर रहा था। मारने को तो वह मार बैठी, मगर अब ख़ुद को मलामत कर रही थी। उसी वक़्त दरवाज़े पर आहट हुई।

सलमान आया था। माँ ने अन्दर बुला लिया। उसे देखकर वह सख़्त परेशान हो गई। सलमान की क़मीज़ पर जगह-जगह ख़ून के सुर्ख़-सुर्ख़ धब्बे थे। एक आँख सूजी हुई थी। बाल बिखरकर चेहरे पर आ गए थे। उसने घबराकर पूछा, "अरे यह क्या हो गया?"

वह बेनियाज़ी से बोला, "ताँगे से आ रहा था। सड़क गीली थी। घोड़े का पैर फिसल गया। ताँगा उलटने से चोट आ गई," मगर यह चोट ताँगा उलटने की नहीं थी। उसकी लाल-लाल आँखों से पता चलता था कि किसी से लड़कर आया है, लेकिन नौशा की माँ को उसकी बात पर यक़ीन आ गया।

---

1. लाड़-प्यार, 2. दिवंगत, 3. जन्मजात रोगी, 4. उपचार, 5. विच्छेद, खंडित, 6. यातना, पीड़ा, 7. दुर्बलता

माँ ने जल्दी से सुलताना को बावर्चीख़ाने में भेजा। पानी गर्म करवाया और उसके बाजू और कन्धे पर जो ज़ख़्म थे, उनको अपने हाथ से साफ़ करने लगी। बारिश यकायक तेज़ हो गई। पानी के मोटे-मोटे क़तरे शोर करते हुए गिरने लगे। रात और गहरी हो गई। मूसलाधार बारिश बराबर होती रही। हवा के झक्खड़ सीटियाँ बजाते हुए चल रहे थे। ऐसी तूफ़ानी रात में सलमान के जाने का कोई इम्कान[1] न था। वह घर जाने के लिए इसरार भी करता रहा, मगर नौशा की माँ ने एक न सुनी। दालान में चारपाई बिछाकर बिस्तर लगा दिया। कुछ देर बिस्तर पर लेटा वह बातें करता रहा, मगर ज़ख़्मों में टीसें उठ रही थीं। वह ज़्यादा देर बातें न कर सका। करवट बदलकर सोने की कोशिश करने लगा। माँ उठकर कमरे में चली गई। बारिश के क़तरे शीशम के पत्तों पर गिरते रहे। हवा की तेज़ सरसराहट रुक-रुककर उभरती रही।

ग्यारह बजे के क़रीब बारिश का ज़ोर टूटा। मेंह बन्द हो गया था, लेकिन हवा तेज़ चलती रही। बादल रह-रहकर गरजते। अचानक रात के सन्नाटे में दरवाज़े पर नियाज़ की आवाज़ उभरी। नौशा की माँ तज़ब्जुब[2] में पड़ गई कि इस वक़्त नियाज़ को घर में बुलाया जाए या टाल दिया जाए। सलमान को देखकर न जाने वह क्या सोचे? मिज़ाज का वह यूँ भी शक्की था। ख़ुदा मालूम क्या हंगामा खड़ा हो जाए? वह ख़ामोश लेटी यही सोच रही थी कि नियाज़ ने ऊँची आवाज़ से अन्नू को पुकारा। ऐसा मालूम होता था कि वह वापस जाना नहीं चाहता। वह उसे नाराज़ भी करना न चाहती थी। बादिले-ना-ख़्वास्ता[3] ख़ुद उठकर दरवाज़ा खोला। नियाज़ घर के अन्दर आ गया। सलमान को दालान में देखकर बोला, "यह कौन लेटा है?"

सलमान ने नियाज़ की आवाज़ पहचान ली थी। वह घबरा गया कि अगर नियाज़ ने उसे देख लिया, तो बहुत बुरा होगा। इस घर में उसका जो भरम क़ायम था, फ़ौरन ख़ाक में मिल जाएगा। नियाज़ उसके सारे हालात से नौशा की माँ को आगाह कर देगा। वह किसी क़ीमत पर यह न चाहता था कि यह बातें नौशा की माँ को मालूम हों। वह सहमा हुआ दम साधे चुपचाप लेटा रहा और आनेवाले हादसे का इन्तज़ार करता रहा।

नियाज़ के अचानक इसतिफ़सार[4] पर नौशा की माँ लम्हा-भर के लिए घबराई, लेकिन उसने ख़ुद को सँभाल लिया। फ़ौरन बात बनाई, "भई अच्छन का मँझला लड़का है!"

ख़ैरियत यह हुई कि उसने सलमान नाम नहीं बताया, लेकिन नियाज़ किसी भाई अच्छन को नहीं जानता था। लम्हा-भर के लिए उसने ग़ौर करने की कोशिश की। फिर बोला, "कौन भाई अच्छन?"

वह इस सवाल के लिए तैयार थी, "ए वही खाला नज्जो के बड़े बेटे—और कौन? "उसने कदरे तवक़्क़ुफ़[5] के बाद कहा, "तुमने कहाँ देखा होगा?"

"यही तो मैं भी सोच रहा हूँ!"

"वह लोग जब से पाकिस्तान आए हैं, मुलतान ही में हैं। कभी यहाँ आते, तो तुमसे भी मुलाक़ात हो जाती। यह लड़का कल आया था। शाम तक अच्छा-भला था। इस वक़्त बुख़ार में भुन रहा है!"

---

1. सम्भावना, 2. असमंजस, 3. इच्छा के विरुद्ध, 4. प्रश्न, 5. विराम, विलम्ब

नियाज़ ने हैरत से कहा, "बारिश में तो नहीं भीग गया?" वह सलमान की तरफ़ बढ़ा। क़रीब जाकर उसकी पेशानी पर हाथ रखकर बुख़ार का अन्दाज़ा लगाया। सलमान की साँस लम्हा-भर के लिए रुक गई—"अरे! इसको तो बड़ा तेज़ बुख़ार है!" यह कहते-कहते उसने सलमान को ग़ौर से देखा, तो चादर ओढ़े दीवार की तरफ़ मुँह मोड़े लेटा था। नियाज़ को कुछ शुबहा हुआ, मगर सलमान के चेहरे पर अँधेरा छाया था। लिहाज़ा वह उसे पहचान न सका।

नौशा की माँ ने जल्दी से बात का रुख़ पलट दिया। वह नौशा के अचानक घर से चले जाने की ख़बर सुनाने लगी, मगर नियाज़ ने उसकी बात सुनकर किसी तश्वीश का इज़हार न किया। न हमदर्दी की, न दिलजोई! बेनियाज़ी से बोला, "मैंने तो पहले ही कहा था कि वह आवारा हो गया है। अच्छा है, कुछ दिन ठोकरें खाएगा। सारी आवारागर्दी निकल जाएगी!"

नौशा की माँ को नियाज़ का रवैया अच्छा न लगा। वह उससे हमदर्दी के दो बोल सुनने की ख़्वाहिशमन्द थी। नौशा का तज़्किरा नज़रअन्दाज़ करके नियाज़ क्वेटा की बातें बताने लगा।

वह चुप बैठी सब कुछ सुनती रही।

नियाज़ ज़्यादा देर न ठहरा। थोड़ी देर बाद उठकर चला गया।

सलमान ने इत्मीनान की साँस ली। जितनी देर नियाज़ बैठा बातें करता रहा, उतनी देर उसकी जान सूली पर लटकी रही। अब वह यह सोच रहा था कि आइन्दा इस घर में जाते वक़्त उसे एहतियात से काम लेना चाहिए। उनकी बातों से यह तो वाज़ेह हो चुका था कि नियाज़ नौशा की माँ का रिश्तेदार है और वह नियाज़ से उसकी आमदो-रफ़्त[1] छुपाना भी चाहती है। यही उसके हक़ में बेहतर हुआ, वरना वह दोबारा उस घर में आने-जाने के क़ाबिल न रहता।

रात आहिस्ता-आहिस्ता गुज़रती गई। हर तरफ़ ख़ामोशी का राज था। बादल एक बार ज़ोर से गरजे और तेज़ बारिश शुरू हो गई। पानी के क़तरे छत पर शोर मचाने लगे। सलमान कभी दर्द से कराहता। बुख़ार तेज़ हो गया था। उसका तमाम जिस्म भट्ठी की तरह तप रहा था। आँखों के पपोटे सुलग रहे थे। सिर में शदीद दर्द था।

यकायक उसने अपने क़रीब गहरी-गहरी साँसों की सरसराहट महसूस की। उसने करवट नहीं बदली। ख़ामोश लेटा रहा, अलबत्ता आँखें खोलकर देखा। लैम्प की धुँधली रोशनी में सामने दीवार पर एक इंसानी साया नज़र आया। कोई उसके सिरहाने झुका हुआ खड़ा था। फिर उसे अपने रुख़सार पर ठंडक-सी महसूस हुई। एक हाथ उसके चेहरे पर आकर टिक गया।

वह बेक़रार होकर आहिस्ता से बोला, "सुलताना!"

"शी!" सुलताना ने उसे ख़ामोश कर दिया।

सलमान ने अपना जलता हुआ हाथ उसके हाथ पर रख दिया। फिर उसने सुलताना का नरम-नरम हाथ होंठों के पास लाकर चूम लिया।

सुलताना ने कोई मज़ाहमत[2] नहीं की। वह चुपचाप उसके पलंग के क़रीब खड़ी रही। बाहर तेज़ बारिश होती रही। हवा शीशम के पत्तों में सीटियाँ बजाती हुई गुज़रती। बादल ज़ोर-ज़ोर से गरजते।

1. आना-जाना, 2. विरोध

कमरे के अन्दर करवट बदलने की आवाज़ उभरी। सुलताना ने सलमान पर से अपना हाथ हटाया और दूर चली गई। न जाने वह कब कमरे में गई? कब अपने बिस्तर पर लेटी? कब उसे नींद आई? सलमान को कुछ भी पता न चला। वह देर तक ख़ामोश लेटा सुलताना के दोबारा आने का इन्तज़ार करता रहा, मगर वह न आई।

सुबह हुई, तो सलमान का बुख़ार हलका पड़ चुका था। ज़ख़्मों में टीस भी कम थी। अब ठहरना मुनासिब न था। वह सवेरे-ही-सवेरे नौशा के घर से चला गया।

## [2]

बीड़ी के कारख़ाने की हड़ताल तूल पकड़ती जा रही थी और इसके साथ ही नौशा की माँ की परेशानियाँ बढ़ती गईं। कई-कई वक़्त के फ़ाक़े पड़ जाते। घर में गृहस्थी ही कौन-सी थी? थोड़ा-बहुत जो सामान था, वह बाज़ार में फ़रोख़्त होने लगा। कोई ऐसा काम नहीं मिल रहा था, जिससे पेट पाला जा सके। सिलाई की मशीन होती, तो पास-पड़ोस के कपड़े सी-पिरोकर गुज़ारा हो जाता। उसे ख़रीदने के लिए नौशा की माँ ने कई बार रक़म जोड़ी, मगर कोई-न-कोई ऐसा ख़र्च निकल आता कि सारी बचत सर्फ़[1] हो जाती।

वह बिस्तर पर लेटी अपनी परेशानियों के बारे में सोच रही थी। नींद भी नहीं आ रही थी। सुलताना और अन्नू कब के सो गए थे और वह ख़ामोश पड़ी रात की घड़ियाँ गिन रही थी। इसी दौरान में नियाज़ आ गया। वह कई रोज़ बाद आया था। बहुत ख़ुश नज़र आ रहा था। बात-बात पर हँस रहा था। वह सामान से लदा-फदा आया था, जिसमें मिठाई थी, फल थे, और सिंगार की कुछ चीज़ें थीं। आते ही सारे बंडल उसने नौशा की माँ के सामने डाल दिए और चारपाई पर इत्मीनान से बैठकर बोला, "आज तो मैं बहुत थक गया!"

वह बोली, "ख़ैर तो है? कहाँ से थके-हारे आ रहे हो?"

"कुछ न पूछो। पहले तुम मुझे पानी पिलाओ। प्यास के मारे गला सूख रहा है।"

वह फ़ौरन पानी ले आई। नियाज़ वाक़ई बहुत प्यासा था। पूरा गिलास एक ही साँस में ग़टाग़ट चढ़ा गया। पानी पीकर वह बिस्तर पर लेट गया। नौशा की माँ नियाज़ का लाया हुआ सामान खोलकर देखने लगी। शाम को घर में कुछ पका नहीं था। सुलताना और अन्नू भूखे सो रहे थे। उसने सोचा, दोनों को जगाकर कुछ खिला दे, मगर जब उसने अपना इराद. नियाज़ पर ज़ाहिर किया, तो उसने मना कर दिया।

"मुझे तुमसे बहुत ज़रूरी बातें करनी हैं। सब उठ जाएँगे, तो बात करने का मौक़ा नहीं मिलेगा।"

वह चुप हो गई। नियाज़ पलंग उठाकर बाहर सेहन में ले गया। दोनों वहीं बैठकर बातें करने लगे। आसमान बिल्कुल साफ़ था। दूर तक सितारों की अफ़शाँ[2] बिखरी हुई थी। नरम-नरम झोंके चल रहे थे। फ़िज़ा में ख़ुनकी थी, मगर नागवार नहीं गुज़र रही थी। नियाज़ ने उसका हाथ मुहब्बत से थाम लिया।

"आज मैं यह तय करके आया हूँ कि मुझे हाँ. या न में जवाब दे दो!"

---

1. ख़र्च, 2. चमक

वह दबी ज़बान में बोली, "कुछ दिन और ठहर जाते, तो अच्छा था।"

वह और भी जज़्बाती हो गया, "तुम हर बार यही कहती हो। इसी आजकल में कई महीने हो गए!"

वह नियाज़ से बोली, "कई महीने? ए, तौबा करो!"

"बस अब मैं ज़्यादा इन्तज़ार नहीं कर सकता। परसों जुमा है। मुबारक दिन है। उस रोज़ निक़ाह हो जाना चाहिए।"

नौशा की माँ घबराकर बोली, "अरे! अरे! इतनी जल्दी।"

नियाज़ ने बड़े प्यार से उसका सिर अपने कन्धे से लगा लिया। रुख़सारों को थपककर बोला, "मुझसे तो अब घड़ी भर भी तुमसे अलग नहीं रहा जाता। मेरी बात तुमको माननी ही पड़ेगी।" नौशा की माँ ने कुछ कहना चाहा, तो उसने झट उसके मुँह पर हाथ रख दिया, "तुमको मेरी जान की क़सम, जो इनकार किया। बस अब प्रोग्राम तय हो गया।"

नौशा की माँ ने चाहा कि हस्बे-मामूल उस वक़्त भी नियाज़ को टाल दे, मगर वह उसके सिर हो गया। बिगड़कर बोला, "अगर इस जुमे को निकाह नहीं हो सकता, तो फिर कभी न होगा!" हालात कुछ इस क़दर ख़राब थे कि वह उसकी धमकी का मुक़ाबला न कर सकी। रोज़-रोज की फ़ाक़ाकशी और इस तरह-तरह की परेशानियों ने उसे बेबस कर दिया था।

उससे कुछ भी न कहा गया। चुपचाप नियाज़ की बात मान ली।

नियाज़ ने उसी वक़्त ज़रूरी इख़राजात[1] के लिए जेब से निकालकर दो सौ रुपए दिए और प्रोग्राम भी बता दिया, "जुमे को फ़जर[2] के वक़्त मैं काज़ी को लेकर आ जाऊँगा। वकील और गवाह भी लेता आऊँगा। मेरे ख़याल में यह सबसे मुनासिब वक़्त रहेगा। मेरे साथ सिर्फ़ चन्द आदमी होंगे। तुम सारा बन्दोबस्त कर लेना। जी चाहे, तो पड़ोस से किसी बड़ी-बूढ़ी को भी बुला लेना," गोया सारी स्कीम वह पहले ही तैयार करके आया था। एक-एक बात बड़े इत्मीनान से कह रहा था। नौशा की माँ चुप बैठी उसकी बातें सुनती रही।

जब सारी बातें तय हो गईं, तो ख़िलाफ़े-तवक़्क़ो[3] वह रात ही को उठकर चला गया।

नौशा की माँ ने हामी तो भर ली, मगर रात-भर बेचैनी से करवटें बदलती रही। नींद का कोसों पता न था। उसे सबसे ज़्यादा फ़िक्र सुलताना की थी। दूसरे दिन भी वह इसी उधेड़बुन में रही। बार-बार ख़ामोश नज़रों से सुलताना को देखती। उसकी बिफरी हुई जवानी को। उसके निखरे हुए हुस्न की आबो-ताब को और हर बार किसी आनेवाले ख़तरे के अहसास से काँप उठती।

## [3]

अब सिर्फ़ एक दिन बाक़ी था। नौशा की माँ की उलझन बढ़ती गई। इस बात को अब सुलताना से छुपाया भी न जा सकता था, मगर यह बात उससे कहती भी, तो किस मुँह से! ज़िन्दगी में पहली बार वह ख़ुद अपनी बेटी से डर रही थी। बात करते हुए उसे ख़ौफ़ मालूम हो रहा था। आख़िर हिचकिचाते हुए उसने सुलताना को अपने क़रीब बुलाया। वह उसके पास आकर बैठ गई। कई लम्हे गुज़र गए, मगर माँ से कुछ भी न कहा गया।

1. ख़र्च, 2. प्रातःकाल, 3. आशा के प्रतिकूल

कुछ देर बाद उसने दबी ज़बान से कहा, "तुमसे एक बात कहनी थी!"

माँ के बदले हुए लहजे पर सुलताना को ताज्जुब हुआ, "क्या बात है अम्माँ?"

"क्या बताऊँ, क्या बात है?" वह आगे न कह सकी। सुलताना ने जल्दी से पूछा, "कोई ख़ास बात है?"

माँ ने अटकते हुए बताया, "कल रात नियाज़ आया था!" सुलताना का दिल धक से रह गया। कहीं माँ ने उसका रिश्ता नियाज़ से तो तय नहीं कर दिया। उसने सहमी हुई नज़रों से माँ को देखा।

माँ ने आहिस्ता से कहा, "वह शादी करना चाहता है!"

"अच्छा!" सुलताना की साँस हलक़ में रुक गई। उसने लरजते हुए पूछा, "किससे?"

माँ ने नज़रें नीची करके कहा, "मेरे साथ!" और यह कहते-कहते उसका चेहरा पसीने-पसीने हो गया।

सुलताना हैरत से दम-ब़ख़ुद रह गई। उसका जिस्म इस तरह झनझनाया, जैसे कहीं क़रीब ही चीनी की प्लेट गिरकर चकनाचूर हो गई। उसकी ज़बान से एक लफ़्ज़ न निकला। माँ भी चुप हो गई। कहना तो उसे अभी बहुत कुछ था। अपनी मजबूरियों का इज़हार करना था और बेटी से माज़िरत करनी थी, मगर वह सिर्फ़ इरा क़दर कह सकी, "जुमे को फ़जर के वक़्त निकाह है!"

यह बात उसने इस अन्दाज़ से कही, गोया घड़े में मुँह डालकर बोल रही हो। वह ज़्यादा देर सुलताना के पास न बैठ सकी। सुलताना सोचती ही रह गई कि क्या कहे? माँ उठकर कमरे में चली गई। सन्दूक़ खोलकर सामान उलटने-पुलटने लगी।

चन्द मिनट बाद बाहर निकली, तो सुलताना से नज़रें मिलाए बग़ैर बोली, "मैं एक काम से बड़ी ममानी के पास जा रही हूँ," यह कहती हुई वह घर से बाहर चली गई।

सुलताना उसे देखती-की-देखती ही रह गई।

अन्नू स्कूल जा चुका था। सुलताना घर में तनहा था। वह ख़ामोश बैठी सोच रही थी। या अल्लाह! यह सब क्या हो रहा है? क्या होनेवाला है? किसी अनजाने ख़ौफ़ से वह बार-बार काँप उठती। अचानक सलमान ने दरवाज़ा खटखटाया।

पहले तो वह झिझकी फिर हिम्मत करके उसके अन्दर बुला लिया।

सलमान हस्बे-मामूल कमरे में जाकर बैठ गया। ज़रा ही देर बाद दरवाज़े पर सुलताना का चेहरा नज़र आया, मगर वह कमरे के अन्दर न आई। दहलीज़ से लगी खड़ी रही। उस रोज़ वह बड़ी अफ़सुर्दा[1] नज़र आ रही थी। खोई-खोई आँखें और रुख़सारों[2] पर ढलती रात जैसी धुन्ध! उसने नज़र भरकर सलमान को देखा और सोचने लगी, कि अब आइन्दा वह उससे न मिल सकेगी। कल नियाज़ उसका सौतेला बाप बन जाएगा और जब वह उसका सौतेला बाप बन जाएगा, तो वह घर उसका हो जाएगा। वह किसी सूरत में सलमान को अपने घर में आने न देगा। सलमान उठकर उसके क़रीब आ गया। मुहब्बत से उसका रुख़सार थपथपाकर बोला, "क्या बात है? तुम बहुत उदास लग रही हो! अम्माँ ने कुछ कहा है?"

---

1. उदास, 2. गालों, कपोलों

वह आहिस्ता से बोली, "नहीं!"

"तो फिर क्या बात है?"

मगर वह कुछ न बोली, और उसके सीने से लगकर सिसकियाँ भरने लगी। वह प्यार से उसकी पीठ थपकने लगा।

दोनों मबहूत[1] खड़े थे। नागाह[2] माँ दरवाज़ा खोलकर अन्दर आ गई। सलमान और सुलताना को उसकी आमद की मुतलक़[3] ख़बर न हुई। उसने दोनों को इस आलम में देखा, तो हैरतज़दा रह गई। लम्हा-भर तक वहीं दरवाज़े के क़रीब खड़ी रही। फिर कुछ सोचकर बाहर चली गई। दरवाज़ा बाहर से बन्द किया और ख़्वाहमख़्वाह किवाड़ खटखटाने लगी। ज़रा देर बाद ख़ुद ही दरवाज़ा खोलकर बड़बड़ाती हुई अन्दर आई।

"ए लो! दरवाज़ा तो खुला है। मैं समझी कि अन्दर से बन्द है। न जाने मेरी अक़्ल को क्या हो गया है?"

सुलताना अब वहाँ न थी। वह दालान के नुक्कड़ पर खड़ी जल्दी-जल्दी आँसू पोंछ रही थी। सलमान कमरे के अन्दर जा चुका था। माँ सीधी वहीं पहुँची और सलमान को देखकर हैरत से बोली, "अरे! तुम कब आए?"

"बस अभी-अभी आया था!"

"आज तो बड़ा हब्स है," उसने दरवाज़े से मुँह निकालकर सुलताना से कहा, "सुलताना! तुम ज़रा हमसाई के पास चली जाओ!"

सुलताना ने वहाँ से जवाब दिया, "जी अच्छा!" और घर से बाहर चली गई। उसके जाने के बाद नौशा की माँ ने सलमान से कहा, "यहाँ दालान में जा आओ। अन्दर तो गर्मी से दम घबरा रहा है!"

सलमान ख़ामोशी से उठकर बाहर आ गया। नौशा की माँ थकी हुई-सी पलंग पर बैठ गई। ज़रा देर सुकूत रहा। वह चुप बैठी सोचती रही। फिर उसने कहा, "मैं तो ऐसे चक्कर में फँस गई हूँ कि कुछ समझ में नहीं आता, क्या करूँ?"

"ख़ैरियत तो है?" सलमान ने दर्याफ़्त किया।

"अब तुमको क्या बताऊँ कि किस परेशानी में गिरफ़्तार हूँ!"

सलमान इसरार करने लगा, "कोई ख़ास बात है?"

"हाँ! ख़ास ही बात है। अब तुमसे क्या परदा! बात यह है कि सुलताना का ब्याह हो रहा है!"

यह कहकर उसने कनखियों से सलमान के रद्दे-अमल[4] का अन्दाज़ा लगाने की कोशिश की। वह उसके लिए क़तई तैयार न था। उसके ज़ेहन को झटका लगा। घबराकर बोला, "कब?"

"कल!" उसने जवाब में सिर्फ़ एक लफ़्ज़ कहा। वह बराबर सलमान की हर हरकत का जायज़ा ले रही थी। उसने ग़ौर किया कि इस दफ़ा घबराहट के बजाय हैरत का इज़हार ज़्यादा था। सलमान कह रहा था, "कल यानी जुमे को? आपने पहले नहीं बताया!"

वह सफ़ाई पेश करने लगी, "मैं ख़ुद भी इतनी जल्दी नहीं चाहती थी, मगर ख़ानदान के बड़े-बूढ़ों ने मजबूर करके दिन-तारीख़ मुक़र्रर कर दी!"

---

1. चकित, 2. अकस्मात्, 3. क़तई, 4. प्रतिक्रिया

सलमान का चेहरा रफ़्ता-रफ़्ता उदास होता गया। वह थके हुए लहजे में बोला, "कहाँ रिश्ता तय किया?"

"ख़ानदान ही का लड़का है। बर-सरे-रोज़गार है। मिज़ाज का भी अच्छा है!"

सलमान ज़्यादा देर तक उसकी तारीफ़ न सुन सका। बात काटकर बोला, "ख़ुदा मुबारक करे!" उसने बड़ा रस्मी-सा जुमला कहा और चुप हो गया।

नौशा की माँ ने भी कोई बात न की। वह देख रही थी कि सलमान अब ख़ासा परेशान नज़र आ रहा था। वह ख़ामोश बैठा बेचैनी से पहलू बदल रहा था। इसी आलम में वह अचानक उठकर खड़ा हो गया।

"अब मैं चलूँगा।" उसने सपाट लहजे में कहा।

"बैठो। चले जाना!"

मगर अब वह लम्हा-भर भी ठहरना नहीं चाहता था, हालाँकि नौशा की माँ चाहती थी कि वह कुछ देर और ठहरे। कुछ बातचीत तो है और उसने अभी-अभी जो साफ़ झूठ बोला था, उसका कुछ नतीजा बरामद हो, मगर सलमान ने इसका मौक़ा ही न दिया। लम्बे-लम्बे डग भरता हुआ घर से बाहर चला गया। नौशा की माँ उसे देखती ही रह गई।

## [4]

सलमान अपने कमरे में जाकर यूँ गिर पड़ा, जैसे मुद्दत का बीमार हो। उसने न जूते उतारे, न कपड़े तब्दील किए। ख़ामोश लेटा छत को तकता रहा और लगातार सिरगेट पीता रहा। यह अजीब-सा ग़म था। अजीब-सा अहसास था। ऐसा बोझ था, जिससे दिल बैठा जा रहा था।

अपनी ला-उबाली[1] ज़िन्दगी में इससे पहले उसने सुलताना की इस क़दर अहमियत महसूस न की थी। वह उसे एक आम-सी लड़की समझता था, जो जवान थी, अल्हड़ थी, ख़ूबसूरत थी। आज अचानक वह मामूली लड़की ग़ैर-मामूली बन गई थी। सोचते-सोचते वह बार-बार चौंक पड़ता। दिल से हूक उठती। कोई उसके वजूद में बार-बार चीख़ता, "यह क्या हो गया?"

"यह क्या हो रहा है?"

उसका तमाम वजूद सवालिया-निशान बन जाता।

शाम तक वह इसी कर्ब और इसी दुख में मुब्तला रहा। बेचैनी से पड़ा करवटें बदलता रहा। सिगरेटें फूँकते-फूँकते उसका गला ख़ुश्क हो गया। होंठ जलने लगे। जब कमरे में अँधेरा फैल गया, तो उसने उठकर दो गिलास पानी के पिए और कमरे से बाहर निकल गया। बाज़ार में चहल-पहल थी। इंसानी आवाज़ों का शोर था। ज़िन्दगी हँस रही थी। निखर रही थी। गर्मियों की शाम का हुस्न जोबन पर था।

उसने बाज़ार का एक चक्कर लगाया। कुछ देर सड़कों पर आवारागर्दी करता रहा। ज़रा देर बाद उसने देखा कि वह नौशा के दरवाज़े पर खड़ा है। नौशा की माँ ने उसे फ़ौरन अन्दर बुलवा लिया। वह जैसे उसका इन्तज़ार कर रही थी। उसका उतरा हुआ चेहरा देखकर बोली, "कैसी तबीयत है?"

---

1. लापरवाह

सलमान घबरा गया। लम्हा-भर चुप रहा। फिर उसने आहिस्ता से कहा, "एक बात कहूँ। आप बुरा तो नहीं मानेंगी?" उसकी आवाज़ में हलका-हलका इरतिआश[1] था।

नौशा की माँ यही बात उसकी ज़बान से सुनना चाहती थी। मुजस्सिम[2] सवाल बनकर बोली, "हाँ, हाँ! कहो, क्या बात है?" बेसाख़्ता उसकी ज़बान से निकल गया, "आप सुलताना की शादी न करें।" कहने को तो उसने यह बात कह दी, मगर यह कहकर पशेमान भी हो गया। वह ख़ामोश बैठी रही।

सलमान ने फ़ौरन कहा, "आपने मेरी बात का बुरा तो नहीं माना!"

"यह बात नहीं! सच पूछो, तो मुझे ख़ुद भी यह रिश्ता ज़्यादा पसन्द नहीं। फिर सोचती हूँ सियानी लड़की को कब तक बिठाए रखूँगी। कोई अच्छा बर भी तो नहीं मिलता!"

सलमान ने हिचकिचाते हुए कहा, "मैं अपने मुताल्लिक़ अगर कुछ कहूँ!" वह पूरी बात न कह सका, और धड़कते दिल के साथ जवाब सुनने का इन्तज़ार करने लगा। ज़रा देर ख़ामोशी छाई रही। फिर नौशा की माँ की आवाज़ उभरी, "यह बात काश तुमने चन्द रोज़ पहले कही होती," उसने लम्हा-भर तवक़्क़ुफ़ किया, "तुम्हारे साथ सुलताना का रिश्ता करते हुए मुझे बड़ी ख़ुशी होती, मगर अब क्या हो सकता है?"

बात भी यही थी। रात-भर में वह कर भी क्या सकती थी। कल से नियाज़ उस घर का मालिक बननेवाला था। पता नहीं, वह इस रिश्ते में क्या-क्या रख़्ने[3] डाले। उसने बड़े दुख से सोचा। क्या ही अच्छा होता कि यह बातें उसने चन्द रोज़ पहले सलमान से कही होतीं, मगर चन्द रोज़ पहले उसे इन दोनों की मुहब्बत का पता ही कब था?

सलमान उसे ख़ामोश देखकर बोला, "अभी तो आप बहुत कुछ कर सकती हैं..." फिर वह बच्चों की तरह मचलकर बोला, "अल्लाह के लिए कुछ कीजिए!"

नौशा की माँ ने नज़र भरकर उसे देखा और पूरे इतिमाद के साथ बोली, "अब यही हो सकता है कि मैं सुलताना को तुम्हारे साथ कर दूँ। दुनिया ज़्यादा-से-ज़्यादा यही तो कहेगी कि सुलताना भाग गई। मैं यह रुसवाई भी क़ुबूल कर लूँगी," वह लम्हा-भर के लिए रुकी।

"क्या ऐसा नहीं हो सकता कि तुम किसी काज़ी या मौलवी को अपने साथ ले आओ कि मैं दो बोल निकाह के पढ़वा दूँ। तुम उसके लिए तैयार हो?"

सलमान फ़ौरन आमादा हो गया।

"अभी झुटपुटा है। तुम ग्यारह बजे तक आ जाओ। मैं सुलताना को तैयार किए देती हूँ। जाओ, अब देर न करो!"

सलमान चुपचाप उठकर बाहर चला गया।

सुलताना खाना पका चुकी थी। चूल्हे के क़रीब बैठी तिनके से गर्म-गर्म राख कुरेद रही थी। माँ ने सुलताना से कहा, "जा, बेटी, जल्दी से नहा ले!"

उसने अचम्भे से पूछा, "क्यों अम्माँ?"

वह मुस्कराकर बोली, "बस, जो मैं कह रही हूँ, वह कर ले!"

---

1. कम्पन, 2. साकार, 3. बाधाएँ

वह उस वक़्त बड़ी मसरूर नज़र आ रही थी। बात-बात पर बाछें खिली जा रही थीं। सुलताना तज़ब्जुब[1] में पड़ गई। उसे माँ की मानी-खेज़[2] मुस्कराहट का कोई सबब नज़र न आया। वह चुपचाप उठकर ग़ुसलख़ाने की तरफ़ चली गई।

माँ जल्दी से कमरे में गई। उसने एक सन्दूक़ खोलकर सुलताना का सबसे क़ीमती जोड़ा निकाला। अफ़शाँ काटी और मेहँदी घोलकर सुलताना का इन्तज़ार करने लगी। थोड़ी देर बाद सुलताना ग़ुसल करके निकली। माँ क़रीब बिठाकर उसके हाथ-पैरों पर मेहँदी लगाने लगी। फिर उसने अन्नू को बाज़ार भेजकर इत्र, फूलों के गजरे और ऐसा ही दूसरा साज़ो-सामान मँगवाया। सुलताना ख़ामोश बैठी सब कुछ देखती रही, मगर जब वह सुर्ख़ अरूसी[3] जोड़ा पहनने लगी, तो उसने परेशान होकर कहा, "अम्माँ! यह तुम क्या कर रही हो?"

माँ ने उसकी बात पर ज़्यादा तवज्जो न दी। मसनूई[4] ग़ुस्से से झपटकर बोली, "चुपकी बैठी रह। हर मुआमले में नहीं बोला करते!"

सुलताना ख़ामोश हो गई।

थोड़ी देर में अन्नू सारा सामान बाज़ार से लेकर आ गया। माँ ने अपने हाथों से सुलताना के बाल गूँथे। सुर्ख़ जोड़े पर इत्र-सुहाग लगाया। बालों में अफ़शाँ चुनी। फूलों के गजरे पहनाए। जब सुलताना दुल्हन बन गई, तो माँ ने आहिस्ता से कहा, "ग्यारह बजे सलमान तुझे लेने आएगा!"

सुलताना हैरत से दम-बख़ुद रह गई। लम्हा-भर तक सकते के आलम में माँ के चेहरे को तकती रही। फिर उसने बेक-वक़्त मुतज़ाद[5] कैफ़ियत महसूस की। उसमें ख़ुशी भी थी और बेचारगी भी। माँ ने शफ़क़त[6] से उसके सिर पर हाथ फेरा।

"बेटी! मेरी तो ख़ुशी थी कि मेरे घर बारात चढ़ती। मैं तुझे धूमधाम से रुख़सत करती, मगर क़िस्मत में यूँही लिखा था। मेरी बच्ची, मुझे मुआफ़ करना!"

सुलताना ने सिर झुका लिया और ख़ामोश बैठी रही।

माँ की आँखों में आँसू झिलमिलाने लगे। वह सिसकियाँ भरने लगी। सुलताना के भी आँसू निकल आए।

माँ ने उसे रोते देखा, तो जल्दी से दुपट्टे के आँचल से अपने आँसू पोंछे। ज़बरदस्ती मुस्कराकर बोली, "अरी पगली! तू क्यों रो रही है? लो, भई! यह भी एक रही!"

उसने सुलताना के आँसू पोंछे और उठकर बाहर चली गई।

सुलताना ख़ामोश बैठी रही। उसका सारा जिस्म तेज़ ख़ुशबू से महक रहा था। चेहरे पर चाँदनी रातों का जमाल था। आँखों में सितारे झिलमिला रहे थे। दिल में वह दबा-दबा ख़ौफ़ था, जो हर दोशीज़ा[7] उरूसी-लिबास[8] पहनने के बाद महसूस करती है। ज़रा देर बाद माँ उसके बराबर आकर बैठ गई। वह एक तश्तरी में फल और मिठाई लाई थी।

भादों की मदमाती रात बाहर आँगन में उतर आई थी। शीशम के पत्ते तालियाँ पीट रहे थे। बादलों के हलके-फुलके, रुद अम्बर[9] के सुरमई मरग़ूलों की मानिंद आसमान पर लहरा रहे थे।

---

1. असमंजस, 2. अर्थपूर्ण, 3. सुहाग, 4. कृत्रिम, बनावटी, 5. प्रतिकूल, 6. स्नेह, 7. युवती, 8. सुहाग-पोशाक, 9. अगरु और अन्य ख़ुशबूदार वस्तुएँ

रात भीगती गई।

ग्यारह बज गए।

माँ की नज़रें दरवाज़े पर लगी थीं।

सुलताना का दिल बार-बार धड़क रहा था और यह धड़कन तेज़ होती गई।

रात की आँखों का काजल फैल गया। तारीकी की ज़ुल्फ़ परेशाँ और परेशाँ हो गई। बहुत देर हो गई, गली सुनसान थी।

न किसी के क़दमों की आहट उभरी, न दरवाज़े पर दस्तक हुई।

रात आधी हो गई।

रात ढलने लगी। रास्ते क़ब्रिस्तान की तरह वीरान हो गए। हर तरफ़ हू का आलम तारी हो गया।

दोनों जाग रही थीं।

हर आहट पर माँ के कान खड़े हो जाते। सुलताना के दिल की धड़कन तेज़ हो जती। फिर मद्धिम होते-होते इस क़दर सुस्त पड़ जाती कि ऐसा महसूस होता, जैसे दिल धड़कना बन्द हो जाएगा।

रात और ढल गई। सितारों की रोशनी मन्द पड़ने लगी। उफ़की[1] सरहदों पर काफ़ूरी शमाएँ रोशन हो गईं। उजाला पूर्व के ग़ारों[2] से सिर उभार रहा था।

माँ की आँखें इन्तज़ार करते-करते पथरा गईं। अचानक गली में कुत्तों के ज़ोर-ज़ोर से भौंकने की आवाज़ उभरी।

कहीं दूर चाप सुनाई दी। कोई आ रहा था।

खट...खट...खट...

क़दमों की आहट क़रीब होती गई। क़रीब, और क़रीब!

क़दमों की आहट ऐन दरवाज़े पर पहुँची, तो सुलताना का दिल धड़कते-धड़कते जैसे ठहर गया।

माँ एकटक दरवाज़े को तकती रही। फिर बेक़रार होकर खड़ी हो गई।

दरवाज़े पर दस्तक न हुई। कोई आवाज़ न आई। जानेवाला आगे चला गया। चाप दूर होती–दूर...और दूर...

उसी वक़्त बराबरवाले घर में मुर्ग़ ने बाँग दी।

सिहर[3] हो रही थी। रात के ख़त्म होने का एलान हो रहा था।

माँ लड़खड़ाकर सुलताना के क़रीब बैठ गई। उसका चेहरा मुरदे की तरह ज़र्द पड़ गया था। आँखें बुझते हुए चिराग़ों की मानिंद नज़र आ रही थीं। ज़रा देर वह पत्थर के मुजस्समे[4] की तरह साकित[5] बैठी रही। फिर उसने आहिस्ता से कहा, "बेटी! यह लिबास उतार दो।" यह कहते-कहते उसकी आवाज़ गुलूगीर[6] हो गई। उसने सुलताना को सीने से लगाया और फूट-फूटकर रोने लगी।

दोनों सिसकियाँ भरकर देर तक आँसू बहाती रहीं।

बाहर सुबह का धुँधलका फैल रहा था।

---

1. क्षितिज, 2. गुफाओं, 3. सुबह, प्रातःकाल, 4. मूर्ति, 5. शान्त, 6. रुँधे गले

वक़्त कम था। माँ जल्दी से उठ खड़ी हुई। उसने सुलताना से कहा, "मैं नहाने जा रही हूँ। तुम दालान में चाँदनी बिछा दो। वह लोग आते ही होंगे।" यह कहती हुई वह ग़ुसल करने चली गई।

माँ ग़ुसल करके निकली।

उसने देखा। सुलताना दालान में चाँदनी बिछा रही थी। सुर्ख़ लिबास उसने उतार दिया था। अफ़शाँ पोंछ डाली थी।

फूलों के गजरे मिट्टी के घड़ों पर लटक रहे थे।

माँ ने सुलताना से कोई बात नहीं की। वह उससे नज़रें न मिला सकी। चुपचाप कमरे में जाकर कपड़े तब्दील करने लगी।

मस्जिदों में फ़जर की नमाज़ ख़त्म हो गई।

गली में थोड़ी-बहुत चहल-पहल शुरू हो गई। पास-पड़ोस के मकानों से मिली-जुली आवाज़ों का हलका-हलका शोर उभरने लगा।

नियाज़ ने दरवाज़े पर दस्तक दी। अन्नू ने माँ की हिदायत पर दरवाज़ा खोल दिया। नियाज़ घर में दाख़िल हुआ। निकाह-ख़्वाँ[1] के अलावा उसके हमराह कुछ और लोग भी थे। उनमें वकील और गवाह भी थे। सब नियाज़ के शनासा[2] और मिलने-जुलनेवाले थे।

बरसात की उस धुँधली सुबह को चुपचुपाते निकाह की रस्म अदा हुई।

हबीब अहमद मरहूम की बेवा-मुसम्मात रज़िया बेगम, नियाज़ की मनकूहा[3] और सुलताना सौतेली बेटी बन गई। अब वह इस कुनबे का सरबराह[4] था। इस घर का मालिक व मुख़्तार था।

---

1. निकाह पढ़ानेवाले, 2. परिचित, 3. विवाहिता, 4. मुखिया

# फ़सल पंचम[1]

## [1]

शाहजी के सफ़ेद दीवारोंवाले मकान में रहते हुए नौशा और राजा को हफ़्ता-भर से ज़्यादा अरसा हो गया था। इस तमाम अरसे में न तो शाहजी से उनकी दोबारा मुलाक़ात हुई, न कोई काम करना पड़ा। दोनों वक़्त होटल से खाना आ जाता। सुबह-शाम एक-एक प्याली चाय की मिलती और रोज़ाना एक पैकेट बगुला मार्का सिगरेट का भी मिल जाता। कहीं आने-जाने की इजाज़त न थी। चौबीस घंटे मकान की दीवारी के अन्दर रहना पड़ता। दरवाज़े पर हर वक़्त एक हट्टा-कट्टा पठान मुस्तैदी से स्टूल पर बैठा रहता। वह हर आने-जानेवाले को टोकता। एक बार दोनों ने बाहर जाने का इरादा किया, तो वह आँखें निकालकर चीख़ा, "खू, तुम केधर जाता है? तुम्हारा बाहर जाने का मनाही है। जाओ, कमरे में जाओ। एधर मत आओ!"

उसकी डाँट-डपट से वह इस क़दर ख़ाइफ़[2] हुए कि दोबारा उस तरफ़ का रुख़ न किया। रहने को कमरा मिल गया था। दोनों तमाम वक़्त उसी में पड़े रहते। कमरे में एक खिड़की थी, जो बाहर की जानिब खुलती थी, मगर उस पर लोहे की मज़बूत सलाख़ें लगी थीं। दिल घबराता, तो वह बन्दरों की तरह झुक-झुककर झाँकते। उस तरफ़ गली थी, जिसके दोनों तरफ़ ऊँचे-ऊँचे मकानों और झुग्गियों का सिलसिला दूर तक फैला हुआ था। गली में दिन-भर नंग-धड़ंग गन्दे-गन्दे बच्चे शोर मचाते और औरतें दरवाज़ों की दहलीज़ पर बैठकर ऊँची आवाज़ों से बातें करतीं।

दिन के वक़्त मकान में सन्नाटा छाया रहता। कभी-कभार शाहजी की भारी-भरकम आवाज़ सुनाई देती। वह आम तौर पर कमरे के अन्दर रहता था। बहुत कम ऐसा इत्तिफ़ाक़ होता कि वह निकलकर बाहर आता। रात को अलबत्ता नई-नई शक्लें नज़र आतीं। जो भी आता, सीधा शाहजी के कमरे में जाता, जहाँ से आधी रात तक बातें करने की आवाज़ें उभरती रहतीं।

एक बार छत पर क़व्वाली भी हुई। बड़ा जश्न रहा। उस रोज़ तीसरे पहर ही से छत पर छड़काऊ शुरू हो गया था। शाम होते ही दो गैस-बत्तियाँ भी आ गईं। छत पर दरी और चाँदनी का फ़र्श हो गया। क़व्वालों की चौकियाँ आना शुरू हो गईं।

पहर रात गुज़री। शाहजी छत पर आया और गावतकिए से लगकर बैठ गया। उसने भी लिबास में बड़ा इहतिमाम[3] किया था। मलमल का कलफ़दार कुरता। खड़खड़ाती हुई लट्ठे की

---

1. पाँचवाँ परिच्छेद, 2. भयभीत, 3. व्यवस्था

शलवार, हाथ में रेशमी रूमाल और बालों में पड़ा हुआ ख़ुशबूदार तेल, जो तेज़ रोशनी में चमक रहा था।

शाहजी ने इशारा किया और क़व्वाली शुरू हो गई। नौशा और राजा भी इस महफ़िल में शरीक थे और एक कोने में दुबके हुए बैठे थे। शाहजी क़व्वाली सुनता रहा। झूमता रहा और क़व्वालों को रुपए बाँटता रहा। एक के बाद दूसरी चौकी आती रही। अपने कमालात दिखाकर दाद पाती रही। इनाम लेती रही। सारी रात यह सिलसिला चलता रहा।

राजा और नौशा क़व्वाली सुनते-सुनते वहीं छत पर पड़कर सो गए।

दिन गुज़रते रहे, मगर दोनों इस ज़िन्दगी से जल्द ही उकता गए। एक रोज़ राजा ने परेशान होकर नौशा से कहा, "यार! हम दोनों किसी चक्कर में तो नहीं फँस गए। न कोई काम है, न काज! हर वक़्त घर के अन्दर बन्द! कहीं आ-जा भी नहीं सकते। मुझे तो कुछ मुआमला गड़बड़ लगता है!"

नौशा ने उसकी राय से इत्तिफ़ाक़ नहीं किया, "अबे! तुझे हर जगह गड़बड़ ही नज़र आती है!"

राजा ने अपने ख़दशे का इज़हार किया, "यार! न जाने क्यों मुझे यहाँ डर लगता है!"

देर तक वे इसी तरह बातें करते रहे। इत्तिफ़ाक़ से उसी रोज़ शाहजी के पास दोनों की तलबी हुई। वह उस वक़्त एक चौड़ी-चकली कुर्सी पर आलथी-पालथी मारे बैठा था। उन्हें देखते ही हँसकर बोला, "हाँ जी! तुम दोनों ने ख़ूब आराम कर लिया। अब कुछ काम-शाम भी होना चाहिए!"

दोनों उसके सामने ख़ामोश खड़े रहे। वह कहता रहा, "सोचता हूँ, आज तुम्हारी भी ड्यूटी लगा दी जाए," उसने सिगरेट निकालकर सुलगाई, "लेकिन एक बात कान खोलकर सुन लो। मेरे साथ ठीक-ठीक काम करना होगा। मैं बुरे बन्दों के साथ बुरा हूँ।" दोनों ने गर्दनें हिलाकर उसे यक़ीन दिलाने की कोशिश की।

"यूँ डंगर की तरह गर्दन हिलाने से काम नहीं चलेगा। मेरे सामने क़सम खाओ!"

दोनों ने क़समें खाईं।

शाहजी ने नूर ख़ाँ को आवाज़ दी, "नूरे, इधर आ!" फ़ौरन ही एक लम्बा-तड़ंगा आदमी कमरे में दाख़िल हुआ। दोनों पहले भी उसे घर में देख चुके थे, मगर कभी बातचीत नहीं हुई थी। शाहजी ने नूरा से कहा, "यह दोनों आज से तेरे चार्ज में रहेंगे। वैसे ठीक-ठाक लगते हैं। अब इनसे तुझे काम लेना है। आज ही इनको गश्त पर ले जा!"

नूर ख़ाँ उर्फ़ नूरा ने बड़ी मुस्तैदी से जवाब दिया, "ठीक है जी। जैसा हुक्म करें, अल्लाह ने चाहा, वैसा ही होगा।"

शाहजी अब उन दोनों से मुख़ातिब हुआ, "देखो जी! यह तुम दोनों को कोठियों और बँगलों पर ले जाएगा। सिर्फ़ तुम ही अन्दर जाओगे। यह तुम्हारे साथ नहीं जाएगा। वहाँ जाकर तुम कहना कि हम नौकरी करना चाहते हैं। झूठ-मूठ के लिए थोड़ी-सी अपनी मुसीबत भी बयान कर देना, ताकि आसानी से मुलाज़मत मिल जाए। जो तनख़्वाह दें, उसी पर काम शुरू कर देना! जिस रोज़ तुमको नौकरी मिल जाए, उसके दूसरे दिन नूरा तुमसे मिलने

आएगा। जो कुछ यह पूछे, ठीक-ठीक बताना! उसके बाद वह जैसा कहे, वैसा ही करना! समझ गए न सब बातें?"

दोनों ने फ़ौरन कहा, "हाँ जी!" सब समझ गए!"

"अब तुम दोनों जाओ!" शाहजी से ने नूरा को दस रुपए का नोट निकालकर दिया, "ले, यह चाय-पानी को रख ले!"

नूरा ने सलाम किया और दोनों के हमराह कमरे से बाहर आ गया। वह उन्हें क़रीब के कमरे में ले गया और वहाँ देर तक बहुत-सी बातें समझाता रहा। यह बातें तक़रीबन वही थीं, जो शाहजी उनसे कह चुका था।

शाम होने से कुछ देर पहले फ़ौरन दोनों को अपने हमराह जमशेद रोड ले गया। बस से उतरकर उसने सड़क के दोनों जानिब बनी हुई कोठियों को ग़ौर से देखा। उसकी नज़रों में सुराग़ लगानेवाले खोजी जैसी चमक थी। कुछ दूर चलकर वह आमिल कॉलोनी की जानिब मुड़ गया। तीनों आहिस्ता-आहिस्ता चलते रहे। आगे-आगे नूरा था। उसके पीछे राजा और नौशा थे। आख़िर एक मोड़ पर नूरा ठहर गया। उसकी नज़रें एक दो-मंज़िला कोठी की जानिब उठी हुई थीं, जिसके लॉन में कई बच्चे खेल रहे थे। ज़रा देर वह चुपचाप खड़ा रहा। फिर दोनों को मुख़ातिब करके बोला, "बस जी, यहाँ से बिस्मिल्लाह करो!"

एक बार फिर उसने ज़रूरी हिदायतें दीं और उन्हें दो-मंज़िला कोठी की जानिब रवाना कर दिया। नूरा वहीं खड़ा रहा। दोनों आहिस्ता-आहिस्ता चलते हुए कोठी के फाटक पर पहुँच गए। नौशा अन्दर जाते हुए झिझक रहा था, मगर राजा अन्दर दाख़िल हो गया। नौशा भी चला गया। नूरा दोनों की हर हरकत का बग़ौर जायज़ा लेता रहा।

चन्द ही मिनट बाद दोनों वापस आ गए। दर्याफ़्त करने पर उन्होंने बताया कि फ़िलहाल वहाँ किसी मुलाज़िम की ज़रूरत नहीं। नूरा ने उनको दिल-शिकस्ता न होने दिया। हँसकर बोला, "कोई बात नहीं। दूसरी जगह कोशिश करते हैं।"

वह उनको एक और कोठी पर ले गया। वहाँ भी काम न बना। नूरा की हिदायत के मुताबिक़ वे कई कोठियों और बँगलों में गए, मगर काम कहीं नहीं मिला। आख़िर रात गए तीनों अड्डे पर वापस आ गए।

दूसरे रोज़ नूरा सवेरे-ही-सवेरे उनको लेकर गश्त पर निकल गया। इस बार वे हाउसिंग-सोसाइटी की तरफ़ गए। दिन चढ़े तक दोनों ने कई जगह कोशिश की। एक कोठी में मुलाज़मत मिल रही थी, मगर वहाँ चौकीदार था और उससे भी ज़्यादा ख़तरनाक वह कुत्ता था, जिसके भोंकने की आवाज़ दूर से सुनाई पड़ती थी। जिस वक़्त नूरा ने दोनों को उस कोठी में भेजा था, चौकीदार कुत्ते के साथ कहीं गया हुआ था। थोड़ी देर बाद वापस आ गया। उसे देखते ही नूरा ने फ़ौरन प्रोग्राम बदल दिया।

दोपहर से कुछ पहले उनका काम बन गया, मगर मुलाज़मत सिर्फ़ राजा को मिली। नौशा ढीला-ढाला लगता था। बोलता भी शरमा-शरमाकर, राजा ख़ूब चाक़-चौबन्द[1] था। उसने बड़ी मुस्तैदी से तड़ाक़-पड़ाक़ बातें कीं। यह एक इंजीनियर की कोठी थी। वह ख़ुद तो उस वक़्त दफ़्तर में था। घर पर उसकी बीवी थी। वह तेज़-तर्रार क़िस्म की औरत थी। राजा की तेज़ी

---

1. फुर्तीला, चुस्त-चालाक

उसे पसन्द आ गई। उसने पच्चीस रुपए माहवार तनख़्वाह और दोनों वक़्त के खाने पर राजा को मुलाज़िम रख लिया। वह तो वहीं रुक गया। नौशा वापस आ गया। उसने यह इत्तिला नूरा को दी। उसके चेहरे पर कामयाबी की ख़ुशी लहरा गई।

नूरा और कहीं नहीं गया।

उस रात नौशा को देर तक नींद नहीं आई। अकेले कमरे में उसका दिल घबरा रहा था। पहले वह राजा को याद करता रहा। फिर राजा की याद के सहारे वह बहुत दूर चला गया। जहाँ उसका अपना घर था, माँ थी, बहन थी, छोटा भाई था। उसे घर की एक-एक बात याद आने लगी और उन्हें याद करते-करते वह रो पड़ा। देर तक ख़ाली कमरे में उसकी सिसकियाँ आहिस्ता-आहिस्ता उभरती रहीं। वह इसी तरह रोते-रोते सो गया।

दूसरे दिन भी उसकी तबीयत परेशान रही। तनहाई का अहसास शदीद हो गया था। बेचैनी के आलम में वह अकेले कमरे में टहलता रहा। थक जाता, तो लेट जाता। घंटों गली में खुलनेवाली खिड़की से लगा ख़्वाबनाक नज़रों से बाहर तकता रहा। शाम हुई, तो नूरा उसके पास आया, और अपने हमराह हाउसिंग-सोसाइटी ले गया।

नूरा कोठी से कुछ फ़ासिले पर ठहर गया। उसने नौशा को कोठी के अन्दर भेजा कि राजा को बुला लाए। नौशा ने जाकर देखा। राजा एक शानदार कमरे में बड़े ठाठ से बैठा रेडियो पर गाने सुन रहा था। उसके बराबर दो सुनहरी बालोंवाले ख़ूबसूरत बच्चे बैठे थे। राजा ने नौशा को देखा, तो उठकर उसके पास आ गया।

नौशा ने कहा, "रेडियो पर फ़िल्मी गाने सुने जा रहे हैं?"

वह हँसकर बोला, "अपने तो यही ठाठ हैं, प्यारे!"

"मज़े में हो?"

"हाँ! यार! मैं तो यहाँ बड़ा खुश हूँ!"

नौशा ने सरगोशी की, "नूरा बाहर खड़ा है। तुमको बुलाया है!"

नूरा का नाम सुनते ही राजा की मुस्कराहट ने दम तोड़ दिया। ज़रा देर तक वह ख़ामोश खड़ा रहा। फिर मरी हुई आवाज़ में बोला, "अच्छा, चलो!" दोनों कोठी से बाहर आ गए।

नूरा एक सुनसान गली के नुक्कड़ पर उनका इन्तज़ार कर रहा था। राजा को देखते ही उसने पूछा, "सब ठीक-ठाक है?"

राजा ने मुख़्तसर जवाब दिया, "हाँ!"

"किसी को तुम पर कोई शुबहा-वुबहा तो नहीं हुआ?"

"बिल्कुल नहीं!" राजा ने बड़े इतिमाद से कहा।

"तुम्हारे अलावा और कितने नौकर हैं?"

राजा लम्हा-भर तक खड़ा सोचता रहा। फिर उसने बताया, "एक, दो, तीन, हाँ तीन हैं!"

"सब कोठी में ही रहते हैं?"

"नहीं। आया और रहमत तो शाम को घर चले जाते हैं। ख़ानसामा है। वह बाहर अपनी कोठरी में रहता है!"

नूरा ने एक लम्बी 'हूँ' की और गर्दन झुकाकर सोचने लगा। ज़रा देर बाद उसने फिर सवालात शुरू कर दिए, "घर में कितने मर्द हैं?"

"सिर्फ़ बड़े साहब हैं और तो सब बाबा लोग हैं!"

"साहब रात को बाहर जाते हैं?"

"मेरे सामने तो गए नहीं!"

"रहमत कैसा बन्दा है?"

"साला हर वक़्त बैठा ऊँघा करता है। बीबीजी कहती हैं, रोज़ सिनेमा देखता है। वह उसको ख़ूब डाँटती हैं!"

नूरा ने उसकी पीठ गर्मजोशी से थपथपाकर कहा, "तू तो बहुत होशियार निकला। जियो मेरे शेर! बस थोड़ा-सा काम तुमको और करना है!"

उसने जेब से दस रुपए का एक नोट निकाला और उसकी जानिब बढ़ाया, "लो, इसे रख लो! शाहजी ने ख़र्चे को दिया है, और किसी चीज़ की ज़रूरत हो, तो बता दो। मैं नौशा के हाथ पहुँचवा दूँगा।"

राजा ने हिचकिचाते हुए नोट ले लिया। "अभी तो किसी चीज़ की ज़रूरत नहीं!"

नूरा ने पेशेवर मुजरिमों की तरह एक आँख दबाकर कहा, "अब तुम यह पता लगाने की कोशिश करो कि बीबीजी ज़ेवर और नक़दी कहाँ-कहाँ रखती हैं। जब भी मौक़ा लगे, उस कमरे को अच्छी तरह देख लेना। जिन-जिन बक्सों और अलमारियों में क़ीमती सामान रखा हो, उनको अच्छी तरह भाँप लेना!"

राजा यह सुनते ही लरज उठा। नूरा उसके ख़ौफ़ से बेनियाज़ कहता रहा, "इसके अलावा यह भी पता लगाओ, कि रात को साहब और बीबीजी का क्या प्रोग्राम रहता है। किस रोज़ सिनेमा जा रहे हैं? किस रोज़ दावत में जा रहे हैं और कब तक वापसी होगी? मतलब यह कि..." मगर उसने मतलब की बात न बताई। साफ़ गोल कर गया। सिर्फ़ इस क़दर कहा, "अब मैं तुमसे पाँचवें दिन मिलूँगा," ज़रा देर वह खड़ा कुछ गिनता रहा। "आज मंगल है। गोया अब मैं तुम्हारे पास हफ़्ते[1] को आऊँगा। उस वक़्त तक तुम सारी बातें मालूम कर लेना और मुझको पूरी रिपोर्ट देना। समझ गए न?"

राजा ने गर्दन हिला दी, "समझ गया। सब कुछ समझ गया!"

नूरा ने मज़ीद[2] बातचीत न की। सिगरेट का पैकेट निकाला। राजा को सिगरेट पिलाई और ख़ुद अपने लिए भी सुलगाई। दोनों लम्बे-लम्बे कश लगाकर धुएँ में भभके छोड़ने लगे। नौशा ख़ामोश खड़ा सब कुछ देखता रहा।

उसने कोई बात नहीं की। उसे रह-रहकर राजा पर रश्क आ रहा था। कुछ देर बाद राजा कोठी की तरफ़ चला गया और वह नूरा के साथ अड्डे पर वापस आ गया।

## [2]

सनीचर का दिन था। राजा को मुलाज़मत करते हुए सातवाँ रोज़ था। इस अरसे में वह कोठी के माहौल से ख़ासा मानूस[3] हो गया था। सब बच्चों से उसकी दोस्ती हो गई थी। दिन बड़े मज़े में गुज़र रहे थे।

---

1. शनिवार, 2. अधिक, 3. परिचित

रोज़ाना का प्रोग्राम यह कहता कि सवेरे-ही-सवेरे गर्म-गर्म चाय पीने को मिल जाती। नाश्ते की मेज़ से जो कुछ बचकर आता, उसमें से एकाध टोस्ट, अंडा या ऐसी ही कोई चीज़ खाने को मिल जाती। उस वक़्त तक सात साढ़े सात का वक़्त हो जाता था। आया नाश्ते के बाद दोनों बच्चों को तैयार कर देती और राजा उन्हें स्कूल ले जाता। वापसी पर नौ बज जाते। यह साहब के दफ़्तर जाने का वक़्त होता। वह दौड़-दौड़कर मुस्तैदी से उनका हर काम करता।

उसके कान उनकी आवाज़ पर लगे रहते। इधर उन्होंने कुछ कहा और वह लपका! उनका काम ज़्यादा नहीं था, मगर वे शोर बहुत मचाते थे। पहले रोज़ तो वह ख़ौफ़ज़दा हो गया, मगर रफ़्ता-रफ़्ता आदी होता गया। जब वह दफ़्तर जाने लगते, तो उनका एक-एक सामान उठाकर कार के अन्दर रखता। उसकी मुस्तैदी देखकर वह एक रोज़ ख़ुशी का इज़हार करते हुए बीबी से कहने लगे, "बेगम! यह राजा तो बड़े काम का लड़का है।"

वह मुस्कराकर बोली, "देख लीजिए! मैंने ग़लत तो नहीं कहा था। मैंने तो पहले ही रोज़ ताड़ लिया था कि बड़ा होशियार और कमीरा है!"

"अरे! भई! तुम्हारे इन्तख़ाब[1] की क्या बात है!"

दोनों हँसने लगे और राजा अपनी तारीफ़ सुनकर झूम उठा। उस रोज़ से वह और भी मुस्तैद हो गया। उसके सुपुर्द ज़्यादा काम नहीं था। बारह बजे बच्चों को स्कूल से वापस लाता, तो तीसरे पहर तक उसके लिए कोई काम न आता, मगर वह निठल्ला न बैठता। कुछ-न-कुछ करता ही रहता। कभी फर्नीचर झाड़-पोंछ रहा है। कभी जूतों पर पालिश कर रहा है। कभी बच्चों के कपड़े धो रहा है। यह काम रहमत और आया के सुपुर्द थे, मगर वह उनका भी काम कर डालता। उन दोनों ने शुरू-शुरू में उसकी आमद पर बड़ी नाक-भों चढ़ाई थी, मगर अब वह भी उससे बहुत ख़ुश थे।

तीसरे पहर को दोनों बड़े लड़के कॉलेज से आ जाते। उनसे भी उसने थोड़ा-बहुत याराना गाँठ लिया था। उनको क्रिकेट खेलने का बहुत शौक़ था। कोठी के पिछवाड़े वसीअ[2] मैदान था। पास-पड़ोस की कोठियों के लड़के भी आ जाते। शाम तक क्रिकेट होती। वह भी उनके साथ खेलता और अब तो उसे उलटी-सीधी गेंद फेंकना भी आ गया था। एकाध रन भी बना लेता था। साहब और बेगम ने इस बात पर कभी नाराज़गी का इज़हार नहीं किया, बल्कि एक रोज़ दोनों देर तक खेल देखते रहे।

रात का खाना आठ सवा आठ बजे ख़त्म हो जाता। उसके बाद वह बच्चों के साथ कमरे में बैठकर रेडियो से ड्रामे सुनता। गाने सुनता। कभी-कभार थोड़ी-बहुत ठिठोलबाज़ी भी कर लेता। उनसे उसकी ख़ूब पटती थी। जब वह सोने के लिए अपने बिस्तरों पर चले जाते, तो वह छोटी बीबी, नाहीद की तरफ़ चला जाता। उससे भी वह ख़ासा बेतकल्लुफ़ हो गया था। वह भी कॉलेज जाती थी और अलाहिदा कमरे में रहती थी। वह मोटी-मोटी किताबें पढ़ती। टेलीफ़ोन का रिसीवर कान से लगाए देर तक बातें करती रहती या फिर प्यानो पर लहक-लहककर गाना गाती। उसकी आवाज़ सुरीली थी। राजा को उसका गाना पसन्द था। वह उसके पैरों के पास बैठकर चुपचाप आँखें बन्द किए गाना सुना करता। वह गाना ख़त्म

---

1. चुनाव, 2. विस्तृत, विशाल

करती। अपने बड़े-बड़े सुर्ख़ नाख़ून उसकी कनपटी में चुभोकर कहती, "ए चलो, उठो! खेल ख़त्म, पैसा हज़म!"

वह मक्कारी से रोनी शक्ल बनाकर कहता, "अभी से!"

वह हँसकर कहती, "चल भाग...मुझे अभी कॉलेज का बहुत काम करता है।"

राजा फ़ौरन कहता, "छोटी बीबी! ओलटीन नहीं पीएँगी?"

नाहीद रात को ओलटीन शौक़ से पीती थी। वह बेनियाज़ी का मुज़ाहिरा करते हुए कहती, "अच्छा, जा, एक कप बना ला। मुझे आज देर तक काम करना है।"

वह फ़ौरन हीटर पर दूध गर्म करता और ट्रे में ओलटीन की प्याली सजाकर ले आता। नाहीद बड़ी नफ़ासतपसन्द लड़की थी। लिहाज़ा वह सफ़ाई का बहुत ख़याल रखता था। जितनी देर वह ओलटीन पीती, उससे कुछ-न-कुछ बातचीत करती रहती। वह नज़रें चुरा-चुराकर उसके चेहरे का उतार-चढ़ाव देखता रहता। यह अजीब-सी लज़्ज़त थी।

यूँ वह उम्र में उससे कई साल बड़ी थी, मगर वह अपने मख़सूस[1] अन्दाज़ में कभी-कभी सोचा करता—"यार! बड़ी गज़ब की लौंडिया है। जी चाहता कि बस साली को बैठे देखा करो। यूँ देखती है, कि क़त्ल करके रख देती है।"

नाहीद के अलावा महमूद और मसऊद थे। उनसे भी उसकी पटने लगी थी। क्रिकेट के अलावा रात को कमरे में दरवाज़ा बन्द करके उनके साथ चुपके-चुपके ताश की बाज़ी लगती। ताश खेलने का वह हमेशा से रसिया था। ख़ूब-ख़ूब हाथ दिखाता। ऐसी-ऐसी चालें चलता कि दोनों दंग रह जाते।

लेकिन कोठी में सबसे ज़्यादा उस पर मेहरबान बेगम साहिबा थीं, जिनको सब मुलाज़िम बीबीजी कहते थे। वह उनका काम भी जी लगाकर करता था। एक रोज़ वह उनके जूतों पर पालिश कर रहा था और उन्हें ऐसा चमकाया था कि चमाचम कर रहे थे। बीबीजी भी कहीं से टहलती हुई उधर आ गईं। उसके क़रीब खड़े होकर जूतों को देखने लगीं। ज़रा देर चुप रहने के बाद बोलीं, "राजा, अगर तू ठीक से आगे भी काम करता रहा, तो सच कहती हूँ, बहुत अच्छा रहेगा। ख़िदमत से अज़मत है। दिल लगाकर काम करेगा, तो तेरी ज़िन्दगी बना दूँगी। मेरा तो इरादा है कि तू ज़रा बड़ा हो जाए, तो साहब से कहकर तुझे उनका अर्दली लगवा दूँ।"

राजा ने बच्चों की तरह ख़ुश होकर कहा, "मैं अर्दली बन जाऊँगा। वह जो सफ़ेद कोट पर सुनहरी पेटी डाले रहते हैं," उसने बड़े खिलन्दरेपन से अपनी गर्दन हिलाई, "फिर तो अपने ठाठ हो जाएँगे।"

"ठाठ तो हो ही जाएँगे...साठ रुपए तनख़्वाह मिलेगी और बख़्शिश ऊपर से...काम-काज भी ज़्यादा नहीं करना पड़ता।"

"मैं काम-काज से घबराता थोड़ी हूँ।"

वह मुस्कराने लगीं, "बस अब तू थोड़ा-सा लिखना-पढ़ना भी सीख ले। अर्दली बन जाएगा, तो कोई अच्छी-सी लड़की देखकर तेरा ब्याह भी करा दूँगी। दोनों मियाँ-बीवी यहीं रहना।"

---

1. विशिष्ट

राजा शरमा गया। दिल-ही-दिल में सोचा, लो, यार! अपनी एक अदद जोरू भी हो जाएगी, मगर यह ख़याल उसे अजीब-सा लगा। धत्त तेरे की। यह भी क्या बात हुई, लेकिन बीबीजी की बातों का यह असर ज़रूर हुआ कि वह और भी ज़्यादा मुस्तैदी और जाँफ़िशानी[1] से काम करने लगा। इधर किसी ने कुछ कहा और झट उसका काम कर देता।

यह दिन उसने बड़े मज़े में गुज़ारे थे। अब उसका रंग भी ज़रा निखर गया था। बीबीजी ने महमूद और मसऊद की दो पुरानी पतलूनें और कई क़मीज़ें दे दीं, जिनको पहनकर पहले रोज़ जब उसने क़द-आदम आईने के सामने अपना अक्स[2] देखा, तो हैरत से चौंककर ज़ेरे-लब बड़बड़ाया, "उस्ताद बिल्कुल स्टूडेंट लग रहे हो।"

वह देर तक आईने में अपना अक्स देखकर ख़ुश होता रहा।

तीसरे पहर राजा परेशान था। शाम को नूर आनेवाला था, जिसकी घनी मूँछों और पान से रचे हुए काले-काले दाँतों से उसे घिन मालूम होती थी। ज्यूँ-ज्यूँ दिन ढलता गया, उसकी परेशानी बढ़ती गई। वह उस घर के रहनेवालों से दग़ाबाज़ी नहीं करना चाहता था। इसलिए कि वह उस घर को छोड़ना नहीं चाहता था। होश सँभालने के बाद ज़िन्दगी में उसे पहली बार ऐसी घरेलू ज़िन्दगी नसीब हुई थी, जहाँ ख़ुशी थी, सुकून था। न किसी का डर था, न ख़ौफ़। मज़े से हँसते-हँसते वक़्त गुज़रता था। रात को लम्बी तानकर सोता। सवेरे उठता, तो तबीयत बश्शाश[3] होती।

शाम होते-होते वह बेचैन हो गया। उसकी समझ में नहीं आ रहा था कि क्या करें? शाहजी बेहद ख़तरनाक आदमी था। उसे नाराज़ करके जान ख़तरे में डालना था। न जाने वह क्या करे? उसके तसव्वुर ही से वह काँप उठता। दूसरी साफ़ बीबीजी थीं, जो मेहरबानी से पेश आती थीं। नन्हे लिल्ली और अक्कू थे, जिनसे उसकी गाढ़ी छनती थी। ख़ूबसूरत और ख़ुशमिज़ाज नाहीद थी, जिसकी ख़ूबसूरत आँखें चाकू चलाती थीं। महमूद और मसऊद थे, जिनके साथ उसका याराना बढ़ता जा रहा था। शाम को क्रिकेट होती और रात को ताश की बाज़ी लगती। दोनों वक़्त गर्म-गर्म खाना मिलता और मज़ेदार होता। सिर्फ़ सिगरेट गुसलख़ाने में छुपकर पीनी पड़ती थी।

सोचते-सोचते वह बदहवास-सा हो गया। परेशानी और बेबसी के आलम में बाहर दरख़्तों के नीचे अँधेरे में चला गया और बेइख़्तियार रो पड़ा।

शाम का धुँधलका जब रात के अँधेरे में ढलने लगा, तो दरवाज़े पर नौशा का चेहरा नज़र आया। उसे देखते ही राजा ने शदीद नफ़रत का जज़्बा महसूस किया। उसका जी चाहा, कि वह उसके मुँह पर थूक दे और चीख़कर कहे—"निकल जा, साले-कमीने यहाँ से..." लेकिन उसने कुछ भी न कहा और ख़ामोश खड़ा रहा। नौशा आहिस्ता-आहिस्ता चलता हुआ उसके क़रीब आकर रसान से बोला, "नूरे ने बुलाया है।"

राजा इस तरह ख़ामोश रहा, जैसे उसने नौशा की बात ही नहीं सुनी।

नौशा ने दोबारा कहा, "बाहर नूरा खड़ा तुमको बुला रहा है।"

राजा ने तीखी नज़रों से उसे देखा और बेरुख़ी से बोला, "खड़ा है, तो खड़ा रहे। मैं उस साले के पास नहीं जाऊँगा।"

---

1. प्राणपन्न, 2. प्रतिबिम्ब, 3. हर्षित

नौशा हैरतज़दा होकर बोला, "क्या कहा, नहीं जाओगे?"

राजा झुँझलाकर बोला, "हाँ जी, नहीं जाऊँगा। मैं अब इन साले बदमाशों के चक्कर में नहीं पड़ना चाहता," लम्हा-भर के लिए उसका लहजा नरम हो गया।

"मेरा कहना मानो, तो तुम भी उनका साथ छोड़ दो। किसी कोठी में तुमको भी काम दिला दूँगा। मार गोली इन साले हरामियों को।"

"यार, कैसी बातें कर रहे हो? मैं कब इनके साथ रहना चाहता हूँ, मगर वे तो बड़े ख़तरनाक लोग हैं।"

"ख़तनाक हैं, तो हुआ करें। साहब से कह दूँगा। सब सालों को बन्द करवा देंगे। जेल की हवा खानी पड़ेगी। मज़ाक़ नहीं है।"

नौशा और ख़ौफ़ज़दा हो गया, "नहीं, यार! ऐसा न करना। ख़्वाहमख़्वाह मुसीबत में पड़ जाओगे। शाहजी बहुत ख़तरनाक आदमी है। उससे बिगाड़ना अच्छा नहीं।"

मगर राजा ज़रा मरऊब[1] न हुआ। फ़ैसलाकुन लहजे में बोला, "अच्छा जी! मैं तो किसी के पास नहीं जाऊँगा और देखो आइन्दा तुम यहाँ न आना।" यह कहता हुआ वह तेज़ी से मुड़ा और बराबरवाले कमरे में दाख़िल हो गया।

नौशा उसे देखता-का-देखता रह गया। वह ज़रा देर गुमसुम खड़ा रहा। फिर कोठी से निकलकर सीधा नूरा के पास पहुँचा।

नौशा को अकेला आता देखकर उसका माथा ठनका कि ज़रूर कोई गड़बड़ है। घबराकर पूछा, "राजा क्यों नहीं आया?"

नौशा साफ़ बात बताने में झिझकने लगा, तो नूरा ने डपटकर कहा, "ठीक-ठीक बता। बात क्या है? यह साला राजा क्यों नहीं आया?"

नौशा को मजबूरन बताना पड़ा, "वह कहता है, मैं नहीं आऊँगा।"

"तो बात यूँ है," नूरा आहिस्ता-आहिस्ता गर्दन हिलाकर बड़बड़ाने लगा।

नौशा ने दबी ज़बान से कहा, "और उसने आइन्दा मुझे भी आने से मना कर दिया है। बहुत गुस्से में था।"

शाहजी ने नूरा की पूरी बात भी न सुनी। एकदम आगबगूला हो गया। ग़ज़बनाकक होकर बोला, "इस हराम के तुख़्म राजा का दूसरा बन्दोबस्त करना पड़ेगा," कमरे में ख़ामोशी छा गई। चन्द लम्हों बाद शाहजी की भारी-भरकम आवाज़ उभरी, "नूरे!"

नूरा ने मुस्तैदी से जवाब दिया, "हाँ जी!"

शाह बोला, "रात ज़्यादा हो गई है। अब तू जाकर आराम कर! कल अपने साथ लोटन को लेना और तरकीब नम्बर 9 लगाना। ज़रूरत हो, तो और बन्दे भी साथ ले जाना। मैंने पहले ही कहा था कि यह छोकरा एक नम्बर हरामी लगता है, लेकिन बचकर कहाँ जाएगा?"

"तुम्हारा हुक्म चाहिए शाहजी! कहाँ जाएगा निकलकर!" नूरे ने उसे इत्मीनान दिलाया।

मज़ीद बातचीत न हुई। नूरा कमरे से बाहर आ गया। उसके साथ ही नौशा भी निकल आया, मगर वह बहुत डरा हुआ था। उसे रह-रहकर राजा पर तरस आ रहा था। वह बार-बार

---

1. प्रभावित

सोचता, कि यह लोग न जाने बेचारे का क्या हाल करें? ख़ौफ़ के मारे उसने नूरा की जानिब नज़र उठाकर भी न देखा। चुपके से अपने कमरे में चला गया।

दूसरे रोज़ कोई आठ बजे रात को शाहजी ने अपने कमरे से नौशा को आवाज़ दी। वह फ़ौरन सहमा हुआ वहाँ पहुँचा। शाहजी बिस्तर पर करवट के बल लेटा था। उसे देखते ही बोला, ''तू भी किसी काम आएगा...आ, ज़रा मेरी पिंडलियों पर आहिस्ता-आहिस्ता मुक्कियाँ तो लगा। वह हराम का जना दल्ला न जाने कहाँ मर गया।''

नौशा ख़ामोशी से जाकर पायँती बैठ गया और पिंडलियों पर आहिस्ता-आहिस्ता मुक्कियाँ लगाने लगा। शाहजी ख़ामोश लेटा रहा। कमरे में गहरा सुकूत था। अचानक बाहर दरवाज़े पर कार के रुकने की आवाज़ उभरी। फिर धड़ से कार का दरवाज़ा बन्द हुआ। कमरे के बाहर मिले-जुले क़दमों की आवाज़ उभरी।

ज़रा ही देर बाद नूरा और लोटन कमरे में दाख़िल हुए। उनके नर्ग़े[1] में राजा भीगे हुए चूहे की तरह सहमा हुआ नज़र आया। लोटन ने राजा की गर्दन पकड़कर ज़ोर से धक्का दिया। वह मुँह के बल गिरा और दूर तक लुढ़कता चला गया।

''लो शाहजी, यह रहा तुम्हारा मुजरिम!''

शाहजी उठकर बिस्तर पर बैठ गया। सामने फ़र्श पर औंधे मुँह पड़े हुए राजा को ख़ूँख़्वार नज़रों से घूरने लगा। फिर उसकी आवाज़ गूँजी, ''ज़नानियों की तरह नख़रा क्या दिखा रहा है। सीधा खड़ा हो!''

राजा ख़ौफ़ से काँपता हुआ उठा, मगर वह पूरे तौर पर खड़ा भी न हुआ था कि शाहजी ने झपटकर उसके गाल पर भरपूर थप्पड़ मारा। राजा हाय करके ज़मीन पर गिर पड़ा। शाहजी ने उसकी कमर पर ठोकर मारी। फिर दूसरी। कई ठोकरें ताबड़-तोड़ राजा के जिस्म पर लगीं। वह गेंद की तरह फ़र्श पर लुढ़कने लगा। उसका निचला होंठ फट गया था, जिससे जीता-जीता ख़ून बह रहा था।

हर ठोकर पर वह चीख़ता, ''हाय, मर गया!'' उसने दोनों हाथ उठाकर शाहजी के सामने जोड़ दिए। उसके हाथ बुरी तरह काँप रहे थे। शाहजी गर्दन हिलाकर बोला, ''अभी से...'' फिर वह नूरा से मुख़ातिब हुआ।

''कुछ मज़ा नहीं आया। ज़रा इसका टीन-पाट तो बनाना कि इसे पता चल जाए कि क़सम खाकर मुकर जाना क्या होता है।''

नूरा लपककर राजा के पास पहुँचा। उसने अपने चौड़े-चौड़े भद्दे हाथ से राजा की गर्दन दबोचकर झुकाई और दूसरे हाथ से उसकी टाँग पकड़कर गर्दन के ऊपर चढ़ा दी। राजा बिलबिलाकर चीख़ा—''अरे, मर गया...हाय...मर गया...'' नूरा ने राजा की कनपटी पर कुहनी से ज़र्ब[2] लगाई, फ़ौरन उसकी आवाज़ बन्द हो गई। नूरा ने राजा की दूसरी टाँग भी उठाकर गर्दन पर चढ़ा दी।

राजा ज़रा देर तक उस हालत में बैठा रहा। उसकी आँखें उबलकर बाहर निकल आई थीं। दोनों टाँगों की कैंची में फँसी हुई उसकी गर्दन साँप का फन बन गई थी। राजा इस आलम में लम्हा-भर भी टिककर बैठ न सका। उसका जिस्म कँपकँपाया और वह फ़र्श पर मुँह

---

1. घेरे में, 2. चोट

के बल गिरा, मगर इस तरह भी चैन न आया, तो वह जापानी खिलौने की तरह इधर-उधर झूलने लगा। हर बार वह पहलू बदलकर बड़ी दर्दनाक आवाज़ निकालता!

"अरे मेरी गर्दन टूटी!"

"हाय! मेरी टाँगें फटे जा रही हैं!"

"अल्लाह के लिए मुझे छोड़ दो। मैं मर जाऊँगा।"

"शाहजी, मेरी तौबा!"

"शाहजी! मैं तुम्हारे क़दमों पर पड़ता हूँ!"

राजा की दिलदोज़ चीख़ें कमरे में गूँजती रहीं। नौशा सहमा हुआ सारा तमाशा देखता रहा। उसका चेहरा सफ़ेद पड़ गया था। टाँगें काँप रही थीं। आख़िर जब राजा की आवाज़ बैठने लगी और वह रुक-रुककर थके हुए खच्चर की तरह मुँह फाड़कर हाँफने लगा, तो शाहजी ने कहा, "नूरे, खोल दे। अभी कच्चा है!"

नूरे ने हुक्म पाते ही राजा को टाँगों की गिरफ़्त से आज़ाद कर दिया। वह बेहाल होकर वहीं पड़ गया और गहरी-गहरी साँसें भरकर हाँफता रहा। शाहजी ज़ोर से दहाड़ा, "यह पहला कोर्स है। अभी छह और हैं, और सबसे आख़िरी यह है," उसने तकिए के नीचे से एक लम्बा चाक़ू निकाला और उसके सामने कर दिया, "टोटे करके यहीं दबा देता हूँ। इस घर का आँगन इसीलिए कच्चा रखा है, ताकि ज़मीन खोदने में दुश्वारी न हो!"

राजा ने आँखें फाड़कर देखा और ख़ौफ़ से लरजकर गिड़गिड़ाने लगा, "नहीं, नहीं..." उसने बड़ी बेचारगी से हाथ जोड़ दिए। फिर वह डगमगाता हुआ उठा और जाकर शाहजी के पैर पकड़ लिए, "इस दफ़ा मुआफ़ कर दो। फिर ग़लती करूँ, तो जान से मार देना!" वह फूट-फूटकर रोने लगा। शाहजी ने उसका बाज़ू पकड़कर खड़ा किया। गर्दन हिलाकर पूछा, "आइन्दा सब काम ठीक होगा?"

राजा क़समें खाकर यक़ीन दिलाने लगा। शाहजी डपटकर बोला, "क़समें तूने पहले भी बहुत खाई थीं। याद रखना, दोबारा कोई उलट-फेर की, तो तेरी यहाँ लाश ही नज़र आएगी। मैं ख़तरनाक बन्दे को ज़िन्दा नहीं छोड़ सकता!"

राजा गर्दन झुकाए उसकी बातें सुनता रहा। अभी तक उसकी टाँगें क़ाबू में नहीं थीं।

शाहजी ने मक्खन की दो टिकियाँ मँगवाकर राजा को खिलाईं। चाय भी पिलाई। सिगरेट भी सुलगाकर दी। जब ज़रा होश ठिकाने हुए, तो राजा ने कोठी के अन्दर की एक-एक तफ़्सील बताई। शाहजी कुरेद-कुरेदकर हर बात पूछता रहा। फिर यह हिदायत दी कि आइन्दा नूरा उसके पास नहीं जाएगा। वह ख़ुद आकर रिपोर्ट देगा।

दस बजे से कुछ देर पहले वह नूरा के साथ दरवाज़े पर खड़ी हुई टैक्सी में बैठकर काउंसिल सोसाइटी की तरफ़ चला गया।

## [3]

रात के अँधेरे में डूबी हुई कोठी ऊँघती हुई नज़र आ रही थी। हर तरफ़ गहरा सन्नाटा था। न कोई आहट थी, न आवाज़। सारे दरवाज़े बन्द थे। राजा कमरे में तनहा था। इसके अलावा

कोठी में इंजीनियर की बूढ़ी माँ थी। वह सरे-शाम ही सो जाती। उस वक़्त वह नुक्कड़वाले कमरे में बेख़बर सो रही थी। इंजीनियर और उसके बीवी-बच्चे एक तक़रीब[1] में गए हुए थे। आधी रात से पहले उनके वापस आने की तवक़्क़ो[2] नहीं थी। राजा शाम ही को यह इत्तिला शाहजी को पहुँचा चुका था और अब सहमा हुआ बैठा था। उसकी पुश्त[3] कमरे के दरवाज़े की जानिब थी। ज़रा-सी आहट होती, तो उसका दिल धड़कने लगता।

रात सुनसान हो गई। कहीं दूर से कुत्तों के भौंकने की आवाज़ आ रही थी। ऐन उस वक़्त कोठी के बाहर तीन बार सीटी बजने की आवाज़ उभरी। यह इस बात का सिग्नल था कि शाहजी के गुरगे पहुँच गए हैं। राजा घबराकर खड़ा हो गया। उसका सारा जिस्म काँप रहा था। कुछ देर मुकम्मल ख़ामोशी रही। फिर कोठी के पिछवाड़े, जहाँ घने दरख़्त थे, ख़ुश्क पत्तों पर क़दमों की आहट सुनाई दी। कोई रुक-रुककर चल रहा था।

रात के सन्नाटे में यकायक पिछले दरवाज़े पर दस्तक हुई। खट...खट...हर आहट के साथ राजा की टाँगें काँप उठतीं। साँस रुक-रुककर चलती। दरवाज़े पर कई बार आहट हुई। एक लम्हे के लिए उसने सोचा कि दरवाज़ा न खोले, लेकिन वह अपने इस इरादे पर क़ायम न रह सका। आहिस्ता से कमरे के बाहर आया और उस दरवाज़े पर पहुँचा, जिस पर आहट हो रही थी। उसने जल्दी से दरवाज़े की चिटख़नी खोल दी। किसी ने बाहर से धक्का देकर दरवाज़ा खोला। धुँधली रोशनी में शाहजी का ख़ौफ़नाक चेहरा नज़र आया। उसके पीछे कई आदमी और थे। सब अन्दर आ गए।

शाहजी ने एक आदमी की ड्यूटी दरवाज़े पर लगाई। चार को अपने हमराह लेकर राजा के साथ उस कमरे के क़रीब पहुँचा, जिसमें क़ीमती सामान रखा था। दरवाज़े पर ताला पड़ा था। शाहजी ने बालम को इशारा किया। उसने हाथ की सफ़ाई दिखाई और झट ताला खोल दिया। सब अन्दर चले गए। कमरे में अँधेरा था। राजा ने स्विच दबाकर रोशनी कर दी और उन अलमारियों और बक्सों की निशानदेही करने लगा, जिनमें ज़ेवरात और नक़दी थी।

आन-की-आन[4] में बालम ने हर अलमारी का ताला खोल दिया। सारे बक्सों के ढँकने उठा दिए गए। शाहजी ऐन दरवाज़े के बीचोबीच खड़ा था। वह उस वक़्त किसी चट्टान की तरह पुर-शुकोह[5] नज़र आ रहा था। उसकी आँखों में ग़ज़ब की चमक थी। वह ज़बान से एक लफ़्ज़ निकाले बग़ैर सिर्फ़ हाथ और आँखों के इशारे से अपने गुरगों को हिदायतें दे रहा था। ज़रा ही देर में कमरे के अन्दर हर तरफ़ सामान ही सामान बिखर गया। कमरा किसी कबाड़िए की दुकान मालूम होने लगा।

बाहर खानसामा की खँखार सुनाई दी। वह रुक-रुककर खाँस रहा था। सब ठिठककर जहाँ थे, वहीं रह गए। कमरे में सन्नाटा छा गया। शाहजी ख़ूँख़्वार नज़रों से सबको घूरने लगे। उनके हाथ फिर बिजली जैसी फुर्ती से चलने लगे।

आध घंटे के अन्दर-अन्दर वह तमाम क़ीमती चीज़ें निकालकर एक बड़े सूटकेस में भर चुके थे। दो आदमियों ने उसे उठाया और कमरे से बाहर आ गए। सबसे आख़िर में शाहजी निकला। राजा भी उसके साथ-साथ सहमा हुआ चलता रहा। पिछले दरवाज़े से जब सब

---

1. समारोह, दावत, 2. आशा, अपेक्षा, 3. पीठ, 4. पलक झपकते में, 5. प्रतापपूर्ण, आभापूर्ण,

बाहर चले गए, तो वह ठिठका शाहजी ने दबी ज़बान से कहा, "राजा! तुझे भी हमारे साथ ही चलना है!"

सब कोठी के लॉन से गुज़रकर बाहर सड़क पर आ गए। फाटक के क़रीब ही अँधेरे में स्याह रंग की लम्बी-चौड़ी टैक्सी खड़ी थी। उसमें जल्दी से सूटकेस रखा गया। सब फुर्ती से अन्दर दाख़िल हो गए।

ड्राइवर ने टैक्सी स्टार्ट की। वह सुनसान सड़क पर तेज़-रफ़्तारी से दौड़ने लगी।

टैक्सी शाहजी के मकान पर रुकी, तो रात के साढ़े ग्यारह बज रहे थे। सूटकेस अन्दर भेजा गया और शाहजी सबके हमराह अपने कमरे में चला गया।

राजा को उसने नौशा के कमरे में भेज दिया।

नौशा अभी तक जाग रहा था। राजा को देखते ही उठकर बैठ गया। दोनों लम्हे भर एक-दूसरे को ख़ामोशी से देखते रहे। फिर नौशा ने आहिस्ता से दर्याफ़्त किया, "तुम आ गए?"

"हाँ!" राजा की आवाज़ भर्राई हुई थी।

नौशा ने सादगी से पूछा, "अब तुम कोठी पर वापस नहीं जाओगे?"

"नहीं!" राजा ने बे-इतिनाई[1] से जवाब दिया।

"क्यों?"

"यह शाहजी से पूछो।"

राजा सख़्त बेज़ार नज़र आ रहा था। वह चुपचाप फ़र्श पर चित लेट गया और छत को तकने लगा।

"यार! अब क्या होगा?" नौशा ने अपने तजस्सुस[2] का इज़हार किया।

"जो तक़दीर में लिखा है!"

नौशा ने ग़ौर से देखा। राजा बात करने के मूड में नहीं था। हर बात का उखड़ा-उखड़ा जवाब देता था। उसने मज़ीद[3] बातचीत नहीं की। ख़ामोशी से बिस्तर पर लेट गया। वे देर तक पड़े करवटें बदलते रहे। दोनों में कोई गुफ़्तगू न हुई।

दूसरे ही रोज़ से दोनों की कड़ी निगरानी शुरू हो गई। शाहजी उनके कमरे में ख़ुद आया। उनकी हिदायत थी कि कमरे के अन्दर रहा करें। न बाहर निकलें, और न अड्डे के किसी आदमी से बातचीत करें, लेकिन इस दफ़ा ख़ूँख़्वार नज़रों से घूरकर बात करने के बजाय वह नरमी और शफ़क़त[4] से पेश आया।

उसकी यह शफ़क़त दोनों के साथ बढ़ती ही गई। अब वह अक्सर उनके कमरे में आ जाता। कभी उनके लिए फल और मिठाइयाँ लाता। कभी सिगरेटों के नए-नए क़िस्म के पैकेट। उसने दोनों के लिए कई नई क़मीज़ें और कटपीस की पतलूनें भी बनवा दी थीं। दिल बहलाने के लिए कैरमबोर्ड और ताश की दो गड्डियों भी मँगवा दी थीं।

मगर इस क़दर नाज़-बरदारी के बावजूद दोनों सहमे-सहमे रहते। उनके चेहरे ज़र्द पड़ गए थे। रुख़सारों की हड्डियाँ उभरने लगी थीं।

---

1. बेपरवाही, 2. जिज्ञासा, 3. अधिक, 4. स्नेह

शाहजी भी कम परेशान नहीं था। बात यह थी, इंजीनियर का एक भाई सुपरिंटेंडेंट पुलिस था। लिहाज़ा उस वारदात के सिलसिले में सख़्त तफ़्तीश हो रही थी। जगह-जगह छापे मारे जा रहे थे। पुलिस को सबसे ज़्यादा तलाश राजा की थी, जिससे सारा सुराग़ मिल सकता था। शाहजी को अपने मुख़बिरों के ज़रिए पुलिस की कार्रवाइयों की बराबर इत्तिलाआत[1] मिल रही थीं। ऐसी सूरत में राजा की मौजूदगी अड्डे पर बेहद ख़तरनाक थी। रोज़ाना नित्य नई इत्तिला आती। हर इत्तिला पर शाहजी गहरी फ़िक्र में डूब जाता।

## [4]

यह जुलाई की एक गर्म रात थी। फ़िज़ा में हब्स थी। घुटन थी। पहर रात गुज़री, तो अड्डे पर एक बरदाफ़रोश[2] आया। वह शाहजी का पुराना वाक़िफ़कार[3] था। पहले भी कई बार सौदा कर चुका था। शाहजी ने उसे देखा, तो उसका बहुत-सा बोझ हलका हो गया। वह ऊँचे क़द का बातूनी आदमी था। पान बेहद खाता था और जहाँ जी चाहता, वहीं पीक थूक देता। ज़रा ही देर में उसने पान खा-खाकर कमरे का सारा फ़र्श गन्दा कर दिया। यह उसकी पुरानी आदत थी।

एक बार शाहजी ने जलकर उसे गालियाँ भी दी थीं। इसलिए कि गरमियों में वह फ़र्श पर लेटकर मालिश कराता था, मगर इस वक़्त वह बिल्कुल मुश्तइल[4] न हुआ। ख़ामोश बैठा रहा।

वह शख़्स लगभग डेढ़ साल बाद शाहजी से मिला था और इस तमाम अरसे की अपनी सरगुज़श्त[5] सुना देना चाहता था।

उसकी बातों से शाहजी को जल्द ही अन्दाज़ा हो गया कि अब वह सिर्फ़ नौजवान औरतों और लड़कियों को उठवाने और इधर-उधर करने का धन्धा करता था। यह बात शाहजी को भी खटकी। उसने फ़ौरन बात काटकर कहा, ''चौधरी! मेरे पास दो छोकरे हैं।...बहुत सधे हुए और काम के बन्दे हैं।''

वह बेनियाज़ी से बोला, ''मैंने तो जो यह लेन ही छोड़ दी। ऐसे माल की आजकल खपत कम ही होती है।''

शाहजी ने किसी फ़ौरी रद्दे-अमल का इज़्हार न किया। कमरे में ख़ामोशी छा गई।

चन्द लम्हे ख़ामोश रहने के बाद उस शख़्स ने कहा, ''याद आया, सक्खर से इस तरह का एक ऑर्डर आया था। क्यों जी, यतीमख़ाने में चल सकेंगे?''

शाहजी फ़ौरन बोला, ''यह मत पूछ, चौधरी। दोनों आफ़त हैं। आफ़त। तू यतीमख़ाने की बात करता है, वह तो सिक्कासाज़ी और जाली करंसी तक में बड़ों-बड़ों के कान काट लेंगे। खरकारों[6] के पास भी चल सकते हैं।''

वह अहमकों की तरह मुँह फाड़कर बोला, ''कहाँ से हाथ लग गए?''

''ट्रेनिंग दी है। रक़म खर्च की है!''

उसने दर्याफ़्त किया, ''क्या लोगे इनका?''

---

1. सूचनाएँ, 2. बदमाश, 3. परिचित, 4. उत्तेजित, 5. संस्मरण, 6. बच्चे उठानेवाले

"तुझसे झूठ नहीं बोलूँगा। पूरे तीन हज़ार में ख़रीदे थे, पर अब पाँच हज़ार से कम में माल नहीं उठेगा!"

"यह तो ज़्यादा है। वैसे यह समझ ले, मैंने उनसे कुछ नहीं लेना!"

"चल, तेरे लिए कुछ कम कर दूँगा।"

शाहजी तो ख़ुद से चाहता था, कि दोनों किसी तरह कराची से बाहर चले जाएँ। लिहाज़ा थोड़ी हील-हुज्जत के बाद चार हज़ार में सौदा हो गया।

चौधरी ने उसी वक़्त पाँच सौ बेआना भी दे दिया। तय यह हुआ कि दूसरे रोज़ वह पूरी रक़म अदा कर देगा और रात गए दोनों को अपने हमराह ले जाएगा।

रात के साढ़े दस बजे थे।

नौशा और राजा सोए नहीं थे। दोनों बिस्तर पर करवटें बदल रहे थे। राजा ने बड़े दुख से कहा, "यार! बहुत बुरे फँस गए!"

"हाँ, यार! समझ में नहीं आता, क्या करें? ख़ुदा क़सम, अब तो बहुत जी घबराता है!"

राजा ने आहिस्ता से कहा, "यहाँ से अब निकलने की कोई सूरत होनी चाहिए।"

"अबे! ऐसी बात मत कर। जान से मारा जाएगा!"

"जान से तो यूँ भी मारे जाएँगे।"

नौशा ख़ौफ़ से लरजकर बोला, "क्यों?"

"तुझे पता है कि हम दोनों पर इतनी पाबन्दी क्यों लगाई गई है?"

"यार! मुझे क्या मालूम?"

वह जलकर बोला, "अबे! तू यूँ ही रहा। इसलिए कि साले पकड़े न जाएँ!"

"अच्छा, तो यह बात है। जब ही तो शाहजी कमरे से भी बाहर निकलने नहीं देता!"

"यार! इसीलिए तो डर लगता है, कि साला हम दोनों को क़त्ल न कर दे, ताकि किसी को पता भी न लगे। इन बदमाशों का तुझे क्या पता! एक नम्बर हरामी होते हैं।"

नौशा बेहद डर गया। आहिस्ता से बोला, "यार! तू ठीक कह रहा है। शाहजी बड़ा ज़ालिम है!"

राजा बोला, "मेरा कहना मान, तो जान बच सकती है।"

"यार! मैंने तेरी अब तक कौन-सी बात नहीं मानी!"

"बस ज़रा हिम्मत की बात है। सालों को सफा ग़च्चा[1] दे जाऊँगा।"

"डर लग रहा है," नौशा ने दबी ज़बान से कहा।

राजा ने उसे डाँटा, "देख, यार! तू ज़नख़पन[2] मत कर। लग गया मौक़ा, तो आज ही निकल जाएँगे!"

"आज?" नौशा ने पूछा।

राजा इत्मीनान से बोला, "यह सब मुझ पर छोड़ दे!"

उसी वक़्त कमरे के बाहर शाहजी की आवाज़ सुनाई दी। दोनों ने आँखें बन्द कर लीं, मगर शाहजी अन्दर नहीं आया। किसी से ज़रा देर बातें करता रहा। फिर वापस चला गया। दोनों दम साधे पड़े रहे।

---

1. धोखा, फरेब, 2. नपुंसकता

रात आहिस्ता-आहिस्ता गुज़रती रही। सन्नाटा बढ़ता गया। बहुत देर बाद जब मुहल्ले पर क़ब्रिस्तान जैसी ख़ामोशी छा गई, तो राजा उठकर दरवाज़े पर आया। उसने किवाड़ की ओट से झुककर बाहर देखा। सामने दालान में नूरा बेख़बर सो रहा था, अलबत्ता बैरूनी[1] दरवाज़े पर चौकीदार की खाँसी रुक-रुककर उभर रही थी।

पहले राजा कमरे से बाहर निकला। उसके पीछे-पीछे नौशा था। दोनों ने दबे क़दमों चलकर सेहन उबूर किया। दालान में पहुँचे। नूरा उनके क़रीब ही लेटा था। वे झुके-झुके उसके क़रीब से गुज़रे, और छत पर जानेवाले ज़ीने के दरवाज़े पर पहुँच गए।

दोनों लम्हा-भर खड़े काँपते रहे। उनकी साँस तेज़-तेज़ चल रही थी। राजा ने हिम्मत से काम लिया। पंजों के बल उठकर ज़ीने की चिटख़नी खोलने की कोशिश की, मगर घबराहट में हाथ बे-तुका पड़ा। गहरी ख़ामोशी में खड़खड़ाहट हुई। दोनों का दम निकलकर रह गया। उसी वक़्त नूरा ने करवट बदली और अपनी पीठ खुजाने लगा।

जब नूरा ख़र्राटे भरने लगा, तो राजा पंजों के बल फिर उठा। इस दफ़ा उसने चिटख़नी खोल ली। आहिस्ता से एक पट खोला। दरवाज़ा चरचराया। राजा ने दिल-ही-दिल में दरवाज़े को गन्दी-सी गाली दी। दोनों ज़ीने में दाख़िल हुए और आहिस्ता-आहिस्ता सीढ़ियाँ चढ़ते हुए छत पर पहुँच गए।

दूर तक चटियल छत फैली थी। ठंडी-ठंडी हवा चल रही थी। आसमान पर बादल छाए थे। हर तरफ़ अँधेरा-ही-अँधेरा था। दोनों कुछ देर खामोश खड़े रहे। फिर राजा ने नौशा को इशारा किया। वह एक-एक क़दम सँभालकर रखते हुए पानी की टंकी के पास पहुँच गए, जिसमें लगा हुआ पाइप दीवार के साथ-साथ नीचे गली में चला गया था। राजा ने पाइप हाथ से पकड़कर हिलाया। पाइप मज़बूती से लगा था।

राजा पाइप के सहारे फिसलता हुआ आहिस्ता-आहिस्ता नीचे गली में उतर गया। नौशा मुँडेर पर झुका हुआ देखता रहा। जब राजा तारीकी में ग़ायब हो गया, तो नौशा ने पाइप पकड़ा और नीचे उतरने की कोशिश करने लगा, मगर उसके पैर डगमगाने लगे। वह मुँडेर से चिमट गया। नीचे राजा शी-शी कर रहा था। यह इस बात का इशारा था कि वह जल्दी से उतर आए। मगर नौशा झिझक रहा था। इतने में नीचे गली से राजा की आवाज़ उभरी, "अबे! उतर! नहीं तो मैं चला!"

नौशा ने बदहवास होकर आँखें बन्द कर लीं और पाइप पर फिसल पड़ा। नीचे राजा खड़ा था। उसने फ़ौरन सँभाल लिया, वरना वह मुँह के बल ज़मीन पर गिरता। राजा ने उसकी पीठ ठोंकी। ख़ुशी से बोला, "शाबाश मेरे शेर! बस अब बन गया काम!"

दोनों अँधेरी गली में आहिस्ता-आहिस्ता चलने लगे। उन्होंने गली उबूर की। आगे मैदान था। दूसरी तरफ़ सड़क थी, जिस पर एक कार तेज़ रोशनी बिखेरती हुई दौड़ रही थी। वे उसी सिम्त[2] चल दिए, लेकिन जैसे ही मैदान में आए, न जाने कहाँ से कुत्तों का ग़ोल निकला और उनके सामने आ गया। कुत्ते भौंकते हुए उन पर झपटे।

दोनों ने बदहवास होकर भागना शुरू कर दिया।

---

1. बाहरी, 2. ओर

# [5]

हर तरफ़ हू का आलम था। रात दम-ब़खुद खड़ी थी।

राजा और नौशा एक शिकस्ता[1] दीवार की ओट में दुबके हुए ख़ामोश खड़े थे। अब वह शाहजी के अड्डे से बहुत दूर आ चुके थे। दोनों ख़ौफ़ से सहमे हुए सोच रहे थे कि रात कहाँ गुज़ारी जाए? न उनका कोई शनासा[2] था और न ही शहर के रास्तों से आशना[3] थे। शाहजी के अड्डे से फ़रार होकर जिस तरफ़ मुँह उठा, उसी तरफ़ चल दिए। अगर कुत्ते उनको न दौड़ाते, तो किसी और सिम्त निकल जाते। जिस जगह वे खड़े थे, वहाँ आस-पास कोई आबादी न थी। उनके सामने ऊँचे-नीचे टीलों का सिलसिला था, जो अँधेरे में दूर तक फैलता चला गया था। जिस सड़क पर चलकर वे यहाँ तक पहुँचे थे, वह उन टीलों के दामन में अज़दहे[4] की तरह बल खाती चली गई थी और एक मोड़ पर नज़रों से ओझल हो गई थी।

वे आगे बढ़ते हुए डर रहे थे। इसी दौरान में सामने से आनेवाली एक कार की रोशनी उभरी। उन्होंने घबराकर उस तरफ़ देखा। ज़रा देर में कार उनके क़रीब पहुँच चुकी थी। उसकी तेज़ रोशनी में वे दूर से साफ़ नज़र आ रहे थे। किसी ना-मालूम ख़ौफ़ से दोनों ने आँखें बन्द कर लीं और दीवार की तरफ़ मुँह मोड़कर खड़े हो गए।

कार की रफ़्तार उनके क़रीब पहुँचते-पहुँचते सुस्त पड़ गई। फिर ब्रेक लगने की आवाज़ उभरी। दोनों के जिस्म लरजकर रह गए, मगर कोई हादसा पेश न आया। कोई उनके क़रीब न आया। कार जिस रफ़्तार से आई थी, उसी रफ़्तार से सुनसान सड़क पर तेज़ी से आगे बढ़ गई। जब कार दूर निकल गई, तो उनकी जान-में-जान आई।

नौशा ने कहा, "अबे! यह तो बड़ी ख़तरनाक जगह है। किसी और तरफ़ चलें। राहगीरों से स्टेशन का रास्ता मालूम करें। रात वहीं अच्छी गुज़र सकती है। घर जाने के लिए रेलगाड़ी भी मिल जाएगी!"

राजा उसे घूरने लगा। डपटकर बोला, "साले! कुछ तेरा दिमाग़ ख़राब हो गया है। घास तो नहीं खा गया। तू ज़रूर पकड़ा जाएगा और तेरे संग मेरी गर्दन भी फँसेगी!"

नौशा ने घबराकर पूछा, "क्यों?"

"अबे! तू शाहजी को उल्लू का पट्ठा समझता है। वह नूरे और लोटन को सबसे पहले स्टेशन भेजेगा। पुलिस अलग अपनी तलाश में है।"

नौशा हैरत से मुँह फाड़कर बोला, "अच्छा, तो यह बात है!"

"तू अभी लौंडा है। इन बातों को नहीं समझ सकता!"

"यार! तू तो बहुत पहुँचा हुआ निकला, लेकिन अब यह तो बता, कि इस वक़्त जाएँ कहाँ?"

राजा ने आहिस्ता से कहा, "अबे! यही तो मैं भी सोच रहा हूँ।"

दोनों ख़ामोश होकर गहरे सोच में डूब गए। थोड़ी देर बाद उन्होंने अपने दिलों को मज़बूत किया और आहिस्ता-आहिस्ता आगे बढ़ने लगे। उनके एक तरफ़ फ़ौजी बैरिकें थीं। दूसरी तरफ़ बंजर और उजाड़ टीले थे। हर तरफ़ वीरानी छाई थी।

1. टूटी, 2. परिचित, 3. अवगत, 4. अजगर

उन्होंने मील-भर से कुछ कम ही रास्ता तय किया होगा कि दूर से रेलवे-लाइन दिखाई दी। रेलवे-लाइन के उस पार कुछ फ़ासिले पर रोशनी नज़र आई। उन्होंने अपनी रफ़्तार किसी क़दर तेज़ कर दी। रेलवे-लाइन उबूर की और रोशनी की सिम्त बढ़ने लगे। क़रीब जाकर देखा। यह एक ख़ानक़ाह थी, जिसके अहाते में घने दरख़्तों के झुंड थे। एक ऊँचे दरख़्त पर रंग-बिरंगे झंडे लहरा रहे थे। अन्दर तेज़ रोशनी थी। लोगों के बोलने की आवाज़ें भी आहिस्ता-आहिस्ता उभर रही थीं।

दोनों दरख़्तों के नीचे से गुज़रकर ख़ानक़ाह के नज़दीक पहुँच गए। ख़ानक़ाह के सामने वसीअ[1] सेहन था, जिसके एक रुख़ पर हुजरे और दालान थे। सहनचियाँ थीं। ऊँचे गुम्बद के नीचे मज़ार था, जिस पर ढेरों हार-फूल बिखरे हुए थे। मज़ार के चारों तरफ़ दीवारों में ताक़ थे, जिन पर चिराग़ जल रहे थे। मज़ार के क़रीब दो आदमी सजदे में पड़े थे और कुछ आँखें बन्द किए झूम रहे थे।

मज़ार से मुत्तलिस[2] कुशादा[3] हुजरा[4] था। हुजरे में गैस-बत्ती रोशन थी। फ़र्श पर उजली चाँदनी थी। मसनद पर एक बूढ़ा शख़्स दो-ज़ानू[5] बैठा था। उसकी लम्बी सफ़ेद दाढ़ी थी। सिर पर अम्मामा[6] था। हाथ में बड़े-बड़े दानों की तस्बीह थी। उसके लब आहिस्ता-आहिस्ता हिल रहे थे। वज़ा-क़ता से ख़ानक़ाह का सज्जादा-नशीन या मुतवल्ली[7] नज़र आता था। उसके रू-ब-रू कुछ लोग अक़ीदत[8] से सिर झुकाए राजा और नौशा दूर खड़े हुजरे की जानिब देख रहे थे। अचानक एक सिम्त से शोर बलन्द हुआ, "या साईं बाबा...हो हक़ अल्लाह!"

दोनों ने पलटकर उस तरफ़ देखा। एक सहनची में कुछ लोग हलक़ा बनाए बैठे थे। दोनों उस तरफ़ चल दिए। वहाँ रोशनी कम थी।

वे ख़ामोशी से हलक़े में शामिल हो गए। किसी ने यह भी न पूछा कि वे कौन हैं? कहाँ से आए हैं? उनमें मलंग थे। क़लन्दर थे और ऐसे ही दूसरे लोग थे। कुछ नीम-बरहना[9] थे। कुछ बोसीदा लिबास पहने हुए थे। जिस्मों से पसीने की बू उठती थी। लम्बे-लम्बे गन्दे चीकट बाल और काले-काले चेहरों पर सुर्ख़-सुर्ख़ आँखें। वे गलों में माँगों के मनके और हाथों में कड़े पहने हुए थे। एक मलंग के हाथ में लम्बी चिलम थी। उसने चिलम पर दम लगाया। सुर्ख़ शोला लहराया। वह ज़ोर-ज़ोर से खाँसने लगा और चिलम बराबर बैठे हुए मलंग की जानिब बढ़ा दी।

चिलम उसी तरह एक-दूसरे से होती हुई राजा तक पहुँची। उसे लेते हुए वह झिझका। उस शख़्स ने, जिसके हाथ में चिलम थी, राजा को अपनी लाल-लाल आँखों से घूरा। ऊँची आवाज़ से, गरजकर नारा लगाया, "या साईं, बाबा!" उस नारे से राजा एकदम घबरा गया। उसने जल्दी से चिलम पर कश लगाया। उसका कलेजा तक सुलग गया। साँस हलक़ में घुटने लगी। उसने खाँसते हुए चिलम फ़ौरन नौशा की तरफ़ बढ़ा दी।

नौशा ने बग़ैर सोचे-समझे चिलम पर दम लगाया और जल्दी से चिलम आगे बढ़ा दी।

सुलफ़े पर दम लगाने से दोनों के कलेजे जलने लगे थे। हलक़ ख़ुश्क पड़ गए। कुछ ऐसा महसूस हुआ, जैसे उनका जिस्म बहुत हलका-फुलका हो गया है। हवा का तेज़ झोंका आया।

---

1. विशाल, 2. लगा हुआ, 3. व्यापक, 4. छोटा कक्ष जिसका इस्तेमाल प्रार्थना के लिए किया जाता है, 5. घुटनों के बल, 6. पगड़ी, 7. प्रन्यासी, ट्रस्टी, 8. श्रद्धा, 9. अर्द्धनग्न

दोनों बेइख़्तियार झूम उठे। उनकी आँखों के सामने परदे लहराने लगे। जिस्म रफ़्ता-रफ़्ता बेक़ाबू होते जा रहे थे। चरस का नशा अपना रंग दिखा रहा था। दोनों ख़ामोश बैठे झूमते रहे। उनकी आँखों के पपोटे बोझल हो गए। गुनूदगी[1] बढ़ने लगी।

दोनों वहीं एक तरफ़ लुढ़ककर गहरी नींद सो गए।

दिन चढ़े तक दोनों सोते रहे। बाहर धूप फैल चुकी थी। अचानक किसी ने राजा की टाँग खींचकर ज़ोर से झिंझोड़ा। वह हड़बड़ाकर उठ बैठा। देखा, बड़े-बड़े बालोंवाला एक नीम-बरहना मलंग उस पर झुका हुआ खड़ा है। वह डपटकर बोला, "लंगर बँट जाएगा। जाओ, जल्दी से जाकर ले आओ।"

वह अपने हाथों के कड़े बजाता आगे बढ़ गया। राजा ने नींद से बोझल आँखों को हाथों से मला और अँगड़ाई लेकर कसलमन्दी[2] दूर करने लगा। उसका सिर भारी हो रहा था। गला ख़ुश्क था। हाथ-पैर टूट रहे थे। जब वह गिर्द-पेश[3] के माहौल से किसी क़दर मानूस हो गया, तो उसने पास लेटे हुए नौशा को जगाया, जो अब तक गहरी नींद सो रहा था। वह भी आँखें मलता हुआ उठकर बैठ गया। दोनों को सख़्त प्यास लगी थी। वे सोच ही रहे थे कि कहाँ जाकर पानी पिएँ। इसी दौरान में वह मलंग फिर वापस आ गया, जिसने राजा को जगाया था, "तू अभी तक लंगर लेने नहीं गया," वह बरहम[4] होकर चीख़ा।

राजा ने पूछा, "कहाँ से?"

"ओए! तुझे पता नहीं! यह ज़िन्दा पीर का मज़ार है। यहाँ सबको लंगर मिलता है। वह रहा लंगरख़ाना..." उसने उस तरफ़ हाथ उठाकर इशारा किया, जहाँ लोगों की भीड़ थी।

मलंग एक तरफ़ चला गया। राजा और नौशा उठकर लंगरख़ाने की जानिब बढ़े। लंगरख़ाने के सामने कंगलों और मलंगों का हुजूम था। हर तरफ़ धक्कमपेल मची थी। लंगर लेनेवाले ज़ोर-ज़ोर से चीख़ रहे थे, गालियाँ दे रहे थे। कुत्तों की तरह लड़ने के लिए झपटते थे। हुजूम के सामने ऊँचे चबूतरे पर दो आदमी खड़े थे। एक के हाथ में ढेर-सी तन्दूरी रोटियाँ दबी थीं। दूसरा बड़ी-सी बालटी लटकाए खड़ा था। वह बालटी में डोंगा डालकर दाल निकालता और सामने फैले हुए टीन के डिब्बों और एलमोनियम या मिट्टी के मैले-मैले प्यालों में डालता जाता। कंगले लंगर लेने के लिए टूटे पड़ रहे थे और लंगर तक़सीम करनेवाले उनको नफ़रत से झिड़क रहे थे।

"खंज़ीरो! पीछे हटो!"

"तू दोबारा आया है। ओ ख़ाना ख़राब! पीछे हट!"

"शोर मत मचा! ओ तेरा बेड़ा ग़र्क़!"

नीम-बरहना जिस्मोंवाले कँगले और मलंग गालियाँ सुन रहे थे। बन्दरों की तरह दाँत निकाले बेग़ैरती से हँस रहे थे, शोर मचा रहे थे। राजा और नौशा सहमे हुए उनको देखते रहे। आख़िर राजा ने नौशा का हाथ पकड़ा और दोनों भीड़ में घुस गए। उन्होंने धक्के खाए। गालियाँ सुनीं, मगर डटे रहे। उनको भी दो-दो रोटियाँ मिल गईं। उनके पास बर्तन नहीं थे। लिहाज़ा दाल रोटियों पर ही डाल दी गई।

---

1. निद्रा, बेहोशी, 2. आलस्य, 3. आस-पास, इर्द-गिर्द, 4. उद्विग्न

लंगर लेकर दोनों एक दरख़्त के नीचे पहुँचे। वहाँ दो मलंग पहले ही से मौजूद थे और हबड़-हबड़ लंगर की दाल रोटी खा रहे थे। क़रीब ही एक मर्द कलन्दर धूप में बैठा अपने लम्बे-लम्बे बालों से जुएँ निकाल-निकालकर मार रहा था। नौशा ने उसे देखा, तो जी मतलाने लगा।

"चल, यार, कहीं और चल!" उसने नफ़रत से मुँह बिगाड़कर राजा से कहा।

राजा ने उसे झिड़क दिया, "अबे! यह नख़रे छोड़। भूख के मारे अपना दम निकला जा रहा है।"

वह ज़मीन पर फसकड़ा मारकर बैठ गया। नौशा को भी अपने साथ ही बैठा लिया। दोनों गर्दन झुकाकर दाल-रोटी खाने लगे। रोटियाँ ठंडी थीं, मगर चने की दाल गर्म थी। दाल में मिर्चें ज़्यादा थीं, और पतली भी थी। दोनों के मुँह में जैसे आग लग गई। उन्होंने जल्दी-जल्दी खाना खाया और कुएँ की तरफ़ भागे, जिसकी मुँडेर के पास ही बड़े-बड़े मिट्टी के मटके एक पुख़्ता चबूतरे पर रखे थे।

दोनों ने एलमोनियम के गन्दे और बद-वज़ा[1] गिलासों में पानी उँडेला और ग़टाग़ट पी गए। पानी पीने के बाद वे भारी-भारी पेटों के साथ सहनची की जानिब बढ़े। अन्दर गए और एक गोशे में ख़ामोशी से लेट गए। सहनची में उनकी तरह और भी कितने ही बेफ़िक्रे और मलंग फ़र्श पर लेटे ऊँघ रहे थे या सो रहे थे।

दोनों कुछ देर तक ख़ानक़ाह के बारे में बातें करते रहे। फिर आँखें बन्द करके सो गए। तमाम दोपहर वे बेख़बर सोते रहे। शाम होने से कुछ देर पहले उनकी आँख खुल गई। अब ज़िन्दा पीर के मज़ार पर चहल-पहल बढ़ गई थी।

हर तरफ़ गैस-बत्तियों की रोशनी फैल गई। अक़ीदतमन्दों की आमदो-रफ़्त में भी इज़ाफ़ा हो गया। सफ़ेद दाढ़ीवाले सज्जादा-नशीन मज़ार के सिरहाने बैठे थे और इशारों से मुजावरों[2] को अहकामात[3] दे रहे थे। अक़ीदतमन्द[4] और ज़ाइरीन[5] आते। उनके हाथों को बोसा[6] देते। दोनों हाथों पर रुपए रखकर नज़राना पेश करते और उलटे क़दमों लौटकर मज़ार के पास ही एक तरफ़ बैठ जाते।

क़रीब ही सहनची में क़लन्दरों और दरवेशों की महफ़िल जमने लगी थी। वे चिलम पर लम्बे-लम्बे कश लगा रहे थे और सरख़ुशी[7] के आलम में तरह-तरह के नारे बुलन्द कर रहे थे। नागाह[8] एक सब-इंसपेक्टर पुलिस चार कांसटेबिलों के हमराह मज़ार के अहाते में दाख़िल हुआ। पहले वह सज्जादानशीन के पास गया। उनसे आहिस्ता-आहिस्ता कुछ देर बातचीत की। फिर कांसटेबिलों के साथ हुजरों, दालानों और सहनचियों की तलाशी लेने लगे।

पुलिसवाले जब राजा और नौशा के क़रीब आए, तो उनके चेहरे ख़ौफ़ से ज़र्द पड़ गए। उन्होंने ज़िबह होनेवाले मवेशियों की तरह अपनी गर्दनें लटका लीं और आनेवाली मुसीबत का धड़कते दिलों से इन्तज़ार करने लगे, मगर मुसीबत उनके सिर से साफ़ टल गई। पुलिसवाले चुपचाप उनके पास से गुज़र गए। ज़रा देर बाद उन्होंने देखा, चरसियों के ग़ोल में से कांसटेबिलों ने एक दुबले-पतले मलंग के हाथ पकड़कर खींचा और उसे गिरफ़्तार कर लिया।

---

1. बेढंगे, 2. कार्यकर्ताओं, 3. आदेश, निर्देश, 4. श्रद्धालुओं, 5. धर्मयात्रियों, 6. चुम्बन, 7. मस्ती, उन्माद, 8. अकस्मात्

ख़ानक़ाह में सन्नाटा छा गया। चन्द लम्हों के लिए खलबली मची। ज़रा देर ख़ामोशी रही और जब पुलिसवाले उस मलंग को हिरासत में लेकर अहाते से बाहर चले गए, तो दरवेशों और क़लन्दरों ने सुलफे पर दम लगाया। चिलम के ऊपर शोला लहराया। हर तरफ़ से नारा बुलन्द हुआ।

"या साईं बाबा!"

"हो हुक़ उल्लाह..."

ख़ानक़ाह की ज़िन्दगी में यह गैर-मामूली वाक़िआ नहीं था, अलबत्ता राजा और नौशा अभी तक सहमे हुए थे। पुलिसवालों के क़दमों की आवाज़ जब दूर हो गई, तो नौशा ने कहा, "यार राजा! यह जगह तो बहुत ख़तरनाक है। अल्लाह ने बाल-बाल बचा लिया।"

"हाँ, यार! यहाँ ठहरना ठीक नहीं!"

"मगर अब जाएँ कहाँ?" नौशा ने अपनी तश्वीश[1] का इज़हार किया।

राजा ज़रा देर ख़ामोश रहकर बोला, "यार! मेरी समझ में तो एक बात आती है, मगर तू मानेगा नहीं।"

"मानूँगा क्यों नहीं। कुछ बता तो!"

राजा सिर के बाल कुरेदते हुए बोला, "मेरा तो जी चाहता है कि बीबीजी के पास जाकर उनके पैर पकड़ लूँ। उनसे सब कुछ साफ़-साफ़ बता दूँ। मैं तो दोपहर से यही सोच रहा हूँ।"

"मगर यार! शाहजी से दुश्मनी मोल लेनी पड़ेगी। वह हम दोनों को क़त्ल करवा देगा। बड़ा ख़तरनाक आदमी है।"

राजा ने कहा, "यही तो मुझे भी डर है, मगर जब पुलिस उसको पकड़ लेगी, तो फिर वह हमारा क्या बिगाड़ेगा?"

नौशा ने कोई जवाब न दिया। दोनों ख़ामोश बैठे सोचते रहे। रात का अँधेरा बढ़ने लगा था। ख़ानक़ाह की रौनक़ शबाब पर थी। जुमेरात का दिन था। ज़ाइरीन और अक़ीदतमन्दों का ख़ूब हुजूम था।

नौशा और राजा बहुत सोच-विचार के बाद आख़िर इस बात पर आमादा हो गए कि ख़ानक़ाह छोड़ देना चाहिए और इंजीनियर की कोठी पर जाकर बीबीजी से सब कुछ बता देना चाहिए। यह मंसूबा बनाकर राजा ने एक शख़्स से हाउसिंग सोसाइटी का रास्ता पूछा और दोनों ख़ानक़ाह से बाहर आ गए। उन्होंने काला पुल उबूर किया। ड्रग रोड पर पहुँचे और हाउसिंग-सोसाइटी की जानिब रवाना हो गए।

राजा और नौशा इंजीनियर की कोठी पर पहुँचे, तो रात के नौ बज चुके थे। उन्होंने पैदल कई मील का रास्ता तय किया था। थकन से निढाल हो रहे थे। राजा वहाँ आ तो गया, मगर जाते हुए झिझक रहा था। आख़िरकार वह डरते-डरते फाटक के अन्दर दाख़िल हुआ। नौशा भी उसके पीछे-पीछे था। लॉन उबूर करके जैसे ही वह रोशनी में आया, न जाने उस वक़्त कहाँ से अक्कू और लिल्ली निकल आए। राजा को देखकर उन्होंने चीख़ना शुरू कर दिया, "राजा आ गया...राजा आ गया!"

---

1. चिन्ता

दोनों बच्चे आकर उससे चिमट गए। शोर सुनकर बीबीजी भी आ गईं। उन्होंने राजा और नौशा को देखा, तो हैरत से चीख़ निकलते-निकलते रह गई। वह उनके पास गईं, लेकिन फ़ौरन ही किसी ना-मालूम ख़ौफ़ से घबराकर जल्दी से पीछे हट गईं। राजा और नौशा सिर झुकाए उनके सामने गुनाहगारों की तरह खड़े थे। बीबीजी दोनों को ग़ुस्से से घूर रही थीं। उसी वक़्त इंजीनियर की कार आ गई। वह दरवाज़ा खोलकर बाहर निकला और बेगम से मुख़ातिब हुआ, "तुम यहाँ खड़ी हो!" अचानक उसकी नज़र राजा पर पड़ी। हैरतज़दा होकर बोला, "अरे, राजा!"

वह लम्हा-भर तक कुछ सोचता रहा। फिर दोनों को अपने हमराह कोठी के अन्दर ले गया। उनको एक कमरे में बिठाया। बीवी को निगरानी पर मुक़र्रर किया। पुलिस को टेलीफ़ोन किया और दोनों की आमद से मुत्तला[1] कर दिया।

कमरे में पहुँचकर राजा ने बीबीजी के पैरों को पकड़ लिया। गिड़गिड़ाकर रोने लगा, "बीबीजी, मुझे मुआफ़ कर दो। अल्लाह क़सम, मेरी ज़रा-भी ग़लती नहीं!"

उसने रो-रोकर शाहजी और उसके गिरोह का हाल बताया। अपनी मजबूरी बयान की। वह ख़ामोशी से सारी बातें सुनती रही। उसे हैरत भी हुई और किसी हद तक मुतअस्सिर भी हुई। मगर उसे सबसे ज़्यादा फ़िक्र अपने क़ीमती ज़ेवरात और सामान की थी। उसने जलकर दिल-ही-दिल में कहा। दोनों भाड़ में जाएँ। पहले चोरी का माल मिलना चाहिए।

उसे ख़ामोश पाकर राजा ने कहा, "बीबीजी! सच कहता हूँ, मेरा तो जी चाहता है, ज़िन्दगी भर यहीं रहूँ। आप हम दोनों को पुलिस से बचा लीजिए!"

"अल्लाह क़सम, हमारा बिल्कुल कसूर नहीं," नौशा ने उसे यक़ीन दिलाने की कोशिश की।

"वह अच्छा-अच्छा," कहती हुई कमरे से बाहर चली गई। ज़रा देर बाद राजा को पेशाब लगा। उसने कमरे का दरवाज़ा खोलना चाहा। दरवाज़ा बाहर से बन्द था। फ़ौरन उसका माथा ठनका। परेशान होकर नौशा से कहा, "लगता है, यार, चोट हो गई!"

नौशा ने घबराकर दर्याफ़्त किया, "क्या हो गया?"

"कमरा बाहर से बन्द है!"

"क्यों?" नौशा और घबरा गया।

राजा उसके सवाल का जवाब देने भी न पाया था कि दफ़्तअतन[2] कमरे का दरवाज़ा खुला। पुलिसवाले अपने भारी-भारी बूट पुख़्ता फ़र्श पर बजाते हुए अन्दर दाख़िल हुए। राजा और नौशा दम-बख़ुद रह गए। पुलिसवालों ने दोनों के हाथों में हथकड़ियाँ डाल दीं। उन्हें थाने ले गए। मार-पीट और धौंस-धमकी की ज़रूरत पेश न आई। दोनों ने अपने बयान में सब कुछ साफ़-साफ़ बता दिया। ख़ुद को बेकसूर साबित करने की कोशिश भी की। रोए, गिड़गिड़ाए, मगर उन्हें हवालात में डाल दिया गया।

उसी रात शाहजी के अड्डे पर छापा मारने की ग़र्ज़ से पुलिस की मुसल्लह[3] पार्टी रवाना कर दी गई।

शाहजी को अपने गुरगों के ज़रिए राजा और नौशा की गिरफ़्तारी की इत्तिला पहले ही मिल चुकी थी। पुलिस-पार्टी जब शाहजी के अड्डे पर पहुँची, तो वहाँ सिर्फ़ चौकीदार मौजूद था। पुलिस ने उसे हिरासत में ले लिया।

---

1. सूचित, 2. अकस्मात्, 3. सशस्त्र

पूछ-ताछ करने पर चौकीदार से मालूम हुआ कि शाहजी और उसके साथी घंटा-भर पहले घर से निकल गए थे और यह कहकर गए थे कि सुबह को वापस आ जाएँगे।

शाहजी के घर की निगरानी शुरू कर दी गई।

शहर के हर थाने और चौकी को मुत्तला कर दिया गया। वायरलैस के ज़रिए हैदराबाद और ठट्ठा के तमाम थानों को भी ख़बरदार कर दिया गया। पुलिस का अन्दाज़ा था कि चन्द घंटों में शाहजी और उसके साथी ज़्यादा दूर नहीं जा सकते। किसी रेलगाड़ी के जाने का वक़्त नहीं था। शाहजी सिर्फ़ कार के ज़रिए फ़रार होने की कोशिश कर सकता था।

राजा और नौशा हवालात की सलाख़ों के पीछे खड़े सोच रहे थे कि यह क्या हो गया? राजा गुमसुम था, मगर नौशा बरहम था। वह राजा को ख़ूँख़्वार नज़रों से देखता, जिसने अपने साथ उसे भी मुसीबत में फँसवा दिया था।

थाने में एस.एच.ओ. के कमरे से बार-बार बोलने और बातें करने की आवाज़ें उभर रही थीं। सुपरिंटेंडेंट पुलिस चूँकि ज़ाती तौर पर केस में दिलचस्पी ले रहा था, लिहाज़ा थाने का पूरा अमला ज़बरदस्त मुस्तैदी का मुज़ाहिरा कर रहा था।

एस.एच.ओ. टेलीफोन के पास बैठा था। चाय पी रहा था। सिगरेट-नोशी कर रहा था।

रात तारीक[1] होती जा रही थी। थाने में गहरा सन्नाटा था। कभी-कभार फ़र्श पर कांसटेबिलों के भारी-भारी क़दमों की आहट उभरती और फिर ख़ामोशी छा जाती।

रात के दो बजने वाले थे। टेलीफोन की घंटी ज़ोर से बजी। इंसपेक्टर ने रिसीवर उठाया। दूसरी तरफ़ से इत्तिला मिली कि ठट्ठा में शाहजी के हुलिए का एक शख़्स पाँच अफ़राद के हमराह मुश्तबह[2] हालत में गिरफ़्तार कर लिया गया। वह दो बड़ी टैक्सियों के ज़रिए सफ़र कर रहे थे। इंसपेक्टर ने जवाब में हिदायत दी कि उन्हें फ़ौरन कराची पहुँचा दिया जाए।

सुबह के धुँधलके में शाहजी, नूरे, लोटन और दल्ला को दो और मुश्तबह अफ़राद के साथ पुलिस की हिरासत में थाने लाया गया, मगर उन्हें थाने की हवालात में बन्द करने से पहले राजा और नौशा को रिमांड-होम पहुँचा दिया गया था।

शाहजी और उसके साथियों ने कई रोज़ तक पुलिस को अपने जराइम के बारे में कुछ न बताया। हर इल्ज़ाम से इनकार किया।

वे कई बार के सज़ायाफ़्ता और बड़े घाघ जराइम-पेशा थे, मगर जब तरह-तरह से ज़दो-कोब[3] किया गया, तो उनके आसाब[4] ने जवाब दे दिया। उन्होंने सब कुछ उगल दिया। उनकी निशानदेही पर चोरी का माल भी बरामद कर लिया गया।

पुलिस ने बयानात क़लम-बन्द करने के बाद अदालत में उनके ख़िलाफ़ चालान पेश कर दिया। उन्हें हवालात से अदालत के रिमांड पर सेंट्रल जेल भेज दिया गया।

शाहजी और उसके साथियों के ख़िलाफ़ सिटी मैजिस्ट्रेट की अदालत में डाकाज़नी और बरदाफ़रोशी के इल्ज़ाम में मुक़दमा चलाया गया। राजा और नौशा को वायदा-मुआफ़ गवाह के तौर पर अदालत में पेश किया गया। चार महीने तक मुक़दमा चलता रहा। पेशियाँ पड़ती रहीं। मुक़दमे की समाअत[5] होती रही। शाहजी के वकील ने उसे और उसके साथियों को बरी

1. अँधेरा, 2. सन्दिग्ध, 3. मारपीट, शारीरिक कष्ट पहुँचाना, 4. अंगों, 5. सुनवाई

कराने की बहुत कोशिश की। अपने मौक़िफ़[1] की ताईद[2] में दलाइल के साथ-साथ गवाह भी पेश किए।

शाहजी और उसके साथी उन बयानात से मुन्हरिफ़[3] भी हो गए, जो उन्होंने पुलिस के रू-ब-रू दिए थे।

चोरी का माल पहले ही बरामद हो चुका था। सारे सुबूत भी मौजूद थे। शाहजी और उसके साथियों को डाकाज़नी और दूसरे जराइम की पादाश में चार-चार साल कैदे बामुशक़्क़त की सज़ा दी गई। शाहजी के वकील ने सेशनकोर्ट में अपील दायर की, मगर अपील ख़ारिज हो गई। मातहत अदालत की सज़ा बहाल रखी गई।

राजा और नौशा को इआनते-जुर्म[4] की पादाश में साल-साल-भर की सज़ा हुई। दोनों को रिमांड-होम से बोर्स्टल जेल में मुन्तक़िल[5] कर दिया गया। यह जेल नौ-उम्र और ना-बालिग़ मुजरिमों के लिए मख़सूस[6] थी।

1. मक़सद, 2. अनुमोदन, 3. पलटना, 4. अपराध में सहायता, 5. स्थानान्तरित, 6. विशिष्ट

# फ़सल शशम[1]

## [1]

शादी के चन्द ही रोज़ बाद नियाज़ दुकान की कोठरी से अपना सामान उठाकर नौशा के घर में मुन्तक़िल हो गया। उसने मकान की मरम्मत कराई। अपनी रिहाइश के लिए अलाहिदा कमरा बनवाया। दीवारों पर अज़-सरे-नौ पलस्तर कराया। दरवाज़ों और खिड़कियों पर रोग़न फिरवाया। वह मकान, जो कभी खंडहर की तरह शिकस्ता और बोसीदा नज़र आता था, अब दुल्हन की तरह सजा हुआ लगता था।

सुलताना के साथ उसका रवैया बहुत सँभला हुआ था। वह उससे बहुत कम बात करता। कभी उस कमरे में नहीं गया, जिसमें सुलताना और अन्नू रहते थे। यूँ कारोबार से उसका जितना वक़्त बचता, वह घर ही पर गुज़रता था। वह आम तौर पर अपने कमरे में बैठा बीवी के साथ दुनिया-जहान की बातें किया करता। अक्सर उसे बाज़ार ले जाता और सामान से लदा-फँदा लौटता। दो बार उसे फिल्म दिखाने भी ले गया। रात को दुकान से वापस आता, तो ऐसा कभी नहीं हुआ कि वह ख़ाली हाथ आया हो। हमेशा फल-मिठाई या कुछ और खाने-पीने की चीज़ें लेकर घर में दाख़िल होता। रोज़ाना शाम को गुल-फ़रोश दरवाज़े पर आवाज़ देकर महकते हुए गजरे और हार दे जाता।

यह बड़े हँसी-ख़ुशी के दिन थे। घर में हर वक़्त चहल-पहल रहती। सबसे ज़्यादा मसरूर सुलताना की माँ थी। उसके रुख़सार निखरकर गुलाबी पड़ते जा रहे थे। आँखों में निराली चमक-दमक थी। शाम को जब वह बन-ठनकर बैठती, तो इत्र और फूलों के गजरों से जिस्म महकता होता। उस पर एक नई फबन आ जाती। वह बड़ी सदाबहार औरत थी। देखनेवालों को उस पर और सुलताना पर छोटी-बड़ी बहनों का गुमान होता, लेकिन माँ जिस क़दर शादमाँ[2] थी, सुलताना उसी क़दर बुझी-बुझी और अफ़सुर्दा[3] नज़र आती। उसमें दोशीज़गी[4] का जो अल्हड़पन था, उस पर बद-दिली और बेज़ारी छाती जा रही थी। वह बहुत कम बातचीत करती।

वह आम तौर पर थकी हुई-सी अपने कमरे में पड़ी रहती।

सितम्बर की एक शाम का ज़िक्र है। माँ नियाज़ के साथ सिनेमा देखने गई थी। अन्नू भी ज़िद करके साथ लग गया था। सुलताना घर में तनहा थी और निढाल-सी बावर्चीखाना में बैठी थी। चूल्हे में लकड़ियाँ जल रही थीं। आग से नारंजी शोले उभर रहे थे। बाहर रात

---

1. छठा परिच्छेद, 2. प्रसन्न, 3. उदासीन, 4. यौवन, जवानी

का अँधेरा फैल चुका था। शीशम के दरख़्त से ज़र्द-ज़र्द पत्ते टूटकर आँगन में गिर रहे थे। हवा चलती, तो बिखरे हुए पत्ते खड़खड़ाते। बड़ी पुर-असरार-सू[1] आहट पैदा होती। इन्हीं आहटों में मिली-जुली एक आवाज़ दरवाज़े पर उभरी।

यह सलमान था। वह अन्नू को आवाज़ दे रहा था। सुलताना उसकी आवाज़ सुनकर चौंक पड़ी। वह ख़ामोश बैठी सोचती रही कि उसे क्या करना चाहिए? कई लम्हे इसी आलम में गुज़र गए। आवाज़ रुक-रुककर उभरती रही।

सुलताना सुकून के साथ बैठ न सकी। बेचैनी के आलम में उठकर खड़ी हो गई। उसने नज़रें उठाकर दरवाज़े की जानिब देखा, जिसके पीछे सलमान खड़ा था। छरेरे जिस्म का वह नौजवान, जिसकी आँखें शरमाई-शरमाई रहती थीं। बालों में बे-तरतीबी थी और चेहरे के तीखे नक़्शो-निगार में दिलावेज़ी[2] थी।

हवा का तेज़ झोंका आया। खुश्क पत्ते रुक-रुककर इस तरह खड़खड़ाने लगे, गोया सुलताना के कान में सरग़ोशी कर रहे हों।

देख, वह वापस चला जाएगा।
वह जो चलकर तेरे दर तक आया है
जिसके इन्तज़ार में तेरी आँखों का काजल फ़ीका पड़ गया
रुख़ासार गेंदे के फूल बन गए।
सुहानी रातें उदास और काफ़ूरी सुबहें वीरान हो गईं
वह वापस जा रहा है
देखा! वह वापस जा रहा है।

ख़िज़ाँ-रसीदा पत्ते आँगन में खड़खड़ाते रहे। हवा सरसराती रही। दबी-दबी सरगोशियाँ उभरती रहीं। सुलताना आहिस्ता-आहिस्ता चलती हुई बावर्चीख़ाने से निकली। उसने आँगन उबूर किया और दरवाज़े की कुंडी खोल दी। वह उस वक़्त किसी सिहरज़दा[3] हस्ती की तरह मबहूत[4] नज़र आ रही थी।

सलमान ने दरवाज़ा खोला और अन्दर आ गया। धुँधली रोशनी में उसने सामने खड़ी हुई सुलताना को देखा और ठिठक गया।

उसने आहिस्ता से कहा, "सुलताना!"

"जी!" वह उसकी जानिब देखे बग़ैर बोली।

दोनों ने मज़ीद बातचीत नहीं की। ख़ामोश खड़े रहे। ज़रा देर बाद सुलताना की आवाज़ उभरी, "अब आप क्यों आए हैं?" उसका लहजा तल्ख़ था। सलमान ने उसकी तल्ख़ी शिद्दत से महसूस की। सिर झुकाकर बोला, "तुमसे माज़िरत[5] करने आया था।"

"काहे की माज़िरत?"

"बहुत नाराज़ मालूम होती हो!"

सुलताना ने उसकी बात का कोई जवाब नहीं दिया। ख़ामोश खड़ी रही।

"सुलताना! मैं तुमसे कुछ भी छुपाना नहीं चाहता। आज मैं तुमसे सब कुछ साफ़-साफ़ बता देना चाहता हूँ," उसने ठंडी साँस भरी, "बात यह है कि उस रात जब तुम्हारे घर से

---

1. रहस्यपूर्ण, 2. आकर्षण, 3. सम्मोहित, 4. मंत्रमुग्ध, 5. क्षमायाचना

निकलकर गया, तो मेरे पास फूटी कौड़ी भी नहीं थी, और यह तो तुम जानती हो कि ऐसी हालत में मैं तुमको कैसे अपने हमराह ले जाता। उस रात मैं अपने दोस्त और जाननेवाले के पास गया, मगर कोई भी मेरे आड़े वक़्त पर काम नहीं आया। मैं तमाम रात पागलों की तरह वीरान सड़कों पर घूमता रहा। तुम्हें किस तरह बताऊँ कि उस रात मुझ पर क्या बीती?''

सुलताना इस इनकिशाफ़[1] पर चौंकी। उसने निगाहें उठाकर सलमान को देखा। उसकी पुश्त दरवाज़े की जानिब थी और वह मद्धिम लहजे में रुक-रुककर बोल रहा था। उसकी आँखों में बला का कर्ब[2] था। चेहरे पर दुख का साया फैला था। सुलताना ने कोई मुदाख़लत[3] नहीं की। चुपचाप उसकी बातें सुनती रही। सलमान कहता रहा :

''शायद तुम्हें नहीं मालूम कि मैं एक अरसे से परेशानियों में घिर रहा हूँ। अब्बा जान ने खर्च भेजना बन्द कर दिया है। मेरी तालीम भी अधूरी रह गई। मुलाज़मत तलाश कर रहा हूँ। वह अभी तक नहीं मिली,'' वह उस वक़्त अपनी ज़िन्दगी पर से हर परदा उठा देना चाहता था। हर बात कह देना चाहता था।

''ज़िन्दगी मेरे लिए अज़ाब बन गई है, और इस अज़ाब में मैं तुमको शरीक करना नहीं चाहता था, हालाँकि यह मेरी सबसे बड़ी तमन्ना थी कि तुम मेरी बन जातीं और हर वक़्त मेरी आँखों के सामने रहतीं।''

सलमान ने गहरी साँस भरी। उसका चेहरा और भी ज़्यादा उदास हो गया। सुलताना को उसकी बातों से सदमा पहुँचा। वह लरज-लरज उठी। इज़हारे-हमदर्दी के तौर पर उसने कहा, ''तो फिर आप अपने घर क्यों नहीं चले जाते?''

''नहीं, सुलताना! अब मैं वहाँ नहीं जाऊँगा। ज़िन्दगी में इतनी बहुत-सी ठोकरें खाने के बाद मैंने तहैया[4] कर लिया है कि किसी की अँगुली पकड़कर चलने के बजाय ख़ुद अपने पैरों पर खड़े होने की कोशिश करूँ। वह अहद[5] मैंने उसी रात किया था। वह रात मेरी ज़िन्दगी की अजीब रात थी,'' एक बार फिर सलमान ने गहरी साँस भरी, ''सच तो यह है सुलताना! मैने बड़ी बे-राह-रवी[6] के साथ ज़िन्दगी बसर की है, मगर अब चाहता हूँ कि ज़िन्दगी में कुछ बाक़ायदगी आ जाए और मैं...''

अपनी बात कहते-कहते उसने अचानक नज़रें उठाकर सुलताना को देखा, ''तुम मुझे इस तरह न देखो। मैं इतना बुरा नहीं हूँ।'' वह बेहद जज़्बाती हो गया। आवाज़ क़दरे भर्रा गई। उससे कुछ भी न कहा गया। सुलताना मबहूत खड़ी रही।

चन्द लम्हों के लिए गहरी ख़ामोशी छा गई। सेहन में ख़ुश्क पत्ते आहिस्ता-आहिस्ता खड़खड़ाते रहे। रात का अँधेरा और बढ़ गया। सन्नाटा आसेबज़दा[7] हो गया। सुलताना ने सोचा, कहीं सब लोग वापस न आ जाएँ। बड़ा ग़ज़ब होगा। उसने डरते-डरते कहा, ''एक बात कहूँ। बुरा न मानिएगा।'' फिर उसने जवाब का इन्तज़ार किए बग़ैर अपनी बात कह दी, ''आइन्दा आप यहाँ न आया करें।''

सलमान के दिल पर घूँसा-सा लगा। वह कुछ भी न कह सका। सुलताना ने उसे ख़ामोश देखकर फ़ौरन वज़ाहत की, ''बात यह है कि अम्माँ ने शादी कर ली है,'' यह कहते-कहते वह घबरा गई।

---

1. रहस्योद्‌घाटन, 2. दर्द, 3. हस्तक्षेप, 4-5. संकल्प, 6. कुपथगामी, 7. प्रेतग्रस्त

सलमान हैरत से चौंक पड़ा, "अम्माँ की शादी हो गई?" उसे सुलताना की बात पर यक़ीन न आया।

वह आहिस्ता से बोली, "जी हाँ।"

वह अभी तक हैरतज़दा था, "किसके साथ शादी हुई?"

"आप उन्हें नहीं जानते। हमारे एक रिश्तेदार हैं नियाज़! उनके साथ हुई हैं!"

सलमान ने घबराकर पूछा, "वही तो नहीं, जिनका कबाड़ख़ाने का कारोबार है?"

"हाँ, वही! आप उनको जानते हैं?"

वह साफ़ मुकर गया, "ऐसे ही एक बार मुलाक़ात हो गई थी।"

"आप यहाँ आएँगे, तो वह नाराज़ होंगे। बड़े शक़्क़ी आदमी हैं। किसी दिन आपकी बेइज़्ज़ती कर बैठे, तो कितनी बुरी बात होगी। मैं आपके आगे हाथ जोड़ती हूँ। आइन्दा न आएँ। मुझे बड़ा डर मालूम होता है।"

सलमान ने अफ़सुर्दा लहजे में कहा, "अच्छा, नहीं आऊँगा।"

सुलताना ने ठंडी साँस भरी, जैसे उसे शदीद सदमा पहुँचा हो। वह भर्राई हुई आवाज़ में बोली, "अब आप जाएँ। सब लोग सिनेमा गए हैं। आते ही होंगे।"

"अच्छा!" सलमान सिर झुकाकर फ़र्श तकने लगे।

"मुझे डर लग रहा है," सुलताना की आवाज़ में कँपकँपाहट थी। सलमान ने हिचकिचाते हुए पूछा, "सुलताना, तुमने अपनी शादी के बारे में कुछ नहीं बताया।"

वह हैरत से बोली, "मेरी शादी?"

"उस रात जब मैं तुमको लेने के लिए आनेवाला था, उसकी सुबह तो तुम्हारा निकाह होनेवाला था। तुम्हारी अम्माँ ने मुझसे यही कहा था।"

"लेकिन उस सुबह तो अम्माँ का निकाह हुआ था।"

सलमान की समझ में यह मुअम्मा[1] नहीं आया। वह ख़ामोश खड़ा सोचता रहा।

सुलताना बात की तह तक पहुँच गई। उसने वज़ाहत की, "वह पहले मेरी शादी कर देना चाहती थीं।"

सलमान ने पूछा, "क्यों?"

"वह नियाज़ को अच्छा आदमी नहीं समझतीं," वह अपनी बात पूरी तरह वाज़ेह न कर सकी, मगर सलमान ज़हीन नौजवान था। फ़ौरन उसकी बात का मफ़हूम[2] समझ गया। आन-की-आन में नियाज़ उसके सामने रक़ीब-रू-स्याह[3] के रूप में आ खड़ा हुआ। अपने दिल के चोर को बहुत छुपाना चाहा, मगर उसने बेइख़्तियार पूछ ही लिया, "और नियाज़ के मुतअल्लिक़ तुम्हारी अपनी क्या राय है?"

वह बड़ी मासूमियत से बोली, "मुझे उनसे न जाने क्यों डर लगता है?"

इस सादगी पर सलमान को प्यार आ गया। सुलताना का रुख़सार थपथपाकर बोला, "मेरी भोली-भाली गुड़िया..." और बेक़रार होकर उसे अपने सीने से लगा लिया।

लेकिन लम्हा-भर ही बाद वह सहमी हुई आवाज़ से बोली, "आप जाइए, वह लोग आते ही होंगे!"

---

1. पहेली, 2. अर्थ, 3. दुष्ट प्रतिद्वन्द्वी

शाम को सलमान ने डॉक्टर ज़ैदी को अपने हमराह लिया। नौशा के घर पहुँचा। अभी तक सुलताना की माँ की तबीयत सँभली नहीं थी। दो रोज़ पहले जो दौरा पड़ा था, उससे नक़ाह[1] बढ़ गई थी। उस वक़्त भी वह बेहाल पड़ी थी और रुक-रुककर गहरी साँसें भर रही थी। डॉक्टर ज़ैदी ने बड़ी तवज्जो से उसका मुआयना किया। बीमारी के मुतअल्लिक़ बहुत-से सवालात पूछे और गहरी सोच में डूब गया।

नौशा की माँ ने दर्याफ़्त किया, ''डॉक्टर साहब! कोई घबराने की तो बात नहीं?''

डॉक्टर ज़ैदी ने तसल्ली देते हुए कहा, ''जी नहीं! आप इंशाअल्लाह जल्द अच्छी हो जाएँगी।''

''मगर मेरी हालत तो दिन-ब-दिन गिरती जा रही है। मुझे तो महसूस होता है कि मैं अब बचूँगी नहीं,'' यह कहते-कहते उसकी आवाज़ भर्रा गई।

डॉक्टर ज़ैदी ने उसे तशफ़्फ़ी[2] दी। देर तक ऐसी बातें करता रहा, जिससे मरीज़ा को ख़ासी ढाढ़स बँधी। उसने एक काग़ज़ पर चन्द दवाएँ लिखकर दीं। उनके इस्तेमाल के मुतअल्लिक़ ज़रूरी हिदायात दीं और ताकीद करते हुए बोला, ''जिस क़दर जल्द हो सके, यह दवाएँ इस्तेमाल करना शुरू कर दीजिए!'' वह दबी ज़बान से बोली, ''मगर उसके लिए मुझे अपने डॉक्टर से भी तो पूछना पड़ेगा।''

डॉक्टर ज़ैदी उसकी बात सुनकर ख़ामोश हो गया। उसका चेहरा संजीदा हो गया। वह जवाब देने के बजाय गर्दन झुकाकर सोचने लगा। नौशा की माँ ने उसे ख़ामोश देखकर कहा, ''डॉक्टर साहब! आपने मेरी बात का जवाब नहीं दिया।''

''मेरा ख़याल है कि आप डॉक्टर ख़ैरात मुहम्मद का इलाज फ़ौरन बन्द कर दें, वरना आपकी ज़िन्दगी ख़तरे में पड़ जाएगी!''

नौशा की माँ और सलमान दोनों हैरतज़दा होकर डॉक्टर ज़ैदी को देखने लगे। कमरे में सन्नाटा छा गया। लैम्प की लौ हवा के तेज़ झोंके से भड़की। दीवारों पर फैली हुई परछाइयाँ झूमने लगीं। कमरे की फ़िज़ा आसेबज़दा मालूम होने लगी। मरीज़ा का चेहरा गहरा ज़र्द पड़ गया। उसकी आँखें हलक़ों के अन्दर बेहिस पड़ी थीं। रुख़सारों की हड्डियाँ उभरी हुई थीं। वह किसी लाश की तरह बेजान नज़र आ रही थी।

आख़िर उस हैब्तनाक सन्नाटे में डॉक्टर की आवाज़ उभरी, ''मिस्टर सलमान! अब हमें चलना चाहिए!''

सलमान खड़ा हो गया। नौशा की माँ ने सलमान से कहा, ''तुम वापस आओगे?''

सलमान के पास अब वक़्त बहुत कम था। उसे तालीमे-बालिग़ाँ के मर्कज़ जाना था। उसने जवाब दिया, ''जी नहीं! इस वक़्त तो मैं वापस नहीं आऊँगा। मुझे एक ज़रूरी काम से जाना है!''

''कल तो आओगे?''

''जी हाँ! कल दोपहर को आऊँगा!''

वह इसरार करने लगी, ''देखो, आना ज़रूर!''

''नहीं, नहीं, मैं ज़रूर आऊँगा।''

---

1. दुर्बलता, 2. सान्त्वना

दोनों कमरे से निकलकर बाहर सेहन में आ गए। आगे-आगे डॉक्टर ज़ैदी था। सलमान उसके पीछे चल रहा था। कमरे से निकलते ही उसने चारों तरफ़ तजस्सुसअंगेज़ नज़रों से देखा। सुलताना अपने कमरे में दरवाज़े पर खड़ी थी। दोनों ने एक-दूसरे को नज़र भरकर देखा। सुलताना ने बड़ी मासूमियत से अपना दाहिना हाथ उठाकर माथे पर रख लिया। सलमान मुस्करा दिया।

डॉक्टर ज़ैदी और सलमान घर से निकलकर बाहर गली में आ गए। डॉक्टर कुछ देर तक अँधेरी गली में ख़ामोश चलता रहा। अचानक उसकी भारी आवाज़ उभरी। वह सलमान से कह रहा था, ''मुझे ताज्जुब है कि मरीज़ा अब तक ज़िन्दा क्यों है? उसे तो बहुत पहले ही मर जाना चाहिए था!''

''मगर यह बीमारी क्या है?''

डॉक्टर ने उसकी बात का तो कोई जवाब न दिया, बल्कि बड़ा बेतुका-सा सवाल किया, ''तुम बता सकते हो कि शौहर के साथ मरीज़ा के ताल्लुक़ात कैसे हैं?''

''मेरा ख़याल है कि दोनों के ताल्लुक़ात ख़ुशगवार हैं। चन्द ही महीने पहले उनकी शादी हुई है!''

डॉक्टर ज़ैदी ने पलटकर उसे तीखी नज़रों से देखा, ''तो यह उनकी दूसरी शादी है। इनके शौहर की उम्र क्या होगी?''

सलमान ने बताया, ''देखने में तो वह ख़ासा जवान मालूम होता है। मेरा ख़याल है कि उसकी उम्र चालीस से कम ही होगी!''

''मरीज़ा की कुछ जायदाद वग़ैरह भी है?''

''नहीं!'' सलमान ने वज़ाहत की।

डॉक्टर ज़रा देर सोचता रहा। फिर उसने आहिस्ता से कहा, ''तब तो मुझे अपनी राय बदलनी पड़ेगी,'' वह ज़ेरे लब मुस्कराया, ''यह डॉक्टर ख़ैरात मुहम्मद इस क़दर बदनाम है कि उसका नाम सुनते ही ख़्वाहमख़्वाह शुबहात[1] पैदा होते हैं। दरअसल वह मरीज़ा के मर्ज़ की तश्ख़ीस[2] नहीं कर सका और उलटे-सीधे इंजेक्शन लगाना शुरू कर दिए। इन अताई[3] डॉक्टरों के इलाज में हमेशा जान का ख़तरा रहता है।''

सलमान हिचकिचाते हुए बोला, ''मालूम होता है, पहले आप कोई ख़तरनाक बात सोच रहे थे।''

''तुम्हारा ख़याल दुरुस्त है। मैंने कुछ ऐसी ही बात सोची थी। बात यह है कि मैं आठ साल तक पुलिस-अस्पताल में सर्जन रहा हूँ। मुजरिमों से मेरा बहुत अरसे तक वास्ता रहा है!''

सलमान ने इसरार करके पूछा, ''मगर यह तो बताइए, आख़िर मर्ज़ है क्या?''

''मरीज़ा का ब्लड-प्रेशर बढ़ गया है। दिल को ख़ून सप्लाई करनेवाली रगें सिकुड़ती जा रही है और यह तब्दीली अचानक रूनुमा[4] हुई है!''

सलमान ख़ौफ़ज़दा होकर सोचने लगा, ''यह तो बहुत ख़तरनाक बीमारी है!''

डॉक्टर ज़ैदी उसे पुलिस-अस्पताल के तजुर्बात बताने लगा। उसने सलमान को एक बूढ़े कर्नल का वाक़िया सुनाया, जिसके जिस्म में इंजेक्शन के ज़रिए पागल कुत्ते का खून दाख़िल किया गया था। चुनाँचे वह दीवाना हो गया। एक रोज़ दीवानगी के आलम में उसने रिवाल्वर

---

1. सन्देह, 2. पहचान, 3. चतुर, अनाड़ी, 4. घटित

चलाकर ख़ुदकुशी कर ली। इस वाक़िए की तफ़्सीलात बड़ी हैबतनाक थीं। सलमान बार-बार हैरतज़दा नज़रों से डॉक्टर ज़ैदी को देखता, जिसका सिर गंजा था और आँखों पर मोटे-मोटे शीशों की ऐनक थी। वह आहिस्ता-आहिस्ता बोल रहा था।

दोनों इसी तरह बातें करते हुए हेडक्वार्टर पहुँचे। उस वक़्त रात के आठ बज रहे थे। हेडक्वार्टर में ज़्यादा देर ठहरने की गुंजाइश न थी। सलमान फ़ौरन तालीमे-बालिग़ाँ के मर्कज़ की जानिब चल दिया।

उस रोज़ भी वह जल्द ही पढ़ाकर वापस आ गया। उन दिनों वह अपने काम में बहुत कम दिलचस्पी ले रहा था। फ़लक-पैमा की जानिब से उसने बेनियाज़ी बरतना शुरू कर दी थी। अब वह सुलताना और उसके घर के मुताल्लिक़ ज़्यादा सोचा करता।

कई रोज़ बाद वह फिर नौशा के घर गया। उसने सड़क उबूर की और जैसे ही उस गली में दाख़िल हुआ, जो नौशा के घर की जानिब आती थी, नियाज़ सामने से आता हुआ नज़र आया। वह फ़ौरन लौटा। अब नौशा के घर जाना ख़तरे से ख़ाली न था।

हेडक्वार्टर पहुँचकर उसे मालूम हुआ कि स्काइ-लार्कों का एक वफ़्द वज़ीरे-दाख़िला[1] से मिलने कराची गया है। उसके बाद वह अक्सर ऐसी इत्तिलाआत सुनता रहा। हुक्काम और वुज़रा[2] से मुलाक़ातें होती रहीं। पुलिस तहक़ीक़ात करती रही। इस अरसे में मस्जिद की तामीर का काम ज़ोर-शोर से जारी रहा। पुरानी चारदीवारी गिराकर नई दीवारें खड़ी की गईं। ऊँचे-ऊँचे सतून तामीर किए गए। उन पर मेहराबें बनाई गईं। काम इस क़दर तेज़-रफ़्तारी से हो रहा था कि देखते-देखते मस्जिद की इमारत उभरकर सामने आ गई और हुक्काम यह फ़ैसला न कर सके कि क्या कार्रवाई की जाए!

आख़िर वह दिन भी आ गया, जब मस्जिद की तामीर मुकम्मल हो गई। मस्जिद इस अन्दाज़ से बनाई गई थी कि सड़क की जानिब जो हिस्सा था, उसमें दस दुकानें निकाली गईं। मस्जिद की देखभाल के लिए एक ट्रस्ट क़ायम किया गया, जिसका ता-हयात[3] सदर ख़ाँ बहादुर फ़र्ज़न्द अली था। पाँच ट्रस्टियों में ख़ाँ बहादुर के दो भतीजे थे और एक दामाद भी शामिल था।

ख़ाँ बहादुर फ़र्ज़न्द अली ने उस ट्रस्ट को बाक़ायदा रजिस्टर्ड करवा लिया था।

दुकानें, चूँकि बाज़ार के रुख़ थीं, लिहाज़ा मस्जिद की तामीर से पहले ही तगड़ी पगड़ी पर उठ गईं। जब तक मस्जिद की तामीर होती रही, ख़ाँ बहादुर हर रोज़ अपनी झलकती हुई सब्ज़ रंग की कार में वहाँ आता। ठेकेदार से गुफ़्तगू करता। ज़रूरी हिदायत देता और जब अपनी कार की जानिब वापस जाता, तो ठेकेदार दौड़कर कार का दरवाज़ा खोलता। ख़ाँ बहादुर अन्दर बैठकर सिर के ख़फ़ीफ़[4] इशारे से मज़दूरों और ठेकेदार के सलाम का जवाब देता।

कार ख़रामाँ-ख़रामाँ[5] आगे बढ़ जाती।

## [4]

स्काइ-लार्कों में पहले पहल तो बड़ा जोशो-ख़रोश पाया जाता था, मगर ज्यूँ-ज्यूँ मस्जिद मुकम्मल होती गई, उनके हौसले भी पस्त हो गए। उनमें झुँझलाहट और अहसासे-शिकस्त-खुर्दगी[6]

---

1. गृह-मन्त्री, 2. मन्त्रीगण, 3. आजीवन, 4. हलके, 5. धीरे-धीरे, 6. पराजय-भावना

पैदा हो रहा था। वह अक्सर अपने फ़राइज़ से लापरवाही बरतते और चायख़ानों में बैठे घंटों फ़ुजूल बातें करते रहते।

इस ज़माने में फ़लक-पैमा के तीन इजलास ऐसे हुए जिनमें कोरम भी पूरा न हो सका। सदर को बग़ैर किसी कार्रवाई के मजबूरन इजलास मुलतवी करना पड़ता। यह बड़ा नाज़ुक और हौसला-शिकन दौर था। ऐसा नज़र आता था कि जल्द ही फ़लक-पैमा का शीराज़ा बिखर जाएगा।

इस मरहले पर अली अहमद ने जुर्रत और सूझ-बूझ का सुबूत दिया। उसने फ़ौरन स्टडी सर्कल क़ायम किया, जिसमें वह ज़िन्दगी के बुनियादी मसाइल पर बहस करता। उनका हल बताता। स्काइ-लार्कों के काम की अहमियत और उनके नसबुलऐन[1] की अज़्मत[2] पर रोशनी डालता। हर रात दस बजे जब तमाम स्काइ-लार्क अपने-अपने मर्कज़ों से वापस आते, तो कान्फ्रेंस-रूप में स्टडी-सर्कल की क्लास शुरू होती। उनमें ज़्यादातर अली अहमद लैक्चर देता था। सफ़दर बशीर और फ़हीम उल्लाह भी मुख़्तलिफ़ मौज़ुआत पर बोलते। फिर उन पर मुबाहसा शुरू होता। हर स्काइ-लार्क अपनी सूझ-बूझ के मुताबिक़ इज़हारे-ख़याल करता। अपनी ज़ेहनी-तर्बियत करता और मालूमात में इज़ाफ़ा करता।

इब्तदा में स्काइ-लार्क स्टडी सर्कल में बेदिली के साथ शरीक होते। मुबाहसे में हिस्सा लेने से कतराते। ख़ामोश बैठे सिगरेट के कश लगाया करते, मगर यह बेताल्लुक़ी ज़्यादा अरसे तक क़ायम न रही। इनमें मुतालए[3] का ज़ौक़ पैदा होने लगा। अब वे चायख़ानों में अपना वक़्त बरबाद करने के साथ लाइब्रेरी में नज़र आते। अली अहमद, जो किताबें तजवीज़ करता, उनको पूरी तवज्जो से पढ़ते। उनसे नोट लेते और रात को स्टडी-सर्कल में शरीक होते, तो बढ़-चढ़कर बोलते।

सलमान का अन्दाज़ फ़लक-पैमा के जलसों में हमेशा जारहाना[4] होता था, मगर अब उसके रवैए में तब्दीली रुनुमा हो रही थी। वह सँभल-सँभलकर बात करता। उसका लहजा ग़ैर-जज़्बाती और सुलझा हुआ होता। बात में वज़न और इसतिदलाल[5] होता। इन दिनों वह अक्सर रात गए तक जागता रहता। उसकी गर्दन मेज़ पर झुकी होती। सामने कोई किताब होती और टेबल-लैम्प के शेड से फूटती हुई हलकी-हलकी दूधिया रोशनी में उसके चेहरे के नक़ूश ठोस और तीखे नज़र आते।

स्टडी-सर्कल क़ायम होने के चन्द ही हफ़्तों बाद फिज़ा बदलने लगी। स्काइ-लार्कों में पाई जानेवाली शिकस्तख़ुर्दगी और बेहिसी रफ़्ता-रफ़्ता ज़ाइल होने लगी। अली अहमद के लैक्चरों ने उनमें नई रूह फूँक दी थी। अब फिर वह फ़लक-पैमा की सरगर्मियों में दिलचस्पी लेने लगे थे, मगर अली अहमद हनूज़-मुत्मइन[6] नहीं था। उसने स्काइ-लार्कों की बुनियादी कमज़ोरी का सुराग़ लगा लिया था। चुनाँचे जब फ़लक-पैमा का माहाना इजलास हुआ, तो अली अहमद ने यह तजवीज़ पेश की कि स्काइ-लार्कों का हेडक्वार्टर सफ़दर बशीर की कोठी से मुनतक़िल[7] करके किसी पसमान्दा बस्ती में बनाया जाए।

अली अहमद ने जिस वक़्त यह तजवीज़ पेश की, तो इजलास में सन्नाटा छा गया। हर स्काइ-लार्क दम-बख़ुद रह गया। यह जाड़ों की रात थी। बाहर सर्द हवाएँ चल रही थीं।

---

1. चरमलक्ष्य, परमोद्देश्य, 2. गुणवत्ता, 3. अध्ययन, 4. आक्रामक, 5. तर्कपूर्ण, 6. अभी तक आश्वस्त, 7. स्थानान्तरित

स्काइ-लार्क गर्म कमरे में बैठे थे। तमाम दरवाज़े और ख़िड़कियाँ बन्द थीं। दीवारगीरियों से गहरी नारंजी शुआएँ फूट रही थीं। हीटर पर समावार रखा था, जिससे क़हवे की महकती भाप निकल रही थी। कमरे के उस ख़ूबसूरत माहौल में स्काइ-लार्क गर्म लिबासों में मलबूस, सिगरेटों के कश लगा रहे थे। उनको अली अहमद की तजवीज़ बड़ी अजीब मालूम हुई। कई स्काइ-लार्कों ने उस तजवीज़ की शिद्दत से मुख़ालफ़त की।

अली अहमद ने उनके इतिराज़ात[1] ख़ामोशी से सुने। जब तजवीज़ की मुख़ालफ़त में बोलनेवाला हर स्काइ-लार्क अपनी बात कह चुका, तो उसने खड़े होकर बड़े नरम और संजीदा लहजे में अपनी तजवीज़ की वज़ाहत की। इतिराज़ात का जवाब दिया। उसने स्काइ-लार्कों को समझाया कि उनमें मायूसी और शिकस्तख़ुर्दगी का जो अहसास पाया जाता है, उसकी बुनियादी वजह यह नहीं है, कि स्काइ-लार्कों को अस्पताल की ज़मीन के सिलसिले में नाकामी हुई। ऐसी नाकामियों से तो आइन्दा भी साबिक़ा पड़ेगा और वह हर बार नए अज़्म[2] और हौसले के साथ जद्दोजहद करेंगे। इस अहसासे-शिकस्तख़ुर्दगी की असल वजह कोठी का रहन-सहन है। जब तक स्काइ-लार्क अवाम के साथ मिल-जुलकर नहीं रहेंगे, न वे उनके मसाइल समझ सकेंगे, न उनकी नफ़सियात[3] और न ही अपने काम की अहमियत।

अली अहमद आहिस्ता-आहिस्ता बोल रहा था। उसने अपने लहजे में ज़ोरे-ख़िताबत[4] पैदा करते हुए कहा, "इंजीनियर बनने के लिए मशीन के कल-पुरज़ों से और डॉक्टर बनने के लिए इंसानी जिस्म की साख़्त[5] और हर अज़ू[6] की बनावट से पूरी तरह आगाह होना ज़रूरी होता है। जब एक इंजीनियर बिगड़ी हुई मशीन दुरुस्त करता है, जब एक डॉक्टर मरीज़ को मौत के मुँह से बचाता है, तो उसकी ख़ुशी में एक मुक़द्दस जज़्बा कारफ़रमा[7] होता है। स्काइ-लार्क लार्कों का काम और भी ज़्यादा अहम है। वे ग़रीब अवाम के दुख-दर्द और उनकी पसमान्दगी[8] दूर करना चाहते हैं। वे उनको बेहतर इंसान बनाना चाहते हैं। उनको ज़िन्दगी का क़रीना सिखाना चाहते हैं। यह एक अज़ीम जद्दोजहद है। उनकी कामयाबी एक रूह-परवर जज़्बा है। उनकी मसर्रत फ़रिश्तों से ज़्यादा पाकीज़ा है। आप इन पेट भरे पेशेवर सियासतदानों की मिसाल अपने सामने न रखें, जो ज़िन्दगी को दूरबीन से देखते हैं। अपने ख़िदमतगारों, ड्राइवरों और ख़ानसामाओं की बातचीत से अवाम के मसाइल का अन्दाज़ा लगाने की कोशिश करते हैं। शानदार ड्राइंग-रूमों में बैठकर सियासत बघारते हैं। जलसों में जाकर ज़िन्दाबाद के नारे लगवाते हैं। वे लीडर बनना चाहते हैं। शोहरत हासिल करना चाहते हैं। इक़तिदार[9] और दौलत हासिल करना चाहते हैं। स्काइ-लार्कों की राह उनमें से क़तई मुख़्तलिफ़ है!"

अली अहमद लम्हा-भर के लिए रुका। फिर उसने सिलसिला-ए-कलाम जारी रखते हुए कहा, "लीडरी तो दौलत से भी हासिल हो जाती है और दौलत कमाने के नुस्ख़े तलाश करने के लिए बाज़ार से, 'दौलत कमाओ और लखपति बन जाओ' क़िस्म की किताब ख़रीदने की भी ज़रूरत नहीं। ख़ाँ बहादुर फ़र्ज़न्द अली से रुजूअ[10] कीजिए। वह दौलत पैदा करने का अच्छा-ख़ासा चलता-फिरता इश्तहार है!"

---

1. आपत्तियाँ, 2. संकल्प, 3. मनोविज्ञान, 4. भाषण का बल, 5. बनावट, 6. अंग, 7. क्रियाशील, 8. पिछड़ापन, 9. सत्ता, शक्ति, 10. सम्पर्क, ध्यान

ज़ोर का क़हक़हा बुलन्द हुआ और कान्फ्रेंस-रूम देर तक गूँजता रहा।

सलमान ने बुलन्द आवाज़ से कहा, "वह तो कफ़न-खूसट है!"

"शाई-लाक भी बुरा ख़िताब नहीं," फ़हीम उल्लाह ने मुस्कराकर कहा।

"क्या ख़ाँ बहादुरी को आप छोटा ख़िताब समझते हैं?" सफ़दर बशीर ने भी तंज़ किया।

अली अहमद देर तक तक़रीर करता रहा। अपने मौक़िफ़[1] की ताईद में उसने ठोस दलाइल[2] पेश किए। आख़िर उसकी तजवीज़ मंज़ूर कर ली गई। उसे अमली जामा पहनाने के लिए सफ़दर बशीर की सरकर्दगी[3] में एक कमेटी भी मुकर्रर कर दी गई।

सफ़दर बशीर ने दौड़-धूप करके हफ़्ते-भर के अन्दर गुमटी के मुज़ाफ़ाती[4] बस्ती में सस्ती क़ीमत पर ज़मीन भी हासिल कर ली। यह बहुत बड़ी बस्ती थी और एक बंजर पहाड़ी के दामन में आबाद थी। यहाँ ज़्यादातर फैक्टरियों और कारख़ानों में काम करनेवाले मज़दूरों की आबादी थी। उनके अलावा ग्वालों के कुछ ख़ानदान थे। गुमटी में तालीमे-बालिग़ाँ का मर्कज़ क़ायम था और कामयाबी के साथ चल रहा था। जब शहर में टाइफाइड की वबा फैली थी, तो स्काइ-लार्कों ने अपना पहला डॉक्टरी मर्कज़ यहीं बनाया था।

नया हेडक्वार्टर क़ायम करने के मंसूबे पर बराबर काम होता रहा। आख़िर वह दिन भी आ गया, जब तमाम स्काइ-लार्क सवेरे-ही-सवेरे अपने प्लॉट पर पहुँच गए। वह ख़ाकी नेकरें और मलेशिया की सुरमई क़मीज़ें पहने हुए थे। उन्होंने चूने से इमारत की बुनियाद के निशान ज़मीन पर डाले। कुदालें उठाईं और नींव खोदना शुरू कर दी।

बस्ती के लोगों के लिए जल्द ही वे तमाशा बन गए। देखते-देखते उनके चारों तरफ़ हुजूम लग गया। उस हुजूम में बच्चे थे, जवान थे और बूढ़े भी थे। औरतें दरवाज़ों से गर्दनें निकालकर उनको हैरत से देखतीं। शुरू-शुरू में उन्होंने पेशेवर मेमारों[5] और कारीगरों की भी मदद हासिल की। वे गुमटी ही के रहनेवाले थे और उनमें से बेशतर तालीमे-बालिग़ों के मर्कज़ के तालिबे-इल्म थे। अपने-अपने काम में मँझे हुए राज और मिस्त्री थे, बढ़ई और लोहार थे। उन्होंने न सिर्फ़ रज़ाकाराना[6] तौर पर उनके साथ मिल-जुलकर काम किया, बल्कि उनकी तबियत का फ़र्ज़ भी अंजाम दिया।

चन्द ही रोज़ में स्काइ-लार्कों ने उनकी मदद से इमारत की नींव खोद डाली और दीवारें खड़ी करना शुरू कर दीं। स्काइ-लार्क बड़ी तन्दिही और लगन के साथ काम करते। कोई ईंटें ढो-ढोकर ला रहा है। कोई गारा बना रहा है। कोई पाड़ पर चढ़ा है और ज़ोर-ज़ोर से आवाज़ें दे रहा है। कोई दीवार की चिनाई कर रहा है। इस आलम में वाक़ई वे अजीब-से लगते। उनके बाल बिखरे होते। चेहरों पर ख़ाक जमी होती। आवाज़ में बे-तरतीबी होती। ख़ास तौर पर दोपहर के वक़्त जब वे पसीने में डूबे हुए ज़मीन पर बैठकर खाना खाते। थर्मस से पानी निकालकर पीते और खाने से फ़ारिग़ होने के बाद सिगरेटें लगाकर लम्बे-लम्बे कश लगाते। उस वक़्त वे बड़ी बेतकल्लुफ़ी के आलम में होते। बात-बात पर क़हक़हे लगाते। एक-दूसरे के काम पर तबसरा करते। ज़्यादा थक जाते, तो किसी दीवार के साए में लेटकर आँखें बन्द किए ख़ामोश पड़े रहते।

---

1. मकसद, तथ्य, 2. तर्क, 3. नेतृत्व, 4. विस्तार, 5. राजगीर, 6. अवैतनिक, स्वयंसेवक के रूप में

जब उन्होंने इमारत की तामीर शुरू की थी, उस वक़्त उन्हें अपना काम बड़ा मज़्हकाख़ेज़[1] और अजीब-सा लगता था। वे गर्दनें झुकाकर चलते और शरमाए-शरमाए-से रहते, मगर अब वह झिझक जाती रही थी। वे सीना तानकर मुशक़्क़त करते और ला-उबालीपन[2] से एक-दूसरे को छेड़ते। काम करने में अब उनको एक ख़ास मसर्रत महसूस होती। ऐसी मसर्रत, जिसकी लज़्ज़त से वे अब तक ना-आश्ना थे।

स्काइ-लार्कों ने इस क़दर मेहनत और जाँ-फ़िशानी[3] से तामीर का काम किया कि देखते-देखते एक इमारत ज़मीन के सीने से उभरकर सामने आ गई। उस पर अज़्बसटोज़ की छतें थीं। आठ बड़े-बड़े कमरे थे। एक में फ़लक-पैमा का दफ़्तर क़ायम किया गया और उस कमरे को, जो सबसे ज़्यादा कुशादा था, लाइब्रेरी और जलसों के लिए वक्फ़[4] कर दिया गया। पाँच कमरे स्काइ-लार्कों की रिहाइश के लिए थे। एक कमरे में डॉक्टर ज़ैदी ने मामूली-सी डिस्पेंसरी भी खोल दी।

हेडक्वार्टर की इमारत के मुकम्मल होते ही तमाम स्काइ-लार्क उसमें मुनतक़ल हो गए। यह ज़िन्दगी बड़ी सादा थी। वे सवेरे उठकर बिस्तर दुरुस्त करते। कमरे साफ़ करते। फ़लक-पैमा के काम के अलावा उनका बेशतर वक़्त लाइब्रेरी में गुज़रता। अली अहमद और सफ़दर बशीर रोज़ाना स्टडी-सर्कल में क्लास लेते। महीने में एक दिन उन्होंने छुट्टी का रखा था। मौसम ख़ुशगवार होता, तो वह कभी-कभार शहर से कहीं दूर निकल जाते और किसी पुर-फ़िज़ा मुक़ाम पर पिकनिक मनाते।

बस्ती में रिहाइश इख़्तियार करने से स्काइ-लार्कों की मसरूफ़ियत बहुत बढ़ गई थी। उस इलाक़े में आए हुए चन्द ही रोज़ हुए थे कि हर स्काइ-लार्क शिद्दत से महसूस करने लगा कि उनके चारों तरफ़ ग़लाज़त है। गन्दे पानी की निकासी के लिए गुमटी में नालियों का बाक़ायदा इन्तज़ाम नहीं था। घरों के पास जगह-जगह गड्ढे थे, जिनमें गन्दा पानी जमा होकर सड़ा करता। गली-कूचों में हर तरफ़ कूड़ा-कर्कट बिखरा रहता। रात होती, तो बस्ती पर गहरा अँधेरा छा जाता। रोशनी का कोई बन्दोबस्त न था। राहगीर रात के वक़्त रास्तों पर ठोकरें खाते। कीचड़ पर फिसलकर गिर पड़ते। क़दम-क़दम पर गन्दे पानी के गड्ढों में गिरने का ख़तरा रहता।

हरचन्द कि यह इलाक़ा म्यूनिस्पैलटी की हदूद में था, मगर उसने कभी इस तरफ़ तवज्जो नहीं दी। फ़लक-पैमा के एक इजलास में यह मसला ज़ेरे-बहस आया और यह तय किया गया कि स्काइ-लार्कों का एक वफ़्द डॉक्टर ज़ैदी की रहनुमाई में म्यूनिस्पैलटी के मुताल्लिक़ा अफ़सरों से मिले और उनको सूरते-हाल से आगाह करे।

चन्द रोज़ बाद फ़लक-पैमा का वफ़्द म्यूनिस्पैलटी के चेयरमैन से मिला। उसने उनके मुतालबात सुनकर बताया कि शहर के मुज़ाफ़ाती बस्तियों के लिए म्यूनिस्पैलटी ने एक मंसूबा तैयार किया है। बोर्ड के आइन्दा इजलास में वह इस मंसूबे को मंजूर कराने की कोशिश करेगा। उसने वफ़्द को यक़ीन दिलाया कि मंसूबे की मंजूरी मिलते ही मुज़ाफ़ाती बस्तियों का तरक़्क़ियाती[5] काम तेज़ी से शुरू कर दिया जाएगा। डॉक्टर ज़ैदी ने वापस आकर अपनी रिपोर्ट पेश कर दी।

---

1. हास्यास्पद, 2. निडरता, 3. कठोर परिश्रम, 4. समर्पित, 5. उन्नतिशील

हफ़्ते भर बाद म्यूनिस्पैलटी बोर्ड का इजलास हुआ, मगर मुज़ाफ़ाती बस्तियों का तरक़्क़ियाती मंसूबा पेश करने की नौबत ही न आ सकी। इजलास में हंगामा बरपा हो गया। सूरते-हाल इस क़दर नाज़ुक हो गया कि सैक्रेटरी को टेलीफ़ोन करके पुलिस की इमदाद हासिल करनी पड़ी। चेयरमैन को इजलास बर्ख़ास्त करके मेज़ के नीचे रूपोश होना पड़ा।

इस हंगामे की इब्तदा इतिराज़ात से शुरू हुई। फिर गाली-गलौज होने लगी, जिसने बढ़कर हाथापाई की सूरत इख़्तियार कर ली। जूते हवा में परिन्दों की तरह उड़ने लगे। गरेबान चाक और बाल परेशान हुए। हर मेम्बर कैस आमिरी के रूप में स्टेज का एक्टर नज़र आने लगा। बात कुछ भी न थी। चन्द दुकानों के अलाटमेंट का कज़ीया था, जो वाइस-चेयरमैन ने अपने भाई के नाम से अलाट करा दी थीं। इस मरहले पर एक-दूसरे की उक़दा-कुशाइयाँ[1] होने लगीं। किसी मेम्बर पर ठेकेदारों से रिश्वत लेने का इल्ज़ाम था। किसी ने गर्ल्ज़ स्कूल की उस्तानियों की इस्मतें ख़राब करने की कोशिश की थीं। किसी ने ससुराली अज़ीज़ों को मुलाज़मतें दिलवाकर पूरे-पूरे महकमों को अपनी ससुराल बना दिया था। ग़र्ज़ यह कि इस हम्माम में सब नंगे थे।

फ़लक-पैमा ने कुछ अरसे तो चेयरमैन के वायदों पर इतिमाद करके इन्तज़ार किया, मगर जब स्काइ-लार्कों को यह मालूम हुआ कि मुज़ाफ़ाती बस्तियों के तरक़्क़ियाती मंसूबे को तैयार हुए तीन साल से ज़ाइद हो चुके हैं और आज तक बोर्ड के किसी इजलास में उसे पेश करने की नौबत नहीं आई, तो फ़लक-पैमा का एक ख़सूसी इजलास बुलाया गया।

इस इजलास में इत्तिफ़ाके-राय[2] से फ़ैसला किया गया कि यह काम स्काइ-लार्क ख़ुद ही अंजाम देंगे। चुनाँचे हफ़्ता-सफ़ाई मनाने का प्रोग्राम मुरत्तिब[3] किया गया।

सफ़ाई का हफ़्ता बड़े जोशो-ख़रोश से मनाया गया।

स्काइ-लार्कों ने बस्ती के बहुत-से नौजवानों को रज़ाकारों की हैसियत से अपने साथ शामिल कर लिया। मुख़्तलिफ़ स्काइ-लार्कों की सरकर्दगी में कई ग्रुप बनाकर निहायत सरगर्मी और तन्दिही से काम शुरू कर दिया गया।

हफ़्ता-भर के अन्दर बस्ती का हुलिया तब्दील हो गया।

बस्ती-भर में नालियाँ खोदकर बड़े नाले से मिला दी गईं। गड्ढे पाट दिए गए। गलियाँ साफ़ करके जगह-जगह कूड़ा रखने के ड्रम रख दिए गए। चार लालटेनें ख़रीदकर बस्ती के मुख़्तलिफ़ नुक्कड़ों पर लगा दी गईं, जिनको हर शाम रोशन करने और कैरोसिन आयल सप्लाई करने का बन्दोबस्त एक स्काइ-लार्क के सुपुर्द कर दिया गया। यह ड्यूटी हर महीने बदलती रहती।

बस्ती के क़रीब, जो ख़ाली मैदान था, उसे साफ़ करके बच्चों के खेल-कूद के लिए एक मामूली पार्क की दाग़-बेल डाल दी गई। जिन मकानों की दीवारें और छतें शिकस्ता थीं, उनकी सबने मिलकर मरम्मत की।

हफ़्ता-भर हर शाम को हिफ़्ज़ाने-सेहत[4] के मौज़ूअ पर तक़रीरें की गईं।

हफ़्ता-सफ़ाई तवक़्क़ुआत[5] से ज़्यादा कामयाब रहा। बस्ती को देखकर ऐसा महसूस होता, जैसे अलिफ़-लैलवी दास्तानों के किसी जिन्न ने रातों-रात पुरानी बस्ती की ग़लाज़त

---

1. कीचड़ उछालना, 2. एकमत, 3. निश्चित, 4. स्वास्थ्य-रक्षा, 5. आशाओं

खुरचकर नई बस्ती बना दी है। अब गलियाँ साफ़-सुथरी नज़र आतीं। रात को स्ट्रीट-लैम्पों की रौशनी दरो-दीवार पर झलकती। स्काइ-लार्क अपनी मुहिम की इस कामयाबी पर बेहद मसरूर थे। उनमें काम करने का जज़्बा और तेज़ हो गया था।

## [5]

नियाज़ जिस मक़सद से क्वेटा गया था, हासिल न हुआ। लिहाज़ा वह जल्द ही वापस आ गया। उन दिनों उसका मिज़ाज चिड़चिड़ा रहता था। बात-बात पर गालियाँ बकता। कोई बात मर्ज़ी के ख़िलाफ़ होती, तो बावले कुत्ते की तरह काट खाने को दौड़ता। घर में रहता, तो बिस्तर पर घंटों ख़ामोश पड़ा रहता या फिर बेचैनी से टहलता रहता। उस वक़्त वह किसी गहरे सोच में डूबा रहता। गर्दन झुकी होती और दोनों हाथ पीछे बँधे होते।

क्वेटा से वापसी के बाद ही उसमें यह तब्दीली पैदा हुई थी, हालाँकि जब वह क्वेटा जा रहा था, तो बड़ा बश्शाश[1] नज़र आता था। वापस आया, तो मुँह लटका हुआ था। ख़िलाफ़े-मामूल वह इस दफ़ा ख़ाली हाथ घर आया था, वरना हमेशा सौग़ातों से लदा-फँदा घर में दाख़िल होता। ऐसा मामूल होता था, कि क्वेटा में उसके साथ कोई संगीन वाक़िआ पेश आया था। एकाध बार बीवी ने उसकी वजह मालूम करने की कोशिश की, तो उसने बेरुख़ी से झिड़क दिया।

उन्हीं दिनों का ज़िक्र है। रात का वक़्त था। नियाज़ कुछ ही देर पहले दुकान से घर वापस आया था। वह बिस्तर पर चुपचाप लेटा हुआ छत को तक रहा था। पास ही तख़्त पर बीवी बैठी छालियाँ कुतर रही थी। उस रोज़ उसकी तबीयत ज़रा सँभली हुई थी। दोपहर को गुसल भी किया था और उस वक़्त ख़ूब बनी-ठनी बैठी थी। जिस्म से इत्र की तेज़ ख़ुशबू निकल रही थी। वह पहलू बदलती, तो रेशमी लिबास की सरसराहटें उभरतीं। लैम्प कुछ ऐसे रुख़ से रखा था कि पूरी रोशनी उसके चेहरे पर नहीं पड़ रही थी। रोशनी और सायों के उस इमतिज़ाज[2] में उसके रुख़सारों की ज़र्दी धुँधली पड़ गई थी। आँखों के नीचे स्याह हलक़ों के निशानात मिट गए थे।

कमरे में अँगीठी सुलग रही थी। दहकते हुए अंगारों की सुर्ख़ रोशनी दीवारों पर फैली थी। कमरा ख़ूब गर्म था। बाहर दिसम्बर की सर्द रातों का महीब[3] सन्नाटा छाया था। शीशम के पत्ते रुक-रुककर खड़खड़ाते और फिर गहरी ख़ामोशी छा जाती।

बीवी ने ऊनी शाल सीने के नीचे ढलकाकर अपना हाथ बाहर निकाला और बाज़ू झँझोड़कर बोली, "क्या सोच रहे हो?"

नियाज ने मुड़कर उसकी जानिब देखा। दोनों की नज़रें मिलीं। बीवी एक ख़ास अदा से मुस्कराई, मगर नियाज़ उसकी जानिब तवज्जो दिए बग़ैर बेज़ारी से बोला, "देखो! इस वक़्त परेशान न करो। मेरी तबीयत ख़राब है!"

बीवी के दिल पर गहरा चरका[4] लगा, मगर वह झेल गई। इस दफ़ा उसने अपना निस्फ़ जिस्म उसके सीने पर झुका दिया और बड़े प्यार से बोली, "नाराज़ हो मुझसे?"

---

1. हर्षित, आनन्दित, 2. मिलाप, 3. भयानक, 4. ज़ख़्म

वह झुँझलाकर बोला, "ऊफ़्फ़ोह! भई हद हो गई। ख़ुदा के लिए मुझे उसी तरह पड़ा रहने दो!"

यह दूसरा चरका था। वह बिलबिलाकर रह गई। ज़रा देर ख़ामोश रही। फिर वह शिकवा करने के अन्दाज़ में बोली, "आख़िर तुमको हो क्या गया? लाओ, मैं तुम्हारा सिर दबा दूँ!" उसके लहजे से ख़ुशामद झलक रही थी। नियाज़ ज़रा भी न पसीजा! उसकी जानिब देखे बग़ैर बोला, "जाओ, तुम अपने बिस्तर पर लेटो। मुझे नींद आ रही है!"

उसने मुँह फेरकर दूसरी तरफ़ करवट बदल ली। वह जल-भुनकर रह गई। उसने महसूस किया कि कमरे का दर्जा-ए-हरारत बढ़ गया है। हब्स से उसका दम घुटा जा रहा है। उसने गहरी साँस भरी और दिल-गिरफ़्ता[1] होकर सोचने लगी : क्या वाक़ई अब उसमें कोई दिलकशी नहीं रही? बीमारी ने दीमक की तरह चाटकर उसे खोखला कर दिया है और उस खोखले जिस्म से नियाज़ को ज़रा भी दिलचस्पी नहीं या फिर वह वाक़ई परेशान है। वह बड़ी जहाँदीदा औरत थी। एक शौहर के साथ ज़िन्दगी के बारह साल गुज़ारकर ख़ासी आज़मूदाकार[2] हो गई थी। पहला शौहर ज़िन्दगी भर उसका मुरीद रहा। वह उसे नित्य नए हरबों[3] से अपनी ज़ुल्फगिरह-गीर का असीर किए रही। उसका जी चाहा, कि नियाज़ को आज़माकर देखे। यह बड़ा ख़तनाक अक़्दाम था, लेकिन इस वक़्त वह हर ख़तरा मोल लेने पर आमादा थी। उसने सुलताना को आवाज़ दी, "सुलताना...ए सुलताना..."

सुलताना अपने कमरे से बोली, "जी, अम्माँ!" वह अभी तक जाग रही थी।

माँ ने कहा, "ज़रा यहाँ तो आओ!"

कुछ ही देर बाद फिर दरवाज़ा खोलने की आवाज़ उभरी। सेहन में चाप सुनाई दी। सुलताना आ रही थी।

कमरे के बाहर से उसकी आवाज़ आई, "अम्माँ?"

माँ ने कहा, "दरवाज़ा खुला है। चली आओ!"

सुलताना दरवाज़ा खोलकर अन्दर आ गई। वह उस वक़्त सर्दी से थरथरा रही थी। माँ ने उसे अपने पास बिठा लिया। पूछा, "क्या अन्नू सो गया?"

"वह तो सरे-शाम ही सो गया था!"

माँ बोली, "दिल घबरा रहा था। सोचा, तुमसे कुछ बातें करूँ। शायद दिल बहल जाए!"

सुलताना ने गर्दन घुमाकर नियाज़ की जानिब देखा, जो पीठ मोड़े ख़ामोश पड़ा था। माँ इधर-उधर की बातें करने लगी। चन्द ही लम्हों बाद नियाज़ के जिस्म में हरकत पैदा हुई। वह एक हाथ उठाकर अपनी कमर खुजाने लगा। दोनों आहिस्ता-आहिस्ता बातें करती रहीं। अँगीठी में अभी तक अंगारे दहक रहे थे। गहरी सुर्ख़ रोशनी में सुलताना के चेहरे की दिलकशी निखर गई थी। स्याह आँखों में शबनम के क़तरे झिलमिला रहे थे। तरो-ताज़ा रुख़सारों पर बरसात की सुहानी शामों की शफ़क़ फैल गई थी।

नियाज़ ने करवट बदली। आँखें मलते हुए बीवी से पूछा, "अरे! यह सुलताना कब आई?"

वह साफ़ झूठ बोल रहा था। उसकी आँखों में नींद का दूर-दूर तक पता न था।

---

1. हृदयविदीर्ण, 2. अनुभवी, 3. दाव-पेंच

बीवी ने जवाब दिया, "ज़रा ही देर पहले आई है!"

"इस सर्दी में इसे बाहर निकलने की क्या सूझी?"

सुलताना सिर झुकाकर पान लगाने लगी। वह उससे नज़रें मिलाते हुए डरती थी। उसने जब भी उसकी जानिब देखा, उसे नियाज़ की आँखों में शिकार पर झपटनेवाले तेंदुए की-सी तेज़ चमक नज़र आती। वह ना-मालूम ख़ौफ़ से थर्राकर रह जाती।

बीवी ने नियाज़ से पूछा, "अब तबीयत कैसी है?"

"कल डॉक्टर को दिखाऊँगा। आजकल तबीयत कुछ गड़बड़ ही रहती है!"

"मैं तुमसे ख़ुद यही कहनेवाली थी। कल याद करके डॉक्टर के पास चले जाना!"

"फ़ुरसत मिल गई, तो ज़रूर जाऊँगा।"

उसने प्यार से डाँटा, "फुरसत तो तुमको कभी नहीं मिलेगी। तुमने अपनी जान के साथ बखेड़े ही इतने लगा रखे हैं, मगर कुछ अपना भी ख़याल रखो। वाह भई! अच्छी मसरूफ़ियत है। डॉक्टर के पास जाने तक का वक़्त नहीं है!" नियाज़ उसकी बातों पर बेतकल्लुफ़ी से हँसने लगा।

दोनों को बातों में मसरूफ़ देखकर सुलताना उठकर जाने लगी। माँ ने हाथ पकड़कर बिठा लिया। कहने लगी, "अभी ऐसी कौन-सी ज़्यादा रात हुई है!"

सुलताना बोली, "नींद आ रही है!"

"तेरी आँखों में तो चिराग़ जलते ही नींद आ जाती है। बैठ चली जाना!"

दरअसल वह चाहती थी कि सुलताना अभी न जाए। वह जानती थी कि सुलताना के जाते ही नियाज़ करवट बदलकर मुँह फेर लेगा।

नियाज़ की यह बेज़ारी उसके लिए बड़ी अज़ियतनाक[1] थी। इसका मतलब यह हुआ कि उसकी ज़ात में नियाज़ की दिलचस्पी ख़त्म हो चुकी है। वह अपनी दिलकशी और बची-खुची जवानी तक खो चुकी है। वह बूढ़ी और बदसूरत हो गई है। यह अहसास उसके सीने में नश्तर बनकर चुभ गया। यह ऐसा दुख था, जिसे बरदाश्त करने की उसमें हिम्मत नहीं थी।

अँगीठी में अंगारे दहकते रहे। सुलताना के चेहरे पर शफ़क़ फूटती रही। उसके हुस्न का जादू जागता रहा। बाहर हवा सर्दी से बिलबिलाती रही।

कुहर-आलूद रात चुपचाप खड़ी थी।

अचानक किसी ने दरवाज़ा खटखटाया। डॉक्टर मोटू आया था। सुलताना अपने कमरे में चली गई। माँ ने शाल अच्छी तरह अपने जिस्म के चारों तरफ़ लपेटी और दीवार की जानिब मुँह मोड़कर बैठ गई। नियाज़ उठकर बाहर गया और डॉक्टर को अपने हमराह लाया। वह उस वक़्त स्याह ओवरकोट पहने था और बड़ा लहीम-शहीम नज़र आ रहा था।

कमरे में दाख़िल होते ही डॉक्टर ने कहा, "मुआफ़ करना, नियाज़! मैं एक केस देखने चला गया था। सीधा वहीं से आ रहा हूँ।"

"इंजेक्शन कल भी लग सकता था। आपने इस जाड़े-पाले में ख़्वाहमख़्वाह तकलीफ़ उठाई!"

---

1. यातनाजनक

डॉक्टर मुस्कराकर बोला, "अरे भई! हमें कहाँ आराम नसीब! अपना पेशा ही ऐसा ठहरा!" वह दीवार के क़रीब पड़ी हुई कुर्सी पर बैठ गया और नियाज़ की जानिब मुड़कर देखने लगा, "कमरा तो ख़ूब गर्म है!" उस वक़्त वह बड़ा बश्शाश नज़र आ रहा था। बात यह थी कि तीसरे पहर ही को नियाज़ ने उसे एक हज़ार रुपए की दूसरी क़िस्त दी थी।

सुलताना की माँ ख़ामोश बैठी डॉक्टर की बातें सुनती रही। डॉक्टर ने ज़रा ही देर बाद अपने चरमी बैग के अन्दर से सिरिंज निकाली और इंजेक्शन लगाने के वास्ते उसमें दवा भरने लगा। नियाज़ ख़ामोश खड़ा उसे देखता रहा। डॉक्टर की पुश्त उसकी जानिब थी। सामने दीवार पर डॉक्टर का साया बड़ा हैबतनाक[1] नज़र आ रहा था। वह दवा से भरी हुई सिरिंज लेकर मरीज़ा के पास गया। मुस्कराकर पूछा, "कहिए, तबीयत कैसी है?"

"आज तो ज़रा बेहतर है!"

डॉक्टर तसल्ली देने के अन्दाज़ में बोला, "अब आपकी तबीयत इंशाअल्लाह ठीक हो जाएगी।" उसने सिरिंजवाला हाथ आगे बढ़ाया।

"हाथ इधर कीजिए। मैं इंजेक्शन नहीं लगवाऊँगी।"

पहली बार उसने इंजेक्शन लगवाने से इनकार किया था। डॉक्टर बेनियाज़ी से हँसकर बोला, "क्यों? ख़ैरियत तो है? यह आज आपको क्या सूझी?"

"न जाने क्यों इंजेक्शन लगवाने से मेरी तबीयत ख़राब हो जाती है!"

डॉक्टर ने मुश्तबह[2] नज़रों से मरीज़ा को देखा, जो दीवार की जानिब मुँह मोड़े बैठी थी। वह नरम लहजे में बोला, "आपको ख़्वाहमख़्वाह वहम हो गया है। कहीं इंजेक्शन से तबीयत ख़राब होती है।" उसने हलका क़हक़हा लगाया, "लाइए, हाथ इधर कीजिए! घबराइए नहीं। अब ज़्यादा इंजेक्शन नहीं लगाऊँगा!"

मगर वह अपनी बात पर अड़ी रही। उसने बड़े इतिमाद से कहा, "नहीं, डॉक्टर साहब! अब मैं इंजेक्शन नहीं लगवाऊँगी!"

नियाज़ को उसके इनकार पर सख़्त ग़ुस्सा आया, "ख़्वाहमख़्वाह की बातें न करो। इंजेक्शन लगवाओ!"

"मैंने कह दिया कि अब मैं कोई इलाज नहीं कराऊँगी।"

नियाज़ ने ग़ुस्से से आँखें निकालीं, मगर डॉक्टर ने उसे इशारा से मना कर दिया और नरमी से बोला, "देखिए, इंजेक्शन का नाग़ा हो गया, तो यह आपके मर्ज़ के वास्ते बहुत बुरा होगा। मैं तो इतनी रात गए, सर्दी में आपकी ख़ातिर यहाँ आया और आप हैं कि इंजेक्शन लगवाने से इनकार कर रही हैं। यह तो ठीक बात नहीं!" वह अभी तक ग़ैर-संजीदा था। मुस्करा-मुस्कराकर बातें कर रहा था।

मगर जब वह किसी तरह आमादा न हुई, तो डॉक्टर के चेहरे पर परेशानी का हलका-सा साया फैल गया। उसमें दबे-दबे ख़ौफ़ का अहसास भी शामिल था। अब इसरार करना फ़ुज़ूल था। उसने सिरिंज ख़ाली करके चरमी बैग के अन्दर रखी और नियाज़ से मुख़ातिब हुआ, "मालूम होता है, अब यह घबरा गई हैं। भई, इनको कुछ रोज़ की छुट्टी मिलनी चाहिए," इस दफ़ा उसने मरीज़ा को मुख़ातिब किया, "लीजिए, अब तो ख़ुश हो जाइए!"

---

1. भयानक, 2. सन्दिग्ध

वह गर्दन झुकाए ख़ामोश बैठी रही।

डॉक्टर ज़्यादा देर न ठहरा। वह कमरे से बाहर चला गया। नियाज़ भी उसके हमराह चला गया।

दोनों ख़ामोशी से दरवाज़ा खोलकर बाहर निकले। गली भायँ-भायँ कर रही थी। हर तरफ़ गहरा सन्नाटा था। कड़ाके का जाड़ा पड़ रहा था। दोनों आहिस्ता-आहिस्ता गली में चलने लगे। उनके क़दमों की आहट सुनसान रात में रुक-रुककर उभर रही थी। घर से कुछ दूर आगे जाकर डॉक्टर ने नियाज़ से कहा, ''परेशान होने की कोई बात नहीं। एक ख़ास स्टेज पर पहुँचने के बाद मरीज़ का मिज़ाज ऐसा ही ज़िद्दी और चिड़चिड़ा हो जाता है!''

''मगर डॉक्टर साहब! यह तो उसने बड़ी ख़राब हरकत की है!''

''तुम इस बात का कुछ ख़याल न करो। मरीज़ा को कुछ वहम हो गया है। यह औरतें तो शक्की मिज़ाज होती ही हैं। इस शक को तुम ही दूर कर सक़ते हो। देखो, ज़बरदस्ती न करना, वरना मुआमला बिगड़ जाएगा।''

''कहीं उसे कुछ शुबहा तो नहीं हो गया?''

डॉक्टर के दिल में भी चोर था कि वह इसका इज़हार नहीं करना चाहता था। नियाज़ की बात सुनकर उसके बदन में ख़फ़ीफ़[1] सी लर्ज़िश हुई। आहिस्ता से बोला, ''मेरा ख़याल है कि फ़िलहाल ऐसी कोई बात नहीं,'' उसकी आवाज़ में दबी-दबी थरथराहट थी।

''पिछले दिनों मैं क्वेटा गया था। कहीं मेरी ग़ैर-मौजूदगी में किसी डॉक्टर के पास न चली गई हो!''

''क्या ऐसा मुमकिन है?''

''यह मैं इसलिए कह रहा हूँ कि इंजेक्शन लगवाने से आज उसने पहली बार इनकार किया है। मुझे तो ऐसा ही मालूम होता है!''

डॉक्टर ने कोई जवाब नहीं दिया। ख़ामोशी से सोचता रहा। दोनों आहिस्ता-आहिस्ता गली में चलते रहे। कुहर के धुँधलके में लिपटे हुए वे सुनसान रात में भूतों की तरह डरावने नज़र आ रहे थे। फिर सन्नाटे में डॉक्टर की आवाज़ उभरी, ''मेरा ख़याल है कि तुमको ऐसी बात नहीं सोचना चाहिए। जब तक कोई बहुत ही होशियार डॉक्टर न हो, उसे शुबहा तक नहीं हो सकता। बहरहाल, तुम चौकन्ना रहो कि वह अस्पताल न जाए और न किसी डॉक्टर से मशविरा करे। इहतियात करना हर हाल में ज़रूरी है!''

दोनों बातें करते हुए गली की नुक्कड़ पर पहुँच गए। सामने सड़क पर डॉक्टर की कार खड़ी थी। दोनों उसके क़रीब पहुँच गए। डॉक्टर ने नियाज़ से मुसाफ़ा[2] किया और कार का दरवाज़ा खोलकर अन्दर बैठ गया। नियाज़ वापस गली में चला गया। वह थके-थके कदम उठाता हुआ आहिस्ता-आहिस्ता चल रहा था। बीवी के इनकार ने उसे बहुत परेशान कर दिया था। इस परेशानी में ख़ौफ़ और ग़ुस्से का इमतिज़ाज[3] था।

वह झुंझलाता हुआ घर में दाख़िल हुआ। बीवी अभी तक जाग रही थी। दोनों ने एक-दूसरे को देखा, मगर कोई बातचीत न हुई। नियाज़ थका हुआ-सा घर जाकर बिस्तर पर

---

1. हलका-सा कम्पन, 2. हाथ मिलाना, 3. मिश्रण, मिलाप

लेट गया। ज़रा देर तक वह ख़ामोश पड़ा रहा, मगर चैन न आया। उठकर बैठ गया। उसने बीवी को मुख़ातिब किया, "आख़िर तुम चाहती क्या हो?"

वह आहिस्ता से बोली, "क्या?" उसने जानबूझकर तग़ाफ़ुल[1] बरता। उस बेनियाज़ी पर नियाज़ को और ताव आया। बिगड़कर बोला, "तुम्हारा सिर!"

वह नरम लहजे में बोली, "तुम्हारा तो लड़ने को दिल चाह रहा है। कई रोज़ से तुम पर भूत सवार है!"

उसने शाल सँभाली। तख़्त से उतरकर खड़ी हो गई। वह जानती थी कि नियाज़ उस वक़्त ग़ुस्से में भरा बैठा है। वह उससे उलझना न चाहती थी। उसने सोचा कि अब इसी में ख़ैरियत है कि वह बिस्तर पर जाकर लेट जाए।

नियाज़ लम्हा-भर तो उसे घूरता रहा। फिर बिगड़कर बोला, "मैं कहता हूँ, तुमने आज इंजेक्शन क्यों नहीं लगवाया?"

"इंजेक्शन लगवाने से मुझे हौल आता है!"

"और मैं जो इतना पैसा इलाज पर बरबाद कर चुका हूँ।"

"तो अब मत बरबाद करो!"

नियाज़ ज़िच होकर बोला, "इंजेक्शन का पूरा कोर्स तो तुमको लेना ही पड़ेगा। मैं उसकी पेशगी रक़म दे चुका हूँ।"

वह तुनुककर बोली, "वाह! यह भी अच्छी रही। चाहे मैं उनको लगवाकर मर ही क्यों न जाऊँ, मगर तुम्हारी रक़म वसूल हो जाए।"

"मैं कहता हूँ, क्यों अपनी जान के पीछे पड़ी हो?" इस दफ़ा नियाज़ का लहजा किसी क़दर धीमा था।

वह भर्राई हुई आवाज़ में बोली, "ख़ुदा के लिए मुझे मेरे हाल पर छोड़ दो। मैं कोई इलाज-विलाज नहीं करूँगी। ख़ुदा की ज़ात में बड़ी क़ुव्वत है। ज़िन्दगी है, तो यूँ ही अच्छी हो जाऊँगी," यह कहते-कहते उसकी आवाज़ गलूगीर[2] हो गई और आँखों से आँसू गिरने लगे।

नियाज़ को उसकी यह हरकत सख़्त नागवार गुज़री। जलकर बोला, "अजीब उल्लू की पट्ठी औरत से साबिक़ा पड़ा है!"

नियाज़ ने पहली बार गाली दी थी। बीवी के तन-बदन में आग ही लग गई। चीख़कर बोली, "देखो, ज़बान सँभालकर बात करो। मरनेवाला मर गया। वह अपनी जगह, मैं अपनी जगह! कभी गाली देना तो दरकिनार, मुझसे तू करके भी बात नहीं की," यह सुलताना के बाप का ज़िक्र था और उसके ज़िक्र से नियाज़ हमेशा झुँझलाता था। उस वक़्त तो वह यूँ भी जला हुआ था। तड़पकर बोला, "उसी साले भड़वे ने तो तुम्हारा दिमाग़ ख़राब किया है!"

"मरे हुए को गाली देते तुमको शरम नहीं आती!"

नियाज़ ज़ोर से चीख़ा, "बस, ज़बान बन्द कर। जितना मना करो, उसी क़दर हरामज़ादी सिर पर चढ़े चली जा रही है। तेरी तो..." उसने एक गन्दी-सी गाली दी और लपककर उसके क़रीब पहुँच गया।

"अच्छा, तो अब तुम मुझ पर हाथ भी उठाओगे!"

---

1. बेपरवाही, 2. रुँधी

नियाज़ ने कई गालियाँ दीं, और उसके मुँह पर ज़न्नाटे का एक थप्पड़ रसीद किया। फिर दूसरा, तीसरा! उसका हाथ तेज़ी से चलता रहा। वह ख़ामोश खड़ी मार खाती रही। नियाज़ ने उसकी कमर पर कई लातें मारीं।

शोर सुनकर सुलताना नंगे पैर भागती हुई कमरे में दाख़िल हुई। उसने देखा, माँ फ़र्श पर औंधे मुँह पड़ी थी और नियाज़ उसके क़रीब खड़ा खच्चर की मानिंद ज़ोर-ज़ोर से हाँफ रहा था। उसकी आँखें ख़ूँख़्वार हो रही थीं। मुँह से कफ जारी था। सुलताना ने उससे कोई बात नहीं की। जल्दी से जाकर माँ को फ़र्श पर से उठाया। उसके बाल ख़ाक से अटे हुए थे। चेहरा मुरदे की तरह सफ़ेद हो रहा था। निचले होंठ से गाढ़ा-गाढ़ा ख़ून बह रहा था। लैम्प की मैली-मैली ज़र्द रोशनी में वह बड़ी डरावनी नज़र आ रही थी।

नियाज़ ने उसकी जानिब कोई तवज्जो नहीं दी। खूँटी पर लटका हुआ कोट उतारकर पहना। गले में मफ़लर लपेटा और तेज़ क़दमों चलता हुआ कमरे से बाहर चला गया। सुलताना ने उसे जाते हुए देखा, मगर कुछ कह न सकी। उसने आँगन में भारी-भारी क़दमों की आहट सुनी। फिर दरवाज़ा खुलने की आवाज़ आई। वह घर से बाहर जा चुका था।

सुलताना ने माँ को सहारा देकर बिस्तर पर लिटा दिया। उसकी आँखें बन्द थीं। वह रुक-रुककर साँस ले रही थी। जिस्म दरख़्त की टूटी हुई शाख़ की तरह झूल रहा था। वह बेहोश हो गई थी। सुलताना ने उसकी यह हालत देखी, तो घबराकर रोने लगी।

माँ कई मिनट तक बेहोश पड़ी रही। सुलताना उसके क़रीब बैठी आहिस्ता-आहिस्ता रोती रही। आख़िर माँ ने आँखें खोलकर देखा। बड़ी नहीफ़[1] आवाज़ से बोली, "सुलताना!"

सुलताना ने जल्दी-जल्दी दुपट्टे के आँचल से आँसू पोंछे। दर्याफ़्त किया, "अब कैसी तबीयत है, अम्माँ?"

उसने कोई जवाब न दिया। गहरी साँस भरी। फिर उसने बड़े दुख से कहा, "रो क्यों रही है मेरी बच्ची? मेरी किस्मत में यूँ ही लिखा था!" सुलताना ने ज़बान से एक लफ़्ज़ न निकाला। ख़ामोशी से उसके सीने पर सिर रखकर फूट-फूटकर रोने लगी।

नियाज़ ने सारी रात दुकान में जागकर गुज़ारी। कड़ाके की सर्दी पड़ रही थी। उसके पास ओढ़ने-बिछाने के लिए कुछ नहीं था। दुकान में एक पुराना फौजी ओवरकोट पड़ा था, जिसे उसने टाँगों पर डाल लिया, मगर ज्यूँ-ज्यूँ रात ढलती गई, सर्दी शिद्दत इख़्तियार करती गई। उस सर्दी से उसका प्लेथिन निकल गया। वह तमाम रात जागता रहा। बीवी को गालियाँ देता रहा और सर्दी से कँपकपाता रहा।

दूसरे रोज़ भी वह घर नहीं आया।

तीसरे रोज़ शाम के वक़्त अन्नू दुकान पर आया। उसे देखकर नियाज़ ने दिल में दबी-दबी मसर्रत महसूस की। इन तीन दिनों में उसकी जो अहमियत घट गई थी, और जिसे सोच-सोचकर उसे बीवी पर रह-रहकर ताव आ रहा था, अब बहाल हो चुकी थी। उसने बड़े रूखेपन से पूछा, "कैसे आया यहाँ?"

अन्नू ख़ौफ़ज़दा हो रहा था। उसने आहिस्ता से कहा, "अम्मा ने बुलाया है!"

1. दुर्बल

नियाज़ ने दिल-ही-दिल में कहा, अब हरामज़ादी को पता चला। अभी क्या है? चन्द रोज़ बाद साली ख़ुद भागी हुई आएगी। यही सोचकर उसने ग़ुस्से से घूरते हुए कहा, "अपनी अम्माँ से कह देना कि उस घर से अब मेरा कोई ताल्लुक़ नहीं!"

अन्नू ने उसकी बात का कोई जवाब नहीं दिया। सिर झुकाए ख़ामोश खड़ा रहा। उसकी आँखों में ख़ौफ़ था और चेहरे पर घबराहट थी। नियाज़ ने उसे ख़ामोश देखकर ज़ोर से डाँटा, "अबे। अब मेरे सिर पर क्यों खड़ा है? जा के कह देना उस हरामज़ादी से कि मैं अब कभी उस घर पर पेशाब भी नहीं करूँगा!" लम्हा-भर के लिए वह रुका और आँखें निकालकर ज़ोर से दहाड़ा, "अबे जा रहा है या कुछ लेकर जाएगा?"

वह गालियाँ देता हुआ अन्नू पर झपटा। वह सहमा हुआ चुपचाप दुकान से बाहर चला गया।

अन्नू के जाने के बाद नियाज़ गर्दन ऊँची करके बैठ गया और आहिस्ता-आहिस्ता बड़बड़ाने लगा। उसे यक़ीन था कि अब बीवी ख़ुद मनाने आएगी। इसी ख़याल से वह दुकान से निकलकर कहीं गया भी नहीं। बेचैनी से बैठा बीवी का इन्तज़ार करता रहा। रात दबे क़दमों की आहट कूचा-व-बाज़ार पर छा गई। अँधेरा गहरा हो गया।

जब पहर रात हो गई, और रास्तों पर सन्नाटा छा गया, तो उसका इन्तज़ार शदीद हो गया, मगर बीवी तो नहीं आई, अलबत्ता डॉक्टर मोटू का कम्पाउंडर आ गया। डॉक्टर ने उसे बुलवाया था। नियाज़ की तबीयत परेशान थी। उसने कम्पाउंडर को टालना चाहा, मगर वह गया नहीं। ज़ोर देकर बोला, "डॉक्टर साहब ने कहा है कि उन्हें अपने साथ लाना। बड़ा अरजेंट काम है!"

नियाज़ ने ज़्यादा हील-हुज्जत करना मुनासिब नहीं समझा। ख़ामोशी से उसके हमराह चला गया। डॉक्टर उस वक़्त तनहा था। नियाज़ के पहुँचते ही उठकर अक़बी[1] कमरे में चला गया। नियाज़ को अपने साथ आने का इशारा किया। यह मुख़्तसर-सा कमरा था। उसकी छत भी नीची थी। अन्दर धुँधला-सा बल्ब रोशन था। फीकी-फीकी रोशनी में दोनों बड़े पुर-असरार नज़र आ रहे थे। डॉक्टर ज़रा देर ख़ामोश रहने के बाद बोला, "मैं कई रोज़ से तुम्हारा इन्तज़ार कर रहा था!"

नियाज़ ने हिचकिचाते हुए जवाब दिया, "वह रज़ामन्द नहीं होती!"

डॉक्टर का चौड़ा-चकला चेहरा लम्हा-भर के लिए परेशान हो गया, "यह तुमने बहुत बुरी ख़बर सुनाई। भई, किसी तरह उसे मनाओ!"

"वह किसी तरह मानती ही नहीं। इसी बात पर मेरा उससे झगड़ा भी हो गया। मैं तो तीन रोज़ से घर भी नहीं गया।"

डॉक्टर और परेशान हो गया। उसने किसी क़दर नाराज़ होकर कहा, "मैंने तुमको मना भी किया था! फिर भी तुम बाज़ न आए...यह तुमने बड़ी ग़ैर-दानिशमन्दी[2] का सुबूत दिया।"

"डॉक्टर साहब! आप उसे नहीं जानते। वह बड़ी ज़िद्दी औरत है!"

"इस तरह तो काम नहीं चलेगा। तुम किसी-न-किसी तरह उसे मनाने की कोशिश करो। यह बहुत क़ीमती वक़्त है। इसे ज़ाए[3] नहीं होना चाहिए।" डॉक्टर ने नियाज़ को नज़र भरकर देखा, जो सिर झुकाए ख़ामोश बैठा था। डॉक्टर ने कहा, "तुम अभी घर जाओ और परी को शीशे में उतारने की कोशिश करो," उसका लहजा अचानक नरम पड़ गया।

---

1. पिछले, 2. अबुद्धिपूर्ण, 3. नष्ट

दूसरे रोज़ दोपहर से पहले-पहले तमाम बक्से ख़ाली हो गए। सिगरेट के पैकेट दुकानों पर पहुँच गए। इस सौदे में उसे हज़ार रुपए से ज़ाइद मिल गए। नियाज़ बहुत ख़ुश था कि बैठे-बिठाए इतना अच्छा सौदा मिल गया। ज़्यादा भागदौड़ भी करनी नहीं पड़ी। दुकान में माल रखकर ख़तरा भी मोल लेना नहीं पड़ा।

उस रोज़ वह सरे-शाम ही दुकान बन्द करके घर पहुँच गया। बीवी और अन्नू को साथ लेकर सिनेमा चला गया।

सुलताना घर पर तनहा रह गई। उसने तनहाई में बेक़रार होकर सोचा, इस वक़्त सलमान आ जाए, तो कितना अच्छा हो।

बड़ी सुहानी रात थी। आसमान पर सितारे बिखरे हुए थे। शीशम के पत्ते आहिस्ता-आहिस्ता तालियाँ बजा रहे थे। हवा नर्म और सुबुक थी। वह कई बार दालान से निकलकर सेहन में आई। खुले आसमान के नीचे उसने गहरी-गहरी साँसें लीं। हवा में रची हुई बहार की आमद की महक महसूस की और गली में उभरनेवाली राहगीरों की चाप पर कान लगा दिए, कि शायद उनमें सलमान भी शामिल हो।

## [4]

सलमान ने झाड़न से स्याह तख़्ता साफ़ किया और क्लास की जानिब मुड़कर खड़ा हो गया। सामने खजूर की चटाइयों पर 36 अफ़राद[1] बैठे थे। उनके चेहरे धूप से सँवलाए हुए थे। जिस्म पर बोसीदा लिबास थे, जिनसे पसीने की बू उठ रही थी। यह उसके शागिर्द थे।

सलमान ने सब पर एक नज़र डाली और ऊँची आवाज़ से बोला, "आज आप लोगों का इम्तिहान होगा।"

किसी ने दबी ज़बान से पूछा, "इम्तिहान?"

सलमान ने संजीदगी से कहा, "जी हाँ! मैं बोर्ड पर जुमले लिखूँगा और हर एक से बारी-बारी पढ़वाऊँगा, जिससे मैं कहूँगा, वही पढ़ेगा। कोई बीच में नहीं बोलेगा।"

सलमान स्याह तख़्ते पर खरिया से लिखता और बारी-बारी से पढ़वाता। बाज़ शागिर्दों ने हर जुमला फर-फर पढ़ दिया। बाज़ को किसी क़दर दिक़्क़त पेश आई, मगर हर शख़्स ने जुमले पढ़ डाले। उसे बेहद ख़ुशी हुई। अभी पूरा कोर्स ख़त्म होने में बारह सबक़ बाक़ी थे, मगर इस अरसे में वह अच्छा-ख़ासा पढ़ लेने के क़ाबिल हो गए थे। उनमें ज़ौक़ व शौक़ भी बहुत था। इस इम्तिहान में भी हर शख़्स बढ़-चढ़कर हिस्सा ले रहा था। उनकी दिलचस्पी देखकर उसने एक ब्लैकबोर्ड पर ज़्यादा मुश्किल जुमले लिखे। कुछ ने रवानी के साथ उनको पढ़ा। कुछ अटककर रह गए। यह सिलसिला भी कुछ देर चलता रहा। आख़िर वह नसर[2] ख़त्म करके नज़्म[3] पर आ गया।

ऐन उस वक़्त अली अहमद भी वहाँ पहुँच गया। वह अक्सर अपने ग्रुप के स्काइ-लार्कों की सरगर्मियों का मुआयना करने आता था। उनमें जो ख़ामी देखता, उस पर उनके साथ तबादला-ए-ख़यालात करता और उसे दूर करने की कोशिश करता।

1. लोग, 2. गद्य, 3. पद्य

उस वक़्त सलमान बोर्ड की तरफ़ मुँह किए लिखने में मसरूफ़ था। अली अहमद चुपचाप एक तरफ़ खड़ा हो गया।

वह हमेशा इसी तरह ख़ामोशी से आता था।

सलमान जब स्याह तख़्ते के सामने से हटा, तो सबने देखा, उस पर शे'र दर्ज था :

*चमकने से बिजली के था वह समाँ*
*हवा में उड़ीं जैसे चिंगारियाँ*

उसने जिस शागिर्द की जानिब इशारा किया, उसने उठकर फ़ौरन शेर पढ़ दिया। सलमान ने ऐसे ही कई और सादा और आम-फ़हम अशआर ब्लैकबोर्ड पर लिखकर पढ़वाए। अशआर लिखते-लिखते अचानक उसे सुलताना की याद आ गई और उसकी याद के साथ ही वह ख़्वाबों में भटकता दूर निकल गया। अब यह ऐसे अशआर लिखने लगा, जिनको पढ़ते हुए लोग अटकने लगे। एक बार तो ख़ासी गड़बड़ हो गई। उसने ब्लैकबोर्ड पर लिखा :

*रात हँस-हँसकर यह कहती है कि मैख़ाने में चल*
*फिर किसी शहनाज़ लाला-ए-रुख़ के काशाने में चल*
*यह नहीं मुमकिन तो फिर ए दोस्त, वीराने में चल*
*ए ग़मे-दिल, क्या करूँ, ए वहशते-दिल क्या करूँ...?*

सलमान ने जिस शागिर्द से पढ़ने के लिए कहा था, उसने पहला मिसरा तो रवानी से पढ़ लिया। दूसरे मिसरे ने ख़ासा परेशान किया। वह अधेड़ आदमी था। चेहरे पर चुग्गी दाढ़ी थी, और देखने में मरियल-सा नज़र आता था। चन्द लम्हे सोचने के बाद उसने सलमान से पूछा, ''मास्टरजी! लाला तो समझ में आ गया। वही जो आपने पहले दिन पढ़ाया था, पर यह शहनाज़ कौन है?''

पीछे से किसी मनचले ने उसे छेड़ा, ''बूटा की बहन शहनाज़ और कौन? वही, जो परली गली में रहती है!''

फ़ौरन ही एक और आवाज़ आई, ''यह साला झूठ बोलता है। अबे! यह तो साफ़ कलकत्तेवाली शहनाज़ है!''

किसी बूढ़े ने जलकर उसे डाँटा, ''क्या बात कर रिया है लमडे? कलकत्तेवाली तो गौहर जान थी। यह कोई और होगी!''

यह तबसरा सुनकर सलमान परेशान हो गया। अली अहमद ने भी बेचैनी से पहलू बदला। सलमान ने नज़्म के उस बन्द को फ़ौरन झाड़न से मिटा दिया और एक आसान शे'र लिखा :

*बीत गई जो दिल पै न पूछ*
*हिज्र की शब और आख़िर शब*

अभी उसने किसी से पढ़ने का इशारा भी न किया था, कि एक नौजवान ने उठकर बड़ी सादगी से कहा, ''मास्टरजी! आख़िरी शब की 'ई' छूट गई है।'' उसने आस-पास बैठे हुए लोगों को इस तरह गर्दन ऊँची करके देखा, जैसे कह रहा हो, ''अबे! हम तो मास्टरजी की

भीं ग़लतियाँ पकड़ लेते हैं। सलमान इस वार से सँभला भी न था कि एक बूढ़े ने उठकर पूछा, "मास्टरजी! यह हिज्र की शब क्या होवे है?"

उसी वक़्त किसी नौजवान ने टोका, "चाचा, बैठ जा! यह बातें तेरी समझ में नहीं आएँगी!"

दूसरा उससे भी दो क़दम आगे बढ़ा, "अबे! यह आशिक़ी-माशूक़ी की बातें हैं," उसने सीने पर हाथ रखा और ज़ोरदार नारा लगाया, "हाय मधुबाला! पिला दे शर्बते वस्ल का प्याला!"

इस बात पर ख़ासा हंगामा बरपा हो गया। कुछ लोगों ने उठकर एहतिजाज किया कि जिस नौजवान ने मधुबालावाली बात कही है, उसे सज़ा के तौर पर फ़ौरन क्लास से निकाल दिया जाए, मगर वह निकलने पर किसी तौर पर आमादा न था। उसकी दलील यह थी कि उसने सिर्फ़ शेर पढ़ा था। गाली नहीं बकी थी। कुछ उसके हिमायती भी पैदा हो गए। इस तरह दो टोलियाँ बन गईं और एक-दूसरे के ख़िलाफ़ शोर मचाने लगीं। सलमान घबरा गया।

फ़ौरन ही अली अहमद सामने आ गया। उसने उन्हें समझा-बुझाकर क्लास को क़ाबू में किया और देर तक स्याह तख़्ता पर आम-फ़हम और दिलचस्प जुमले लिख-लिखकर पूछता रहा।

उस रात सलमान और अली अहमद तालीमे-बालिग़ाँ के मर्कज़ से देर में लौटे। रास्ते में अली अहमद ने सलमान को समझाया कि जिन लोगों को वह पढ़ाता है, वे बहुत पस-मान्दा और पिछड़े हुए हैं। फ़लक-पैमा का मक़सद फ़िलहाल यह है कि उन्हें इतना इल्म सिखा दिया जाए कि वे कुछ लिखने-पढ़ने के क़ाबिल हो जाएँ। उनकी ज़ेहनी-नश्वोनुमा-मुताअले[1] से होगी, जो बाद का मरहला है।

सलमान चुप रहा।

अली अहमद ने मुस्कराकर कहा, "तुम्हारे रोमांटिक मूड ने तो पूरी क्लास को रोमांटिक बना दिया था।"

सलमान पहले ही शर्मिन्दा था। इस जुमले पर और शर्मिन्दा हो गया। उससे कुछ न कहा गया। ख़ामोशी से अली अहमद का तन्ज़[2] झेल गया।

फ़लक-पैमा का माहाना इजलास हुआ। डॉक्टर ज़ैदी ने हर ग्रुप के बारे में रिपोर्ट पेश की। उसके तजज़िये[3] से यह अन्दाज़ा हुआ कि अली अहमद का ग्रुप सबसे ज़्यादा कामयाब और मुअस्सिर[4] साबित हो रहा था।

दारुलमुताअला[5] क़ायम करनेवाले ग्रुप का काम अफ़सोसनाक हद तक सुस्त और ग़ैर-मुअस्सिर था। हक़ीक़त भी यही थी। फ़िलहाल एक दारुलमुताअला क़ायम किया गया था। वह ऐसी बस्ती में था, जहाँ की बेशतर आबादी बिल्कुल अनपढ़ थी। दारुलमुताअला हर वक़्त ख़ाली रहता। कभी-कभार कोई आता, तो सिर्फ़ रिसालों और अख़बारों की तसावीर[6] देखकर चला जाता। लिहाज़ा इजलास ने यह फ़ैसला किया कि दारुलमुताअला ग्रुप ख़त्म कर उसे तालीमे-बालिग़ान ग्रुप में मुदग़म[7] कर दिया जाए।

---

1. मानसिक विकास अध्ययन, 2. व्यंग्य, 3. विश्लेषण, 4. प्रभावी, 5. वाचनालय, 6. तस्वीरें, 7. सम्मिलित

तालीमे-बालिग़ाँ के साथ-साथ तक़रीरों का सिलसिला भी चलता रहा। सफ़दर बशीर अपने ग्रुप के दो स्काइ-लार्कों के हमराह रोज़ाना किसी पसमान्दा बस्ती में जाता और अच्छा शहरी बनने और साफ़-सुथरी ज़िन्दगी बसर करने और तालीम की अहमियत पर जोर देता। तवहहुमपरस्ती[1] और फ़र्सूदा[2] रस्मो-रिवाज से पैदा होनेवाली समाजी बुराइयों की निशानदेही करता। उन्हें तर्क करने और उनके ख़िलाफ़ मुअस्सिर और जद्दोजहद करने की तलक़ीन[3] करता। वह आम-फहम अन्दाज़ में उनकी ज़ेहनी तर्बियत करता। उनका सियासी और समाजी शऊर बेदार करने की कोशिश करता।

हर शाम वह किसी चौराहे या गली के नुक्कड़ पर खड़ा हो जाता। अपनी तक़रीर शुरू करता। उसकी तक़रीर सुनने के लिए लोग इकट्ठा होते। दिलचस्पी और तवज्जो से उसकी बातें सुनते ओर अपने-अपने ठिकानों को लौट जाते, लेकिन कुछ ही अरसे बाद सफ़दर बशीर यह महसूस करने लगा कि इन जलसों का ख़ातिर-ख़्वाह नतीजा बरामद नहीं हो रहा है। उसकी हैसियत मजमा-गीर अताई मुआलिज[4] या दवाफ़रोश की मानिन्द हैं, जो अपनी लच्छेदार और पुर-लुत्फ़ बातों से लोगों को इकट्ठा करके उनकी जेबों से रक़म निकलवाने का गुर जानता है।

सफ़दर बशीर अपनी कोशिशों के बारे में इसी अन्दाज़ से सोच रहा था।

वह अवाम में जिस तब्दीली को देखने का ख़्वाहाँ[5] था, कहीं नज़र न आती थी, हालाँकि डॉक्टर ज़ैदी ने अपनी रिपोर्ट में उसके ग्रुप की कोशिशों को सराहा था और यह मौकिफ़[6] इख़्तियार के तहरीके-तालीमे-बालिग़ाँ[7] को कामयाब करने में सफ़दर बशीर और उसके ग्रुप के दूसरे स्काइ-लार्कों की तक़रीरों ने बड़ी हद तक ज़मीन हमवार की है।

शहर की पसमान्दा और निशेबी[8] इलाक़ों में नागहाँ[9] टाइफाइड की वबा[10] फूट पड़ी। तालीमे-बालिग़ाँ के मर्कज़ों में तुलबा की तादाद तेज़ी से घटने लगी। हर तरफ़ बीमारी का ज़ोर था। सूरतेहाल ख़ासी तश्वीशनाक[11] थी।

सफ़दर बशीर ने फ़ौरन फ़लक-पैमा का हंगामी इजलास बुलाया और यह तजवीज़ पेश की कि उसका ग्रुप भी तोड़ दिया जाए। डॉक्टर ज़ैदी की सरबराही में एक नया ग्रुप तश्कील दिया जाए, जो टाइफाइड के मरीज़ों को तिब्बी इमदाद मुहैया करे। इस तजवीज़ को सूरतेहाल की नज़ाकत के पेशेनज़र इत्तिफ़ाक़े-राय से मंज़ूर कर लिया गया। फ़लक-पैमा के फंड से पाँच हज़ार रुपए इब्तदाई इख़राजात के लिए मंज़ूर किए गए। डॉक्टर ज़ैदी की मदद के लिए चार स्काइ-लार्क दिए गए।

सलमान ने भी इस सिलसिले में एक तजवीज़ पेश की और वह यह थी कि तालीमे-बालिग़ाँ का काम चूँकि रात को होता है, लिहाज़ा इस ग्रुप में काम करनेवालों को दिन में अपने वक़्त का कुछ हिस्सा डॉक्टरी इमदाद के लिए देना चाहिए। तजवीज़ माक़ूल थी और हंगामी हालात में निहायत मुनासिब थी। चुनाँचे उसे भी मंज़ूर कर लिया गया।

सफ़दर बशीर ने सलमान के इस जज़्बे की दिल खोलकर दाद दी।

---

1. भ्रमी, 2. जीर्ण, जर्जर, 3. उपदेश, 4. सहज चिकित्सक, 5. अभिलाषी, 6. मन्तव्य, 7. प्रौढ़ शिक्षा आन्दोलन, 8. ढलवानी, 9. अकस्मात्, 10. बीमारी, व्याधि, 11. चिन्ताजनक

जल्द ही फ़लक-पैमा की जानिब से टाइफाइड के मरीज़ों के लिए एक मुतआस्सिरा इलाक़े में डॉक्टरी इमदाद का मर्कज़ खोल दिया गया। बड़े जोशो-खरोश और लगन से डॉक्टरी इमदाद का काम शुरू हुआ। स्काइ-लार्क सवेरे-ही-सवेरे हेडक्वार्टर से निकलते और रात गए लौटते।

वे मरीज़ों को दवा देते। उनकी हर तरह देखभाल करते। बीमारी के ख़िलाफ़ इहतियाती तदाबीर[1] इख़्तियार करने के तरीक़े बताते। गन्दगी से परहेज़ और सफ़ाई पर ज़ोर देते। वे हर काम डॉक्टर ज़ैदी की हिदायत और मशविरे पर करते।

डॉक्टर ज़ैदी इन दिनों इस क़दर मसरूफ़ रहता कि सिर उठाने की मोहलत न मिलती। अक्सर रात को डॉक्टरी मर्कज़ में कुर्सी पर बैठे-बैठे सो जाता। ज़रा आँख लगती, तो इत्तिला मिलती, फ़लाँ मरीज़ की हालत नाज़ुक है। वह फ़ौरन उसके पास पहुँचता।

कुछ अरसे बाद यह अन्दाज़ा हो गया कि एक डॉक्टर से काम नहीं चलेगा। डॉक्टर ज़ैदी की कोशिश से दो डॉक्टरों की रज़ाकाराना-ख़िदमात[2] हासिल की गईं। दोनों नेकदिल और ख़ुदातरस थे। उनमें ख़िदमते-ख़ल्क़ की लगन भी थी। अब फ़लक-पैमा ने दो डॉक्टरी मर्कज़[3] और खोल दिए थे। हर मर्कज़ का इंचार्ज एक डॉक्टर था।

इन कैम्पों के इख़राजात के लिए मज़ीद पाँच हज़ार की रक़म मंजूर की गई। शहर के सरकारी और ख़ैराती अस्पतालों का इन्तज़ाम इन्तहाई नाक़िस[4] था और उनसे भी ज़्यादा अफ़सोसनाक रवैया बेशतर प्राइवेट प्रैक्टिस करनेवाले डॉक्टरों का था, लिहाज़ा मरीज़ फ़लक-पैमा के डॉक्टरी इमदाद के मर्कज़ों में इलाज कराने को तरजीह देते।

हर वक़्त वहाँ मरीज़ों का हुजूम रहता।

टाइफाइड की वबा[5] रफ़्ता-रफ़्ता कम होती गई, मगर इस सिलसिले में फ़लक-पैमा ने जो काम किया, उसने स्काइ-लार्कों को पसमान्दा इलाक़ों और बस्तियों में बहुत मक़बूल बना दिया।

आइन्दा इजलास में जब हर ग्रुप के काम का जायज़ा लिया गया, तो वह तजवीज़ सामने आई कि अब चूँकि टाइफाइड की वबा ख़त्म हो चुकी है, लिहाज़ा डॉक्टरी इमदाद का ग्रुप तोड़ दिया जाए, लेकिन बाज़ स्काइ-लार्कों ने उसकी शदीद मुख़ालफ़त की। वे चाहते थे कि उस ग्रुप को बरक़रार रखा जाए और किसी बस्ती में जगह हासिल करके एक छोटा-सा अस्पताल क़ायम किया जाए। इन मंसूबे में चूँकि इख़राजात ज़्यादा थे, इसलिए मुत्तफ़िक़[6] तौर पर कोई फ़ैसला न हो सका। कई घंटे तक बहस जारी रही। आख़िर राय-शुमारी हुई और अक्सरियत इस बात के हक़ में निकली कि अस्पताल ज़रूर क़ायम किया जाए।

अस्पताल के लिए सबसे पहले एक क़िता-ए-अराज़ी[7] हासिल करना ज़रूरी था, चुनाँचे इस मक़सद के लिए एक इन्तज़ामी कमेटी बनाई गई, जिसने मुख़्तलिफ़ इलाक़ों में घूम-फिरकर एक ऐसी जगह मुन्तख़ब की, जो सड़क के किनारे थी और उसके नुक़्ता-ए-नज़र से निहायत मौज़ूँ थी। दूसरे ही दिन फ़लक-पैमा का एक वफ़द मुताल्लिक़ा-हुक्काम[8] से मिला। हुक्काम से मुलाक़ातों का यह सिलसिला एक अरसे तक जारी रहा। आख़िर बहुत दौड़-धूप के बाद एक

---

1. सावधानी के ढंग या तदबीरें, 2. अवैतनिक सेवाएँ, 3. केन्द्र, 4. अपर्याप्त, 5. व्याधि, रोग, 6. एकमत, सहमति, 7. जमीन का टुकड़ा, 8. सम्बन्धित अधिकारियों

क़िता-ए-अराज़ी का अलाटमेंट मिल गया, मगर इस क़िता-ए-अराज़ी के साथ मुश्किल यह थी कि उस पर चन्द ख़ानदान नाजायज़ तौर पर क़ाबिज़ थे और एक मुद्दत से वहाँ आबाद थे। वे उसे ख़ाली करने पर किसी तौर पर आमादा न थे। उनकी बेदख़ली का हुक्मनामा जारी किया गया, तो वे लड़ने-झगड़ने पर आमादा हो गए। ख़ासी नाज़ुक सूरतेहाल पैदा हो गई। फ़ौरन फ़लक-पैमा का हंगामी इजलास बुलाया गया, जिसमें यह तय किया गया कि सलमान अपना असरो-रसूख़ काम में लाए। इसलिए कि उस इलाक़े में तालीमे-बालिग़ाँ का जो मर्कज़ क़ायम था, उसका इंचार्ज सलमान ही था।

दूसरे ही रोज़ सलमान ने अपने शागिर्दों से इस सिलसिले में बातचीत की। मास्टरजी की बात किस तरह ख़ाली जा सकती थी। दोबारा इस मसले की जानिब तवज्जोह दिलाने की नौबत न आई। पूरी बस्ती उन लोगों के सिर हो गई कि प्लाट ख़ाली करो। मिन्नत-समाजत भी की और धमकी भी दी कि प्लाट ख़ाली न हुआ, तो उनका सोशल-बाइकाट कर दिया जाएगा।

यह लोग तादाद में थोड़े थे। बस्ती के हज़ारों अफ़राद से दुश्मनी मोल नहीं ले सकते थे। आख़िर उन्होंने जगह ख़ाली कर दी। बस्तीवालों ने दूसरी जगह उनके मकानात तामीर[1] करने के लिए चन्दा जमा किया। फिर सबने ख़ुद ही मिल-जुलकर पहले की तरह झुग्गियाँ और नीम-पुख़्ता मकानात तामीर कर दिए। यह सारा काम आनन-फ़ानन हुआ। न कोई खलबली मची, न हंगामा हुआ। सब काम इत्मीनान और सुकून से हो गया।

स्काइ-लार्कों ने एक रोज़ जाकर देखा, तो प्लाट ख़ाली था। मलबा तक साफ़ कर दिया गया था। चटियल ज़मीन सरमा[2] की हलकी बसन्ती धूप में उजली-उजली नज़र आ रही थी। जगह का मसला हल हो गया, तो अस्पताल की तामीर का काम ज़ेरे-बहस आया।

फ़ंड में सिर्फ़ छह हज़ार रुपए रह गए थे। सफ़दर बशीर ने मज़ीद दस हज़ार रुपए दिए, मगर यह रक़म भी अस्पताल के लिए कम थी।

स्काइ-लार्कों ने एक इजलास में माली-मुश्किलात[3] के पेशे-नज़र यह फ़ैसला किया कि अस्पताल की तामीर का काम ख़ुद अपने दस्त व बाज़ू से अंजाम दिया जाए।

इसी इजलास में यह तजवीज़ भी पेश हुई कि इलाक़े के अवाम से अस्पताल की तामीर के लिए चन्दा लेने की कोशिश की जाए, लेकिन कई स्काइ-लार्कों ने तजवीज़ की सख़्त मुख़ालफ़त की। इख़्तलाफ़े-राय के बाइस इस तजवीज़ पर इजलास में कोई फ़ैसला न हो सका। उसे आइन्दा इजलास तक मुल्तवी कर दिया गया, अलबत्ता स्काइ-लार्कों को हिदायत दी गई कि वे इलाक़े के रहनेवालों से बातचीत करने के बाद यह अन्दाज़ा लगाने की कोशिश करें कि अगर चन्दे की मुहिम शुरू हो जाए, तो उसकी कामयाबी के किस क़दर इम्कानात[4] हैं।

इतवार की सुबह सफ़दर बशीर की कोठी पर एक झलकती हुई कैडलक आकर रुकी। एक अधेड़ आदमी कार का दरवाज़ा खोलकर बाहर आया। उसका जिस्म किसी क़दर भारी-भरकम

---

1. निर्माण, 2. शरद ऋतु, 3. आर्थिक कठिनाइयाँ, 4. सम्भावनाएँ

था। सिर के बाल उड़े हुए थे। चेहरे पर सुर्ख़ी थी। आँखों पर सुनहरी फ़्रेम का चश्मा था। अपनी आन-बान और वज़ा-क़ता से वह ख़ासा मुअज़्ज़ज़ लगता था।

वह आहिस्ता-आहिस्ता घड़ी के सहारे चलता हुआ कोठी के अन्दर दाख़िल हुआ और सफ़दर बशीर से मिलने की ख़्वाहिश ज़ाहिर की।

सफ़दर बशीर उस वक़्त कोठी में मौजूद था।

ड्राइंग-रूम में दोनों की मुलाक़ात हुई। अजनबी ने सफ़दर बशीर से अपना तआरुफ़ कराया।

उसका नाम ख़ाँ बहादुर फ़र्ज़न्द अली था। उसके पास हज़ारों एकड़ ज़रई अराज़ी[1] और जायदाद थी। यह मतरूका-अमलाक[2] थी, जो उसने अपने क्लेम की बुनियाद पर अलाट कराई थी। ज़मींदारी के साथ-साथ उसने शहर में कारोबार भी शुरू कर दिया था। उसकी मुस्तकिल रिहाइश भी शहर ही में थी। वह ख़ानदानी रईस थे।

उसका बाप भी ख़ाँ बहादुर था, मगर आज ताजे-बरतानिया की गराँ-क़दर[3] ख़िदमात अंजाम देने और तमामतर वफ़ादारी और जाँनिसारी के बावजूद सर का ख़िताब हासिल करने का अरमान दिल में लिए दुनिया से रुख़सत हो गया था।

ख़ाँ बहादुर फ़र्ज़न्द अली ने मुलाक़ात का मक़सद यह बताया कि वह चन्दे की सूरत में फ़लक-पैमा की माली इमदाद करना चाहता है। इसके साथ ही उसकी कुछ तजावीज़ भी थीं। मसला चूँकि अहम था, लिहाज़ा सीनियर स्काइ-लार्कों से मशविरा करना ज़रूरी था। सफ़दर बशीर ने अली अहमद फ़हीम उल्लाह, और डॉक्टर ज़ैदी को भी ड्राइंग-रूम में बुला लिया। ख़ाँ बहादुर ने उनके सामने इमदाद की पेशकश की और इस ख़्वाहिश का इज़हार किया कि उसे अपनी तजावीज़[4] तमाम अरकान के सामने पेश करने का मौक़ा दिया जाए। यह बात फ़लक-पैमा की रिवायत के ख़िलाफ़ थी, मगर सफ़दर बशीर की सिफ़ारिश पर ख़ाँ बहादुर की दरख़्वास्त मंजूर कर ली गई।

तमाम स्काइ-लार्क इत्तिफ़ाक़ से हेडक्वार्टर में मौजूद थे, लिहाज़ा उसी वक़्त फ़लक-पैमा का हंगामी इजलास बुलाया गया। थोड़ी देर बाद तमाम स्काइ-लार्क कान्फ्रेंस-रूम में जमा हो गए। ख़ाँ बहादुर भी सफ़दर बशीर के हमराह कमरे में पहुँच गया। इजलास की सदारत के लिए अली अहमद का नाम तजवीज़ किया गया, जिसे दो स्काइ-लार्कों की ताईद से मंज़ूर कर लिया गया। अली अहमद सदर की कुर्सी पर बैठ गया।

इजलास की कार्रवाई का आग़ाज़ हुआ, तो सफ़दर बशीर ने खड़े होकर ख़ाँ बहादुर फ़र्ज़न्द अली का तमाम स्काइ-लार्कों से तआरुफ़ कराया और उसकी माली पेशकश का ज़िक्र करते हुए कहा कि ख़ाँ बहादुर इस सिलसिले में इजलास के सामने कुछ तजावीज़ पेश करना चाहते हैं।

जब सफ़दर बशीर अपनी बात कहकर बैठ गया, तो ख़ाँ बहादुर ने खड़े होकर सदर से इजाज़त ली। खँखारकर गला साफ़ किया। रूमाल से चेहरे का पसीना ख़ुश्क किया। चश्मा आँखों पर दुरुस्त किया। इस तैयारी पर उसने तक़रीबन एक मिनट सर्फ़ किया। उसके अन्दाज़ में एक ख़ास क़िस्म का रख-रखाव था। उसकी आवाज़ भारी थी। और लहजे में नरमी थी। बात करते वक़्त वह बार-बार अपनी गर्दन को एक ख़ास अन्दाज़ से ख़म देता था।

---

1. कृषि ज़मीन, 2. छोड़ी हुई जायदाद, 3. बहुमूल्य, 4. तजवीज़ें, प्रस्ताव

उसने सबसे पहले फ़लक-पैमा के फ़लाही कामों की तारीफ़ व तौसीफ़[1] की। स्काइ-लार्कों की ख़ातिरख़्वाह हौसला-अफ़ज़ाई की। वह उस वक़्त बड़े सरपरस्ताना[2] अन्दाज़ में बोल रहा था। बार-बार मुस्कराया। सिगार के हलके-हलके कश लगाता और सामने बैठे हुए स्काइ-लार्कों को ऐसी नज़रों से देखता, जैसे वे किसी दर्सगाह[3] के तालिबे-इल्म हैं, जिनका तजुर्बा महदूद और मुशाहिदा ज़िन्दगी के इब्तदाई मराहल में होता है। स्काइ-लार्कों ने उसकी बातों पर किसी नाराज़गी का इज़हार नहीं किया। वे न सिर्फ़ सिन व साल में उनसे बड़ा था, बल्कि ख़ासा बा-वक़ार[4] भी नज़र आता था।

ख़ाँ बहादुर अपनी बात कहते-कहते लम्हा-भर के लिए रुका। उसने अपना ब्रीफ़केस खोला। एक चैक निकाला और स्काइ-लार्कों के रू-ब-रू पेश करते हुए बोला, "मैंने सुना है कि आपकी तंज़ीम अस्पताल तामीर करना चाहती है और उसके लिए उसे माली इमदाद की ज़रूरत है।

इस सिलसिले में मेरी जानिब से एक हक़ीर[5] पेशकश है। यह बीस हज़ार का चैक..."

ख़ाँ बहादुर ने बीस हज़ार का ख़ास तौर पर ज़ोर दिया और स्काइ-लार्कों को इस तरह गर्दन ऊँची करके देखा कि वह चट्टान की तरह पुर-शुकोह[6] नज़र आने लगा। उसने बीस हज़ार का चैक सदर को दिया। लम्हा-भर तक ख़ामोश खड़ा रहा। अब उसके चेहरे पर गहरी संजीदगी छा गई थी। उसने सिगार पर लम्बा कश लगाया और स्काइ-लार्कों से ख़िताब करते हुए यूँ बोला, "मुझे यक़ीन है कि आप लोग ज़रूर अस्पताल तामीर कर लेंगे। आपमें वह जज़्बा व अमल पाया जाता है, जिससे ज़िन्दगी में बड़े-बड़े अंजाम दिए जा सकते हैं।"

अचानक उसने अपना लहजा बदल दिया। गर्दन को अपने मख़सूस अन्दाज़ में ख़म दिया, "मगर आप अस्पताल चलाएँगे किस तरह? मेरा मतलब है, उसके इख़राजात से है। उसकी दो ही सूरतें हो सकती हैं। हुकूमत की इमदाद या ज़ाती फ़ंड और यह दोनों ही सूरतें फ़िलहाल मुमकिन नहीं।" ख़ाँ बहादुर फ़र्ज़न्द अली ने सिगार के दो-चार कश लगाए। सामने बैठे हुए स्काइ-लार्कों पर ताइराना[7] नज़र डाली और सिलसिला-कलाम जारी रखते हुए कहा, "मुझे नहीं मालूम कि आपकी तंज़ीम ने इस मसला पर क्या सोचा है, अलबत्ता इस सिलसिले में मेरी एक तजवीज़ है। उम्मीद है कि आप इसे पसन्द फ़रमाएँगे। देखिए, बुनियादी बात यह है कि अस्पताल के इख़राजात के लिए एक मुस्तक़िल आमदनी का वसीला होना ज़रूरी है। क्यों न आप ऐसा करें कि अस्पताल के नाम पर दवाएँ इम्पोर्ट करने का लाइसेंस हासिल करें। यह लाइसेंस तो बहरहाल आपको हासिल करना ही पड़ेगा, मगर इसमें इतना और करना पड़ेगा कि लाइसेंस अस्पताल की ज़रूरियात से ज़्यादा हो। कम-अज़-कम दुगना होना चाहिए। दवाओं का जो फ़ाज़िल[8] कोटा बचे, उसे बाज़ार में बहुत अच्छी क़ीमत पर फ़रोख़्त किया जा सकता है। मेरा मतलब है, आप बख़ूबी समझ गए होंगे।"

उसने ब्लैक मार्किट में दवाएँ फ़रोख़्त करने की बात कहने से हत्ता-वसा[9] एतिराज़[10] किया। सिर्फ़ मुस्कराकर स्काइ-लार्कों को देखा। "इम्पोर्ट लाइसेंस और दवाओं की फ़रोख़्त के बारे में आपको परेशान होने की ज़रूरत नहीं। उसका बन्दोबस्त मैं कर दूँगा, अलबत्ता यहाँ एक बात की वज़ाहत ज़रूरी मालूम होती है, वह यह कि दवाओं की फ़रोख़्त से जो मुनाफ़ा होगा, उसमें

1. प्रशंसा, 2. अभिभावकता, 3. पाठशाला, 4. प्रतिष्ठित, 5. तुच्छ, 6. आभापूर्ण, जलाल भरा, 7. सरसरी, 8. फालतू, 9. यथाशक्ति, 10. परहेज़

पचास फ़ीसद उस पार्टी को देना पड़ेगा, जो आपके लिए इम्पोर्ट लाइसेंस मुहैया करेगी और दवाएँ फ़रोख़्त करने की भी ज़िम्मेदार होगी। इसलिए कि यह काम आप लोगों के बस का नहीं!"

उसकी तजवीज़ सुनकर स्काइ-लार्कों ने बेचैनी से पहलू बदले। कमरे की फ़िज़ा में इरतियाश[1] पैदा हुआ, मगर किसी ने ज़बान से एक लफ़्ज़ नहीं निकाला। सब ख़ामोश बैठे रहे। ख़ाँ बहादुर ने उस बदली हुई फ़िज़ा को महसूस किया और बड़े शगुफ़्ता अन्दाज़ में मुस्कराकर बोला, "मुमकिन है कि आप लोग मेरी इस तजवीज़ पर चौंकें कि यह शख़्स क्या बक रहा है। हमें ब्लैक मार्किटिंग की तर्ग़ीब[2] दे रहा है," इस दफ़ा वह खुलकर मुस्कराया, "है तो भई यह ब्लैक मार्किटिंग...मगर, साहब, कभी-कभी यह भी करना पड़ता है। सर सैयद मरहूम को अपने मिशन के लिए तवायफ़ों से भी चन्दा मिला था। मौलवियों ने बड़ा शोर मचाया कि यह हराम की कमाई है। इसका इस्तेमाल क़तई ग़ैर-शरई है। सर सैयद अगर उनकी बातों से मरऊब हो जाते, तो जनाब, आज यह अलीगढ़ मुस्लिम यूनिवर्सिटी नज़र न आती, जिसने सच पूछिए, तो बरसग़ीर[3] के मुसलमानों में सियासती-बसीरत और बेदारी[4] का जज़्बा पैदा किया। मिर्ज़ा ग़ालिब ने ग़ालिबन इसी मौक़े के लिए कहा था :

*मिरी तामीर में मुज़्मर[5] है इस सूरत ख़राबी की*

उसने स्काइ-लार्कों पर ताइराना नज़र डाली, "कहने का मतलब यह है कि नेक काम के लिए कभी-कभी बुराई का सहारा भी लेना पड़ता है!"

ख़ाँ बहादुर ने ज़रा देर के लिए ख़ामोशी इख़्तियार की। सिगार से थोड़ा-सा शग़ल किया और फ़ातिहाना अन्दाज़ से सिर ऊँचा करके तमाम स्काइ-लार्कों के रद्दे-अमल का अन्दाज़ा लगाने की कोशिश की। स्काइ-लार्कों में कुशादगी का अहसास ज़ाइल हो रहा था। उनके चेहरे सोचते हुए नज़र आ रहे थे। कमरे में ख़ामोशी छाई थी। ख़ाँ बहादुर ने खँखारकर गला साफ़ किया और लहजे में शफ़क़त पैदा करते हुए बोला, "जी चाहता है कि आप लोगों के साथ कुछ काम करूँ। भागदौड़ करना अब मेरे बस की बात नहीं। उम्र बचपन से भी तजावीज़[6] कर चुकी है, मगर काम करने का हौसला ज़रूर है। आप लोग तो मुझे अपना मशीर[7] बना लें। फिर देखिए, मैं कैसे इस तंज़ीम को चलाता हूँ। मेरा एक मशविरा याद रखिए। हर काम के लिए रुपया बहुत बड़ी क़ुव्वत है।

तंज़ीम बना लेना आसान है, मगर उसका चलाना बहुत मुश्किल है। बग़ैर फ़ंड के कोई जमाअत या तंज़ीम नहीं चलती। बहरहाल, मैंने आपके सामने एक मुख़्लिसाना[8] तजवीज़ पेश की है। अब जो जी चाहे, आप लोग फ़ैसला करें। आपको इख़्तियार है। वह क्या कहा है किसी शायर ने :

*मानो, न मानो, जाने जहाँ इख़्तियार है*
*हम नेक व बद हज़ूर को समझाए देते हैं*

---

1. कँपकँपाहट, 2. शिक्षा, 3. उपमहाद्वीप, 4. राजनीतिक दृष्टि और जागृति, 5. गुप्त, 6. सीमा पार करना, 7. सलाहकार, 8. सहृदयपूर्ण

"बस मुझे यही अर्ज़ करना था। आगे आप लोगों की मर्ज़ी। मैंने ख़ुलूस-दिल और नेकनीयती से अपनी मारूज़ात[1] पेश कर दी।"

वह इत्मीनान से कुर्सी पर बैठ गया और आहिस्ता-आहिस्ता सिगार का कश लगाता रहा। कमरे में कुछ देर ख़ामोशी छाई रही।

फिर कई स्काइ-लार्कों ने सदर से बोलने की इजाज़त चाही, मगर उसने किसी को कुछ कहने का मौक़ा नहीं दिया। ख़ाँ बहादुर को मुख़ातिब करते हुए कहा, "ख़ाँ साहब! हम आपके क़ीमती मशविरों के लिए बेहद ममनून हैं। अब हमें इस बात का मौक़ा दीजिए कि हम उसके तमाम पहलुओं पर ग़ौर करके किसी नतीजे पर पहुँच सकें!"

ख़ाँ बहादुर ने कहा, "आप अपने फ़ैसले से मुझे कब तक मुत्तला कर सकेंगे?"

"मुझे यक़ीन है कि इसी इजलास में कुछ-न-कुछ ज़रूर तय हो जाएगा!"

वह बोला, "अगर आप मुझे भी बहस में हिस्सा लेने का मौक़ा दें, तो मुझे अपना नुक़्ता-ए-नज़र समझाने में सहूलत होगी।"

अली अहमद ने उसकी राय से इत्तिफ़ाक़ न किया। साफ़गोई से काम लेते हुए कहा, "मुझे अफ़सोस है कि मैं ऐसी इजाज़त न दे सकूँगा। यह बेज़ाबिता[2] बात होगी। मैं समझता हूँ कि आपने अपनी बात बड़ी वज़ाहत के साथ बयान कर दी। अब इससे ज़्यादा वज़ाहत की और क्या ज़रूरत हो सकती है!"

ख़ाँ बहादुर फ़र्ज़न्द अली ने मज़ीद इसरार न किया। वह रात के नौ बजे आने का वायदा करके रुख़सत हो गया। सफ़दर बशीर ने तमाम स्काइ-लार्कों की जानिब से उसका शुक्रिया अदा किया और कोठी के गेट पर छोड़ने गया।

उसके जाने के बाद इजलास की कार्रवाई अज़-सरे-नौ[3] शुरू की गई। सदर ने ख़ाँ बहादुर की तजावीज़ पर स्काइ-लार्कों को इज़हारे-राय की दावत दी। वे बहुत देर से बोलने के लिए बेचैन थे। एक बार ही कई स्काइ-लार्कों ने बोलना शुरू कर दिया। इस तरह इजलास में गड़बड़ पैदा हो गई। वे चीख़-चीख़कर बोल रहे थे। उनमें ऐसे भी थे, जो ख़ाँ बहादुर के हमख़याल थे और वे भी थे, जो उसकी शदीद मुख़ालफ़त कर रहे थे। इजलास का रंग बिगड़ता जा रहा था। अली अहमद ने बड़ी मुश्किल से सूरतेहाल को क़ाबू में किया और बहस के लिए यह तरीक़ा इख़्तियार किया, कि एक एक स्काइ-लार्क अगर तजवीज़ की हिमायत में बोलता, तो दूसरे को मुख़ालफ़त में बोलने का मौक़ा दिया जाता। फिर भी बार-बार मुदाख़लत की जाती।

इस बहस से जल्द ही अन्दाज़ा हो गया कि स्काइ-लार्कों की अक्सरियत ख़ाँ बहादुर की हमख़याल है। उनमें से सलमान पेश-पेश था। वह इस वक़्त बेहद जज़्बाती हो रहा था। उसने अपनी तक़रीर में न सिर्फ़ इस बात पर ज़ोर दिया कि ख़ाँ बहादुर की तजवीज़ क़ुबूल कर ली जाए, बल्कि जज़्बात की रौ में और भी बहुत कुछ कह गया। तक़रीर करते-करते एक बार उसने आवाज़ ऊँची करते हुए कहा, "आपको दवाओं की चोर-बाज़ारी पर इतिराज़ है। मैं तो कहता हूँ कि अगर हमें बैंकों को लूटना पड़े, सरमायादारों की तिजौरियाँ तोड़ना पड़ें, जागीरदारों के महलों पर डाका डालना पड़े, तो हमें इससे भी गुरेज़ नहीं करना चाहिए। हमें रुपया चाहिए। ग़रीब और पसमान्दा अवाम की फ़लाह व बहबूद के लिए, उनकी भलाई के

1. प्रार्थनाएँ, 2. बेकायदा, 3. नए सिरे से

लिए। हम उसके लिए सब कुछ कर सकते हैं। हमारा नस्बुलऐन[1] बुलन्द और हमारा मक़सद अज़ीम है। हमें झूठी अख़्लाक़ी अक़दार को नज़रअन्दाज़ करके यह देखना चाहिए कि हम किस तरह जल्द-से-जल्द अपने प्रोग्राम को अमलीजामा पहना सकते हैं। हमें वक़्त की अहमियत किसी हाल में भी फ़रामोश[2] नहीं करना चाहिए।''

वह देर तक इसी अन्दाज़ में बोलता रहा। उसने तक़रीर ख़त्म की, तो उसके हमख़याल स्काइ-लार्कों ने ज़ोर-ज़ोर से तालियाँ बजाईं।

फ़लक-पैमा का यह इजलास तीसरे पहर को शुरू हुआ था और शाम तक जारी रहा। स्काइ-लार्कों ने उस रोज़ तीसरे पहर की चाय भी कान्फ्रेंस-रूम में ही पी और इजलास की कार्रवाई जारी रखी। बड़ी गर्मागर्म बहस हुई। जब शाम का धुँधलका कोठी के दरो-दीवार पर फैल गया और कान्फ्रेंस-रूम की दीवारगीरियों से नारंजी शुआएँ फूटने लगीं, तो अली अहमद बोलने के लिए खड़ा हुआ। उसका चेहरा संजीदा था। आँखों में सुकून था। उसने जज़्बात से आरी[3] नरम और शगुफ़्ता[4] लहजे में अपनी तक़रीर शुरू की, ''स्काइ-लार्क साथियो! मैं जो कुछ कहना चाहता हूँ, यह इजलास के सदर की हैसियत से नहीं, बल्कि एक आम स्काइ-लार्क की हैसियत से। यह मेरी इनिफ़रादी राय होगी। मैं समझता हूँ कि स्काइ-लार्कों ने ख़ाँ बहादुर फ़र्ज़न्द अली की तजवीज़ के बुनियादी मक़सद को समझने की कोशिश नहीं की। ख़ाँ बहादुर कारोबारी क़िस्म के आदमी हैं। रुपए से रुपया पैदा करना उनका मक़सदे-हयात[5] है!''

सलमान ने मुदाख़लत करते हुए कहा, ''हमें भी ख़ाँ बहादुर के बारे में किसी क़िस्म की ख़ुशफ़हमी नहीं है। हम उनको फ़रिश्ता नहीं समझते, लेकिन इसके साथ ही हमें यह देखना चाहिए...''

अली अहमद ने सलमान को आगे बोलने का मौक़ा नहीं दिया, ''मैं स्काइ-लार्क सलमान अहमद से दरख़्वास्त करूँगा कि वह मुझे अपनी बात कहने का मौक़ा दें,'' सलमान ने उसे मुश्तइल[6] करने की कोशिश नहीं की और ख़ामोशी से अपनी कुर्सी पर बैठ गया। अली अहमद ने अपनी तक़रीर जारी रखते हुए कहा :

''तो मैं यह अर्ज़ कर रहा था कि ख़ाँ बहादुर का मक़सदे-हयात ज़्यादा-से-ज़्यादा रुपया पैदा करना है, यानी अपनी ज़रूरियात से बहुत ज़्यादा दौलत हासिल करने की ख़्वाहिश! यह ख़्वाहिश एक मुजरिमाना फ़ेल[7] है। इसका मतलब है, दूसरों के घरों से रोशनी छीनकर अपने ऐवानों[8] में चिराग़ाँ करना। ग़रीबों के पसीने से झलकती हुई कारों के लिए पैट्रोल मुहैया करना। लाखों इंसानों के लिए बरहंगी[9] और अपने लिए अतलस व किमख़ाब[10]!'' अली अहमद का लहजा बतदरीज[11] तीखा होता गया। उसकी आवाज़ में घन-गरज पैदा हो गई, ''यह मेहनत का इसतिहसाल[12] है, डाकाज़नी है।''

स्काइ-लार्कों में सनसनी फैल गई। वह सिहरज़दा इंसानों की तरह ख़ामोश बैठे अली अहमद को देखते रहे, जो अब ऊँची आवाज़ से बोल रहा था :

''ख़ाँ बहादुर से हमारा कोई समझौता नहीं हो सकता। हमारी राहें एक-दूसरे से बिल्कुल मुख़्तलिफ़ हैं। वे फ़लक-पैमा को अपने मक़ासिद[13] का आला-कार[14] बनाना चाहते हैं। पहले

---

1. चरमलक्ष्य, 2. भूलना, 3. विहीन, 4. प्रफुल्लित, 5. जीवन का उद्देश्य, 6. उत्तेजित, 7. क्रिया, कार्य, 8. महलों, 9. नग्नता, 10. एक क़ीमती परिधान, 11. धीरे-धीरे, 12. शोषण, 13. उद्देश्य, 14. हथियार

दवाओं की ब्लैक-मार्किट होगी और ख़ाँ बहादुर के मशविरों पर यूँ ही अमल होता रहा, तो फिर एक दिन ऐसा भी आएगा कि अस्पताल में दवाओं के बजाय रंगीन पानी की बोतलें नज़र आएँगी। दवाएँ चोर बाज़ार में पहुँच जाया करेंगी और बीमारियों में मुब्तला बे-सहारा और मोहताज इंसान सिसक-सिसककर दम तोड़ते रहेंगे," अली अहमद ने हाथ उठाकर अंगुशते-शहादत[1] से बुलन्दी की तरफ़ इशारा करते हुए कहा, "मैं इस तजवीज़ के पसे-परदा[2] फ़लक-पैमा की तबाही देख रहा हूँ। स्काइ-लार्कों का इबरतनाक अंजाम!" इजलास पर सन्नाटा छा गया। हर स्काइ-लार्क दम-ब़ख़ुद था।

"क्या ज़रूरी है कि फ़लक-पैमा एक शानदार अस्पताल तामीर करे, जिसके कसीर[3] इख़राजात के लिए न सिर्फ़ ब्लैक-मार्किटिंग बल्कि बाज़ स्काइ-लार्कों के मुताबिक़ डाकाज़नी और लूटमार की तक की जाए।" उसका इशारा बराहे-रास्त सलमान की जानिब था।

"जनाबे-मन! यह राबिन-हुड के शाह रिचर्ड का अहद नहीं है, जब चन्द अमीरों को लूटकर चन्द ग़रीबों की मदद की जाती है। यह इल्म व आगही[4] का दौर है। साइंस और जम्हूरियत का दौर है। आज इंसान को अपने मसाइल की बख़ूबी अद्राक[5] है। वह अपने लिए जद्दोजहद कर रहा है। जो लोग इन मसाइल का हल नहीं जानते, वह दहशतगर्दी और ला-कानूनियत की तब्लीग़[6] करते हैं। हमारे मुल्क के बहुत-से नौजवान जज़्बाती होकर इसी अन्दाज़ से सोचते हैं। यह गुमराहकुन रुझान है। यह तबाही का रास्ता है।"

अली अहमद ने तमाम स्काइ-लार्कों के चेहरों का जायज़ा लिया और अपने लहजे में नरमी पैदा करते हुए बोला, "जहाँ तक ख़ाँ बहादुर का ताल्लुक़ है, मैं उनके साथ इस हद तक तआवुन करने का मशविरा दूँगा कि वह अस्पताल की तामीर के लिए जो चन्दा दे रहे हैं, उसे क़ुबूल कर लिया जाए और उनकी तजवीज़ मुस्तरद[7] कर दी जाए, हालाँकि मुझे यक़ीन है कि अगर उनकी तजवीज़ मंजूर न की गई, तो वह फ़लक-पैमा को चन्दा देने पर आमादा न होंगे। यही उनके ख़लूस और नेकनीयती की आज़माइश होगी। मुझे इससे ज़्यादा और कुछ नहीं कहना! मैंने अपनी राय का पूरी दियानतदारी से इज़हार कर दिया। फ़ैसला आप सब मिलकर करेंगे।"

कमरे में ख़ामोशी छा गई।

अली अहमद ने इजलास की फ़िज़ा बदल दी।

चुनाँचे राय-शुमारी की भी ज़रूरत न पड़ी।

तमाम स्काइ-लार्कों ने उसकी राय से इत्तिफ़ाक़ किया। इजलास ख़त्म हुआ, तो स्काइ-लार्कों के चेहरों पर इत्मीनान और सुकून था। वह हँस-हँसकर बातें कर रहे थे और अपनी-अपनी ड्यूटी पर जाने की तैयारियाँ कर रहे थे।

रात के नौ बजे थे।

ख़ाँ बहादुर की कार फ़लक-पैमा के हेडक्वार्टर के सामने एक बार फिर नमूदार हुई। वह मुस्कराता हुआ ड्राइंग-रूम में दाख़िल हुआ।

---

1. तर्जनी, 2. परदे के पीछे, 3. बहुतायत, अधिक, 4. विद्या व ज्ञान, 5. बोध, 6. प्रचार, 7. अस्वीकार

सफ़दर बशीर, अली अहमद, और फ़हीम उल्लाह उसका इन्तज़ार कर रहे थे। ख़ाँ बहादुर ने कुछ देर तक इधर-उधर की गुफ़्तगू की। फिर हर्फ़े-मतलब[1] पर आ गया।

"कहिए, क्या फ़ैसला हुआ आपके इजलास में?"

सफ़दर बशीर ने जवाब दिया, "ख़ाँ बहादुर साहब! हमें अफ़सोस है कि हम आपकी तजवीज़ पर अमल नहीं कर सकेंगे, अलबत्ता अगर आप अस्पताल की तामीर के लिए हमारी माली इमदाद करना चाहें, तो हम आपके बेहद मसनून होंगे!"

ख़ाँ बहादुर का चेहरा फ़क़ हो गया। घबराकर बोला, "ऐसी सूरत में संजीदगी से ग़ौर करना पड़ेगा कि मुझे क्या करना चाहिए!"

अली अहमद ने निहायत ख़ामोशी से बीस हज़ार का चैक निकालकर उसके सामने डाल दिया, "यह चैक हाज़िर है। आप जैसा मुनासिब समझें, फ़ैसला करें!"

ख़ाँ बहादुर ने मुस्कराने की कोशिश की। लहजे में नरमी पैदा करते हुए कहा, "देखिए, बुरा मानने की बात नहीं। रुपया बड़ी मेहनत से हासिल होता है, लिहाज़ा आप मुझे यह हक़ तो देंगे कि अगर मैं किसी मक़सद के लिए चन्दा दूँ, तो यह भी देखूँ कि मेरी रक़म सही काम पर सर्फ़ हो रही है या नहीं। फिर आप यह भी ग़ौर करें कि बीस हज़ार बहुत बड़ी रक़म होती है!"

"यह हक़ आपसे कौन छीन सकता है?" अली अहमद ने निहायत संजीदगी से कहा, "अगर आप फ़लक-पैमा के प्रोग्राम से मुत्तफ़िक़ नहीं हैं, तो फिर किसी तआवुन का सवाल ही पैदा नहीं होता!"

"ओहो!" आप मेरी बात का मतलब नहीं समझ सके। आपके प्रोग्राम से तो मुझे सौ फ़ीसद इत्तिफ़ाक़ है, लेकिन जिस तरह आप उस पर अमल करना चाहते हैं, उससे मुझे थोड़ा-सा इख़्तलाफ़ है। भई, आप लोगों ने मेरी तजवीज़ पर मालूम होता है, जज़्बाती अन्दाज़ से ग़ौर किया है, वरना उसे मंजूर न करना बड़ी अजीब-सी बात लगती है!"

सफ़दर बशीर ने कुछ कहना चाहा, मगर इससे पहले फ़हीम उल्लाह बोल पड़ा, "ख़ाँ बहादुर साहब! आपकी तजवीज़ के हर पहलू पर इजलास में ग़ौर किया गया और जो फ़ैसला हो चुका है, उसमें तब्दीली की कोई गुंजाइश नहीं!"

"साहब! बात कुछ मेरी समझ में आई नहीं," ख़ाँ बहादुर ने बेज़ारी से मुँह बिगाड़ा।

फ़हीम उल्लाह ने अपनी बड़ी-बड़ी आँखों से ख़ाँ बहादुर को देखा और किसी क़दर तीखे लहजे में बोला, "मुआफ़ कीजिए, आपकी समझ में यह बात आ भी नहीं सकती! हमारे और आपके सोचने के तरीक़े में बुनियादी फ़र्क़ है!"

ख़ाँ बहादुर की पेशानी पर बल आ गया।

फ़हीम उल्लाह की बात उसे सख़्त नागवार गुज़री। ज़रा देर ख़ामोश बैठा सोचता रहा। फिर उसने चैक उठाकर इत्मीनान से ब्रीफ़केस में रखा और शगुफ़्ता-मिज़ाजी के इज़हार के तौर पर ज़बरदस्ती मुस्कराकर बोला, "भई, आप लोग माशाअल्लाह नौजवान हैं। ताज़ा ख़ून है। अब यह आपकी मर्ज़ी। मेरी बात मानें या न मानें!"

वह ज़्यादा देर न ठहरा। चन्द ही मिनट बाद उठकर चला गया।

---

1. मतलब की बात

## [5]

नियाज़ उन दिनों सख़्त परेशानी में मुब्तला था। हुआ यह कि मिलिटरी-डिपू से डिस्पोज़ल का कुछ सामान निकला, जिसके नीलाम में वह भी गया। उसमें ऊनी कम्बलों की एक बड़ी लॉट थी। बोली ख़िलाफ़े-तवक़्क़ो[1] ऊँची गई। नियाज़ घर से यह सोचकर आया था कि उसे यह लॉट ख़रीदना है। वह बोली बढ़ाता चला गया। अठारह हज़ार में पूरी लॉट उसके नाम छूट गई।

वह ख़ुशी-ख़ुशी सारा माल ट्रकों में भरकर दुकान पर लाया। सर्दी का मौसम शुरू हो चुका था। उसने सोचा, कम्बलों के अच्छे दाम मिल जाएँगे।

लेकिन जब उसने बंडलों को खोला, तो सिर पकड़कर बैठ गया। सारे कम्बल बोसीदा और गले हुए थे। ज़रा-सा दबाव पड़ता, तो काग़ज़ की तरह मस्क जाते। डिपू के जिस स्टोर में कम्बल रखे थे, वहाँ निशेब था। बरसात का सारा पानी स्टोर के अन्दर किसी-न-किसी तौर दाख़िल हो गया। कम्बल अरसे तक उसमें पड़े-पड़े गल गए थे। मुनाफ़ा तो एक तरफ़ रहा, लागत निकलने के लाले पड़ गए। दो-एक दलालों को उसने माल दिखाया। वे बाज़ार में नमूना लेकर गए और चुपचाप दुकान पर लाकर डाल गए। कोई कौड़ियों के मोल भी कम्बलों को लेने के लिए तैयार न था। नियाज़ की रातों की नींद उड़ गई।

वह हर वक़्त गहरे सोच में डूबा रहता। चन्द ही रोज़ में उसका चेहरा मुरझा गया। पेशानी पर स्याह लकीरें उभर आईं। इसी परेशानी के आलम में एक रोज़ वह घर पहुँचा, तो ख़िलाफ़े-मामूल बीवी को दालान में न पाकर उसे ताज्जुब हुआ। दर्याफ़्त करने पर मालूम हुआ कि तीसरे पहर से उसकी तबीयत गड़बड़ है। वह इस वक़्त कमरे में लेटी थी। नियाज़ ने जाकर देखा तेज़ बुख़ार था। हरारत से चेहरा तमतमा रहा था। आँखें सूजी हुई थीं। बीवी के सिरहाने खड़े-खड़े नियाज़ ने सोचा कि अब इस मंसूबे को अमलीजामा पहनाने का वक़्त आ गया है, जिस पर वह अरसा-दराज़ से ग़ौर कर रहा था।

बज़ाहिर उसने बीवी से दिलजोई की बातें कीं और तसल्ली देकर डॉक्टर मोटू की तरफ़ चला गया। डॉक्टर मतब[2] बन्द करके जाने ही वाला था। उस वक़्त कोई मरीज़, मौजूद न था। कम्पाउंडर भी जा चुका था। दोनों ने तनहाई में बैठकर इत्मीनान से बातें कीं।

मुआमला पहले ही तय हो चुका था। अब नियाज़ को मुआहिदे के मुताबिक़ एक हज़ार रुपए पेशगी अदा करने थे, जिसे मुहैया करना फ़िलहाल उसके लिए मुश्किल था। उन दिनों उसका सारा सरमाया कम्बलों के अलावा दो-एक और सौदों में भी फँसा हुआ था। उसने डॉक्टर से कुछ मोहलत चाही, तो उसने बड़े रूखेपन से कहा, "नहीं!! भई, पेशगी रक़म पहले मिलनी चाहिए! उसके बाद ही कुछ होगा।"

इस इनकार पर नियाज़ सटपटाकर रह गया। उसने डॉक्टर को अपनी माली परेशानियाँ बताईं। मिन्नत-समाजत की, तो वह ज़रा नरम पड़ा और बड़ी मुश्किल से महीना-भर की मोहलत दी, मगर साथ ही यह धमकी भी दी कि अगर रक़म वक़्त पर न मिली, तो वह इंजेक्शन लगाना बन्द कर देगा।

---

1. आशा के प्रतिकूल, 2. चिकित्सालय, दुकान

नियाज़ उसी वक़्त डॉक्टर मोटू के हमराह घर आया। डॉक्टर ने मरीज़ा की नब्ज़ देखी। टेम्प्रेचर लिया। तश्वीश की क़तई कोई बात न थी। मौसमी बुख़ार था। दो-एक रोज़ में इलाज-मुआलजे के बग़ैर भी वह सेहतयाब हो जाती, मगर डॉक्टर ने एक अजीबो-ग़रीब बीमारी का नाम लेकर मर्ज़ को पेचीदा और ख़तरनाक बताया। उसकी तश्ख़ीस[1] के मुताबिक़ मरीज़ा का जिगर बिल्कुल ख़राब हो चुका था और आँतों में ज़ख़्म पड़ गए थे। उसने मरीज़ा के सामने ही नियाज़ को मशविरा दिया कि इलाज पाबन्दी से होना चाहिए, वरना जान का ख़तरा है। इलाज के लिए उसने इंजेक्शनों का कोर्स तजवीज़ किया। पहला इंजेक्शन इसी वक़्त लगाया और मरीज़ा को हिदायत की कि पानी कम पिए। ग़िज़ा[2] में नमक का इस्तेमाल ज़्यादा करे और जिस्मानी मुशक़्क़त से परहेज़ करे।

दो-तीन रोज़ में सुलताना की माँ का बुख़ार उतर गया। तबीयत सँभलने लगी।

डॉक्टर मोटू हर चौथे रोज़ आकर ख़ुद अपने हाथ से इंजेक्शन लगाता। यह सिलसिला चलता रहा। मरीज़ा की तबीयत कुछ अरसा तक ठीक रही, लेकिन अचानक फिर बिगड़ने लगी। डॉक्टर ने कुछ पेटेंट दवाएँ तजवीज़ कीं, जिनसे किसी क़दर अफ़ाक़ा हो गया।

मगर वह रोज़-ब-रोज़ कमज़ोर होती जा रही थी। वह हमेशा से सख़्त मुशक़्क़त की आदी थी। डॉक्टर के मना करने के बावजूद घर के काम-काज में दिलचस्पी लेती, लेकिन ज़रा-सा जिस्मानी काम करने के बाद उसकी साँस फूल जाती। आँखों तले अँधेरा छा जाती। वह निढाल होकर बिस्तर पर गिर पड़ती। देर तक तबीयत क़ाबू में न आती।

एक रोज़ उसने दबी ज़बान से अपनी बिगड़ती हुई हालत का नियाज़ से तज़्किरा किया।

वह ख़फ़गी[3] से बोला, "तुमको तो वहम हो गया है।"

"आपको क्या पता, मेरी क्या हालत हो रही है। न जाने यह डॉक्टर कैसा इलाज कर रहा है। तबीयत सँभलने के बजाय दिन-ब-दिन गिरती जा रही है।"

"तुम हमेशा की शक्की हो! हर वक़्त उलटी-सीधी बातें सोचा करती हो। मुझे तो कहीं से तुम्हारी हालत बिगड़ती हुई मालूम नहीं होती, बल्कि पहले से अब सेहत अच्छी है। यूँ वहम का इलाज तो हकीम-लुक़मान के पास भी नहीं था।"

वह ज़िच[4] होकर बोली, "मैं कैसे बताऊँ कि मेरी क्या हालत है?"

नियाज़ ग़ुस्से से आँखें निकालकर चीख़ा, "तो फिर ख़ैराती अस्पताल चली जाओ। तुमको तो वहीं के इलाज से आराम मिलेगा!"

लम्हा-भर के लिए उसने तवक्क़ुफ़ किया। फिर बुझे हुए लहजे में बोला, "देखो, आजकल मैं यूँ ही एक चक्कर में फँसा हुआ हूँ। तुम ख़्वाहमख़्वाह मुझे परेशान न करो, वरना कहीं अपना मुँह काला करके चला जाऊँगा। फिर बैठी जिससे चाहे, इलाज कराती रहना!" उसकी धमकी सुनकर वह एकदम सन्नाटे में आ गई।

उसने कोई बात नहीं की। ख़ामोश बैठी रही।

नियाज़ थोड़ी देर बैठा ग़ुस्से से बड़बड़ाता रहा। फिर उठकर घर से बाहर जाने लगा। उस वक़्त उसके चेहरे पर झुँझलाहट थी। वह बार-बार उँगलियों को आपस में रगड़ रहा था। उसे जाते देखकर बीवी ने टोका, "इतनी रात गए कहाँ जाने का इरादा है?"

---

1. रोगनिर्णय, निदान, 2. भोजन, 3. क्षुब्ध, 4. तंग

वह झल्लाकर बोला, "जहन्नुम में!"

वह उठकर उसकी जानिब बढ़ी, "आपको मेरी क़सम, जो घर से बाहर गए!"

नियाज़ के क़दम दरवाज़े पर पहुँचते-पहुँचते सुस्त पड़ गए। वह उसके क़रीब पहुँची, और बाज़ू थामकर कमरे में ले आई।

नियाज़ रूठे हुए बच्चे की तरह मुँह फुलाकर बिस्तर पर लेट गया। बीवी सिरहाने बैठी देर तक उसका सिर दबाती रही।

इस वाक़िए के बाद उसने नियाज़ से अपनी गिरती हुई सेहत के मुतअल्लिक़ एक लफ़्ज़ नहीं कहा। इलाज का सिलसिला जारी रहा।

इंजेक्शन लगते रहे और उसका जिस्म सरसों की तरह पीला पड़ता गया। ऐसा महसूस होता, जैसे दिल अन्दर-ही-अन्दर बैठा जा रहा है।

उसका दम बावला जाता और इख़तिलाजी-कैफ़ियत[1] तारी हो जाती।

इलाज करते हुए चौथा हफ़्ता शुरू हो चुका था। नियाज़ को डॉक्टर की रक़म की फ़िक्र थी। वह एक हज़ार रुपए दे तो सकता था, मगर इतनी रक़म निकल जाती, तो उसकी दुकान ठप्प हो जाती। उन दिनों वह दो ढाई हज़ार रुपए के लौट-फेर से कारोबार चला रहा था। नियाज़ की परेशानी बराबर बढ़ती जा रही थी। रह-रहकर सोचता कि डॉक्टर ने इंजेक्शन लगाना बन्द कर दिए, तो बहुत बुरा होगा। प्रीमियम की पहली क़िस्त जो उसने कई हज़ार रुपए की सूरत में इंश्योरेंस कम्पनी को अदा की थी, डूब जाएगी। बग़ैर इंजेक्शनों के बीमे की पॉलिसी जारी रखना फ़ुज़ूल था।

वह इसी ज़ेहनी उलझन में मुब्तला था कि ख़ाँ बहादुर फ़र्ज़न्द अली की फ़र्म का कारिन्दा एक शाम नियाज़ के पास आया। उसकी बातों से पता चला कि ख़ाँ बहादुर को किसी दलाल के ज़रिए मालूम हुआ है कि नियाज़ के पास ख़ासी बड़ी तादाद में कम्बल मौजूद हैं। ख़ाँ बहादुर कम्बलों की ख़रीदारी में दिलचस्पी रखता है।

दूसरे ही रोज़ वह ख़ाँ बहादुर फ़र्ज़न्द अली से ख़ुद मिला। वह बड़ी ख़न्दा-पेशानी से पेश आया। अपने शानदार दफ़्तर में बिठाकर उसने नियाज़ को निहायत पुर-तकल्लुफ़ चाय पिलाई। पास रखी हुई फ़ाइल खोलकर एक टाइप किया हुआ काग़ज़ निकाला और नियाज़ को दिखाकर बोला, "मेरे पास पाँच हज़ार कम्बलों की सप्लाई का यह सरकारी ऑर्डर है। अगर मुआमला पट जाए, तो आपका सारा स्टाक निकलवा दूँगा।"

नियाज़ ने फ़ौरन कहा, "तो फिर सोचना क्या है! कुछ ऐसा भाव लगा दीजिए कि मुझे भी दो पैसे मिल जाएँ, मैं सारा माल देने को तैयार हूँ!"

ख़ाँ बहादुर ने साफ़गोई से काम लिया, "देखिए, मैं कम्बल ख़ुद नहीं ख़रीदूँगा। आपका माल मेरे तवस्सुत से जाएगा। रेट तय करने की ज़रूरत नहीं। मैंने अपने टेंडर में दस रुपए फ़ी कम्बल का रेट दिया था। गवर्नमेंट ने वह रेट मंज़ूर करके सप्लाई का ऑर्डर जारी कर दिया है!"

नियाज़ की समझ में ख़ाँ बहादुर की पूरी बात न आई, "हुकूमत तो आपको दस रुपए की कम्बल के हिसाब से पेमेंट करेगी, मगर आप मुझे क्या देंगे!"

---

1. हृदय के ज़ोर-ज़ोर से धड़कने की अवस्था

ख़ाँ बहादुर को मज़ीद वज़ाहत करना पड़ी, "देखिए, उसकी एक सूरत तो यह हो सकती है, कि मैं आपसे कमिशन लूँ, मगर मैं कमिशन पर सौदा करना नहीं चाहता। मेरी शराइत यह होगी कि इस सप्लाई से जो मुनाफ़ा होगा, उसके तीन हिस्से होंगे। मेरा और आपका चालीस-चालीस फीसद का बराबर हिस्सा होगा। बीस फीसद का हिस्सेदार वह सरकारी अफ़सर होगा, जिसके ज़रिए यह टेंडर मंजूर हुआ है, और जिससे आइन्दा सप्लाई में भी मदद मिलेगी। अब जैसा आप मुनासिब समझें, वह तय कर लें!"

नियाज़ ने सोचा, सौदा तो बहुत अच्छा है। कई हज़ार रुपए सीधे-सीधे बचते थे। उसके लिए तो कम्बलों का निकालना ही एक मुसीबत थी। कहाँ इतना बड़ा मुनाफ़ा। उसने बड़ी मुश्किल से अपनी ख़ुशी पर क़ाबू पाया। चन्द लम्हे ख़ामोश रहकर बोला, "मुझे आपकी यह शर्त मंजूर है और कोई शर्त हो, तो वह भी बता दीजिए।"

ख़ाँ बहादुर ने हँसकर कहा, "यही बुनियादी शर्त है, और कोई छोटी-मोटी कानूनी शर्त हुई, वे हम मुआहिदा करते वक़्त तय कर लेंगे!"

नियाज़ को बड़ी मसर्रत थी कि इतना अच्छा सौदा इस क़दर आसानी से तय हो गया। दोनों ने सप्लाई के मुताल्लिक़ कुछ कारोबारी बातें कीं और यह तय किया कि जल्द ही मुआहिदा कर लिया जाए। नियाज़ घर वापस आ गया। उस रोज़ वह ख़ासा मुत्मइन नज़र आ रहा था। उसके चेहरे पर हर वक़्त जो ग़ुबार छाया रहता था, रफा हो गया।

चन्द रोज़ बाद मुआहिदे पर दस्तख़त हो गए। सरकारी अफ़सर के हिस्से का उसमें तज़्किरा न था। उसे इख़राजात की फ़ाज़िल मद में डाल दिया गया। नियाज़ ने मुआहिदे की नक़ल लेकर जेब में रखी, तो कुछ ऐसा महसूस किया, जैसे उसकी जेबें नोटों की गड्डियों से भर गई हैं। उस वक़्त ख़ाँ बहादुर उसे भलामानस और फ़रिश्ता-ख़सलत मालूम हुआ। बात भी कुछ ऐसी ही थी। ख़ाँ बहादुर चाहता, तो उसकी मजबूरी से पूरा-पूरा फ़ायदा उठा सकता था। असल लागत से भी कम क़ीमत पर कम्बल ख़रीदकर अच्छी रक़म पैदा कर सकता था।

उस सप्लाई की नौईत यह थी कि शदीद बारिशों के बाइस पंजाब और सिन्ध में ज़बरदस्त तुग़यानी आ गई थी। सैलाब से बस्तियाँ उजड़ गईं। लाखों अफ़राद बेघर हो गए। हर तरफ़ वबाई अमराज़ फैल गए। लोग धड़ाधड़ बीमार पड़ रहे थे। हुकूमत ने उनकी इमदाद के लिए जगह-जगह रिलीफ-कैम्प खोल दिए थे। सैलाब-ज़दगान[1] के लिए जिन चीज़ों की फ़ौरी ज़रूरत थी, उनमें कम्बल भी शामिल थे। उनकी सप्लाई के लिए टेंडर तलब किए गए। रिलीफ कमेटी का जो अफसर टेंडर मंजूर कर रहा था, उससे ख़ाँ बहादुर के मरासिम[2] निकल आए। पहली ही मुलाक़ात में बात कुछ इस ढब से चली कि उसी वक़्त मुआमला पट गया।

ख़ाँ बहादुर और नियाज़ दोनों मुआहिदा हो जाने के बाद अपनी-अपनी जगह बहुत मुत्मइन थे, लेकिन जब मंजूरी के लिए नमूने का कम्बल भेजा गया, तो कुछ अरसे के लिए वह परेशानी में ज़रूर पड़ गए। इसलिए कि अगर नमूना मुस्तरद[3] हो जाता, तो उनका सारा प्रोग्राम रेत के महल की तरह बैठ जाता, लेकिन नमूने की नामंजूरी का सवाल ही

1. बाढ़ पीड़ितों, 2. सम्बन्ध, 3. अस्वीकार

पैदा न होता था। जो अफ़सर उसे मंजूर कर रहा था, उसका सप्लाई में बीस फीसद मुनाफ़ा था। चुनाँचे फ़ौरन ही नमूने की मंजूरी आ गई और माल सप्लाई होना शुरू हो गया।

गले हुए बोसीदा कम्बल नियाज़ की दुकान से निकल-निकलकर रिलीफ कैम्पों में पहुँचने लगे और परेशान-हाल सैलाब-ज़दगान में तक़सीम कर दिए जाते।

हफ़्ता रोज़ बाद ख़ाँ बहादुर ने अपने असरो-रसूख़ से बिल मंजूर करा लिया। कम्बलों का सारा हिसाब वसूल हो गया। असल रक़म और ख़र्च निकालकर 25 हज़ार का मुनाफ़ा हुआ। दस-दस हज़ार रुपए ख़ाँ बहादुर और नियाज़ ने ले लिए और पाँच हज़ार रुपए मुआहिदे के मुताबिक़ रिलीफ कमेटी के मुतअल्लिक़ा अफ़सर को पहुँचा दिए गए, जिसने टेंडर के साथ नमूना भी मंजूर किया था।

उस रोज़ नियाज़ बेहद ख़ुश था।

उसने बाज़ार से मिठाई और फूलों के गजरों के अलावा बीवी के लिए भी कई सौ का सामान ख़रीदा और मसर्रत से झूमता हुआ घर की जानिब चल दिया। घर में दाख़िल हुआ, तो शाम हो चुकी थी। बीवी बिस्तर पर आँखें बन्द किए पड़ी थी।

क़रीब ही सुलताना बैठी थी।

नियाज़ ने नज़दीक जाकर देखा। बीवी दोनों हाथों से सीना दबोचे बेसुध लेटी थी। उसका रंग लैम्प की रोशनी में हल्दी की तरह ज़र्द नज़र आ रहा था। माथे पर पसीने के हलके-हलके क़तरे चमक रहे थे। आँखों के नीचे स्याह हलक़ों के निशानात थे। चेहरे की खाल का तनाव कम पड़ गया था। उस वक़्त वह खासी सिन-दराज़[1] नज़र आ रही थी।

नियाज़ ने अपनी माली परेशानियों के बाइस अब तक उसकी हालत पर ज़्यादा तवज्जो न दी थी। अब जो उसे ग़ौर से देखा, तो उसके ज़ेहन को झटका लगा।

वह उसे बदसूरत और खप्पट मालूम हुई।

उसने नफ़रत से सोचा। अब तो इस औरत को मर ही जाना चाहिए। यह मुरझाया हुआ मरियल जिस्म उसके लिए बिल्कुल नाकारा हो चुका है।

उसने क़रीब बैठी हुई सुलताना को देखा। उसके गुदाज़ जिस्म का एक-एक ख़म फड़क रहा था। उसके चेहरे पर एक ख़ास दिलकशी थी।

बेख़याली में एक बार सुलताना ने नज़रें उठाकर नियाज़ की जानिब देखा। बड़ी-बड़ी स्याह आँखें कँवल की तरह खुल गईं। वह उससे नज़रें न मिला सका। घबराकर निगाहें नीची कर लीं। आहिस्ता से दर्याफ़्त किया, "कैसी तबीयत है?"

"अच्छी-ख़ासी बैठी बातें कर रही थीं! अचानक तबीयत ख़राब हो गई!"

"शाम को नहाई होंगी?" नियाज़ ने क़ियास-आराई[2] की।

सुलताना ने फ़ौरन तरदीद[3] की, "जी नहीं! इन्हें तो अक्सर ऐसा ही दौरा पड़ता है। कहती हैं, सीने में तकलीफ़ होती है।"

नियाज़ ने मज़ीद गुफ़्तगू नहीं की।

---

1. आयु वाली, 2. अनुमान, 3. खंडन

वह फ़ौरन घर से निकलकर सीधा डॉक्टर मोटू के पास पहुँचा। उस वक़्त उसकी आँखों में मुजरिमाना चमक थी। उसने डॉक्टर को एक हज़ार रुपया दिया। ताख़ीर[1] के लिए माज़िरत की। साथ ही यह भी कहा, "डॉक्टर साहब, साल-भर के बजाय पहले ही मुआमला साफ़ हो जाए, तो अच्छा है!"

"मैंने तो पहले ही कहा था, मगर तुम राज़ी न हुए। यूँ भी देर करने में ख़तरा है।"

नियाज़ उसकी हाँ-में-हाँ मिलाते हुए बोला, "डॉक्टर साहब! जैसी आपकी मर्ज़ी! मैं अब इस मुआमले में कुछ नहीं बोलूँगा।"

उस रोज़ डॉक्टर ने मरीज़ा की हालत के बारे में उसे बहुत-सी बातें बताईं। कुछ ज़रूरी हिदायात भी दीं, जिन पर अमल करने के लिए वह बार-बार ताकीद करता रहा।

1. विलम्ब

# फसल हफ़्तम[1]

## [1]

सरमा के कहर-आलूद रात थी। दस बज चुके थे। कान्फ्रेंस-रूम में तमाम स्काइ-लार्क मौजूद थे। फ़लक-पैमा का माहाना इजलास हो रहा था। डॉक्टर ज़ैदी ने तंज़ीम की सरगर्मियों की रिपोर्ट पेश की। उसके बाद अस्पताल की तामीर के मंसूबे पर बहस शुरू हुई, जिसे बाज़ तरामीम[2] के साथ मंजूर कर लिया गया।

अस्पताल की तामीर के लिए जो ग्रुप बनाया गया, उसमें सब ही स्काइ-लार्क शरीक थे। उस ग्रुप का सरबराह[3] मुहम्मद अलीम था। वह एक कंस्ट्रक्शन कम्पनी में कुछ अरसा काम कर चुका था। तामीर के कामों का उसे अमली तजुर्बा था। प्रोग्राम यह तय हुआ कि सबसे पहले मुहम्मद अली प्लॉट का सर्वे करेगा। उसका नक़्शा बनवाएगा और जब यह काम हो जाए, तो कुदालें, बेलचे, और ऐसा ही दूसरा साज़ो-सामान किराए पर ले लिया जाए और स्काइ-लार्क ख़ुद अस्पताल की नींव खोदना शुरू कर दें।

दूसरे रोज़ मुहम्मद अलीम दो स्काइ-लार्कों के साथ सवेरे-ही-सवेरे प्लॉट का सर्वे करने गया, मगर यह देखकर भौचक्का रह गया कि प्लॉट के गिर्द क़द-आदम चहारदीवारी मौजूद थी। एक हिस्से पर टीन का सायबान था। पूर्वी दीवार में एक दरवाज़ा था, जिस पर एक बोर्ड आवेज़ाँ था। बोर्ड पर बड़े-बड़े हुरूफ़ में लिखा था : 'नूरानी मस्जिद।'

मुहम्मद अलीम ने सोचा, शायद ग़लती से किसी दूसरी जगह आ गया है, मगर जब उसने दोनों स्काइ-लार्कों के हमराह घूम-फिरकर मुआयना किया, तो वह उक्दा[4] खुला कि किसी ने अस्पताल की ज़मीन पर रातों-रात मस्जिद बना दी है। वह दम-बख़ुद[5] रह गया। दोनों स्काइ-लार्क भी गए। या इलाही, यह माजरा क्या है? यह मस्जिद किसने बनवाई? क्यों बनवाई? अब उफ़क़ी[6] सरहदों पर रोशनी फैलने लगी। सूरज तुलूअ[7] हो रहा था। दिन की आमद-आमद थी। बसन्ती धूप आहिस्ता-आहिस्ता बुलन्दियों से नीचे उतर रही थी। बस्ती में मिली-जुली आवाज़ें उभर रही थीं। लोग अपने-अपने काम-धन्धे पर जाने की तैयारी कर रहे थे। उन तीनों को चहारदीवारी के क़रीब हैरत के आलम में खड़े होकर कुछ लोग उधर भी आ गए। मस्जिद देखकर वे भी अचम्भे में पड़ गए।

एक बूढ़ा बोला, "दस बजे जब मैं दुकान से लौटा, तो मैदान बिल्कुल साफ़ था। रात-भर में न जाने किसने मस्जिद खड़ी कर दी। अल्लाह मियाँ ने फ़रिश्ते भेजे होंगे। और तो समझ में कुछ आता नहीं!"

1. सातवाँ परिच्छेद, 2. संशोधन, 3. मुखिया, 4. भेद, 5. चकित 6. क्षितिजी सीमाओं, 7. उदय

फ़ौरन ही उसके बराबर खड़ा हुआ शख़्स बोला, "यार नबी जान! तू भी कमाल करता है। लो, भई, आज तक तो हमने सुना नहीं है कि फ़रिश्ते आकर मस्जिद बना गए। यह तो कुछ और ही चक्कर मालूम होता है!"

वे तरह-तरह की क़ियास-आराइयाँ[1] करने लगे। इसी दौरान में बराबरवाली गली से एक शख़्स तहबन्द दुरुस्त करता हुआ निकला, और उन लोगों से कहने लगा, "अब क्या देख रहे हो। रात को देखते, यहाँ क्या हो रहा था?" उसने सड़क की जानिब हाथ उठाकर इशारा किया, "वहाँ तीन-चार ट्रक खड़े थे। उनमें से सामान निकाल-निकालकर दबादब दीवारें खड़ी की जा रही थीं!"

"यह कै बजे रात की बात है, जी?"

"मैं कारख़ाने से वापस आ रहा था। तीन बज रहा होगा। अमाँ, ख़ुदा झूठ न बुलवाए। पचासियों आदमी जुटा हुआ था।"

"तो यार मेरे, तूने उनसे पूछा तो होता!"

"मैं थका-हारा आ रहा था। मैंने कहा, न जाने भई यहाँ क्या हो रहा है?"

"अज़ान तो फ़जर की मैंने भी सुनी थी और इमामी ने तो नमाज़ियों को भी मस्जिद से निकलते देखा था, मगर वह कहता था कि अपने मुहल्ले का तो उसमें कोई था नहीं। न जाने कौन लोग थे?"

"यारो! अल्लाह के भेद अल्लाह ही जानता है!"

"हाँ जी! यह सब उसकी क़ुदरत के करिश्मे हैं!"

वे सब इसी तरह बातें करते रहे। अलीम के लिए अब वहाँ ठहना फ़ुज़ूल था। वह दोनों स्काइ-लार्कों के हमराह हेडक्वार्टर वापस आया और सफ़दर बशीर को फ़ौरन इस वाक़िए की रिपोर्ट दी। स्काइ-लार्कों में खलबली पड़ गई। किसी को भी मुहम्मद अलीम की बातों पर यक़ीन नहीं आ रहा था। सफ़दर बशीर ने गैराज से कार निकाली और अली अहमद के हमराह सूरतेहाल मालूम करने के लिए रवाना हो गया।

वापस आकर उनसे फ़लक-पैमा का हंगामी इजलास तलब किया। स्काइ-लार्कों को सूरतेहाल से आगाह किया। मुहम्मद अलीम की इत्तिला की उसने तसदीक़ की थी। अब सवाल यह था कि इस सिलसिले में क्या कार्रवाई की जाए। नौजवान स्काइ-लार्कों में बड़ा जोश पाया जाता था। उनके चेहरे सुर्ख़ हो रहे थे। वे चीख़-चीख़कर बोल रहे थे।

सफ़दर बशीर और अली अहमद पर हर तरफ़ से सवालात की बौछार हो रही थी। उन दोनों ने जो कुछ देखा, उसकी वह एक-एक तफ़्सील बता चुके थे, मगर स्काइ-लार्कों की तशफ़्फ़ी[2] नहीं हो रही थी। वह यह मालूम करने के लिए बेचैन थे कि मस्जिद बनी कैसे और किसने बनवाई? इजलास में अच्छा-ख़ासा हंगामा बरपा हो गया था। इसी दौरान कोठी के एक मुलाज़िम ने सफ़दर बशीर को इत्तिला दी कि टेलीफोन आया है। सफ़दर बशीर ने जाकर रिसीवर उठाया। दूसरी तरफ़ से ख़ाँ बहादुर की आवाज़ उभरी, "मैं ख़ाँ बहादुर फ़र्ज़न्द अली बोल रहा हूँ!"

सफ़दर बशीर ने पूछा, "मिज़ाज तो अच्छा है? फ़रमाइए, इस वक़्त टेलीफोन करने की क्या ज़रूरत पेश आ गई?"

1. अनुमान, अन्दाज़े, 2. तसल्ली

"भई, एक बहुत नाज़ुक मसला सामने आ गया है!"

सफ़दर बशीर ने दर्याफ़्त किया, "क्या मसला आ गया?"

ख़ाँ बहादुर की आवाज़ आई, "मैंने सुना है कि जिस ज़मीन पर आप अस्पताल बनाना चाहते हैं, उस पर अहले-मुहल्ला[1] ने मस्जिद तामीर कर ली है!"

"मुहल्ले के लोग तो क़तई ला-इल्मी[2] ज़ाहिर कर रहे हैं। मैं ख़ुद वहाँ गया था। आपको किसी ने ग़लत इत्तिला दी!"

ख़ाँ बहादुर के हँसने की आवाज़ रिसीवर में सुनाई दी, "भई, ग़लत इत्तिला का सवाल ही पैदा नहीं होता। उन लोगों का एक वफ़द सुबह से मेरे पास बैठा है!"

सफ़दर बशीर घबराकर बोला, "आपके पास वफ़द आया है?"

"जी हाँ! मैंने अर्ज़ किया न कि वह तो सुबह से यहाँ मौजूद है!"

"तो फिर ऐसा कीजिए कि आप उन लोगों को मेरे पास भेज दें। इस वक़्त फ़लक-पैमा का इजलास हो रहा है। हम इसी मसले पर ग़ौर कर रहे हैं। इन लोगों की मौजूदगी में मसले को सुलझाने में आसानी हो जाएगी!"

"मेरा कहा मानिए, तो अब इस ख़याल को तर्क ही कर दीजिए! इसलिए कि बात बहुत आगे बढ़ चुकी है। शहर के तीन उलमा-ए-दीन[3] से मस्जिद की तामीर के शरई होने का फ़तवा लिया जा चुका है। इसके अलावा मैं भी अभी वफ़द के हमराह डिस्ट्रिक्ट मैजिस्ट्रेट से मिलकर आ रहा हूँ, ताकि कोई गड़बड़ पैदा न हो। मैंने डिस्ट्रिक्ट मैजिस्ट्रेट को ख़बरदार कर दिया कि नुक़्से-अमन का ख़तरा है, लिहाज़ा उसने पुलिस का पहरा लगाने का भी वायदा कर लिया है!"

इस धमकी पर सफ़दर बशीर को सख़्त ग़ुस्सा आया, मगर उसने ज़ब्त से काम लिया और शिकवा करने के अन्दाज़ में बोला, "मगर यह सारी कार्रवाई करने से पहले आपने मुझसे तो मशविरा कर लिया होता!"

ख़ाँ बहादुर बड़े इत्मीनान से बोला, "भई, वह हुआ यह कि उन्होंने मुझे ग़ौर करने का मौक़ा ही नहीं दिया।"

"बहरहाल, इस वक़्त तक जो हो गया, सो हो गया। मैं दरख़्वास्त करूँगा कि आइन्दा इस मसले में आप दिलचस्पी न लें, तो मुनासिब होगा।" सफ़दर बशीर ने मशविरा दिया।

ख़ाँ बहादुर बरहम[4] होकर बोला, "क्या कहा आपने? यानी मैं इस मसले में दिलचस्पी न लूँ। बात ज़रा सोच-समझकर मुँह से निकाला कीजिए। वाह, साहब, वाह! आपने तो कमाल ही कर दिया। यह भी ख़ूब कही। अजी! आपसे तो सिर्फ़ साहब-सलामत ही है। अगर मेरा हक़ीक़ी भाई भी मुझे यह बात कहता, तो बख़ुदा मैं उसका मुँह नोच लेता। जनाब, यह दीनी मुआमला है। मैं तो इसके लिए अपनी जान भी क़ुरबान कर सकता हूँ।"

अभी वह अपने जज़्बा-ए-ईमानी के इज़हार में न जाने और क्या-क्या लन-तरानी[5] करता, लेकिन सफ़दर बशीर ने उसकी बात काटकर फ़ौरन माज़िरत की, "मुआफ़ कीजिए, आप मेरी बात का मतलब क़तई ग़लत समझे। मेरा हरगिज़ यह मक़सद नहीं था, जो आपने समझा!"

"बहरहाल, आपका कुछ भी मतलब हो, एक बात ज़ेहन-नशीन कर लीजिए कि यह मसला बहुत नाज़ुक है। आप लोग तो अब इसके बारे में सोचना भी छोड़ दें!"

---

1. मुहल्लेवाले, 2. अज्ञानता, 3. धर्म के विद्वान, 4. उद्विग्न, 5. शेख़ी

ख़ाँ बहादुर ने अपना लहजा कुछ नरम किया, "यह मेरा बरादराना मशविरा है। फिर आप लोग भी तो बहम्दोलिल्लाह मुसलमान हैं। कुछ अपने ईमान ही का पास कीजिए। अस्पताल तो हुकूमत भी बनवा देती है। मस्जिदें तो वही बनवाते हैं, जिनके दिलों में ईमान की हरारत और इस्लाम का सच्चा जज़्बा होता है!"

सफ़दर बशीर ने किसी झुँझलाहट का इज़हार किए बग़ैर जवाब दिया, "हम कोशिश करेंगे कि आपकी राय पर अमल करें। आपके इन बेशबहा मशविरों का बहुत-बहुत शुक्रिया। ख़ुदा हाफ़िज़!" उसने रिसीवर रख दिया।

कान्फ्रेंस-रूम में वापस पहुँचकर उसने सदर से इजाज़त ली और स्काइ-लार्कों को बताया कि जो कुछ हुआ है, उसके पीछे ख़ाँ बहादुर का खुफ़िया हाथ काम कर रहा है। टेलीफ़ोन की गुफ़्तगू से उसने यही अन्दाज़ा लगाया था। फिर उसने ख़ाँ बहादुर की धमकी से भी सबको आगाह कर दिया। उसकी ज़ाती राय इस सिलसिले में यह थी कि फ़लक-पैमा को ख़ाँ बहादुर की धमकियों से मरऊब नहीं होना चाहिए, बल्कि उसका मुँहतोड़ जवाब दिया जाए।

कई जोशीले स्काइ-लार्कों ने उसकी राय से इत्तिफ़ाक़ किया। उनमें सलमान भी था। उसने हाथ बुलन्द करते हुए कहा, "अगर रात-भर में चारदीवारी खड़ी की जा सकती है, तो एक ही रात में से मिस्मार[1] करके बराबर भी किया जा सकता है। हमें इस सिलसिले में ज़रूर कुछ-न-कुछ करना चाहिए।"

फ़हीम उल्लाह ने, जो स्काइ-लार्कों में बड़ा मुआमला-फहम समझा जाता था, और मिज़ाज की इतिबार से भी ग़ैर-जज़्बाती क़िस्म का नौजवान था, फ़ौरन खड़े होकर सलमान से कहा, "अस्तगुफ़िरुल्लाह[2]! आप मस्जिद शहीद करेंगे!"

फ़हीम उल्लाह की इस बात पर सलमान के आग ही तो लग गई। झल्लाकर बोला, "आप उस घरौंदे को मस्जिद कह रहे हैं। कल चन्द शर-पसन्द फ़लक-पैमा के हेडक्वार्टर में दाख़िल होकर नमाज़ पढ़ना शुरू कर दें और दरवाज़े पर मस्जिद के नाम का कत्बा लगवा दें, तो क्या आप उनके दावे को तस्लीम करके इस मकान से दस्त-बरदार हो जाएँगे? स्काइ-लार्क फ़हीम उल्लाह को मालूम होना चाहिए कि कानून भी कोई चीज़ होती है और उसकी ख़िलाफ़वर्ज़ी जुर्म है। मज़हब की आड़ लेकर किसी की निजी मिल्कियत पर इस तरह क़ब्ज़ा नहीं किया जा सकता!"

फ़हीम उल्लाह ने बड़े सुकून से जवाब दिया, "लेकिन इस तरह लोगों के मज़हबी जज़्बात मुश्तइल[3] हो जाने का अन्देशा है!"

उसी वक़्त एक और स्काइ-लार्क ने कहा, "इसके अलावा नुक्से-अमन के पेशेनज़र पुलिस का पहरा भी शायद लग गया है!"

सलमान उसी तरह तीखे लहजे में बोला, "अगर यह तजवीज़ पसन्द नहीं, तो हम उस चारदीवारी के सामने भूख-हड़ताल करेंगे," उसकी ताईद में कई आवाज़ें बुलन्द हुईं।

"यह तजवीज़ बिल्कुल ठीक है!"

"भूख-हड़ताल बड़ा मुअस्सिर[4] हरबा रहेगा।"

---

1. ध्वस्त, 2. ईश्वर रक्षा करे, 3. उत्तेजित, 4. प्रभावशाली हथियार

फ़हीम उल्लाह उनका जोशो-ख़रोश देखकर ख़ामोश हो गया, लेकिन उसकी हिमायत में अली अहमद उठकर खड़ा हो गया।

उसने सलमान को मुख़ातिब करते हुए कहा, "देखिए, यह बहुत नाज़ुक मसला है। इसमें जज़्बाती बातों से काम नहीं चलेगा। अगर हमने बग़ैर सोचे-समझे कोई क़दम उठाया, तो उसके नताइज ख़तरनाक भी हो सकते हैं। मुझे आपके जज़्बात का पूरा-पूरा अहसास है। मैं उसकी क़द्र भी करता हूँ। मेरे ख़याल में यह सब कुछ सोची-समझी साज़िश के तहत हुआ है। यह हमारी ख़ुद्दारी को चैलेंज है," लम्हा-भर रुककर वह बोला, "इस सिलसिले में मेरी तजवीज़ यह है कि हम क़ानून को अपने हाथ में लेने के बजाय हुकूमत का तआवुन हासिल करें। हमारा एक वफ़्द शहर के आला हुक्काम से मिले। उनको सूरतेहाल से आगाह करे। मुनासिब कार्रवाई का मुतालबा करे। इसके अलावा हमें इस बात का भी अन्दाज़ा लगाना चाहिए कि बस्ती के लोगों का इस सिलसिले में क्या रद्दे-अमल है। उनकी हमदर्दी और तआवुन हासिल किए बग़ैर हमारी राह में हज़ारों मुश्किलात पैदा हो जाएँगी।"

अली अहमद का सुलझा हुआ अन्दाज़े-बयान, उसकी शख़्सियत का दबदबा और सूरतेहाल का तजज़िया, इन सब बातों ने मिलकर स्काइ-लार्कों को ख़ासा मुतआस्सिर किया। उनके चेहरों पर मुश्तइल जज़्बात के बजाय संजीदगी छाने लगी।

कमरे में ज़रा देर के लिए ख़ामोशी तारी हो गई। हर स्काइ-लार्क अली अहमद की तजवीज़ पर ग़ौर कर रहा था।

आख़िर जब उन्होंने अपनी राय का इज़हार किया, तो सब अली अहमद से मुत्तफ़िक़ थे।

इस सिलसिले में सबसे पहला काम यह किया गया कि सलमान की हिदायत की गई कि वह यह मालूम करने की कोशिश करे कि बस्ती के लोगों का रद्दे-अमल क्या है? वह इस मसले को किस अन्दाज़ से देख रहे हैं?"

रात के आठ बजे सलमान बस्ती में पहुँचा। तालीमे-बालिग़ाँ के मर्कज़ में क्लास को सबक़ पढ़ाया और जब पढ़ाई से फ़राग़त[1] हो गई, तो उसने सबको रोककर कहा, "मुझे आप लोगों से आज कुछ ज़रूरी बातें करनी हैं। यह तो आप जानते ही हैं कि फ़लक-पैमा इस इलाक़े में एक अस्पताल तामीर करना चाहती है। उसके लिए हमने ज़मीन भी हासिल कर ली थी। आप सबने मिलकर उसे ख़ाली कराने में हमारी मदद भी की थी, मगर उस पर कुछ लोगों ने रातों-रात एक घरौंदा बनाकर मस्जिद का नाम दे दिया। यह सब कुछ इसलिए किया गया कि अस्पताल न बने, वरना मस्जिद ही बनानी थी, तो किसी और जगह भी बनाई जा सकती थी। अस्पताल की ज़मीन पर इस तरह नाजायज़ क़ब्ज़ा करने का मक़सद, आप ही बताइए, और क्या हो सकता है?"

उसने सब पर नाक़द्राना[2] नज़र डाली और उनसे सवाल किया, "मैं आप लोगों से यह दर्याफ़्त करना चाहता हूँ कि इस सिलसिले में आपकी क्या राय है? ज़ाहिर है कि इस मसले का ताल्लुक़ आप सबसे है। यह अस्पताल आप ही लोगों के इलाज-मुआलजे के लिए तामीर किया जा रहा है!"

---

1. अवकाश, 2. बेक़द्री-भरी

फ़ौरन ही कई आवाज़ें उभरीं :

"यह ज़रूर किसी ने बदमाशी की है!"

"यह तो आप भी जानते हैं कि इसमें यहाँ के रहनेवालों का हाथ नहीं है। यह तो सब बाहर के लोगों का किया-धरा है!"

"यह चौदहवीं सदी है जी! आपने हुज़ूर से फ़रमाया था कि चौदहवीं सदी में जो कुछ भी हो जाए, कम है। अब तो अल्लाह के नाम पर लूटमार होने लगी है। यह लूटमार नहीं, तो और क्या है। बग़ैर पूछे-गिछे चोरों की तरह मस्जिद बना डाली। सालों ने ख़ुदा के घर को भी मज़ाक़ बना डाला!"

"नहीं, जी! उसके लिए ज़रूर कुछ-न-कुछ करना चाहिए!"

"हाँ जी! यह तो बहुत वाहेयात हरकत है!"

इन बातों से सलमान की कड़ी हौसला-अफ़ज़ाई हुई। वह कुछ देर तक उनसे इसी मौज़ूअ पर गुफ़्तगू करता रहा।

स्कूल से बाहर आकर उसने देखा कि चौराहे पर कई गैस-बत्तियाँ रोशन हैं। उनकी तेज़ रोशनी में बहुत-से लोग फ़र्श पर बिछी हुई दरियों पर बैठे हैं। जलसा ग़ालिबन ज़रा ही देर पहले शुरू हुआ था। वह उसी तरफ़ चला गया।

क़रीब जाकर देखा। लम्बी दाढ़ीवाला एक मौलवी तक़रीर कर रहा था। उसके क़रीब ही कुर्सी पर ख़ाँ बहादुर शेरवानी पहने, जिन्नाह कैप लगाए, बड़ी आन-बान से अकड़ा हुआ बैठा था। वह जलसे की सदारत कर रहा था।

सलमान के साथ उसके शागिर्द भी थे। पाँच-छह सौ अफ़राद का इजतिमा था। मौलवी उनसे ख़िताब करते हुए कह रहा था, "तो भाइयो! मैं यह अर्ज़ कर रहा था कि यह मामूली बात नहीं है। बहुत बड़ी बात है। जी हाँ! बहुत बड़ी बात है। एक ज़िन्दगी तो क्या, अगर एक हज़ार ज़िन्दगियाँ भी नसीब हों, तो खाना-ए-ख़ुदा की हिफ़ाज़त के लिए क़ुरबान हो सकती हैं। वह कानपुरवाली मस्जिद का वाक़िया तो आपने सुना ही होगा। कानपुर के ग़यूर[1] मुसलमान सिर से कफ़न बाँधकर निकल आए। जामे-शहादत नोश करनेवालों का यह आलम था कि एक गिरता था, दस बढ़ते थे। अल्लाह-अल्लाह क्या मुसलमान थे, और यह मस्जिद शहीदगंज का वाक़िया तो कल की बात है। जिनके दिलों में ईमान की शमा रोशन थी, वह यूँ सीना तानकर खड़े हो जाते कि गोली चलानेवालों के हाथों में रेशा[2] आ जाता। क्या शान थी उन मोमिनों में। दस्ते-क़ातिल भी हैबत[3] से लरजता था। आज भी कुछ लोग आपके ईमान को झिंझोड़ना चाहते हैं। आपके जज़्बा-ए-ईमानी की आज़माइश करना चाहते हैं। वह इस मस्जिद को शहीद करना चाहते हैं। खाना-ए-ख़ुदा को नऊज़ुबिल्लाह[4], ढाना चाहते हैं। क्या आप इस मस्जिद को शहीद हो जाने देंगे? क्या आपका ईमान इसको गवारा कर लेगा?"

यह कहकर वह रुक गया और हाज़रीने-जलसा की जानिब देखने लगा। अचानक बहुत-सी मिली-जुली आवाज़ों का शोर उभरा :

"नहीं, हरगिज़ नहीं!"

---

1. स्वाभिमानी, 2. कम्पन, कँपकँपी, 3. भय, 4. हम ईश्वर से पनाह माँगते हैं

"हरगिज़ नहीं...हरगिज़ नहीं!"

सलमान ने घबराकर देखा। शोर मचानेवालों में उसके शागिर्द भी शामिल थे। वे उसके क़रीब ही बैठे थे। उनके चेहरे ग़ज़बनाक हो रहे थे। गर्दन की रगें तनी हुई थीं। मौलवी फिर तक़रीर करने लगा :

"बिरादराने इस्लाम! आपको ख़ाँ बहादुर फ़र्ज़न्द अली साहब का ममनून होना चाहिए, जिनकी कोशिश से यह मस्जिद तामीर हुई," उसने बराबर बैठे हुए ख़ाँ बहादुर की तरफ़ इशारा किया। ख़ाँ बहादुर ने इनकिसारी[1] का मुज़ाहिरा[2] करते हुए अपना सिर ज़रा-सा झुका लिया।

"बारी तआला[3] ने इनको दौलत और इज़्ज़त के साथ-साथ एक ईमान भरा दिल भी अता किया है। अब इन मलऊनों[4] को देखिए, जो इन पर तरह-तरह के इल्ज़ाम लगाकर बदनाम कर रहे हैं। इस मस्जिद को शहीद करने के दरपै हैं। आप उनको बता दें कि हमारे दिलों में ईमान की हरारत अभी बाक़ी है जानो-माल क्या, हम राहे-ख़ुदा में सिर भी कटा सकते हैं। सीनों को गोलियों से छलनी कर सकते हैं!" हाज़रीन ने जोश में आकर नारा-ए-तकबीर बुलन्द किया :

"अल्लाह अकबर!"

"अल्लाह अकबर!"

सारी बस्ती नारों के शोर से गूँज उठी। सलमान ने ग़ौर किया कि उसके बराबर बैठे हुए लोगों के चेहरे दहकने लगे थे। आँखें सुर्ख़ हो गई थीं। वुफ़ूर-जज़्बात[5] से मुट्ठियाँ भिंची हुई थीं। उसने बदहवास होकर सोचा, कहीं जज़्बा-ए-ईमानी से सरशार होकर उसके शागिर्द ही उसकी मरम्मत न शुरू कर दें। उसने ख़ैरियत इसी में देखी कि चुपचाप जलसे से उठकर खिसक जाए।

वह हेडक्वार्टर पहुँचा, तो बहुत उदास और दिल-गिरफ़्ता[6] था। उसने सफ़दर बशीर को तमाम बातों की रिपोर्ट दी और थका हुआ-सा बिस्तर पर जाकर लेट गया। यह रात उसने बड़ी बेचैनी और दुख में बसर की। रह-रहकर ख़याल आता कि जिनकी भलाई और बेहतरी की ख़ातिर स्काइ-लार्क अपनी हर मसर्रत तजकर जफ़ाकशी[7] की ज़िन्दगी बसर कर रहे हैं, वही लोग एक किराए के मौलवी की बातों में आकर आज स्काइ-लार्कों के ख़िलाफ़ अपनी नफ़रत का मुज़ाहिरा कर रहे हैं। अजीब तमाशा है नाइंसाफ़ी स्काइ-लार्कों के साथ हुई और वही मलऊन और मरदूद ठहराए जा रहे हैं, और ख़ाँ बहादुर को, जिसकी साज़िश से यह सब कुछ हुआ, ख़िराजे-अक़ीदत[8] पेश किया जा रहा है। मर्दे-मोमिन क़रार दिया जा रहा है। उसे बस्ती के लोगों पर सख़्त ग़ुस्सा आया। उसने दिल-ही-दिल में कहा, यह गन्दे कीड़े गन्दगी ही में ख़ुश रहते हैं। इनकी भलाई के लिए कुछ करना नेकी करके दरिया में डालना है।

जब वह सोचते-सोचते इस इन्तहा तक पहुँचा, तो उसे फ़लक-पैमा सरासर मसख़रापन और स्काइ-लार्क अहमक़ और चुग़द[9] मालूम होने लगे।

---

1. विनम्रता, 2. प्रदर्शन, 3. ईश्वर, 4. धिक्कृतों, 5. भावावेश, 6. हृदय-विदीर्ण, 7. कठोर श्रम, 8. श्रद्धांजलि, 9. उल्लू

नींद आँखों में उड़ चुकी थी। वह बेचैनी के आलम में उठकर कमरे में टहलने लगा। उस वक़्त वह तनहा था। उसके साथ जो दूसरा स्काइ-लार्क मुक़ीम[1] था, वह अपने किसी बीमार रिश्तेदार की इयादत[2] के लिए गया था और अब तक लौटा न था।

## [2]

कमरे में अँधेरा था और बाहर गुलाबी जाड़ों की शफ़्फ़ाफ़ चाँदनी फैली थी। सलमान दरीचे के क़रीब जाकर खड़ा हो गया। हवा नरम और पुरसुकून थी। उसमें आग़ाज़े-बहार[3] के फूलों की हलकी-हलकी महक थी। चाँद एक ऊँची इमारत की मुँडेर के पीछे से उभर रहा था। शबनम से भीगे हुए दरख़्तों पर उसकी ज़र्द शुआएँ झिलमिला रही थीं। रात मुस्करा रही थी और सलमान का दिल अफ़सुर्दा[4] था।

वह टकटकी बाँधे ख़्वाबनाक नज़रों से जागती हुई रात के दिलावेज़ हुस्न को देखता रहा। इसी आलम में उसे सुलताना याद आ गई। वह स्याह आँखोंवाली दोशीज़ा, जो उसके कन्धे पर सिर टिकाकर रो पड़ी थी, जिसे फ़लक-पैमा की तूफ़ानी सरगर्मियों में फ़रामोश कर चुका था। उसने सोचा, न जाने वह उसके बारे में क्या सोचती होगी? क्या कहती होगी? मालूम नहीं, वह किस हाल में है? कैसी है? वह देर तक सुलताना के मुताल्लिक़ सोचता रहा।

दूसरे रोज़, दोपहर से कुछ पहले वह नियाज़ की दुकान की जानिब गया। दुकान पर ताला लगा था। उसने क़रीब के चायख़ाने में एक प्याली गर्म चाय पी और रेस्तराँ से निकलकर उस गली में दाख़िल हो गया, जो नौशा के घर की तरफ़ जाती थी। उस रोज़ वह गली उसे कुछ अजनबी-सी मालूम हुई। गली से गुज़रते हुए उसे नामालूम-सा ख़ौफ़ हो रहा था। वह आहिस्ता-आहिस्ता चलता हुआ नौशा के घर के सामने पहुँच गया। वही नीची चारदीवारी, वही खपरैल की छत और कुबड़ों की तरह झुका हुआ शीशम का पेड़। हर चीज़ अपनी जगह वैसी ही थी।

नौशा के घर का दरवाज़ा बन्द था। उसके सामने से गुज़रते हुए लम्हा-भर के लिए वह ठिठका, मगर फ़ौरन ही उसके क़दमों की रफ़्तार तेज़ हो गई। वह आगे चला गया। गली में बहुत दूर तक जाने के बाद वह कुछ सोचकर वापस आ गया। एक बार फिर वह नौशा के दरवाज़े पर था। इस बार भी वह चुपचाप वहाँ से गुज़र गया। यह अजीब-सा ख़ौफ़ था। अजीब-सी बेचैनी थी। उसका दिल हर बार ज़ोर से धड़कता। तरह-तरह के वसवसे[5] पैदा होते।

जब वह थका हुआ गली से निकलकर सड़क की जानिब मुड़ रहा था, तो अचानक नियाज़ से आमना-सामना हो गया। सलमान ने चाहा कि उसकी नज़र बचाकर चुपके से गुज़र जाए, मगर नियाज़ ने उसे देख लिया। बेतकल्लुफ़ी से मुस्कराकर बोला, "ओहो! सलमान साहब हैं! भई, आप तो ईद का चाँद हो गए। कहाँ रहे इतने दिनों?"

सलमान सूखा-सा मुँह बनाकर बोला, "कुछ दिनों के लिए घर चला गया था।"

---

1. ठहरा हुआ, 2. रोगी का हाल पूछना, 3. बहार (वसन्त) का आरम्भ, 4. उदासीन, 5. वहम, भ्रम

"जभी मैंने कहा कि यकायक कहाँ ग़ायब हो गए। ख़ैरियत तो है? कहीं नौकरी-वोकरी भी मिली?"

"फ़िलहाल तो तालीम शुरू करने का इरादा है!"

वह बड़े सरपरस्ताना अन्दाज़ में बोला, "चलो, यह भी अच्छा है। मैं भी इधर बहुत-से चक्करों में घिरा रहा। कुछ तो कारोबार का बखेड़ा था। फिर बीवी की रोज़-रोज़ की बीमारी ने अलग जान अज़ाब[1] कर दी है और हाँ, यह तो बताया ही नहीं कि मैंने शादी कर ली है!"

सलमान ने मुस्कराकर कहा, "मुबारक हो!"

वह बेज़ारी से बोला, "अरे, भई! कहाँ की मुबारकबाद! कभी फ़ुरसत से मुलाक़ात होगी, तो बताऊँगा कि किन चक्करों में पड़ा हूँ। आज तो मैं चार बजे दिन की गाड़ी से क्वेटा जा रहा हूँ!"

सलमान ने सोचा, चलो यह भी अच्छा हुआ। उसने फ़ौरन पूछा, "कब तक वापसी का इरादा है?"

"जल्द ही आ जाऊँगा। ज़्यादा-से-ज़्यादा हफ़्ता-भर रुकूँगा।"

"तो फिर मैं वापसी पर आपसे मिलूँगा!"

"ज़रूर मिलना! तुमसे मिलने को बहुत दिल चाहता है!"

नियाज़ गली में मुड़ गया और सलमान सड़क पर चलते हुए सोचने लगा कि नियाज़ उससे मिलने के लिए इतना इशतियाक़[2] क्यों ज़ाहिर कर रहा है। आख़िर वह चाहता क्या है? साथ ही सुलताना की माँ की बीमारी की ख़बर सुनकर उसे तशवीश पैदा हुई।

उसने उसी वक़्त तय किया कि नौशा के घर ज़रूर जाना चाहिए।

वह हेडक्वार्टर वापस पहुँचकर सुलताना से मिलने का प्रोग्राम बनाता रहा। रात को बस्ती के स्कूल गया, मगर उस रोज़ सबक़ नहीं पढ़ाया। अपने शागिर्दों को सामने देखकर उसने सोचा कि यह वही लोग हैं, जो कल रात को जलसे में गला फाड़-फाड़कर नारे लगा रहे थे और स्काइ-लार्कों को मरदूद और मलऊन क़रार देनेवाले मौलवी के इशारों पर नाच रहे थे। ये सब कमीने और ज़लील हैं। उल्लू के पट्ठे हैं। मैं इनके लिए क्यों अपना सिर खपाऊँ?

उसने सिरदर्द का बहाना किया और ज़रा ही देर बाद स्कूल से बाहर चला गया, मगर हेडक्वार्टर के बजाय वह नौशा के घर की जानिब चल दिया।

रात के नौ बजे का अमल था। गली की चहल-पहल उजड़ने लगी थी। जाने को तो वह नौशा के घर पर पहुँच गया, मगर नियाज़ के ख़ौफ़ से दरवाज़े पर दस्तक देने की हिम्मत नहीं पड़ रही थी। सलमान तज़ब्ज़ुब-आलम[3] में खड़ा सोच रहा था कि क्या करे? इसी दौरान में सामने से एक राहगीर आता हुआ नज़र आया। उसने सलमान को अँधेरे में इस तरह खड़ा देखकर मुश्तबह[4] नज़रों से घूरा। आगे जाकर भी उसने मुड़-मुड़कर देखा।

सलमान घबरा गया। उसने फ़ौरन हाथ बढ़ाकर दरवाज़ा खटखटाया।

अन्दर से कोई जवाब न मिला।

उसने दोबारा दरवाज़े पर दस्तक दी। ज़रा देर बाद सुलताना की आवाज़ उभरी, "कौन है?" वह कहीं दूर से बोल रही थी। सलमान शशो-पंज में पड़ गया कि क्या जवाब दे। उसने

1. यातना, मुसीबत, 2. उत्सुकता, 3. असमंजस अवस्था, 4. सन्दिग्ध

एक बार फिर दरवाज़ा खटखटाया। इस दफ़ा सुलताना बेज़ारी से बोली, "अरे भई! कौन है? बोलते क्यों नहीं?"

साथ ही सेहन में क़दमों की आहट सुनाई दी। कोई उसी तरफ़ आ रहा था। चाप नज़दीक आती गई। सलमान का दिल ज़ोर-ज़ोर से धड़कने लगा।

दरवाज़े के बिल्कुल क़रीब से सुलताना की आवाज़ उभरी, "कौन है?"

अब ख़ामोश रहना नामुमकिन था। सलमान ने आहिस्ता से कहा, "मैं हूँ सलमान!"

सुलताना ने कोई जवाब न दिया। गहरी ख़ामोशी छा गई। दरवाज़े के उस पार चूड़ियों के खनकने की आवाज़ आई। एक मिनट, दो मिनट, चार मिनट...ख़ासी देर हो गई। न कोई आवाज़ उभरी, न दरवाज़ा खुला। सलमान के लिए यह फ़ैसला करना मुश्किल हो गया कि क्या, वह एक बार फिर दरवाज़ा खटखटाए। ख़ामोश खड़ा इन्तज़ार करता रहे या वापस चला जाए। ऐन उस वक़्त जब वह ना-उम्मीद हो चुका था, आहिस्ता से दरवाज़े की कुंडी खुलने की आहट हुई। दरवाज़े का एक पट चरचराता हुआ थोड़ा-सा खुल गया।

सलमान ने हाथ बढ़ाकर दरवाज़ा और खोल दिया और दहलीज़ पर एक क़दम रखकर अन्दर दाख़िल हो गया। सुलताना दरवाज़े से लगी हुई खड़ी थी। सलमान ने मुहब्बत से उसकी ठोड़ी को छू लिया।

सुलताना ने पीछे हटकर सरग़ोशी की, "अम्माँ जाग रही हैं। मैंने उनसे कह दिया है कि आप आए हैं!"

सलमान ने मुड़कर सेहन की जानिब देखा। उसे यह देखकर ताज्जुब हुआ कि बावर्चीख़ाने की दीवार से मुलहिक[1] एक और कमरा बन गया था। उसमें रोशनी हो रही थी।

सुलताना ने उस कमरे की तरफ़ इशारा करते हुए दबी ज़बान से कहा, "अम्माँ इस कमरे में हैं। वहाँ चले जाइए!"

सलमान ने पूछा, "नियाज़ क्वेटा चला गया?"

"हाँ, मगर आपको किसने बताया?"

"वह मुझे आज दोपहर मिला था!"

वह हैरतज़दा होकर बोली, "अच्छा!"

ज़्यादा बातचीत करने की गुंजाइश नहीं थी। सलमान फ़ौरन नए कमरे की जानिब चला गया। कमरे में जाकर उसने देखा। सामने पलंग पर सुलताना की माँ लेटी थी। लैम्प की धुँधली रोशनी में उसका चेहरा मटियाला नज़र आ रहा था। उसका जिस्म बहुत लाग़र[2] हो गया था। वह नहीफ़[3] आवाज़ से बोली, "बहुत दिन बाद आए? कैसे रहे?"

वह कमरे में रखी हुई कुर्सी खिसकाकर बैठ गया। आहिस्ता से जवाब दिया, "मैं तो अच्छा रहा, मगर आपने अपनी क्या हालत बना ली!"

"पता नहीं, क्या बीमारी है? बस बैठे-बिठाए अचानक दौरा पड़ता है!"

सलमान ने पूछा, "इलाज किस डॉक्टर का हो रहा है?"

"डॉक्टर तो सुना है कि बहुत अच्छा है, मगर मेरी हालत रोज़-ब-रोज़ गिरती जा रही है। ख़ुदा मालूम, अब तक कितने इंजेक्शन लग चुके हैं। आए दिन नामालूम कौन-कौन-सी दवाइयाँ आती हैं, मगर मेरा हाल जैसा है, यह तुम देख ही रहे हो!"

---

1. निकटवर्ती, 2. दुर्बल, 3. क्षीण, कमज़ोर

सलमान ने ग़ौर से उसे देखा। वाक़ई उसकी सेहत बहुत गिर चुकी थी। बात करते-करते वह बार-बार हाँफने लगती। आँखों के गिर्द गहरे स्याह हलक़े पड़ गए थे। उसकी हालत देखकर साफ़ मालूम होता कि किसी ख़तरनाक मर्ज़ में मुब्तला है। सलमान ने सोचा कि डॉक्टर ज़ैदी को अपने हमराह लेकर आएगा और उससे मालूम करेगा कि आख़िर बीमारी क्या है? उसकी हालत इतनी अबतर[1] क्यों होती जा रही है? यही सोचकर उसने कहा, "मेरे एक दोस्त हैं। बड़े होशियार डॉक्टर हैं! मैं किसी रोज़ उनको लेकर आऊँगा!"

वह हाँफते हुए बोली, "कोई यह तो बता दे कि आख़िर मर्ज़ क्या है? यहाँ तो अब तक यही पता नहीं। इनसे कहती हूँ, किसी और डॉक्टर को दिखाओ, तो नाराज़ होते हैं। वह उस डॉक्टर को न जाने क्या समझते हैं। सच पूछो, तो मेरा उस पर यक़ीन ही नहीं रहा। जब इतिक़ाद[2] न हो, तो इलाज क्या ख़ाक फ़ायदा करेगा!" वह ऐसी बातें करने लगी, जिनसे ना-उम्मीदी झलकती थी। सलमान ने तसल्ली दी। दिलजोई की बातें कीं।

सुलताना ने या तो सारी बातें बता दी थीं या फिर माँ ने जानबूझकर उस रात के बारे में तज़्किरा करना मुनासिब न समझा, जब वह वायदा करने के बावजूद वापस नहीं आया था। वह उस वक़्त सिर्फ़ अपनी बीमारी के बारे में बातें करती रही। उसकी बातों से अन्दाज़ा होता था कि वह ज़िन्दगी से मायूस हो चुकी है। सलमान ने हत्तल-वसाअ[3] दिलासा देने की कोशिश की और चलते वक़्त वायदा किया कि वह डॉक्टर ज़ैदी के हमराह बहुत जल्द आएगा।

कमरे से निकलकर वह सेहन में आया। देखा, दालान के खम्बे से लगा, कोई अँधेरे में खड़ा है। यह सुलताना थी। वह उसे देखकर भी अपनी जगह ख़ामोश खड़ी रही। सलमान को उस तरफ़ जाने की हिम्मत न हुई।

वह आहिस्ता-आहिस्ता सेहन से गुज़रता हुआ दरवाज़े पर पहुँच गया और वहाँ रुककर सुलताना का इन्तज़ार करने लगा। सुलताना दालान से बाहर निकली। उसने आँगन उबूर किया और सलमान के क़रीब पहुँच गई। लम्हा-भर तक दोनों ख़ामोश खड़े रहे। फिर सुलताना का नरम-नरम हाथ अपने हाथ में लेकर बड़े जज़्बाती अन्दाज़ में भींच लिया। वह आहिस्ता से बोला, "मैं फिर आऊँगा।"

उसने दबी ज़बान से कहा, "देखिए, आइएगा ज़रूर!"

सलमान ने जवाब देने के बजाय इक़रार में गर्दन हिला दी। दरवाज़ा खोला और बाहर चला गया।

## [3]

फ़लक-पैमा का एक वफ़द अली अहमद की सरकर्दगी[4] में डिस्ट्रिक्ट मैजिस्ट्रेट से मिला। वह हाल ही में तब्दील होकर इस शहर में आया था। वह ऊँचे क़द का नौजवान अफ़सर था। उस वक़्त सुरमई रंग का सूट पहने, होंठों में पाइप दबाए, बड़े वक़ार के साथ बैठा था। वफ़द के साथ बड़ी खन्दापेशानसी से पेश आया। बातचीत शुरू हुई। अली अहमद ने मस्जिद का क़ज़ीया[5] उसके सामने पेश किया।

---

1. ख़राब, 2. विश्वास, 3. यथासम्भव, 4. नेतृत्व, 5. झगड़ा, वाद, मुक़दमा

डिस्ट्रिक्ट मैजिस्ट्रेट ने उसकी बातें पूरी तवज्जो से सुनीं। पाइप पर कश लगाया। ज़रा देर सोचता रहा। फिर वफ़द को मुख़ातिब करते हुए बोला, "अच्छा हुआ कि आप लोग भी आ गए। कल ख़ाँ बहादुर फ़र्ज़न्द अली भी एक वफ़द के साथ मेरे पास आए थे। दोनों फ़रीक़ैन[1] के बयानात मैंने सुन लिए हैं। मैं अनक़रीब[2] इसकी तहक़ीक़ात करनेवाला हूँ!"

अली अहमद ने दर्याफ़्त किया, "क्या मैं यह पूछ सकता हूँ, कि मस्जिद के नाम पर तामीर ख़ाँ बहादुर साहब के ईमाँ[3] पर हुई है?"

उसने जवाब दिया, "उनके बयान से तो यह मालूम होता है कि मस्जिद इलाक़े के लोगों ही ने बनाई है। वह सिर्फ़ अपने मज़हबी फ़रीज़े[4] के तहत उसमें दिलचस्पी ले रहे हैं!"

अली अहमद ने उसे मुत्तलआ[5] किया, "मैं पूरे यक़ीन के साथ कह सकता हूँ कि इस तामीर से इलाक़ों के लोगों का कोई ताल्लुक़ नहीं!"

"मेरा ख़याल है कि आपकी इत्तिला दुरुस्त नहीं है। मुतअल्लिक़ा इलाक़े के लोगों का ही वफ़द मेरे पास आया था। उनके इस इलाक़े में मकानात हैं और वह एक मुद्दत से वहाँ आबाद हैं!"

वह आहिस्ता-आहिस्ता बोल रहा था। सलमान ने जो स्काइ-लार्कों के वफ़द में शरीक था, डिस्ट्रिक्ट मैजिस्ट्रेट की बात की तरदीद करते हुए कहा, "ख़ाँ बहादुर ने सरासर ग़लत-बयानी से काम लिया है। बस्ती के लोगों को तो इस बात का इल्म भी नहीं था। यह सिर्फ़ ख़ाँ बहादुर की साज़िश है। वह इस तरह अस्पताल की ज़मीन पर नाजायज़ कब्ज़ा करना चाहते हैं। आपको उनके ख़िलाफ़ फ़ौरी कार्रवाई करनी चाहिए, वरना मजबूर हमको जवाबी अक़दाम करना पड़ेगा। यह तो सरासर धाँधली है। मज़हब के नाम पर डाकाज़नी है।"

सलमान बिल्कुल इस अन्दाज़ में बोल रहा था, गोया स्काइ-लार्कों के इजलास में तक़रीर कर रहा हो। वह बिल्कुल भूल गया कि शहर के एक आला हाकिम के रू-ब-रू बात कर रहा है। जो सी.एस.पी. ऑफ़ीसर था और अपने उन पेश-रौ[6] आई.सी.एस. अफ़सरों की रिवायात बरक़रार रखना चाहता था, जो निहत्थे मुज़ाहरीन[7] पर गोलियाँ चलाकर अपने अंग्रेज़ आक़ाओं[8] की ख़ुशनूदी[9] हासिल करते थे। उनके हाथ मज़बूत करते थे और क्लब में व्हिस्की का जाम चढ़ाकर हिक़ारत[10] से कहते थे, "आज पाँच हरामज़ादे मारे गए!"

सलमान की बातें सुनकर डिस्ट्रिक्ट मैजिस्ट्रेट सँभलकर बैठ गया। उसने अपनी गर्दन को हलका-सा ख़म दिया और पाइप पर कई लम्बे-लम्बे कश लगाकर बहुत-सा धुआँ मुँह से उगल दिया। उसने वफ़द के अरकान को तेज़ नज़रों से देखा, "देखिए, आप लोगों ने कोई गड़बड़ पैदा करने की कोशिश की, तो मैं सबको उठाकर बन्द कर दूँगा। इस क़िस्म की धमकियाँ आप लोग वज़ीरों को दिया करें। इसलिए कि उनको आपके वोटों की ज़रूरत पड़ती है!"

सलमान उसकी इस धमकी पर बहुत भन्नाया। उसका चेहरा सुर्ख़ पड़ गया, मगर अली अहमद ने उसे बोलने का मौक़ा न दिया। उसने नौजवान डिस्ट्रिक्ट मैजिस्ट्रेट से कहा,

---

1. पक्षों, 2. शीघ्र ही, 3. विश्वास, 4. कर्तव्य, 5. सूचित, 6. अग्रगामी, 7. प्रदर्शनकारियों, 8. स्वामियों, 9. प्रसन्नता, 10. उपेक्षा

"हमारी जानिब से धमकी का सवाल ही पैदा नहीं होता। हम तो आपके पास, फ़रियाद लेकर आए हैं। हम तो यह चाहते हैं, इस क़िस्म के मुजरिमाना हरकतों की सरकोबी[1] की जाए, वरना इससे न सिर्फ़ अवाम में इस्लाम के ख़िलाफ़ बदज़नी पैदा होगी, बल्कि मफ़्सदों[2] की हौसला-अफ़ज़ाई होगी।"

वह बोला, "आप मसले को जिस क़दर मामूली समझ रहे हैं, ऐसा नहीं है। मसला बेहद नाज़ुक है। आपको पता नहीं कि लोगों के मज़हबी जज़्बात किस क़दर मुश्तइल हो जाते हैं। अगर ऐसी कोई ख़तरनाक सूरते-हाल पैदा हो गई, तो आप भी उलटा हुक्काम[3] ही की मौरिदे-इल्ज़ाम[4] ठहराएँगे!"

अब वह ऊँची आवाज़ से बोल रहा था। उसके चेहरे पर ख़ुशूनत[5] छा गई थी। बात करने के अन्दाज़ से यह हक़ीक़त साफ़ झलकती थी कि उसके सामने बैठे हुए लोग महज़ उल्लू के पट्ठे हैं। न उनको अपनी ज़िम्मेदारी का अहसास है और न क़ानून का कोई एहतिराम। उसने सिलसिला-ए-गुफ़्तगू जारी रखते हुए कहा, "बहरहाल, मैं आज ही इस मुआमले की तहक़ीक़ात के लिए हुक्म जारी कर दूँगा। यूँ मैंने नुक़्से-अमन के ख़तरे के पेशे-नज़र मुतआस्सिरा[6] इलाक़े में दफ़ा 144 नाफ़िज़[7] कर दी है, और मस्जिद के दरवाज़े पर पुलिस का पहरा लगवा दिया है। ज़रूरत पड़ी, तो पुलिस फ़ोर्स में और इज़ाफ़ा कर दिया जाएगा," यह सीधे-सादे अल्फ़ाज़ में वफ़्द को तम्बीह दी गई थी।

उसने सिलसिला-ए-गुफ़्तगू मुनक़ता[8] कर दिया।

वफ़्द के अरकान जब बाहर निकले, तो दिल-बरदाश्ता[9] थे। उनके चेहरे उतरे हुए थे। क़दम आहिस्ता-आहिस्ता उठ रहे थे। वे डिस्ट्रिक्ट मैजिस्ट्रेट के पास बहुत-सी तवक़्क़ुआत[10] लेकर गए थे और अब उन तवक़्क़ुआत का जनाज़ा अपने कन्धों पर उठाए हेडक्वार्टर की जानिब जा रहे थे।

वफ़्द के अरकान में जो स्काइ-लार्क सबसे ज़्यादा मुज़्महिल[11] और निढाल नज़र आ रहा था, वह सलमान था। वह इस तरह थका-माँदा चल रहा था, जैसे उसकी पुश्त पर मनों बोझ लदा हो। हेडक्वार्टर पहुँचने के बाद भी उसका यही हाल रहा।

अली अहमद अपनी रिपोर्ट लिखने चला गया।

सलमान कमरे में जाकर बिस्तर पर दराज़ हो गया। उसे डिस्ट्रिक्ट मैजिस्ट्रेट से ज़्यादा अली अहमद पर ताव आ रहा था, जिसने बड़े इतिमाद से यक़ीन दिलाया था कि हुकूमत इस मुआमले में ज़रूर कुछ-न-कुछ कार्रवाई करेगी।

सलमान तीसरे पहर तक लेटा रहा और ऊट-पटाँग बातें सोचता रहा।

दिन ढल रहा था। साए तवील हो गए थे। कोठी के बाहर स्कूल के लौटनेवाले बच्चों का मिला-जुला शोर उभर रहा था। सलमान को यह शोरोग़ुल बहुत बुरा मालूम हुआ। उसने खिड़की के क़रीब जाकर सड़क पर गुज़रनेवाले बच्चों को तीखी नज़रों से देखा और ग़ुस्से से खिड़की के दोनों पट ज़ोर से बन्द कर दिए।

---

1. सर कुचलना, 2. उपद्रवियों, 3. अधिकारियों, 4. दोषी ठहरना, 5. कठोरता, 6. प्रभावित, 7. लागू, 8. समाप्त, 9. हृदयविदीर्ण, 10. आशाएँ, 11. शिथिल

शाम को सलमान ने डॉक्टर ज़ैदी को अपने हमराह लिया। नौशा के घर पहुँचा। अभी तक सुलताना की माँ की तबीयत सँभली नहीं थी। दो रोज़ पहले जो दौरा पड़ा था, उससे नक़ाह[1] बढ़ गई थी। उस वक़्त भी वह बेहाल पड़ी थी और रुक-रुककर गहरी साँसें भर रही थी। डॉक्टर ज़ैदी ने बड़ी तवज्जो से उसका मुआयना किया। बीमारी के मुतअल्लिक़ बहुत-से सवालात पूछे और गहरी सोच में डूब गया।

नौशा की माँ ने दर्याफ़्त किया, ''डॉक्टर साहब! कोई घबराने की तो बात नहीं?''

डॉक्टर ज़ैदी ने तसल्ली देते हुए कहा, ''जी नहीं! आप इंशाअल्लाह जल्द अच्छी हो जाएँगी।''

''मगर मेरी हालत तो दिन-ब-दिन गिरती जा रही है। मुझे तो महसूस होता है कि मैं अब बचूँगी नहीं,'' यह कहते-कहते उसकी आवाज़ भर्रा गई।

डॉक्टर ज़ैदी ने उसे तशफ़्फ़ी[2] दी। देर तक ऐसी बातें करता रहा, जिससे मरीज़ा को ख़ासी ढाढ़स बँधी। उसने एक काग़ज़ पर चन्द दवाएँ लिखकर दीं। उनके इस्तेमाल के मुतअल्लिक़ ज़रूरी हिदायात दीं और ताकीद करते हुए बोला, ''जिस क़दर जल्द हो सके, यह दवाएँ इस्तेमाल करना शुरू कर दीजिए!'' वह दबी ज़बान से बोली, ''मगर उसके लिए मुझे अपने डॉक्टर से भी तो पूछना पड़ेगा।''

डॉक्टर ज़ैदी उसकी बात सुनकर ख़ामोश हो गया। उसका चेहरा संजीदा हो गया। वह जवाब देने के बजाय गर्दन झुकाकर सोचने लगा। नौशा की माँ ने उसे ख़ामोश देखकर कहा, ''डॉक्टर साहब! आपने मेरी बात का जवाब नहीं दिया।''

''मेरा ख़याल है कि आप डॉक्टर ख़ैरात मुहम्मद का इलाज फ़ौरन बन्द कर दें, वरना आपकी ज़िन्दगी ख़तरे में पड़ जाएगी!''

नौशा की माँ और सलमान दोनों हैरतज़दा होकर डॉक्टर ज़ैदी को देखने लगे। कमरे में सन्नाटा छा गया। लैम्प की लौ हवा के तेज़ झोंके से भड़की। दीवारों पर फैली हुई परछाइयाँ झूमने लगीं। कमरे की फ़िज़ा आसेबज़दा मालूम होने लगी। मरीज़ा का चेहरा गहरा ज़र्द पड़ गया। उसकी आँखें हलक़ों के अन्दर बेहिस पड़ी थीं। रुख़सारों की हड्डियाँ उभरी हुई थीं। वह किसी लाश की तरह बेजान नज़र आ रही थी।

आख़िर उस हैब्तनाक सन्नाटे में डॉक्टर की आवाज़ उभरी, ''मिस्टर सलमान! अब हमें चलना चाहिए!''

सलमान खड़ा हो गया। नौशा की माँ ने सलमान से कहा, ''तुम वापस आओगे?''

सलमान के पास अब वक़्त बहुत कम था। उसे तालीमे-बालिग़ाँ के मर्कज़ जाना था। उसने जवाब दिया, ''जी नहीं! इस वक़्त तो मैं वापस नहीं आऊँगा। मुझे एक ज़रूरी काम से जाना है!''

''कल तो आओगे?''

''जी हाँ! कल दोपहर को आऊँगा!''

वह इसरार करने लगी, ''देखो, आना ज़रूर!''

''नहीं, नहीं, मैं ज़रूर आऊँगा।''

---

1. दुर्बलता, 2. सान्त्वना

दोनों कमरे से निकलकर बाहर सेहन में आ गए। आगे-आगे डॉक्टर ज़ैदी था। सलमान उसके पीछे चल रहा था। कमरे से निकलते ही उसने चारों तरफ़ तजस्सुसअंगेज़ नज़रों से देखा। सुलताना अपने कमरे में दरवाज़े पर खड़ी थी। दोनों ने एक-दूसरे को नज़र भरकर देखा। सुलताना ने बड़ी मासूमियत से अपना दाहिना हाथ उठाकर माथे पर रख लिया। सलमान मुस्करा दिया।

डॉक्टर ज़ैदी और सलमान घर से निकलकर बाहर गली में आ गए। डॉक्टर कुछ देर तक अँधेरी गली में ख़ामोश चलता रहा। अचानक उसकी भारी आवाज़ उभरी। वह सलमान से कह रहा था, "मुझे ताज्जुब है कि मरीज़ा अब तक ज़िन्दा क्यों है? उसे तो बहुत पहले ही मर जाना चाहिए था!"

"मगर यह बीमारी क्या है?"

डॉक्टर ने उसकी बात का तो कोई जवाब न दिया, बल्कि बड़ा बेतुका-सा सवाल किया, "तुम बता सकते हो कि शौहर के साथ मरीज़ा के ताल्लुक़ात कैसे हैं?"

"मेरा ख़याल है कि दोनों के ताल्लुक़ात ख़ुशगवार हैं। चन्द ही महीने पहले उनकी शादी हुई है!"

डॉक्टर ज़ैदी ने पलटकर उसे तीखी नज़रों से देखा, "तो यह उनकी दूसरी शादी है। इनके शौहर की उम्र क्या होगी?"

सलमान ने बताया, "देखने में तो वह ख़ासा जवान मालूम होता है। मेरा ख़याल है कि उसकी उम्र चालीस से कम ही होगी!"

"मरीज़ा की कुछ जायदाद वग़ैरह भी है?"

"नहीं!" सलमान ने वज़ाहत की।

डॉक्टर ज़रा देर सोचता रहा। फिर उसने आहिस्ता से कहा, "तब तो मुझे अपनी राय बदलनी पड़ेगी," वह ज़ेरे लब मुस्कराया, "यह डॉक्टर ख़ैरात मुहम्मद इस क़दर बदनाम है कि उसका नाम सुनते ही ख़्वाहमख़्वाह शुबहात[1] पैदा होते हैं। दरअसल वह मरीज़ा के मर्ज़ की तश्ख़ीस[2] नहीं कर सका और उलटे-सीधे इंजेक्शन लगाना शुरू कर दिए। इन अताई[3] डॉक्टरों के इलाज में हमेशा जान का ख़तरा रहता है।"

सलमान हिचकिचाते हुए बोला, "मालूम होता है, पहले आप कोई ख़तरनाक बात सोच रहे थे।"

"तुम्हारा ख़याल दुरुस्त है। मैंने कुछ ऐसी ही बात सोची थी। बात यह है कि मैं आठ साल तक पुलिस-अस्पताल में सर्जन रहा हूँ। मुजरिमों से मेरा बहुत अरसे तक वास्ता रहा है!"

सलमान ने इसरार करके पूछा, "मगर यह तो बताइए, आख़िर मर्ज़ है क्या?"

"मरीज़ा का ब्लड-प्रेशर बढ़ गया है। दिल को ख़ून सप्लाई करनेवाली रगें सिकुड़ती जा रही है और यह तब्दीली अचानक रूनुमा[4] हुई है!"

सलमान ख़ौफ़ज़दा होकर सोचने लगा, "यह तो बहुत ख़तरनाक बीमारी है!"

डॉक्टर ज़ैदी उसे पुलिस-अस्पताल के तजुर्बात बताने लगा। उसने सलमान को एक बूढ़े कर्नल का वाक़िया सुनाया, जिसके जिस्म में इंजेक्शन के ज़रिए पागल कुत्ते का खून दाख़िल किया गया था। चुनाँचे वह दीवाना हो गया। एक रोज़ दीवानगी के आलम में उसने रिवाल्वर

1. सन्देह, 2. पहचान, 3. चतुर, अनाड़ी, 4. घटित

चलाकर ख़ुदकुशी कर ली। इस वाक़िए की तफ़सीलात बड़ी हैब्तनाक थीं। सलमान बार-बार हैरतज़दा नज़रों से डॉक्टर ज़ैदी को देखता, जिसका सिर गंजा था और आँखों पर मोटे-मोटे शीशों की ऐनक थी। वह आहिस्ता-आहिस्ता बोल रहा था।

दोनों इसी तरह बातें करते हुए हेडक्वार्टर पहुँचे। उस वक़्त रात के आठ बज रहे थे। हेडक्वार्टर में ज़्यादा देर ठहरने की गुंजाइश न थी। सलमान फ़ौरन तालीमे-बालिग़ाँ के मर्कज़ की जानिब चल दिया।

उस रोज़ भी वह जल्द ही पढ़ाकर वापस आ गया। उन दिनों वह अपने काम में बहुत कम दिलचस्पी ले रहा था। फ़लक-पैमा की जानिब से उसने बेनियाज़ी बरतना शुरू कर दी थी। अब वह सुलताना और उसके घर के मुताल्लिक़ ज़्यादा सोचा करता।

कई रोज़ बाद वह फिर नौशा के घर गया। उसने सड़क उबूर की और जैसे ही उस गली में दाख़िल हुआ, जो नौशा के घर की जानिब आती थी, नियाज़ सामने से आता हुआ नज़र आया। वह फ़ौरन लौटा। अब नौशा के घर जाना ख़तरे से ख़ाली न था।

हेडक्वार्टर पहुँचकर उसे मालूम हुआ कि स्काइ-लार्कों का एक वफ़्द वज़ीरे-दाख़िला[1] से मिलने कराची गया है। उसके बाद वह अक्सर ऐसी इत्तिलाआत सुनता रहा। हुक्काम और वुज़रा[2] से मुलाक़ातें होती रहीं। पुलिस तहक़ीक़ात करती रही। इस अरसे में मस्जिद की तामीर का काम ज़ोर-शोर से जारी रहा। पुरानी चारदीवारी गिराकर नई दीवारें खड़ी की गईं। ऊँचे-ऊँचे सतून तामीर किए गए। उन पर मेहराबें बनाई गईं। काम इस क़दर तेज़-रफ़्तारी से हो रहा था कि देखते-देखते मस्जिद की इमारत उभरकर सामने आ गई और हुक्काम यह फ़ैसला न कर सके कि क्या कार्रवाई की जाए!

आख़िर वह दिन भी आ गया, जब मस्जिद की तामीर मुकम्मल हो गई। मस्जिद इस अन्दाज़ से बनाई गई थी कि सड़क की जानिब जो हिस्सा था, उसमें दस दुकानें निकाली गईं। मस्जिद की देखभाल के लिए एक ट्रस्ट क़ायम किया गया, जिसका ता-हयात[3] सदर ख़ाँ बहादुर फ़र्ज़न्द अली था। पाँच ट्रस्टियों में ख़ाँ बहादुर के दो भतीजे थे और एक दामाद भी शामिल था।

ख़ाँ बहादुर फ़र्ज़न्द अली ने उस ट्रस्ट को बाक़ायदा रजिस्टर्ड करवा लिया था।

दुकानें, चूँकि बाज़ार के रुख़ थीं, लिहाज़ा मस्जिद की तामीर से पहले ही तगड़ी पगड़ी पर उठ गईं। जब तक मस्जिद की तामीर होती रही, ख़ाँ बहादुर हर रोज़ अपनी झलकती हुई सब्ज़ रंग की कार में वहाँ आता। ठेकेदार से गुफ़्तगू करता। ज़रूरी हिदायत देता और जब अपनी कार की जानिब वापस जाता, तो ठेकेदार दौड़कर कार का दरवाज़ा खोलता। ख़ाँ बहादुर अन्दर बैठकर सिर के ख़फ़ीफ़[4] इशारे से मज़दूरों और ठेकेदार के सलाम का जवाब देता।

कार ख़रामाँ-ख़रामाँ[5] आगे बढ़ जाती।

## [4]

स्काइ-लार्कों में पहले पहल तो बड़ा जोशो-ख़रोश पाया जाता था, मगर ज्यूँ-ज्यूँ मस्जिद मुकम्मल होती गई, उनके हौसले भी पस्त हो गए। उनमें झुँझलाहट और अहसासे-शिकस्त-खुर्दगी[6]

---

1. गृह-मन्त्री, 2. मन्त्रीगण, 3. आजीवन, 4. हलके, 5. धीरे-धीरे, 6. पराजय-भावना

पैदा हो रहा था। वह अक्सर अपने फ़राइज़ से लापरवाही बरतते और चायख़ानों में बैठे घंटों फ़ुज़ूल बातें करते रहते।

इस ज़माने में फ़लक-पैमा के तीन इजलास ऐसे हुए जिनमें कोरम भी पूरा न हो सका। सदर को बग़ैर किसी कार्रवाई के मजबूरन इजलास मुलतवी करना पड़ता। यह बड़ा नाज़ुक और हौसला-शिकन दौर था। ऐसा नज़र आता था कि जल्द ही फ़लक-पैमा का शीराज़ा बिखर जाएगा।

इस मरहले पर अली अहमद ने जुर्रत और सूझ-बूझ का सुबूत दिया। उसने फ़ौरन स्टडी सर्कल क़ायम किया, जिसमें वह ज़िन्दगी के बुनियादी मसाइल पर बहस करता। उनका हल बताता। स्काइ-लार्कों के काम की अहमियत और उनके नसबुलऐन[1] की अज़्मत[2] पर रोशनी डालता। हर रात दस बजे जब तमाम स्काइ-लार्क अपने-अपने मर्कज़ों से वापस आते, तो कान्फ्रेंस-रूप में स्टडी-सर्कल की क्लास शुरू होती। उनमें ज़्यादातर अली अहमद लैक्चर देता था। सफ़दर बशीर और फ़हीम उल्लाह भी मुख़्तलिफ़ मौज़ुआत पर बोलते। फिर उन पर मुबाहसा शुरू होता। हर स्काइ-लार्क अपनी सूझ-बूझ के मुताबिक़ इज़हारे-ख़याल करता। अपनी ज़ेहनी-तर्बियत करता और मालूमात में इज़ाफ़ा करता।

इब्तदा में स्काइ-लार्क स्टडी सर्कल में बेदिली के साथ शरीक होते। मुबाहसे में हिस्सा लेने से कतराते। ख़ामोश बैठे सिगरेट के कश लगाया करते, मगर यह बेताल्लुक़ी ज़्यादा अरसे तक क़ायम न रही। इनमें मुतालए[3] का ज़ौक़ पैदा होने लगा। अब वे चायख़ानों में अपना वक़्त बरबाद करने के साथ लाइब्रेरी में नज़र आते। अली अहमद, जो किताबें तजवीज़ करता, उनको पूरी तवज्जो से पढ़ते। उनसे नोट लेते और रात को स्टडी-सर्कल में शरीक होते, तो बढ़-चढ़कर बोलते।

सलमान का अन्दाज़ फ़लक-पैमा के जलसों में हमेशा जारहाना[4] होता था, मगर अब उसके रवैए में तब्दीली रुनुमा हो रही थी। वह सँभल-सँभलकर बात करता। उसका लहजा ग़ैर-जज़्बाती और सुलझा हुआ होता। बात में वज़न और इसतिदलाल[5] होता। इन दिनों वह अक्सर रात गए तक जागता रहता। उसकी गर्दन मेज़ पर झुकी होती। सामने कोई किताब होती और टेबल-लैम्प के शेड से फूटती हुई हलकी-हलकी दूधिया रोशनी में उसके चेहरे के नक़ूश ठोस और तीखे नज़र आते।

स्टडी-सर्कल क़ायम होने के चन्द ही हफ़्तों बाद फिज़ा बदलने लगी। स्काइ-लार्कों में पाई जानेवाली शिकस्तख़ुर्दगी और बेहिसी रफ़्ता-रफ़्ता ज़ाइल होने लगी। अली अहमद के लैक्चरों ने उनमें नई रूह फूँक दी थी। अब फिर वह फ़लक-पैमा की सरगर्मियों में दिलचस्पी लेने लगे थे, मगर अली अहमद हनूज़-मुत्मइन[6] नहीं था। उसने स्काइ-लार्कों की बुनियादी कमज़ोरी का सुराग़ लगा लिया था। चुनाँचे जब फ़लक-पैमा का माहाना इजलास हुआ, तो अली अहमद ने यह तजवीज़ पेश की कि स्काइ-लार्कों का हेडक्वार्टर सफ़दर बशीर की कोठी से मुनतक़िल[7] करके किसी पसमान्दा बस्ती में बनाया जाए।

अली अहमद ने जिस वक़्त यह तजवीज़ पेश की, तो इजलास में सन्नाटा छा गया। हर स्काइ-लार्क दम-बख़ुद रह गया। यह जाड़ों की रात थी। बाहर सर्द हवाएँ चल रही थीं।

---

1. चरमलक्ष्य, परमोद्देश्य, 2. गुणवत्ता, 3. अध्ययन, 4. आक्रामक, 5. तर्कपूर्ण, 6. अभी तक आश्वस्त, 7. स्थानान्तरित

स्काइ-लार्क गर्म कमरे में बैठे थे। तमाम दरवाज़े और खिड़कियाँ बन्द थीं। दीवारगीरियों से गहरी नारंजी शुआएँ फूट रही थीं। हीटर पर समावार रखा था, जिससे क़हवे की महकती भाप निकल रही थी। कमरे के उस ख़ूबसूरत माहौल में स्काइ-लार्क गर्म लिबासों में मलबूस, सिगरेटों के कश लगा रहे थे। उनको अली अहमद की तजवीज़ बड़ी अजीब मालूम हुई। कई स्काइ-लार्कों ने उस तजवीज़ की शिद्दत से मुख़ालफ़त की।

अली अहमद ने उनके इतिराज़ात[1] ख़ामोशी से सुने। जब तजवीज़ की मुख़ालफ़त में बोलनेवाला हर स्काइ-लार्क अपनी बात कह चुका, तो उसने खड़े होकर बड़े नरम और संजीदा लहजे में अपनी तजवीज़ की वज़ाहत की। इतिराज़ात का जवाब दिया। उसने स्काइ-लार्कों को समझाया कि उनमें मायूसी और शिकस्तख़ुर्दगी का जो अहसास पाया जाता है, उसकी बुनियादी वजह यह नहीं है, कि स्काइ-लार्कों को अस्पताल की ज़मीन के सिलसिले में नाकामी हुई। ऐसी नाकामियों से तो आइन्दा भी साबिक़ा पड़ेगा और वह हर बार नए अज़्म[2] और हौसले के साथ जद्दोजहद करेंगे। इस अहसासे-शिकस्तख़ुर्दगी की असल वजह कोठी का रहन-सहन है। जब तक स्काइ-लार्क अवाम के साथ मिल-जुलकर नहीं रहेंगे, न वे उनके मसाइल समझ सकेंगे, न उनकी नफ़सियात[3] और न ही अपने काम की अहमियत।

अली अहमद आहिस्ता-आहिस्ता बोल रहा था। उसने अपने लहजे में ज़ोरे-ख़ताबत[4] पैदा करते हुए कहा, ''इंजीनियर बनने के लिए मशीन के कल-पुरज़ों से और डॉक्टर बनने के लिए इंसानी जिस्म की साख़्त[5] और हर अज़ू[6] की बनावट से पूरी तरह आगाह होना ज़रूरी होता है। जब एक इंजीनियर बिगड़ी हुई मशीन दुरुस्त करता है, जब एक डॉक्टर मरीज़ को मौत के मुँह से बचाता है, तो उसकी ख़ुशी में एक मुक़द्दस जज़्बा कारफ़रमा[7] होता है। स्काइ-लार्क लार्कों का काम और भी ज़्यादा अहम है। वे ग़रीब अवाम के दुख-दर्द और उनकी पसमान्दगी[8] दूर करना चाहते हैं। वे उनको बेहतर इंसान बनाना चाहते हैं। उनको ज़िन्दगी का क़रीना सिखाना चाहते हैं। यह एक अज़ीम जद्दोजहद है। उनकी कामयाबी एक रूह-परवर जज़्बा है। उनकी मसर्रत फ़रिश्तों से ज़्यादा पाकीज़ा है। आप इन पेट भरे पेशेवर सियासतदानों की मिसाल अपने सामने न रखें, जो ज़िन्दगी को दूरबीन से देखते हैं। अपने ख़िदमतगारों, ड्राइवरों और ख़ानसामाओं की बातचीत से अवाम के मसाइल का अन्दाज़ा लगाने की कोशिश करते हैं। शानदार ड्राइंग-रूमों में बैठकर सियासत बघारते हैं। जलसों में जाकर ज़िन्दाबाद के नारे लगवाते हैं। वे लीडर बनना चाहते हैं। शोहरत हासिल करना चाहते हैं। इक़तिदार[9] और दौलत हासिल करना चाहते हैं। स्काइ-लार्कों की राह उनमें से क़तई मुख़्तलिफ़ है!''

अली अहमद लम्हा-भर के लिए रुका। फिर उसने सिलसिला-ए-कलाम जारी रखते हुए कहा, ''लीडरी तो दौलत से भी हासिल हो जाती है और दौलत कमाने के नुस्ख़े तलाश करने के लिए बाज़ार से, 'दौलत कमाओ और लखपति बन जाओ' क़िस्म की किताब ख़रीदने की भी ज़रूरत नहीं। ख़ाँ बहादुर फ़र्ज़न्द अली से रुजूअ[10] कीजिए। वह दौलत पैदा करने का अच्छा-ख़ासा चलता-फिरता इश्तहार है!''

---

1. आपत्तियाँ, 2. संकल्प, 3. मनोविज्ञान, 4. भाषण का बल, 5. बनावट, 6. अंग, 7. क्रियाशील, 8. पिछड़ापन, 9. सत्ता, शक्ति, 10. सम्पर्क, ध्यान

ज़ोर का क़हक़हा बुलन्द हुआ और कान्फ्रेंस-रूम देर तक गूँजता रहा।

सलमान ने बुलन्द आवाज़ से कहा, "वह तो कफ़न-खूसट है!"

"शाई-लाक भी बुरा ख़िताब नहीं," फ़हीम उल्लाह ने मुस्कराकर कहा।

"क्या ख़ाँ बहादुरी को आप छोटा ख़िताब समझते हैं?" सफ़दर बशीर ने भी तंज़ किया।

अली अहमद देर तक तक़रीर करता रहा। अपने मौक़िफ़[1] की ताईद में उसने ठोस दलाइल[2] पेश किए। आख़िर उसकी तजवीज़ मंज़ूर कर ली गई। उसे अमली जामा पहनाने के लिए सफ़दर बशीर की सरकर्दगी[3] में एक कमेटी भी मुकर्रर कर दी गई।

सफ़दर बशीर ने दौड़-धूप करके हफ़्ते-भर के अन्दर गुमटी के मुज़ाफ़ाती[4] बस्ती में सस्ती क़ीमत पर ज़मीन भी हासिल कर ली। यह बहुत बड़ी बस्ती थी और एक बंजर पहाड़ी के दामन में आबाद थी। यहाँ ज़्यादातर फैक्टरियों और कारखानों में काम करनेवाले मज़दूरों की आबादी थी। उनके अलावा ग्वालों के कुछ ख़ानदान थे। गुमटी में तालीमे-बालिग़ाँ का मर्कज़ क़ायम था और कामयाबी के साथ चल रहा था। जब शहर में टाइफाइड की वबा फैली थी, तो स्काइ-लार्कों ने अपना पहला डॉक्टरी मर्कज़ यहीं बनाया था।

नया हेडक्वार्टर क़ायम करने के मंसूबे पर बराबर काम होता रहा। आख़िर वह दिन भी आ गया, जब तमाम स्काइ-लार्क सवेरे-ही-सवेरे अपने प्लॉट पर पहुँच गए। वह ख़ाकी नेकरें और मलेशिया की सुरमई क़मीज़ें पहने हुए थे। उन्होंने चूने से इमारत की बुनियाद के निशान ज़मीन पर डाले। कुदालें उठाईं और नींव खोदना शुरू कर दी।

बस्ती के लोगों के लिए जल्द ही वे तमाशा बन गए। देखते-देखते उनके चारों तरफ़ हुजूम लग गया। उस हुजूम में बच्चे थे, जवान थे और बूढ़े भी थे। औरतें दरवाज़ों से गर्दनें निकालकर उनको हैरत से देखतीं। शुरू-शुरू में उन्होंने पेशेवर मेमारों[5] और कारीगरों की भी मदद हासिल की। वे गुमटी ही के रहनेवाले थे और उनमें से बेशतर तालीमे-बालिग़ों के मर्कज़ के तालिबे-इल्म थे। अपने-अपने काम में मँझे हुए राज और मिस्त्री थे, बढ़ई और लोहार थे। उन्होंने न सिर्फ़ रज़ाकाराना[6] तौर पर उनके साथ मिल-जुलकर काम किया, बल्कि उनकी तर्बियत का फ़र्ज़ भी अंजाम दिया।

चन्द ही रोज़ में स्काइ-लार्कों ने उनकी मदद से इमारत की नींव खोद डाली और दीवारें खड़ी करना शुरू कर दीं। स्काइ-लार्क बड़ी तन्दिही और लगन के साथ काम करते। कोई ईंटें ढो-ढोकर ला रहा है। कोई गारा बना रहा है। कोई पाड़ पर चढ़ा है और ज़ोर-ज़ोर से आवाज़ें दे रहा है। कोई दीवार की चिनाई कर रहा है। इस आलम में वाक़ई वे अजीब-से लगते। उनके बाल बिखरे होते। चेहरों पर ख़ाक जमी होती। आवाज़ में बे-तरतीबी होती। ख़ास तौर पर दोपहर के वक़्त जब वे पसीने में डूबे हुए ज़मीन पर बैठकर खाना खाते। थर्मस से पानी निकालकर पीते और खाने से फ़ारिग़ होने के बाद सिगरेटें लगाकर लम्बे-लम्बे कश लगाते। उस वक़्त वे बड़ी बेतकल्लुफ़ी के आलम में होते। बात-बात पर क़हक़हे लगाते। एक-दूसरे के काम पर तबसरा करते। ज़्यादा थक जाते, तो किसी दीवार के साए में लेटकर आँखें बन्द किए ख़ामोश पड़े रहते।

---

1. मकसद, तथ्य, 2. तर्क, 3. नेतृत्व, 4. विस्तार, 5. राजगीर, 6. अवैतनिक, स्वयंसेवक के रूप में

जब उन्होंने इमारत की तामीर शुरू की थी, उस वक़्त उन्हें अपना काम बड़ा मज़्हकाख़ेज़[1] और अजीब-सा लगता था। वे गर्दनें झुकाकर चलते और शरमाए-शरमाए-से रहते, मगर अब वह झिझक जाती रही थी। वे सीना तानकर मुशक़्क़त करते और ला-उबालीपन[2] से एक-दूसरे को छेड़ते। काम करने में अब उनको एक ख़ास मसर्रत महसूस होती। ऐसी मसर्रत, जिसकी लज़्ज़त से वे अब तक ना-आश्ना थे।

स्काइ-लार्कों ने इस क़दर मेहनत और जाँ-फ़िशानी[3] से तामीर का काम किया कि देखते-देखते एक इमारत ज़मीन के सीने से उभरकर सामने आ गई। उस पर अज़बसटोज़ की छतें थीं। आठ बड़े-बड़े कमरे थे। एक में फ़लक-पैमा का दफ़्तर क़ायम किया गया और उस कमरे को, जो सबसे ज़्यादा कुशादा था, लाइब्रेरी और जलसों के लिए वक़्फ़[4] कर दिया गया। पाँच कमरे स्काइ-लार्कों की रिहाइश के लिए थे। एक कमरे में डॉक्टर ज़ैदी ने मामूली-सी डिस्पेंसरी भी खोल दी।

हेडक्वार्टर की इमारत के मुकम्मल होते ही तमाम स्काइ-लार्क उसमें मुनतक़िल हो गए। यह ज़िन्दगी बड़ी सादा थी। वे सवेरे उठकर बिस्तर दुरुस्त करते। कमरे साफ़ करते। फ़लक-पैमा के काम के अलावा उनका बेशतर वक़्त लाइब्रेरी में गुज़रता। अली अहमद और सफ़दर बशीर रोज़ाना स्टडी-सर्कल में क्लास लेते। महीने में एक दिन उन्होंने छुट्टी का रखा था। मौसम ख़ुशगवार होता, तो वह कभी-कभार शहर से कहीं दूर निकल जाते और किसी पुर-फ़िज़ा मुक़ाम पर पिकनिक मनाते।

बस्ती में रिहाइश इख़्तियार करने से स्काइ-लार्कों की मसरूफ़ियत बहुत बढ़ गई थी। उस इलाक़े में आए हुए चन्द ही रोज़ हुए थे कि हर स्काइ-लार्क शिद्दत से महसूस करने लगा कि उनके चारों तरफ़ ग़लाज़त है। गन्दे पानी की निकासी के लिए गुमटी में नालियों का बाक़ायदा इन्तज़ाम नहीं था। घरों के पास जगह-जगह गड्ढे थे, जिनमें गन्दा पानी जमा होकर सड़ा करता। गली-कूचों में हर तरफ़ कूड़ा-कर्कट बिखरा रहता। रात होती, तो बस्ती पर गहरा अँधेरा छा जाता। रोशनी का कोई बन्दोबस्त न था। राहगीर रात के वक़्त रास्तों पर ठोकरें खाते। कीचड़ पर फिसलकर गिर पड़ते। क़दम-क़दम पर गन्दे पानी के गड्ढों में गिरने का ख़तरा रहता।

हरचन्द कि यह इलाक़ा म्यूनिस्पैलटी की हदूद में था, मगर उसने कभी इस तरफ़ तवज्जो नहीं दी। फ़लक-पैमा के एक इजलास में यह मसला ज़ेरे-बहस आया और यह तय किया गया कि स्काइ-लार्कों का एक वफ़द डॉक्टर ज़ैदी की रहनुमाई में म्यूनिस्पैलटी के मुताल्लिक़ा अफ़सरों से मिले और उनको सूरते-हाल से आगाह करे।

चन्द रोज़ बाद फ़लक-पैमा का वफ़द म्यूनिस्पैलटी के चेयरमैन से मिला। उसने उनके मुतालबात सुनकर बताया कि शहर के मुज़ाफ़ाती बस्तियों के लिए म्यूनिस्पैलटी ने एक मंसूबा तैयार किया है। बोर्ड के आइन्दा इजलास में वह इस मंसूबे को मंजूर कराने की कोशिश करेगा। उसने वफ़द को यक़ीन दिलाया कि मंसूबे की मंजूरी मिलते ही मुज़ाफ़ाती बस्तियों का तरक़्क़ियाती[5] काम तेज़ी से शुरू कर दिया जाएगा। डॉक्टर ज़ैदी ने वापस आकर अपनी रिपोर्ट पेश कर दी।

---

1. हास्यास्पद, 2. निडरता, 3. कठोर परिश्रम, 4. समर्पित, 5. उन्नतिशील

हफ़्ते भर बाद म्यूनिस्पैलटी बोर्ड का इजलास हुआ, मगर मुज़ाफ़ाती बस्तियों का तरक़्क़ियाती मंसूबा पेश करने की नौबत ही न आ सकी। इजलास में हंगामा बरपा हो गया। सूरते-हाल इस क़दर नाज़ुक हो गया कि सैक्रेटरी को टेलीफ़ोन करके पुलिस की इमदाद हासिल करनी पड़ी। चेयरमैन को इजलास बर्ख़ास्त करके मेज़ के नीचे रूपोश होना पड़ा।

इस हंगामे की इब्तदा इतिराज़ात से शुरू हुई। फिर गाली-गलौज होने लगी, जिसने बढ़कर हाथापाई की सूरत इख़्तियार कर ली। जूते हवा में परिन्दों की तरह उड़ने लगे। गरेबान चाक और बाल परेशान हुए। हर मेम्बर कैस आमिरी के रूप में स्टेज का एक्टर नज़र आने लगा। बात कुछ भी न थी। चन्द दुकानों के अलाटमेंट का कज़ीया था, जो वाइस-चेयरमैन ने अपने भाई के नाम से अलाट करा दी थीं। इस मरहले पर एक-दूसरे की उक़दा-कुशाइयाँ[1] होने लगीं। किसी मेम्बर पर ठेकेदारों से रिश्वत लेने का इल्ज़ाम था। किसी ने गर्ल्ज़ स्कूल की उस्तानियों की इस्मतें ख़राब करने की कोशिश की थीं। किसी ने ससुराली अज़ीज़ों को मुलाज़मतें दिलवाकर पूरे-पूरे महकमों को अपनी ससुराल बना दिया था। ग़र्ज़ यह कि इस हम्माम में सब नंगे थे।

फ़लक-पैमा ने कुछ अरसे तो चेयरमैन के वायदों पर इतिमाद करके इन्तज़ार किया, मगर जब स्काइ-लार्कों को यह मालूम हुआ कि मुज़ाफ़ाती बस्तियों के तरक़्क़ियाती मंसूबे को तैयार हुए तीन साल से ज़ाइद हो चुके हैं और आज तक बोर्ड के किसी इजलास में उसे पेश करने की नौबत नहीं आई, तो फ़लक-पैमा का एक ख़ुसूसी इजलास बुलाया गया।

इस इजलास में इत्तिफ़ाके-राय[2] से फ़ैसला किया गया कि यह काम स्काइ-लार्क ख़ुद ही अंजाम देंगे। चुनाँचे हफ़्ता-सफ़ाई मनाने का प्रोग्राम मुरत्तिब[3] किया गया।

सफ़ाई का हफ़्ता बड़े जोशो-ख़रोश से मनाया गया।

स्काइ-लार्कों ने बस्ती के बहुत-से नौजवानों को रज़ाकारों की हैसियत से अपने साथ शामिल कर लिया। मुख़्तलिफ़ स्काइ-लार्कों की सरकर्दगी में कई ग्रुप बनाकर निहायत सरगर्मी और तन्दिही से काम शुरू कर दिया गया।

हफ़्ता-भर के अन्दर बस्ती का हुलिया तब्दील हो गया।

बस्ती-भर में नालियाँ खोदकर बड़े नाले से मिला दी गईं। गड्ढे पाट दिए गए। गलियाँ साफ़ करके जगह-जगह कूड़ा रखने के ड्रम रख दिए गए। चार लालटेनें ख़रीदकर बस्ती के मुख़्तलिफ़ नुक्कड़ों पर लगा दी गईं, जिनको हर शाम रोशन करने और कैरोसिन आयल सप्लाई करने का बन्दोबस्त एक स्काइ-लार्क के सुपुर्द कर दिया गया। यह ड्यूटी हर महीने बदलती रहती।

बस्ती के क़रीब, जो ख़ाली मैदान था, उसे साफ़ करके बच्चों के खेल-कूद के लिए एक मामूली पार्क की दाग़-बेल डाल दी गई। जिन मकानों की दीवारें और छतें शिकस्ता थीं, उनकी सबने मिलकर मरम्मत की।

हफ़्ता-भर हर शाम को हिफ़ूज़ाने-सेहत[4] के मौज़ूअ पर तक़रीरें की गईं।

हफ़्ता-सफ़ाई तवक़्क़ुआत[5] से ज़्यादा कामयाब रहा। बस्ती को देखकर ऐसा महसूस होता, जैसे अलिफ़-लैलवी दास्तानों के किसी जिन्न ने रातों-रात पुरानी बस्ती की ग़लाज़त

---

1. कीचड़ उछालना, 2. एकमत, 3. निश्चित, 4. स्वास्थ्य-रक्षा, 5. आशाओं

खुरचकर नई बस्ती बना दी है। अब गलियाँ साफ़-सुथरी नज़र आतीं। रात को स्ट्रीट-लैम्पों की रौशनी दरो-दीवार पर झलकती। स्काइ-लार्क अपनी मुहिम की इस कामयाबी पर बेहद मसरूर थे। उनमें काम करने का जज़्बा और तेज़ हो गया था।

## [5]

नियाज़ जिस मक़सद से क्वेटा गया था, हासिल न हुआ। लिहाज़ा वह जल्द ही वापस आ गया। उन दिनों उसका मिज़ाज चिड़चिड़ा रहता था। बात-बात पर गालियाँ बकता। कोई बात मर्ज़ी के ख़िलाफ़ होती, तो बावले कुत्ते की तरह काट खाने को दौड़ता। घर में रहता, तो बिस्तर पर घंटों ख़ामोश पड़ा रहता या फिर बेचैनी से टहलता रहता। उस वक़्त वह किसी गहरे सोच में डूबा रहता। गर्दन झुकी होती और दोनों हाथ पीछे बँधे होते।

क्वेटा से वापसी के बाद ही उसमें यह तब्दीली पैदा हुई थी, हालाँकि जब वह क्वेटा जा रहा था, तो बड़ा बश्शाश[1] नज़र आता था। वापस आया, तो मुँह लटका हुआ था। ख़िलाफ़े-मामूल वह इस दफ़ा ख़ाली हाथ घर आया था, वरना हमेशा सौग़ातों से लदा-फँदा घर में दाख़िल होता। ऐसा मामूल होता था, कि क्वेटा में उसके साथ कोई संगीन वाक़िआ पेश आया था। एकाध बार बीवी ने उसकी वजह मालूम करने की कोशिश की, तो उसने बेरुख़ी से झिड़क दिया।

उन्हीं दिनों का ज़िक्र है। रात का वक़्त था। नियाज़ कुछ ही देर पहले दुकान से घर वापस आया था। वह बिस्तर पर चुपचाप लेटा हुआ छत को तक रहा था। पास ही तख़्त पर बीवी बैठी छालियाँ कुतर रही थी। उस रोज़ उसकी तबीयत ज़रा सँभली हुई थी। दोपहर को गुसल भी किया था और उस वक़्त ख़ूब बनी-ठनी बैठी थी। जिस्म से इत्र की तेज़ ख़ुशबू निकल रही थी। वह पहलू बदलती, तो रेशमी लिबास की सरसराहटें उभरतीं। लैम्प कुछ ऐसे रुख़ से रखा था कि पूरी रोशनी उसके चेहरे पर नहीं पड़ रही थी। रोशनी और सायों के उस इमतिज़ाज[2] में उसके रुख़सारों की ज़र्दी धुँधली पड़ गई थी। आँखों के नीचे स्याह हलक़ों के निशानात मिट गए थे।

कमरे में अँगीठी सुलग रही थी। दहकते हुए अंगारों की सुर्ख़ रोशनी दीवारों पर फैली थी। कमरा ख़ूब गर्म था। बाहर दिसम्बर की सर्द रातों का महीब[3] सन्नाटा छाया था। शीशम के पत्ते रुक-रुककर खड़खड़ाते और फिर गहरी ख़ामोशी छा जाती।

बीवी ने ऊनी शाल सीने के नीचे ढलकाकर अपना हाथ बाहर निकाला और बाज़ू झँझोड़कर बोली, "क्या सोच रहे हो?"

नियाज ने मुड़कर उसकी जानिब देखा। दोनों की नज़रें मिलीं। बीवी एक ख़ास अदा से मुस्कराई, मगर नियाज़ उसकी जानिब तवज्ज़ो दिए बग़ैर बेज़ारी से बोला, "देखो! इस वक़्त परेशान न करो। मेरी तबीयत ख़राब है!"

बीवी के दिल पर गहरा चरका[4] लगा, मगर वह झेल गई। इस दफ़ा उसने अपना निस्फ जिस्म उसके सीने पर झुका दिया और बड़े प्यार से बोली, "नाराज़ हो मुझसे?"

---

1. हर्षित, आनन्दित, 2. मिलाप, 3. भयानक, 4. ज़ख़्म

वह झुँझलाकर बोला, "ऊफ़्फ़ोह! भई हद हो गई। ख़ुदा के लिए मुझे उसी तरह पड़ा रहने दो!"

यह दूसरा चरका था। वह बिलबिलाकर रह गई। ज़रा देर ख़ामोश रही। फिर वह शिकवा करने के अन्दाज़ में बोली, "आख़िर तुमको हो क्या गया? लाओ, मैं तुम्हारा सिर दबा दूँ!" उसके लहजे से ख़ुशामद झलक रही थी। नियाज़ ज़रा भी न पसीजा! उसकी जानिब देखे बग़ैर बोला, "जाओ, तुम अपने बिस्तर पर लेटो। मुझे नींद आ रही है!"

उसने मुँह फेरकर दूसरी तरफ़ करवट बदल ली। वह जल-भुनकर रह गई। उसने महसूस किया कि कमरे का दर्जा-ए-हरारत बढ़ गया है। हब्स से उसका दम घुटा जा रहा है। उसने गहरी साँस भरी और दिल-गिरफ़्ता[1] होकर सोचने लगी : क्या वाक़ई अब उसमें कोई दिलकशी नहीं रही? बीमारी ने दीमक की तरह चाटकर उसे खोखला कर दिया है और उस खोखले जिस्म से नियाज़ को ज़रा भी दिलचस्पी नहीं या फिर वह वाक़ई परेशान है। वह बड़ी जहाँदीदा औरत थी। एक शौहर के साथ ज़िन्दगी के बारह साल गुज़ारकर ख़ासी आज़मूदाकार[2] हो गई थी। पहला शौहर ज़िन्दगी भर उसका मुरीद रहा। वह उसे नित्य नए हरबों[3] से अपनी ज़ुल्फगिरह-गीर का असीर किए रही। उसका जी चाहा, कि नियाज़ को आज़माकर देखे। यह बड़ा ख़तनाक अक़दाम था, लेकिन इस वक़्त वह हर ख़तरा मोल लेने पर आमादा थी। उसने सुलताना को आवाज़ दी, "सुलताना...ए सुलताना..."

सुलताना अपने कमरे से बोली, "जी, अम्माँ!" वह अभी तक जाग रही थी।

माँ ने कहा, "ज़रा यहाँ तो आओ!"

कुछ ही देर बाद फिर दरवाज़ा खोलने की आवाज़ उभरी। सेहन में चाप सुनाई दी। सुलताना आ रही थी।

कमरे के बाहर से उसकी आवाज़ आई, "अम्माँ?"

माँ ने कहा, "दरवाज़ा खुला है। चली आओ!"

सुलताना दरवाज़ा खोलकर अन्दर आ गई। वह उस वक़्त सर्दी से थरथरा रही थी। माँ ने उसे अपने पास बिठा लिया। पूछा, "क्या अन्नू सो गया?"

"वह तो सरे-शाम ही सो गया था!"

माँ बोली, "दिल घबरा रहा था। सोचा, तुमसे कुछ बातें करूँ। शायद दिल बहल जाए!"

सुलताना ने गर्दन घुमाकर नियाज़ की जानिब देखा, जो पीठ मोड़े ख़ामोश पड़ा था। माँ इधर-उधर की बातें करने लगी। चन्द ही लम्हों बाद नियाज़ के जिस्म में हरकत पैदा हुई। वह एक हाथ उठाकर अपनी कमर खुजाने लगा। दोनों आहिस्ता-आहिस्ता बातें करती रहीं। अँगीठी में अभी तक अंगारे दहक रहे थे। गहरी सुर्ख़ रोशनी में सुलताना के चेहरे की दिलकशी निखर् गई थी। स्याह आँखों में शबनम के क़तरे झिलमिला रहे थे। तरो-ताज़ा रुख़सारों पर बरसात की सुहानी शामों की शफ़क़ फैल गई थी।

नियाज़ ने करवट बदली। आँखें मलते हुए बीवी से पूछा, "अरे! यह सुलताना कब आई?"

वह साफ़ झूठ बोल रहा था। उसकी आँखों में नींद का दूर-दूर तक पता न था।

---

1. हृदयविदीर्ण, 2. अनुभवी, 3. दाव-पेंच

बीवी ने जवाब दिया, "ज़रा ही देर पहले आई है!"

"इस सर्दी में इसे बाहर निकलने की क्या सूझी?"

सुलताना सिर झुकाकर पान लगाने लगी। वह उससे नज़रें मिलाते हुए डरती थी। उसने जब भी उसकी जानिब देखा, उसे नियाज़ की आँखों में शिकार पर झपटनेवाले तेंदुए की-सी तेज़ चमक नज़र आती। वह ना-मालूम ख़ौफ़ से थर्राकर रह जाती।

बीवी ने नियाज़ से पूछा, "अब तबीयत कैसी है?"

"कल डॉक्टर को दिखाऊँगा। आजकल तबीयत कुछ गड़बड़ ही रहती है!"

"मैं तुमसे ख़ुद यही कहनेवाली थी। कल याद करके डॉक्टर के पास चले जाना!"

"फ़ुरसत मिल गई, तो ज़रूर जाऊँगा।"

उसने प्यार से डाँटा, "फुरसत तो तुमको कभी नहीं मिलेगी। तुमने अपनी जान के साथ बखेड़े ही इतने लगा रखे हैं, मगर कुछ अपना भी ख़याल रखो। वाह भई! अच्छी मसरूफ़ियत है। डॉक्टर के पास जाने तक का वक़्त नहीं है!" नियाज़ उसकी बातों पर बेतकल्लुफ़ी से हँसने लगा।

दोनों को बातों में मसरूफ़ देखकर सुलताना उठकर जाने लगी। माँ ने हाथ पकड़कर बिठा लिया। कहने लगी, "अभी ऐसी कौन-सी ज़्यादा रात हुई है!"

सुलताना बोली, "नींद आ रही है!"

"तेरी आँखों में तो चिराग़ जलते ही नींद आ जाती है। बैठ चली जाना!"

दरअसल वह चाहती थी कि सुलताना अभी न जाए। वह जानती थी कि सुलताना के जाते ही नियाज़ करवट बदलकर मुँह फेर लेगा।

नियाज़ की यह बेज़ारी उसके लिए बड़ी अज़ियतनाक[1] थी। इसका मतलब यह हुआ कि उसकी ज़ात में नियाज़ की दिलचस्पी ख़त्म हो चुकी है। वह अपनी दिलकशी और बची-खुची जवानी तक खो चुकी है। वह बूढ़ी और बदसूरत हो गई है। यह अहसास उसके सीने में नश्तर बनकर चुभ गया। यह ऐसा दुख था, जिसे बरदाश्त करने की उसमें हिम्मत नहीं थी।

अँगीठी में अंगारे दहकते रहे। सुलताना के चेहरे पर शफ़क़ फूटती रही। उसके हुस्न का जादू जागता रहा। बाहर हवा सर्दी से बिलबिलाती रही।

कुहर-आलूद रात चुपचाप खड़ी थी।

अचानक किसी ने दरवाज़ा खटखटाया। डॉक्टर मोटू आया था। सुलताना अपने कमरे में चली गई। माँ ने शाल अच्छी तरह अपने जिस्म के चारों तरफ़ लपेटी और दीवार की जानिब मुँह मोड़कर बैठ गई। नियाज़ उठकर बाहर गया और डॉक्टर को अपने हमराह लाया। वह उस वक़्त स्याह ओवरकोट पहने था और बड़ा लहीम-शहीम नज़र आ रहा था।

कमरे में दाख़िल होते ही डॉक्टर ने कहा, "मुआफ़ करना, नियाज़! मैं एक केस देखने चला गया था। सीधा वहीं से आ रहा हूँ।"

"इंजेक्शन कल भी लग सकता था। आपने इस जाड़े-पाले में ख़्वाहमख़्वाह तकलीफ़ उठाई!"

---

1. यातनाजनक

डॉक्टर मुस्कराकर बोला, "अरे भई! हमें कहाँ आराम नसीब! अपना पेशा ही ऐसा ठहरा!" वह दीवार के क़रीब पड़ी हुई कुर्सी पर बैठ गया और नियाज़ की जानिब मुड़कर देखने लगा, "कमरा तो खूब गर्म है!" उस वक़्त वह बड़ा बश्शाश नज़र आ रहा था। बात यह थी कि तीसरे पहर ही को नियाज़ ने उसे एक हज़ार रुपए की दूसरी क़िस्त दी थी।

सुलताना की माँ ख़ामोश बैठी डॉक्टर की बातें सुनती रही। डॉक्टर ने ज़रा ही देर बाद अपने चरमी बैग के अन्दर से सिरिंज निकाली और इंजेक्शन लगाने के वास्ते उसमें दवा भरने लगा। नियाज़ ख़ामोश खड़ा उसे देखता रहा। डॉक्टर की पुश्त उसकी जानिब थी। सामने दीवार पर डॉक्टर का साया बड़ा हैबतनाक[1] नज़र आ रहा था। वह दवा से भरी हुई सिरिंज लेकर मरीज़ा के पास गया। मुस्कराकर पूछा, "कहिए, तबीयत कैसी है?"

"आज तो ज़रा बेहतर है!"

डॉक्टर तसल्ली देने के अन्दाज़ में बोला, "अब आपकी तबीयत इंशाअल्लाह ठीक हो जाएगी।" उसने सिरिंजवाला हाथ आगे बढ़ाया।

"हाथ इधर कीजिए। मैं इंजेक्शन नहीं लगवाऊँगी।"

पहली बार उसने इंजेक्शन लगवाने से इनकार किया था। डॉक्टर बेनियाज़ी से हँसकर बोला, "क्यों? ख़ैरियत तो है? यह आज आपको क्या सूझी?"

"न जाने क्यों इंजेक्शन लगवाने से मेरी तबीयत ख़राब हो जाती है!"

डॉक्टर ने मुश्तबह[2] नज़रों से मरीज़ा को देखा, जो दीवार की जानिब मुँह मोड़े बैठी थी। वह नरम लहजे में बोला, "आपको ख़्वाहमख़्वाह वहम हो गया है। कहीं इंजेक्शन से तबीयत ख़राब होती है।" उसने हलका क़हक़हा लगाया, "लाइए, हाथ इधर कीजिए! घबराइए नहीं। अब ज़्यादा इंजेक्शन नहीं लगाऊँगा!"

मगर वह अपनी बात पर अड़ी रही। उसने बड़े इतिमाद से कहा, "नहीं, डॉक्टर साहब! अब मैं इंजेक्शन नहीं लगवाऊँगी!"

नियाज़ को उसके इनकार पर सख़्त ग़ुस्सा आया, "ख़्वाहमख़्वाह की बातें न करो। इंजेक्शन लगवाओ!"

"मैंने कह दिया कि अब मैं कोई इलाज नहीं कराऊँगी।"

नियाज़ ने ग़ुस्से से आँखें निकालीं, मगर डॉक्टर ने उसे इशारा से मना कर दिया और नरमी से बोला, "देखिए, इंजेक्शन का नाग़ा हो गया, तो यह आपके मर्ज़ के वास्ते बहुत बुरा होगा। मैं तो इतनी रात गए, सर्दी में आपकी ख़ातिर यहाँ आया और आप हैं कि इंजेक्शन लगवाने से इनकार कर रही हैं। यह तो ठीक बात नहीं!" वह अभी तक ग़ैर-संजीदा था। मुस्करा-मुस्कराकर बातें कर रहा था।

मगर जब वह किसी तरह आमादा न हुई, तो डॉक्टर के चेहरे पर परेशानी का हलका-सा साया फैल गया। उसमें दबे-दबे ख़ौफ़ का अहसास भी शामिल था। अब इसरार करना फ़ुज़ूल था। उसने सिरिंज ख़ाली करके चरमी बैग के अन्दर रखी और नियाज़ से मुख़ातिब हुआ, "मालूम होता है, अब यह घबरा गई हैं। भई, इनको कुछ रोज़ की छुट्टी मिलनी चाहिए," इस दफ़ा उसने मरीज़ा को मुख़ातिब किया, "लीजिए, अब तो ख़ुश हो जाइए!"

---

1. भयानक, 2. सन्दिग्ध

वह गर्दन झुकाए ख़ामोश बैठी रही।

डॉक्टर ज़्यादा देर न ठहरा। वह कमरे से बाहर चला गया। नियाज़ भी उसके हमराह चला गया।

दोनों ख़ामोशी से दरवाज़ा खोलकर बाहर निकले। गली भायँ-भायँ कर रही थी। हर तरफ़ गहरा सन्नाटा था। कड़ाके का जाड़ा पड़ रहा था। दोनों आहिस्ता-आहिस्ता गली में चलने लगे। उनके क़दमों की आहट सुनसान रात में रुक-रुककर उभर रही थी। घर से कुछ दूर आगे जाकर डॉक्टर ने नियाज़ से कहा, "परेशान होने की कोई बात नहीं। एक ख़ास स्टेज पर पहुँचने के बाद मरीज़ का मिज़ाज ऐसा ही ज़िद्दी और चिड़चिड़ा हो जाता है!"

"मगर डॉक्टर साहब! यह तो उसने बड़ी ख़राब हरकत की है!"

"तुम इस बात का कुछ ख़याल न करो। मरीज़ा को कुछ वहम हो गया है। यह औरतें तो शक्की मिज़ाज होती ही हैं। इस शक को तुम ही दूर कर सक़ते हो। देखो, ज़बरदस्ती न करना, वरना मुआमला बिगड़ जाएगा।"

"कहीं उसे कुछ शुबहा तो नहीं हो गया?"

डॉक्टर के दिल में भी चोर था कि वह इसका इज़हार नहीं करना चाहता था। नियाज़ की बात सुनकर उसके बदन में ख़फ़ीफ़[1] सी लर्ज़िश हुई। आहिस्ता से बोला, "मेरा ख़याल है कि फ़िलहाल ऐसी कोई बात नहीं," उसकी आवाज़ में दबी-दबी थरथराहट थी।

"पिछले दिनों मैं क्वेटा गया था। कहीं मेरी ग़ैर-मौजूदगी में किसी डॉक्टर के पास न चली गई हो!"

"क्या ऐसा मुमकिन है?"

"यह मैं इसलिए कह रहा हूँ कि इंजेक्शन लगवाने से आज उसने पहली बार इनकार किया है। मुझे तो ऐसा ही मालूम होता है!"

डॉक्टर ने कोई जवाब नहीं दिया। ख़ामोशी से सोचता रहा। दोनों आहिस्ता-आहिस्ता गली में चलते रहे। कुहर के धुँधलके में लिपटे हुए वे सुनसान रात में भूतों की तरह डरावने नज़र आ रहे थे। फिर सन्नाटे में डॉक्टर की आवाज़ उभरी, "मेरा ख़याल है कि तुमको ऐसी बात नहीं सोचना चाहिए। जब तक कोई बहुत ही होशियार डॉक्टर न हो, उसे शुबहा तक नहीं हो सकता। बहरहाल, तुम चौकन्ना रहो कि वह अस्पताल न जाए और न किसी डॉक्टर से मशविरा करे। इहतियात करना हर हाल में ज़रूरी है!"

दोनों बातें करते हुए गली की नुक्कड़ पर पहुँच गए। सामने सड़क पर डॉक्टर की कार खड़ी थी। दोनों उसके क़रीब पहुँच गए। डॉक्टर ने नियाज़ से मुसाफ़ा[2] किया और कार का दरवाज़ा खोलकर अन्दर बैठ गया। नियाज़ वापस गली में चला गया। वह थके-थके कदम उठाता हुआ आहिस्ता-आहिस्ता चल रहा था। बीवी के इनकार ने उसे बहुत परेशान कर दिया था। इस परेशानी में ख़ौफ़ और ग़ुस्से का इमतिज़ाज[3] था।

वह झुँझलाता हुआ घर में दाख़िल हुआ। बीवी अभी तक जाग रही थी। दोनों ने एक-दूसरे को देखा, मगर कोई बातचीत न हुई। नियाज़ थका हुआ-सा घर जाकर बिस्तर पर

---

1. हलका-सा कम्पन, 2. हाथ मिलाना, 3. मिश्रण, मिलाप

लेट गया। ज़रा देर तक वह ख़ामोश पड़ा रहा, मगर चैन न आया। उठकर बैठ गया। उसने बीवी को मुख़ातिब किया, "आख़िर तुम चाहती क्या हो?"

वह आहिस्ता से बोली, "क्या?" उसने जानबूझकर तग़ाफ़ुल[1] बरता। उस बेनियाज़ी पर नियाज़ को और ताव आया। बिगड़कर बोला, "तुम्हारा सिर!"

वह नरम लहजे में बोली, "तुम्हारा तो लड़ने को दिल चाह रहा है। कई रोज़ से तुम पर भूत सवार है!"

उसने शाल सँभाली। तख़्त से उतरकर खड़ी हो गई। वह जानती थी कि नियाज़ उस वक़्त ग़ुस्से में भरा बैठा है। वह उससे उलझना न चाहती थी। उसने सोचा कि अब इसी में ख़ैरियत है कि वह बिस्तर पर जाकर लेट जाए।

नियाज़ लम्हा-भर तो उसे घूरता रहा। फिर बिगड़कर बोला, "मैं कहता हूँ, तुमने आज इंजेक्शन क्यों नहीं लगवाया?"

"इंजेक्शन लगवाने से मुझे हौल आता है!"

"और मैं जो इतना पैसा इलाज पर बरबाद कर चुका हूँ।"

"तो अब मत बरबाद करो!"

नियाज़ ज़िच होकर बोला, "इंजेक्शन का पूरा कोर्स तो तुमको लेना ही पड़ेगा। मैं उसकी पेशगी रक़म दे चुका हूँ।"

वह तुनककर बोली, "वाह! यह भी अच्छी रही। चाहे मैं उनको लगवाकर मर ही क्यों न जाऊँ, मगर तुम्हारी रक़म वसूल हो जाए।"

"मैं कहता हूँ, क्यों अपनी जान के पीछे पड़ी हो?" इस दफ़ा नियाज़ का लहजा किसी क़दर धीमा था।

वह भर्राई हुई आवाज़ में बोली, "ख़ुदा के लिए मुझे मेरे हाल पर छोड़ दो। मैं कोई इलाज-विलाज नहीं करूँगी। ख़ुदा की ज़ात में बड़ी क़ुव्वत है। ज़िन्दगी है, तो यूँ ही अच्छी हो जाऊँगी," यह कहते-कहते उसकी आवाज़ गलूगीर[2] हो गई और आँखों से आँसू गिरने लगे।

नियाज़ को उसकी यह हरकत सख़्त नागवार गुज़री। जलकर बोला, "अजीब उल्लू की पट्ठी औरत से साबिक़ा पड़ा है!"

नियाज़ ने पहली बार गाली दी थी। बीवी के तन-बदन में आग ही लग गई। चीख़कर बोली, "देखो, ज़बान सँभालकर बात करो। मरनेवाला मर गया। वह अपनी जगह, मैं अपनी जगह! कभी गाली देना तो दरकिनार, मुझसे तू करके भी बात नहीं की," यह सुलताना के बाप का ज़िक्र था और उसके ज़िक्र से नियाज़ हमेशा झुँझलाता था। उस वक़्त तो वह यूँ भी जला हुआ था। तड़पकर बोला, "उसी साले भड़वे ने तो तुम्हारा दिमाग़ ख़राब किया है!"

"मरे हुए को गाली देते तुमको शरम नहीं आती!"

नियाज़ ज़ोर से चीख़ा, "बस, ज़बान बन्द कर। जितना मना करो, उसी क़दर हरामज़ादी सिर पर चढ़े चली जा रही है। तेरी तो..." उसने एक गन्दी-सी गाली दी और लपककर उसके क़रीब पहुँच गया।

"अच्छा, तो अब तुम मुझ पर हाथ भी उठाओगे!"

---

1. बेपरवाही, 2. रुँधी

नियाज़ ने कई गालियाँ दीं, और उसके मुँह पर ज़न्नाटे का एक थप्पड़ रसीद किया। फिर दूसरा, तीसरा! उसका हाथ तेज़ी से चलता रहा। वह ख़ामोश खड़ी मार खाती रही। नियाज़ ने उसकी कमर पर कई लातें मारीं।

शोर सुनकर सुलताना नंगे पैर भागती हुई कमरे में दाख़िल हुई। उसने देखा, माँ फ़र्श पर औंधे मुँह पड़ी थी और नियाज़ उसके क़रीब खड़ा खच्चर की मानिंद ज़ोर-ज़ोर से हाँफ रहा था। उसकी आँखें ख़ूँख़्वार हो रही थीं। मुँह से कफ जारी था। सुलताना ने उससे कोई बात नहीं की। जल्दी से जाकर माँ को फ़र्श पर से उठाया। उसके बाल ख़ाक से अटे हुए थे। चेहरा मुरदे की तरह सफ़ेद हो रहा था। निचले होंठ से गाढ़ा-गाढ़ा ख़ून बह रहा था। लैम्प की मैली-मैली ज़र्द रोशनी में वह बड़ी डरावनी नज़र आ रही थी।

नियाज़ ने उसकी जानिब कोई तवज्जो नहीं दी। खूँटी पर लटका हुआ कोट उतारकर पहना। गले में मफ़लर लपेटा और तेज़ क़दमों चलता हुआ कमरे से बाहर चला गया। सुलताना ने उसे जाते हुए देखा, मगर कुछ कह न सकी। उसने आँगन में भारी-भारी क़दमों की आहट सुनी। फिर दरवाज़ा खुलने की आवाज़ आई। वह घर से बाहर जा चुका था।

सुलताना ने माँ को सहारा देकर बिस्तर पर लिटा दिया। उसकी आँखें बन्द थीं। वह रुक-रुककर साँस ले रही थी। जिस्म दरख़्त की टूटी हुई शाख़ की तरह झूल रहा था। वह बेहोश हो गई थी। सुलताना ने उसकी यह हालत देखी, तो घबराकर रोने लगी।

माँ कई मिनट तक बेहोश पड़ी रही। सुलताना उसके क़रीब बैठी आहिस्ता-आहिस्ता रोती रही। आख़िर माँ ने आँखें खोलकर देखा। बड़ी नहीफ़[1] आवाज़ से बोली, "सुलताना!"

सुलताना ने जल्दी-जल्दी दुपट्टे के आँचल से आँसू पोंछे। दर्याफ़्त किया, "अब कैसी तबीयत है, अम्माँ?"

उसने कोई जवाब न दिया। गहरी साँस भरी। फिर उसने बड़े दुख से कहा, "रो क्यों रही है मेरी बच्ची? मेरी किस्मत में यूँ ही लिखा था!" सुलताना ने ज़बान से एक लफ़्ज़ न निकाला। ख़ामोशी से उसके सीने पर सिर रखकर फूट-फूटकर रोने लगी।

नियाज़ ने सारी रात दुकान में जागकर गुज़ारी। कड़ाके की सर्दी पड़ रही थी। उसके पास ओढ़ने-बिछाने के लिए कुछ नहीं था। दुकान में एक पुराना फौजी ओवरकोट पड़ा था, जिसे उसने टाँगों पर डाल लिया, मगर ज्यूँ-ज्यूँ रात ढलती गई, सर्दी शिद्दत इख़्तियार करती गई। उस सर्दी से उसका प्लेथिन निकल गया। वह तमाम रात जागता रहा। बीवी को गालियाँ देता रहा और सर्दी से कँपकपाता रहा।

दूसरे रोज़ भी वह घर नहीं आया।

तीसरे रोज़ शाम के वक़्त अन्नू दुकान पर आया। उसे देखकर नियाज़ ने दिल में दबी-दबी मसर्रत महसूस की। इन तीन दिनों में उसकी जो अहमियत घट गई थी, और जिसे सोच-सोचकर उसे बीवी पर रह-रहकर ताव आ रहा था, अब बहाल हो चुकी थी। उसने बड़े रूखेपन से पूछा, "कैसे आया यहाँ?"

अन्नू ख़ौफ़ज़दा हो रहा था। उसने आहिस्ता से कहा, "अम्मा ने बुलाया है!"

---

1. दुर्बल

नियाज़ ने दिल-ही-दिल में कहा, अब हरामज़ादी को पता चला। अभी क्या है? चन्द रोज़ बाद साली ख़ुद भागी हुई आएगी। यही सोचकर उसने ग़ुस्से से घूरते हुए कहा, "अपनी अम्माँ से कह देना कि उस घर से अब मेरा कोई ताल्लुक़ नहीं!"

अन्नू ने उसकी बात का कोई जवाब नहीं दिया। सिर झुकाए ख़ामोश खड़ा रहा। उसकी आँखों में ख़ौफ़ था और चेहरे पर घबराहट थी। नियाज़ ने उसे ख़ामोश देखकर ज़ोर से डाँटा, "अबे। अब मेरे सिर पर क्यों खड़ा है? जा के कह देना उस हरामज़ादी से कि मैं अब कभी उस घर पर पेशाब भी नहीं करूँगा!" लम्हा-भर के लिए वह रुका और आँखें निकालकर ज़ोर से दहाड़ा, "अबे जा रहा है या कुछ लेकर जाएगा?"

वह गालियाँ देता हुआ अन्नू पर झपटा। वह सहमा हुआ चुपचाप दुकान से बाहर चला गया।

अन्नू के जाने के बाद नियाज़ गर्दन ऊँची करके बैठ गया और आहिस्ता-आहिस्ता बड़बड़ाने लगा। उसे यक़ीन था कि अब बीवी ख़ुद मनाने आएगी। इसी ख़याल से वह दुकान से निकलकर कहीं गया भी नहीं। बेचैनी से बैठा बीवी का इन्तज़ार करता रहा। रात दबे क़दमों की आहट कूचा-व-बाज़ार पर छा गई। अँधेरा गहरा हो गया।

जब पहर रात हो गई, और रास्तों पर सन्नाटा छा गया, तो उसका इन्तज़ार शदीद हो गया, मगर बीवी तो नहीं आई, अलबत्ता डॉक्टर मोटू का कम्पाउंडर आ गया। डॉक्टर ने उसे बुलवाया था। नियाज़ की तबीयत परेशान थी। उसने कम्पाउंडर को टालना चाहा, मगर वह गया नहीं। ज़ोर देकर बोला, "डॉक्टर साहब ने कहा है कि उन्हें अपने साथ लाना। बड़ा अरजेंट काम है!"

नियाज़ ने ज़्यादा हील-हुज्जत करना मुनासिब नहीं समझा। ख़ामोशी से उसके हमराह चला गया। डॉक्टर उस वक़्त तनहा था। नियाज़ के पहुँचते ही उठकर अक़बी[1] कमरे में चला गया। नियाज़ को अपने साथ आने का इशारा किया। यह मुख़्तसर-सा कमरा था। उसकी छत भी नीची थी। अन्दर धुँधला-सा बल्ब रोशन था। फीकी-फीकी रोशनी में दोनों बड़े पुर-असरार नज़र आ रहे थे। डॉक्टर ज़रा देर ख़ामोश रहने के बाद बोला, "मैं कई रोज़ से तुम्हारा इन्तज़ार कर रहा था!"

नियाज़ ने हिचकिचाते हुए जवाब दिया, "वह रज़ामन्द नहीं होती!"

डॉक्टर का चौड़ा-चकला चेहरा लम्हा-भर के लिए परेशान हो गया, "यह तुमने बहुत बुरी ख़बर सुनाई। भई, किसी तरह उसे मनाओ!"

"वह किसी तरह मानती ही नहीं। इसी बात पर मेरा उससे झगड़ा भी हो गया। मैं तो तीन रोज़ से घर भी नहीं गया।"

डॉक्टर और परेशान हो गया। उसने किसी क़दर नाराज़ होकर कहा, "मैंने तुमको मना भी किया था! फिर भी तुम बाज़ न आए...यह तुमने बड़ी ग़ैर-दानिशमन्दी[2] का सुबूत दिया।"

"डॉक्टर साहब! आप उसे नहीं जानते। वह बड़ी ज़िद्दी औरत है!"

"इस तरह तो काम नहीं चलेगा। तुम किसी-न-किसी तरह उसे मनाने की कोशिश करो। यह बहुत क़ीमती वक़्त है। इसे ज़ाए[3] नहीं होना चाहिए।" डॉक्टर ने नियाज़ को नज़र भरकर देखा, जो सिर झुकाए ख़ामोश बैठा था। डॉक्टर ने कहा, "तुम अभी घर जाओ और परी को शीशे में उतारने की कोशिश करो," उसका लहजा अचानक नरम पड़ गया।

---

1. पिछले, 2. अबुद्धिपूर्ण, 3. नष्ट

"तुम भी कैसे मर्द हो। एक औरत तुम्हारे क़ाबू में नहीं आती!"

नियाज़ रूठे हुए बच्चे की तरह मुँह फुलाकर बोला, "लेकिन डॉक्टर साहब, मैं अब उसके पास जाऊँगा नहीं!"

डॉक्टर ने बिगड़कर कहा, "न जाओ, मगर मेरी एक हज़ार की तीसरी किस्त दे दो और जाकर मौज करो!"

"देखिए, डॉक्टर साहब...बात यह है..."

"डॉक्टर ने मज़ीद कुछ कहने का मौक़ा नहीं दिया। उसकी बात काटकर बोला, "बात-वात से काम नहीं चलेगा। इंजेक्शन ज़बरदस्ती नहीं लगाया जा सकता। उसके लिए तो मरीज़ा को रज़ामन्द करना ही पड़ेगा। अगर तुम यह नहीं कर सकते, तो इलाज बन्द कर दो और कहीं तुम इस ख़याल में हो कि इतने ही इंजेक्शनों से उसका काम तमाम हो जाएगा, तो यह तुम्हारा मुग़ालता[1] है। इसमें ज़बरदस्त क़ुव्वते-मुदाफ़अत[2] है। कोई और औरत होती, तो अब तक कब्रिस्तान में एक अदद कब्र अलाट करा चुकी होती।"

नियाज़ के लिए अब इनकार करने की गुंजाइश नहीं थी। मजबूरन कहना पड़ा, "अच्छी बात है। जैसा आप कह रहे हैं, वही कर दूँगा, मगर अब आप यह झंझट जल्द ही साफ़ कर दीजिए!"

डॉक्टर की आँखों में मुजरिमाना चमक उभर आई। मुस्कराकर बोला, "यह मुझ पर छोड़ दो। जाड़ा ख़त्म होने से पहले ही मैं उसे ठिकाने लगा दूँगा।"

उसकी आँखों की चमक और ख़ूँख़्वार हो गई। झुकी हुई छतवाले उस तंग कमरे में डॉक्टर मोटू अपने भारी-भरकम जिस्म के साथ ड्रेकूला की मानिंद ख़ौफ़नाक नज़र आ रहा था।

नियाज़ डॉक्टर के मतब से निकलकर सीधा घर पहुँचा। बीवी अभी तक जाग रही थी, मगर दोनों में कोई बातचीत नहीं हुई। नियाज़ चुपचाप बिस्तर पर बैठ गया और यह सोचने लगा कि बीवी से किस तरह बात छेड़ी जाए। वह नज़रें नीची किए ख़ामोश बैठी थी। लैम्प की पीली-पीली रोशनी में उसके चेहरे का निस्फ़[3] हिस्सा नज़र आ रहा था, जिसकी ज़र्दी से उसकी रुख़सारों पर एक रोग़नी चमक फैली हुई थी।

नियाज़ कई मिनट तक ख़ामोश बैठा रहा। बीवी ने उसकी जानिब नज़र उठाकर भी न देखा। उसकी यह हरकत नियाज़ को बहुत शाक़ गुज़री। वह झुँझलाकर उठा और अपना ट्रंक खोलकर उसमें सामान रखने लगा। उसने खूँटियों पर से कपड़े उतारे। पलंग के नीचे से जूते और चप्पलें निकालीं। उनको पुराने अख़बार में लपेटा। अलमारियों से काग़ज़ात और ज़रूरत की दूसरी चीज़ें निकालीं और हर चीज़ सँभाल-सँभालकर ट्रंक में रखने लगा।

वह चुप बैठी उसकी हर हरकत देखती रही।

कई बार उसका जी भी चाहा कि उससे पूछे कि यह क्या हो रहा है? मगर वह कुछ कह न सकी। उसे नियाज़ से बात करते हुए झिझक मालूम हो रही थी। वैसे वह यह ज़रूर चाहती थी कि नियाज़ इस तरह अपना सामान उठाकर घर से न जाए।

---

1. भ्रान्ति, भ्रम, 2. रोकने या प्रतिरोध की शक्ति, 3. आधा

बात यह थी कि बीमारी ने उसे अपाहिज बना दिया था। अब वह घर में बैठकर मेहनत-मज़दूरी करने के भी क़ाबिल न रही थी। नियाज़ के जाने के बाद घर का धन्धा किस तरह चलेगा? सारे इख़राजात किस तरह पूरे होंगे? यह अहसास बड़ा लरजाखेज़[1] था।

वह इसी सोच में ग़लताँ ओ पेचाँ[2] थी कि अचानक नियाज़ ने उसे मुख़ातिब किया, "मेरा वह धूप का चश्मा कहाँ है?"

बीवी ने गर्दन घुमाकर देखा। नियाज़ खुले ट्रंक पर झुका हुआ था। उसकी पीठ बीवी की जानिब थी।

"यह इस वक़्त धूप के चश्मे की कौन-सी ज़रूरत पड़ गई?" बीवी के लहजे में मसालहत[3] का अन्दाज़ था। नियाज़ को शायद बीवी से इस रवैए की तवक़्क़ो[4] नहीं थी। उसने फ़ौरन पलटकर उसकी जानिब देखा, "तुम्हें मालूम हो, तो बता दो!"

वह उसकी बात नज़रअन्दाज़ करते हुए बोली, "यह इतनी रात गए, तुम सारा सामान क्यों उलट-पुलट रहे हो?"

इस दफ़ा उसने बीवी की जानिब नहीं देखा। पज़मुर्दा[5] लहजे में बोला, "अब मैं यहाँ से अपना मुँह काला करके जा रहा हूँ। तुम मनमानी करना! कोई तुमको सतानेवाला नहीं होगा," साफ़ लफ़्ज़ों में अब वह गिला करने लगा था।

"थोड़े दिन और सब्र कर लो। न मैं इस दुनिया में रहूँगी, न तुमको इस तरह घर छोड़कर जाना पड़ेगा!"

उसके बाद शिकवा-शिकायत का दफ़्तर खुल गया।

नियाज़ आहिस्ता-आहिस्ता चलता हुआ उसके क़रीब आकर खड़ा हो गया। गिला करने के अन्दाज़ में बोला, "क़सम अल्लाह की! तुमने मेरा सारा प्रोग्राम सत्यानास करके रख दिया। तुम्हें क्या पता कि मैं क्या-क्या सोच रहा था!"

"कभी तुमने मुझसे कुछ बताया भी। इस क़ाबिल ही नहीं समझा!"

"नहीं! यह बात नहीं! मैंने सोचा था कि पहले तुम अच्छी हो जाओ, तो कुछ बात करूँ। अब बात आ ही गई है, तो लो, सुन लो। मैं चाहता हूँ कि सुलताना किसी तरह अपने घरबार की हो जाए। मैं सबसे पहले इस फ़र्ज़ से सुबुक-दोश[6] होना चाहता हूँ।"

वह बड़ी संजीदगी से बात कर रहा था। उसे अच्छी तरह पता था कि उसकी बीवी की सबसे बड़ी ख़्वाहिश है कि जिस क़दर जल्द हो सके, सुलताना का ब्याह कर दे। इस वक़्त वह उसकी इस कमज़ोरी से फ़ायदा उठाना चाहता था। नियाज़ का अन्दाज़ा ग़लत न निकला। बीवी यह बात सुनते ही चौंक पड़ी। पहले उसके चेहरे पर इसतिअजाब हुवैदा[7] हुआ। फिर किसी दबी हुई मसर्रत से उसका चेहरा खिल उठा। जल्दी से बोली, "तुमने कोई लड़का देखा है?"

वह सोचने लगी। क्या वाक़ई नियाज़ को सुलताना के ब्याह की इस क़दर फ़िक्र है या वह महज़ उसे ख़ुश करने के लिए यह बात कह रहा है? नियाज़ के मुतअल्लिक़ उसके दिल में जो शुबहात थे, रफ़्ता-रफ़्ता मिटने लगे थे।

"लड़का मैंने देख लिया है। नहर के महकमे में मुलाज़िम है। सवा सौ रुपए तनख़्वाह है, लेकिन ऊपर से आमदनी अच्छी हो जाती है। मैट्रिक तक अंग्रेज़ी पढ़ा है। बाप पी.डब्ल्यू.

---

1. कँपा देनेवाला, 2. चिन्तातुर, 3. समझौता, 4. आशा, 5. खिन्न, उदास, 6. भार-मुक्त, 7. विस्मय प्रकट हुआ

का ठेकेदार है। खाते-पीते लोग हैं। मेरे पुराने मिलनेवाले हैं। हज़ारों रुपए का सामान मुझसे ले चुके हैं,'' नियाज़ बड़े इत्मीनान से झूठ बोलता चला गया।

उसकी बातें सुनकर बीवी को किसी क़दर पशेमानी हुई कि वह अब तक नियाज़ की नीयत पर क्यों शक करती रही? वैसे वह ख़ासी होशियार औरत थी, मगर थी तो घर की बैठनेवाली। सादगी में मार खा गई। इश्तियाक़[1] भरे लहजे में बोली, ''तुमने कभी इस बात का इशारा तक नहीं किया!''

''पहले तुम अच्छी तो हो जाओ। मैं कल ही रिश्ता तय किए लेता हूँ। तुममें इन्तज़ाम करने की हिम्मत है। रोज़ तो तुम पर बीमारी का दौरा पड़ता है। अब मैं तो बैठकर जहेज़ तैयार करने से रहा!''

नियाज़ ने और बहुत-सी तफ़्सीलात बताईं। वह बच्चों की तरह हँस-हँसकर एक-एक तफ़्सील पूछती रही। फिर तो बातों का सिलसिला छिड़ गया। नियाज़ उसके पहलू में बैठा था। बातें करते-करते उसके बालों से खेलता जा रहा था।

दोनों रात गए तक बातें करते रहे।

डॉक्टर मोटू इंजेक्शन लगाने आया। नियाज़ घर पर मौजूद नहीं था, मगर बीवी ने बग़ैर किसी मुज़ाहमत[2] के इंजेक्शन लगाने की इजाज़त दे दी। वह अब किसी तौर नियाज़ को नाराज़ होने का मौक़ा देना नहीं चाहती थी। उसकी ज़िन्दगी की सबसे बड़ी तमन्ना पूरी होनेवाली थी। वह इन दिनों सिर्फ़ सुलताना के ब्याह के मुतअल्लिक़ सोच रही थी। उसके चेहरे की ज़र्दी मिटने लगी थी और उस पर सेहतमन्दी के निशानात उभर रहे थे। अब वह हर वक़्त बश्शाश रहती। बात-बात पर हँस पड़ती। बड़ी तंदिही से नियाज़ की देखभाल करती।

लेकिन दूसरा इंजेक्शन लगने के चन्द ही घंटे बाद फिर दौरा पड़ा। दोपहर का वक़्त था। वह धूप में बैठी सुलताना के जहेज़ का जोड़ा काट रही थी। बाहर गली में बच्चे शोर मचा रहे थे। शीशम के दरख़्त पर एक कौआ बैठा काएँ-काएँ कर रहा था। सुलताना गुसलख़ाने में नहा रही थी। पानी गिरने की आवाज़ रुक-रुककर उभर रही थी। फ़िज़ा में सरगर्मी और हलचल थी।

अचानक उसने अपने सीने में सख़्त घुटन महसूस की। साथ ही पहलू में ज़ोर की टीस उठी। उसने घबराकर दोनों हाथों से सीना थाम लिया।

वह बेहाल होकर फ़र्श पर गिर गई।

थोड़ी देर बाद सुलताना गुसलख़ाने से बाहर निकली। उसने देखा, माँ ज़ख़्मी परिन्दे की तरह ज़मीन पर लोट रही है। उसका चेहरा तारीक[3] हो गया था। आँखों की पुतलियाँ चढ़ी हुई थीं। वह घबराकर उसके पास गई। जिस्म छूकर देखा। हाथ-पाँव बर्फ की तरह सर्द थे। उसकी यह हालत देखकर सुलताना बदहवास हो गई। ख़ैरियत यह हुई कि उसी वक़्त अन्नू आ गया। सुलताना ने फ़ौरन उसे डॉक्टर मोटू के पास दौड़ाया कि उसे बुला लाए। वह बेचैनी से डॉक्टर का इन्तज़ार करने लगी।

---

1. उत्सुकता, 2. विरोध, बाधा, 3. अँधेरा

ज़रा ही देर बाद अन्नू ने वापस आकर बताया कि वह घर पर मौजूद था, मगर आया नहीं। कहने लगा, मैं एक मरीज़ को देखने जा रहा हूँ। सुलताना को डॉक्टर पर बहुत ग़ुस्सा आया। माँ की तबीयत उस वक़्त तक ज़रा सँभल चुकी थी। वह अब आँखें बन्द किए बेसुध पड़ी थी। थोड़े-थोड़े वक़्फ़े से आहिस्ता-आहिस्ता कराहती और सीना हाथों से भींच लेती।

तीसरे पहर तक मरीज़ा की हालत इस क़ाबिल हो गई कि वह आँगन से उठकर कमरे में चली गई और उसने बिस्तर पर जाकर लेट गई, लेकिन अभी वह इस क़ाबिल नहीं हुई थी कि बातचीत कर सके। कई बार उसने बात करने के लिए होंठ खोले, मगर सीने की टीसों ने कुछ कहने का मौक़ा नहीं दिया। इसी आलम में उसकी आँख लग गई।

वह शाम तक पड़ी सोती रही।

रात को उसकी तबीयत किसी क़दर सँभल गई। उसने गर्म-गर्म दूध का एक प्याला पिया और तकिए से पीठ टिकाकर ऊँची होकर बैठ गई। सुलताना उसका सिर दबाने लगी। रात का एक पहर गुज़र चुका था। सर्दियों की क़ुहर-आलूद थी। सरेशाम ही सन्नाटा पड़ गया। नियाज़ अभी तक वापस नहीं आया था। सुलताना देर तक बैठी माँ का सिर दबाती रही और आहिस्ता-आहिस्ता इधर-उधर की बातें भी करती रही। बहुत देर बाद जब माँ की आँख लग गई, तो सुलताना ख़ामोशी से उठकर अपने कमरे में चली गई।

आधी रात से कुछ देर पहले नियाज़ घर में आया। उस वक़्त वह बहुत थका हुआ नज़र आ रहा था। बीवी गहरी नींद सो रही थी।

नियाज़ ने नज़र भरकर उसे देखा, मगर जगाने की कोशिश न की। चुपचाप कपड़े तब्दील किए और बिस्तर पर लेट गया।

सुलताना की माँ पर अब हर दूसरे-तीसरे रोज़ दौरा पड़ता। सीने में रह-रहकर टीस उठती। डॉक्टर मोटू इन दौरों को रफ़ा करने की आड़ में इंजेक्शन-पर-इंजेक्शन लगाता रहता। वह आम तौर पर रात गए आता और आते ही मरीज़ा का हाल पूछता। तसल्ली देता। सिरिंज में दवा भरकर इंजेक्शन लगाता और अपना चरमी बैग हाथ में लटकाए घर से बाहर निकल जाता।

सुनसान गली में उसके क़दमों की आवाज़ दूर तक सुनाई पड़ती ।

एक रोज़ सवेरे सुलताना के माँ के सीने में शदीद दर्द उठा। वह बेहाल होकर फ़र्श पर गिर पड़ी। दिन में कई बार उस पर ग़शी का दौरा पड़ा। उन दिनों नियाज़ किसी काम के सिलसिले में कराची गया हुआ था। सुलताना ने माँ की हालत बिगड़ते देखी, तो फ़ौरन डॉक्टर मोटू को बुलवाया। वह आ तो गया, मगर कोई दवा नहीं दी। यह कहकर चला गया कि घबराने की कोई बात नहीं। तबीयत ख़ुद-ब-ख़ुद सँभल जाएगी।

शाम को सख़्त दौरा पड़ा। आँखें फिर गईं। हाथ-पाँव ठंडे पड़ गए। बत्तीसी बैठ गई। सुलताना ने माँ का यह हाल देखा, तो रो-रोकर आँखें सुजा लीं। सुबह से उसके मुँह में खील तक नहीं गई थी। दिन-भर का फ़ाक़ा और यह पहाड़-सा ग़म! उसका चेहरा कुम्हला गया। वह अपनी बड़ी-बड़ी आँखें फाड़े पागलों की तरह घर में इधर-उधर घूम रही थी।

फिर उसे ख़ुद ही ख़याल आया। जल्दी से उठकर वुज़ू किया। जुज़दान[1] से क़ुरआन शरीफ़ निकाला और माँ के सिरहाने बैठकर सूरे-यासीन[2] की तिलावत करने लगी।

कमरे में लैम्प रोशन था। उसकी ज़र्द-ज़र्द रोशनी में माँ बिस्तर पर आँखें बन्द किए पड़ी थी। उसकी साँस आहिस्ता-आहिस्ता चल रही थी। क़रीब ही कुर्सी पर अन्नू सिर झुकाए ख़ामोश बैठा था। उसका चेहरा पीला पड़ गया था। वह बार-बार सहमी हुई नज़रों से माँ को देखता, जो धुँधली-धुँधली रोशनी में लाश की तरह बेजान नज़र आ रही थी।

कमरे के सोगवार-सुकूत[3] में सुलताना की आवाज़ आहिस्ता-आहिस्ता उभर रही थी। ऐसा महसूस होता, जैसे कोई हिचकियाँ लेकर रो रहा है। कोई बड़ी आफ़त नाज़िल होनेवाली है। लैम्प भड़ककर बुझ जाएगी। कमरे में क़ब्र की-सी तारीकी छा जाएगी। दरवाज़ा आहिस्ता से खुलेगा और मौत का फ़रिश्ता अन्दर आ जाएगा।

सुलताना ने सूरे-यासीन पढ़ते-पढ़ते महसूस किया कि बाहर आँगन में कोई आहिस्ता-आहिस्ता चल रहा है। चाप रुक-रुककर उभर रही थी। सुलताना की आवाज़ लड़खड़ाने लगी। उसने ख़ौफ़ज़दा नज़रों से दरवाज़े की जानिब देखा। ऐसा मालूम हुआ कि कोई किवाड़ से लगा अँधेरे में खड़ा है।

अचानक उसकी आवाज़ घुटी हुई चीख़ के साथ रुक गई। कमरे में हैबतनाक ख़ामोशी छा गई। अन्नू डरकर सुलताना को घूरने लगा। वह सहमी हुई पत्थर के मुजस्समे की तरह चुप बैठी थी।

उस वक़्त माँ ने करवट बदली। पलंग आहिस्ता-आहिस्ता चरमराया। साथ ही माँ की नहीफ़ आवाज़ उभरी, "सुलताना!"

सुलताना ने जल्दी से गर्दन घुमाकर माँ की जानिब देखा। वह आँखें खोले दीवार को तक रही थी। सुलताना फ़ौरन तख़्त से उतरकर माँ के पास पहुँची। सिरहाने बैठकर उसका सिर दबाने लगी।

रात के आठ बजे तक माँ की तबीयत ख़ासी सँभल गई। वह अब आहिस्ता-आहिस्ता बोल रही थी। सुलताना उसके क़रीब ही बैठी थी। माँ के चेहरे से मुर्दनी मिट चुकी थी। अब वह क़दरे बेहतर नज़र आ रही थी।

माँ ने बातें करते-करते एक बार सुलताना को भरपूर नज़रों से देखा और लम्हा-भर तक बग़ौर देखती रही। फिर उसने गहरी साँस भरी और अन्नू से मुख़ातिब हुई, "बेटा, जाकर आपा कनीज़ को बुला ला! कहना, अम्माँ ने बुलाया है। बहुत ज़रूरी काम है। अपने साथ ही उनको लेकर आना!"

अन्नू सआदतमन्द[4] बच्चे की तरह उठकर कमरे से बाहर चला गया। सुलताना सोचने लगी। इस वक़्त अम्माँ ने खाला कनीज़ को क्यों बुलाया है? वह हमेशा उनके नाम से चिढ़ती थीं। अचानक इतनी मेहरबान क्यों हो गईं?

थोड़ी देर बाद अन्नू एक अधेड़ औरत के साथ कमरे में दाख़िल हुआ। उसका जिस्म भद्दा था। दाहिने गाल पर स्याह मस्सा था, जो भौंरे की तरह चेहरे पर बैठा हुआ मालूम होता

---

1. बिस्ता, 2. क़ुरआन शरीफ़ की एक सूरे, जिसे मृत्यु के समय पढ़ा जाता है, 3. शोकग्रस्त ख़ामोशी, 4. आज्ञाकारी

था। दहाना[1] चौड़ा था और कल्ले में पान की गिलौरी दबी थी। कमरे में दाख़िल होते ही उसने सुलताना की माँ को नज़र भरकर देखा और क़रीब बैठते हुए बोली, "ए! अब कैसी तबीयत है?"

सुलताना की माँ ने जवाब दिया, "बस, अच्छी ही है। ज़िन्दगी के दिन काट रही हूँ!"

"ए हे! ऊल-फूल बक रही है? न वक़्त देखती हो, न घड़ी। जो मुँह में आया, भड़ से कह दिया। दुश्मनों के मुँह में ख़ाक! तुम क्यों ज़िन्दगी के दिन काटने लगीं। अल्लाह मियाँ तुमको अपने बच्चों के सेहरों की बहार देखना नसीब करे। ए, बीमारी ही तो है। कौन नहीं बीमार पड़ता। अच्छी हो जाओगी। दिल क्यों छोटा करती हो, वह रवानी से बोलती रही।

सुलताना ने झुँझलाकर सोचा, यह लप-पख़नी तो घंटों पीछा नहीं छोड़ेगी। पान चबाती जाएगी और हाथ मटका-मटकाकर बोलती रहेगी। उसे भूख भी शिद्दत से लग रही थी। वह चुपचाप उठकर कमरे से बाहर चली गई। माँ तकिए से कमर टिकाए आपा कनीज़ से बातें करती रही।

सुलताना की माँ ने बातों-बातों में पूछा, "आपा! हशमत आजकल क्या कर रहा है?"

"वहीं बिजलीघर में है। अब तो बड़ा अच्छा कारीगर हो गया है। तीन रुपए रोज मिलने लगे हैं। इसके अलावा प्रवेट (प्राइवेट) काम से कभी दो, कभी ढाई कमा लाता है। माशाअल्लाह इस वक़्त सब भाइयों से ज़्यादा मज़े में है!"

सुलताना की माँ कुछ देर ख़ामोश बैठी दीवार को तकती रही। फिर बग़ैर उसकी जानिब देखते हुए पूछा, "कहीं उसका रिश्ता भी तय किया? एक ज़माने में तुम घर-घर लड़कियाँ ढूँढ़ती फिरती थीं!"

"कल ही एक जगह से बात आई थी, मगर मुझे पसन्द नहीं आई। हाथी की सूँड की-सी नाक थी उसकी!"

सुलताना की माँ ने कहा, "ए लड़की थी या कोई हथिनी!" दोनों को हँसी आ गई।

ज़रा देर कमरे में ख़ामोशी छाई रही। फिर सुलताना की माँ की आवाज़ उभरी, "आपा, मेरी सुलताना को हशमत के लिए लोगी?"

आपा कनीज़ ने हैरत से आँखें फाड़कर उसे इस तरह देखा, जैसे यक़ीन नहीं आया हो, मुस्कराकर बोली, "मैंने तो हमेशा तुमसे कहा कि घर का लड़का है। देखा-भाला है। कोई ऐब नहीं! किसी फ़ेअल[2] में नहीं। एक ज़रा रंग साँवला है, तो मर्द का क्या रूप-रंग देखना। कमाऊ पूत होना चाहिए। बीवी को अच्छी तरह रखे। हशमत को तुम जानती ही हो। निगौड़ा लड़का काहे का है। लड़कियों से गया-गुज़रा है। क्या मजाल, किसी की तरफ़ नज़र उठाकर भी देख ले!" वह अपने मँझले बेटे की खूबियाँ गिनाती रही और सुलताना की माँ चुप बैठी उसकी बातें सुनती रही।

जब वह अपनी बात कह चुकी, तो सुलताना की माँ ने कहा, "देखो आपा! मैं अब ज़िन्दगी से ना-उम्मीद हो चुकी हूँ। न जाने किस वक़्त आँख बन्द हो जाए। मैं चाहती हूँ, सुलताना मेरी ज़िन्दगी में ही अपने घर-बार की हो जाए, वरना कब्र में मेरी रूह बिलकती रहेगी," यह कहते-कहते वह बेइख़्तियार रोने लगी।

1. मुँह, मुख, 2. दुर्व्यसन

"ए, कैसी बातें कर रही हो? जल्द ही अच्छी हो जाओगी!"

"नहीं आपा! अब मैं बचूँगी नहीं। मैं चाहती हूँ कि जितनी जल्द हो सके, इस फ़र्ज़ से सुबुकदोश हो जाऊँ!"

"तुम कहो, तो मैं कल ही लड़के को ले आऊँ। निकाह पढ़ा लो! रुख़सती चाहे, बाद में कर देना!"

सुलताना की माँ ख़ुद भी यही चाहती थी कि जिस क़दर जल्द वह सुलताना के फ़र्ज़ से फ़ारिग़ हो जाए, वही अच्छा है। वह अपनी ज़िन्दगी से बिल्कुल मायूस हो चुकी थी। अब सवाल यह था कि क्या वह नियाज़ की वापसी का इन्तज़ार करे या उसके आने से पहले ही निकाह कर दे? यह भी मुमकिन था, कि नियाज़ इस रिश्ते को नामंजूर कर दे। जब से उसने चन्द पैसे कमा लिए थे, वह अपने ख़ानदानी होने का झंडा गाड़ने लगा था।

इधर हशमत का बाप सरकारी स्कूल में चपरासी था। वह निचले तबक़े का आदमी था। वैसा ही उसका रहन-सहन था। यही सोचकर उसने हशमत की माँ से कहा, "कल कौन-सी तारीख़ है?"

"चाँद की तेरह तारीख़ है!"

"नहीं, भई, यह 3, 13 और 23 ठीक नहीं। परसों जुमेरात है। इशा[1] की नमाज़ के बाद तुम हशमत के साथ क़ाज़ी और घर के चन्द लोगों को लेकर आ जाओ," नौशा की माँ ने अपना इंदिया[2] दिया।

"अच्छी बात है। जैसी तुम्हारी मर्ज़ी!"

दोनों इस सिलसिले में बातें करने लगीं। सुलताना की माँ के चेहरे पर सुकून था। वह आहिस्ता-आहिस्ता बोल रही थी। आपा कनीज़ की बात-बात पर बाँछें खिली जा रही थीं। वह बड़ी ख़ुश नज़र आ रही थी। उसके गाल का स्याह मस्सा बार-बार रोशनी में आ जाता, तो भौरे के पर लरजते हुए मालूम होते। इसी दौरान में अन्नू हशमत के हमराह कमरे में दाख़िल हुआ।

हशमत ने सुलताना की माँ को सलाम किया और दीवार के क़रीब रखी हुई कुर्सी पर ख़ामोशी से बैठ गया। वह उस वक़्त गहरे नीले रंग का पतलून और ढीला-ढाला कोट पहने हुए था। गर्दन में ऊनी गुलूबन्द लिपटा था। उसका रंग स्याह था। आँखें माँ की तरह छोटी-छोटी थीं। जिस्म मज़बूत था।

सुलताना की माँ ने गर्दन मोड़ हशमत की तरफ़ देखा, और बड़े दुख के साथ सोचा। सुलताना उस काले-कलूटे के क़ाबिल तो न थी। उसे तो किसी महल में ब्याहकर जाना चाहिए था। वह तो शहज़ादी है। उसने गहरी साँस भरकर दिल में कहा। मैंने लाख चाहा कि कोई अच्छा वर मिल जाए, मगर अल्लाह की मर्ज़ी यही थी। सुलताना की क़िस्मत ही में यह काला धीमर लिखा था।

हशमत के आने के बाद सुलताना की माँ ने गुफ़्तगू का मौज़ूअ[3] बदल दिया। इधर-उधर की बातें करने लगी। हशमत गर्दन झुकाए ख़ामोश बैठा था। वह उस वक़्त माँ को बुलाने आया था। इस घर में उसका आना-जाना बहुत कम था। आपा कनीज़, सुलताना की माँ की

---

1. रात की नमाज़, 2. परामर्श, 3. विषय

सगी रिश्तेदार नहीं थी। बहुत दूर का ननिहाली रिश्ता था। वैसे आपस में मेल-जोल भी कम था। सुलताना के लिए वह कई बार इशारों-इशारों में कह चुकी थी। दूसरों के ज़रिए भी पैग़ाम भिजवाया, मगर हर बार सुलताना की माँ ने इनकार कर दिया।

आपा कनीज़ कुछ देर बाद हशमत के साथ उठकर चली गई। उनके जाने के बाद माँ कमरे में अकेली लेटी न जाने क्या-क्या सोचती रही। सुलताना का रिश्ता तो उसने हशमत के साथ तय कर दिया, मगर उसका दिल मुतमइन नहीं था। वह जानती थी कि आपा कनीज़ मिज़ाज की बहुत तेज़ है। बड़ी बहू से आए दिन उसकी ठनी रहती है।

वह ख़ामोश बैठी यही सोच रही थी कि इस दौरान में सुलताना कमरे में आ गई। वह उसके लिए गर्म दूध का प्याला लेकर आई थी। उसने माँ को दूध पिलाया और बिस्तर पर उसके क़रीब ही बैठ गई। चन्द लम्हे ख़ामोशी छाई रही। फिर सुलताना ने पूछा, "अम्माँ! अब कैसी तबीयत है?"

वह बड़े दुख भरे लहजे में बोली, "ऐसा मालूम होता है कि अब मैं बचूँगी नहीं!"

"ख़ुदा के लिए अम्माँ ऐसी बातें न करो। हमारा बैठा ही कौन है? ले-दे के एक तुमरा दम है," सुलताना ने दिल-गिरफ़्ता होकर कहा।

"हाँ, बेटी! यही सोच रही थी कि मेरे बाद तुम्हारा क्या होगा? अन्नू फिर बेटा ज़ात है। मुझे तो सबसे ज़्यादा तेरा ख़याल रह-रहकर सताता है," माँ ने दिलदोज़[1] आह भरी और सिर ऊपर उठाकर बोली, "या अल्लाह! इन लावारिसों का तू ही निगहबान[2] है!"

सुलताना ने जल्दी से कहा, "ऐसी बातें न करो, अम्माँ! मेरा कलेजा फटा जा रहा है," उसकी आवाज़ भर्रा गई और वह बेइख़्तियार रो पड़ी।

माँ ने उसके सिर पर हाथ रखकर तसल्ली दी, "रो नहीं, बेटी!" और उसके सिर पर आहिस्ता-आहिस्ता हाथ फेरने लगी। सुलताना ने उसकी बात का कोई जवाब न दिया। वह सिसकियाँ भरती रही। माँ ने नहीफ़ लहजे में कहा, "तू रोने बैठ गई। मुझे तो तुझसे अभी बहुत-सी बातें करनी हैं," उसने गहरी साँस भरी, "मैं तेरी माँ भी हूँ, बाप भी, और सहेली भी। मेरे अलावा तेरा और कौन बैठा है? बहुत-सी बातें, जो मुझे तुझसे नहीं कहनी चाहिए, वह भी कहनी पड़ती हैं। बात यह है कि मैं यह नहीं चाहती कि मेरे बाद तू इस घर में अकेली रह जाए। कोई इतना भी नहीं कि तुम्हारे सिर पर हाथ रख सके। जिधर आँख उठाकर देखती हूँ, अँधेरा-ही-अँधेरा नज़र आता है। कोई भी तो अपना नहीं!"

सुलताना ख़ामोश बैठी उसकी बातें सुनती रही।

माँ की आवाज़ आहिस्ता-आहिस्ता उभरती रही। वह कह रही थी, "आपा कनीज़ ने आज फिर हशमत का पैग़ाम दिया था। वह बिजलीघर में मिस्त्री हो गया है। डेढ़ सौ रुपए हर महीने कमा लेता है। मुझे तो उसमें कोई ऐब नज़र नहीं आया। सीधा और सआदतमन्द लगता है!"

सुलताना ने घबराकर सोचा, हाय अल्लाह! यह अम्माँ कैसी बातें कर रही हैं? वह तो एक नम्बर छटा हुआ बदमाश है। पिछली गर्मियों ही की तो बात है। वह उसके घर मीलाद शरीफ़ में गई थी। सलाम पढ़ने के बाद उसका गला ख़ुश्क हो गया था। वह पानी पीने के

1. करुणापूर्ण, 2. रखवाला, संरक्षक

लिए घड़ौंची की तरफ़ गई। वह काला-काला भूत की तरह दीवार से लगा खड़ा था। कमबख़्त अँधेरे में नज़र भी तो नहीं आता। इस ज़ोर से पकड़कर दबोचा कि चीख़ निकलते-निकलते रह गई। मुँह से कैसी सड़ी हुई बू आ रही थी। हरामज़ादे ने सारा थूक गालों पर चुपड़ा दिया। सुलताना को सख़्त कराहियत महसूस हुई।

माँ कहती रही, "मैंने रिश्ता मंजूर कर लिया है। आपा कनीज़ तो कल ही क़ाज़ी को लाना चाहती थीं। मैंने परसों इशा के बाद का वक़्त रखा है!"

सुलताना के सीने पर जैसे किसी ने ज़ोर से पत्थर दे मारा। वह लरजकर रह गई। उसने वहशतज़दा नज़रों से माँ को देखा, जो तकिए से पुश्त लगाए रुक-रुककर बोल रही थी। उसके चेहरे पर मुर्दनी छाई थी। आँखें बुझते चिराग़ों की तरह धुँधली नज़र आ रही थीं। बात करते-करते वह रुककर हाँफने लगी।

माँ-बेटी की नज़रें एक बार मिलीं और माँ ने महसूस किया कि बेटी की आँखों में ग़म की परछाइयाँ मँडला रही हैं। उसके ग़म को वह जानती थी और जब उसकी शिद्दत उसने महसूस की, तो बेटी के सामने अपनी बेबसी का इज़हार कर दिया। सुलताना ने ज़बान से एक लफ़्ज़ न निकाला। ज़ख़्मी गाय की तरह अपनी बड़ी-बड़ी आँखों से माँ को तकने लगी।

माँ ने अचानक पूछा, "सलमान बहुत दिनों से नहीं आया?"

सुलताना अब ख़ामोश न रह सकी। उसने दबी ज़बान से कहा, "अन्नू कहता था, वह आजकल बहुत मसरूफ़ है।"

"नहीं, बेटी! वह बड़े घर का लड़का है। हम ग़रीबों की उसे क्या परवाह! कहीं रोज़गार से लग गया होगा। खाता-कमाता ऐश करता होगा। हमारा उससे क्या मेलजोल! टाट का पैबन्द टाट ही में लगता है!"

सुलताना सिर झुकाकर हिचकिचाते हुए बोली, "आप उनको बुलाकर बात तो कीजिए।"

"अब बात करने का वक़्त ही कहाँ रह गया है?"

"इस वक़्त तो मिल जाएँगे। अन्नू को भेजकर बुला लीजिए।"

"अन्नू इतनी रात गए कैसे जाएगा? बच्चा है। उसे डर लगेगा," माँ ने उज़्र[1] पेश किया।

सुलताना की ज़बान से बेसाख़्ता निकल गया, "मैं उसके साथ चली जाऊँ?"

माँ ने हैरत से सुलताना को देखा। उसे ऐसा महसूस हुआ कि वह सुलताना की माँ नहीं, सहेली है। कोई बेटी अपनी माँ से ऐसी बात नहीं कह सकती, और जब बेटी ने मुँह फाड़कर उससे सब कुछ कह ही दिया, तो उसे अब क्या करना चाहिए? वह उसे एक ना-महरम[2] के पास जाने की इजाज़त दे दे? यह तो बड़ी बेहयाई की बात है। उसने घबराकर सोचा। मेरे अल्लाह! यह सब क्या हो रहा है? वह क्या कर रही है? इन परेशानियों ने उसे कहीं का न रखा। नहीं, उसे ऐसा नहीं करना चाहिए...लेकिन मेरी बच्ची तो रो-रोकर बुरा हाल कर लेगी। ज़िन्दगी भर मुझे कोसने देगी। कहेगी अपना दिल चाहा, तो खसम करके बैठ गई। सौतेला बाप लाकर सिर पर बिठा दिया। उसने पहली बार महसूस किया कि वह अपनी बेटी के सामने गुनाहगार है।

---

1. बहाना, 2. ग़ैर-मर्द

सुलताना ने माँ को ख़ामोश देखकर कहा, "अम्माँ, तुम नाराज़ तो नहीं हो गईं?" उसकी आवाज़ काँप रही थी।

माँ ने बेइख़्तियार उसे सीने से लगा लिया, "नहीं, मेरी बच्ची!" उसकी साँस बोझल हो गई। वह बुरी तरह हाँफने लगी। सुलताना उसके दिल की धड़कन साफ़ सुन रही थी। उसका सीना बार-बार गुबारे की तरह फूलकर सिमट जाता।

माँ ज़रा देर ख़ामोश रहकर बोली, "जाओ, अन्नू को जगाकर अपने साथ ले लो, मगर देखो, जल्दी आ जाना! अकेले में मेरा दिल बड़ा घबराएगा। जब तक तुम आओगी नहीं, मैं जागती रहूँगी!"

सुलताना ने आहिस्ता से कहा, "अच्छा!"

उसका दिल बल्लियों उछल रहा था। वह पलंग से उतर नीचे आ गई। जब वह कमरे से बाहर जाने लगी, तो माँ ने एक बार फिर टोका, "देखो, जल्दी आ जाना!"

सुलताना ने माँ को मुतमइन करने की कोशिश की, "नहीं! अम्माँ, मैं जल्दी आ जाऊँगी!"

माँ ने देखा, सुलताना के चेहरे पर सुर्ख़ी आ गई थी। उसकी आँखें मसर्रत से सितारों की तरह झिलमिला रही थीं। उसे बड़ा सुकून हुआ। उसने जिस्म ढीला कर दिया और तकिए पर सिर रखकर करवट बदल ली।

जाड़ों की रात थी। हर तरफ़ सन्नाटा छाया था। रास्तों पर इक्का-दुक्का राहगीर नज़र आ रहे थे। जब सुलताना अपने छोटे भाई अन्नू के हमराह फ़लक-पैमा के हेडक्वार्टर पर पहुँची, तो दस बज चुके थे। सलमान उस वक़्त लाइब्रेरी में बैठा मुताअले[1] में ग़र्क़ था।

अचानक बाहर अन्नू की आवाज़ सुनाई दी।

वह उसका नाम लेकर पुकार रहा था। सलमान बाहर आया। अन्नू के साथ सुलताना को इतनी रात गए देखकर हैरतज़दा रह गया। उसने ताज्जुब से पूछा, "अरे, तुम?"

सुलताना ने रसान से कहा, "आप तो अब आते ही नहीं। मैंने सोचा, चलो, मैं ही चली चलूँ!"

वह माज़िरत करते हुए बोला, "मैं आजकल बेहद मसरूफ़ हूँ। ज़रा भी फ़ुरसत नहीं मिलती। अम्माँ की तबीयत अब कैसी है?"

"अब तो रोज़ दौरा पड़ने लगा है!"

सलमान ने सोचा, इस तरह बाहर खड़े होकर बात करना मुनासिब नहीं। उसने सुलताना से कहा, "मैं अभी आता हूँ," वह अन्दर गया। डॉक्टर ज़ैदी से डिस्पेंसरी की कुंजी ली और बाहर आकर सुलताना और अन्नू के साथ डिस्पेंसरी में पहुँचा। कुफ़्फ़ल[2] खोला। अन्दर जाकर मोमबत्ती रोशन की।

अन्नू की मौजूदगी में सुलताना उससे बात करते हुए हिचकिचा रही थी। सलमान ने उसकी परेशानी जल्द ही भाँप ली। उसने अलमारी से एक और मोमबत्ती निकाली और सुलताना के हमराह पिछले कमरे में चला गया। उसमें एक लम्बी मेज़ थी। सलमान ने

---

1. अध्ययन, 2. ताला

सुलताना को कुर्सी पर बिठाया और मोमबत्ती रोशन करके मेज़ पर रख दी। रोशनी होते ही कमरे की सफ़ेद दीवारें झलकने लगीं।

सुलताना स्याह बुर्क़ा ओढ़े हुए थी। उसका सिर्फ़ चेहरा नज़र आ रहा था। मोमबत्ती की पूरी रोशनी में उसकी दिलकशी निखर गई थी। लम्बी-लम्बी पलकों के साए में उसकी आँखें घने दरख़्तों से ढँकी हुई झीलों की तरह शफ़्फ़ाफ़ नज़र आ रही थीं।

सलमान लम्हा-भर तक उसके ताबिन्दा[1] चेहरे को तकता रहा। फिर उसने पूछा, "यह बताओ, इतनी रात गए, तुम कैसे यहाँ आईं?"

वह आहिस्ता से बोली, "मैं इस वक़्त यह मालूम करने आई हूँ कि आपने मेरे बारे में क्या सोचा?" उसने निगाहें उठाकर सलमान की जानिब नहीं देखा।

सलमान तज़ब्जुब[2] में पड़ गया। वह किसी ऐसी बात के लिए बिल्कुल तैयार नहीं था। दरअसल अब तक उसने सुलताना के मुतअल्लिक़ संजीदगी से ग़ौर ही नहीं किया था। वह ख़ामोश बैठा सोचता रहा कि उसकी बात का क्या जवाब दे। उसे ख़ामोश पाकर सुलताना का दिल किसी ना-मालूम ख़ौफ़ से धड़कने लगा। उसने रुक-रुककर कहा, "अब शायद मुझे इस तरह घर से निकलने की इजाज़त न मिले।"

"क्यों?" सलमान ने पूछा।

सुलताना ने हिचकिचाते हुए कहा, "अम्माँ मेरी शादी कर रही हैं।"

सलमान को उसकी बात पर यक़ीन न आया, "कब?"

"परसों रात को!"

उसे फिर भी यक़ीन न आया, "अरे, इतनी जल्दी!" वह ज़ेरे लब मुस्कराया, "यह वैसी ही शादी तो नहीं, जैसी एक बार पहले हो रही थी।"

सुलताना ने उसे तीखी नज़रों से देखा। सलमान की बात उसे पसन्द न आई। उसने क़दरे तल्ख़ लहजे में कहा, "वह और बात थी। आप उसकी वजह भी जानते हैं।"

लम्हा-भर वह ख़ामोश रही। फिर बुझे हुए लहजे में बताया, "अम्माँ की तबीयत दिन-ब-दिन गिरती जा रही है। बार-बार कहती हैं, कि मैं अब बचूँगी नहीं। चाहती हैं कि जिस क़दर जल्दी हो सके, मेरा ब्याह कर दें। वह अपनी ज़िन्दगी से बड़ी ना-उम्मीद हो चुकी हैं। आपने इधर उनको देखा नहीं। उनकी हालत देखकर तो कलेजा फटता है।"

सुलताना की आवाज़ गुलूगीर हो गई। उसकी आँखें भर आईं। उसने दुपट्टे के आँचल से आँसू पोंछे और गर्दन झुका ली। मोमबत्ती की हलकी-हलकी रोशनी में उसका चेहरा सोगवार नज़र आ रहा था।

सलमान ने ख़ामोश नज़रों से सुलताना के ग़मगीन चेहरे को देखा और सोचने लगा कि यह भोली-भाली मासूम लड़की जो सरमा[3] की इस सुनसान रात को उससे मिलने आई है, उसे पसन्द है। वह उससे मुहब्बत भी करता है, लेकिन क्या वह उसके लिए फ़लक-पैमा छोड़ सकता है? इस जमाअत को, जिसमें शामिल होने के बाद उसने तहैया[4] कर लिया था कि वह अपनी ज़िन्दगी की डगर बदल देगा। यह ज़िन्दगी को एक नए साँचे में ढालने की लगन थी, जिसमें उसके अरमान, उसकी ख़ुशियाँ और उसके ग़म फैलकर लाखों इंसानों में बँट गए थे।

---

1. उज्ज्वल, 2. असमंजस, 3. सर्दियों, शरद ऋतु, 4. दृढ़ निश्चय

यह एक स्काइ-लार्क की ज़िन्दगी थी, जिसका नसबुलऐन[1] ख़िदमते-ख़ल्क़[2] था। अवाम की भलाई और बेहतरी के लिए सरगर्मे-अमल रहना, पसमान्दगी और इसतिहसाल[3] के ख़िलाफ़ जद्दोजहद करना!

उसके ज़ेहन को झटका-सा लगा। सुलताना से शादी करने के बाद वह स्काइ-लार्क न रह सकेगा। उसे फ़लक-पैमा छोड़ना पड़ेगा। वह एक बीवी का शौहर बन जाएगा। फिर उसे अपनी ज़रूरियात पूरी करने के लिए मुलाज़मत करनी पड़ेगी। चन्द साल बाद वह बाप बन जाएगा। इसके इख़राजात बढ़ जाएँगे। उसको और ज़्यादा कमाना पड़ेगा। एक बच्चा, दूसरा बच्चा, कई बच्चे! आमदनी...ज़्यादा आमदनी। यह सिलसिला सारी ज़िन्दगी चलता रहेगा। सुबह से शाम तक एक ही फ़िक्र, एक ही चक्कर! दुनिया में करोड़ों इंसान पैदा होते हैं और इसी चक्कर में सारी उम्र फँसे रहते हैं, और एक रोज़, एक बीवी को, चन्द बच्चों को, चन्द बच्चों के बच्चों को रोता, बिलखता छोड़कर इस दुनिया से सिधार जाते हैं।

ज़िन्दगी काइनात[4] की तरह वसीअ[5] है। हर लम्हा, हर घड़ी इर्तिक़ा-पज़ीर[6] है। वह इस क़दर महदूद नहीं हो सकती। तो क्या वह इस लड़की को, जिसके लिए कभी वह रोया भी था, पागलों की तरह परेशान रहा था, किसी दूसरे को सौंप दे? क्या मुज़ायक़ा[7] है? ज़ाइद-से-ज़ाइद यही होगा कि वह उसकी ज़िन्दगी की एक अलमनाक[8] याद बन जाएगी, और ऐसी यादें उसी वक़्त हमलावर होती हैं, जब ज़िन्दगी में जद्दोजहद नहीं रहती। जब आदमी थक जाता है। अपनी ज़ात के हिसार में क़ैद हो जाता है, लेकिन उसके सामने तो बहुत बड़ा प्रोग्राम है। इतना बड़ा प्रोगाम कि अगर ऐसी कई ज़िन्दगियाँ मिलें, तब भी उसका मिशन ख़त्म नहीं होगा।

देर तक कमरे में गहरी ख़ामोशी रही। फ़िर उसी गहरी ख़ामोशी में सुलताना की आवाज़ उभरी, "ऐसा लगता है कि मैंने यहाँ आकर आपको परेशान कर दिया?"

सलमान का सिलसिला-ए-ख़यालात मुनक़ता[9] हो गया। उसने चौंककर कहा, "नहीं, ऐसी कोई बात नहीं!"

वह सिर्फ़ मुस्कराकर रह गई।

सलमान ने पूछा, "जिसके साथ अम्माँ ने तुम्हारा रिश्ता तय किया है, वह क्या करता है?"

"बिजलीघर में मिस्त्री हैं!"

"तुम्हारा रिश्तेदार है?"

"हाँ!" सुलताना ने मुख़्तसर जवाब दिया।

"अम्माँ को पसन्द है?"

"कहती तो वह यही हैं!"

सुलताना बग़ैर सोचे-समझे सलमान के हर सवाल का जवाब देती चली गई। सलमान ने ज़रा देर तक सोचा। फिर उसने कहा, "मेरा ख़याल है कि तुम उससे शादी कर लो।"

---

1. चरमलक्ष्य, 2. लोकसेवा, 3. शोषण, 4. सृष्टि, 5. विशाल, 6. विकासशील, 7. हर्ज, 8. दर्दनाक, 9. भंग, खंडित

सुलताना को ऐसा महसूस हुआ, गोया कमरे में जलती हुई मोमबत्ती की लौ भड़ककर बुझ गई है। उसके चारों तरफ़ तारीकी[1] का जाल फैल गया है और उस घुप अँधेरे में वह आहिस्ता-आहिस्ता डूबती जा रही है, उभरती जा रही है। उससे कुछ भी न कहा गया। वह दम-ब़ख़ुद बैठी रही।

सलमान ने सँभले हुए लहजे में कहा, "यह हम दोनों ही के लिए बेहतर है!"

सुलताना ने दिल-गिरफ़्ता[2] होकर सोचा। मैं यहाँ क्यों आई? मुझे यहाँ नहीं आना चाहिए। कम-से-कम यह बात तो न सुनती, जिसने उसका कलेजा चीर डाला। या अल्लाह! यह कैसी तकलीफ़ है? यह कैसा दुख है? मैं क्या करूँ?

हाय! मैं क्या करूँ? उसने महसूस किया, कहीं वह बेहोश न हो जाए। कहीं वह लड़खड़ाकर गिर न पड़े। घबराकर वह जल्दी से खड़ी हो गई और उखड़ी हुई आवाज़ में बोली, "अब मैं चलूँगी!"

सलमान ने उसे रोकने की कोशिश नहीं की। एक नरम लहजे में बोला, "देखो, सुलताना! बात यह है," लेकिन सुलताना ने उसकी कोई बात न सुनी। आहिस्ता से कहा, "बात तो अब ख़त्म हो चुकी!"

वह खोई-खोई नज़रों से सलमान को तकने लगी। उसने गहरी साँस भरी। सलमान के क़रीब गई और उसके चेहरे को दोनों हाथों की हथेलियों में ले लिया। झुकी। उसकी पेशानी को चूमा और अलाहिदा हो गई। न वह रोई, न उसने ज़बान से एक लफ़्ज़ निकाला। चुपचाप दूसरे कमरे में आ गई।

अन्नू बैठा ऊँघ रहा था। उसे देखकर चौंक पड़ा।

सुलताना ने उसे अपने साथ लिया और डिस्पेंसरी से बाहर जाने लगी। सलमान उसके पीछे-पीछे चल रहा था। उसने कहा, "चलो, मैं तुमको घर तक छोड़ आऊँ। रात बहुत गुज़र चुकी है!"

सुलताना ने उसकी जानिब देखे बग़ैर जवाब दिया, "नहीं, मैं इस सर्द रात में आपको तकलीफ़ नहीं देना चाहती," उसकी आवाज़ थरथरा रही थी। शायद वह रो रही थी।

मज़ीद बातचीत नहीं हुई।

सुलताना चुपचाप बाहर आ गई।

दोनों बहन-भाई आहिस्ता-आहिस्ता चलते हुए आगे बढ़ गए।

हर तरफ़ गहरी ख़ामोशी थी। सन्नाटा था। रात और भीग चुकी थी। ख़ुनकी बढ़ गई थी। दोनों के जिस्म सर्दी से काँप रहे थे।

सुनसान कूचा व बाज़ार से गुज़रते हुए दोनों मुहल्ले की गली में दाख़िल हुए। अचानक कुत्तों के ज़ोर-ज़ोर से रोने की आवाज़ उभरी। रात के पुर-हौल सन्नाटे में उनकी आवाज़ बड़ी डरावनी मालूम हो रही थी।

दोनों सहमकर रह गए।

घर के क़रीब पहुँचकर सुलताना ने देखा। दरवाज़ा पाटों-पाट खुला है। उसका दिल ज़ोर-ज़ोर से धड़कने लगा। वह घबराई हुई अन्दर दाख़िल हुई।

---

1. अन्धकार, 2. हृदय-विदीर्ण

उसने सहमी हुई नज़रों से चारों तरफ़ देखा। घर में गहरी ख़ामोशी छाई थी। माँ के कमरे में रोशनी थी। वह सीधी वहीं पहुँची।

माँ तकिए पर सिर रखे ख़ामोश पड़ी थी। उसका मुँह दीवार की तरफ़ था और एक हाथ पलंग के नीचे झूल रहा था।

वह झपाक से क़रीब पहुँची। उसने माँ का हाथ उठाया, तो दिल धक् से रह गया। उसने बदहवास होकर कहा, "अम्माँ! अम्माँ!"

माँ ने कोई जवाब न दिया। वह उसी तरह ख़ामोश पड़ी रही।

सुलताना ने घबराकर माँ के जिस्म को हिलाया और बेक़रार होकर चीख़ने लगी, "अम्माँ! अम्माँ मेरी अम्माँ! मुँह से तो बोलो!" माँ अब क्या बोलती? वह तो कब की मर चुकी थी। सुलताना चीख़ती रह गई। उसको आवाज़ देती रह गई। उसने पहुँचने में देर कर दी।

# फ़सल हश्तम[1]

## [1]

स्काइ-लार्को की सरगर्मियाँ रोज-ब-रोज़ बढ़ती जा रही थीं।

शहर की पसमांदा बस्तियों में तालीमे-बालिग़ाँ के पाँच मर्कज़ क़ायम थे। दो दारुल्मुतालआ थे। डिस्पेंसरी सिर्फ़ एक थी, मगर सुबह से शाम तक उस पर मरीज़ों की भीड़ लगी रहती। कई-कई मील से मरीज़ आते। डॉक्टर ज़ैदी को सिर उठाने की मोहलत न मिलती। अक्सर रातों को लोग गहरी नींद से बेदार करके उसे अपने हमराह ले जाते, मगर उसकी पेशानी[2] पर कभी शिकन तक न आई। वह आँखें मलता हुआ उठता और कभी-कभी तो कपड़े तब्दील किए बग़ैर मरीज़ को देखने चला जाता। उस हुलिए में वह डॉक्टर के बजाय कान-मैलिया लगता। उसे डॉक्टर तस्लीम करने में अक्सर मरीज़ों को मुश्किल से यक़ीन आता।

इन अदारों के अलावा फ़लक-पैमा ने दस्तकारी और घरेलू सनअत को फ़रोग[3] देने के लिए एक इंडस्ट्रियल-होम भी खोला था। उसके दो हिस्से थे। एक में मर्द दस्तकार और कारीगर काम करते थे और दूसरा ख़्वातीन[4] के लिए था। उसमें बेवा[5] और लावारिस औरतों को तर्बियत भी दी जाती और उनसे घरेलू मसनूआत[6] भी तैयार कराई जातीं।

इंडस्ट्रियल-होम का बना हुआ माल बाज़ार में फ़रोख़्त भी किया जाता। फ़लक-पैमा का प्रोग्राम था कि शहर के किसी बाज़ार में इंडस्ट्रियल-होम की जानिब से एक शोरूम खोल दिया जाए, जहाँ मसनूआत की नुमाइश हो सके और उनको फ़रोख्त भी किया जाए। इस तरह दुकानदारों को जो कमीशन दिया जाता था, वह बच जाता, मगर यह तजवीज़ अमलीजामा न पहन सकी।

हुआ यह कि एक रोज़ कोई दो बजे शब[7] को एक शख़्स डॉक्टर ज़ैदी के पास आया। डॉक्टर आध घंटे पहले ही किसी मरीज़ को देखकर आया था और थका-मारा बेख़बर सो रहा था। उसे मजबूरन उठना पड़ा। आँखें मलता हुआ डिस्पेंसरी में गया। एमरजेंसीवाला बैग उठाया और उस शख़्स के साथ बाहर निकला। उसका चेहरा ढलती रात के चाँद की तरह ज़र्द था। वह बेहद घबराया हुआ था और जल्दी-जल्दी बोल रहा था। उसकी बातों से डॉक्टर ने अन्दाज़ा लगाया कि किसी औरत का केस है। मरीज़ा उसकी बीवी थी और उसकी हालत बहुत नाजुक थी।

---

1. आठवाँ परिच्छेद, 2. माथे, 3. उन्नति, 4. महिलाएँ, 5. विधवा, 6. वस्तुएँ, 7. रात्रि

डॉक्टर ज़ैदी ने जाकर देखा। मरीज़ा एक सीले हुए तंग व तारीक कमरे में बोसीदा चटाई पर बेसुध पड़ी थी। कमरे में चिराग़ जल रहा था, जिसकी रोशनी में वह लाश की मानिंद बेजान नज़र आ रही थी। उसके बाल दूर तक बिखरे हुए थे। चेहरा नीला पड़ गया था। मुँह से सफ़ेद-सफ़ेद झाग निकल रहा था।

डॉक्टर ने मुश्तबा[1] नज़रों से मरीज़ा को देखा। उसने कोई ज़हरीली चीज़ खाकर ख़ुदकुशी की कोशिश की थी। पहला ख़याल उसके ज़ेहन में यही आया। उसने मरीज़ा का मुआयना किया, तो उसका ख़याल दुरुस्त निकला। उसने मरीज़ा के शौहर से पूछा, "तुम्हारा आपस में कोई झगड़ा तो नहीं हुआ?"

"झगड़ा-वगड़ा तो कोई नहीं हुआ," उस शख़्स की बात में ज़रा भी झिझक और घबराहट नहीं थी। बज़ाहिर ऐसा मालूम होता था कि वह झूठ नहीं बोल रहा था।

डॉक्टर ने ज़रा देर ख़ामोश रहकर कहा, "फिर उसने ज़हर खाने की क्यों कोशिश की?"

उसका ज़र्द चेहरा हैरत और ख़ौफ़ के मिले-जुले तास्सुर[2] से स्याह पड़ गया। उसने अपनी आँखों को घबराहट में जल्दी-जल्दी गर्दिश देकर कहा, "ज़हर?" लम्हा-भर के लिए उसने कुछ सोचा, "नहीं, डॉक्टर साहब! यह ज़हर तो खा ही नहीं सकती!" यह बात उसने बड़े इतिमाद[3] से कही थी।

"तो फिर आज उसने क्या खाया है?"

डॉक्टर की बात का जवाब देते हुए वह झिझकने लगा। उसकी हिचकिचाहट से ज़ैदी को एक बार फिर शुबहा हुआ कि यह ज़रूर ख़ुदकुशी का केस है। उसे ज़रूर इसका इल्म है और छुपाने की कोशिश कर रहा है। डॉक्टर ने किसी क़दर तीखे लहजे में कहा।

"बताते क्यों नहीं? इसने क्या खाया है?"

उस शख़्स का चेहरा मुरदे की तरह ख़ाकस्तरी नज़र आने लगा। वह डॉक्टर से नज़रें न मिला सका। मुलज़िमों की तरह गर्दन झुकाकर आहिस्ता-आहिस्ता बोलने लगा। उसकी आवाज़ बैठी हुई थी और हलक़ से इस तरह निकल रही थी, जैसे सिसकियाँ भर रहा हो। उसने जो बात बताई, उसे सुनकर डॉक्टर ज़ैदी लरजकर रह गया।

वह शख़्स चार महीने से बे-रोज़गार था। पहले किसी फ़ैक्टरी में काम करता था। आम तख़्फ़ीफ़[4] और छाँटी के ज़माने में मुलाज़मत से अलाहिदा कर दिया गया था। अब तक न तो उसे मुलाज़मत मिली थी, और न इतना सरमाया था, जिससे वह कोई छोटा-मोटा कारोबार शुरू कर देता। परसों सुबह से दोनों मियाँ-बीवी मुसलसल फ़ाक़ाकशी कर रहे थे, मगर सबसे ज़्यादा परेशानी शीरख़ार[5] बच्चे की जानिब से थी, जिसने दूध के लिए माँ की छातियों को नोच-नोचकर ज़ख़्मी कर दिया था। आज शाम वह क़र्ज़ उधार का बन्दोबस्त करने गया था। वापस आकर देखा, बीवी बार-बार क़ै कर रही थी। बड़ी मुश्किल से उसने बताया कि जब बच्चे ने बहुत ज़्यादा परेशान किया और उसका बिलखना उससे देखा न गया, तो वह कूड़ा डालनेवाले ड्रम में से खाने की चीज़ें ढूँढ़कर लाई थी और उनको खाया भी था। इसके बाद उसकी यह हालत हो गई।

---

1. सन्दिग्ध, 2. प्रभाव, 3. विश्वास, 4. कमी, 5. दुधमुँही, स्तनपायी

डॉक्टर ज़ैदी ने उस शख़्स को देखा, जो मुलज़िमों की तरह गर्दन झुकाए शर्मसार खड़ा था। उसका चेहरा साँप के पेट की तरह मटियाला नज़र आ रहा था। दीवार के क़रीब उसकी बीवी बेहोश पड़ी थी। उसके सिर के बाल बे-तरतीबी से बिखरे हुए थे। उससे ज़रा हटकर गन्दे कपड़े में लिपटा हुआ एक बच्चा लाश की मानिंद पड़ा था। ताक़ में रखा हुआ चिराग़ बार-बार भड़कता। रोशनी आँखमिचौली करती। कभी अँधेरा। कभी उजाला। ऐसा महसूस होता कि अचानक ख़ौफ़नाक चीख़ें बुलन्द होनेवाली हैं।

डॉक्टर ने मरीज़ा को दवा दी। उसकी जेब में इस वक़्त पाँच रुपए थे। वह भी उसे दे दिए और वापस हेडक्वार्टर आ गया। बिस्तर पर लेटा देर तक मरीज़ा और उसके शौहर के मुतअल्लिक़ ग़ौर करता रहा। महीने के आख़िर में जब उसने फ़लक-पैमा के इजलास में अपनी रिपोर्ट पेश की, तो इस वाक़िए का ख़ास तौर पर ज़िक्र किया।

इस सिलसिले में डॉक्टर ज़ैदी ने यह तजवीज़ पैदा की कि छोटे पैमाने पर इमदादी बैंक क़ायम किया जाए, जिससे आसान क़िस्तों और मुनाफ़े की बहुत मामूली दर पर ज़रूरतमन्दों को क़र्ज़े दिए जाएँ, ताकि वह कोई कारोबार शुरू कर सकें। इस तजवीज़ को स्काइ-लार्कों ने पसन्द किया और यह तय किया गया कि एक कमेटी बनाई जाए, जो बैंक के क़ियाम के लिए मंसूबा[1] तैयार करे।

हफ़्ते-भर के अन्दर-ही-अन्दर कमेटी के अपनी रिपोर्ट पेश कर दी। सफ़दर बशीर ने इस मक़सद के लिए फ़लक-पैमा को मज़ीद बीस हज़ार रुपया दिया। इमदादी बैंक क़ायम हो गया।

फ़लक-पैमा का काम जिस क़दर वसीअ होता जा रहा था, स्काइ-लार्कों की मसरूफ़ियत भी उसी क़दर बढ़ती जा रही थी। हर स्काइ-लार्क को कई-कई शोबों[2] में काम करना पड़ता। चुनाँचे मजलिस-आमिला[3] के सामने यह तजवीज़ ज़ेरे-बहस[4] आई कि स्काइ-लार्कों की तादाद में इज़ाफ़ा कर दिया जाए। बहुत-से नौजवान उसके लिए आमादा थे। वे बाशऊर[5] और तालीमयाफ़्ता भी थे। आख़िर फ़ैसला यह हुआ कि स्काइ-लार्कों की तादाद बढ़ाकर पन्द्रह कर दी जाए। इससे ज़्यादा तादाद बढ़ाने की गुंजाइश नहीं थी। सफ़दर बशीर अब तक पचास हज़ार रुपए फ़लक-पैमा के फंड के लिए दे चुका था। तंज़ीम उस पर ज़्यादा बार (भार) डालना नहीं चाहती थी, अलबत्ता चन्दे के ज़रिए फंड मुहैया करने का फ़ैसला हो चुका था, मगर उसके लिए हनूज़ किसी मुहिम का आग़ाज़ नहीं हुआ था, हालाँकि फ़लक-पैमा को अपने मंसूबों के लिए रुपए की ज़रूरत थी, जो रोज़-ब-रोज़ शदीद होती जा रही थी।

फ़लक-पैमा को मजलिसे-आमिला संजीदगी से फंड के मसले पर ग़ौर कर ही रही थी कि एक रात ख़ाँ बहादुर के आने की इत्तिला मिली।

स्काइ-लार्कों को उसकी आमद पर सख़्त हैरत हुई। सफ़दर बशीर और अली अहमद ने लाइब्रेरी में ख़ाँ बहादुर से मुलाक़ात थी।

यह मार्च की एक ख़ुशगवार रात थी। उस वक़्त नौ बज चुके थे। ख़ाँ बहादुर हल्के-फुलके लिबास में था। हस्बे-मामूल उसके चौड़े-चकले चेहरे पर मुस्कराहट बिखरी हुई

1. योजना, 2. विभागों, 3. विषय-निर्धारिणी समिति, 4. विवादाधीन, 5. चेतनशील

थी। वह ज़रूरत से ज़्यादा ख़ुशमिज़ाज बनने की कोशिश कर रहा था, जिससे उसके अन्दाज़ में तसन्नो[1] पैदा हो गया था। वह अपने साथ एक ख़ास ब्रांड की सिगरेटें लाया था, जो बाज़ार में नायाब थीं। उसने दोनों स्काइ-लार्कों को इसरार करके अपनी सिगरेट पिलाई और लाइटर निकालकर उनको सुलगाया भी। यह लाइटर ख़ालिस सोने का बना हुआ था और उस पर एक क़ीमती पुखराज जड़ा था। लैम्प की रोशनी में पुखराज झिलमिलाता तो कमरे में सितारे जगमगाने लगते।

ख़ाँ बहादुर ने अपनी गुफ़्तगू का आग़ाज़ उसी लाइटर से किया।

मगर अली अहमद को इन बातों से ज़रा भी दिलचस्पी न थी। ख़ाँ बहादुर के आने से पेश्तर, वह अपनी सरगर्मियों की हफ़्तावार रिपोर्ट तैयार कर रहा था, और यह सोचकर आया था कि ख़ाँ बहादुर से जल्द ही छुटकारा हासिल कर लेगा। सफ़दर बशीर कुछ और भी ज़्यादा उसकी बातों से उकताया हुआ था। आख़िर उसने ख़ाँ बहादुर की बात काटकर कहा, "मुआफ़ कीजिए ख़ाँ बहादुर साहब! ठीक साढ़े नौ बजे हमारी एक मीटिंग है!"

ख़ाँ बहादुर जहाँ-दीदा और सोहबत-याफ़्ता आदमी था। उसने एक ही जुमले से अन्दाज़ा लगा लिया कि दोनों ज़्यादा बात करने के मूड में नहीं हैं। वह बेतकल्लुफी से मुस्कराकर बोला, "भई, मैं कफ़्फ़ारा[2] अदा करने आया था!"

सफ़दर बशीर ने हैरत से पूछा, "यानी?"

ख़ाँ बहादुर ने उसकी बात का कोई जवाब नहीं दिया। ख़ामोशी से अपना ब्रीफकेस खोला। चैक-बुक निकाली और पच्चीस हज़ार का चैक काटकर सफ़दर बशीर के सामने डाल दिया। दोनों स्काइ-लार्क ग़ौर से चैक देखने लगे। ख़ाँ बहादुर मिसकीन-सी शक्ल बनाकर बोला, "यह आपकी अमानत अभी तक मेरे पास महफ़ूज़ है। आज मैंने सोचा, उसे वापस पहुँचा दूँ!"

अली अहमद ने सोचा कि ख़ाँ बहादुर इस वक़्त ज़रूर कोई नया चक्कर चलाने आया है। उसने मुश्तबह नज़रों से ख़ाँ बहादुर को देखा, जो बिला-वजह मुस्करा रहा था। उसके अन्दाज़ से ख़ुशामद साफ़ झलक रही थी। अली अहमद ने दर्याफ़्त किया, "इसके साथ जो शराइत हों, वह भी लगे हाथ बता दीजिए, ताकि हम जल्द किसी नतीजे पर पहुँच सकें।"

ख़ाँ बहादुर क़हक़हा मारकर बेतकल्लुफ़ी से बोला, "भई, आप लोग तो मेरी तरफ़ से बड़े बदज़मन मालूम होते हैं। देखिए, मस्जिद का मसला ख़ालिस दीनी था और एक सच्चे मोमिन की हैसियत से मेरा यह फ़र्ज़ था," अली अहमद ने उसे आगे कुछ कहने का मौक़ा न दिया।

"बेहतर होगा, कि इस वक़्त हम उस मसले पर बात न करें।"

ख़ाँ बहादुर खिसियाना होकर हँसने लगा, "चलिए, उसके मुतअल्लिक़ गुफ़्तगू नहीं होगी। मैं तो सिर्फ़ यह बताना चाहता था कि आप लोग मेरे मुतअल्लिक़ किसी बदगुमानी में मुब्तला न हों," वह अपनी पोज़ीशन साफ़ करने पर तुला हुआ था, मगर दोनों स्काइ-लार्क इस हक़ीक़त को बख़ूबी जानते थे और इस कज़ीए पर इस वक़्त क़तई बात करना नहीं चाहते थे।

---

1. कृत्रिमता, 2. प्रायश्चित

इस दफ़ा सफ़दर बशीर बीच में बोल पड़ा, "उस बात को तो फ़िलहाल आप छोड़ ही दें!"

"बहुत बेहतर! उसके बारे में फिर किसी वक़्त बात करूँगा!"

अली अहमद ने कहा, "आपसे अपनी शराइत[1] नहीं बताए," वह चाहता था कि ख़ाँ बहादुर खुलकर बात करे, ताकि यह अन्दाज़ा लगाया जा सके कि वह आइन्दा क्या करनेवाला है और इस पच्चीस हज़ार रुपए की पेशकश से उसका असल मक़सद क्या है?

"भाई, मेरी कोई शर्त-वर्त नहीं है," ख़ाँ बहादुर ने कहा, "जैसा कि मैं पहली मुलाक़ात में अर्ज़ कर चुका हूँ कि जो आपकी तंज़ीम का प्रोगाम है, वही मैं चाहता हूँ। ख़ुदा का ख़ौफ़ अभी दिल में बाक़ी है। इसलिए दिल में ख़िदमत-ख़लक़ का भी जज़्बा है। थोड़ी-बहुत जो ज़िन्दगी रह गई है, चाहता हूँ कि उसे अवाम की ख़िदमत में गुज़ार दूँ!"

अली अहमद ने कहा, "बड़ा नेक जज़्बा है।" उसके होंठों पर ज़हरखन्दा था।

ख़ाँ बहादुर ने इनकिसारी[2] का मुज़ाहिरा करते हुए कहा, "बस आप लोगों के थोड़े-से तआवुन[3] की ज़रूरत है।" उसके लहजे में अज्ज़ था।

सफ़दर बशीर ने फ़ौरन पूछा, "किस क़िस्म का तआवुन?"

"बात यह है कि आज से तक़रीबन तीन माह बाद यानी मई में म्यूनिस्पल बोर्ड के इन्तख़ाब हो रहे हैं। मैं इस हलक़े से उम्मीदवार हूँ। वैसे मेरा अपना कोई इरादा न था। आप ही जैसे बाज़ करम-फ़रमाओं का इसरार है कि मैं इन्तख़ाब में ज़रूर हिस्सा लूँ। मजबूरन मुझे आमादा होना पड़ा, "ख़ाँ बहादुर आहिस्ता-आहिस्ता बोल रहा था। उसके लहजे में ठहराव था, "सारा प्रोग्राम बन चुका है, मगर आपके तआवुन के बग़ैर यह प्रोग्राम अधूरा है!"

सफ़दर बशीर ने मुस्कराकर कहा, "हमारे तआवुन के बग़ैर भी आप इलेक्शन लड़ सकते हैं!"

"आप लोगों का तआवुन ज़रूरी है। आपकी तंज़ीम ने इस इलाक़े के लोगों की बेहतरी के लिए जो कुछ किया है, और जिस क़दर आप लोगों की यहाँ इज़्ज़त है, उसे कौन नहीं जानता! बल्कि अगर मेरी बात को आप ख़ुशामद न तसव्वुर करें, तो मैं यहाँ तक कह सकता हूँ कि गुमटी के रहनेवाले तो आप सबकी परस्तिश[4] की हद तक इज़्ज़त करते हैं, और वह बे-जा भी नहीं। आपके कारनामे इसी जज़्बे के मुस्तहक़ हैं!"

अली अहमद ने कहा, "देखिए, ख़ाँ बहादुर साहब! फ़लक-पैमा का फ़िलहाल कोई सियासी प्रोग्राम नहीं है। इसलिए अगर आप हमको इन काँटों में न घसीटें, तो बेहतर है!"

"मैं तो सिर्फ़ यह चाहता हूँ कि आप लोगों की हमदर्दी मुझे मिल जाए। यही बहुत है," ख़ाँ बहादुर ने चैक की तरफ़ इशारा करते हुए कहा, "फ़िलहाल आप मेरा यह नज़राना क़ुबूल कर लें। आइन्दा भी जो कुछ हो सका, ख़िदमत करता रहूँगा!"

अली अहमद ने किसी क़दर तल्ख़ लहजे में कहा, "यह तो आप एक तरह की फ़लक-पैमा को रिश्वत दे रहे हैं।"

"नहीं, साहब! यह रिश्वत कैसे हो सकती है?"

---

1. शर्तें, 2. विनम्रता, 3. सहयोग, 4. उपासना, अराधना

सफ़दर बशीर ने कहा, "चलिए, रिश्वत न सही, फ़लक-पैमा के तआवुन की क़ीमत तो बहरहाल आप लगा ही रहे हैं!"

अली अहमद ने सफ़दर बशीर की ताईद की, "और अगर यह तआवुन की क़ीमत ही है, तो मुआफ़ कीजिए, ख़ाँ बहादुर साहब! आपने बहुत कम क़ीमत लगाई। मैं इस पर एहतिजाज[1] करूँगा!"

ख़ाँ बहादुर दोनों की बातों से सख़्त चकराया। घबराकर बोला, "आप लोग मुझे ग़लत समझ रहे हैं। मैं तो पूरे ख़ुलूस[2] के साथ आपकी मदद करना चाहता हूँ!"

दोनों उसके ख़ुलूस को एक बार आज़मा चुके थे। वह तजुर्बा उनके लिए काफ़ी था। लिहाज़ा उनको ख़ाँ बहादुर की बातों पर ज़रा भी इतिबार न आया। अली अहमद ने कहा, "देखिए, ख़ाँ बहादुर साहब! आप कारोबारी आदमी हैं। इस बात से आप इनकार नहीं कर सकते। आप कोशिश भी करें, तब भी आप किसी मसले को कारोबारी अन्दाज़ से देखे बग़ैर रह ही नहीं सकते!"

सफ़दर बशीर ने कहा, "आप तो बड़े मँझे हुए बिज़नेसमैन हैं। यह सलाहियत ख़ुदा किसी को कम ही देता है। मिसाल के तौर पर अगर मैं एक कामयाब ताजिर[3] बनना चाहूँ, तो कभी नहीं बन सकता। उसके लिए एक मख़सूस टेम्प्रामेंट की ज़रूरत है, जिसे हासिल करने के लिए एक उम्र चाहिए," वह बड़ी रवानी से बोल रहा था।

ख़ाँ बहादुर बहुत सटपटाया, मगर वह इतनी जल्दी हथियार डालनेवाला आसामी नहीं था। उसने सफ़ाई पेश करने की कोशिश की, "अगर आप हज़रात ने तआवुन किया और ख़ुदा का फज़ल शामिल रहा, तो मैं म्यूनिस्पैलटी का मेम्बर मुन्तख़ब[4] हो जाऊँगा। आप देखेंगे कि मैं अवाम की किस ख़ुलूस और नेकनीयती से ख़िदमत करता हूँ!"

"आपके ख़ुलूस का तो हमें बख़ूबी अन्दाज़ा है," सफ़दर बशीर ने तन्ज़ किया।

अली अहमद ने भी मुआफ़ न किया। फ़ौरन ही वार किया, "और आपकी नीयत पर कौन काफ़िर शुबहा कर सकता है। आप जैसे मर्दे-मोमिन की नीयत पर तो शुबहा करने का सवाल ही पैदा नहीं होता!"

ख़ाँ बहादुर पुराना घाघ था। फ़ौरन भाँप गया कि बात बनने के बजाय बिगड़ती जा रही है। उसने झट पैंतरा बदला! चेहरा बा-वक़ार[5] बनाकर बोला, "देखिए, यह बात तो आप लोग खुद ही कह चुके हैं कि आपकी जमाअत या तंज़ीम का कोई सियासी प्रोग्राम नहीं है। आप इन्तख़ाबात में किसी-न-किसी उम्मीदवार की मदद तो ज़रूर ही करेंगे। अगर वह उम्मीदवार आप मुझे ही मान लें, तो मैं समझता हूँ कि मेरी ज़ात से आपको फायदा ही पहुँचेगा।"

अली अहमद ने कहा, "यही तो हम मालूम करना चाहते हैं कि आप फ़लक-पैमा को क्या फ़ायदा पहुँचा सकते हैं। पच्चीस हज़ार की रक़म तो बहुत थोड़ी है। मैं इससे पहले ही एहतिजाज कर चुका हूँ।"

ख़ाँ बहादुर ने जवाब दिया, "पच्चीस हज़ार की रक़म कम नहीं होती। इससे आप एक बेहतर दफ़्तर तामीर कर सकते हैं। यह इमारत तो आपकी तंज़ीम के हरगिज़ शायाने-शान

---

1. प्रोटेस्ट, प्रतिरोध, 2. सहृदयता, 3. व्यापारी, 4. चुना गया, 5. प्रतिष्ठित

नहीं। यहाँ बिजली तक तो है नहीं। मैं ग़लत तो नहीं कह रहा? बहरहाल, आपकी बात का एहतिराम[1] भी ज़रूरी है। चलिए, तीस हज़ार का चैक काटे देता हूँ!"

अली अहमद बोला, "नहीं, ख़ाँ बहादुर साहब! यह तो बहुत कम क़ीमत लगाई आपने! कुछ और बढ़ाइए बोली!" ख़ाँ बहादुर ने उसके तन्ज़ पर ज़्यादा तवज्जो न दी। अब वह क़तई कारोबारी मूड में आ गया, "जनाब, तीस हज़ार रुपए में आप दो अच्छे-ख़ासे स्कूल क़ायम कर सकते हैं, जिनको क़ायदे से चलाया जाए, तो पाँच हज़ार हर माह आसानी से कमाए जा सकते हैं। इस रक़म से साल भर बाद आप दो नए स्कूल खोलने के क़ाबिल हो जाएँगे।"

सफ़दर बशीर ने कहा, "ख़ाँ बहादुर साहब! आपके इस क़ीमती मशविरे का बहुत-बहुत शुक्रिया! फ़लक-पैमा के इस वक़्त पाँच तालीमी मर्कज़ क़ायम हैं। फ़िलहाल, मज़ीद मर्कज़ खोलने का इरादा नहीं है। हमारे सामने इनसे भी ज़्यादा अहम तजावीज़ हैं, जिन पर फ़ौरी तौर पर काम शुरू करने की ज़रूरत है।"

ख़ाँ बहादुर ने रक़म और बढ़ा दी, "मैं आपका तआवुन हासिल करने के लिए चालीस हज़ार तक दे सकता हूँ। इस रुपए से आपको एक डेरी-फार्म क़ायम करना चाहिए। गुमटी में ग्वालों की अच्छी-ख़ासी आबादी है। आपको ज़्यादा दौड़-धूप भी नहीं करनी पड़ेगी। तजुर्बेकार आदमी आसानी से मिल जाएँगे। इस डेरी-फ़ार्म के जरिए बहुत-से बेरोज़गारों को काम भी मिल जाएगा। यह आप बहुत बड़ी ख़िदमत करेंगे। ख़सारे[2] का इस काम में सवाल ही पैदा नहीं होता। दूध और मक्खन की ज़रूरत को आप बख़ूबी समझते हैं। इस प्रोजेक्ट में इतना मुनाफ़ा है कि आप अपनी जमाअत की मुल्क भर में शाख़ें क़ायम कर सकते हैं!"

यह कहते-कहते वह बेतकल्लुफ़ी से मुस्करा दिया, "मैंने बहुत पहले आप लोगों से कहा था कि मेरे मशविरों से फ़ायदा उठाइए! कहिए, कैसी लाजवाब स्कीम है?" उसने दाद-तलब नज़रों से दोनों को देखा।

अली अहमद ने फ़ौरन जवाब दिया, "आपकी सूझ-बूझ का तो मैं पहली ही मुलाक़ात में क़ायल हो गया था। अल्लाह ताला ने आपको बड़ा ज़रखेज़ दिमाग़ अता किया है। ज़रूरत पड़ी, तो इन बेश-बहा[3] मशविरों के लिए हम ज़रूर आपको ज़हमत देंगे, मगर ख़ाँ बहादुर साहब, यह चालीस हज़ार की रक़म भी कम है!"

ख़ाँ बहादुर ने पाँच हज़ार और बढ़ा दिए। दोनों स्काइ-लार्कों ने इस रक़म को भी क़ुबूल करने से इनकार कर दिया। थोड़ी देर हीलो-हुज्जत करने के बाद ख़ाँ बहादुर पचास हज़ार तक पहुँच गया।

"यह मेरी आख़िरी ऑफ़र है। इससे ज़्यादा की गुंजाइश नहीं, मगर इसके लिए यह बुनियादी शर्त होगी कि आपके तमाम मेम्बर इलैक्शन में मेरे रज़ाकारों की हैसियत से काम करेंगे। उनको इस काम का कोई मुआवज़ा नहीं मिलेगा। मेरा ख़याल है कि आपको यह ऑफ़र क़ुबूल कर लेना चाहिए। पचास हज़ार की रक़म बहुत होती है। अगर आप अस्पताल ही तामीर करें, तो इस रक़म से एक शानदार इमारत तामीर की जा सकती है। यह जो आपने अस्पताल बना रखा है, मुआफ़ कीजिए, यह तो बिल्कुल कबाड़ख़ाना मालूम होता है। कहीं से भी तो अस्पताल नहीं लगता।"

---

1. सम्मान, 2. घाटे, 3. अमूल्य

अली अहमद ने एक लम्हा भी उसकी पेशकश पर ग़ौर करने के लिए ज़ाए नहीं किया। फ़ौरन बोला, "हमें अफ़सोस है कि हम सिर्फ़ पचास हज़ार की रक़म के इवज़[1] आपके साथ तआवुन न कर सकेंगे।"

ख़ाँ बहादुर के लिए बरदाश्त करना मुश्किल हो गया था, "सिर्फ़ पचास हज़ार!" वह सख़्त भन्नाया हुआ था, बमुश्किल उसकी ज़बान से निकला, "आख़िर आप लोग कितनी रक़म चाहते हैं?"

दोनों स्काइ-लार्कों ने उसकी बात का कोई जवाब न दिया। उनके चेहरों पर संजीदगी छाई थी। वह किसी गहरे सोच में ग़र्क़[2] थे। कमरे में सुकून था। ख़ाँ बहादुर बेचैनी से पहलू बदल रहा था। उसकी पेशानी पर बल पड़ गए थे। गले की रगें तन गई थीं।

चेहरे की वह शगुफ़्तगी मिट गई थी, जिससे वह हँसमुख और बश्शाश नज़र आता था। रुख़सारों की दबीज़[3] खाल लटकने लगी थी। वह बहुत बूढ़ा लग रहा था। थोड़ी देर बाद कमरे की ख़ामोशी में अली अहमद की आवाज़ उभरी। वह कह रहा था, "कम-अज़-कम दो लाख तो आपको देना चाहिए!"

"दो लाख?" ख़ाँ बहादुर ने हैरत से आँखें फाड़ दीं। झुँझलाकर कहा, "क्या आप समझते हैं कि मैं म्यूनिस्पैलटी की मेम्बरी के बजाय सोने की कान (खदान) खोदने जा रहा हूँ।"

अली अहमद उसकी झुँझलाहट से ज़रा मरऊब[4] न हुआ। उसने धीमे लहजे में कहा, "ख़ाँ बहादुर साहब! हमारा तो यही ख़याल है!"

वह बहुत चकराया। परेशान होकर बोला, "क्या मतलब? मैं समझा नहीं! आप क्या कहना चाहते हैं?"

सफ़दर बशीर ने उसे समझाने की कोशिश की, "हमें तो ख़ाँ बहादुर साहब यह सीधी-सादी बिज़नेस मालूम होती है!"

ख़ाँ बहादुर ने बुलन्द आवाज़ से कहा, "भई, वह कैसे?" अभी तक वह हैरतज़दा था।

अली अहमद ने कहा, "मेरा ख़याल है कि आप बात समझने की कोशिश नहीं कर रहे हैं, वरना यह तो बहुत साफ़-सी बात है। देखिए न! जब आप म्यूनिस्पैल बोर्ड के मेम्बर बन जाएँगे, तो आप आसानी से अपने भतीजे और भानजों के नाम से ठेके ले सकते हैं। अगर हर साल दो-तीन ठेके भी मिल गए, तो दस लाख कमा लेना कोई मुश्किल नहीं। फिर आप तो पाँच साल मेम्बरी करेंगे। बीच-पच्चीस लाख भी आपके जैसे तजुर्बेकार शख़्स ने न पैदा किए, तो कोई बात ही न हुई। इसके अलावा रिश्वतों से जो रक़म मिलेगी, वह अलाहिदा रही। कोशिश की जाए, तो कमाई की और भी बहुत-सी सूरतें पैदा की जा सकती हैं!"

अली अहमद ने सिलसिला-ए-कलाम जारी रखते हुए कहा, "किसी फ़ैक्टरी या कारख़ाने पर दस-बारह लाख लगाने से तो यह कहीं अच्छा प्रोजेक्ट है कि म्यूनिस्पैलटी की मेम्बरी हासिल की जाए, बल्कि ख़ुदा तौफ़ीक़[5] दे, तो चेयरमैन बनने की भी जोड़-तोड़ करनी चाहिए। फिर तो वारे-न्यारे हो जाएँगे। मैं ग़लत तो नहीं कह रहा?"

---

1. बदले, 2. डूबे, 3. मोटी, ग़फ़, 4. प्रभावित, 5. कृपा करे

ख़ाँ बहादुर से ज़ब्त न हो सका। उसकी बात काटकर बोला, "क्या आप मुझे इतना ख़ुदग़र्ज़ और बे-किरदार समझते हैं? मैं एक मुअज़्ज़िज़ शहरी हूँ। मैं अपनी यह बेइज़्ज़ती बरदाश्त नहीं कर सकता!"

अली अहमद ने तसल्ली देते हुए रसान से कहा, "ख़ाँ बहादुर साहब! कारोबार में इस तरह जज़्बाती होने से काम नहीं चलता। फिर आप तो माशाअल्लाह बड़े मँझे हुए बिज़नेसमैन हैं!"

"लाहौल वला क़ूवत! बिज़नेस से म्यूनिस्पैलटी के इलेक्शन का क्या ताल्लुक़ हो सकता है?"

सफ़दर बशीर के लिए अब बरदाश्त करना मुश्किल हो गया था। वह हक़ीक़तपसन्द नौजवान था। कई साल तक यूरोप और इंगलिस्तान में रह चुका था। गुफ़्तगू में बेजा रस्मी तकल्लुफ़ात और चुनाँ-चुनीं[1] का क़ायल न था। उसने तीखे लहजे में कहा, "तो फिर यह पचास हज़ार रुपए की रक़म आप फ़लक-पैमा को क्यों पेश कर रहे हैं? क्या आप स्काइ-लार्कों को ज़मीर-फ़रोश और एक्सप्लाइटर समझते हैं? आपका इब्तदा ही से हमारे साथ यही रवैया रहा है, मगर हमने कभी आपकी बातों पर नाराज़गी का इज़हार नहीं किया। इसलिए कि हमारे और आपके सोचने के अन्दाज़ में बुनियादी फ़र्क़ है। आपके नज़दीक दौलत ज़िन्दगी की सबसे बड़ी क़ुव्वत[2] है और हम इंसानी मेहनत ही को सब कुछ समझते हैं। दौलत तबादला-ए-जिन्स का एक ज़रिया है और मेहनत से इंसान अपनी तक़दीर बदल सकता है। उसने इस मेहनत ही के ज़रिए हैबतनाक दरियाओं के रुख़ बदल दिए। महीब पहाड़ों का ग़रूर तोड़ दिया। समन्दर को अपना मुतीअ[3] कर लिया और अब चाँद-सितारों पर कमन्दें डाल रहा है!"

सफ़दर बशीर बड़ी रवानी से बोल रहा था—बिल्कुल उसी तरह, जिस तरह वह ख़तसियाना[4] अन्दाज़ में जलसों में ख़िताब करता था।

ख़ाँ बहादुर घबराकर बोला, "आप तो न मालूम कैसी बातें करने लगे। मेरा मतलब तो सिर्फ़ इस क़दर है..."

सफ़दर बशीर ने क़ता-ए-कलाम करते हुए कहा, "आपका मतलब हम पर बख़ूबी वाज़ेह हो चुका है। मज़ीद वज़ाहत की ज़रूरत नहीं। हमें अफ़सोस है कि हम आपके साथ इस क़िस्म का कोई समझौता नहीं कर सकते," उसने फ़ैसलाकुन अन्दाज़ में दो-टूक बात कह दी।

ख़ाँ बहादुर ने मज़ीद बातचीत न की। सिगरेट-लाइटर रोशन किया और पच्चीस हज़ार का चैक उठाकर उसके सामने कर दिया। चैक जलने लगा। बड़ा-सा शोला रोशन हुआ। कमरे की दीवारें झिलमिलाईं। चैक जलकर ख़ाकस्तर बन गया।

झिलमिलाती हुई दीवारें धुँधली पड़ गईं।

ख़ाँ बहादुर ने अपना ख़ूबसूरत ब्रीफ़केस उठाया। दोनों से रुख़सत हुआ और आहिस्ता-आहिस्ता चलता हुआ बाहर चला गया।

जब उसकी चाप दूर होकर मादूम[5] हो गई, तो सफ़दर बशीर ने उठकर कमरे का दरवाज़ा बन्द किया और थका हुआ-सा आकर कुर्सी पर बैठ गया। थोड़ी देर तक दोनों सुस्ताने के-से

---

1. वाद-विवाद, 2. शक्ति, 3. अधीन, 4. उपदेशात्मक, 5. लुप्त, समाप्त

अन्दाज़ में ख़ामोश बैठे रहे। फिर उन्होंने ख़ाँ बहादुर से जो गुफ़्तगू हुई थी, उसकी रिपोर्ट तैयार की और लाइब्रेरी से उठकर सोने के लिए चले गए।

अली अहमद और सफ़दर बशीर की रिपोर्ट पर ग़ौर करने के लिए फ़लक-पैमा का इजलास मुनअक़िद हुआ। रिपोर्ट पर देर तक बहस होती रही।

तमाम स्काइ-लार्कों ने मुत्तफ़िक़ा[1] तौर पर उन दोनों के अक़दाम को सराहा और ख़ाँ बहादुर की सख़्त मज़म्मत[2] की। इस इजलास में यह तजवीज़ भी पेश की गई कि फ़लक-पैमा को म्यूनिस्पैलटी के इन्तख़ाबात में इस हलक़े[3] से अपना उम्मीदवार खड़ा करना चाहिए, मगर कोई फ़ैसला न किया जा सका। इजलास दूसरे दिन भी जारी रहा और यही तजवीज़ ज़ेरे-बहस रही।

स्काइ-लार्कों के एक गिरोह की राय थी कि फ़लक-पैमा को किसी क़िस्म की सियासत में हिस्सा नहीं लेना चाहिए। जो लोग इलेक्शन लड़ने के हक़ में थे, उनकी दलील यह थी कि अगर इन्तख़बात में हिस्सा न लिया गया, तो ख़ाँ बहादुर या इसी क़बील के लोग म्यूनिस्पैलटी के मेम्बर बनेंगे, जो ख़िदमते-ख़लक की आड़ में नाजायज़ तरीक़े से अमल करेंगे।

दो रोज़ की तवील बहस के बाद स्काइ-लार्क आख़िर इस नतीजे पर पहुँचे कि फ़लक-पैमा सिर्फ़ इसी हलक़ से इलेक्शन के लिए अपना उम्मीदवार खड़ा करे। इसलिए कि शहर के दूसरे हिस्सों में उनके काम की रफ़्तार हनूज़ सुस्त थी।

इसके अलावा फंड की कमी थी। काम करनेवाले भी ज़्यादा नहीं थे।

फ़लक-पैमा के उम्मीदवार की नाम-ज़दगी[4] के लिए तीन स्काइ-लार्कों के नाम पेश किए गए। सफ़दर बशीर, अली अहमद, और डॉक्टर ज़ैदी, लेकिन राय-शुमारी शुरू होने से पहले ही अली अहमद ने अपना नाम वापस ले लिया। वह इलेक्शन में हिस्सा लेने के हक़ में था, मगर ख़ुद उम्मीदवार बनना नहीं चाहता था। वोटिंग हुई और छह के मुक़ाबले में दस की अक्सरियत से डॉक्टर ज़ैदी को मुन्तख़ब कर लिया गया। उसे मुन्तख़ब करने की सबसे बड़ी वजह यह थी कि उस हलक़े में वह बेहद हरदिलअज़ीज़[5] था।

नामज़दगी का एलान होने के बाद स्काइ-लार्कों ने देखा, कि सफ़दर बशीर का चेहरा मुरझा गया था। वह उस वक़्त किस क़दर बेचैन नज़र आ रहा था। बार-बार पाइप पर लम्बे-लम्बे कश लगाकर बहुत-सा धुआँ फ़िज़ा में उगल देता।

मगर डॉक्टर ज़ैदी की कामयाबी पर सबसे पहले उसी ने मुबारकबाद पेश की।

## [2]

स्काइ-लार्कों ने अपनी दूसरी सरगर्मियों के साथ-साथ म्यूनिस्पैलटी के इन्तख़ाबात की तैयारियाँ भी शुरू कर दीं।

इस मुहिम का आग़ाज़ उन्होंने बाक़ायदा मंसूबे के तहत किया। रोज़ाना किसी-न-किसी चौराहे पर उनका जलसा होता। स्काइ-लार्कों की जोशीली तक़रीरों ने हर तरफ़ धूम मचा दी। लोग उनकी बातें तवज्जो और दिलचस्पी से सुनते और उनके जलसों में जौक़-दर-जौक़[6] शामिल होते।

---

1. एकमत से, 2. निन्दा, आलोचना, 3. चुनाव-क्षेत्र, 5. नामनिर्देशन, 5. लोकप्रिय, 6. आगे बढ़-बढ़कर

इन्तख़ाबी मुहिम का इंचार्ज अली अहमद था। वह नित्य नए पोस्टर बनाता। पम्फलेट लिखता। हैंड-बिल तैयार करता। स्काइ-लार्कों को नए-नए नारे देता। पाँच-पाँच मिनट की छोटी-छोटी तक़रीरें लिखकर देता। यह तक़रीरें स्ट्रीट-कार्नर-मीटिंग के लिए होतीं। होता यह कि स्काइ-लार्क किसी भी गली के नुक्कड़ पर या सड़क के किनारे खड़े हो जाते। पहले वे ऊँची आवाज़ों से नारे लगाते। जब मजमा हो जाता, तो मुख़्तसर-सी तक़रीर करते और आगे बढ़ जाते। डॉक्टर ज़ैदी का इन्तख़ाबी निशान 'मशाल' अलाट हुआ था। चुनाँचे अँधेरी रातों में वे जत्थे बनाकर मशाल-बरदार जुलूस निकालते। मशालों को सिरों से ऊपर बुलन्द करके नारे लगाते :

"हाथ में हाथ दो!"

"रोशनी तेज़ करो, तेज़ करो!"

"वोट देते वक़्त मशाल को याद रखिए!"

"मशाल ग़रीबी और पसमान्दगी के अँधेरे में आपकी रहबर व रहनुमा है!"

सलमान की कोशिश से इन्तख़ाबी मुहिम के लिए तालीमे-बालिग़ाँ के मर्कज़ों से ख़ासी तादाद में ऐसे रज़ाकार मिल गए थे, जो जलसे-जुलूसों में बढ़-चढ़कर हिस्सा लेते। निहायत जोशो-ख़रोश से नारे लगाते। मुख़ालिफ़ उम्मीदवारों के कारकुन रख़्नाअन्दाज़ी[1] करते या झगड़ा-फ़साद करने की कोशिश करते, तो स्काइ-लार्कों की हिमायत में वे सीनासिपर[2] हो जाते। डॉक्टर ज़ैदी और ख़ाँ बहादुर फ़र्ज़न्द अली के अलावा म्यूनिस्पैल-बोर्ड के इन्तख़बात में इस हलक़े से एक उम्मीदवार और भी था। उसका नाम अबुल हमीद था। वह छिछोरा-सा अधेड़ आदमी था। नीलाम करनेवालों की तरह एक बात कई-कई बार दुहराता और बात-बात पर क़हक़हा लगाता। पिछले साल तक वह महकमा सिविल-सप्लाई में बड़ा ओहदेदार था, मगर रिश्वतख़ोरी के स्कैंडल में मुलव्विस[3] होने के बाइस मुलाज़मत से मुस्ताफ़ी[4] हो गया था। सरकारी हलक़ों में अभी तक उसका असरो-रसूख़ था। मुलाज़मत छूट जाने का उसे ज़रा मलाल न था। बैंक में उसका पाँच लाख रुपया मौजूद था। शहर में चार शानदार कोठियाँ थीं। कई कारख़ानों में उसके हिस्से थे और एक आयल-मिल का मैनेजिंग डाइरेक्टर था। बड़ी शाहाना ज़िन्दगी बसर करता था, मगर ख़ाँ बहादुर के मुक़ाबले में उसका प्रोपेगंडा हलका था।

ख़ाँ बहादुर अपनी इन्तख़ाबी मुहिम पर पानी की तरह रुपया बहा रहा था। उसके कारकुन चमकती हुई कारों पर आते और वोटरों को ख़रीदने के लिए नित्य नए रेट मुक़र्रर करते। ज्यूँ-ज्यूँ इन्तख़बात की तारीख़ें क़रीब आती जा रही थीं। वोटों का रेट बढ़ता जा रहा था। इस मक़सद के लिए उसने हर बस्ती में ठेकेदार मुक़र्रर कर दिए थे, जिनके एजेंट वोटों का सौदा करने में मसरूफ़ थे।

काग़ज़ात नामज़दगी मंजूर हो चुके थे और हर उम्मीदवार ने इन्तख़ाबी सरगर्मियाँ तेज़ कर दी थीं। अबुल हमीद की हिमायत में वोटरों पर सरकारी हुक्काम दबाव डाल रहे थे।

इस हलक़े के जो बा-असर लोग थे, उनको आए दिन थानों में बुलाया जाता। अगर वे अबुलहमीद की मुख़ालफ़त करते, तो पुलिस के अफ़सरान उनके ख़िलाफ़ मुक़दमे क़ायम करने की धमकी देते। गुंडों के ज़रिए उनको परेशान करते। जो लोग सरकारी मुलाज़िम थे, उनको अपने महकमे के अफ़सरों की जानिब से हिदायतें दी गई थीं कि अबुलहमीद की हर तरह से मदद करें।

---

1. बाधा डालना, 2. सीधा तान लेना, 3. संलग्न, लिप्त, 4. त्यागपत्र दे दिया

ख़ाँ बहादुर ने फ़ी वोट दस रुपए तक का रेट मुक़र्रर कर दिया था। उसके तीन इन्तख़ाबी दफ़्तर क़ायम थे, जिनमें आए दिन ज़ियाफ़त[1] होती। देगें चढ़तीं। बड़ी फ़य्याज़ी[2] से मुर्ग़ खाने खिलाए जाते। जो लोग बढ़-चढ़कर बातें करनेवाले थे, और सीधे-सादे लोगों को चकमा देने का गुर जानते थे, ख़ाँ बहादुर ने उन्हें छाँट-छाँटकर अपने कारकुनों की हैसियत से भर्ती कर लिया था। उनकी यौमिया-उजरत[3] मुक़र्रर थी और पाँच रुपए से पन्द्रह रुपए तक का रेट था। इसके अलावा वोटरों को दुकानों में अलाटमेंट और मुलाज़मतें दिलवाने का लालच भी दिया जाता।

ख़ाँ बहादुर ख़ुद भी हलक़े का दौरा करता। उसकी शानदार कार नमूदार होती, तो उसके अहाली-मवाली[4] बड़ी मुस्तैदी से लपककर कार का दरवाज़ा खोलते। ज़िन्दाबाद के नारे लगाते। ख़ाँ बहादुर होंठों में मोटा-सा सिगार दबाए, विंस्टिन चर्चिल बना बड़े ठस्से से कार से नीचे उतरता। उसके आगे-पीछे तनख़्वाहदार कारकुन होते। उनके हुजूम में घिरा हुआ वह गली-कूचों का चक्कर लगाता। लोगों से मिलते वक़्त ज़रूरत से ज़्यादा इनकिसारी का मुज़ाहिरा करता।

स्काइ-लार्कों का तरीक़ाकार बहुत सीधा-सीधा था। वह मोटा-मोटा लिबास पहनते, हाथों में थैले होते, जिनमें पोस्टरों, हैंडबिलों और पैम्फलेटों के अलावा गुड़ और चने भी होते। हर मुहल्ले के लिए अलाहिदा ग्रुप था। वह सुबह तारों की छाँव में बेदार होते और चाय की एक-एक गर्म प्याली पीकर चाक-चौबन्द[5] हो जाते। सवेरे-ही-सवेरे हर ग्रुप की मीटिंग होती। हर रोज़ के काम का प्रोग्राम मुरत्तिब[6] किया जाता और सूरज निकलने से पहले ही वह हेडक्वार्टर से निकल जाते। वे मीलों पैदल चलते। आम लोगों के साथ फ़र्श पर फसकड़ा मारकर बैठ जाते। उनके साथ हुक़्क़े पर कश लगाते। बेतकल्लुफ़ी से बातें करते। उनका दुख-दर्द सुनते। उनके जो छोटे-छोटे काम होते, उन्हें अंजाम देने की कोशिश करते। भूख लगती, तो किसी दरख़्त के साए तले इत्मीनान से बैठकर अपने-अपने थैलों से चने और गुड़ निकालकर खाते। डटकर पानी पीते और ताज़ा-दम होकर आगे चल देते।

फ़लक-पैमा की सरगर्मियाँ तूफ़ान की तरह बढ़ती जा रही थीं। उसी इन्तख़ाबी मुहिम ने हर तरफ़ हलचल बरपा कर दी थी। उसके पास यूँ तो कुल पन्द्रह कारकुन थे, मगर वे बला के काम करनेवाले थे। एक-एक स्काइ-लार्क कई-कई महाज़ों[7] पर काम कर रहा था। हर काम ख़ुश-उसलूबी से चल रहा था। कहीं भी गड़बड़ न होती। तालीमे-बालिग़ाँ के मर्कज़ों में रोज़ाना क्लासें होतीं। इंडस्ट्रियल-होम में घरेलू मसनूआत की पैदावार बढ़ गई थी। उसके तैयार किए हुए सामान की बाज़ार में माँग बढ़ती जा रही थी।

इमदादी बैंक का काम इत्मीनान-बख़्श था। हिसाबात बाक़ायदगी से ऑडिट किए जाते। बैंक के बारे में किसी क़िस्म की शिकायत अब तक नहीं मिली थी। इलाक़े के बहुत-से लोग उसके कर्ज़ों के ज़रिए बेरोज़गारी से निजात पा चुके थे।

फ़लक-पैमा की इन बढ़ती हुई सरगर्मियों में सलमान पेश-पेश था। हर तरफ़ उसी का चर्चा था। वह उन दिनों दीवानावार काम कर रहा था। मसरूफ़ियत का यह आलम था कि

---

1. दावत, 2. उदारता, 3. प्रतिदिन का पारिश्रमिक, 4. यार-दोस्त, 5. सचेत, फुर्ती, 6. व्यवस्थित, सम्पादित, 7. मोर्चों

मुश्किल से चन्द घंटे उसे रात को सोने के लिए मिलते। हफ़्तों शेव करने का होश न रहता। वह रोज़ाना सवेरे-ही-सवेरे अपने ग्रुप की मीटिंग करता और धूप निकलने से पहले ही काम पर निकल जाता। जगह-जगह तक़रीरें करता। पोस्टर लगाता। लोगों में हैंडबिल बाँटता। उनसे तबादला-ए-ख़याल[1] करता और रात को पाबन्दी से तालीमे-बालिग़ाँ के मर्कज़ में क्लास लेता। इस अरसे में एक रोज़ भी वह ग़ैर-हाज़िर नहीं रहता।

रात गए हेडक्वार्टर लौटता, तो दिन-भर के काम की पूरी रिपोर्ट पेश करता। बहस में बढ़-चढ़कर हिस्सा लेता। इजलास भी होते। सलमान हर इजलास में पाबन्दी से शरीक होता। बहस में बढ़-चढ़कर हिस्सा लेता।

इस मसरूफ़ियात के अलावा फ़लक-पैमा की जानिब से उसे यह भी हिदायत मिली कि वह सफ़दर बशीर के साथ मज़दूरों की यूनियन में काम करे। यह ट्रेड-यूनियन कुछ ही दिनों पहले क़ायम हुई थी और उसके क़याम[2] में फ़लक-पैमा का बहुत बड़ा हाथ था। उसके क़याम की सूरत यह हुई कि मज़दूर आए दिन अपनी कोई-न-कोई शिकायत लेकर आते और स्काइ-लार्कों की मदद हासिल करने की कोशिश करते। इस वक़्त तक उनकी कोई बाक़ायदा यूनियन न थी। एकाध बार ऐसी कोशिश भी की गई, मगर मालिकान ने तरह-तरह के हथकंडों से उसे ख़त्म कर दिया, लिहाज़ा फ़लक-पैमा के एक इजलास में यह तय किया गया कि मज़दूरों की बाक़ायदा यूनियन बनाकर उसे रजिस्टर्ड कराया जाए।

उसके तमाम ओहदेदार मज़दूर ही थे और उनकी देखभाल के लिए फ़लक-पैमा ने सफ़दर बशीर को मुक़र्रर किया था, मगर जब यूनियन का काम बढ़ने लगा, तो सलमान की ड्यूटी भी यूनियन में लगा दी गई। इस नए काम में भी सलमान पूरी सरगर्मी के साथ हिस्सा ले रहा था।

सलमान जिस क़दर सरगर्म स्काइ-लार्क बनता जा रहा था, सफ़दर बशीर उसी क़दर बेहिस और लापरवाह हो गया था। उसके अन्दाज़ में बेनियाजी आ गई थी। उसकी यह बेनियाज़ी स्काइ-लार्क उस वक़्त से महसूस कर रहे थे, जबसे डॉक्टर ज़ैदी उसके मुक़ाबले में म्यूनिस्पैल बोर्ड के इन्तख़ाबात के लिए फ़लक-पैमा का उम्मीदवार नामज़द किया गया था।

अब वह खोया-खोया-सा रहता। बेशतर वक़्त लाइब्रेरी में नज़र आता या अपने कमरे में सोता रहता। उसका चेहरा उन दिनों बेहद संजीदा नज़र आता। वह बातचीत भी कम करता। अक्सर अपने सेंटर से ग़ैर-हाज़िर रहता, जिससे काम में गड़बड़ पैदा होती और हेडक्वार्टर में उसके ख़िलाफ़ शिकायात आतीं। आख़िर फ़लक-पैमा के एक इजलास में सफ़दर बशीर की बढ़ी हुई बे-अमली और ग़ैर-ज़िम्मेदाराना रविश का मुहासिबा[3] किया गया। उसके ख़िलाफ़ चार्जशीट पेश की गई और यह वज़ाहत तलब की गई कि क्यों न उसके ख़िलाफ़ तावीली[4] कार्रवाई की जाए।

सफ़दर बशीर फ़लक-पैमा का न सिर्फ़ सदर था, बल्कि उसका बनी और रूहे-रवाँ[5] भी था। यही वह बुनियादी असबाब[6] थे, जिनके पेशेनज़र जनरल सैक्रेटरी अली अहमद ने दूसरे स्काइ-लार्कों की राय से इख़्तलाफ़[7] किया और यह मशविरा दिया कि फ़िलहाल सफ़दर बशीर को वार्निंग दे दी जाए।

---

1. विचार-विनिमय, 2. स्थापना, 3. जाँच-पड़ताल, 4. कष्टदायक, 5. प्राण, 6. कारण, 7. मतभेद

अली अहमद की तजवीज़ मंजूर कर ली गई। सफ़दर बशीर को वार्निंग दी गई कि आइन्दा वह अपने फराइज़[1] की जानिब से गफ़लत नहीं बरतेगा। सफ़दर बशीर ने खड़े होकर अपनी ग़लतियों का इतिराफ़[2] किया और यक़ीन दिलाया कि वह एक ज़िम्मेदार स्काइ-लार्क की हैसियत से अपने फ़राइज़ मुस्तैदी और दियानतदारी से अंजाम देगा।

इस यक़ीन-दहानी के बाद कुछ अरसे तक सफ़दर बशीर निहायत सरगर्मी से काम करता रहा, मगर उसकी बेनियाज़ी रफ़्ता-रफ़्ता फिर सिर उभारने लगी। स्काइ-लार्क उसके इस रवैए को महसूस कर ही रहे थे कि इसी दौरान में सफ़दर बशीर ने एक ऐसी ग़ैर-ज़िम्मेदाराना हरकत की, जिससे स्काइ-लार्कों में इसके ख़िलाफ़ बदगुमानियाँ पैदा होने लगीं।

सफ़दर बशीर की इस ग़ैर-ज़िम्मेदाराना हरकत की नौईत यह थी कि एक रोज़ स्काइ-लार्कों ने गुमटी में एक बड़े जलसा-ए-आम का इन्तज़ाम किया। उस जलसे के लिए वह कई रोज़ से पब्लिसिटी कर रहे थे। पोस्टर लगाए गए। हैंडबिल तक़सीम किए गए। स्ट्रीट-कार्नर मीटिंगों के ज़रिए मुसलसल एलान किया गया। जलसागाह में बहुत बड़ा इजतिमा था। लोग दूर-दूर से चलकर जलसे में शरीक होने के लिए आए थे। स्काइ-लार्क अपनी इस कामयाबी पर बेहद शादाँ[3] थे।

जलसे का ख़ास मुक़र्रर सफ़दर बशीर था। वह अपने ख़तसियाना अन्दाज़ के बाइस इलाक़े में बेहद मक़बूल था। वह जोश में आकर बोलता, तो हाज़रीन का तनफ़्फ़ुस[4] तेज़ हो जाता। नईम की रगें तन जातीं। आँखों में सुर्ख़ी दौड़ जाती और वह गला फाड़-फाड़कर नारे लगाते। उसकी तक़रीर में यह सहर[5] था कि अगर जलसागाह में कभी गड़बड़ मच जाती और वह माइक पर आ जाता, तो चश्म-ज़दन[6] में जलसा क़ाबू में आ जाता। उसकी तक़रीर की तकनीक यह थी कि वह आहिस्ता-आहिस्ता अपनी आवाज़ का हज्म बढ़ाता जाता। इसी रफ़्तार से उसमें रवानी पैदा होती जाती और जब टेम्पो खूब बढ़ जाता, तो उसकी आवाज़ में घनगरज पैदा हो जाती। उसका लहजा इलहामी[7] मालूम होता। ऐसा महसूस होता, जैसे हर चीज़ पर सकता तारी[8] हो गया है। सिर्फ़ एक चीज़ ज़िन्दा है। एक आवाज़ और, सिर्फ़ आवाज़, और वह आवाज़ सफ़दर बशीर की होती। हाज़रीन जज़्बात से बेक़ाबू होकर निहायत जोशीले नारे लगाते। बार-बार तालियाँ बजाते, लेकिन ऐसी जज़्बात-अंगेज़ तक़ारीरें वह किसी बड़े इजतिमा[9] में करता था और उस रोज़ ऐसा ही बड़ा इजतिमा था।

जलसे का आग़ाज़ डॉक्टर ज़ैदी की तक़रीर से हुआ। वह ठंडे मिज़ाज का आदमी था और बात समझाकर कहने का आदी था। वह धीमे लहजे में सँभल-सँभलकर बोल रहा था। जलसे में बददिली-सी पाई जाती थी। लोग आँखें फाड़-फाड़कर डाइस की जानिब देख रहे थे। हर आँख सफ़दर बशीर की तलाश में थी और सफ़दर बशीर उस वक़्त एक बॉर में बैठा स्कॉच से शग़ल कर रहा था। उन दिनों वह ज़ेहनी तौर पर परेशान था और स्काइ-लार्कों से छुपकर कभी-कभी शराब पी लेता था। जब भी वह ज़ेहनी इनतिशार[10] का शिकार होता, तो शग़ले-बादानोशी करता और उससे सुकून हासिल करने की कोशिश करता। इस तरह उसने ज़ेहनी सुकून हासिल करने का एक बहाना पैदा कर लिया था।

---

1. कर्त्तव्य, 2. स्वीकार करना, 3. प्रसन्न, 4. श्वास, 5. सम्मोहन, जादू, 6. पलक झपकते, 7. अलौकिक, 8. जड़ता, 9. सभा, 10. मानसिक परेशानी

वह इसी आलम में जलसे में आ गया। उस वक़्त वह नशे में धुत था। क़दम डगमगा रहे थे। आँखें चढ़ी हुई थीं। जैसे ही वह डाइस पर पहुँचा, जलसे में ज़िन्दगी की लहर दौड़ गई। बिखरा हुआ मजमा इकट्ठा होने लगा। लोग सफ़दर बशीर की तक़रीर के इन्तज़ार में हमा-तन-गोश[1] हो गए। वह एक हीरो की तरह उठकर माइक के सामने आया। हाज़रीन ने उसकी आमद का पुरजोश तालियों से ख़ैर-मक़दम[2] किया। सफ़दर बशीर ने अपनी तक़रीर शुरू की :

"दोस्तो! साथियो! जी चाहता है, आज आपसे खुलकर बातें करूँ!" वह लम्हा-भर के लिए रुका। आँखें फाड़-फाड़कर हाज़रीन की तरफ़ देखा।

"इस इजतिमा को देखकर मुझे ऐसा महसूस होता है, गोया यहाँ बहुत-से कछुए इकट्ठा हो गए हैं!"

हाज़रीन ने चौंककर बेचैनी से पहलू बदले। सफ़दर बशीर कहता रहा, "जी हाँ, कछुए! ऐसे कछुए, जिन्होंने अपने पैर समेटकर पेट के अन्दर कर लिए हैं और गर्दन निकाले यूँ देख रहे हैं, जैसे मैं कोई मदारी हूँ और अभी कोई शाबदा[3] दिखाऊँगा।"

उसने हिचकी ली। ज़रा-सा डगमगाया और हाज़रीन को घूरने लगा। जलसे में सरगोशियों की भिनभिनाहट उभर रही थी। कुछ लोग हवन्नक़[4] की तरह सफ़दर बशीर का मुँह तक रहे थे।

सफ़दर बशीर ने अपनी तक़रीर जारी रखते हुए कहा, "तो मैं यह कह रहा था कि यह कछुओं की चाल चलने का ज़माना नहीं है। यह साइंस की तरक़्क़ी का अहद है। आज एक शख़्स रेडियो से तक़रीर करता है और तमाम दुनिया के लोग उसको सुन सकते हैं। टेलीविज़न पर देख सकते हैं। बोलते हुए, हरकत करते हुए, हर अन्दाज़ में, हर आलम में। जनाब, तरक़्क़ी की इस दौड़ में आप कहाँ हैं? अफ़सोस तो यही है कि आपको इसका ज़रा भी अहसास नहीं। यह गुमराही जुर्म है। आप कछुए न सही, हज़रत ईसा की भेड़ें हैं, जिसका जी चाहता है, हाँककर ले जाता है। जिधर मुँह उठ गया, उस तरफ़ निकल गए!"

जलसे में अब गड़बड़ के आसार पैदा हो रहे थे। लोगों को उसका ख़िताब का यह अन्दाज़ सख़्त नागवार गुज़र रहा था। वे हरगिज़ कछुए और भेड़ें बनने के लिए आमादा न थे। वे हाथ ऊँचे करके इस तरह हिला रहे थे, गोया उनकी समझ में कुछ नहीं आ रहा। एक तरफ़ से आवाज़ आई, "पलट, तेरा ध्यान किधर है?"

दूसरी तरफ़ से किसी ने चीख़ मारकर कहा, "अबे! घास खा गया है?"

कुछ नौजवान बाक़ायदा मुर्ग़ की बोली बोलने लगे।

"कुकड़ूँ कूँ...कुक्कड़ूँ कूँ..."

अब मुख़्तलिफ़ सिम्तों से सफ़दर बशीर पर आवाज़ें कसी जा रही थीं। वह ज़रा सँभला। परेशान होकर बोला, "देखिए, मैं पूरे होशो-हवास के साथ बोल रहा हूँ!"

एक ज़ोरदार क़हक़हा बुलन्द हुआ, और उसके बाद क़हक़हों की आवाज़ देर तक जलसे में गूँजती रही।

जलसा दरहम-बरहम[5] हो रहा था। लोग उठकर खड़े हो गए। मिली-जुली आवाज़ों का शोर गूँज रहा था। अली अहमद क़रीब ही बैठा था। उसने सफ़दर बशीर का दामन पकड़कर

---

1. एकाग्रचित्त, 2. स्वागत, 3. जादू, 4. मूर्खों, दीवानों, 5. तितर-बितर

आहिस्ता से खींचा। तमाम स्काइ-लार्क जलसे का यह आलम देखकर बदहवास हो गए थे। सफ़दर बशीर तक़रीर करने पर बज़िद था। उसकी आँखें सुर्ख़ हो रही थीं। क़दम लड़खड़ा रहे थे।

वह नशे के आलम में झूम रहा था। अब उसने ऊल-फूल बकना शुरू कर दिया था और यह तमाम आवाज़ें लाउडस्पीकर से निकल-निकलकर गूँज रही थीं। हाज़रीने-जलसा ज़ोर-ज़ोर से क़हक़हे लगा रहे थे। शोर मचा रहे थे। अजीब अफ़रा-तफ़री का आलम था। अली अहमद ने घबराकर एम्पली-फ़ायर बन्द कर दिया। लाउडस्पीकर ख़ामोश हो गया। स्काइ-लार्कों ने बड़ी मुश्किल से सफ़दर बशीर को बिठाया।

अब अली अहमद जलसे को कंट्रोल कर रहा था। उसने फ़ौरन सलमान को इशारा किया। वह माइक पर पहुँच गया। बैटरी का स्विच खोल दिया गया। जलसागाह में लगे हुए लाउडस्पीकर पर सलमान की आवाज़ उभरने लगी। वह हाज़रीन से माज़िरत कर रहा था। सलमान ने उनको बताया कि सफ़दर बशीर एक अरसे से बीमार हैं। दिन-भर उनको तेज़ बुख़ार रहा। चूँकि हाज़रीन को उनकी तक़रीर सुनने का बेहद इश्तियाक़ था, लिहाज़ा उनको बुख़ार की हालत में यहाँ लाया गया। बुख़ार बहुत तेज़ था। सरसामी-कैफ़ियत[1] पैदा हो गई और वह ख़ुद पर क़ाबू न रख सके।

सलमान ने यह सब कुछ इस अन्दाज़ से कहा कि बात बन गई, वरना उस रोज़ सफ़दर बशीर ने स्काइ-लार्कों को सख़्त आज़माइश में डाल दिया था।

इस अफ़सोसनाक हादसे ने स्काइ-लार्कों को सफ़दर बशीर की जानिब से सख़्त बरगश्ता[2] कर दिया। वह फ़लक-पैमा के आइन्दा इजलास में उसके ख़िलाफ़ सख़्त तावीली कार्रवाई करने का मुतालबा[3] करनेवाले थे।

सफ़दर बशीर ने इस दौरान में अपनी ग़ैर-ज़िम्मेदाराना रविश का एक और सुबूत दिया। यह वाक़िया इस तरह पेश आया, कि जुबली टैक्सटाइल मिल्ज़ की इन्तज़ामिया ने चार मज़दूरों को बरतरफ़ कर दिया। यूनियन ने इन्तज़ामिया की यक-तरफ़ा कार्रवाई के ख़िलाफ़ एहतिजाज किया और यह धमकी दी कि चारों मज़दूरों को हफ़्ते भर के अन्दर वापस न लिया गया, तो हड़ताल कर दी जाएगी।

मालिकान ने यूनियन का मुतालबा मुस्तरद[4] कर दिया, और बतरफ़शुदा मज़दूरों की मुलाज़मत बहाल करने से साफ़ इनकार कर दिया। उसी रोज़ मज़दूर यूनियन का जलसा हुआ। उसमें सफ़दर बशीर और सलमान दोनों शरीक हुए। जलसे में हड़ताल का नोटिस देने की क़रारदाद पेश की गई। सलमान ने क़रारदाद की पूरी-पूरी ताईद[5] की, मगर सफ़दर बशीर हड़ताल का मुख़ालिफ था। उसका ख़याल था कि मज़दूरों की तंज़ीम अभी मज़बूत नहीं है, लिहाज़ा कोई ऐसा क़दम न उठाया जाए, लेकिन मज़दूरों में बड़ा जोशोख़रोश पाया जाता था। उन्होंने सफ़दर बशीर की राय से इत्तिफ़ाक़ न किया और हड़ताल की क़रारदाद भारी अक्सरियत से मंजूर कर ली गई।

हड़ताल के दूसरे दिन मज़दूरों ने कारख़ाने के सामने मुज़ाहिरा किया। उन मज़दूरों को रोकने की कोशिश की, जो ड्यूटी पर जाना चाहते थे। कारख़ाने के जनरल मैनेजर ने फ़ौरन

1. सन्निपात की अवस्था, 2. विमुख, 3. माँग, 4. अस्वीकार, 6. समर्थन

पुलिस बुलवाई, मगर न कोई हंगामा बरपा हुआ, न गड़बड़! मुज़ाजिरीन पुर-अमन थे। हड़ताल बहुत कामयाब जा रही थी। मुंतज़िमीन[1] को यह पुर-अमन मुज़ाहिरा ख़तरनाक मालूम हुआ, चुनाँचे उन्होंने तीसरे पहर को अपने कुछ गुंडे भेजकर बलवा करा दिया। पुलिस के हंगामे पर क़ाबू पाने के लिए मज़दूरों पर बार-बार लाठीचार्ज किया। इस लाठीचार्ज से आठ मज़दूर ज़ख़्मी हो गए। मुज़ाहिरीन[2] को मुन्तशिर[3] होना पड़ा। उस रोज़ कारख़ाने के गिर्द व नवाह के इलाक़े में दफ़ा 144 नाफ़िज़[4] कर दी गई।

इस तमाम सूरतेहाल का जायज़ा लेने के लिए रात को यूनियन का हंगाम जलसा तलब किया गया। उस रोज़ यूनियन के दफ़्तर पर पुलिस के छापा मारने का ख़तरा था और कुछ गिरफ़्तारियों की अफ़वाह भी गर्म थी, इसलिए सफ़दर बशीर इस जलसे में शरीक होना न चाहता था। यूँ भी उसे यूनियन के कामों से ज़्यादा दिलचस्पी नहीं थी, बल्कि फ़लक-पैमा को अपनी रिपोर्ट पेश करते हुए उसने एक बार ज़ोर भी दिया था कि स्काइ-लार्कों को मज़दूर तहरीक में हिस्सा नहीं लेना चाहिए। उन्हें अपनी सरगर्मियाँ सिर्फ़ समाजी बहबूद[5] के कामों तक महदूद रखना चाहिए। वह फ़लक-पैमा को सिर्फ़ एक फ़लाही तंज़ीम[6] के रूप में देखना चाहता था।

सरे-शाम ही वह हेडक्वार्टर से अपनी कोठी चला गया और यूनियन के जलसे में शिरकत नहीं की। जलसे से ग़ैर-हाज़िरी के लिए उसने बीमारी का उज़र पेश किया, मगर स्काइ-लार्कों ने तहक़ीक़ात की, तो मालूम हुआ कि वह ख़ाँ बहादुर फ़र्ज़न्द अली के साथ उस शब बादाव-साग़र[7] का लुत्फ़ उठा रहा था।

सफ़दर बशीर के इस ग़ैर-ज़िम्मेदाराना रवैए ने स्काइ-लार्कों को मुश्तइल[8] कर दिया। उनके मुतालबे पर फ़लक-पैमा का हंगामी इजलास तलब किया गया। सफ़दर बशीर जलसे में मौजूद था। वह एक मुलज़िम की तरह ख़ामोश बैठा पाइप पर आहिस्ता-आहिस्ता कश लगा रहा था। उसके चेहरे पर गहरी संजीदगी थी। न उसने किसी से बात की, न किसी बेचैनी का मुज़ाहिरा किया। पत्थर के मुजस्समे[9] की तरह चुप बैठा रहा।

जलसे की सदारत फ़हीम अल्लाह कर रहा था। इजलास की कार्रवाई शुरू हुई, तो सलमान ने सफ़दर बशीर के ख़िलाफ़ चार्जशीट पेश की। बहुत-से इल्ज़ामात के अलावा उसके ख़िलाफ़ सबसे बड़ा चार्ज यह था कि वह ख़ाँ बहादुर फ़र्ज़न्द अली ने साज-बाज़ करके फ़लक-पैमा के ख़िलाफ़ साज़िश कर रहा है। सफ़दर बशीर ने यह संगीन इल्ज़ामात सुने, तो ग़ुस्से से उसका चेहरा सुर्ख़ पड़ गया। वह फ़लक-पैमा का सदर था। उसका बानी था और उसे बाक़ायदा तहरीक की शक्ल देने में उसने साठ हज़ार रुपया दिया था। सख़्त जद्दोजहद की थी और ऐशो-इशरत की ज़िन्दगी तजकर रूखी-सूखी बे-मज़ा ज़िन्दगी इख़्तियार की थी। फ़लक-पैमा के ख़िलाफ़ साज़िश करने का इल्ज़ाम आयद करके उसके साथ सख़्त ज़्यादती की गई थी। यह बात कभी उसके ज़ेहन में भी नहीं आई थी। उसे फ़लक-पैमा से सिर्फ़ इस क़दर शिकायत थी कि डॉक्टर ज़ैदी के बजाय म्यूनिस्पैलटी के इन्तख़बात में उसे फ़लक-पैमा का उम्मीदवार क्यों नामज़द नहीं किया गया। वह ख़ुद को डॉक्टर ज़ैदी से ज़्यादा बेहतर और

---

1. व्यवस्थापक, 2. प्रदर्शनकारियों, 3. बिखरना, 4. लागू, 5. सामाजिक कल्याण, 6. कल्याणकारी संस्था, 7. मदिरापान, 8. उत्तेजित, 9. मूर्ति

मुस्तक़[1] उम्मीदवार समझता था। स्काइ-लार्कों ने यह फ़ैसला करके उसके साथ नाइन्साफ़ी की थी, जहाँ तक ख़ाँ बहादुर के साथ साज़-बाज़ करने का सवाल था, सफ़दर बशीर को ख़ुद भी ख़ाँ बहादुर से शदीद[2] नफ़रत थी। बात सिर्फ़ इस क़दर थी कि उस शाम जब वह फ़लक-पैमा के हेडक्वार्टर से अपनी कोठी की जानिब जा रहा था, तो रास्ते में ख़ाँ बहादुर मिल गया और इसरार करके अपने घर ले गया। वहाँ ख़ाँ बहादुर ने इलेक्शन के मुतअल्लिक़ उससे गुफ़्तगू करने की कोशिश भी की थी, मगर उसने ख़ाँ साहब की कोई हौसला-अफज़ाई नहीं की।

चार्जशीट पेश करने के बाद सलमान ने यह मुतालिबा किया कि सफ़दर बशीर को सदर के ओहदे से फ़ौरी तौर पर मुअत्तल कर दिया जाए और उसके ख़िलाफ़ बाक़ायदा तहक़ीक़ात करके सख़्त कार्रवाई की जाए।

सदर ने सफ़दर बशीर को अपनी सफ़ाई पेश करने का मौक़ा दिया, मगर वह ग़ुस्से से इस क़दर बेक़ाबू हो रहा था कि उसने ज़बान से एक लफ़्ज़ नहीं निकाला और एहतिजाजन[3] इजलास से वॉक-आउट कर दिया।

सफ़दर बशीर के चले जाने के बाद भी इजलास की कार्रवाई जारी रही। कोई आध घंटे बाद सफ़दर बशीर का ड्राइवर आया। वह जनरल सैक्रेटरी अली अहमद के नाम एक ख़त लाया था। यह सफ़दर बशीर का इस्तीफ़ा था। उसने फ़लक-पैमा से अलाहिदगी इख़्तियार करने की दरख़्वास्त की थी।

अली अहमद को यह इल्म नहीं था कि जज़्बात की रौ में वह इतनी दूर निकल जाएगा। उसने इस्तीफ़ा पढ़कर सुनाया और स्काइ-लार्कों से अपील की कि फ़िलहाल इस पर कोई कार्रवाई न की जाए। फ़लक-पैमा के आइन्दा इजलास में इस पर ग़ौर किया जाए। तजवीज़ को मान लिया गया और सफ़दर बशीर के इस्तीफ़े पर उस रोज़ कोई बहस न हुई।

## [3]

मई की शुरू तारीख़ें थीं। म्यूनिस्पैलटी के इन्तख़ाबात में सिर्फ़ दो हफ़्ते रह गए थे। तमाम दिन लू चलती। आसमान पर गहरा ज़र्द गुबारा छाया रहता। दरख़्तों के पत्ते झुलस गए थे। चिलचिलाती धूप में जिस्म मोमबत्ती की तरह पिघलते थे। पहर दिन गुज़रते ही शहर में सन्नाटा पड़ जाता। दोपहर तक कूचा व बाज़ार सुनसान हो जाते।

गर्मियों की एक ऐसी ही सुनसान दोपहर थी। अली अहमद कमरे में बैठा एक नया इन्तख़ाबी पोस्टर तैयार कर रहा था। अचानक कमरे का दरवाज़ा खोलकर सलमान दाख़िल हुआ। उसका चेहरा धूप के तमाज़त[4] से तमतमा रहा था। बालों पर गर्द के ज़र्रात[5] बिखरे थे। बदन पसीने से शराबोर था। अली अहमद ने गर्दन मोड़कर उसकी जानिब देखा। मुस्कराकर बोला, "क्या ख़बर लाए हो, स्काइ-लार्क सलमान?"

सलमान ने हाथ में दबा हुआ थैला मेज़ के एक कोने पर रख दिया और चेहरे से पसीना पोंछते हुए बोला, "अभी-अभी एक बड़ी शानदार ख़बर मिली है!"

"शानदार ख़बर है, तो ज़रूर सुनाओ!"

---

1. उपयुक्त, अधिकारी, 2. अत्यधिक, 3. प्रतिकार स्वरूप, 4. गर्मी, तपिश, 5. कण

"एक हरीफ़[1] तो मैदान छोड़कर भाग खड़ा हुआ!"

अली अहमद चौंक पड़ा। उसने हैरतज़दा होकर पूछा, "क्या?"

"अबुलहमीद तो उड़न-छू हो गया," सलमान इस वक़्त बड़ी बेतकल्लुफ़ी से बात कर रहा था, "आज उसने काग़ज़ाते-नामज़दगी भी वापस ले लिए!"

लम्हा-भर के लिए उसने तौफ़्फ़ुक़[2] किया, "कहिए, है न ज़ोरदार ख़बर! अब तो सिर्फ़ ख़ाँ बहादुर ही मैदान में रह गया है, और वह भी क्या?" यह कहकर सलमान ने क़हक़हा लगाया, मगर इस इत्तिला पर अली अहमद ने किसी मसर्रत का इज़हार नहीं किया। वह गहरे सोच में ग़र्क़ हो गया।

उसे इस तरह ख़ामोश पाकर सलमान को किसी क़दर ताज्जुब हुआ। हिचकिचाते हुए पूछा, "आप ख़ामोश क्यों हो गए?"

अली अहमद ने आहिस्ता से कहा, "भई, यह तो कुछ अच्छी ख़बर नहीं है!"

सलमान हैरत से चौंक पड़ा, "क्यों?"

"मेरे अन्दाज़े के मुताबिक़ उसे दो हफ़्ते पहले ही इन्तख़ाबात से दस्त-बरदारी का एलान कर देना चाहिए था। मुझे ख़ुद हैरत थी कि अबुलहमीद अभी तक क्यों डटा हुआ है?"

सलमान उसकी बात की तह तक न पहुँच सका, "मैं आपकी बात का मतलब नहीं समझ सका?"

अली अहमद उसे समझाने लगा, "तुमने ग़ालिबन यह ग़ौर नहीं किया। अबुलहमीद के बैठ जाने से फ़ायदा किसे पहुँचेगा? अगर अबुलहमीद इलेक्शन लड़ता, तो ख़ाँ बहादुर के वोट तक़सीम हो जाते। उसके ज़्यादातर वोटर मुतवस्त-तबक़े[3] से ताल्लुक़ रखते हैं। यह ऐसा तबक़ा है कि जो किसी भी वक़्त जज़्बाती नारों से गुमराह होकर हमारा मुख़ालिफ़ बन सकता है। उसके तबक़ाती किरदार का यही तक़ाज़ा है। यह नाक़ाबिले-इतिमाद तबक़ा है। इस क़दर डावाँडोल और ढुलमुल यक़ीन कि इस पर क़तई इनहिसार[4] नहीं किया जा सकता!"

वह लम्हा-भर के लिए रुका और सलमान ने दर्याफ़्त किया, "यह तो बताओ, सफ़दर बशीर, किस आलम में है?"

सलमान ने मुख़्तसर जवाब दिया, "मुझे उनके मुतअल्लिक कोई ख़ास इत्तिला नहीं। सिर्फ़ इतना सुना है कि अब वह कसरत[5] से शराब पीने लगे हैं और उनका मिज़ाज भी बहुत चिड़चिड़ा हो गया है!"

अली अहमद का चेहरा अफ़सुर्दा हो गया। ऐसा महसूस होता था कि इस ख़बर से उसे बहुत सदमा पहुँचा। उसने अफ़सुर्दा लहजे में कहा, "वह अपनी जज़्बातियत और ख़ुदपसन्दी का शिकार हो गया। हाय बेचारा, सफ़दर बशीर!" वह ज़रा देर तक सिर झुकाए ख़ामोश बैठा रहा। फिर उसने सलमान से कहा।

अबुलहमीद की किनाराकशी किसी सूरत में हमारे लिए मुफ़ीद नहीं। उसके सारे वोट ख़ाँ बहादुर के हक़ में जाएँगे। फ़लक-पैमा की जड़ें कहीं मज़बूत हैं, तो वह इलाक़े के ग़रीब हैं और कमान्दा लोग हैं। कारख़ानों के मज़दूर हैं, जो हमारे पक्के वोट हैं। हमें यूनियन में अपना काम तेज़ कर देना चाहिए। यूँ भी अब हमें अपनी इन्तख़ाबी मुहिम ज़्यादा तेज़ करनी पड़ेगी!"

---

1. प्रतिद्वन्द्वी, 2. विराम, 3. मध्यवर्गीय, 4. निर्भर, 5. अधिकता से

सलमान ने उसकी बात का कोई जवाब न दिया। ख़ामोश रहा। अली अहमद ने सिगरेट का पैकेट निकाला। एक सिगरेट सलमान को दी। दूसरी अपनी होंठों में दबाई और उसे सुलगाकर आहिस्ता-आहिस्ता कश लगाने लगा। कमरे में ख़ामोशी छा गई। बाहर लू के झक्खड़ गुर्राते हुए चल रहे थे। क़रीब के अस्तबल में बँधा हुआ घोड़ा बार-बार हिनहिना रहा था। सुनसान दोपहर में उसकी आवाज़ किसी पागल की चीख़ों की तरह ख़ौफ़नाक मालूम हो रही थीं।

ज़रा देर बाद कमरे की ख़ामोशी में अली अहमद की आवाज़ उभरी। वह कह रहा था, "ऐसा मालूम होता है, ख़ाँ बहादुर ने अबुलहमीद को तगड़ी रक़म दी है, वरना वह आसानी से बैठनेवाला उम्मीदवार नहीं था। बहरहाल, ख़ाँ बहादुर की पोज़ीशन अब किसी क़दर मज़बूत हो गई है," वह सलमान की इत्तिला पर तबसरा करता रहा। चन्द मिनट तक यह सिलसिला जारी रहा।

गुफ़्तगू एक ख़ास मुकाम पर पहुँचकर रुक गई।

सलमान ने अपना थैला उठाया और कमरे से बाहर चला गया। अली अहमद पोस्टर तैयार करने में मशग़ूल हो गया। कमरे में एक बार फिर सुकूत हो गया। बाहर लू के झक्खड़ों की सरसराहटें उभरती रहीं। कमरे की खिड़की का एक पट आहिस्ता-आहिस्ता बजता रहा।

अली अहमद का अन्दाज़ा बिल्कुल दुरुस्त निकला। दूसरे ही दिन अबुलहमीद की जानिब से जारी किए जानेवाले बड़े-बड़े पोस्टर जगह-जगह नज़र आने लगे। इन पोस्टरों में अबुलहमीद ने यह एलान किया था कि वह ख़ाँ बहादुर के हक़ में इन्तख़ाबात से दस्तबरदार हो गया है। उसने अपने वोटरों से अपील की थी कि वे ख़ाँ बहादुर की पूरी तरह हिमायत[1] करें।

इस एलान का फ़ौरी रद्दे-अमल यह हुआ, कि ख़ाँ बहादुर के हामियों की हिम्मतें बढ़ गईं और वे बढ़-चढ़कर काम करने लगे। चन्द ही रोज़ बाद उन्होंने जलसा-आम का बन्दोबस्त किया। यह इन्तख़ाबी मुहिम के सिलसिले में ख़ाँ बहादुर की जानिब से पहला जलसा था। इससे पहले वह आम जलसा कराते हुए डरता था। ख़तरा यह था कि कहीं जलसा नाकाम न हो जाए, और रही-सही साख भी जाती रहे। उसके कारकुनों के हौसले और पस्त हो जाते।

जलसा कामयाब बनाने के वास्ते बहुत ज़ोर-शोर से तैयारियाँ की गईं। हर तरफ़ क़द्-आदम पोस्टर लगाए गए। ख़ाँ बहादुर की दो जीपें रात गए तक लाउडस्पीकर के ज़रिए जलसे का एलान करती रहीं।

इन तैयारियों को देखकर स्काइ-लार्कों में बेचैनी फैल गई। चुनाँचे फ़लक-पैमा के एक इजलास में यह तजवीज़ पेश की गई कि ख़ाँ बहादुर के जलसे को कामयाब न होने दिया जाए। चन्द जोशीले स्काइ-लार्क इस हद तक कमर-बस्ता थे कि जलसे-गाह के अन्दर घुसकर बिजली के तार काट दिए जाएँ। हड़बोंग मचाकर जलसा दरहम-बरहम करने की कोशिश की जाए।

मगर अली अहमद ने इस तजवीज़ की सख़्त मुखालफ़त की।

उसने कहा कि स्काइ-लार्क अपने मुख़ालफ़ीन[2] को क़ुव्वत[3] का मुज़ाहिरा करने का मौक़ा नहीं देंगे, तो वे अपनी सफ़ों को हरीफ़[4] के ख़िलाफ़ कभी मुस्तहकम[5] न बना सकेंगे। उन्हें

---

1. समर्थन, 2. विरोधियों, 3. शक्ति, 4. प्रतिद्वन्द्वी, 5. सुदृढ़

अपनी कमज़ोरियों का अन्दाज़ा न हो सकेगा। उसके नज़दीक यह बुज़दिली की निशानी थी। अली अहमद और बाज़ दूसरे स्काइ-लार्कों की मुख़ालफ़त पर इस तजवीज़ को मुस्तरद[1] कर दिया गया।

ख़ाँ बहादुर ने जलसे पर ख़ूब रुपया सर्फ़[2] किया था।

पंडाल दुल्हन की तरह सजाया गया था। चप्पे-चप्पे पर रंगे-बिरंगे बर्क़ी क़ुमक़ुमे जगमगा रहे थे। शहनशीन[3] कई ग़ज़ ऊँची बनाई गई थी। उसके चारों तरफ़ ज़र-तार परदों की मेहराबें थीं। बीच में फ़ानूस लटक रहे थे। दबीज़ क़ालीनों का फ़र्श था, जिस पर सदर के लिए एक ऊँची कुर्सी थी। उस पर सुर्ख़ मख़मल का ग़िलाफ़ था। हवा चलती, तो ज़र-तार परदे लहराते। हर तरफ़ सितारों की अफ़शाँ बिखर जाती। शहनशीन दूर से आरास्ता बारह-दरी की तरह शानदार नज़र आती।

जलसे का इन्तज़ाम रिफ़अत अली दिलगीर के सुपुर्द था। वह पस्ता-क़द का अधेड़ आदमी था। चेहरे पर चुग्गी दाढ़ी, लम्बी काकलें और हाथ में साँप की तरह बल खाया हुआ असा[4]। उस हुलिए में वह उन सूफ़ियों की तरह नज़र आता था, जिनको महफ़िले-समाज[5] की ज़ीनत के लिए ख़ास तौर पर बुलाया जाता है, तो क़व्वालों को पैसा-कौड़ी तो देते नहीं, अलबत्ता आलमे-वज्द[6] में इस तरह बेख़ुद हो जाते हैं कि समाँ बँध जाता है, लेकिन दिलगीर का तसव्वुफ़[7] और कश्फ़[8] व करामात से दूर का भी ताल्लुक़ नहीं था। वह वज़ा-क़ता उसने महज़ अपनी शख़्सियत को बा-वक़ार बनाने के लिए इख़्तियार की थी।

दिलगीर जलसों को कामयाब बनाने का माहिर समझा जाता था। वैसे पेशे के इतिबार से वह दर्ज़ी था। शहर में उसकी दुकान भी थी, मगर इलेक्शन के दिनों में वह इन्तख़ाबात लड़ाने और इन्तख़ाबी जलसे कराने का काम भी करता था, और हमेशा ठेके पर करता था। एक ज़माने में उसकी बाक़ायदा टोली थी, जिनमें नारा लगानेवाले, नारा उठानेवाले, तालियाँ बजानेवाले और ऐसे मज़बूत गुंडे भी थे कि अगर किसी ने ज़रा भी जलसे में गड़बड़ की, तो फ़ौरन उसकी गर्दन दबोच लेते, अगर अब उसकी तिकड़ी मुन्तशर हो गई थी। अलबत्ता पुरानी साख बाक़ी थी।

जलसा शुरू होने का जो वक़्त मुक़र्रर था, रिफ़अत अली दिलगीर उससे घंटा भर पहले ही जलसागाह में पहुँच गया था। उसने पंडाल का घूम-फिरकर बाक़ायदा मुआयना किया। उसके हमराह पच्चीस अफ़राद[9] की टीम थी। दिलगीर ने हर एक को मुख़्तलिफ़ मुक़ामात पर तैनात किया। नारा लगानेवालों को हिदायतें दीं कि पहले कौन इब्तदा करेगा और इसके बाद किस तरह सब मिलकर नारा लगाएँगे। तालियाँ पीटनेवाले किस मौक़े पर तालियाँ बजाएँगे। जब तक वह सिग्नल नहीं देगा, न कोई नारा लगाएगा, न तालियाँ बजाई जाएँगी।

वह एक रोज़ पहले बाक़ायदा रिहर्सल भी करा चुका था, मगर उसके बेशतर कारकुन अनाड़ी थे। जलसा शुरू होने से पहले वह उन्हें बार-बार हिदायतें दे रहा था और डाँटता भी जा रहा था, "देखो बे! किसी ने उलटी-सीधी हरकत की, तो धेला नहीं दूँगा!" उनके रेट कुछ इस तरह मुक़र्रर थे :

---

1. निरस्त, 2. व्यय, 3. सिंहासन, 4. छड़ी, 5. श्रोता-सभा, 6. जुनून की स्थिति, 7. अध्यात्मवाद, 8. दैव-ज्ञान, 9. लोगों

नारा लगानेवाले फी कस[1] पाँच रुपए!

नार उठानेवाले फ़ी कस दो रुपए।

तालियाँ बजानेवाले फ़ी कस एक रुपया।

इसके अलावा दिलगीर ने यह भी वायदा किया था कि जो बहुत ज़ोरदार और जोशीले नारे लगाएगा, उसे इनाम भी मिलेगा।

इन तैयारियों से फ़ारिग़ होने के बाद दिलगीर ने गुंडों की ड्यूटियाँ मुक़र्रर कीं। उनको अच्छी तरह समझा-बुझाकर वह ख़ाँ बहादुर की आमद का इन्तज़ार करने लगा।

शाम ही से लोग जलसागाह में पहुँचना शुरू हो गए। ख़ाँ बहादुर की आमद से पहले ही पंडाल खचाखच भर गया। हज़ारों का इजतिमा[2] था। हाज़रीन में बड़ी तादाद ख़ाँ बहादुर और उसके हामी कारख़ानेदारों की फैक्टरियों और मिलों में काम करनेवाले मज़दूरों की थी, जिन्हें बसों में भर-भरकर जलसागाह तक लाया गया था। उन्हें जलसे में शिरकत करने के लिए बाक़ायदा ओवर-टाइम दिया गया था।

आठ बजने से कुछ देर पहले ख़ाँ बहादुर फ़र्ज़न्द अली की कार जलसागाह पर आकर रुकी। उसके कारकुन चीलों की तरह कार पर झपटे। एक ने बढ़कर दरवाज़ा खोला। ख़ाँ बहादुर बड़े वक़ार[3] के साथ बाहर आया। कारकुनों और अक़ीदतमन्दों[4] ने बढ़-बढ़कर उसके गले में फूलों के हार डाले। दिलगीर ने फ़ौरन नारा लगानेवालों को इशारा किया। फ़िज़ा 'ख़ाँ बहादुर ज़िन्दाबाद' के नारों से गूँजने लगी।

ख़ाँ बहादुर, कारकुनों और अक़ीदतमन्दों के झुरमुट में मुस्कराता, हाथ हिलाता, आगे बढ़ा। ख़लकत[5] उस पर इस तरह टूट रही थी कि शहनशीन तक पहुँचने में दस मिनट लगे।

शहनशीन पर पहुँचकर ख़ाँ बहादुर फ़र्ज़न्द अली ने जलसे पर नज़र डाली। उसकी आँखें खुली की खुली रह गईं। इतना बड़ा इजतिमा उसके शान-गुमान में भी न था। मसर्रत[6] से उसका चेहरा दमक उठा। रोशनियों से जगमगाते पंडाल में, फूलों के हार से लदा, वह दूल्हा की तरह सजा-सजाया, खसूसी-मेहमान बना एक ऊँची कुर्सी पर रौनक़-अफ़रोज़[7] था। हर निगाह उसकी जानिब उठी थी और हर ज़बान पर उसका तज़्किरा था। इस हक़ीक़त का ख़ाँ बहादुर को शिद्ददत के साथ अहसास भी था।

ख़ाँ बहादुर फ़र्ज़न्द अली के साथ नियाज़ भी जलसे में आया था। उसने यह आन-बान और कर्रोफर[8] देखा, तो ख़ाँ बहादुर की शख़्सियत से बहुत मरऊब हुआ। उसके सामने दूर तक इंसानी चेहरे ही चेहरे नज़र आ रहे थे, और यह सब ख़ाँ बहादुर के हामी और मददगार थे। नियाज़ ने दिल-ही-दिल में कहा कि वाक़ई ख़ाँ बहादुर फ़र्ज़न्द अली बहुत बड़ा आदमी है। वह बार-बार ख़ाँ बहादुर की जानिब देखता, जो ऊँची कुर्सी पर किसी फ़र्मां-रवा[9] की मानिंद फिरोकश[10] था। उसकी गर्दन फ़ख़्र से ऊपर उठी थी। चेहरे पर वक़ार और गहरी संजीदगी छाई थी।

जलसे की कार्रवाई का आग़ाज़[11] कलामे-पाक की तलावत[12] से हुआ। एक मुक़र्रिर ने खड़े होकर तक़रीर की। उसने ख़ाँ बहादुर की शान में ख़ूब-ख़ूब क़सीदाख़्वानी[13] की। उसके बाद कई दूसरे मुक़र्रीर ने तक़रीरें कीं। हर तक़रीर का लबे-लुबाब यह था कि ख़ाँ बहादुर

---

1. व्यक्ति, 2. इकट्ठा, समूह, 3. भव्यता, 4. श्रद्धालुओं, 5. जनता, 6. प्रसन्नता, 7. विराजमान, 8. शानो-शौकत, 9. शासक, 10. विराजमान, 11. आरम्भ, 12. पवित्र क़ुरआन के पाठ, 13. तारीफ़

अवाम के मुख़्लिस रहनुमा, सच्चा और सालेह मुसलमान है। उसके सीने में ईमान की हरारत और ग़रीबों की ख़िदमत का जज़्बा मौजज़न[1] है। वह उनके वोटों का सही हक़दार है।

क़रीब-क़रीब हर मुक़र्रिर ने 'नूरानी मस्जिद' की तामीर को ख़ाँ बहादुर, फ़र्ज़न्द अली की गराँ-क़दर[2] ख़िदमत और ईमान-अफ़रोज़ कारनामा क़रार दिया। उन्होंने ख़ाँ बहादुर को अवाम का नुमाइन्दा साबित करने में फ़साहत व बलाग़त[3] के वह जौहर दिखाए कि ख़ाँ बहादुर के पैसे वसूल हो गए।

इन तक़रीरों के दौरान में रिफ़अत अली दिलगीर और उसकी टीम ने इस क़दर जोशो-खरोश से नारे लगाए कि जलसे में ज़बरदस्त गर्मी पैदा हो गई, लेकिन ज्यूँ-ज्यूँ तक़रीर करने का वक़्त क़रीब आता जा रहा था, ख़ाँ बहादुर के दिल की धड़कन तेज़ होती जा रही थी। उसने आज तक किसी जलसा-ए-आम से ख़िताब नहीं किया था, हालाँकि वह घर से यह सोचकर चला था कि अपनी तक़रीर से धूम मचा देगा। यह तक़रीर उसने एक कुहना-मश्क़[4] अख़बारनवीस से लिखवाई थी और कई रोज़ तक बन्द कमरे में टहल-टहलकर उसे रटा था। आईने के सामने खड़े होकर चेहरे पर मुख़्तलिफ़ अन्दाज़ से तास्सुरात[5] पैदा करने की बाक़ायदा मश्क़[6] भी की थी। एक बार कुनबे के तमाम अफ़राद और घर के तमाम नौकरों को इकट्ठा करके रू-ब-रू तक़रीर का रिहर्सल भी किया था, मगर अब इतना बड़ा मजमा देखकर वह किसी क़दर घबराया हुआ था। उसकी साँसें फूली हुई थीं।

आख़िर ख़ाँ बहादुर बोलने के लिए खड़ा हुआ। तक़रीर शुरू करने से पेशतर[7] उसने पूरा गिलास पानी का पिया। सिगार पर कई लम्बे-लम्बे कश लगाए, मगर वह तक़रीर जो रटकर आया था, उसके ज़ेहन से निकलती जा रही थी। वह अपनी याददाश्त पर ज़ोर देकर उसे याद करने की कोशिश कर रहा था। इस दरम्यान एक तरफ़ से नारा बुलन्द हुआ :

"नारा-ए-तकबीर!"

और इसके साथ ही मुख़्तलिफ़ गोशों से आवाज़ें आईं :

"अल्लाहो अकबर!"

"ख़ाँ बहादुर फ़र्ज़न्द अली ज़िन्दाबाद!"

"ख़ाँ बहादुर फ़र्ज़न्द अली ज़िन्दाबाद!"

इन नारों से फ़िज़ा गूँजने लगी। ख़ाँ बहादुर की याददाश्त बिल्कुल जवाब दे गई। बदहवास होकर उसने सिगार के दो-तीन लम्बे-लम्बे कश लगाए। उसके पैर आहिस्ता-आहिस्ता कँपकँपा रहे थे। तनफ़्फ़ुस[8] तेज़ हो गया था और सारा ख़ून सिमटकर उसके चेहरे पर आ गया था। उसने उसी आलम में तक़रीर शुरू कर दी।

"बरादराने इस्लाम! मैं आपका ज़्यादा वक़्त नहीं लूँगा। मुझे आपसे सिर्फ़ चन्द ज़रूरी बातें कहनी हैं!"

यह दोनों जुमले उसने बड़ी मुश्किल से अदा किए। उसकी आवाज़ क़दरे भर्राई थी, मगर वह ख़ुद को सँभालने की कोशिश कर रहा था, "मैं आप लोगों का ख़ादिम[9] हूँ। आप लोगों की ख़िदमत करना चाहता हूँ।"

---

1. ठाठें मार रहा, 2. अमूल्य, 3. प्रशंसा, अतिशयोक्ति, 4. अभ्यस्त, प्रवीण, 5. प्रभाव, 6. अभ्यास, 7. पूर्व, 8. साँस, 9. सेवक

उसे अपनी तक़रीर का कुछ हिस्सा याद आ गया। उसने फ़ौरन कहा, "लेकिन यह बात तो हर उम्मीदवार आपसे कहता है। हर एक के दिल में आपकी ख़िदमत का जज़्बा है। हर एक आपके ग़म में घुला जाता है। तो फिर आप मेरी बात पर यक़ीन क्यों करें? आप कहेंगे कि ख़ाँ बहादुर वोट देने के लिए यह सब ढोंग रचा रहा है। वह परले दर्जे का अय्यार[1] और मतलबी है!"

ख़ाँ बहादुर की तक़रीर ऐसे मोड़ पर आ गई थी, जहाँ से गुरेज़ इख़्तियार करके वह हरूफ़े-मतलब[2] पर आना चाहता था। इत्तिफ़ाक़ से ऐन उस वक़्त रिफ़अत अली दिलगीर के सिर में खुजली हुई। उसने सिर खुजाने के लिए अपना हाथ उठाया। एक ताली बजानेवाले की नज़र पड़ गई। वह समझा, दिलगीर सिग्नल दे रहा है। उसने क़रीब बैठे हुए अपने साथी को कुहनी से टहोका दिया और ज़ोर-ज़ोर से ताली बजाने लगा। उसके दूसरे साथी भी ताली बजाने लगे।

तालियों का शोर सुनकर मशरिक़ी[3] कोने पर खड़े हुए नारा लगानेवाले अपनी मुस्तैदी का सुबूत दिया। उसने फ़ौरन गला फाड़कर नारा लगाया, "सच का बोलबाला!"

जलसे से मिली-जुली आवाज़ें उभरीं, "झूठे का मुँह काला!"

"धाँधले-बाज़ी!"

"नहीं चलेगी, नहीं चलेगी!"

"वोटों की दलाली!"

"नहीं चलेगी, नहीं चलेगी!"

हाज़रीने-जलसा भी इन नारों में शरीक हो गए। उनकी आवाज़ों के शोर से जलसागाह गूँजने लगी। यह नारे दरअसल स्काइ-लार्कों के थे और ख़ाँ बहादुर के कारकुनों ने उन्हीं के ख़िलाफ़ इस्तेमाल करने के लिए दिलगीर के गुरगों को रटाए थे। साथ ही यह हिदायत भी दी गई थी कि ख़ाँ बहादुर जब स्काइ-लार्कों की मज़म्मत करे, तो वे यह नारे लगाना शुरू कर दें।

ख़ाँ बहादुर ने यह नारे सुने तो घबराकर सोचा कि जलसे में गड़बड़ हो गई। उसके मुख़ालफ़त में नारे लगाए जा रहे हैं। तक़रीर का वह हिस्सा, जो उसे याद आया था, ज़ेहन से निकल गया। दूसरी तरफ़ दिलगीर की हालत देखने के क़ाबिल थी। वह ख़ाँ बहादुर की नज़रों से बचता फिर रहा था। ग़ुस्से से बड़बड़ा रहा था।

"सालों ने मेरी नाक कटवा दी! किसी हराम के तुख़्म को एक पैसा नहीं दूँगा। यारो! ग़ज़ब हो गया!"

ग़ुस्से से उसकी चुग्गी दाढ़ी बकरी की दुम की तरह हिल रही थी। नथनों से साँस शूँ-शूँ करके निकल रही थी। उस वक़्त वह अच्छा-ख़ासा नाटक का मस्ख़रा नज़र आ रहा था।

ख़ाँ बहादुर ग़ज़बनाक होकर चीख़ा, "बाज़ लोग जलसे में गड़बड़ पैदा करना चाहते हैं...मैं उनको बता देना चाहता हूँ कि हम मोम के बने हुए नहीं हैं। हम ईंट का जवाब पत्थर से दे सकते हैं!"

दिलगीर ने देखा, मौक़ा ग़नीमत है। उसने फ़ौरन सिग्नल दिया और जलसा "अल्लाह अकबर" और "ख़ाँ बहादुर ज़िन्दाबाद" के नारों से गूँजने लगे।

---

1. धूर्त, 2. मतलब की बात, 3. पूर्वी

दिलगीर के सुर्ख़रू होने का मौक़ा मिला था। अब वह ऐसे मुक़ाम पर खड़ा हो गया, जहाँ से ख़ाँ बहादुर उसे देख सकता था। इन नारों ने वाक़ई असर किया। ख़ाँ बहादुर जोश में आकर बोलने लगा, "मैं अपने मुतअल्लिक़ ख़ुद अपनी ज़बान से कुछ कहना नहीं चाहता, मगर मेरी ख़िदमात आप सब अच्छी तरह जानते हैं। नूरानी मस्जिद किसने बनवाई?"

शामते-आमाल[1] किसी दिलजले की ज़बान से निकल गया, "मस्जिद की दुकानों की डेढ़ लाख पगड़ी किसने ली?"

दिलगीर के गुरगे चीलों की तरह उस शख़्स पर झपटे और लातें और घूँसे मारते हुए जलसे से बाहर ले जाने लगे।

इस रवैए पर हाज़रीन[2] ने एहतिजाज किया। जलसे में हंगामा बरपा किया। कुछ लोगों ने गुंडों की गिरफ़्त से उस शख़्स को छुड़ाने की कोशिश की, तो हाथापाई शुरू हो गई। फिर तो इस क़दर हंगामा हुआ, ऐसा गुल-गपाड़ा हुआ कि भगदड़ मच गई। जिसका जिधर मुँह उठा, उसी तरफ़ भागा। ख़ाँ बहादुर ने एक आलम देखा, तो वह भी बदहवास हो गया। चुपके से शहनशीन से उतरा और कारकुनों के हलक़े में घिरा हुआ जलसे से बाहर आ गया। कार मँगवाई और उसमें बैठकर सीधा घर की जानिब चल दिया।

भगदड़ पड़ने के बाद आनन-फ़ानन पंडाल ख़ाली हो गया। जलसागाह में उल्लू बोलने लगा। अब सिर्फ़ कारकुन और दिलगीर शामियाने के नीचे रह गए थे। दिलगीर नज़र आ रहा था। उसके गुरगे सिर झुकाए मुलज़िमों की तरह खड़े थे। वह उनके सामने बेचैनी से टहल रहा था। ज़्यादा ताव आता, तो उन पर बरसने लगता।

"अबे! तुमने मुझे कहीं का न रखा। अब मैं ख़ाँ बहादुर के पास किस मुँह से जाऊँ। याद रखना किसी साले को एक पैसा नहीं दूँगा। मेरा तो बेड़ा ग़र्क़ हो ही गया, मगर तुमको भी नहीं बख़्शूँगा! तुमको किस-किस तरह समझाया, मगर सबने अपना हरामीपन दिखाया। यारो! ज़रा तो अक़्ल से काम लिया होता। तुफ़ है तुम पर! इतने जवान होकर तुम्हारी यह हरकतें!"

वह देर तक उनको डाँटता-फटकारता रहा और बेचैनी से टहलता रहा।

रिफ़अत अली दिलगीर शर्म के मारे ख़ाँ बहादुर के पास न गया। पंडाल से निकलकर सीधा दर्ज़ीख़ाने पहुँचा।

लेकिन ख़ाँ बहादुर को उससे ज़रा भी शिकायत न थी। उसने जलसे के दरहम-बरहम हो जाने की सारी ज़िम्मेदारी स्काइ-लार्कों पर आयद की। वह अपने कारकुनों के साथ बैठा सारा गुस्सा स्काइ-लार्कों पर उतारता रहा।

कारकुन भी उसकी ताईद कर रहे थे।

रात गए तक ख़ाँ बहादुर की कोठी पर यही चर्चा रही। आइन्दा के लिए नए इन्तख़ाबी हथकंडे और स्कीमें सोची गईं और यह तय किया गया कि जवाबी कार्रवाई के तौर पर स्काइ-लार्कों के हर जलसे को हंगाम-आराई और गड़बड़ के ज़रिए दरहम-बरहम कराया जाए।

स्काइ-लार्कों ने भी आम जलसा किया। हाज़रीन की तादाद ख़ासी बड़ी थी। उनमें जोशो-ख़रोश भी था। सलमान तक़रीर कर रहा था। उसका लहजा साफ़-सुथरा था। आवाज़

---

1. किए की सजा, कर्मदंड, 2. श्रोताओं

में घन-गरज थी। इन्तख़ाबी मुहिम के सिलसिले में तक़रीरें करते-करते अब वह ख़ासा मँझ गया था। लोगों को नफ़सियात[1] समझने लगा था। रफ़्ता-रफ़्ता उसका अपना स्टाइल बनता जा रहा था। एक कामयाब मुक़र्रिर[2] समझा जाने लगा था।

सलमान ने दौराने-तक़रीर एक बार आवाज़ ऊँची करते हुए कहा, "आपकी परेशानी-हाली की बुनियादी वजह यह है कि आपको अपनी क़ुव्वत का अन्दाज़ा नहीं। आप अपने हकूक और उनकी अहमियत से बेख़बर हैं।" सलमान बड़ी रवानी से बोल रहा था। अचानक जलसे के अन्दर से कई आवाज़ें उभरीं :

"झूठ बोलता है!"

"बहरूपिया है!"

"सब वोट माँगने का ढोंग है!"

"हम तक़रीर नहीं सुनेंगे!"

"वापस जाओ। वापस जाओ!"

इसके साथ ही गुल-ग़पाड़ा होने लगा। चीख़-चीख़कर बोलनेवालों की आवाज़ों के साथ मुर्ग़ों और बिल्लियों की बोलियाँ भी सुनाई पड़ रही थीं। सलमान किसी क़दर घबरा गया। यह उसके साथ पहला इत्तिफ़ाक़ था। उसने लोगों को ख़ामोश रहने की दरख़्वास्त की, तो शोर मचानेवाले और भी ऊँची आवाज़ से चीख़ने लगे। यह आवाज़ें कुछ इस तरह घुल-मिल गई थीं कि यह अन्दाज़ा लगाना मुश्किल था कि वह क्या कह रहे हैं।

जलसे में पहले तो कुछ सरासीमगी[3] फैली। कुछ लोग उठकर जाने लगे। कुछ पंजों के बल ऊँचे होकर उस तरफ़ देखने लगे, जिस तरफ़ शोर हो रहा था। यह पन्द्रह-बीस अफ़राद[4] का ग़ोल[5] था, जिसमें हर शख़्स हाथ उठा-उठाकर और गला फाड़-फाड़कर चीख़ रहा था, मगर वह ज़्यादा देर शोर न मचा सके। हाज़रीन में से कुछ नौजवान निकले और उनको समझाने की कोशिश की, मगर वे दंगा-फ़साद करने लगे। यही उनके हक़ में बुरा हुआ।

यकायक उन पर चारों तरफ़ से मार पड़ने लगी। कुछ तो यह रंग-ढंग देखते ही साफ़ निकल गए, मगर जिनको पकड़ लिया गया, उन पर धड़ाधड़ जूते पड़ने लगे। ज़रा ही देर में उनकी अच्छी-ख़ासी मरम्मत हो गई।

स्काइ-लार्कों ने मिन्नत-समाजत की। बड़ी मुश्किल से उनकी गुलूख़लासी[6] हुई।

हंगामा ख़त्म होने के बाद जलसा फिर शुरू हो गया और रात गए तक जारी रहा। सलमान ने और भी ज़्यादा जोशो-ख़रोश से तक़रीर की और यह हक़ीक़त है कि उसकी यह तक़रीर बड़ी वलवलाअंगेज़[7] थी। लोग बार-बार नारे लगा रहे थे। उन चारों की आवाज़ें रात के सन्नाटे में दूर तक सुनाई पड़ रही थीं।

उसी रात फ़लक-पैमा का इजलास हुआ, जिसमें जलसे के अन्दर होनेवाली गड़बड़ पर ग़ौर किया गया। इसलिए कि यह इब्तदा थी, और आइन्दा के वास्ते स्काइ-लार्कों को तम्बीह[8] भी थी। इजलास में बड़ी बेचैनी पाई जाती थी। स्काइ-लार्क इस वाक़िए पर बहुत बरहम[9] थे और ऊँची आवाज़ों से बोल रहे थे।

---

1. मनोविज्ञान, 2. वक्ता, 3. घबराहट, 4. व्यक्तियों, 5. टोली, 6. रिहाई, छुटकारा, 7. भावनापूर्ण, 8. चेतावनी, 9. उद्विग्न

कमरे में सिगरेटों का धुआँ मँडला रहा था। लैम्प के चारों तरफ़ सुरमई गुबार का जाल फैल गया था। उसकी रोशनी धुँधली पड़ गई थी और उस धुँधली रोशनी में स्काइ-लार्कों के चेहरे परछाइयों की मानिंद नज़र आ रहे थे। फ़िज़ा कुछ ऐसी ही धुआँ-धुआँ थी। नागाह[1] दरवाज़ा आहिस्ता से चरमराता हुआ खुला। कमरे में ख़ामोशी छा गई। स्काइ-लार्कों ने चौंककर देखा। दरवाज़े के बीचोबीच सफ़दर बशीर खड़ा था। उसके बाल पटसन के रेशों की तरह ख़ुश्क थे। पेशानी[2] पर गहरी लकीरें थीं। चेहरे का रंग ख़ाकस्तरी पड़ गया था। रुख़सारों की उभरी हुई हड्डियों के दरम्यान उसकी धँसी हुई आँखें चमक रही थीं।

सफ़दर बशीर लम्हा-भर तक दरवाज़े पर खड़ा रहा। उसने कोई बात नहीं की। आहिस्ता-आहिस्ता आगे बढ़ने लगा। उसके क़दमों की आहट पुख़्ता फ़र्श पर खट-खट उभरती रही। वह अली अहमद की पुश्त पर पहुँचकर चट्टान की तरह इसतादा[3] हो गया। ज़रा देर बाद कमरे की ख़ामोशी में सफ़दर बशीर की आवाज़ उभरी। वह कह रहा था :

"जनाबे सदर और स्काइ-लार्क साथियो! इस बेजा मुदाख़लत[4] के लिए मैं आप लोगों से माज़िरतख़्वाह[5] हूँ। आपके इजलास में मुझे इस तरह आने का कोई हक़ नहीं। फ़लक-पैमा से एक जज़्बाती लगाव था, जो मुझे यहाँ खींच लाया। शायद आख़िरी बार स्काइ-लार्कों को उनके हेडक्वार्टर और उसके दरो-दीवार को देख रहा हूँ!"

सफ़दर बशीर ठहर-ठहरकर आहिस्ता-आहिस्ता इस तरह बोल रहा था, जैसे हाँफ रहा हो, "मैं इस शहर को, बल्कि इस मुल्क को हमेशा-हमेशा के लिए छोड़ रहा हूँ। मैंने अपनी तमाम जायदाद फ़रोख़्त कर दी है और लन्दन में मुस्तक़िल[6] रिहाइश इख़्तियार करने का प्रोग्राम बनाया है!"

उसका ख़ूबसूरत चेहरा पतझड़ के पत्तों की तरह ज़र्द पड़ता जा रहा था। आँखों की चमक धुँधली पड़ गई थी। वह कह रहा था :

"मुझे फ़ख़्र है कि मैं फ़लक-पैमा का एक रुकन रह चुका हूँ और मुझे दुख है कि जद्दोजहद के इस सफ़र में मैं आप लोगों के साथ नहीं चल सका, हालाँकि यह मेरी ज़िन्दगी का आइडियल था। मैं अब गुबारे-कारवाँ हूँ। मंज़िल से भटका हुआ, थका-हारा राही हूँ, जिसका कोई हमराही नहीं, जिसकी कोई मंज़िल नहीं!"

यह कहते-कहते वह अचानक ख़ामोश हो गया। उसकी पेशानी पर पसीने के क़तरे लरज रहे थे। वह बीमारों की तरह निढाल हो रहा था।

कमरे में गहरी ख़ामोशी थी। हर स्काइ-लार्क उदास-उदास और खोया-खोया-सा लग रहा था। दफ़अतन[7] अली अहमद उठकर खड़ा हो गया। लम्हा-भर तक वह सफ़दर बशीर के चेहरे को तकता रहा। उसने अपने बाज़ू फैलाए और बड़े जज़्बाती अन्दाज़ में सफ़दर बसीर को भींचकर सीने से लगा लिया।

कुछ देर तक दोनों इसी आलम में खड़े रहे। कमरे की ख़ामोशी में दबी-दबी सिसकियों की आवाज़ उभरी। सफ़दर बशीर रो रहा था। उसकी आँखें अश्क-आलूद[8] हो गई थीं। साँस उलझी हुई थी। अली अहमद ने उसकी पीठ आहिस्ता-आहिस्ता थपकते हुए कहा, "मुझे नहीं मालूम था कि तुम इस क़दर जज़्बाती हो। सफ़दर बशीर! अभी तुम बच्चे हो!"

---

1. सहसा, 2. माथा, 3. खड़ा, 4. अनुचित हस्तक्षेप, 5. क्षमायाचक, 6. स्थायी, 7. अकस्मात्, 8. सजल, आँसुओं भरा

सफ़दर बशीर उसके शाने[1] पर झुका हुआ आँसू बहाता रहा। ज़रा देर बाद उसने सिर उठाया और आँसू पोंछते हुए कहा, "अब मैं चलूँगा!"

अली अहमद ने पूछा, "कहाँ जाओगे?"

"होटल! कोठी तो मैंने पिछले हफ़्ते फ़रोख़्त कर दी!"

अली अहमद ने इस दफ़ा प्यार से उसे डाँटा, "कल होटल से अपना सामान यहाँ ले आना!"

"लेकिन मैं तो लन्दन जा रहा हूँ!"

"तुम कहीं नहीं जाओगे!"

कई स्काइ-लार्कों की मिली-जुली आवाज़ें उभरीं।

"सफ़दर बशीर लन्दन नहीं जा सकते!"

"सफ़दर बशीर यहीं रहेंगे!"

सफ़दर बशीर मुस्कराने लगा। उसका चेहरा बच्चों की तरह मासूम नज़र आ रहा था। स्काइ-लार्कों ने खड़े होकर ज़ोर से नारा लगाया, "सफ़दर बशीर...ज़िन्दाबाद!"

वे उस वक़्त बेहद मसरूर[2] नज़र आ रहे थे। ज़ोर-ज़ोर से क़हक़हे लगा रहे थे। ऊँची आवाज़ों से बोल रहे थे। सफ़दर बशीर की कमी उन्होंने उसकी ग़ैर-हाज़िरी में शिद्दत के साथ महसूस की थी और आज उसे पाकर और अपने दरम्यान देखकर वे ख़ुशी से खिलन्दरे नौजवानों की तरह उछल रहे थे।

सबने सफ़दर बशीर को घेरे में ले लिया और उसके साथ हँस-हँसकर बेतकल्लुफ़ी से बातें करने लगा।

थोड़ी देर बाद चाय आ गई। अली अहमद और सफ़दर बशीर चाय की प्यालियाँ सँभालकर लाइब्रेरी में चले गए।

वे चाय पीते रहे और बातें करते रहे।

दरवाज़ा खुला और रियाज़ अन्दर दाख़िल हुआ। वह फ़लक-पैमा का कारकुन न था। कभी-कभार आता था और कई-कई रोज़ हेडक्वार्टर में ठहरा रहता। ज़माना-ए-तालिब-इल्मी[3] में वह अली अहमद का क्लास-फैलो रह चुका था। इसी रिश्ते से फ़लक-पैमा के साथ उसका राबिता[4] पैदा हुआ। वह हमेशा क़ियाम भी अली अहमद ही के साथ करता था।

सफ़दर बशीर भी उसे जानता था। मज़दूरों की यूनियन के क़ियाम[5] में रियाज़ ने बड़ी मदद की थी। ट्रेड-यूनियन सरगर्मियों में वह सफ़दर बशीर के साथ काम करता रहा था। सफ़दर बशीर की किनाराकशी और सलमान की इन्तख़ाबी मुहिम में बढ़ी हुई मसरूफ़ियात के बाइस उन दिनों यूनियन की ज़िम्मेदारियाँ रियाज़ ही ने सँभाल रखी थीं।

सफ़दर बशीर ने चाय पीते हुए रियाज़ से दर्याफ़्त किया, "यूनियन की सरगर्मियों का क्या हाल है?"

रियाज़ ने बताया, "हड़ताल की नाकामी के बाद ख़ासी गड़बड़ रही, मगर अब सूरतेहाल पहले से बेहतर है!"

---

1. कन्धे, 2. उल्लासित, 3. विद्यार्थी-जीवनकाल, 4. सम्पर्क, 5. स्थापना

सफ़दर बशीर ने मुस्कराकर कहा, "रियाज! तुम्हें यक़ीन है कि सूरतेहाल बेहतर हो जाएगी!"

"क्यों? क्या तुम्हें इसमें शुबहा है?"

सफ़दर बशीर बेतकल्लुफ़ी से बोला, "बात यह है, रियाज़! यह यूनियन-वूनियन की बात सच पूछो, तो मेरे हलक़ से नीचे नहीं उतरती!"

"सफ़दर! कभी तुमने संजीदगी से सोचा कि ऐसा क्यों है?" रियाज़ ने दर्याफ़्त किया।

"नहीं, मगर मैं यह ज़रूर सोचता हूँ कि फ़लक-पैमा के ज़रिए मैं बेहतर तौर पर काम कर सकता हूँ। साथ ही यह भी चाहता हूँ कि फ़लक-पैमा को ट्रेड-यूनियन सरगर्मियों से अलाहिदा ही रखा जाए, तो अच्छा है। यह बात मैं अली अहमद से भी कह चुका हूँ!" सफ़दर बशीर ने अली अहमद को बराहे-रास्त मुख़ातिब करते हुए कहा, "अली अहमद! मैं ग़लत तो नहीं कह रहा?"

अली अहमद, जो अब तक ख़ामोश बैठा दोनों की बातें सुन रहा था, मुस्कराकर बोला, "फ़लक-पैमा के इजलास में इस मसले पर बहस भी हो चुकी है, बल्कि कई स्काइ-लार्क इस मसले पर तुम्हारे हमख़याल भी हैं, मगर मुझे तुम्हारी राय से इत्तिफ़ाक़ नहीं। न पहले था, न अब है!"

अचानक रियाज़ ने सफ़दर बशीर से अजीब टेढ़ा सवाल किया, "सफ़दर बशीर! तुम एक साथ रुपए से कब तक जुआ खेलते रहोगे?"

सफ़दर बशीर बात की तह तक न पहुँच सका। हैरतज़दा होकर बोला, "मैं तुम्हारी बात का मतलब नहीं समझ सका। क्या तुम इसकी वज़ाहत[1] करोगे?"

रियाज़ बेतकल्लुफ़ी से मुस्कराने लगा, "मेरा मतलब है, तुम अपने सरमाए से कब तक फ़लक-पैमा की गाड़ी खींचते रहोगे?" एक दिन तुम्हारा असासा[2] ख़त्म हो जाएगा। फिर तुम अपनी जायदाद बेच दोगे। यह भी ख़त्म हो जाएगी। फिर क्या करोगे? फिर गाड़ी किस तरह चलेगी? कभी तुमने अपनी जद्दोजहद को इस रुख़ से भी देखने की कोशिश की है। एक लाख या चन्द लाख रुपए से अगर मुआशरे[3] में तब्दीलियाँ आ जाएँ, तो यह बहुत आसान नुस्ख़ा है," वह लम्हा-भर के लिए रुका और हँसकर बोला, "सीधा-सादा सवाल यह है कि आख़िर तुम चाहते क्या हो?"

सफ़दर बशीर ने मुख़्तसर-सा जवाब दिया, "हमारी जद्दोजहद ग़ुर्बत और पसमान्दगी के ख़िलाफ है!"

"मगर तुमने कभी यह मालूम करने की कोशिश की कि यह ग़ुर्बत और पसमान्दगी क्यों है? मुआशरे में यह ऊँच-नीच क्यों है? यह अमीर और ग़रीब में फ़र्क़ क्यों है? यह बुनियादी सवाल है और जब तक तुम इस बुनियादी सवाल की तह तक नहीं पहुँचोगे, भूल-भुलैयों में भटकते रहोगे!"

अली अहमद ने मुस्कराते हुए रियाज़ को मुख़ातिब किया, "कामरेड! रात अब ख़ासी हो चुकी है और तुम एक ही निशस्त में अपना इंकलाबी फ़लसफ़ा सफ़दर बशीर को नहीं समझा सकते।" अली अहमद गुफ़्तगू ख़त्म करना चाहता था, मगर रियाज़ इसके लिए आमादा नज़र

---

1. विश्लेषण, 2. पूँजी, 3. समाज

न आता था। उसने फ़ौरन वज़ाहत की, "इस मसले पर सफ़दर बशीर से मेरी पहले भी बातचीत हो चुकी है। वह ग़ुर्बत और पसमान्दगी दूर करना चाहते हैं और इस जद्दोजहद में मेहनतकशों की सियासी क़ुव्वत को अहमियत भी देना नहीं चाहते, हालाँकि हर जद्दोजहद और हर तहरीक में, ख़्वाह सियासी हो, समाजी हो, या इक़तिसादी[1], बुनियादी तौर पर तबक़ाती[2] होती है। यह मेहनत करनेवाले और मेहनत का इसतहसाल[3] करनेवाले के दरम्यान एक मुसलसल लड़ाई है।"

उसका लहजा तीखा हो गया, "जब से इंसानी मुआशरे में निजी मिल्कियत के तसव्वुर ने जन्म लिया, और उसके नतीजे में तबक़ात वजूद में आए, उस वक़्त से यह लड़ाई जारी है और उस वक़्त तक जारी रहेगी, जब तक तबक़ात ख़त्म नहीं हो जाते। जब तक इंसान के हाथों इंसान की लूट-खसूट ख़त्म नहीं हो जाती। इस लड़ाई में आपको किसी एक फ़रीक़ के साथ खड़ा होना पड़ेगा। दरम्यान का कोई रास्ता नहीं। दरम्यान का रास्ता बन्द गली की मानिंद है!"

अली अहमद ने कहा, "ऐसा नहीं है। कम-अज़-कम फ़लक-पैमा के बारे में तुम्हें ऐसी राय नहीं रखनी चाहिए। उसका किरदार तामीरी है। उसके ज़रिए हम अवाम की ख़िदमत कर रहे हैं। उन्हें पढ़ना सिखाते हैं। तिब्बती-इमदाद[4] फ़राहम[5] करते हैं। इंडस्ट्रियल-होम और इमदादी बैंक के ज़रिए रोज़गार मुहैया करते हैं। हम अवाम के क़रीब जा रहे हैं। उनसे दूर नहीं भाग रहे हैं। उनके साथ हमारा रिश्ता रोज़-ब-रोज़ मज़बूत होता जा रहा है। मुझे तुम्हारी इस राय से क़तई इत्तिफ़ाक़ है कि हमें अपनी जद्दोजहद में ज़्यादा-से-ज़्यादा मेहनतकशों पर इनहिसार[6] करना चाहिए। ख़सूसियत के साथ ऐसी सूरत में, जबकि हमारा साबिक़ा ख़ाँ बहादुर फ़र्ज़न्द अली जैसे लोगों से रहे, जो ख़िदमते-ख़ल्क़ को दौलत कमाने और समाजी बरतरी हासिल करने का वसीला समझते हैं!"

ख़ाँ बहादुर के ज़िक्र पर सफ़दर बशीर ने पूछा, "म्यूनिस्पैलटी का इलेक्शन कैसा जा रहा है? मैंने सुना है, ख़ाँ बहादुर का हाल बहुत पतला है!"

अली अहमद ने कहा, "तुम्हारा ख़याल दुरुस्त है। हमारे मुक़ाबले में इसकी पोज़ीशन बहुत कमज़ोर है। उसने जलसा-ए-आम किया था। वह बदनज़्मी[7] की नज़र होकर नाकाम हो गया। हमारे जलसे में भी उसने किराए के गुंडों से गड़बड़ पैदा करने की कोशिश की थी। उसमें भी उसे नाकामी हुई, अलबत्ता पैसा वह पानी की तरह बहा रहा है!"

कुछ देर तक इन्तख़ाबात ही के बारे में बातचीत होती रही। फिर तीनों पर नींद का गलबा हुआ। रियाज़ हस्बे-मामूल अली अहमद के साथ ठहर गया। सफ़दर बशीर वापस नहीं गया। वह भी एक स्काइ-लार्क के साथ ठहर गया।

## [4]

रात आधी से ज़्यादा गुज़र चुकी थी। फ़लक-पैमा के हेडक्वार्टर में सब गहरी नींद सो चुके थे। अचानक हेडक्वार्टर के सदर दरवाज़े पर ज़ोर-ज़ोर से दस्तक देने की आवाज़ें उभरीं। फ़हीम उल्लाह ने नींद से आँखें मलते हुए दरवाज़ा खोला, तो भौंचक्का रह गया। सामने पुलिस का

---

1. आर्थिक, 2. वर्गगत, 3. शोषण, 4. चिकित्सकीय सहायता, 5. उपलब्ध, 6. निर्भर, 7. दुर्व्यवस्था, कुप्रबन्ध

मुसल्लह दस्ता मौजूद था। इंसपेक्टर ने फ़हीम उल्लाह को बताया कि पुलिस, हेडक्वार्टर की तलाशी लेने आई है। पुलिसवाले अली अहमद के कमरे में घुस गए। उसे और रियाज़ को उन्होंने नींद से बेदार किया और पब्लिक सेफ्टी एक्ट के तहत दोनों को गिरफ़्तार कर लिया।

उन पर मुल्क-दुश्मन कार्रवाइयों और हुकूमत के ख़िलाफ़ सरगर्मियों में हिस्सा लेने का इल्ज़ाम था।

उस वक़्त तक दूसरे स्काइ-लार्क भी बेदार हो चुके थे और अली अहमद के कमरे में पहुँच चुके थे। सफ़दर बशीर ने वारंट-गिरफ़्तारी देखना चाहा, तो इंसपेक्टर ने यह कहकर झिड़क दिया कि थाने में मुलज़िमों को दिखाया जाएगा। अली अहमद ने भी वारंट दिखाने पर इसरार किया, मगर इंसपेक्टर ने उसकी एक न सुनी और उसे और रियाज़ को गिरफ़्तार करके अपने साथ ले गया। सफ़दर बशीर और डॉक्टर ज़ैदी ने उनके हमराह चलने की बहुत कोशिश की, लेकिन इंसपेक्टर किसी तरह रज़ामन्द न हुआ।

पुलिस के जाने के बाद स्काइ-लार्क देर तक जागते रहे। अली अहमद और रियाज़ की गिरफ़्तारी पर उनमें शदीद ग़म व ग़ुस्सा फैल गया था। सफ़दर बशीर तमाम रात जागता रहा। सुबह-ही-सुबह वह डॉक्टर ज़ैदी के साथ थाने गया। उसे यह देखकर सख़्त हैरत हुई कि अली अहमद और रियाज़ वहाँ मौजूद न थे। थानेवालों ने भी ला-इल्मी[1] का इज़हार किया। तमाम दिन वे भागदौड़ करते रहे। हुक्काम-बाला से मिले, मगर कहीं से यह सुराग़ न मिला कि दोनों को गिरफ़्तार करके कहाँ रखा गया है? बड़ी मुश्किल से शाम को सिर्फ़ इस क़दर मालूम हुआ कि दोनों सेंट्रल इंटेलीजेंस की तह्वील[2] में हैं। उनसे पूछ-गिछ की जा रही है। किसी को उनसे मिलने की मुत्तक़[3] इजाज़त न थी।

स्काइ-लार्कों को यह इत्तिलाआत मिलीं, तो वे बहुत मुश्तइल[4] हो गए। डॉक्टर ज़ैदी ने समझा-बुझाकर किसी-न-किसी और उनके जज़्बात को सर्द कर दिया, लेकिन अली अहमद की गिरफ़्तारी का फ़ौरी रद्दे-अमल यह हुआ कि स्काइ-लार्कों ने अपनी इन्तख़ाबी मुहिम और तेज़ कर दी। उन्हें यक़ीन था कि दोनों की गिरफ़्तारी के पीछे ख़ाँ बहादुर का खुफ़िया हाथ काम कर रहा है। इसलिए कि इन्तख़ाबी मुहिम का निगराने आला अली अहमद था और इस ख़ुश-उसलूबी से उसे चला रहा था कि दौलत और हर तरह के वसाइल के बावजूद इन्तख़ाबात का पाँसा स्काइ-लार्कों के हक़ में पलटता जा रहा था। रियाज़ यूनियन के ज़रिए वोटरों को स्काइ-लार्कों की हिमायत में मुनज़्ज़म[5] कर रहा था। मज़दूर न सिर्फ़ स्काइ-लार्कों के हामी[6] थे, बल्कि उनकी इन्तख़ाबी सरगर्मियों में निहायत जोशो-ख़रोश के साथ हिस्सा ले रहे थे। इस हलक़े में मज़दूर वोटरों की तादाद भी ख़ासी बड़ी थी, बल्कि इन्तख़ाबात की हार-जीत का इनहिसार बड़ी हद तक मज़दूरों के ही वोटों पर था।

स्काइ-लार्कों ने अली अहमद और रियाज़ की गिरफ़्तारी के बाद अपने ग़म व ग़ुस्से को ख़ाँ बहादुर के ख़िलाफ़ इन्तख़ाबी मुहिम में ढाल दिया। वे अब सफ़दर बशीर की क़ियादत[7] में दीवानावार काम कर रहे थे। उनकी इन बढ़ती हुई सरगर्मियों ने इन्तख़ाबात की फ़िज़ा तेज़ी से स्काइ-लार्कों के हक़ में बदलना शुरू कर दी। अब हर तरफ़ स्काइ-लार्कों के उम्मीदवार डॉक्टर ज़ैदी ही की चर्चा थी।

---

1. अज्ञानता, 2. निगरानी, 3. क़तई, 4. उत्तेजित, 5. व्यवस्थित, 6. समर्थक, 7. नेतृत्व

इस सूरतेहाल ने ख़ाँ बहादुर को सख़्त परेशान कर दिया। उसने घबराकर वोटों की ख़रीदारी का भाव बढ़ा दिया, मगर

यह हथकंडा भी कामयाब होता नज़र न आ रहा था। बात यह थी कि स्काइ-लार्कों ने अपने ज़बरदस्त इन्तख़ाबी प्रोपेगंडे से इन्तख़ाबात को अमीर और ग़रीब की तबक़ात लड़ाई में तब्दील कर दिया था। उनमें इंक़लाब बेदार[1] कर दिया था। उसका बुनियादी सबब यह था कि वोटरों की भारी अक्सरियत ग़रीब और पसमान्दा थी। ख़ाँ बहादुर से उनकी नफ़रत इस क़दर बढ़ गई थी कि स्काइ-लार्कों के ख़िलाफ़ इश्तआलअंगेज़[2] नारे लगाने पर लोगों ने ग़ुस्से से ख़ाँ बहादुर के कारकुनों पर कई बार हल्ला बोल दिया। कारकुन इस क़दर ख़ौफ़ज़दा हो गए कि उन्होंने गली-कूचों में जाना छोड़ दिया। वे सिर्फ़ बड़ी-बड़ी सड़कों पर मँडलाते रहते। उनकी इन्तख़ाबी सरगर्मियाँ महदूद होकर रह गई थीं।

ख़ाँ बहादुर फ़र्ज़न्द अली को यह इत्तिलाआत बराबर मिलती रहतीं। वह चिड़चिड़ा और बदमिज़ाज हो गया था। बात-बात पर भड़क उठता। ज़ोर-ज़ोर से चीख़ता। कारकुनों पर बरसता। मुसलसल सिगरेटनोशी करता। चाय की प्यालियों पर प्यालियाँ ख़ाली करता। नींद भी उसे कम आती। चेहरे पर हर वक़्त परेशानी और वहशत छाई रहती। वह आए दिन नित्य नए मंसूबे बनाता और उनके बारे में अपनी इन्तख़ाबी मुहिम चलानेवालों के साथ घंटों बातचीत करता।

रात के दो या ढाई बजे का अमल होगा। गुमटी पर हू का आलम तारी था। दिन-भर लू के गर्म झक्खड़ चलते रहे, मगर अब मौसम किसी क़दर ख़ुशगवार था। शाम को हलकी-सी बूँदाबाँदी भी हुई थी, और इस वक़्त भी आसमान पर बादल छाए थे। ठंडी-ठंडी हवा चल रही थी। हेडक्वार्टर में स्काइ-लार्क बेख़बर सो रहे थे। अचानक रात के सन्नाटे में शोर बुलन्द हुआ। ऐसा महसूस होता था कि बहुत-से लोग ऊँची आवाज़ों में बोल रहे हैं :

शोर बराबर बढ़ता गया।

सफ़दर बशीर का कमरा बाहर के रुख़ पर था। शोर से उसकी आँख खुल गई। ज़रा देर तक वह इन आवाज़ों को चुपचाप सुनता रहा। फिर घबराकर उठ बैठा।

कमरे के दूसरे सिरे पर फ़हीम उल्लाह सो रहा था। सफ़दर बशीर ने उसे आवाज़ दी। शोर से उसकी नींद भी उचाट हो गई थी। वह ख़ौफ़ज़दा मालूम हो रहा था। दोनों ने कान लगाकर आवाज़ों को सुना, मगर सिवाय शोर के कुछ और न सुन सके।

शोर अब बहुत बढ़ गया था। आवाज़ें ऐन हेडक्वार्टर के सामने बुलन्द हो रही थीं। अचानक सलमान दरवाज़ा खोलकर कमरे में दाख़िल हुआ। उसके हमराह कई और स्काइ-लार्क भी थे। सलमान उस वक़्त सख़्त परेशान नज़र आ रहा था। उसने घबराए हुए लहजे में कहा, "हेडक्वार्टर पर हमला होनेवाला है!"

हमले की इत्तिला सुनकर सब घबरा गए। सलमान ने बताया, "मैं बाहर अहाते में सो रहा था। शोर सुनकर आँख खुल गई। घबराकर देखा, तो हेडक्वार्टर से कुछ फ़ासिले पर बहुत-से लोगों का हुजूम नज़र आया। वह स्काइ-लार्कों के ख़िलाफ़ ऊँची आवाज़ में इश्तआलअंगेज़ बातें कर रहे थे। मेरा ख़याल है कि उनकी तादाद पचास से ऊपर ही होगी!"

---

1. चेतना, जाग्रत, 2. उत्तेजक

इसी दौरान में डॉक्टर ज़ैदी भी कमरे में आ गया। उसने भी सलमान की ताईद की। वह कच्ची नींद से उठा था। आँखें सुर्ख़ हो रही थीं। सिर के बाल ख़ुश्क घास की तरह खड़े थे। रफ़्ता-रफ़्ता कमरा स्काइ-लार्कों से भर गया। सब सहमे हुए थे। उनके बुशरे[1] से परेशानी साफ़ अयाँ[2] थी।

ज़रा ही देर बाद दरवाज़ा तोड़ने की आवाज़ सुनाई दी। शोर तेज़ हो गया। अब आवाज़ें साफ़ सुनाई दे रही थीं। हमलावर चीख़-चीख़कर स्काइ-लार्कों को गालियाँ दे रहे थे। फिर उस शोरो-गुल में शीशों के टूटने की झनकारें उभरने लगीं। डॉक्टर ज़ैदी ने बेक़रार होकर कहा, "डिस्पेंसरी तबाह हो गई!"

स्काइ-लार्क और भी ज़्यादा परेशान हो गए। शीशों के टूटने की आवाज़ें धड़ाधड़ उभरती रहीं। शोर इस क़दर था कि कान पड़ी आवाज़ न सुनाई देती थी। फिर हेडक्वार्टर का सदर दरवाज़ा तोड़ने की आवाज़ें बुलन्द होने लगीं। इस दफ़ा बिल्कुल सामने से हमला हुआ था। स्काइ-लार्कों के सामने अब दो ही रास्ते थे। बाहर निकलकर हमलावरों का मुक़ाबला करें या फिर अन्दर रहकर दरवाज़े की हिफ़ाज़त करें, मगर वे कोई फ़ैसला न कर सके। उनके लिए यह बिल्कुल नया तजुर्बा था। उनके ज़ेहन माऊफ़[3] हो चुके थे। वे सख़्त परेशान थे।

अचानक सफ़दर बशीर सबके बीच से गुज़रकर दरवाज़े की जानिब लपका। इससे पहले कि स्काइ-लार्क यह ग़ौर करें कि वह क्या करनेवाला है, सफ़दर बशीर सदर दरवाज़े पर पहुँच चुका था। उसने दरवाज़ा खोल दिया और दरवाज़े के बीचोबीच कमर पर दोनों हाथ रखकर खड़ा हो गया। उसने हमलावरों को मुख़ातिब करते हुए बुलन्द आवाज़ से कहा, "भाइयो! पागल मत बनो। स्काइ-लार्क तुम्हारे दुश्मन नहीं हैं। वे तुम्हारे ख़ादिम हैं। वे तुम्हारे ही लिए..."

ऐन उस वक़्त उसकी कनपटी पर एक बड़ा-सा पत्थर आकर गिरा। सफ़दर बशीर जुमला पूरा न कर सका। उसका सिर घबरा गया। वह गिरते-गिरते बचा। ख़ून की एक धार कनपटी से निकलकर उसके रुख़सार पर फैल गई। उसने चेहरे पर तवज्जो दिए बग़ैर अपना हाथ बुलन्द किया, "भाइयो! इस दवाख़ाने को बरबाद न करो। यह हज़ारों नादार[4] मरीज़ों का सहारा है। तुम..." फ़ौरन एक लाठी उसके सिर पर पड़ी। वह शराबी की तरह झूमकर लड़खड़ा गया। उसने दरवाज़े का एक पट पकड़ लिया और उसका सहारा लेकर हाँफने लगा। उसने लड़खड़ाती हुई ज़बान से कहा, "लोगो! ख़ुदा के लिए मेरी बात तो सुनो! पागल मत बनो!"

मगर किसी ने उसकी बात न सुनी। वे दीवानों की तरह चीख़ रहे थे। उन्होंने उस पर यलग़ार[5] कर दी। चारों तरफ़ से लाठियाँ बरसने लगीं। सफ़दर बशीर ने घबराकर दोनों हाथ सिर पर रख लिए। उसी वक़्त किसी हमलावर ने दाहिनी तरफ़ से झपटकर बल्लम से हमला किया। बल्लम का तेज़ चमकता हुआ फल उसके पहलू को चीरता हुआ जिस्म के अन्दर उतरता चला गया। सफ़दर बशीर बिलबिलाकर चीख़ा, "हाय" और लड़खड़ाकर गिरने लगा।

सलमान उसके पीछे ही खड़ा था। वह लपककर आगे बढ़ा और सफ़दर बशीर को सँभाल लिया। वह उसके बाज़ुओं पर टूटी हुई शाख़ की तरह झूलने लगा। सलमान ने चाहा कि वह

---

1. चेहरे, 2. स्पष्ट, 3. शून्य, 4. कमज़ोर, 5. हमला

सफ़दर बशीर को उठाकर अन्दर ले जाए, मगर हमलावरों ने इतना मौक़ा न दिया। उन्होंने अन्धाधुन्ध लाठ़ियाँ बरसाना शुरू कर दीं।

अब स्काइ-लार्कों के लिए हेडक्वार्टर के अन्दर रहना मुश्किल हो गया था। दोनों को बचाने के लिए वे बाहर निकल आए।

हमलावरों ने उनको नर्ग़े[1] में ले लिया और हर तरफ़ से बढ़-बढ़कर हमले करने लगे थे। वे ज़ख़्म पर ज़ख़्म खा रहे थे और तकलीफ़ से बिलबिलाकर चीख़ रहे थे। उनके जिस्मों से ख़ून फूट-फूटकर बह रहा था और आँखों के सामने गहरी धुन्ध फैलती जा रही थी।

हमलावर वहशियों की तरह हमले कर रहे थे। वे बल्लमों नेज़ों और लाठियों से स्काइ-लार्कों के जिस्मों के टुकड़े-टुकड़े कर देना चाहते थे। उनकी आँखें शिकारी चीतों की तरह चमक रही थीं और चेहरे भूतों की तरह ख़ौफ़नाक नज़र आ रहे थे।

बस्ती भर में ख़लबली पड़ गई थी। हर घर में जाग हो गई।

लोग मकानों की छतों और दरवाज़ों पर सहमे हुए खड़े थे और ख़ौफ़ज़दा नज़रों से हेडक्वार्टर की जानिब देख रहे थे, जहाँ स्काइ-लार्कों के चारों तरफ़ मौत मँडला रही थी, मगर कोई उस तरफ़ न गया।

हर शख़्स दम-बख़ुद था। हर तरफ़ अँधेरा था। शोरोगुल से दिल दहलता था।

अँधेरी रात में आग के शोले बुलन्द हुए।

हवा तेज़ थी। देखते-देखते शोले भड़ककर फैलने लगे। हेडक्वार्टर की इमारत में आग लग गई, जिसमें नादार मरीज़ों का दवाख़ाना था। ज़रूरतमन्दों का इमदाद बैंक था। लाइब्रेरी थी।

यह स्काइ-लार्कों का रैन-बसेरा भी था, जो मुआशरे से ग़ुर्बत और पसमान्दगी मिटाने के लिए जद्दोजहद कर रहे थे, जो ख़ाँ बहादुर फ़र्ज़न्द अली के ज़र-ख़रीद गुंडों के नर्ग़े में घिरे हुए नेज़ों और लाठियों का मुक़ाबला कर रहे थे और ज़ख़्मों से निढाल होकर गिर रहे थे।

हेडक्वार्टर जल रहा था। अलमारियाँ टूट-टूटकर गिर रही थीं। शीशे मोम की तरह पिघल रहे थे। किताबें चिता की मानिंद भड़क रही थीं। वह अमन के पयाम्बर[2] टालस्टाई की लाश थी।

यह शेक्सपियर का जनाज़ा था। यह अरस्तू का फ़लसफ़ा था। ग़ालिब और इक़बाल की शायरी थी। मार्क्स और लेनिन का इंक़लाबी ज़ेहन था। सब आग के शोलों में लिपटे हुए थे। अज़ीम मुंसिफ़ा अज़ीम-मुफ़क्किर[3] इंसानी इरतिक़ा के अलमबरदार के ज़ेहन व फिकर शोला-बदायाँ[4] थे। किताबें जल रही थीं। किताबें तबाह हो रही थीं। इल्म व फ़ज़ल, दानिश व हिक्मत[5] गियां-कुनां[6] थे।

डिस्पेंसरी शीशों का अम्बार बन चुकी थी। बोतलें टूट चुकी थीं। दवाएँ बिखरकर सुर्ख़ व स्याह धब्बे बन गई थीं। डिस्पेंसरी के जलते हुए दरो-दीवार चटख़-चटख़कर कह रहे थे :

---

1. घेरे, 2. सन्देशवाहक, दूत, 3. महान चिन्तक, विचारक, 4. मानवीय विकास के नेताओं के मस्तिष्क चिन्तन जल रहे, 5. सूझ-बूझ, 6. विलापमग्न हैं, रो रहे

"ख़ाँ बहादुर फ़र्ज़न्द अली! तुम्हारा बोलबाला हो। तुम अमीर-कबीर बनो। वज़ीर बनो। हाकिम बनो। म्यूनिस्पैलटी के मेम्बर बनो। तुमने अपने हरीफ को रौंद डाला। यह देखो, डॉक्टर ज़ैदी, ज़ख़्मों से निढाल पड़ा खिसक रहा है!"

हेडक्वार्टर की इमारत जलती रही। शोले अज़दहों[1] की तरह सुर्ख़-सुर्ख़ ज़बानें निकालकर लपकते रहे, भड़कते रहे, आसमान की बुलन्दी पर दूर-दूर तक सुर्ख़ गुबार फैल गया। दीवारों में शिगाफ़ पड़ गए। हर चीज़ जल रही थी। हर चीज़ तबाह हो रही थी। स्काइ-लार्क ज़ख़्मों से बेहाल थे।

हमलावर कुछ देर तक स्काइ-लार्कों के ख़िलाफ़ नारे लगाते रहे। फिर किसी जंगी मुहिम से पलटनेवाले क़दीम[2] तातारी हमलावरों की तरह शोर मचाते हुए सड़क पर आ गए। वहाँ कई ट्रक खड़े थे। सब उन पर सवार हो गए।

इंजन स्टार्ट हुए और ट्रक तेज़ी से आगे बढ़ गए।

हेडक्वार्टर की जलती हुई इमारत के सामने स्काइ-लार्क बेसुध पड़े थे।

सफ़दर बशीर न जाने कब दम तोड़ चुका था। सलमान उखड़ी-उखड़ी साँसें भर रहा था। फ़हीम उल्लाह लापता था।

डॉक्टर ज़ैदी और कई दूसरे स्काइ-लार्क ख़ून में डूबे बेहाल पड़े थे।

पुलिस उस वक़्त पहुँची, जब हमलावर जा चुके थे। हेडक्वार्टर जलकर तबाह हो चुका था।

दहकते हुए अंगारों की गहरी सुर्ख़ रोशनी में ख़ाक से लुथड़ी हुई सफ़दर बशीर की लाश पड़ी थी। उसका चेहरा अपने ही ख़ून में डूबकर शफ़क़ा[3] रंग हो गया था। निचला होंठ लटक रहा था। आँखें खुली हुई थीं और वह बेनूर नज़रों से हेडक्वार्टर की झुलसी हुई धुआँ-धुआँ इमारत को तक रहा था।

---

1. अजगरों, 2. प्राचीन, 3. सूर्योदय या सूर्यास्त की लालिमा

# फ़सल नुहुम[1]

## [1]

पहरेदार ने आहनी[2] फाटक खोला। दोनों बोर्स्टल से बाहर आ गए। यह गर्मियों की साँवली-सलोनी शाम थी। बहरे-अरब[3] से जानेवाली तेज़ समन्दरी हवाएँ सरसराती हुई चल रही थीं। आसमान पर बादलों के टुकड़े मँडला रहे थे। कुछ देर पहले बूँदा-बाँदी हो चुकी थी। भीगे हुए रास्तों पर कहीं-कहीं बारिश अपने निशान छोड़ गई थी। दोनों जेल की चारदीवारी के साथ-साथ चलने लगे।

नौशा पीछे-पीछे चल रहा था, मगर आज उसके हमराह राजा नहीं, पोकर था। गुज़श्ता[4] साल का ज़िक्र है। एक ऐसी ही शाम थी। जेल का बूढ़ा मास्टर पीठ मोड़े स्याह सख़्ते पर चाक से पाकिस्तान का नक्शा बना रहा था। दफ़्तन एक तरफ़ से बकरे की तरह ज़ोर-ज़ोर से मिमियाने की आवाज़ उभरी। मास्टर बदहवास होकर इस तरह उछला कि उसका पैर फिसल गया। वह धड़ाम से करवट के बल गिरा। ज़ोर का क़हक़हा बुलन्द किया। वह कपड़े झाड़ता हुआ खड़ा हो गया। सबके चेहरे ज़र्द पड़ गए। मास्टर ग़ज़बनाक होकर अपनी उँगलियाँ रगड़ रहा था। यह इस बात की अलामत थी कि किसी की शामत आनेवाली है। वह जब मारने पर आता, तो पागलों की-सी हरकतें करता था। उसने ऐनक के मोटे-मोटे शीशों के पीछे से क्लास को खूँख़्वार नज़रों से देखा। उस वक़्त वह ऐसा हवन्नक नज़र आ रहा था कि राजा बेसाख़्ता हँस पड़ा। मास्टर ने उसे हँसते हुए देख लिया। उसने बैद उठाया और चील की तरह झपटा। राजा ने सरासीमा होकर गर्दन झुका ली। मास्टर ने अन्धाधुन्ध बैद मारना शुरू कर दिए।

"मरदूद! तुझे बकरा बनने का बड़ा शौक़ है। तुझे बकरा ही बना के छोड़ूँगा।" वह सड़ाक-सड़ाक बैद मारता और हर बार ताल-सुर के साथ कहता, "बकरे की बोली बोल...बकरे की बोली बोल!"

राजा ज़रा देर तक तो मार खाता रहा। फिर तकलीफ़ से बिलबिलाकर चीख़ने लगा, "मैंने बकरे की आवाज़ नहीं निकाली थी!"

मास्टर ने पैंतरा बदलकर ज़न्नाटे का हाथ घुमाया, "खबीस! झूठ बोलता है!"

राजा ने सफ़ाई पेश की, "क़सम अल्लाह की, मास्टर साहब मैंने बकरे की आवाज़ नहीं निकाली थी!"

---

1. नौवाँ परिच्छेद, 2. बाहरी, 3. अरब सागर, 4. पिछले, विगत

"फिर कौन था?"

राजा बात कहते-कहते झिझककर चुप हो गया। उसी वक़्त उसके बाज़ू पर सड़ाक से बैद पड़ा। वह घबराकर बोला, "मास्टर साहब! पोकर था।"

पोकर का नाम मुहम्मद अली था, मगर सब उसे पोकर कहते थे। वह हमेशा क्लास में ऐसी ही हरकतें करता था। हलक़ के अन्दर से अजीबो-ग़रीब आवाज़ें निकालता। बग़ल में हाथ रखकर ज़ोर-ज़ोर से बजाता। किताबें ग़ायब कर देता। चुटकियाँ भरता। न ख़ुद पढ़ता था, और न किसी को पढ़ने देता था। चुनाँचे रोज़ाना पिटता था, मगर सब उससे डरते बहुत थे। बड़ा शोरापुश्त[1] था।

बूढ़े मास्टर ने राजा को छोड़ दिया और दाँत किचकिचाता हुआ पोकर पर झपटा। पोकर मार खाने के मुआमले में तजुर्बेकार था। उसने मास्टर के पहुँचने से पहले ही घुटनों के अन्दर सिर छुपा लिया और झुककर बैठ गया। मास्टर ने क़रीब पहुँचते ही बैद लगाना शुरू कर दिए। पोकर चुपचाप पिटता रहा। उसने ज़बान से एक लफ़्ज़ नहीं निकाला। वह हमेशा ऐसा ही करता था।

जब क्लास ख़त्म हुई और मास्टर बाहर चला गया, तो पोकर लपककर राजा के सामने जा खड़ा हुआ। राजा सहमी हुई नज़रों से उसे देखने लगा। पोकर ने गन्दी-सी गाली दी और आँखें निकालकर बोला, "अब बताओ, साले ख़ाँ, क्या कहते हो?"

राजा ने ख़ौफ़ज़दा होकर गर्दन झुका ली। पोकर ने झपटकर कहा, "सीधा खड़ा हो तेरी तो..."

गाली देकर वह एक क़दम पीछे हटा और हलक़ से आवाज़ निकाली, "ढीं!" साथ ही उछलकर राजा के सिर पर टक्कर मारी। दूसरी, फिर तीसरी। पोकर हलक़ से आवाज़ें निकालता रहा। "ढीं...ढीं...ढीं..." राजा चकराकर गिर पड़ा। उसकी नाक से ख़ून बह रहा था।

ख़ून टपककर हाथ पर गिरा, तो राजा को ताव आ गया। वह उठकर उस पर कुत्ते की तरह झपटा, मगर पोकर ने हाथ घुमाकर कनपटी पर ऐसा मुक्का मारा कि वह दूर जाकर गिरा। सँभलकर उठने भी न पाया था कि पोकर ने ज़ोर से ठोकर मारी। ठोकर राजा के घुटने पर लगी। बहुत ज़ोर की चोट आई। राजा तकलीफ़ से बिलबिलाकर चीख़ पड़ा।

जेलर के रू-ब-रू पोकर की पेशी हुई। सज़ा भी मिली, मगर राजा के घुटने पर ऐसा ज़ख़्म आया कि अच्छा न हुआ। कई बार ज़ख़्म धोकर पट्टी बाँधी गई, लेकिन घाव अच्छा होने के बजाय और फैलता गया। राजा लँगड़ाकर चलता और अक्सर बैठा अपना ज़ख़्म कुरेदा करता। कुछ ही अरसे बाद ज़ख़्म से ज़रा नीचे पिंडली पर भी एक ज़ख़्म और हो गया। यह ज़ख़्म किसी चोट से नहीं आया था। ख़ुद-ब-ख़ुद पैदा हुआ था। फिर देखते-देखते राजा के जिस्म पर जगह-जगह सुर्ख़ और सफ़ेद दाग़ पड़ गए।

जेल के डॉक्टर मामूल के मुताबिक़ क़ैदियों का मुआयना करने के लिए आया। उसने राजा के ज़ख़्मों और सुर्ख़ और सफ़ेद दाग़ों को देखा, तो देर तक बैठा सोचता रहा। फिर अलाहिदा कमरे में ले जाकर बहुत-से सवालात किए। कोई आध घंटा तक उसका खूब मुआयना किया।

---

1. उद्दंड

दोबारा डॉक्टर जेल में आया, तो राजा के जिस्म की खाल जगह-जगह से फटने लगी। ज़ख़्मों से रुतूबत[1] बहा करती। राजा का चेहरा भद्दा हो गया था। कान फूल गए थे। उँगलियों के नाख़ून झड़ गए थे। उसे देखकर डर लगता था। अब उसने चलना-फिरना भी बन्द कर दिया था। हर वक़्त निढाल पड़ा रहता। ज़ख़्मों को कुरेदा करता।

डॉक्टर ने इस दफ़ा देखा, तो उसका चेहरा संजीदा हो गया। उस रोज़ उसने राजा से कोई बातचीत नहीं की। चुपचाप उसके पास से उठकर चला गया।

दोपहर से कुछ देर पहले जेल के फाटक पर एक एम्बूलेंस आकर ठहरी। राजा को उसमें बिठाकर अस्पताल भेज दिया गया।

राजा अस्पताल से वापस नहीं आया।

नौशा को अब भी पता नहीं था कि राजा अस्पताल में है या अस्पताल से कहीं और चला गया, लेकिन वह बराबर राजा को याद करता रहा और आज जब वह रिहा होकर जेल से निकला, तो उसे बार-बार राजा याद आ रहा था। वह फुटपाथ पर चलते हुए सोच रहा था। न मालूम अब राजा कहाँ होगा? किस तरह होगा? उसे कहाँ तलाश करे? किस तरह मिले?

नौशा सँभल-सँभलकर क़दम उठा रहा था। उसके आगे पोकर चल रहा था। पोकर से उसकी दोस्ती राजा के जेल से जाने के बाद हुई और इसकी इब्तदा भी एक हादसे से हुई।

पोकर गठे हुए मज़बूत जिस्म का लड़का था। उसकी उम्र सोलह साल से कुछ ऊपर थी, मगर देखने में ज़्यादा कमसिन लगता था। उसका क़द ठिगना और रंग साँवला था। उसने एक रिक्शा-ड्राइवर को चाकू मारकर ज़ख़्मी किया था। उसे अक़दामे-क़त्ल[2] के जुर्म में सज़ा हुई थी और वह बोर्स्टल जेल भेज दिया गया। वह बड़े फ़ख़्र से अपना यह कारनामा सुनाया करता, ''साले की एक ही हाथ में अन्तड़ियाँ निकाल दी थीं। न जाने कैसे बच गया, वरना मैंने तो काम ही तमाम कर दिया गया था।''

क़ैदी लड़कों पर उसका बड़ा रोब पड़ा। चन्द ही रोज़ में उसकी धाक बैठ गई। वह बात-बात पर गाली देता। हर वक़्त लड़ाई-झगड़ा करने पर तुला रहता। अक्सर ऐसा होता कि वह बिलावजह लड़कों को छेड़कर मार-पीट करता। तरंग में आकर आवाज़ लगाता, ''अबे, है कोई, है माई का लाल! ज़रा हो जाएँ दो-दो हाथ!'' वह बार-बार अँगड़ाइयाँ लेकर एक-एक को देखता। जब वह नया-नया जेल में आया, तो बाज़ जराइमपेशा लड़कों ने इसका चैलेंज भी क़ुबूल किया। ख़ूब धींगामुश्ती होती। पैंतरे बदल-बदलकर मुक्केबाज़ी के हाथ दिखाए जाते।

पोकर ग़ज़ब का फुर्तीला था। लड़ते वक़्त उसका जिस्म बिजली की तरह तड़पता मालूम होता। कभी दाहिनी तरफ़ झुकाई देकर निकला, तो गर्दन पर भरपूर हाथ दिया। बाईं तरफ़ से घुसा, तो एक ही लात में मुँह के बल गिरा। जब तक हरीफ़[3] के सामने रहता, उसका जिस्म बैद की मानिंद लचकता रहता। मुक़ाम पर न टिकता। कभी यहाँ, कभी वहाँ! उसकी छोटी-छोटी आँखें बिज्जू की तरह चमकती थीं। वह टेनी मुर्ग़ की तरह उछल-उछलकर हमला करता। आम तौर पर उसकी तकनीक यह होती कि पहले अपने मुक़ाबिल को थका देता और जब वह हाँफने लगता, तो मेंढे की तरह एक क़दम पीछे हटता। मुँह में 'ढीं' की आवाज़

1. लसीका, 2. हत्या का कार्य करना, 3. प्रतिद्वन्द्वी

निकालता और ज़मीन से फुट भर ऊपर उछलकर ज़न्नाटे से मुक्का मारता। लड़नेवाले को ललकारता, "अबे! मुँह में क्या देख रहा है, चल, चल!" जब वह हमला करता, तो पोकर उसका हाथ साफ़ बचा जाता। मुस्कराकर बार-बार उकसाता, "एक और...अबे एक...और..." वह बढ़-चढ़कर हमला करता, और अपने हरीफ़ को ललकारता भी जाता।

कोई दिन ऐसा न जाता, जब उसकी पेशी न होती। हर रोज़ उसे सज़ा मिलती, मगर जिस तरह वह मारने के मुआमले में निडर था, उसी तरह मार खाने में भी ढीठ था। सज़ा पाकर आता, तो बड़ी बेहयाई से हँसकर कहता, "ख़्वाहमख़्वाह साले अपने हाथ थकाते हैं," फिर किसी लड़के को इशारा करता, "ले यार! ज़रा कमर पर दो-एक मुक्कियाँ तो लगा दे! इधर एकाध हाथ गर्म पड़ गया था!" वह उसी तनतने से क़ैदी लड़कों पर हुक्म चलाता था। ज़रा भी कोई हुक्म-उदूली करता, शामत आ जाती।

उसका हुक्म न मानने पर एक बार नौशा की भी दुर्गति बन चुकी थी। उस रोज़ किसी बात पर नाराज़ होकर पोकर ने एक लड़के को मुर्ग़ा बना दिया। नौशा को हुक्म दिया कि वह उसकी पीठ पर बैठ जाए। नौशा उसके लिए आमादा न हुआ। पोकर ने उठकर नौशा के मुँह पर एक मुक्का जड़ दिया। वह चकराकर गिर गया। उसी वक़्त पोकर ने दूसरा वार किया। सँभलते-सँभलते तीसरा वार हुआ, तो नौशा की आँखों के सामने तारे नाचने लगे। हाथ-पैर कँपकँपाने लगे।

पोकर के पूरे तीन मुक्के झेल जाना मज़ाक़ नहीं था। अच्छे-अच्छे जीदार लड़कों के छक्के छूट जाते थे। नौशा उन दिनों नया-नया जेल में दाख़िल हुआ था। उसके लिए यह पहला तजुर्बा था। वह चकराकर फ़र्श पर बैठ गया। पोकर ने उस लड़के की ख़ता[1] मुआफ़ कर दी और नौशा को मुर्ग़ा बनाकर पीठ पर उस लड़के को बिठा दिया।

नौशा ने उसी दिन तौबा कर ली थी कि अब वह कभी पोकर के मुँह नहीं लगेगा। वह बिला चूँ-चराँ उसकी हर बात मान लेता, अलबत्ता राजा ने उसकी लीडरी के सामने झुकने से इनकार कर दिया था। कई बार उसका और पोकर का टकराव हुआ और हर बार राजा की दुर्गति बनी। पहली बार दोनों का झगड़ा किसी ख़ास बात पर नहीं हुआ था। पोकर ने हस्बे-मामूल लड़कों को चैलेंज दिया था। वह अपना हाथ ऊँचा किए आवाज़ लगा रहा था, "अबे है! कोई माई का लाल...हाथों में चुल हो रही है। हो जाए कुछ रगड़म-रगड़ा!" उस वक़्त सारे लड़के बैरिक के सामने मैदान में इकट्ठा थे और पौधों को पानी दे रहे थे।

जब किसी ने उसकी बात का कोई जवाब न दिया, तो वह गालियाँ देने लगा, "अबे! तुम सब साले नामर्द हो। एक भी मर्द का बच्चा नहीं!" उसने सबको ख़ामोश पाकर और भी गन्दी गालियाँ देना शुरू कर दीं। वह इस तरह अक्सर उनको मुश्तइल[2] करता था।

राजा भी वहाँ मौजूद था। उसने कमर पर दोनों हाथ रखकर पोकर को ललकारा, "अबे! ज़रा मुँह सँभालकर बात कर! सारी हैकड़ी अभी निकाल के रख दूँगा।"

पोकर उसे देखकर मुस्कराया, "तो फिर आ जा बे तुर्रम ख़ाँ के साले!" और उसके रू-ब-रू जाकर खड़ा हो गया। राजा ने छूटते ही ज़न्नाटे का हाथ पोकर के मुँह पर रसीद किया। राजा उस वक़्त था भी तगड़ा और वार भी उसने झुँझलाकर किया था।

---

1. भूल, ग़लती, 2. उत्तेजित

पोकर इस अचानक हमले के लिए तैयार न हुआ। मुक्का उसके जबड़े पर भरपूर बैठ गया। उसके होंठ से ख़ून बहने लगा। उसने पीछे हटकर एक हाथ से ख़ून साफ़ किया। हँसकर बोला, "अच्छा हाथ था। लौंडा कस-बल का मालूम होता है।" फिर वह दोनों हाथ तोलकर राजा के सामने लहराने लगा, "कम ऑन, कम ऑन!" वह उसी तरह शुरू में अपने

हरीफ़ को उकसाता था। राजा ने दाँत भींचकर एक और वार किया। पोकर साफ़ बचा गया। उसने एक्टरों की तरह मसनूई क़हक़हा लगाया, हैं!" और राजा की आँखों में आँखें डालकर बोला, "एक और मेरी जान! कम ऑन! कम ऑन!" वह अपने कन्धे बार-बार उचका रहा था। हँस-हँसकर कह रहा था, "कम ऑन! कम ऑन!"

राजा ने फिर मुक्का मारा। वह भी ख़ाली गया। झुँझलाकर उसने पै-दर-पै वार करना शुरू कर दिए। पोकर उसके सारे हमले ख़ाली देता गया। ज़रा देर में राजा हाँफने लगा। उसी वक़्त पोकर ने उछलकर वार किया। हाथ भरपूर पड़ा। राजा ने तकलीफ़ से मुँह बिगाड़ा, मगर वह सँभलने भी न पाया था कि पोकर ने ताबड़तोड़ हमले शुरू कर दिए।

पाँचवें मुक्के पर राजा फ़र्श पर औंधे मुँह गिर पड़ा।

उसके बाद भी कई बार पोकर से राजा का झगड़ा हुआ। शुरू-शुरू में वह उससे ज़रा-ज़रा सी बात पर लड़ने के लिए मुक़ाबले पर आ जाता था, लेकिन बाद में पोकर से डरने लगा था। उससे सिर्फ़ उसी वक़्त लड़ता था, जब बहुत झुँझला जाता।

पोकर अब क़ैदी लड़कों का सरग़ना बन चुका था। सब पर उसकी हुकूमत चलती थी। कोई भी उसकी हुक्म-उदूली करने की जुर्रत न करता। वह किसी बात पर नाराज़ होकर मारता भी, तो लड़के चुपचाप उसकी मार सह जाते और ख़ुशामद अलग करते। इसलिए कि उसकी नाराज़गी बेहद ख़तरनाक होती थी। क़ैदी लड़कों पर पोकर की हुकूमत इसी तरह चलती रही।

एक तपती हुई तीसरी पहर को पुलिस की लारी जेल पर आकर रुकी। पहरेदार ने ताला खोला और तीन मुसल्लह कांसटेबिलों की हिरासत में गठे हुए बदन का एक लड़का जेल के अन्दर दाख़िल हुआ। उसके हाथों में हथकड़ियाँ पड़ी थीं। वह टखनों से ऊँची नीली पतलून पहने था। जिस्म पर छोटी-छोटी आस्तीनों की रेशमी क़मीज़ थी। जिस पर अज़दहों और चीतों के अलावा औरतों और मर्दों की ऐसी तस्वीरें छपी थीं, जो हैजानअंगेज़ अन्दाज़ में बोसो-किनार[1] करते नज़र आते। उसकी कमर के गिर्द पीतल के गोखरुओं से जड़ी हुई चमड़े की पेटी थी। आँखों पर चौड़े-चौड़े हलक़ों का सब्ज़ चश्मा था। वह हालीवुड की मार-धाड़ से भरपूर फिल्मों का किरदार मालूम होता था। उसकी वज़ा-क़ता बिल्कुल अमेरिकी काऊ-ब्वायज़ जैसी थी।

उसका नाम तो किसी को मालूम न हो सका, लेकिन उसने अपना तआर्रुफ टार्ज़न करके कराया और वह इसी नाम से क़ैदियों में मशहूर हो गया। सन व साल के इतिबार से वह नाबालिग़ लगता था, मगर उस पर ज़िना-बिलजबर[2] का मुक़दमा चल रहा था। अदालत से अभी तक कोई फ़ैसला न हुआ था और उसकी ज़मानत भी न हो सकी थी। उसका मशग़ला गुंडागर्दी और सिनेमा के टिकटों की चोरबाज़ारी था। शहर में उसके साथियों का बाक़ायदा गिरोह था, जो अक्सर जेल में मुलाक़ात के दिन उससे मिलने आते और हमेशा उसके लिए

1. चूमाचाटी, 2. बलात्कार

कोई-न-कोई सौग़ात लेकर आते। इसके अलावा वह पहरेदारों के ज़रिए चोरी-छुपे सिगरेटें मँगवाता था। छुप-छुपकर ख़ुद भी पीता था। दूसरे क़ैदियों को भी पिलाता था।

सिगरेटों की बदौलत टार्ज़न जल्द ही जेल में हरदिलअज़ीज़[1] हो गया। उसने अपनी पसन्द के क़ैदी लड़कों की एक टोली बना ली थी, जो हर वक़्त उसके दाएँ-बाएँ फिरते। हर बात में उसकी हाँ-में-हाँ मिलाते। उसकी ख़ूब आवभगत होती। होंठों से सीटी पर कोई अंग्रेज़ी धुन बजाता हुआ वह ठाठ से जेल में घूमता फिरता। हाथ-पैरों में कस-बल था और झगड़ा-फ़साद करने की मश्क़ रह चुकी थी, लिहाज़ा उसकी धाक और भी ज़्यादा थी।

पोकर कुछ दिनों तक ख़ामोशी से टार्ज़न की बढ़ती हुई हरदिलअज़ीज़ी देखता रहा। फिर उसने टार्ज़न से मरासिम[2] बढ़ाना चाहे, मगर वह अपनी हवा में था। उसने पोकर को ज़्यादा लिफ़्ट नहीं दी, बल्कि एक बार सिगरेट माँगने पर पोकर को बुरी तरह झिड़क दिया। इसी बात पर दोनों में ठन गई। पोकर उस वक़्त तो चुप हो गया। इसलिए कि ख़ता उसकी थी, मगर दो-एक दिन का ग़ोता देकर उसने टार्ज़न को छेड़ा। बात कुछ भी न थी। टार्ज़न की आदत थी कि वह बात-बात पर अंग्रेज़ी में गालियाँ बकता था, जो अमेरिकी फिल्में देख-देखकर उसने अज़बर[3] कर ली थीं।

टार्ज़न उस रोज़ तरंग में था। उसने एक लड़के को यूँ ही तफ़रीहन[4] 'ब्लेडी बास्टर्ड' कह दिया। वह लड़का तो कुछ नहीं बोला, अलबत्ता पोकर उसकी हिमायत में आकर खड़ा हो गया, "देखो जी, टार्ज़न! तुम इस तरह गाली-गुफ़्तारी न किया करो, वरना अच्छा न होगा।"

टार्ज़न ने उसका कोई नोटिस न लिया और निहायत हिक़ारत से दुत्कार दिया, "गेट आउट यू फिकन!"

पोकर ने तड़ से उसके जबड़े पर फ़ौरन एक मुक्का जड़ दिया। चीख़कर बोला, "साले, मैं मना कर रहा हूँ! तू वही अपना हरामीपन दिखा रहा है!"

टार्ज़न ने ख़ूँख़्वार नज़रों से उसे देखा और दोनों हाथ तोलकर फिल्मी मुक्केबाज़ों की तरह पोकर के सामने आकर झूमने लगा। फिर उसने दाईं तरफ़ झुककर पोकर के मुँह पर एक मुक्का लगाया। हाथ छिछलता हुआ पड़ा। कोई और होता, तो पोकर साफ़ झुकाई देकर निकल जाता, लेकिन इस पहले ही वार से पोकर को अन्दाज़ा हो गया कि उसका मद्दे-मुक़ाबिल[5] अनाड़ी नहीं है। अच्छी-ख़ासी मुक्केबाज़ी जानता है, लिहाज़ा वह बच-बचकर हमला करने लगा।

दोनों मेंढों की तरह झूम-झूमकर लड़ रहे थे। बड़े ज़ोरों का मारिका पड़ा। सारे लड़के दोनों के गिर्द हलक़ा बनाकर खड़े हो गए। बराबर की जोड़ थी। दोनों पैंतरे बदल-बदलकर एक-दूसरे पर हमले कर रहे थे। पोकर कमज़ोर पड़ रहा था। कई भरपूर हाथ उसकी कनपटी और रुख़सारों[6] पर पड़ चुके थे, और एक बार तो टार्ज़न ने ऐसा ज़न्नाटे का मुक्का मारा कि पोकर लड़खड़ाकर गिरते-गिरते बचा। लड़कों ने ज़ोर-ज़ोर से तालियाँ बजाना शुरू कर दीं। इनमें ज़्यादातर टार्ज़न के हिमायती थे।

टार्ज़न बराबर दबाता जा रहा था। पोकर चोट पर चोट खा रहा था। अब उसके हाथ भी उलटे-सीधे पड़ रहे थे। पोकर पीछे हटता चला गया। पीछे, और पीछे...वह जेल की

---

1. लोकप्रिय, 2. मेलजोल, 3. याद, कंठस्थ, 4. मनोविनोद के रूप में, 5. प्रतिस्पर्द्धा, 6. गालों

चारदीवारी के पास पहुँच गया। उसकी पुश्त बिल्कुल दीवार से लग गई। उसने घबराकर दाएँ-बाएँ देखा। ऐसा मालूम होता था कि वह राहे-फ़रार इख़्तियार करने का मौक़ा तलाश कर रहा है। उसके रुख़सार जगह-जगह से सूजकर नीले पड़ गए थे। होंठों से ख़ून बह रहा था। वह खच्चर की तरह मुँह फाड़कर ज़ोर-ज़ोर से हाँफ रहा था। टार्ज़न अब उस पर पूरी तरह हावी हो गया था।

पोकर ने एक बार अपनी गर्दन झुकाई। हलक़ के अन्दर से 'ढीं' करके भयानक आवाज़ निकाली और मेंढे की तरह पंजों के बल उछलकर टार्ज़न की ठोड़ी पर ज़ोर की टक्कर मारी। वह इस अचानक हमले के लिए तैयार न था। चुँधिया कर रह गया। पोकर ने उसे सँभलने का मौक़ा न दिया। दूसरी टक्कर। फिर तीसरी! उसने ताबड़तोड़ कई टक्करें ऐसी मारीं कि टार्ज़न हवन्नक़[1] की तरह मुँह फाड़कर झूमने लगा।

पोकर तेज़ी से दाईं बग़ल से निकला और घूमकर टार्ज़न के रुख़सार की पिछली हड्डी पर ज़ोरदार मुक्का जड़ दिया। वह चक्कर खाकर रह गया। अब टार्ज़न की पुश्त पर दीवार थी और पोकर उसके सामने था। उसके बाद पोकर ने उछल-उछलकर दो-तीन भरपूर मुक्के मारे, तो टार्ज़न लड़खड़ाकर वहीं ढेर हो गया। उसकी टाँगें फ़र्श पर फैली हुई थीं। पीठ दीवार से टिकी थी। वह मुँह खोले ज़ोर-ज़ोर से हाँफ रहा था। उसकी आँखें बन्द होती जा रही थीं।

इस मारिके के बाद टार्ज़न की हवा बिगड़ गई। उसे अपनी बेइज़्ज़ती का शदीद अहसास था। वह कई रोज़ तक इसी उधेड़बुन में रहा कि किस तरह पोकर को नीचा दिखाया जाए, ताकि इन्तक़ाम[2] की आग ठंडी हो।

एक रोज़ मौक़ा पाकर उसने पोकर को घेर लिया। उसके हमराह उस वक़्त कई मुन्तख़िब किए हुए क़ैदी लड़के थे। प्रोग्राम के मुताबिक़ पहले एक लड़के को भेजा गया। वह पोकर के बराबर से बग़लें बजाता हुआ गुज़रा। गुंडों की इसतिलाह[3] में उसका मक़सद पोकर की बेइज़्ज़ती करना था।

पोकर ने उस लड़के को गुस्से से देखा और डपटकर बोला, "साले चमगादड़! तेरी तो ऐसी की तैसी!"

वह गालियाँ देता हुआ झपटा और उसकी गर्दन दबोच ली। आनन-फ़ानन टार्ज़न और उसके साथी पोकर पर टूट पड़े। वह इस अचानक हमले के लिए क़तई तैयार न था। सबने मिलकर उसे गिरा दिया। टार्ज़न सीने पर चढ़ बैठा। उसने ऊपर से अन्धाधुन्ध पोकर के मुँह पर मुक्के मारना शुरू कर दिए। पोकर नीचे दबा हुआ बेबसी से गालियाँ बकता रहा।

नौशा उस वक़्त क़रीब ही मौजूद था। लपककर वहाँ पहुँच गया। ज़रा देर तक वह पोकर को पिटते देखता रहा। फिर न जाने उसे क्या सूझी, मुँह बिगाड़कर तीखे लहजे में बोला, "इतने बहुत-से मिलकर अकेले को मार रहे हो। अबे! यह भी कोई मर्दानगी है?"

टार्ज़न ने उसे क़हर-आलूद[4] नज़रों से देखा। चीख़कर गाली दी, "शट अप यू ब्लेडी!"

नौशा ने बेपरवाही से कहा, "अकेले-अकेले लड़ लो!"

---

1. मूर्खों, 2. बदले, 3. परिभाषा, 4. प्रलयंकारी

उसकी मुराद यह थी कि टार्ज़न अकेला पोकर से लड़े, मगर टार्ज़न यह समझा कि वह उसको ललकार रहा है। उसने पोकर को छोड़ दिया। झपटकर नौशा के सामने जाकर खड़ा हो गया।

"अच्छा! तो तुम मुझे चैलेंज दे रहे हो। तो फिर आ जाओ सामने!"

नौशा लड़ाई-झगड़े से हमेशा घबराता था। आहिस्ता से बोला, "अबे! मेरे सिर क्यों हुए जा रहा है?"

वैसे नौशा ऐसा कमज़ोर भी नहीं था। अब वह ख़ासा लम्बा-चौड़ा हो गया था। लम्बे-लम्बे बेडौल हाथ-पाँव, ऊँचा क़द, और मोटा-तगड़ा जिस्म! देखने में वह ख़ासा मुस्टंडा लगता था। टार्ज़न ने उसकी बात का कोई जवाब नहीं दिया। झपटकर उसके मुँह पर एक ज़ोरदार मुक्का जड़ दिया। नौशा बौखलाकर पीछे हटा। टार्ज़न ने एक और ज़न्नाटे का हाथ दिया। नौशा मुक्केबाज़ी का आदी नहीं था। झुँझलाकर टार्ज़न पर झपटा। एक मुक्का उसकी कनपटी पर और पड़ा, मगर वह उससे लिपट ही गया।

दोनों गुत्थम-गुत्था होकर कुछ देर तक ज़ोर-आज़माई करते रहे। फिर नौशा ने टँगड़ी लगाकर टार्ज़न को दे मारा और उसके सीने पर घुटना रखकर दो-तीन कस-कसकर रगड़े जो दिए, तो वह लगा ग़ैं-ग़ैं करने।

पोकर अभी तक टार्ज़न के साथियों के नर्ग़े में घिरा हुआ लड़ रहा था। उस पर चारों तरफ़ से हमले हो रहे थे। वह अकेला सबके वार रोक रहा था। टार्ज़न को तो नौशा ने वहीं छोड़ा और लपककर पोकर के क़रीब पहुँचा। उस वक़्त वह वाक़ई बड़े जोश में था। उसने सबको ललकारा, "आ जाओ सालो! एक-एक की ऐसी की तैसी कर दूँगा।"

वह उन पर झपटा। जिसके हाथ मारा, उसकी सट्टी गुम हो गई। ज़रा ही देर में सब बदहवास होकर निकल भागे। पोकर ने बढ़कर नौशा को गले लगा लिया, "अबे वाह! मेरे शेर! क्या बात है तेरी? यार तू तो छुपा रुस्तम निकला!" वह देर तक उसे बढ़ावा-चढ़ावा देता रहा।

उसी वक़्त से उनकी दोस्ती हो गई। फिर आपस में ऐसी गाढ़ी छनने लगी कि दोनों हर वक़्त एक साथ नज़र आते। जेल से राजा के जाने के बाद नौशा जो अकेलापन महसूस कर रहा था, उस कमी को पोकर ने पूरा कर दिया। उसके साथ रहने में ठाठ भी बहुत थे। सब पर हुक्म चलता था।

टार्ज़न ज़्यादा दिनों तक जेल में नहीं रहा। एक रात ज़बरदस्त तूफ़ान आया। मूसलाधार बारिश हुई। हवा के झक्खड़ इस तरह शोर करते हुए चलते, जैसे बहुत-से आदमी मिली-जुली आवाज़ों के साथ सिसकियाँ भर रहे हों। बिजली बार-बार कड़कती। बारिश के मोटे-मोटे क़तरे बैरिक की छत पर जलतरंग बजाते। सवेरे उठकर सबने देखा। टार्ज़न ग़ायब था। तलाश हुई, तो मैदान में कीचड़ पर बड़े-बड़े क़दमों के निशान नज़र आए, जो अहाते की दीवार तक गए थे। टार्ज़न रातों-रात दीवार फाँदकर फ़रार हो गया था।

उसके बाद दो और क़ैदी लड़के जेल से निकल भागे। एक रात पोकर और नौशा ने भी फ़रार होने की कोशिश की, मगर पकड़े गए। बड़ी सख़्त सज़ा मिली। पैरों में डंडा-बेड़ियाँ लगाकर क़ैदे-तनहाई में डाल दिए गए और कड़ी निगरानी की जाने लगी।

जेल में नौशा ने और तो कुछ नहीं सीखा, अलबत्ता पोकर की सोहबत में रहकर उसे लड़ने-भिड़ने और चाकू चलाने की तकनीक मालूम हो गई। अब वह ऐसे मौक़ों के तमाम

हथकंडे जान गया था और आए दिन किसी-न-किसी बात पर लड़कों से झगड़ता रहता। उसमें पहले जो झिझक और ख़ौफ़ था, जाता रहा।

अब वह बिल्कुल निडर होकर लड़ता था। इसके अलावा पोकर बड़ा अच्छा जेबकतरा था। इस फ़न के तमाम गुर उसने नौशा को बता दिए थे।

बोर्स्टन जेल में बड़ी तादाद ऐसे लड़कों की थी, जो जराइम-पेशा थे। उनमें अफ़लातून भी था, जो ताला तोड़ने में माहिर था, और इस फ़न को बड़ी फ़ैयाज़ी[1] से सिखाता था। नौशा भी कुछ अरसा उसका शार्गिद रहा और किसी हद तक उस फ़न को सीख भी गया। तजुर्बा करने का मौक़ा नहीं मिला, वरना जिस तरह पोकर जेबतराशी में कई बार उसका इम्तिहान ले चुका था, ताला तोड़ने के हुनर का मुज़ाहिरा भी हो जाता।

पहले वह जेल में बेहद उदास रहता था। अक्सर रातों को उठकर रोया करता। गिड़गिड़ाकर घंटों दुआएँ माँगा करता। सबसे अलग-थलग रहने की कोशिश करता। जेल का मास्टर, जो सबक़ देता, उसे जी लगाकर पढ़ता। जब तक जेल में राजा रहा, उसका यही रवैया रहा, मगर जब पोकर से मरासिम बढ़े, तो वह रफ़्ता-रफ़्ता उसके रंग में रँगता चला गया, और यह महज़ इत्तिफ़ाक़ ही था कि जेल से दोनों की रिहाई एक ही रोज़ हुई।

## [2]

नौशा और पोकर फुटपाथ पर आहिस्ता-आहिस्ता चलते रहे।

शाम निखरती जा रही थी। रौशनियाँ झिलमिला रही थीं। शहर की दीवारों पर साए लहरा रहे थे। वह कुछ ही दूर गए होंगे कि पीछे से आवाज़ आई, "अबे ओ पोकर! किधर मुँह उठाए जा रहा है?"

पोकर ने पलटकर देखा। टीन की झुकी हुई छतवाले एक चायख़ाने के सामने उस्ताद पैडरू खड़ा था। उसके साथ बाजवा भी था। पोकर रुक गया।

उस्ताद पैडरू अपनी उजली शलवार खड़खड़ाता हुआ उसकी तरफ़ लपका। पीछे-पीछे बाजवा आ रहा था। उस्ताद ने दूर ही से अपने बाज़ू फैला दिए। पोकर को बड़े जोश से दोनों बाजुओं में भींचकर ऊपर उठा लिया। हँसते हुए बोला, "सालों ने अब छोड़ा है। मैं तो चार बजे का याँ आया बैठा हूँ। हराम के जनों ने बीसियों चक्कर लगवा डाले। अभी-अभी तो होकर आ रहा हूँ!"

उस्ताद देर तक बाजुओं में भींचे हुए उसकी पीठ शफ़क़त से थपकता रहा। जब दोनों अलाहिदा हुए, तो बाजवा ने रूमाल में लिपटा हुआ फूलों का गजरा निकाला और पोकर के गले में डाल दिया। गजरा पहनने के बाद पोकर को फ़ौरन नौशा का ख़याल आया, जो उसके बराबर ख़ामोश खड़ा था। उसने उस्ताद से नौशा का तआर्रुफ़ कराया।

"उस्ताद! यह नौशा भी अपना यार है। मेरे साथ ही छूटकर आया है।"

नौशा ने गर्दन को ज़रा-सा ख़म देकर बड़ी सआदतन्दी से उस्ताद को सलाम किया। उसके इस अन्दाज़ पर उस्ताद पैडरू का दिल ख़ुश हो गया। बुज़ुर्गों की तरह सिर पर हाथ फेरकर बोला, "जीते रहो!" वह बाजवा की जानिब मुवज्जेह हुआ।

1. उदारता

"क्यों बे बाजवा? वह टैक्सीवाला कहाँ मर गया? टैक्सी में पैट्रोल डलवाने गया था। अब तक नहीं लौटा...तू टैक्सी लेकर आ...तब तक मैं लम्डों (लौंडों) को चाय पिला दूँ!"

बाजवा टैक्सी लेने चल दिया। उस्ताद पैडरू दोनों के हमराह चायख़ाने में पहुँचा। बैंच पर बैठते हुए चायख़ाने के मालिक से बोला, "सेठ! दो फस्ट क्लास डबल चाय तो मारो। ज़रा बालाई अच्छी डलवाना। लम्डा दुबला होकर आया है!" उसने मुहब्बत से पोकर के बाजू को दबाया, "अबे! कुछ खाने को मिल रिया था। तेरी तो हड्डियाँ निकल आईं!'

पोकर जेल की तकलीफ़ें सुनाने लगा। उस्ताद कुरेद-कुरेदकर एक-एक बात पूछ रहा था।

नौशा ख़ामोश बैठा उनकी बातें सुनता रहा।

थोड़ी देर बाद चाय आ गई। दोनों ने चाय पी और वहाँ से उठकर सड़क पर आ गए। बाजवा टैक्सी ले आया था और उनका इन्तज़ार कर रहा था। चारों टैक्सी के अन्दर जाकर बैठ गए। टैक्सी उस्मानाबाद की तरफ़ चल दी, जहाँ उस्ताद पैडरू का अड्डा था।

बन्दरगाह रोड पर रोशनियों का जाल फैला था। रात हौले-हौले कराची की फ़लक-बोस[1] इमारतों से नीचे उतर रही थी। उस्ताद बड़े ठाठ से गर्दन ऊँची किए बैठा था। वह अधेड़ आदमी था। सिर के बाल खिचड़ी हो गए थे। मूँछें बहुत घनी थीं। आँखों में बड़ी पुर-असरार[2] चमक थी। क़द म्याना था और जिस्म पर चर्बी की तहें चढ़ी हुई थीं।

जब वह अड्डे पर पहुँचे, तो पहर रात गुज़र चुकी थी।

अड्डा एक तंग व तारीक गली के अन्दर था। चारों तरफ़ कच्ची दीवारोंवाले छोटे-छोटे मकानात थे, अलबत्ता अड्डा जिस मकान में था, उसकी दीवारें पुख़्ता थीं। उसमें कई कमरे और एक तवील दालान था। सेहन बड़ा कुशादा था, मगर उसका फ़र्श कच्चा था। सेहन के एक गोशे में नीम का घना दरख़्त था, जिस पर कौए बसेरा करते थे और चाँदनी रातों में उड़-उड़कर शोर मचाते थे।

टैक्सी गली के नुक्कड़ पर रुकी। उस्ताद पैडरू किराया अदा कर चुका, तो उसने मशकूक नज़रों[3] से नौशा को देखा और पोकर को अलाहिदा ले जाकर पूछा, "क्यों जी! यह नौशे का क्या मुआमला है?"

पोकर ने फ़ौरन जवाब दिया, "उस्ताद! वह तो अब अपने ही हाथ रहेगा!"

"साथ तो रख लूँगा, पर कुछ अपने कैंडे (मतलब) का भी है?"

"क्या पूछते हो, उस्ताद! बड़ा जीदार लौंडा है। वैसे मैंने उसको कारीगरी के दो-चार हाथ समझा दिए हैं!"

उस्ताद पैडरू ने उसे डाँटा, "अबे! तू क्या समझाएगा! अभी तो तेरा हाथ ख़ुद नहीं साफ़ हुआ। साले चले हैं उस्तादी करने!"

पोकर खिसियानी हँसी हँसने लगा।

उस्ताद ने बाजवा और नौशा को इशारे से क़रीब बुलाया और उनके हमराह गली में दाख़िल हुआ। अड्डे के अन्दर जाकर उसने देखा। बड़े कमरे में लालटेन जल रही थी। चक्रम

1. गगनचुम्बी, 2. आग्रही, 3. सन्दिग्ध दृष्टि

दीवार से पीठ लगाए ख़ामोश बैठा था। उस्ताद पैडरू को देखकर फ़ौरन खड़ा हो गया। उस्ताद ने पूछा, "यह लम्डे अभी तक नहीं लौटे?"

"क़ादिर और पंछी आए थे। चाय पीने गए हैं!"

उस्ताद ने एक लम्बी "हूँ" की और कमरे में बिछी हुई दरी पर थका हुआ-सा बैठ गया। पोकर को मुख़ातिब करके बोला, "अबे तेरे चक्कर ने तो आज अपना पलेथन निकाल दिया!"

चक्रम ने मुस्कराकर पोकर को देखा। दोनों एक-दूसरे से चिमट गए। चक्रम ने कहा, "यार! तेरे बग़ैर ताश खेलने का लुत्फ़ जाता रहा। ख़ुदा क़सम, तुझे रोज़ याद करते थे!"

पोकर हँसकर बोला, "तो फिर आज ही जमेगी। यार, बहुत दिन हो गए ताश खेले हुए। बड़ी मुश्किल से ताशों की एक गड्डी हाथ लगी थी। एक दिन सालों ने देख लिया। उसी वक़्त छीनकर ले गए!"

वह चक्रम को बोर्स्टल जेल की बातें सुनाने लगा। नौशा चुप बैठा रहा। पोकर ने उसे चक्रम से मिलाया। वह बड़ी गर्मजोशी से मिला।

उस्ता पैडरू अब बाजू पर सिर टिकाकर चित लेटा था। बाजवा फुर्ती से उसकी पिंडलियाँ दबा रहा था। उसके हाथ बड़े सधे हुए थे और तेज़ी से चल रहे थे।

थोड़ी देर बाद कमरे के दरवाज़े पर बीस-बाईस साल के दो नौजवान लड़के नमूदार हुए। एक का रंग स्याह था। बालों में ख़ूब तेल चुपड़ा हुआ था। वह पतलून और बुश्शर्ट पहने था। दूसरा उससे मुख़्तलिफ़ था। उसका रंग खिलता हुआ था। गले में रेशमी रूमाल बँधा था। ख़ूब घेरदार लट्ठेदार की शलवार पहने था। दोनों बेतकल्लुफ़ी से क़हक़हे लगा रहे थे।

उस्ताद ने दोनों को क़हर-आलूद नज़रों से देखा। गरजदार आवाज़ से बोला, "अबे! बड़ी पटखें हो रही हैं। बहुत दिन से तुम्हारी कुन्दी नहीं हुई।"

दोनों सहमकर रह गए। उन्होंने जल्दी-जल्दी उस्ताद को सलाम किया और एक कोने में दुबककर बैठ गए। उस्ताद ने पूछा, "अबे! उधर मुँह छुपाकर क्यों बैठ गए? तुम अब तक रहे कहाँ?"

उन्होंने कोई जवाब न दिया। ख़ामोश बैठे रहे!

इस दफ़ा उस्ताद ने झपटकर कहा, "अबे! मुँह फूट गए तुम्हारे! बोलते क्यों नहीं?" फिर उस नौजवान को, जिसका रंग स्याह था, मुख़ातिब करते हुए पूछा, "तू बता बे कालटीन?"

वह मरी हुई आवाज़ से बोला, "उस्ताद! ज़रा देर हो गई।"

उस्ताद को जलाल आ गया, "अब! यह ज़रा देर हो गई। दस बज रहा है और तू ज़रा ही देर के रिया है। दोनों की ड्यूटी तो पासपोर्ट के दफ्तर पर थी। वह तो चार बजे का बन्द हो जाता है। अब तो वहाँ कुत्ते लोट रहे होंगे!"

"कलफ्टन चले गए थे!" इस दफ़ा दूसरे ने जवाब दिया।

"तो यूँ कहो, सैरें हो रही थीं। अबे! तुमको क्यों हवा लगी है? सालो! खाल में रहो खाल में!" वह चक्रम की तरफ़ पलटा। डपटकर बोला, "चल बे चक्रम! बहुत हो चुकी यारी। काम भी करेगा या बातें ही होती रहेंगी।"

चक्रम घबराकर उठा। उसने कमरे के कोने में रखा हुआ लकड़ी का सन्दूक खोला। रजिस्टर और क़लमदान निकाला और लालटेन के क़रीब आकर बैठ गया। उस्ताद ने दोनों नौजवान लड़कों से कहा, "कुलेलें तो तुम दोनों बहुत भर रहे थे। अब देखूँ, तुम क्या तीर मारकर आए हो?"

कालटीन ने पतलून की जेब से कई नोट और कुछ रेज़गारी निकालकर चक्रम के सामने डाल दी। उस्ताद पैडरू ने पूछा, "क्यों बे चक्रम! कितनी रक़म है? यह तो साले अपनी ज़बान से बताएँगे नहीं!"

चक्रम ने पूरी रक़म गिनकर कहा, "55 रुपए नौ आने हैं," और रजिस्टर में रक़म दर्ज करने लगा।

उस्ताद पैडरू ने कहा, "बस! कल तो तुम बड़े फरूट गए थे। आज क्या हुआ?"

"आज तो सिर्फ़ एक ही मौक़ा लगा। कल चार दफ़ा कारीगरी की थी।"

"नहीं, बे! इतनी तेज़ी ठीक नहीं। तुमने कल यह बात क्यों नहीं बताई? बस एक दफ़ा कारीगरी दिखाया करो, वरना धर लिए जाओगे। जितना मिलेगा नहीं, उतना रिश्वत में अलफते खा जाएँगे!"

उस्ताद पैडरू की नाराज़गी रफ़ा हो चुकी थी। वह उन्हें बुज़ुर्गों की तरह जेबतराशी के फ़न पर नए-नए नुक़्ते समझाने लगा। दोनों सिर झुकाए उसकी बातें सुनते रहे। इसी दौरान में तीन नौ-उम्र लड़के कमरे में दाख़िल हुए।

"उस्ताद, सलाम!"

"उस्ताद, सलाम!"

"उस्ताद, सलाम!"

तीनों उसे सलाम करके एक तरफ़ बैठ गए। चन्द ही मिनट बाद एक लम्बे क़द का नौजवान आया। उसने भी सलाम किया और ख़ामोशी से बैठ गया। उस्ताद फ़र्श पर लेट गया। बाजवा उसके पैर दबाता रहा। अब जेबकतरों की आमद शुरू हो गई थी। ग्यारह बजे तक कमरे में ख़ासी भीड़ हो गई। वे तादाद में सोलह थे।

उनमें कमसिन लड़के थे। कड़ियल नौजवान थे और कुछ ऐसे भी थे, जो सन व साल के लिहाज़ से खर्रांट हो गए थे। जो भी जेबकतरा आता, पोकर से बड़ी गर्मजोशी के साथ बग़लगीर होता और जेल का हाल पूछता।

कमरे में मिली-जुली आवाज़ों का हलका-हलका शोर मक्खियों की तरह भिनभिना रहा था। उस्ताद पैडरू करवट के बल ख़ामोश लेटा था। आख़िर वह अँगड़ाई लेकर उठ बैठा।

सारे जेबकतरे सँभलकर बैठ गए। चक्रम ने लालटेन और रजिस्टर उठाया और उसके क़रीब जाकर बैठ गया।

उस्ताद ने जेबकतरों से कहा, "चलो बे, हिसाब दो!"

एक-एक जेबकतरा बारी-बारी आता और जेब से नोट और रेज़गारी निकालकर उसके सामने डालता जाता। उस्ताद पैडरू ऊँची आवाज़ से जेबकतरे का नाम लेता और ख़ुद रक़म गिनता। चक्रम फ़ौरन रजिस्ट्रर में इन्द्राज कर लेता।

उस्ताद पैडरू किसी की पीठ ठोंककर शाबाशी देता। किसी को गालियाँ देता। किसी को जेब तराशने के फ़न पर लैक्चर देता। देर तक यह सिलसिला चलता रहा।

जब सब जेबकतरे अपनी-अपनी आमदनी जमा करा चुके, तो उस्ताद ने सारी रक़म में से एक-तिहाई हिस्सा निकालकर चक्रम को दे दिया। यह अड्डे का हिस्सा था। बक़ाया रक़म में से उस्ताद ने हर एक की दिहाड़ी बाँट दी।

जेबकतरों के मुख़्तलिफ़ मदरिज[1] थे, जो सीनियर थे, उनमें पचास फ़ीसदी हिस्सा तक़सीम कर दिया, जो उनसे कम दर्जे के थे, उनको रुपए में पाँच आने का हिस्सा मिला। जो बिल्कुल जूनियर थे, उनके हिस्से में तीन आने का हिस्सा आया।

उस्ताद पैडरू जेबकतरों में उस रोज़ की दिहाड़ी तक़सीम कर चुका, तो उसने बाजवा की तरफ़ इशारा करके चक्रम से कहा, ''इसे बीस रुपए दे दीजियो!'' फिर बाजवा की तरफ़ मुतवज्जेह हुआ, ''जा बे, नियाज़ के लिए सामान ले आ! मिठाई ताज़ी लाइयो। इस साले अफ़ज़ल के हाँ न जाइयो। पता नहीं, साला, घी में क्या मिलावट करता है। उस दिन जो इमरतियाँ तू लाया था, ऐसा गला पकड़ा कि अब तक तबीयत ठीक नहीं हुई।

बाजवा ने चक्रम से बीस रुपए लिए और बाहर चला गया।

उस्ताद भी ज़्यादा देर न ठहरा। उठकर ख़ामोशी से बाहर चला गया। उसके जाते ही जेबकतरों ने शोर मचाना शुरू कर दिया। वे एक-दूसरे को गालियाँ दे-देकर बातें कर रहे थे। हँसी-मज़ाक़ कर रहे थे। बेतकल्लुफ़ी से क़हक़हे लगा रहे थे। सब खिसक-खिसककर पोकर के गिर्द हलक़ा बनाकर इकट्ठे हो गए थे। उलटे-सीधे सवालात पूछ रहे थे।

नौशा गुमसुम बैठा सब कुछ देख रहा था। वह सहमा हुआ नज़र आ रहा था। हर जेबकतरा मुश्तबह[2] नज़रों से उसे देख रहा था। उनके इस अन्दाज़ ने उसे और भी परेशान कर दिया।

उस्ताद पैडरू कमरे में दाख़िल हुआ। वह उस वक़्त सिर्फ़ सफ़ेद लुंगी बाँधे हुए था और अपने भीगे हुए बदन को तौलिया से पोंछ रहा था।

ऐसा मालूम होता था कि वह ग़ुसल करके आया था।

जब बदन पोंछ चुका, तो उसने चक्रम के आगे कुंजी फेंककर कहा, ''अलमारी से एक धुला हुआ जोड़ा तो निकालकर ला,'' कुंजी लेकर चक्रम जाने लगा, तो उसने टोका, ''और हाँ, मेरी टोपी और मुसल्ला भी लाइयो!''

चक्रम बाहर चला गया। उस्ताद पैडरू ने इशारे से नौशा को क़रीब बुलाया, ''मेरे कने आइयो!'' वह सहमा हुआ उसके सामने जाकर बैठ गया। उस्ताद ने कहा, ''ज़रा अपना दाहिना हाथ तो दिखाइयो!''

नौशा ने अपना हाथ आगे बढ़ा दिया। उस्ताद उसका हाथ थामकर उँगलियों को टटोल-टटोलकर देखने लगा। नौशा की उँगलियाँ नरम और लम्बी-लम्बी थीं।

उस्ताद मुस्कराकर बोला, ''उँगलियाँ तो तेरी ठीक दिखे हैं। कुछ दिन ज़ोर-पंजा कराना पड़ेगा। खिंचाव कम है।''

---

1. दर्जे, रुतबे, 2. सन्दिग्ध

वह उसकी उँगलियाँ देखता रहा और अपनी मख़सूस इसतिलाहात में उन पर तबसरा[1] भी करता रहा। जब वह उँगलियाँ देख चुका, तो नौशा उठकर जाने लगा। उस्ताद ने डपटकर कहा, "अबे! डरा क्यों जा रहा है? यह ढो-का-ढो बदन देखो और अभी से इसकी सट्टी गुम है!"

नौशा चुपचाप उसके बराबर बैठ गया।

उस्ताद कुछ कहने ही जा रहा था, इतने में पंछी बोल पड़ा।

"कल सोलजर बाज़ारवाले उस्ताद अहमद जान टक्कर गए थे। आजकल उनके बड़े नक्शे हैं। बड़े ज़ोरों पर जा रहे हैं!"

पैडरू ने उसकी बात में दिलचस्पी का इज़हार करते हुए कहा, "क्या कै रिया था?"

पंछी ने बताया, "बड़ी हवा बाँध रहे थे। कहने लगे, कराची में तो सब उठाईगीरे हैं। कारीगर एक भी नहीं। जिसे देखो, वही उस्ताद बना फिरता है!"

उस्ताद पैडरू को ताव आ गया। त्यौरी पर बल डालकर बोला, "उस्ताद तो वही साला शहर में रह गया है। ख़्वाहमख़्वाह फंटी मारता फिरता है। बस कपड़ा मारी के दो-चार उलटे-सीधे हाथ जानता है। वह तो ज़रा-ज़रा से लम्डे भी जानते हैं। जिसे गिरह-कटी कहते हैं, वह फ़न तो उसके उस्ताद को भी न आता होगा। साला, अब तक तीसरी उँगली अनाड़ियों की तरह चलाता है। अँगूठा चलाना तो उसे आज तक नहीं आया। वह क्या, बम्बई के सीखे हुए जितने कारीगर हैं, सब साले अनाड़ी हैं।"

उस्ताद पैडरू बड़े जोश के साथ बोल रहा था।

सारे जेबकतरे दम-बख़ुद बैठे उसकी बातें सुन रहे थे। उस्ताद गर्दन को बार-बार ख़म देकर कहता रहा, "काम करनेवाले तो कलकत्ते से बढ़कर रूए-ज़मीं[2] पर न होंगे। यहाँ का-सा हिसाब थोड़ी है कि फोकट में हुनर सीख लो। अपने उस्ताद थे शेख नबी बख़्श। सत्तर से ऊपर सिन था। दिखाई भी कम देता था। उनका बाक़ायदा स्कूल था। पूरे सौ रुपए नज़राना लेते थे। फिर काम सीखने में उनके नौ सौ नख़रे अलग झेलना पड़ते थे। ज़रा कोई बात मर्ज़ी के ख़िलाफ़ हुई, छूटते ही मुँह पर हाथ पड़ता था। क्या मजाल, कोई चूँ भी कर जाए। खड़े-खड़े निकाल बाहर करते, मगर अपने काम के माहिर थे। धाक इतनी कि पेशाब से चिराग़ जलता था। बड़े-बड़े माने हुए उस्ताद आकर कान पकड़ गए।"

उस्ताद पैडरू का ग़ुस्सा ख़त्म हो गया। अब वह मौज में आकर बड़ी रवानी से बोल रहा था। इसी दौरान में चक्रम कपड़े लेकर आ गया।

उस्ताद पैडरू ने उठकर वहीं खड़े-खड़े कपड़े तब्दील किए। दरी पर मुसल्ला बिछाया और उसके एक कोने पर बैठ गया।

ज़रा देर बाद बाजवा सामान से लदा-फँदा कमरे में दाख़िल हुआ और सारा सामान उस्ताद पैडरू के सामने लाकर ढेर कर दिया।

चक्रम ने अगरबत्तियाँ सुलगाईं। कमरे में धुएँ के हलके-हलके मरगूले लहराने लगे। फ़िज़ा में खुशबू फैल गई।

---

1. विशिष्ट परिभाषाएँ, 2. धरातल, भूमंडल

उस्ताद ने अपनी तुर्की टोपी पहनी। शीरीनी को मुसल्ले पर रखा। आँखें बन्द कीं और दोनों हाथ उठाकर नियाज़[1] देने लगा।

नियाज़ से फ़ारिग़ होने के बाद उसने नौशा को क़रीब बुलाया। उसके गले में फूलों के हार डाले और अपनी टोपी उतारकर उसके सिर पर रख दी।

शागिर्दी की रस्म अदा हो चुकी थी। नौशा अब उस्ताद पैडरू के हलक़े में बाक़ायदा शामिल हो चुका था।

उस्ताद ने अपने हाथ से मिठाई का एक टुकड़ा उसके मुँह में रखा और बाक़ी मिठाई तमाम जेबकतरों में तक़सीम कर दी गई।

नौशा उठकर हर जेबकतरे से गले मिल रहा था।

वह अड्डे का सत्रहवाँ रुक्न था।

पंछी ने उस्ताद पैडरू की फ़रमाइश पर एक फ़िल्मी गीत सुनाया। उसकी आवाज़ अच्छी थी। ख़ूब लहक-लहककर गा रहा था। क़ादिर गीत के साथ मुँह से तबला बजाता रहा। अच्छा-ख़ासा समाँ बँध गया।

आधी रात तक यह जश्न जारी रहा।

जेबकतरे सोने के लिए अपने-अपने बिस्तरों पर चले गए। उनमें ज़्यादातर ऐसे थे, जो अड्डे ही पर रहते थे। एक कमरे में कई-कई की रिहाइश थी। पोकर और नौशा ने अपने ठहरने का बन्दोबस्त एक ही कमरे में किया।

लगभग हफ़्ता-भर तक उस्ताद पैडरू नौशा को जेबतराशी की तकनीक सिखाता रहा। ज़ोर-पंजे की मश्क़ कराके उसकी उँगलियाँ मज़बूत और फुर्तीली बनाई गईं। आख़िर एक रोज़ चक्रम की निगरानी में उसकी ड्यूटी मुक़र्रर कर दी गई।

चक्रम छरेरे बदन का तरहदार नौजवान था। वह अपने काम में बड़ा चौकस और फुर्तीला था। उस्ताद पैडरू उस पर इस क़दर मेहरबान था कि बहुत-से सीनियर जेबकतरों की मौजूदगी में चक्रम को अपना जानशीन[2] मुक़र्रर कर दिया था।

उस्ताद उस पर इतिमाद भी इतना करता था कि जेबकतरों का सारा हिसाब-किताब वही लेता और सारी रक़म भी उसकी तहवील में रहती। चक्रम दिल का भी अच्छा था। नौशा की हर तरह दिलजोई करता। ख़ूब ख़ातिर-मुदारत[3] करता।

दिन में कई बार चाय और लस्सी का दौर चलता। ठाठ से सिगरेटें पी जातीं।

नौशा चन्द ही रोज़ में चक्रम से मानूस हो गया।

दोनों की आपस में ख़ूब पटने लगी। उन दिनों चक्रम की ड्यूटी शहर के गुंजान[4] इलाक़े 'इम्प्रेस मार्किट' के बस-स्टैंड पर थी।

महीने की शुरू तारीख़ें थीं।

पहले ही दिन चक्रम ने एक तगड़ा मुर्ग़ा ज़िबह किया। (जेबकतरों की इसतिलाह में, इससे मुराद जेब काटना है) दो सौ से ऊपर की रक़म हाथ लगी।

---

1. फ़ातिहा (पूजा-पाठ), 2. वारिस, 3. आवभगत, 4. घना, सघन

जिस वक़्त चक्रम ने जेब काटी, नौशा क़रीब ही खड़ा था। इसके अलावा आग़ा पिलपिली भी उसके साथ था।

चक्रम ने जिस दीदा-ए-दिलेरी से कारीगरी का हाथ दिखाया, नौशा दंग रह गया। पता भी न चला कि कब उसने हाथ की सफ़ाई दिखाई।

नौशा को तो उस वक़्त इल्म हुआ, जब चक्रम ने चमड़े का बटुआ उसके हाथ में देकर निकल जाने का इशारा किया। ऐसी तमाम हिदायतें उस्ताद पैडरू उसे पहले ही दे चुका था और बाक़ायदा इम्तिहान भी ले चुका था।

नौशा बटुआ सँभालकर उसी चायख़ाने में पहुँचा, जहाँ चक्रम रोज़ाना बैठता था। कोई पन्द्रह मिनट बाद चक्रम और आग़ा पिलपिली भी मुस्कराते हुए चायख़ाने में पहुँच गए। सब कुछ इतनी फुर्ती और आसानी से हुआ कि नौशा के दिल में जेबतराशी का जो ख़ौफ़ था, पहले ही तजुर्बे में बहुत हद तक ज़ाइल[1] हो गया।

1. नष्ट

# फ़सल दहुम[1]

## [1]

नियाज़ को बीवी के इंश्योरेंस का रुपया मिला, तो उसके दिन फिर गए। पचास हज़ार रुपए वसूल करने के कुछ ही अरसे बाद उसने मज़ाफात[2] में एक कोठी ख़रीद ली और पुराना मकान छोड़कर उसमें मुनतक़िल[3] हो गया।

यह ख़ासा उजाड़ इलाक़ा था। मशरिक़ में ऊँचे-ऊँचे बंजर टीले थे। कुर्ब व जवार[4] में चन्द पुरी वज़ा के बँगले थे, जिनमें कभी फ़ौजी अफ़सरों की रिहाइश थी, मगर जब से यह बँगले आम शहरियों के तसर्रुफ़[5] में आए थे, उस वक़्त से रोज़-ब-रोज़ नित्य नई तब्दीलियाँ हो रही थीं, लेकिन शाम होते ही हर तरफ़ हू का आलम होता। रास्तों पर आमदो-रफ़्त कम हो जाती। पहर रात गुज़रने के बाद सारा इलाक़ा कब्रिस्तान की तरह वीरान मालूम होता। अँधेरा होते ही गीदड़ बोलना शुरू कर देते। रात के सन्नाटे में उनकी आवाज़ें बड़ी डरावनी लगतीं।

कोठी में चार कमरे थे। नियाज़ ने नीलाम में खरीदे हुए फ़र्नीचर से तमाम कमरों को ख़ासा आरास्ता[6] कर दिया था। कोठी में बड़ा-सा अहाता था, जिसमें घने दरख़्त थे। अरसे से बाग़ीचे की देखभाल नहीं हुई थी, लिहाज़ा हर तरफ़ झाड़-झंखाड़ नज़र आते। रात के वक़्त शाख़ों से ख़ुश्क पत्ते टूट-टूटकर गिरते। ऐसा मालूम होता, कोई दबे क़दमों दरख़्तों तले चल रहा है।

कोठी में आकर नियाज़ को हर तरह की आसाइश मिल गई थी, मगर आमदो-रफ़्त की बड़ी तकलीफ़ थी। कारोबार उसका शहर में था। सवेरे-ही-सवेरे वह घर से निकल जाता, मगर बस के इन्तज़ार में कभी-कभी तो घंटों इन्तज़ार करना पड़ता। सिर्फ़ चन्द बसें उस रास्ते पर चलती थीं। वह भी पुरानी खटारा थीं। आए दिन कोई-न-कोई बस ख़राब हो जाती। इस परेशानी का हल उसने यह निकाला कि साढ़े छह हज़ार में एक कार ख़रीद ली। यह सुर्ख़ रंग की टू-सीटर सिंगर थी। पुराना माडेल था, मगर कंडीशन अच्छी थी।

कार ख़रीदने के साथ ही नियाज़ के पर लग गए। उसने शलवार और क़मीज़ छोड़कर पतलून और बुश्शर्ट पहनना शुरू कर दी। मूँछें सफ़ाचट करा दीं और टू-सीटर में ठाठ से बैठकर उड़ा-उड़ा फिरता। दुकान भी उसने ख़त्म कर दी और एक रोज़ उसकी कोठी पर प्लास्टिक की बनी हुई तख़्ती भी लग गई, जिस पर अंग्रेज़ी हुरूफ़ में लिखा था :

---

1. दसवाँ परिच्छेद, 2. शहर के क़रीबी इलाक़े, 3. शिफ्ट, स्थानान्तरित, 4. आस-पास, 5. अधिकार, 6. सुसज्जित

'शेख मुहम्मद नियाज़, गवर्नमेंट कंट्रेक्टर'

वैसे वह अंग्रेज़ी का एक लफ़्ज़ भी न जानता था, मगर गवर्नमेंट कंट्रेक्टर ज़रूर हो गया था। उसको पी.डब्ल्यू.डी. की नई बैरिकों की तामीर का ठेका मिल गया था। काम बड़ा नहीं था, लेकिन बी क्लास गवर्नमेंट कंट्रेक्टर की हैसियत से उसका नाम ठेकेदारों की फ़ेहरिस्त में रजिस्टर्ड हो गया। उसी ठेके के बलबूते पर उसे म्यूनिस्पैलटी की नई मार्किट की तामीर का ठेका भी मिल गया। उसका टेंडर सात लाख का था। दूसरे कंट्रेक्टरों के टेंडर कम थे, मगर ख़ाँ बहादुर फ़र्ज़न्द अली उन्हीं दिनों नया-नया म्यूनिस्पैलटी का चेयरमैन बना था। इलेक्शन पर उसका बहुत रुपया सर्फ़ हुआ था, लिहाज़ा वह उन दिनों ज़्यादा-से-ज़्यादा कमाई की फ़िक्र में था। नियाज़ से उसके मरासिम भी थे। उसने 33 फ़ीसद हिस्सा रखकर नियाज़ का टेंडर मंजूर करा दिया।

नियाज़ को तामीरात के काम का कुछ ज़्यादा तजुर्बा नहीं था और न ही उसके पास इतने बड़े कंट्रेक्ट के लिए सरमाया था, लिहाज़ा उसने साढ़े चार लाख रुपए में सारा काम छोटे ठेकेदारों को दे दिया। अब इस काम में उसकी दिलचस्पी सिर्फ़ इस क़दर रह गई थी कि ठेके के नाम पर उसने सीमेंट और लोहे का जो फ़ाज़िल[1] कोटा मंजूर कराया था, उसे ब्लैक-मार्किट में किस तरह फ़रोख़्त किया जाए।

ख़ाँ बहादुर फ़र्ज़न्द अली से उसके ताल्लुक़ात पहले ही अच्छे थे। इस ठेके की वजह से दोनों के ताल्लुक़ात और भी गहरे हो गए। नियाज़ का बेशतर वक़्त ख़ाँ बहादुर ही के साथ गुज़रता। ख़ाँ बहादुर ही के तवस्सुत[2] से शहर के आला हुक्काम तक उसकी रसाई हो गई। रफ़्ता-रफ़्ता वह एक मुअज़्ज़िज़[3] शहरी बनता जा रहा था।

तक़रीबन हर रात ख़ाँ बहादुर के यहाँ उसकी निशस्त होती। उस महफ़िल में शराब का दौर भी चलता। ब्रिज और रमी होती। ख़ाँ बहादुर को रमी खेलने का बहुत शौक़ था। म्यूनिस्पैलटी का चेयरमैन मुनतख़ब होने के बाद उसकी मसरूफ़ियत बहुत बढ़ गई थी, मगर रमी के प्रोग्राम में फ़र्क़ न आया।

रात होते ही कुछ सरकारी अफ़सर और शहर के बाज़ बड़े ताजिर उसकी कोठी पर इकट्ठा होते और रोज़मर्रा का मशग़ला शुरू हो जाता। इस तरह ख़ाँ बहादुर की कोठी प्राइवेट क़िस्म का क्लब बन गई, जिसका एक रुक्न नियाज़ भी था। शुरू-शुरू में वह पीने-पिलाने के शग़ल से कतराता रहा, मगर कब तक बचता? एक दिन सबने इसरार करके ज़बरदस्ती थोड़ी-सी स्कॉच-व्हिस्की पिला दी। यह गोया इब्तदा थी।

उसके बाद तो वह लहक-लहककर पीने लगा।

नियाज़ की ज़िन्दगी बड़े ठाठ से बसर हो रही थी। सुलताना और अन्नू उसके साथ ही कोठी में आ गए थे। दोनों जाते भी कहाँ? उनका बैठा ही कौन था, जो सरपरस्ती करता, मगर नियाज़ का रवैया सुलताना के साथ बड़ा नार्मल था। सुलताना की माँ को मरे हुए कई माह का अरसा हो चुका था, मगर इस तमाम अरसे में न तो नियाज़ ने उसके साथ किसी क़िस्म की छेड़छाड़ की और न किसी ऐसी बात का मौक़ा दिया, जिससे उसकी दिल-आज़ारी[4] होती।

---

1. फालतू, अतिरिक्त, 2. माध्यम, 3. सम्मानित, 4. कष्ट, दुख

वह आम तौर पर सवेरे-ही-सवेरे कार लेकर कोठी से निकल जाता और रात गए वापस आता। ऐसा कभी नहीं हुआ कि रात को वापसी के बाद उसने सुलताना से कोई बातचीत की हो। वह चुपचाप जाकर अपने कमरे में सो जाता। रात का खाना वह ख़ाँ बहादुर ही के साथ खाता था। शुरू-शुरू में नियाज़ का खाना सुलताना उसके कमरे में रखवा देती, मगर जब नियाज़ ने ख़ुद ही मना कर दिया, तो उसने यह सिलसिला बन्द कर दिया।

नियाज़ की सेहत भी अब अच्छी हो गई थी। दुकान पर दिन-भर बैठे रहने से उसके जिस्म में जो भद्दापन आ गया था, दौड़-भाग से कम हो गया। उसकी रंगत निखर गई थी। शराब पीने से रुख़सारों पर हलकी-हलकी सुर्ख़ी झलकती रहती। वह जब नाईलोन की बुश्शर्ट और पतलून पहनकर घर से बन-सँवरकर निकलता, तो ख़ासा स्मार्ट लगता।

एक बार तो सुलताना ने भी उसे देखकर सोचा था कि नियाज़ रोज़-ब-रोज़ ख़ुश-शक्ल और वजीह[1] होता जा रहा है।

गरमियों की ख़ुशगवार शाम थी। सूरज गुरूब[2] हो चुका था। मग़रिब[3] में गहरी नारंजी रोशनी फैली थी। दरख़्तों के तवील साए ख़्वाबों की तरह लहरा रहे थे। हर तरफ़ ख़ामोशी छाई थी। सामने सड़क पर ऊँटों का एक कारवाँ गुज़र रहा था। उनकी गर्दनों में बँधी हुई घंटियाँ शाम के सन्नाटे में आहिस्ता-आहिस्ता बज रही थीं। सुलताना अपने कमरे की खिड़की पर खड़ी थी। यह खिड़की बाहर बाग़ीचे में खुलती थी। घंटियों की आवाज़ दूर होती जा रही थी। आफ़्ताब[4] की नारंजी शुआएँ[5] सुर्ख़ होती जा रही थीं।

सामने एक दरख़्त के पास नियाज़ खड़ा था। उस वक़्त वह कहीं जाने की ग़र्ज़ से निकला था। ड्राइवर स्टिपिनी का पिंक्चर जुड़वाने के लिए कार ले गया था। वह उसकी वापसी का इन्तज़ार कर रहा था। डूबते सूरज की लाला-गूँ[6] रोशनी में वह ख़ासा दीदा-ज़ेब[7] नज़र आ रहा था। सुलताना ने उसे देखा, तो देखती ही रह गई। ऐन उसी वक़्त नियाज़ ने उसकी जानिब नज़रें उठाईं। लम्हा-भर के लिए दोनों की निगाहों का तसादुम[8] हुआ।

सुलताना फ़ौरन हट गई। उसका दिल धड़कने लगा, लेकिन इस वाक़िए के बाद भी नियाज़ के रवैए में कोई तब्दीली न आई।

इतवार को नियाज़ उमूमन[9] घर पर रहता, मगर उसका ज़्यादातर वक़्त अपने कमरे में गुज़रता या फिर मिलने-जुलनेवाले आ जाते। वह उनके साथ ड्राइंग-रूम में बैठा बातें करता रहता। सुलताना से उसकी बातचीत बहुत सरसरी होती। कई बार वह उसे और अन्नू को कार में बिठाकर शॉपिंग के लिए शहर भी ले गया और हमेशा सामान से लदा-फँदा लौटा। उसके सामान में ज़्यादातर सुलताना के बंडल होते।

वह उसके साथ बड़ी नरमी और ख़ुश-अख़्लाक़ी[10] का मुज़ाहिरा करता। बात करता, तो आम तौर पर नज़रें झुकी होतीं। यह गुफ़्तगू आम तौर पर रस्मी-सी होती थी। बहुत कम ऐसा इत्तिफ़ाक़ होता, जब वह उससे कोई ज़ाती सवाल करता। वह भी कुछ इस क़िस्म का होता :

"तुम्हारा दिल तो यहाँ नहीं घबराता?"

---

1. रोबदार, 2. अस्त, 3. पश्चिम, 4. सूर्य, 5. किरणें, 6. लाल, सुर्ख, 7. आकर्षक, 8. टकराव, 9. प्रायः, 10.सद्व्यवहार

"रात तुम्हारी खाँसी सुनाई दे रही थी। जाकर डॉक्टर को दिखा दो!"

"किसी बात की तकलीफ़ तो नहीं?"

घरेलू इख़राजात के लिए वह हर माह की पहली तारीख़ को सवेरे-ही-सवेरे अन्नू को बुलाता और उसके ज़रिए सुलताना को तीन सौ रुपए भिजवा देता। बिजली का बिल, नौकरों की तनख़्वाह और कपड़ों की धुलाई वह ख़ुद अदा करता था। बड़े मज़े में गुज़र-बसर हो रही थी। इस आसाइश ने माँ का ग़म धुँधला कर दिया था। सुलताना का चेहरा ताबनाक[1] होता जा रहा था। आँखों में बरसात की शामों का हुस्न होता और जिस्म फूलों से लदी शाख़ की तरह लचकता। उसके हुस्न में निराली सज-धज आ गई थी।

सुलताना के साथ नियाज़ का रवैया जितना नरम और माकूल था, उसी क़दर वह अन्नू के साथ बेरुख़ी से पेश आता। बात-बात पर उसे डाँटता-डपटता! ज़्यादातर नाराज़ होता, तो गालियाँ देने से भी न चूकता। दो बार अन्नू के मुँह पर उसने थप्पड़ भी मारे थे, और एक दफ़ा तो ऐसा ग़ज़बनाक हो गया कि पानी का गिलास खींच मारा। मगर अन्नू बाल-बाल बच गया। शीशे का गिलास दीवार से टकराकर पाश-पाश हो गया।

अन्नू डरा-सहमा रहता था। नियाज़ के जारहाना[2] रवैए ने उसे और ख़ौफ़ज़दा कर दिया था। वह हर वक़्त चुप-चुप रहता और उस कमसिनी में बड़े-बूढ़ों की तरह संजीदा नज़र आता। नियाज़ घर में आता, तो अन्नू की यही कोशिश होती कि उसके सामने न जाए। अगर नियाज़ किसी काम से बुलाता, तो उसका चेहरा ज़र्द पड़ जाता। वह सहमा हुआ, सिकुड़ा-सिकुड़ा उसके पास जाकर ख़ामोश खड़ा हो जाता। वह किसी काम को कहता, तो बदहवासी में कोई-न-कोई उलटी-सीधी हरकत सरज़द हो जाती। नियाज़ पागल कुत्ते की तरह दाँत किचकिचाकर उसकी जानिब लपकता और गालियों की बौछार कर देता।

अन्नू के साथ नियाज़ के इस नारवा[3] रवैए को सुलताना बारहा शिद्दत से महसूस कर चुकी थी, मगर कभी एहतिजाज करने की उसे जुर्रत न हुई। एक बार जब नियाज़ ने अन्नू के मुँह पर थप्पड़ मारा और वह रोता हुआ उसके पास आया, तो वह बेचैन हो गई। अन्नू के रुख़सार पर उँगलियों के निशान साफ़ नज़र आ रहे थे। वह सिसकियाँ भरकर बेचारगी से रो रहा था। सुलताना ने उसे तसल्ली देने की कोशिश की तो, अपनी बेकसी पर ख़ुद उसकी आँखें छलक पड़ीं। वह अन्नू को सीने से लगाकर बेइख़्तिसार रोने लगी। भर्राई हुई आवाज़ में बोली, "मेरे भाई, सब्र कर! अल्लाह के लिए इस तरह बिलख-बिलखकर न रो। मेरा कलेजा फटा जा रहा है!"

उसे सीने से लगाए वह देर तक हिचकियाँ लेकर रोती रही।

अन्नू से उसे बचपन ही से बड़ी मुहब्बत थी, और अब तो भरी दुनिया में वह उसका वाहिद सहारा रह गया था। माँ-बाप अल्लाह को प्यारे हो गए। एक भाई ऐसा गया कि यह भी ख़बर न मिली कि ज़िन्दा है या मर गया।

अन्नू के साथ नियाज़ का रवैया रोज़-ब-रोज़ सख़्त होता जा रहा था। वह उसे ख़्वाहमख़्वाह ईज़ा[4] पहुँचाने की कोशिश करता।

---

1. उजला, निखरता, 2. आक्रामक, 3. अनुचित, 4. कष्ट, दुख, तकलीफ

उसका काम-काज करने के लिए घर में मुलाज़िम मौजूद था, मगर वह अपना काम अदबदा अन्नू ही से कराता। ज़रा-सी ग़लती पर गन्दी-गन्दी गालियाँ देता। उसके चेहरे पर थूक देता। बाज़ू पकड़कर पिन चुभोता। तकलीफ़ से बिलबिलाकर चीख़ता, तो बेरहमी से मारता।

अन्नू ने बारहा सुलताना से फ़रियाद की। वह उसे दिलासा देकर रह जाती। नियाज़ से कुछ कहने की कभी हिम्मत न हुई। फिर एक ऐसा वक़्त आया कि अन्नू ने नियाज़ के ख़िलाफ़ कुछ कहना ही छोड़ दिया। वह चुपचाप उसकी मार सह लेता और घर के किसी गोशे में जाकर चुपके-चुपके रोता। नियाज़ से तो उसे चिढ़ थी ही, अब वह सुलताना से भी बेज़ार-बेज़ार रहने लगा। उसे तनहाई से रग़बत[1] होती जा रही थी। जब देखो, अकेला बैठा है। उस वक़्त वह बड़ी ऊट-पटाँग बातें सोचा करता। उसका रंग ज़र्द पड़ता जा रहा था। जिस्म के हर-हर जोड़ की हड्डियाँ निकल आई थीं।

उस मरियल-से लड़के से नियाज़ को न मालूम क्यों इस क़दर बैर था कि देखते ही झुँझला जाता। आँखें सुर्ख़ हो जातीं। होंठ काँपने लगते। उसे अज़ीयत[2] पहुँचाकर उसे अजीब-सी तस्कीन[3] मिलती।

अन्नू उसके सामने जाता, तो इस तरह घिघियाकर बोलता, कि खारिशज़दा कुत्ते की तरह हक़ीर नज़र आता। उस नफ़रत की बुनियादी वजह किसी हद तक ख़ुद सुलताना थी। उसे अन्नू से बेतहाशा प्यार था। उसका ज़्यादातर वक़्त उसकी देखभाल में गुज़रता था। वह उसे अपने सामने बिठाकर नाश्ता कराती। इसरार करके खाना खिलाती और अपने कमरे में ही उसे सुलाती थी। कभी बैठी उसके कपड़ों में बटन टाँक रही है। उसकी किताबें करीने से लगा रही है। उसके जूतों पर पालिश कर रही है। उसका बिस्तर दुरुस्त कर रही है।

वह सवेरे बहुत तड़के उठ जाती और देर तक अन्नू को बेदार करती रहती। वह उस वक़्त गहरी नींद में होता। बार-बार करवट बदलकर आँखें बन्द कर लेता, मगर नाराज़ होने के बजाय वह उसे चुमकारती रहती। आख़िर जब उठकर बैठ जाता, तो उसे गुसलख़ाने में ले जाती।

जब तक वह नहाता रहता, आम तौर पर बाहर दरवाज़े पर खड़ी बेचैनी से उसका इन्तज़ार करती रहती। कंघा लेकर उसके बाल बनाती। ज़रा देर बाद उसके लिए गर्म-गर्म दूध का गिलास लेकर आती और ज़बरदस्ती पूरा गिलास पिलाती। स्कूल जाता, तो कोठी के दरवाज़े पर खड़ी दूर तक उसे देखती रहती।

सुलताना ने अपनी सारी तवज्जो का मर्कज़[4] अन्नू को बना लिया था। नियाज़ कभी-कभार उसके कमरे के सामने से गुज़रता, तो यही देखता, कि वह अन्नू का कोई-न-कोई काम कर रही है। वह इस क़दर मुन्हमिक[5] होती, कि नियाज़ की जानिब नज़र उठाकर भी न देखती।

अन्नू की उज़्लतपसन्दी[6] ने सुलताना को तश्वीश[7] में मुब्तला कर दिया था। वह उसे कभी बाग़ीचे के घने दरख़्तों के नीचे से, कभी बावर्चीख़ाने की कोठरी से, कभी छत पर

---

1. दिलचस्पी, रुचि, 2. यातना, 3. सन्तोष, 4. केन्द्र, 5. मग्न, 6. जल्दबाज़ी, 7. चिन्ता

जानेवाले ज़ीने से ढूँढ़-ढूँढ़कर लाती, मगर अन्नू उसकी नज़र बचते ही कहीं-न-कहीं छुपकर बैठ जाता। वह घबराई-घबराई उसे तलाश करती फिरती। उसके प्यार में माँ की ममता का जज़्बा था। उसकी देखभाल में सुलताना को एक तरह का सुकून मिलता।

एक रोज़ ऐसा हुआ कि सुलताना की तबीयत ख़राब थी। मामूली मौसमी बुख़ार था। नियाज़ ने इसरार करके उसे बूढ़ी ख़ादिमा के हमराह डॉक्टर के पास भेजा और ख़ुद कार के वापस आने का इन्तज़ार करने लगा।

शाम का वक़्त था।

अन्नू बाहर बाग़ीचे में दरख़्तों तले हस्बे-आदत तनहा बैठा था। जब अँधेरा ख़ूब फैल गया, तो वह उठकर घर के अन्दर गया। उसी वक़्त नियाज़ ने उसे अपने कमरे में बुलाया। अन्नू का ख़ून ख़ुश्क हो गया। चेहरा ज़र्द पड़ गया।

वह सहमा हुआ उसके पास पहुँचा। नियाज़ उसे देखते ही ग़ुर्राया, "अबे, कहाँ मर गया था? कितनी देर से आवाज़ें दे रहा हूँ!"

अन्नू ने हस्बे-मामूल उसकी बात का कोई जवाब न दिया। नियाज़ ने जलकर कहा, "सुअर के बच्चे! मुँह से क्यों नहीं बोलता? अब तक कहाँ आवारागर्दी कर रहा था?"

अन्नू ने मरी हुई आवाज़ में कहा, "बाहर दरख़्तों के नीचे बैठा था।"

नियाज़ ने एक सड़ी हुई गाली देकर कहा, "अब तू झूठ बोलना भी सीख गया है। समझ लेना, खाल उधेड़कर रख दूँगा। इस घर में रहना है, तो ठीक से रहो, वरना चलते-फिरते नज़र आओ। मैंने कोई यतीमख़ाना नहीं खोल रखा है!"

वह देर तक उस पर बरसता रहा। फिर डपटकर बोला, "ज़रा अलमारी से गिलास तो निकाल और वह जो कोने में लम्बी बोतल रखी है, वह भी लेता आ! मेरी तबीयत ख़राब है। ज़रा-सी दवा पीऊँगा।"

अन्नू चुपचाप अलमारी की तरफ़ चला गया।

झुटपुट वक़्त था। हवा सनकी हुई थी। मौसम सुहाना था। नियाज़ का बदन टूट रहा था। तबीयत कुछ भारी-भारी थी। उसने सोचा, इस वक़्त एकाध पैग व्हिस्की का लगा लिया जाए, तो तबीयत बश्शाश[1] हो जाएगी। अब वह कभी-कभार घर पर भी पी लेता था। वह शराब पीने का मूड बनाकर कुर्सी पर सँभलकर बैठ गया।

अन्नू ने अलमारी से गिलास निकाला। बोतल उठाई। उसी वक़्त नियाज़ ने चीख़कर कहा, "अबे! कहाँ मर गया?"

अन्नू घबरा गया। बदहवासी में बोलत हाथ से छूट गई। फ़र्श पर गिरते ही उसके कई टुकड़े हो गए। व्हिस्की बरसात के पानी की तरह बहने लगी। कमरे में उसकी तेज़ बू फैल गई। नियाज़ लम्हा-भर तक तो ख़ूँख़्वार नज़रों से उसे घूरता रहा। फिर उसने वहशियों की तरह झपटकर दोनों हाथों से अन्नू के बाल पकड़ लिए। कई बार ज़ोर-ज़ोर से उसे झिंझोड़ा और फिर पूरी ताकत से धक्का दिया। वह गेंद की तरह दीवार से टकराकर वहीं गिर पड़ा। नियाज़ ने क़रीब पहुँचकर अन्धाधुन्ध उसकी कमर पर, पेट पर, सीने पर लातें मारना शुरू कर दीं।

1. प्रसन्न, हर्षित

अन्नू के सीने पर एक भरपूर लात पड़ी, तो वह दर्द से बिलबिलाकर फ़र्श पर दोहरा हो गया। नियाज़ ने एक और कस के लात मारी। वह दूर तक लुढ़कता चला गया। नियाज़ भैंसे की तरह मुँह फाड़कर ज़ोर-ज़ोर से हाँफने लगा। अन्नू ज़रा देर तक तो लाश की मानिंद बेसुध पड़ा रहा। फिर उसने उठकर कमरे से भागने की कोशिश की, मगर नियाज़ ने जाने न दिया। लपककर कमरे का दरवाज़ा बन्द किया और बोल्ट चढ़ा दिया। अन्नू ख़ौफ़ से थरथर काँपने लगा।

नियाज़ आहिस्ता-आहिस्ता चलता हुआ उसके क़रीब गया और गरेबान पकड़कर एक बार फिर उसे ज़ोर-ज़ोर से झिंझोड़ने लगा। पहली बार अन्नू ने जुर्रत पैदा की और जलकर अपना पूरा मुँह नियाज़ की कलाई पर रखकर गोश्त चबा डाला। नियाज़ ने तकलीफ़ से घबराकर बड़ा घिनौना-सा मुँह बनाया। ज़ोर से चिल्लाया, "मार दिया साले ने!" और फिर अन्नू को फ़र्श पर गिराकर उसके सीने पर सवार हो गया। वह उसके भारी-भरकम जिस्म के नीचे मछली की तरह तड़पा। नियाज़ ने दोनों हाथों से उसका गला दबोचकर ज़ोर लगाया। अन्नू के हलक़ से बिल्लियों के गुर्राने की-सी आवाज़ निकली। उसकी आँखें उबल पड़ीं।

नियाज़ ने घबराकर उसे छोड़ दिया। अन्नू आँखें फाड़े देर तक नियाज़ को तकता रहा। उसके मुँह से राल बह रही थी। आँखें जंगली कबूतर की तरह सुर्ख़ हो गई थीं। कुछ देर वह उसी तरह सकते के आलम में पड़ा रहा। फिर वह दर्द से कराहने लगा। नियाज़ ने चीख़कर कहा, "तू अभी मेरे घर से निकल जा, वरना मैं तुझे जान से मार दूँगा।"

अन्नू ने उठने की कोशिश की, मगर डगमगाकर फ़र्श पर गिर पड़ा। उसका जिस्म पसीने से तर-ब-तर था। साँस उलझी हुई थी। कई मिनट इसी आलम में गुज़र गए।

नियाज़ ने गाली देकर कहा, "अबे! अब जाता है कि साले कुछ और लेगा," वह उसकी जानिब ख़ूँख़्वार नज़रों से घूरता हुआ लपका। अन्नू जल्दी से उठकर बैठ गया। उसने बड़ी बेबसी से हाथ जोड़ दिए। घिघियाकर फ़रियाद करने लगा, "अब नहीं, अब नहीं..."

नियाज़ बोला, "तो फिर निकल जा यहाँ से!"

उसने दरवाज़े का बोल्ट खोल दिया। ज़ोर से दहाड़ा, "देख, अब लौट के नहीं आना, वरना मैं तुझे ज़िन्दा नहीं छोड़ूँगा।"

अन्नू उठकर खड़ा हुआ। लड़खड़ाते हुए क़दमों से कमरे से बाहर चला गया, लेकिन वह कोठी में नहीं ठहरा। लॉन उबूर करके फाटक से निकला और सुनसान सड़क पर आहिस्ता-आहिस्ता चलता हुआ आगे बढ़ गया।

## [2]

रात ने अपने पर फैला दिए थे।

कूचा व बाज़ार पर तारीकी फैल गई। अन्नू सुनसान सड़क पर कई घंटे तक आवारागर्दी करता रहा। मुसलसल सोचता रहा कि उसे कहाँ जाना चाहिए?

मगर वह कहीं नहीं गया और एक वीरान फुटपाथ पर थककर सो गया।

आधी रात से कुछ देर पहले अन्नू की आँख खुल गई। ऐसा महसूस हुआ, कि मेंह बरस रहा है। उसे अपना बदन भीगता हुआ मालूम हुआ। घबराकर उठ बैठा। उस वक़्त अँधेरे में किसी की घबराई हुई आवाज़ उभरी।

"ओए, तेरा ख़ाना ख़राब! अबे! तुझे यहीं मरने की जगह रह गई थी!"

अन्नू ने देखा। एक शख़्स उसके सिर पर खड़ा पेशाब कर रहा है। वह घबराकर पीछे हट गया और सहमी हुई नज़रों से उसे देखने लगा। वह शख़्स उसी तरह इत्मीनान से खड़ा पेशाब करता रहा। ज़रा देर बाद वह फ़ारिग़ हुआ, तो अज़ारबन्द बाँधता हुआ क़रीब आकर बोला, "अबे! यहाँ क्यों सो रहा है? घर में जगह नहीं?"

अन्नू ने कोई जवाब नहीं दिया। ख़ामोश बैठा टुकुर-टुकुर उसे देखता रहा।

उसने दोबारा पूछा, "यहीं रहता है?"

इस दफ़ा अन्नू ने डरते-डरते जवाब दिया, "नहीं!"

ज़रा देर तक वह शख़्स ख़ामोश खड़ा रहा। अँधेरे में वह साए की तरह धुँधला नज़र आ रहा था। अन्नू उसके हुलिए का अन्दाज़ा न लगा सका। उसकी आवाज़ भारी थी। लबो-लहजे से घटिया किस्म का आदमी लगता था। चन्द लम्हों बाद उसकी आवाज़ उभरी, "अबे! तू क्यों पड़ा है?"

अन्नू ने कोई जवाब न दिया। कुछ देर ख़ामोशी छाई रही। सड़क बिल्कुल वीरान थी। न कोई आहट थी, न आवाज़! अँधेरा बहुत गहरा था। अचानक रात की ख़ामोशी में घोड़े की हिनहिनाहट उभरी। अन्नू ने देखा, चन्द क़दम के फ़ासिले पर एक ताँगा खड़ा है। घोड़ा हिनहिना-हिनहिनाकर सड़क पर टापें मार रहा था। वह आदमी घोड़े को चुमकारने लगा, "ओ! ज़रा दम ले बादशाह! मैं अभी आया!" फिर उसने पलटकर अन्नू से कहा, "अबे! यहाँ कूड़े के ढेर पर क्यों पड़ा है? चल, मेरे साथ!"

अन्नू ख़ामोश बैठा रहा। उसकी समझ में नहीं आया कि क्या जवाब दे! इस दफ़ा वह आदमी, जो ताँगेवाला था, बेतकल्लुफ़ी से बोला, "अबे! अब खड़ा भी हो!" उसने अन्नू का हाथ पकड़कर खड़ा कर दिया।

अन्नू उसके साथ ताँगे में बैठ गया। उसने चाबुक हवा में लहराई। बागें खींचीं। घोड़ा आगे बढ़ गया। दूर तक सुरमई सड़क फैली थी, जिस पर घोड़े के पैरों में लगे हुए नाल टपाटप बज रहे थे। अन्नू कुछ देर बैठा हिचकोले खाता रहा। फिर उसकी आँख लग गई। पता नहीं, वह कितनी देर सोता रहा। जब आँख खुली, तो उसने देखा, ताँगा एक तंग बाज़ार से आहिस्ता-आहिस्ता गुज़र रहा है। बाज़ार सुनसान था। पनवाड़ियों और दूधवालों की इक्का-दुक्का दुकानें अभी तक खुली थीं, जिन पर तेज़ रोशनी हो रही थी। ताँगेवाले ने एक दूधवाले की दुकान के सामने ताँगा ठहराया। उतरकर दुकान पर गया। दूधवाला भारी-भरकम किस्म का आदमी था। बड़ी बेतकल्लुफ़ी से बोला, "अमाँ, नौरोज़ ख़ाँ, कहाँ से आ रहे हो? आज तो तुमने बड़ी देर लगा दी?"

नौरोज़ बोला, "यार! छावनी की एक सवारी लेकर गया था। पलेथन निकल गया अपना!" उसने लम्हा-भर तवक़्क़ुफ़ करके कहा, "ला, यार, सेर भर दूध तो दे। बड़े आबख़ोरे[1] में देना!"

"यहाँ नहीं पीओगे?"

"नहीं! यार! साथ ले जाऊँगा।"

---

1. सकोरा, कसोरा

नौरोज़ का जवाब सुनकर दूधवाला चौंका, उसने झुककर ताँगे की जानिब देखा, जिसमें अन्नू ख़ामोश बैठा था। उसने आँख मारकर पूछा, "तो यूँ कहो न! अबे! कहाँ से पटा लाया?"

नौरोज़ मुस्कराया, "बस, पूछ न! चढ़ गया हत्ते! अल्लाह सबको रिज़्क देता है, पहलवान!"

दूधवाले ने एक बार फिर अन्नू को देखा। रान खुजाते हुए बोला, "लौंडा तो सूरत-शकल का अच्छा दिखे है, पर यार, यह तो बहुत छोटा है। अबे! यह मर जाएगा। साले, खिंचे-खिंचे फिरोगे! मेरा कहना मान! यह चक्कर अब छोड़ दे। घर-वर बसा ले!"

नौरोज़ बेतकल्लुफ़ी से हँसने लगा, "अबे! क्या रखा है घर बसाने में? ख़्वाहमख़्वाह का टंटा है!"

"तुमको तो साले चाट ही और लग गई है!"

"यार, पहलवान! तू ज़्यादा बातें न बनाया कर। ला, दूध दे!" यह कहकर नौरोज़ ने पाँच रुपए का नोट निकालकर दूधवाले को दिया, "रबड़ी हो, तो पाव भर वह भी दे दे। रबड़ी न हो, तो कुछ और मीठा दे दे!"

दूधवाला बोला, "आज तो बड़े ज़ोरों पर जा रहा है?"

नौरोज़ सिर्फ़ मुस्कराकर रह गया। पहलवान ने दूध से भरा हुआ आबख़ोरा उसे दिया। कहने लगा, "रबड़ी तो है नहीं। जलेबियाँ दे दूँ?"

"ला यार, वही दे। देर न कर!"

पहलवान ने जलेबियाँ और पाँच रुपए के नोट से बची हुई रक़म उसके हवाले कर दी। नौरोज़ ने ताँगे के क़रीब आकर दूध का आबख़ोरा और जलेबियों का पुड़ा अन्नू को थमा दिया। ख़ुद उचककर ताँगे पर सवार हो गया। घोड़े ने हरकत की और ताँगा बाज़ार से गुज़रने लगा।

मुख़्तलिफ़ रास्तों के चक्कर काटने के बाद ताँगा एक अहाते के अन्दर दाख़िल हुआ। अहाते की चारदीवारी बोसीदा थी। अन्दर खपरैल की छतोंवाले छोटे-छोटे मकान थे। उन ही में नौरोज़ की कोठरी भी थी। दरवाज़े पर ताला पड़ा था। नौरोज़ ने ताला खोला। माचिस जलाकर चुँधी-सी लालटेन रोशन की, जिसकी चिमनी टूटी हुई थी। कोठरी में एक तरफ़ पलंग पड़ा था, जिस पर मैले-कुचैले बिस्तर के अलावा नौरोज़ के कपड़े बिखरे हुए थे। क़रीब ही एक ट्रंक था, जिस पर कंघा, तेल की शीशी और ऐसी ही छोटी-मोटी चीज़ें रखी थीं।

नौरोज़ ने लालटेन रोशन की। बिस्तर पर से कपड़े हटाए। अन्नू से बोला, "तुम यहाँ बैठो। मैं घोड़ा खोलकर थान पर बाँध दूँ। बस अभी आया। घबराना नहीं!"

वह दरवाज़े से बाहर चला गया। कोठरी की फ़िज़ा मर्तूब[1] थी और अजीब-सी बसाँद फैली हुई थी। अन्नू ख़ामोशी से पलंग पर दोनों पैर लटकाकर बैठ गया और कोठरी की एक-एक चीज़ खोई-खोई नज़रों से देखने लगा। वह अभी तक गुमसुम था। हर चीज़ उसके लिए अजनबी थी। हर बात अनोखी थी। गुज़श्ता छह-सात घंटों में उसको ज़िन्दगी में कुछ इस तरह पै-ब-पै[2] तब्दीलियाँ रूनुमा[3] हो रही थीं कि सोचने-समझने की सलाहियत जवाब दे

1. आर्द्र, 2. एक के बाद दूसरी, 3. घटित

गई थी। उसके चारों तरफ़ ख़्वाबों का धुँधलका छाया था, जिसमें उसकी अपनी ज़ात गुम होकर रह गई थी। हर अहसास दम-बख़ुद था।

नौरोज़ वापस आया। उसने कोठरी के दरवाज़े की कुंडी लगाई। एलमोनियम के बड़े-से कटोरे में दूध और जलेबियाँ लेकर अन्नू के पास गया। अन्नू ने सिर्फ़ तीसरे पहर की चाय पी थी। उसे सख़्त भूख लग रही थी। नौरोज़ ने इसरार किया, तो उसने दूध में भीगी हुई जलेबियाँ पी लीं। नौरोज़ ने हाथ बढ़ाकर ताक से लालटेन उठाई और फूँक मारकर बुझा दी।

नौरोज़ सवेरे बहुत तड़के उठकर कोठरी से बाहर चला गया।

अन्नू की पलकें आँसुओं से भीगी हुई थीं। वह न जाने कब से जाग रहा था और बिस्तर पर लाश की तरह बेसुध पड़ा था। उसने नौरोज़ को बाहर जाते हुए देखा। रोशनदान से उभरती हुई हलकी सफ़ेद काफ़ूरी रोशनी भी देखी। सवेरा हो रहा था। कहीं क़रीब ही मस्जिद से अज़ान बुलन्द हो रही थी। अहाते में मिली-जुली आवाज़ें उभरने लगीं। बच्चों के रोने की आवाजें, बूढ़ों की खाँसी, औरतों की चीख़-पुकार, यह सब आवाज़ें घुल-मिलकर हलके-हलके शोर में तब्दील होती जा रही थीं। अन्नू चुप पड़ा उस शोर को सुनता रहा। रोशनदान से उभरनेवाली रोशनी को देखता रहा।

नौरोज़ अब वापस आया, तो उसके हाथों में गर्म-गर्म पूरियों का पुड़ा दबा हुआ था। उसने अन्नू पर एक नज़र डाली। मुस्कराकर बोला, ''अबे! तू अभी तक लेटा है? मुँह-हाथ तो धो लिया होता!''

अन्नू ने कोई जवाब न दिया। वह पलंग से नीचे उतरा, तो उसके क़दम डगमगाने लगे। उसने कोने में रखे हुए लोटे में घड़े से पानी भरा और कोठरी के दरवाज़े पर जाकर मुँह धोने लगा।

उसका जी मतला रहा था, मगर नौरोज़ ने इसरार करके उसे दो पूरियाँ ज़बरदस्ती खिला ही दीं। चार पूरियाँ उसने अन्नू के दोपहर के खाने के लिए रख दीं। नरम लहजे में बोला, ''मौक़ा लगा, तो मैं दोपहर को आ जाऊँगा, नहीं तो रात को वापसी होगी। घबराना नहीं। किसी चीज़ की ज़रूरत हो, तो बता दे!''

अन्नू ने खोई-खोई नज़रों से उसे देखा, मगर ज़बान से कुछ न कहा। नौरोज़ ने उसकी पीठ थपथपाकर कहा, ''अब तू इत्मीनान से पड़कर सो। तबीयत बिल्कुल ठीक हो जाएगी। भूख लगे, तो पूरियाँ खा लेना। रात का खाना मैं लेकर आऊँगा। ठीक है न?''

उसने अन्नू के रुख़सार में हौले-से चुटकी भरी। मुस्कराकर बोला, ''वकील साहब को देर हो रही होगी। मुझे उनके लिए ताँगा लेकर जाना है। घबराना मत!'' वह कोठरी से बाहर निकला। दरवाज़ा बन्द किया और उसमें ताला लगा दिया।

अन्नू दिन-भर कोठरी में निढाल पड़ा रहा। तीसरे पहर को ज़रा भूख लगी, मगर एक पूरी भी नहीं खाई गई। न जाने कैसी तबीयत हो रही थी। उसने गिलास भरकर पानी पिया और फिर बिस्तर पर लेट गया।

रात को दस बजे के क़रीब नौरोज़ आया। वह अपने साथ रोटियाँ और सालन लाया था। इसके अलावा अन्नू के लिए एक फूलदार रेशमी बुश्शर्ट भी लाया था। उसने बड़े शौक से

बुश्शर्ट उसी वक़्त अन्नू को पहनाई और हँसकर बोला, "जँच गए उस्ताद! अबे! मेरे साथ रहा, तो ऐश करा दूँगा।"

अन्नू को बुश्शर्ट पहनकर कोई खास मसर्रत न हुई, मगर नौरोज़ बड़ा ख़ुश नज़र आ रहा था। बार-बार बुश्शर्ट की तारीफ़ करता। उसकी अपनी क़मीज़ ख़ासी मैली थी। शलवार उससे ज़्यादा मैली थी। वह दोहरे बदन का लम्बा-तड़ंगा आदमी था। तीस-बत्तीस के लगभग उम्र होगी। रंग साँवला था। सिर पर लम्बे-लम्बे बाल थे। आँखें बहुत छोटी-छोटी थीं। हँसता, तो आँखें बन्द हो जातीं। चेहरा कुछ ऐसा बेढंगा हो जाता कि अच्छा-ख़ासा उल्लू का पट्ठा मालूम होता।

लेकिन वह उल्लू का पट्ठा हरगिज़ न था। रोज़ाना दस-बारह रुपए और कभी-कभी तो अठारह-बीस रुपए कमा लाता। तबीयत में चटोरपन था। हर वक़्त कुछ-न-कुछ खाता ही रहता था। शहर के ताँगेवालों में वह बड़ा सर्कश मशहूर था। ज़रा-सी बात पर लड़ने-मरने पर आमादा हो जाता। हाथ-पाँव अच्छे थे, इसलिए लोग उससे डरते भी थे। कोई दिन ऐसा न जाता, जब अड्डे पर किसी ताँगेवाले से उसकी तू-तकार न होती। अक्सर उस गाली-गलौज में हाथापाई की नौबत आ जाती।

लेकिन अन्नू के साथ नौरोज़ का रवैया बड़ा अच्छा था। वह उसके साथ बड़ी नरमी से पेश आता। अन्नू ने भी कभी उसे नाराज़ होने का मौक़ा न दिया। वह फ़ितरतन-कम-गो[1] था। अब उसने बोलना और भी बन्द कर दिया था। हर वक़्त चुप-चुप रहता।

नौरोज़ रोज़ाना सुबह कोठरी में ताला लगाकर चला जाता और रात गए आकर खोलता। वापसी पर अन्नू के लिए खाने-पीने की चीज़ों के अलावा अक्सर और भी कुछ-न-कुछ ले आता। खाना खाने के बाद नौरोज़ ज़ोर-ज़ोर से डकारें लेता और धम से बिस्तर पर गिर जाता। अन्नू को आवाज़ देकर क़रीब बुलाता, "ले ज़रा टाँगें तो दबा दे!"

अन्नू पायँती बैठकर चुपचाप उसकी मोटी-मोटी पिंडलियाँ दबाने लगता। नौरोज़ उस वक़्त बातें करने के मूड में होता। वह अन्नू से पूछता, "क्यों बे, कोई तकलीफ़ तो नहीं?"

अन्नू अपना सिर इनकार में हिला देता।

वह इसरार करके पूछता, "देख बे, किसी चीज़ की ज़रूरत हो, तो फ़ौरन कह दिया कर!"

"अच्छा!" अन्नू का जवाब बहुत मुख़्तसर होता।

नौरोज़ को उसकी यह ख़ामोशी कभी-कभी बड़ी गिराँ[2] गुज़रती। वह किसी क़दर तीखे लहजे में कहता, "अबे! तू ने कोई चुप का रोज़ा रखा है। ज़रा बातचीत किया कर। यह क्या होंठ सिए बैठा है। और देख, जो तेरा जी चाहे, बेख़ौफ़ मुझसे कह दिया कर। देख तो मैं तेरी बात पूरी करता हूँ कि नहीं!"

उसके इसी इसरार पर आख़िर एक रोज़ अन्नू ने डरते हुए कहा, "मुझे स्कूल में दाख़िल करा दो!"

नौरोज़ हैरत से चौंक पड़ा—"स्कूल में दाख़िल करा दूँ?" वह लम्हा-भर ख़ामोश रहा, "अबे! क्या करेगा स्कूल जाकर! वहाँ तो लड़के जाकर एक नम्बर आवारा हो जाते हैं। जा बे! तू भी यूँ ही रहा!"

---

1. स्वभाव से कम बोलनेवाला, 2. बोझल

उसके इस जवाब से अन्नू को बड़ी मायूसी हुई। सोचा करता कि स्कूल में दाख़िल हो जाएगा। खूब पढ़ेगा। फिर अच्छी-सी कोई नौकरी कर लेगा और सुलताना को अपने पास बुला लेगा। उसे सुलताना बहुत याद आती थी। उसे याद करके वह अक्सर रो पड़ता। अब वह उसके पास जा भी तो नहीं सकता था। नियाज़ देख लेता, तो उसे ज़िन्दा नहीं छोड़ता।

नौरोज़ के पास रहते हुए अन्नू को दो हफ़्ते से ज़्यादा अरसा हो गया था। नौरोज़ उसे रोज़ाना कोठरी में बन्द करके चला जाता और रात गए वापस आता। अन्नू दिन-भर कोठरी में क़ैद रहता। कभी-कभी दिल काफ़ूरी रोशनी भी देखी। सवेरा हो रहा था। कहीं क़रीब ही मस्जिद से अज़ान बुलन्द हो रही थी। अहाते में मिली-जुली आवाज़ें उभरने लगीं। बच्चों के रोने की आवाजें, बूढ़ों की खाँसी, औरतों की चीख़-पुकार, यह सब आवाज़ें घुल-मिलकर हलके-हलके शोर में तब्दील होती जा रही थीं। अन्नू चुप पड़ा उस शोर को सुनता रहा। रोशनदान से उभरनेवाली रोशनी को देखता रहा।

एक रात नौरोज़ वापस आया, तो नशे में धुत था। आँखें चढ़ी हुई थीं। क़दम बहके-बहके पड़ रहे थे। उसने कोठरी में दाख़िल होते ही अन्नू को ख़ुमार-आलूद नज़रों से देखा। झूमकर बोला, "कुंडी लगा दे!"

उसकी आवाज़ उस वक़्त फटे बाँस की तरह बेढंगी थी। अन्नू ने जल्दी से दरवाज़ा बन्द कर दिया। नौरोज़ कोठरी के बीचोबीच खड़ा झूमता रहा। उसने गहरी नज़रों से अन्नू को देखा, "इधर आ, बे!" अन्नू चुपचाप उसके पास चला गया।

नौरोज़ ने लालटेन पर एक लात मारी, जो दूर तक लुढ़कती चली गई। लालटेन की लौ चन्द बार भड़की और बुझ गई। कोठरी में गहरा अँधेरा छा गया।

सुबह उठकर नौरोज़ ने देखा। अन्नू गायब था। उसकी नज़र फ़ौरन दरवाज़े पर गई। कुंडी खुली हुई थी। वह घबराकर उठ बैठा। बाहर जाकर देखा। अन्नू का कहीं पता न था। वह रात को न जाने कब उठकर फ़रार हो गया।

नौरोज़ दिन-भर पागलों की तरह ताँगे पर बैठा अन्नू को तलाश करता रहा, मगर कहीं सुराग़ न मिला। कई रोज़ तक वह जगह-जगह उसे ढूँढ़ता रहा, लेकिन अन्नू ऐसा गायब हुआ, कि फिर नज़र न आया।

कई महीने गुज़र गए।

नौरोज़ क़रीब-क़रीब अन्नू को भूल चुका था कि एक रोज़ वह अचानक नज़र आ गया। रात के ग्यारह बजे थे। बाज़ारों की रौनक़ उजड़ चुकी थी। नौरोज़ थका-हारा लौट रहा था। सड़क के एक मोड़ पर उसने देखा। बिजली के खम्बे के पास अन्नू खड़ा है। वह उस वक़्त बोसकी की क़मीज़ और शलवार पहने था। गले में फूलों का गजरा था। कल्ले में पान था। आड़ी माँग निकली थी। बिजली की रोशनी में उसका चेहरा दमक रहा था। उसके हमराह तीन आदमी थे। वे उजले लिबास पहने हुए थे और वज़ा-कता से औबाश[1] नज़र आते थे। अन्नू मुस्करा-मुस्कराकर उनसे बातें कर रहा था।

---

1. बदमाश

नौरोज़ ने उसे देखा, तो देखता ही रह गया। उसने ताँगा आगे बढ़ाया और ऐन उन लोगों के सामने जाकर रोक लिया। नीचे उतरा। अन्नू ने देखा, तो चेहरा सफ़ेद पड़ गया। वह सहमकर रह गया। नौरोज़ ने नथने फुलाकर ख़ूँख़्वार नज़रों से देखा।

"क्यों बे, हराम के तुख़्म!" नौरोज़ के मुँह से झाग उड़ने लगा। उसकी मूँछें ख़तरनाक तरीके से फड़फड़ाने लगीं। उसने लपककर अन्नू का बाज़ू दबोच लिया। डपटकर बोला, "मुँह क्या तक रहा है। सीधी तरह चलता है कि दूँ एक हाथ!"

तीनों शख़्स लम्हा-भर तक हैरत से आँखें फाड़े नौरोज़ को तकते रहे। फिर एक ने आगे बढ़कर कहा, "बात क्या है जी?"

नौरोज़ बोला, "इसी से पूछ लो!"

"इससे तो बाद में पूछेंगे। पहले तुम बताओ!"

नौरोज़ बिगड़कर बोला, "देखो जी! बहुत दिन तुमने मेरा लौंडा रख लिया। अब ख़ैरियत इसी में हे कि चुपचाप अलग खड़े रहो, वरना अच्छा न होगा।"

वह शख़्स तंज़िया लहजे में बोला, "अच्छा!" और अपने साथवाले से मुख़ातिब हुआ, "लो जी, यह लौंडा इसका हो गया!"

नौरोज़ ने कहा, "इससे पूछकर तो देखो!"

वह शख़्स बोला, "इससे क्या पूछना है। आठ सौ रुपए नक़द ख़र्च किए हैं। ताँगा घोड़ा बिक जाएगा। जाकर नब्बू हिजड़े से पूछ लो। क्या रक़म दी है इस लौंडे की?"

वह ठीक ही कह रहा था। अन्नू नौरोज़ की कोठरी से निकलकर भागा, तो रास्ते में नब्बू हिजड़े से मुठभेड़ हो गई। नब्बू अब सन से उतर चुका था। उसने नाईका का पेशा इख़्तियार कर लिया था। वह घेरघारकर नौख़ेज़[1] लड़कों को लाता। कुछ दिन उनकी कमाई खाता और जब कोई मालदार असामी मिल जाती, तो उसके हाथ फ़रोख़्त कर देता।

अन्नू की ख़ौफ़ज़दा निगाहें देखकर नब्बू की तजुर्बेकार नज़रें ताड़ गईं कि घर से भागा हुआ है। उसने अन्नू को दिलासा दिया और बहला-फुसलाकर अपनी कोठरी में ले आया। कुछ अरसा अपने पास रखा। फिर अली जान के हाथ बेच दिया।

उस वक़्त नौरोज़ से अली जान ही बात कर रहा था। वह चमड़े का कारोबार करता था। आमदनी अच्छी थी। हर तरह की अय्याशी करता था। ख़ुद भी मिज़ाज में गुंडापन था और दो-चार बदमाशों को भी साथ रखता था।

नौरोज़ ने गाली देकर कहा, "मैं किसी साले नब्बू को नहीं जानता! मैं तो अभी इसे ले जाऊँगा।"

अली जान ने कहा, "ले जाया जाए, तो ले जाओ!"

नौरोज़ ने गर्दन ऊँची करके कहा, "देखूँ तो कौन माई का लाल मुझे रोकता है!" उसने अन्नू का हाथ पकड़कर झटका दिया, "चल बे!"

उसी वक़्त अली जान का एक साथी बढ़कर आगे आया। नौरोज़ को आहिस्ता से धक्का देकर बोला, "अलग हटकर बात कर!"

---

1. किशोरायु

नौरोज़ ने ख़ूँख़्वार नज़रों से उसे देखा और डपटकर बोला, "यह मत समझना कि अकेला हूँ। तीनों पर भारी हूँ!"

मगर वह शख़्स मुश्तइल न हुआ। नरमी से बोला, "जा, भई, अपना काम कर! क्यों ख़्वाहमख़्वाह सिर हुए जा रहा है?"

नौरोज़ ने फिर अन्नू की तरफ़ हाथ बढ़ाया। अली जान के साथी ने कुरते की जेब में हाथ डाला और बड़ा-सा कमानीदार चाकू बाहर निकाल लिया। कड़कड़ करके चाकू के खुलने की आवाज़ उभरी। चाकू की झलकती हुई नोक नौरोज़ के पेट पर थी।

वह आदमी डपटकर बोला, "अब तुम चलते-फिरते नज़र आओ, वरना लाश भी ढूँढ़ने से न मिलेगी।"

नौरोज़ चुपचाप खड़ा झलकते हुए चाकू को देखता रहा।

अली जान ने नौरोज को गाली देकर कहा, "अबे! अब यहाँ से टलेगा भी या हत्या कराने का इरादा है?"

नौरोज़ पस्पा होने के-से अन्दाज़ में पीछे हटा और गर्दन झुकाकर ताँगे की तरफ़ चल दिया। जब वह ताँगे पर सवार होने लगा, तो अली जान ने कहा, "आइन्दा इधर का रुख़ न करना, वरना ठंडे-ठंडे पड़े होगे!"

नौरोज़ को उन पर ताव तो बहुत आया, मगर वह एक नहीं, तीन थे और मुसल्लह भी थे। वह बिल्कुल निहत्था था। उसने ख़ामोश रहना ही मुनासिब समझा। घोड़े की लगाम खींची, और ताँगे को आगे बढ़ा दिया। कोलतार की पुख़्ता सड़क पर उसके ताँगे की आहट दूर तक उभरती रही। अन्नू बिजली के खम्बे के साथ अली जान और उसके साथियों के दरम्यान ख़ामोश खड़ा था।

## [3]

अन्नू घर से निकलने के बाद वापस न आया।

सुलताना रोज़ाना उसका इन्तज़ार करती। उसे उम्मीद थी कि अन्नू एक-न-एक दिन ज़रूर वापस आएगा। उसने अन्नू की एक-एक चीज़ सँभालकर अलमारी में रख दी थी। उसके लिए कपड़ों के नए-नए जोड़े सिलवाए थे। वह भी अलमारी में रखे थे। जब अन्नू बहुत याद आता, तो वह अलमारी खोलकर खड़ी हो जाती, और सारी चीज़ों को हसरत से देखती। फिर उसका दिल भर जाता। बेइख़्तियार रो पड़ती। अन्नू से उसे बड़ी ढाँढ़स थी। उसके जाने के बाद तनहाई का अहसास शदीद हो गया था। वह पागलों की तरह घर के चक्कर काटा करती।

घंटों दरीचे पर खड़ी सड़क की जानिब ख़्वाबनाक नज़रों से तका करती कि शायद अन्नू आता हुआ नज़र आ जाए।

उसे इस क़दर परेशान देखकर घर की ख़ादिमा ने एक रोज़ बताया कि गुमटी में एक शाह साहब हैं। बहुत पहुँचे हुए बुज़ुर्ग हैं। फ़ाल निकालकर ऐसी पते की बातें बताते हैं कि आदमी दंग रह जाए। उनका तावीज़ एक-पर-एक है। इस सिलसिले में उसने कई हैरतअंगेज़ वाक़ेयात भी सुनाए, जिनको सुनकर सुलताना का इश्तियाक़ इस क़दर बढ़ा कि एक रोज़ नियाज़ बाहर गया हुआ था, उसने ख़ादिमा को अपने हमराह लिया और शाह साहब के यहाँ

जा पहुँची। उसने देखा। हाजतमन्दों[1] का जमघटा लगा हुआ था। दूर-दूर से लोग उनके पास आए थे। उनका क़याम एक टीले के दामन में था। यह मुख़्तसर-सा नीम-पुख़्ता मकान था। उसमें कुल दो कमरे थे। कमरों के आगे सायबान था, जिसमें मर्दों के लिए इन्तज़ाम था। एक कमरे में परदादार ख़्वातीन[2] बैठी थीं। सुलताना भी वहीं जाकर बैठ गई। वह नौ बजे दिन को वहाँ पहुँची थी। दोपहर को उसकी तलबी हुई। कमरा ख़ासा कुशादा था। शाह साहब मसनद पर गावतकिए से टेक लगाए बैठे थे। क़रीब ही एक चौकी पर अगर-सोज़ रखा था, जिसमें अगरबत्तियाँ सुलग रही थीं। कमरे में हर तरफ़ तेज़ ख़ुशबू फैली थी। वह अधेड़ आदमी थे। खूब घनी दाढ़ी थी। सिर पर काकलें थीं। उस वक़्त वह ज़ाफरानी रंग का कुरता और वैसा ही तहबन्द बाँधे हुए थे। चेहरे से जलाल टपकता था। सुलताना अन्दर पहुँची, तो वह आँखें बन्द किए मराक़बे[3] के आलम में थे। सुलताना के साथ ख़ादिमा भी थी।

दोनों ग़ालिचे के एक सिरे पर मुअदब[4] होकर बैठ गईं। शाह साहब आँखें बन्द किए बैठे रहे। कमरे में गहरा सुकूत[5] था। अचानक शाह साहब की आवाज़ उभरी, “लड़की तेरा भाई शिमला-मशरिक़ की जानिब गया है। वह एक शख़्स के चंगुल में बुरी तरह फँसा हुआ है!”

सुलताना ने चौंककर देखा। वह बदस्तूर आँखें बन्द किए बैठे थे। सुलताना को सख़्त हैरत हुई कि उन्हें किस तरह यह पता चल गया कि वह अपने भाई के बारे में मालूम करने आई है। उनसे उसकी बात भी नहीं हुई थी। फ़र्ते अक़ीदत से उसकी गर्दन झुक गई। कमरे में अगर-सोज़ से उभरता हुआ हलका नीलगूँ धुआँ लहरा रहा था। गहरी ख़ामोशी और अगरबत्तियों की तेज़ ख़ुशबू ने माहौल को आसेबज़दा[6] बना दिया था।

ज़रा देर बाद शाह साहब ने आँखें खोल दीं। सुलताना को नज़र भरकर देखा। हैरतज़दा होकर बोले, “तुम दोनों कब आईं?” सुलताना तो ख़ामोश रही, अलबत्ता ख़ादिमा ने कहा, “हमको तो आए हुए देर हो गई, बल्कि आपने बीबीजी से कुछ कहा भी था!”

“काहे के बारे में?”

“इनका छोटा भाई बहुत दिनों से लापता है। उसी के बारे में आपने कहा था।”

शाह साहब ज़ेरे लब मुस्कराए, “अच्छा! अच्छा! मैं तो न जाने कहाँ पहुँच गया था!” लम्हा-भर रुककर उन्होंने कहा, “हाजियों का एक जहाज़ अदन के क़रीब समन्दरी तूफ़ान में घिर गया था। मुझे हुक्म मिला कि फ़ौरन जाकर हाजियों को बचाओ। अल्लाह ग़नी[7], क्या आलम था! जहाज़ में कुहराम बरपा था। हर शख़्स मौत की घड़ियाँ गिन रहा था। मौजें दहाड़ती हुई उठ रही थीं। जहाज़ दरख़्त के पत्ते की तरह हिचकोले खा रहा था!” वह इस तरह आहिस्ता-आहिस्ता बोल रहे थे, जैसे ख़्वाब में बड़बड़ा रहे हों।

ख़ादिमा का मुँह हैरत से खुला-का-खुला रह गया। सुलताना का सिर अक़ीदत से और झुक गया।

शाह साहब ने ज़ाफ़रान की रोशनाई से दो तावीज़ लिखे और सुलताना को देते हुए बोले, “यह लो। एक घर के शिमाली कोने में खोदकर दफ़न कर देना। दूसरा किसी ऊँचे दरख़्त पर लटका देना। जैसे-जैसे हवा से तावीज़ हिलेगा, वैसे ही लड़के के दिल में हौल उठेगा। घर की याद सताएगी। इंशाअल्लाह शाम तक वापस आ जाएगा!”

---

1. ज़रूरतमन्दों, 2. महिलाएँ, 3. ध्यानमुद्रा, 4. शिष्टतापूर्वक, 5. ख़ामोशी, 6. प्रेतग्रस्त, 7. निस्पृह, सर्वव्यापक

सुलताना ने तावीज़ लेकर पर्स से दस रुपए का एक नोट निकाला। उसे नज़राने के तौर पर पेश करना चाहा, तो शाह साहब हँस पड़े, "तुम्हारा भाई आ जाए, तो एक स्याह बकरा सदक़ा कर देना! उसका गोश्त ग़रीबों-मोहताजों में तक़सीम कर देना!"

सुलताना ने नोट पर्स में वापस रख लिया। शाह साहब से इजाज़त ली और ख़ुशी-ख़ुशी घर गई।

शाह साहब की हिदायत के मुताबिक़ उसने एक तावीज़ ज़मीन में दफ़न करा दिया। दूसरा बाग़ीचे में लगे हुए पीपल के पेड़ की ऊँची शाख़ पर लटकवा दिया। उसे यक़ीन था कि अन्नू ज़रूर आ जाएगा। शाह साहब की शख़्सियत का तिलिस्म उस पर पूरी तरह छा गया था।

उस रोज़ उसने ख़ानसामा के साथ खड़े होकर अपने सामने खीर तैयार कराई। अन्नू खीर बड़े शौक़ से खाता था। तीसरे पहर तक वह बड़ी ख़ुश-ख़ुश रही। जब दिन ढलने लगा और धूप का रंग गहरा बसन्ती हो गया, तो वह बेचैन हो गई। बार-बार दरीचे पर जाकर बाहर देखती। सूरज गुरूब हो गया। दिन का अलाव सर्द पड़ गया। अँधेरा फैलने लगा। शाम हो गई, मगर अन्नू न आया।

रात हो गई। अँधेरा गहरा हो गया। रास्ते सुनसान पड़ गए, मगर अन्नू का कहीं पता न था। वह सारी रात जागती रही और अन्नू का इन्तज़ार करती रही।

फिर बहुत-सी शामें आईं और गुज़र गईं और शाह साहब का तावीज़ पीपल की ऊँची शाख़ पर लहराता रहा। ख़ादिमा ने दोबारा शाह साहब के पास जाने के लिए इसरार किया, लेकिन सुलताना फिर उनके पास न गई। उसकी अक़ीदत का तिलिस्म दरहम-बरहम हो चुका था।

## [4]

नियाज़ को सुलताना के दुख का पूरा-पूरा अहसास था। वह हर तरह उसकी नाज़-बरदारी की कोशिश करता। उन दिनों वह रोज़ाना कुछ-न-कुछ उसके लिए ख़रीदकर लाता। उसके साथ हमदर्दी का इज़हार करता। अन्नू के चले जाने पर इज़हारे-अफ़सोस करता, लेकिन सुलताना उससे खिंची-खिंची और बेज़ार-बेज़ार-सी रहती। वह जानती थी कि अन्नू ने सिर्फ़ उसकी वजह से घर छोड़ा है, हालाँकि बूढ़े ख़ानसामा ने सिर्फ़ इस क़दर बताया था कि उसने नियाज़ को अन्नू पर नाराज़ होते सुना था। उसके बाद अन्नू कोठी का फाटक खोलकर चुपचाप बाहर चला गया।

जब वह इस बात पर ग़ौर करती, तो उसके दिल में हूक-सी उठती। नियाज़ के ख़िलाफ़ शदीद नफ़रत का तूफ़ान उमड़ता। उसका जी चाहता, कि उस कोठी से कहीं चली जाए। हर तरफ़ नज़रें दौड़ाती, मगर उसे कोई भी सहारा, कोई भी अपना ग़मगुसार नज़र न आता। ऐसे आलम में कभी-कभार सलमान का भी ख़याल आता, मगर उसकी याद के साथ उसके तन-बदन में आग लग जाती। उसका जी चाहता कि अगर सलमान मिल जाए, तो वह उसका मुँह नोच ले। उसके चेहरे पर थूक दे और हज़ारों कोसने दे। फिर वह सोचती। काश! एक बार सलमान उसे मिल जाए और वह उसे यहाँ लाकर दिखाए कि अब सुलताना वह लड़की

नहीं रही, जिसे ग़रीब और लावारिस जानकर उसने ठुकरा दिया था। अब वह शानदार कोठी में रहती है। उसके पास कार है। क़ीमती फ़र्नीचर है। नौकर हैं। ख़िदमतगार हैं, जिन पर उसका हुक्म चलता है। उसके पास ढेर सारे रेशमी कपड़े हैं। ज़ेवरात हैं। जूतों की दर्जनों जोड़ियाँ हैं। वजह जिस क़दर ठाट-बाट से रहती है, उसका यह तसव्वुर भी नहीं कर सकता।

उन्हीं दिनों एक बार इसरार करके नियाज़ उसे अपने हमराह ख़ाँ बहादुर फ़र्ज़न्द अली के घर ले गया। ख़ाँ बहादुर बड़ी शानदार कोठी में रहता था। उसका रहन-सहन शाहाना था। हर कमरे में उम्दा और नफ़ीस फ़र्नीचर था। काम-काज के लिए नौकरों की पलटन थी, मगर उसकी बीवी बड़ी छिछोरी और ख़ुर-दिमाग़ थी। इतरा-इतराकर बात करती थी। उसके हर अन्दाज़ से नौदौलतापन टपकता था, अलबत्ता दोनों लड़कियाँ बहुत शाइस्ता और मिलनसार थीं। बड़ा लड़का भी ख़ुश-अख़्लाक़ और बहुत हँसमुख था।

शाम की चाय उसने तीनों के साथ पी। लड़के का नाम शाहिद अली था। लम्बा, निकलता हुआ क़द, मज़बूत हाथ-पाँव, तीखे नकूश, बड़ी-बड़ी रोशन आँखें। वह ख़ासा ख़ूबसूरत नौजवान था। बी.एससी. कर चुका था और स्कॉलरशिप पर एम.बी.ए. करने के लिए अमेरिका जानेवाला था। चाय पर भी अमेरिका के मुताल्लिक़ बातचीत होती रही।

गुफ़्तगू के दौरान शाहिद ने अचानक सुलताना को मुख़ातिब करते हुए कहा, "मिसेज़ नियाज़! आपको देखकर तो बड़ी हैरत हुई!"

सुलताना को मिसेज़ नियाज़ कहने पर सख़्त ताज्जुब हुआ।

उसका जी चाहा कि इस ग़लतफ़हमी को दूर कर दे। फिर यह सोचकर चुप हो गई कि नियाज़ ने न जाने उसके मुताल्लिक़ उन लोगों से क्या कहा है। सुलताना को बड़ा ग़ुस्सा आया। कमबख़्त ने कम-से-कम इशारा ही कर दिया होता। ज़रा देर ख़ामोश रहकर उसने शाहिद से कहा, "आपको हैरत क्यों हुई?"

वह हिचकिचाते हुए बोला, "मैं समझता था, न जाने आप कैसी होंगी?" उसके अन्दाज़ में बच्चों की-सी सादगी थी।

सुलताना को उसकी यह अदा बड़ी प्यारी मालूम हुई। मुस्कराकर बोली, "क्या मतलब?"

वह घबरा गया, "मैं समझता था कि आप कुछ अजीब-सी होंगी!"

उसी वक़्त शाहिद की बहन ने कहा, "आपको देखकर ताज्जुब तो मुझे भी हुआ!"

सुलताना की समझ में उनकी बातों का मतलब नहीं आया। पूछने लगी, "क्यों?"

वह बोली, "हम तो समझते थे कि नियाज़ साहब की मिसेज़ तो बड़ी बोर-सी होंगी। मोटी-मोटी, काली-सी, मगर आप इतनी ज़्यादा ख़ूबसूरत और इतनी स्वीट होंगी, यह तो हमने कभी सोचा भी नहीं था," फिर वह अपने भाई को मुतवज्जो करते हुए बोली, "क्यों भाई जान! यही बात है न?"

"सचमुच आप बड़ी ग्रेंड मालूम होती हैं!"

सुलताना का एक बार फिर जी चाहा कि वह उनकी ग़लतफ़हमी रफ़ा कर दे, मगर उसमें नियाज़ की नाराज़ी का डर था और वह उसे नाराज़ करना नहीं चाहती थी।

वह अपने घर में वापस पहुँची और देर तक ख़ाँ बहादुर के अहले-ख़ाना के बारे में सोचती रही। उसकी नकचढ़ी बीवी, मिलनसार बेटियाँ, और हँसमुख शाहिद, जिसके चेहरे

पर बच्चों जैसी मासूमियत थी। न जाने क्यों उसकी बातें सुलताना को बार-बार याद आती रहीं।

रात को कोई आठ बजे अचानक शाहिद आ गया।

नियाज़ उस वक़्त मौजूद नहीं था। आम तौर पर वह उस वक़्त गैर-हाज़िर रहता था। सुलताना चाहती, तो नियाज़ के दूसरे मिलने-जुलनेवालों की तरह उसे भी टरखा देती, मगर शाहिद से मिलने वह ख़ुद ड्राइंग-रूम में गई। वह किसी काम से नियाज़ के पास आया था।

बातों-बातों में उसने सुलताना को फिर मिसेज़ नियाज़ कहकर मुख़ातिब किया। सुलताना ने सोचा, कि वह उस ग़लतफ़हमी को मज़ीद बरदाश्त नहीं कर सकती। उसने मुस्कराकर टोका, "आप मुझे मिसेज़ नियाज़ न कहा करें!"

वह हैरतज़दा होकर बोला, "क्यों?"

"मेरी तो अभी शादी भी नहीं हुई," सुलताना ने शरमाकर दबी आवाज़ में कहा, "शायद आपको पता नहीं। नियाज़ साहब रिश्ते में मेरे सौतेले वालिद लगते हैं!"

शाहिद ताज्जुब से मुँह फाड़कर बोला, "अरे!" लम्हा-भर तक वह हक्का-बक्का उसे तकता रहा, "तो फिर उस रोज़ आपने यह बात क्यों न बताई?"

"आप लोगों ने बताने का मौक़ा ही कहाँ दिया?"

शाहिद माज़िरत करने लगा, "हम तो यही समझे हुए थे। यह तो बहुत बुरी बात हो गई। आपने बुरा तो नहीं माना!" फिर उसने घबराकर ख़ुद ही कहा, "आपने ज़रूर बुरा माना होगा।"

उसे परेशान देखकर सुलताना बोली, "वह तो ग़लतफ़हमी थी। उसका क्या बुरा मानना!"

शाहिद ने उसके बाद कुछ न कहा। चुपचाप बैठा सिगरेट के हलके-हलके कश लगाता रहा। पंखे की हवा से उसके बाल बिखरकर पेशानी पर आ गए थे। चेहरा सोचता हुआ मालूम हो रहा था। उस आलम में वह बड़ा ख़ूबसूरत लग रहा था।

सुलताना ने कई बार उसे प्यासी निगाहों से देखा। हर बार वह उसे ज़्यादा कशिशअंगेज़ नज़र आया। मासूम चेहरा। बड़ी-बड़ी रोशन आँखें और भरे-भरे गुलाबी होंठ।

कमरे में ख़ामोशी थी। बाहर बाग़ीचे में दरख़्तों के ख़ुश्क पत्ते आहिस्ता-आहिस्ता खड़खड़ा रहे थे। दबी-दबी आहटें पैदा कर रहे थे।

रात का अँधेरा बढ़ गया था।

सुलताना ने उसे ख़ामोश पाकर पूछा, "आप क्या सोचने लगे?"

"कुछ नहीं, बस ऐसे ही ज़रा सोच रहा था!"

"क्या?" सुलताना ने ज़ेरे-लब मुस्कराकर कहा। शाहिद अली ने उसे नज़र भरकर देखा और बेचैन होकर उँगली से सिर के बाल कुरेदने लगा। फिर उसने दबी ज़बान से कहा, "मैं आप ही के बारे में सोच रहा था।"

"मेरे बारे में?"

शाहिद ने कोई जवाब न दिया। उसका चेहरा गुलाबी हो गया। वह बेक़रार होकर उठा। दरवाज़े पर पहुँचा और सुलताना की जानिब देखे बग़ैर बाहर चला गया। सुलताना कुछ न बोली। गुमसुम बैठी रही।

दूसरे रोज़ शाम को वह फिर आया। नियाज़ उस वक़्त भी मौजूद न था। सुलताना जैसे उसका इन्तज़ार ही कर रही थी। वह ड्राइंग-रूम में बिला झिझक पहुँच गई। दोनों ने एक-दूसरे को देखा, मगर कोई बात नहीं हुई। कमरे में ख़ामोशी थी और बाहर शाम दरो-दीवार से नीचे उतर रही थी। रफ़्ते-रफ़्ते फैल रही थी। तारीक होती जा रही थी।

कुछ देर बाद शाहिद की आवाज़ ख़ामोशी में उभरी, "मैं आप ही से मिलने के लिए आया था।"

"मुझसे?" सुलताना के लहजे में इसतिअजाब[1] था।

"यहाँ तो बहुत वीरानी है," शाहिद ने गुफ़्तगू का रुख़ बदल दिया, "आपका दिल नहीं घबराता?"

"घबराता तो है," इस दफ़ा सुलताना की आवाज़ में कँपकँपाहट थी। उसने नज़रें उठाकर शाहिद को देखा, "आप मुझसे मिलने क्यों आए थे?"

शाहिद चुप रहा। उसने पहलू बदला। उसके चेहरे पर बेचैनी झलक रही थी। अचानक वह उठकर खड़ा हो गया। दरवाज़े की तरफ़ मुड़ा। आगे बढ़ा, मगर दहलीज़ तक पहुँचते-पहुँचते ठिठका! पलटकर सुलताना की जानिब देखा। लम्हा-भर के लिए दोनों की नज़रें मिलीं। शाहिद मबहूत[2] खड़ा रहा। फिर किसी सिहरज़दा[3] इंसान की तरह आहिस्ता-आहिस्ता चलता हुआ सुलताना के क़रीब आया। उसकी साँस इतनी तेज़ चल रही थी, गोया हाँफ रहा हो। सुलताना बेचैन होकर खड़ी हो गई। दोनों एक-दूसरे के इस क़दर क़रीब आ गए थे कि सुलताना ने शाहिद की गर्म-गर्म साँसों की हरारत अपने रुख़सारों पर महसूस की।

शाहिद की आँखों में चिराग़ झिलमिला रहे थे। होंठों पर लर्ज़िश[4] थी। उसने दोनों हाथ फैलाए और बेइख़्तियार सुलताना को अपने बाज़ुओं में भींच लिया।

सुलताना ने कसमसाकर कई बार उसके बाज़ुओं के हलक़े से निकलने की कोशिश की, मगर सिर्फ़ कुलबुलाकर रह गई। फिर एक ऐसा मरहला आया कि उसने निढाल होकर अपना सिर शाहिद के कन्धे से टिका दिया। वह मोम की तरह पिघल चुकी थी।

कमरे की ख़ामोशी में शाहिद की तेज़ साँसों की सरसराहट साफ़ सुनाई दे रही थी। सुलताना उसके पहलू में बुत बनी खड़ी थी।

चन्द लम्हे बाद शाहिद की आवाज़ उभरी, "मैं अमेरिका नहीं जाऊँगा। मैं अब एम.बी.ए. नहीं करूँगा," वह अपनी बे-तरतीब साँस पर क़ाबू पाने की कोशिश कर रहा था।

"क्यों?" सुलताना ने मुजस्सम सवाल बनकर पूछा।

"मैं तुमको छोड़कर कहीं नहीं जाऊँगा। मैं आज यही कहने आया था," वह हौले-हौले सुलताना की पीठ थपकने लगा, "मैं पहले तुमसे शादी करूँगा। ख़ुदा की क़सम! मैं आज ही अम्मी से साफ़-साफ़ कह दूँगा। अब मैं तुम्हारे बग़ैर नहीं रह सकता।" वह बेहद जज़्बाती हो गया, "तुम मेरी हो। तुम मेरी हो!" उसने पागलों की तरह सुलताना की गर्दन चूमना शुरू कर दी।

शाहिद चला गया। सुलताना अपने कमरे में गई। आईने के रू-ब-रू खड़े होकर अपना अक्स देखा और टकटकी बाँधे देखती रही। सोचती रही, क्या वह वाक़ई ख़ूबसूरत है? क्या वह इस क़ाबिल है कि शाहिद उससे ब्याह कर ले?

---

1. विस्मय, 2. मन्त्रमुग्ध, 3. सम्मोहक, 4. कम्पन, थरथराहट

वह सवालात उसके ज़ेहन में कुलबुलाते रहे और उसकी दिलकश आँखें बार-बार आईने में झपकती रहीं। होंठ लरजकर रह जाते। उन पर मुस्कराहट बिखर जाती।

वह शाम और ऐसी कई शामें उसने अँगड़ाइयाँ ले-लेकर और मुस्करा-मुस्कराकर गुज़ार दीं।

मगर शाहिद दोबारा न आया।

एक रोज़ नियाज़ ने बातों-बातों में सुलताना को बताया कि शाहिद अमेरिका चला गया। सुलताना के दिल पर ज़ोर का घूँसा लगा। वह तड़पकर रह गई।

ज़िन्दगी एक बार फिर उसे जुल[1] दे गई थी।

इस सदमे ने उसे तोड़-फोड़कर मलबे का ढेर बना दिया। वह सुहाने ख़्वाब, जो उसने पिछले कई रोज़ में देखे थे, तारे-अंकबूत[2] की मानिंद बिखरकर रह गए। उसके चारों तरफ़ अँधेरे का जाल फैल गया।

फिर ज़िन्दगी का वही लक-व-दक सहरा[3] था। वही तनहाई, वही बेचारगी।

## [5]

सावन का महीना लग चुका था। आसमान पर ऊदी-ऊदी बुदलियाँ घिर-घिरकर आतीं। मेंह बरसता और हर तरफ़ जलथल हो जाता। बरसात की एक ऐसी ही रात थी। पच्छिम से घटाएँ उमड़ीं। हवा के तेज़ झक्खड़ चलने लगे। मूसलाधार बारिश शुरू हो गई।

बारिश के मोटे-मोटे क़तरे खिड़की के शीशों पर टपटप बज रहे थे। हवा की सरसराहटें सीटियों की तरह रात के सन्नाटे में चीख़ रही थीं। रात के ग्यारह बजे का अमल था। सुलताना अभी जाग रही थी। अचानक बिजली ग़ायब हो गई।

झलकती हुई तमाम रोशनियाँ अँधेरे में डूब गईं। हर तरफ़ तारीकी[4]-ही-तारीकी थी। सुलताना ख़ौफ़ज़दा हो गई।

वह देर तक सहमी हुई पड़ी रही। मूसलाधार बारिश होती रही। फिर उसने बरसाती में कार रुकने की आवाज़ सुनी। नियाज़ वापस आ गया था। उसके क़दमों की आवाज़ पुख़्ता फ़र्श पर सुनाई दी। ज़रा देर बाद दरवाज़ा खुलने की आवाज़ उभरी। नियाज़ अपने कमरे में जा चुका था। कई बार उसकी खँखार ख़ामोशी में उभरी। कोठी पर गहरा सन्नाटा छाया था।

रात आधी से ज़्यादा गुज़र चुकी थी। बारिश बराबर हो रही थी। हवा दरख़्तों में चीख़ रही थी। सुलताना अभी तक सो न सकी थी। बिजली वापस नहीं आई थी। अँधेरे से उसे वहशत हो रही थी। तेज़ हवा की सरसराहटों में उसने सुना। बाहर बरामदे में कोई आहिस्ता-आहिस्ता चल रहा है। चाप रुक-रुककर उभर रही थी।

सुलताना लरजकर रह गई।

क़दमों की आहट रुक-रुककर उभरती रही। बारिश का ज़ोर अभी तक नहीं टूटा था। हवा के शोर से दिल दहलता था। इसी दौरान में कमरे के दरवाज़े पर आहिस्ता से दस्तक हुई। खट खट खट...

---

1. धोखा, 2. मकड़ी के तार की तरह, 3. वीरान व सुनसान मरुस्थान, 4. अँधेरा

डर के मारे सुलताना मसहरी की पट्टी से चिमट गई। फिर एक भारी आवाज़ उभरी, "सुलताना...सुलताना...!" नियाज़ आहिस्ता-आहिस्ता पुकार रहा था।

सुलताना ने पूछा, "कौन?"

नियाज़ ने कहा, "दरवाज़ा खोलो!"

सुलताना दम-बख़ुद पड़ी सोचती रही कि उसे क्या करना चाहिए? दरवाज़े पर आहिस्ता-आहिस्ता खट-खट होती रही। नियाज़ रुक-रुककर उसे आवाज़ देता रहा। आख़िर सुलताना ने उठकर दरवाज़ा खोल दिया।

नियाज़ अन्दर आ गया। ज़रा देर वह चुपचाप खड़ा रहा। फिर उसने सुलताना से कहा, "देखो! ज़रा होशियार सोना!"

उसने जल्दी से पूछा, "क्यों?"

"मुझे अभी-अभी ऐसा महसूस हुआ कि कोई बरामदे में चल रहा है!"

आवाज़ सुलताना ने भी सुनी थी। वह ख़ौफ़ से लरजकर रह गई। नियाज़ कहता रहा, "पहले तो मैं पड़ा-पड़ा इस आहट को सुनता रहा। फिर बाहर निकलकर देखा, तो कुछ नज़र न आया। अँधेरा इस क़दर है कि हाथ को हाथ सुझाई नहीं देता। तुमने मोमबत्तियाँ भी मँगवाकर नहीं रखीं!"

उसकी आवाज़ अँधेरे में आहिस्ता-आहिस्ता उभरती रही।

ख़ौफ़ के मारे सुलताना की आवाज़ तक न निकली। वह सहमी हुई खड़ी रही।

नियाज़ ने पूछा, "तुमको डर तो नहीं लगेगा?" और जवाब का इन्तज़ार किए बग़ैर सुलताना का बाज़ू थाम लिया।

"चलो, आज मेरे कमरे में सो जाओ!"

सुलताना ने कसमसाकर आहिस्ता से कहा, "नहीं!" उसकी आवाज़ लरज रही थी।

नियाज़ ने उसे प्यार से डाँटा, "पागल मत बनो! आओ!" और झपाक से उसे दोनों बाज़ुओं पर उठा लिया।

नियाज़ उसे बाज़ुओं पर उठाए हुए कमरे के बाहर आ गया।

बारिश के क़तरे खिड़की के शीशों पर, छतों पर बज रहे थे। हवा फर्राटे भरती हुई दरख़्तों से गुज़रती तो ऐसा महसूस होता, कोई ज़ोर-ज़ोर से क़हक़हे लगा रहा है।

अँधेरा बहुत गहरा था और उस घटाटोप अँधेरे में नियाज़ के बोझल क़दमों की आवाज़ बरामदे के पुख़्ता फ़र्श पर आहिस्ता-आहिस्ता उभरती रही।

खट खट खट...खट...आवाज़ दूर होती चली गई।

बाहर दरख़्तों में कोई परिन्दा अचानक ज़ोर से चीख़ा। फिर उसकी चीख़ बारिश के शोर में डूब गई। हर तरफ़ गहरा सन्नाटा छा गया। भीगी हुई स्याह-बख़्त रात और स्याह हो गई।

# फसल याज़दहुम[1]

## [1]

सलमान लगभग डेढ़ महीने तक अस्पताल में रहा। उसके जिस्म पर तेरह ज़ख़्म आए थे। तीन रोज़ तक वह एमरजेंसी वार्ड में बेहोश पड़ा रहा। जब होश आया, तो उसकी बीनाई[2] बहुत धुँधली थी। नक़ाहत[3] इस क़दर ज़्यादा थी कि मुँह से आवाज़ न निकलती थी। पहलू में तीसरी पसली के नीचे ऐसा गहरा ज़ख़्म था, जिसने कई रोज़ तक डॉक्टरों को परेशान रखा।

शुरू-शुरू में स्काइ-लार्क अस्पताल में उसकी अयादत[4] के लिए आते रहे, मगर रफ़्ता-रफ़्ता उन्होंने आना-जाना बिल्कुल छोड़ दिया। उनका यह रवैया सलमान को बहुत शाक़[5] गुज़रा। उसे स्काइ-लार्कों की इस बेइतनाई[6] पर ग़ुस्सा आया और अपनी बेकसी पर दुख भी हुआ।

अस्पताल से सेहतयाब होकर जब वह हेडक्वार्टर पहुँचा, तो बहुत झुँझलाया हुआ था। रास्ते भर सोचता रहा कि फ़लक-पैमा के आइन्दा इजलास में वह स्काइ-लार्कों की इस बेरुख़ी के ख़िलाफ़ शदीद एहतिजाज करेगा और यह दर्याफ़्त करेगा कि उसके साथ ऐसा नागवार[7] सलूक क्यों इख़्तियार किया गया?

लेकिन गुमटी पहुँचकर उसने हेडक्वार्टर देखा, तो सब कुछ भूल गया। हेडक्वार्टर की दीवारें अभी तक झुलसी हुई नज़र आ रही थीं। हर चन्द कि जले हुए दरवाज़ों और खिड़कियों की जगह नई खिड़कियाँ और दरवाज़े लगा दिए गए थे, मगर आतिशज़दगी के निशानात जगह-जगह धुएँ के स्याह धब्बे बनकर बिखरे हुए थे। लाइब्रेरी की एक दीवार चटख़ गई थी। उसमें इंच-भर चौड़ा निशान था।

सलमान जिस वक़्त वहाँ पहुँचा, दिन ढल चुका था। शाम के उमड़ते और फैलते हुए धुँधलके में हेडक्वार्टर की इमारत किसी खंडहर ही तरह वीरान नज़र आ रही थी।

सलमान ने अन्दर दाख़िल होकर देखा। कमरों में गहरा सन्नाटा था। न पहली-सी चहल-पहल थी, न स्काइ-लार्कों की मसरूफ़ और सरगर्म ज़िन्दगी की गहमागहमी थी। हर तरफ़ बोझल ख़ामोशी छाई थी। वह राहदारी से गुज़रता हुआ दफ़्तर की जानिब बढ़ा।

दफ़्तर का दरवाज़ा खुला था। कमरे में दिन की डूबती हुई रोशनी मद्धिम पड़ चुकी थी। उस नीम-तारीकी में एक नहीफ व लाग़र[8] शख़्स मेज़ पर झुका सामने रखे हुए काग़ज़ात देखने में महव[9] था। उसने क़रीब जाकर देखा, तो शशदर[10] रह गया। यह डॉक्टर ज़ैदी था। उसके

---

1. ग्यारहवाँ परिच्छेद, 2. नेत्र-ज्योति, 3. दुर्बलता, 4. कुशलता पूछना, 5. चुभा, 6. बेपरवाही, 7. अनुचित, 8. क्षीण व दुर्बल, 9. मग्न, 10. विस्मित

चेहरे पर झुर्रियाँ पड़ गई थीं। बाल कनपटियों पर से सफ़ेद हो गए थे। वह ख़ासा बूढ़ा नज़र आ रहा था।

सलमान के दिल को सख़्त धचका लगा। वह दरवाज़े पर ठिठककर रह गया। ग़ौर से देखने लगा कि क्या वह डॉक्टर ज़ैदी ही है या कोई और?...वाक़ई वह अब बहुत तब्दील हो गया था। अचानक डॉक्टर ने गर्दन उठाकर सलमान की तरफ़ देखा और हैरत से चीख़ता हुआ खड़ा हो गया।

"हैलो सलमान!"

सलमान गर्मजोशी से बग़लगीर होते हुए बोला, "डॉक्टर! तुमने अपना यह क्या हुलिया बना लिया?"

डॉक्टर ज़ैदी सिर्फ़ मुस्कराकर रह गया। उसकी मुस्कराहट बड़ी पज़मुर्दा[1] थी। ऐसा मालूम होता था, जैसे सलमान के इस सवाल से उसे ज़ेहनी अज़ीयत पहुँची है। सलमान ने ख़ामोशी इख़्तियार कर ली। मज़ीद बातचीत नहीं की। दोनों कुर्सियों पर बैठ गए। कमरे में अब ख़ासा अँधेरा हो गया था। डॉक्टर ने उठकर लैम्प रोशन किया।

सलमान ने पूछा, "दूसरे स्काइ-लार्क कहाँ हैं?"

"अपने-अपने हलक़ों[2] में काम करने गए हैं। आते ही होंगे!"

डॉक्टर ज़ैदी के जवाब से सलमान को बड़ी ढाढ़स पहुँची। उसके बाद बातों का तवील सिलसिला छिड़ गया।

डॉक्टर ज़ैदी ने बताया कि सफ़दर बशीर हमले की रात ही को जान-बहक़[3] हो गया था। उसके जिस्म पर ज़ख़्मों के 42 निशानात थे। इसके अलावा दूसरे स्काइ-लार्क भी ज़ख़्मी हुए थे। सिर्फ़ फ़हीम उल्लाह दो स्काइ-लार्कों के साथ पिछली दीवार फाँदकर बच निकलने में कामयाब हो गया था।

पुलिस मौक़ा-ए-वारदात[4] पर उस वक़्त पहुँची, जब हमलावर फ़रार हो चुके थे, हालाँकि फ़हीम उल्लाह ने हेडक्वार्टर से निकलते ही पहला काम यह किया था कि पुलिस को हमले की इत्तिला कर दी थी। पुलिस की तफ़्तीश शुरू होने के चन्द ही रोज़ बाद क़रीब-क़रीब सारे स्काइ-लार्क गिरफ़्तार कर लिए गए। हेडक्वार्टर की तलाशी ली गई और तमाम काग़ज़ात पुलिस ने अपने कब्ज़े में ले लिए।

स्काइ-लार्कों पर सफ़दर बशीर के कत्ल के इल्ज़ाम में मुक़दमा क़ायम किया गया। पुलिस की रिपोर्ट के मुताबिक़ इल्ज़ाम की नौईत यह थी कि सफ़दर बशीर फ़लक-पैमा से मुस्ताफ़ी हो चुका था। वह लन्दन जानेवाला था। वारदात की शब वह हेडक्वार्टर आया था और फ़लक-पैमा के फंड में उसकी जो रक़म मौजूद थी, उसकी वापसी का मुतालबा कर रहा था, मगर रक़म देने से इनकार करने के लिए कि सफ़दर बशीर अपने हामियों के साथ हमला करने की नीयत से आया था, हेडक्वार्टर की इमारत को आग लगा दी।

पुलिस के मौक़िफ़[5] की ताईद अलीम अहमद ने की। बाद में फ़हीम उल्लाह भी सरकारी गवाह बन गया। उन दोनों के अलावा पुलिस बस्ती से भी चन्द गवाह मुहैया करने में कामयाब हो गई।

---

1. उदास, 2. क्षेत्रों, 3. मर गया, 4. घटनास्थल, 5. तथ्य, बात

मुक़दमे का सबसे दिलचस्प पहलू यह था कि पोलिंग से पहले किसी स्काइ-लार्क की ज़मानत न हो सकी। वोटिंग के वक़्त पोलिंग-स्टेशन पर स्काइ-लार्कों का न कोई एजेंट मौजूद था और न ही वोटों की गिनती के वक़्त कोई नुमाइन्दा था।

डॉक्टर ज़ैदी उम्मीदवार था, मगर दूसरे स्काइ-लार्कों के साथ वह भी जेल में बन्द था। इन्तख़ाबात के नताइज का एलान हुआ, तो उसके वोट तादाद में इस क़दर कम निकले कि ज़मानत भी ज़ब्त हो गई। ख़ाँ बहादुर फ़र्ज़न्द बड़ी भारी अक्सरियत से म्यूनिस्पैल बोर्ड का मेम्बर मनतख़ब हो गया। इस शानदार कामयाबी पर उसका धूमधाम से जुलूस निकला। बस्ती में जगह-जगह मिठाई तक़सीम हुई। उसके कारकुनों ने अपने घरों पर चिराग़ाँ[1] किया।

ख़ाँ बहादुर फ़र्ज़न्द अली को कामयाबी के चन्द ही रोज़ बाद स्काइ-लार्कों की ज़मानतें मंजूर होना शुरू हो गईं। अली अहमद भी ज़मानत पर रिहा हो चुका था, अलबत्ता रियाज़ सेफ्टी एक्ट के तहत हनूज़ नज़रबन्द था। कई स्काइ-लार्क रिहाई के बाद इस क़दर दहशतज़दा और हरासाँ[2] हो गए कि उन्होंने फ़लक-पैमा से किनाराकशी इख़्तियार कर ली। अब सिर्फ़ सात स्काइ-लार्क रह गए थे। इस अफ़रा-तफ़री में तमाम महाज़ों पर काम बन्द हो गया। इंडस्ट्रियल-होम पर किसी ने ज़बरदस्ती कब्ज़ा कर लिया। तालीमे-बालिग़ाँ के तमाम मराकज़[3] बन्द हो गए। दारुलमुतालात[4] में एक ताँगेवाले ने अपना घोड़ा बाँधना शुरू कर दिया और उसे बाक़ायदा अस्तबल बना दिया। फ़लक-पैमा का फंड ज़ब्त कर लिया गया और हेडक्वार्टर की इमारत सर-बमुहर[5] कर दी गई थी।

रिहाई के बाद स्काइ-लार्कों के सामने तरह-तरह की मुश्किलात थीं, जिन पर काबू पाने के लिए निहायत सरगर्मी से जद्दोजहद की जा रही थी। तहरीक को ज़िन्दा रखने के वास्ते अज़-सरे-नौ साज़गार[6] फ़िज़ा पैदा करना पड़ रही थी।

डॉक्टर ज़ैदी देर तक सलमान को बीती बातें सुनाता रहा।

सलमान ने यह हालात सुने, तो ग़म व गुस्से से तड़पकर बोला, "यह सारी मुसीबतें ख़ाँ बहादुर की लाई हुई हैं। बड़ा कमीना और बेरहम शख़्स है!"

डॉक्टर ज़ैदी ने कहा, "इक़तिदार[7] की हवस[8] इंसान को अन्धा और ख़ुदग़र्ज़ बना देती है।"

"फ़हीम उल्लाह और अली अहमद से भी कभी मुलाक़ात हुई?"

"नहीं!" डॉक्टर ने लम्हा-भर रुककर कहा, "ख़ाँ बहादुर ने दोनों को म्यूनिस्पैलटी में मुलाज़मत दिलवा दी है। सुना है तनख़्वाह तो ज़्यादा नहीं, मगर बालाई आमदनी बहुत अच्छी है। बड़े ठाठ-बाठ से रहते हैं।"

उसके हमराह दो नौजवान स्काइ-लार्क भी थे। अली अहमद ने सलमान को देखा, तो गर्मजोशी से गले से लगा लिया। हँसकर बोला, "मैं तो समझा था कि जिस तरह और स्काइ-लार्क हमारा साथ छोड़ गए, तुमने भी मुँह मोड़ लिया।"

सलमान ने तीखे लहजे में जवाब दिया, "मैं आज ही तो अस्पताल से निकला हूँ। आप लोगों ने यह भी नहीं पूछा कि किस हाल में रहा! ज़िन्दा बचा कि मर गया।"

अली अहमद माज़िरत करते हुए बोला, "भई, मुआफ़ करना! कुछ अरसा तो जेल में गुज़रा। रिहाई मिली, तो ऐसा अफ़रा-तफ़री का ज़माना गुज़रा कि किसी को एक-दूसरे का

---

1. दीपमाला, 2. भयभीत, 3. केन्द्रों, 4. वाचनालय, 5. मुहरबन्द, 6. नए सिरे से उपयुक्त, 7. शासन, 8. लोभ, कामना

होश न रहा। तुम्हारी शिकायत बिल्कुल दुरुस्त है। मुझे इसका बेहद अफ़सोस है!"

सलमान ने मज़ीद कुछ न कहा। अली अहमद उसे स्काइ-लार्कों की सरगर्मियों के बारे में बताता रहा। आठ बजे तक सारे स्काइ-लार्क दफ़्तर में इकट्ठा हो गए। हर एक ने बड़े जोश-ख़रोश से सलमान का ख़ैर मक़दम[1] किया। सब उसकी आमद से बहुत ख़ुश थे। उनमें नई तवानाई[2] और मुस्तैदी नज़र आ रही थी।

उस रोज़ सबने मिलकर एक साथ खाना खाया। दस बजे के क़रीब फ़लक-पैमा का इजलास हुआ, जिसमें सूरते-हाल का तफ़्सील से जायज़ा लिया गया और उसकी रोशनी में आइन्दा के लिए लाइहूए-अमल[3] तय किया गया गया। नए अज़ाइम[4] और ताज़ा वलवले के साथ जद्दोजहद करने का अहद किया गया। इजलास आधी रात तक जारी रहा। हर मसले पर बहस हुई और हर स्काइ-लार्क ने बहस में बढ़-चढ़कर हिस्सा लिया।

नई तजवीज़[5] पेश की गईं। सबसे ज़्यादा इस तजवीज़ पर ज़ोर दिया गया कि फ़लक-पैमा के नए कारकुन बनाए जाएँ, मगर अली अहमद ने इस तजवीज़ की मुख़ालफ़त की। इसलिए कि फ़लक-पैमा के पास अब बहुत क़लील[6] फंड था। वह भी अली अहमद ने बारह हज़ार में अपना मकान फ़रोख़्त करके मुहैया किया था और जिसका बेशतर हिस्सा मुक़दमेबाज़ी और ज़रूरी चीज़ों की ख़रीदारी पर ख़र्च हो चुका था। इस सिलसिले में बाज़ स्काइ-लार्कों ने इस ख़याल का इज़हार किया कि फ़लक-पैमा के हमदर्दों से चन्दा लिया जाए। सलमान की राय थी कि तालीमे-बालिग़ाँ के मर्कज़ों में पढ़नेवाले तुलबा से फ़ीस ली जाए, जो बहुत मामूली हो। डॉक्टर ज़ैदी ने उसकी ताईद करते हुए इस ख़्वाहिश का इज़हार किया कि डिस्पेंसरी से जो दवाएँ दी जाती हैं, मरीज़ों से उनकी कुछ-न-कुछ क़ीमत ली जाए। कम-से-कम उन लोगों से जो क़ीमत दे सकते हैं, लेकिन उस रोज़ कोई तजवीज़ मंजूर नहीं की गई और फंड का मसला आइन्दा इजलास तक मुल्तवी कर दिया गया।

डॉक्टर ज़ैदी ने सलमान को मशविरा दिया कि वह कुछ दिन आराम करे। उसकी सेहत इस क़ाबिल नहीं थी कि कोई काम कर सके, मगर उसने डॉक्टर की एक न सुनी। दूसरे ही रोज़ अपने पुराने शागिर्दों से मिला। जिस जगह तालीमे-बालिग़ाँ का मर्कज़ था वह जगह देखी। वहाँ एक क़साई ने गोश्त की दुकान खोल ली थी। उसका घर भी क़रीब ही था। सलमान उससे मिला और यह तजवीज़ पेश की कि दुकान कहीं और ले जाए, मगर वह सरकश आदमी था। उसने सिर्फ़ सलमान की तजवीज़ मुस्तरद कर दी, बल्कि इस क़दर ख़फ़ा हुआ कि गाली-गलौच पर उतर आया। सलमान के साथ जो लोग थे, उनको भी ग़ुस्सा आ गया। अच्छी-ख़ासी लड़ाई-झगड़े की फ़िज़ा पैदा हो गई।

सलमान ने बात आगे न बढ़ने दी। यह तय किया कि मर्कज़ किसी और जगह क़ायम कर लिया जाए। कहीं जगह न मिले, तो फ़ौरी तौर पर किसी खुली जगह चटाइयाँ बिछाकर और गैस-बत्ती रोशन करके क्लासें शुरू कर दी जाएँ।

शाम को सलमान वहाँ पहुँचा। उसने देखा कि एक मकान की दीवार के सहारे पुराने टीन के टुकड़ों का सायबान डाल दिया गया। गैस-बत्ती रोशन थी और फ़र्श पर चटाइयाँ बिछी थीं। उसे बड़ी ख़ुशी हुई और वह दिन याद आ गया, जब फ़लक-पैमा ने तालीमे-बालिग़ाँ का पहला मर्कज़ क़ायम किया था।

---

1. स्वागत, 2. उत्साह, शक्ति, 3. कार्यक्रम, 4. संकल्प, 5. प्रस्ताव, 6. अल्पतम

चन्द ही रोज़ में तुल्बा[1] की तादाद इतनी हो गई कि मजबूरन दाख़िला बन्द करना पड़ा। जब मर्कज़ अच्छी तरह चलने लगा, तो सलमान ने उसकी ज़िम्मेदारी एक तर्बियत-याफ़्ता स्काइ-लार्क के सुपुर्द की और ख़ुद दूसरा मर्कज़ मुनज़्ज़म[2] करने में मसरूफ़ हो गया।

लगभग महीना-भर में सलमान ने दौड़-धूप करके तालीमे-बालिग़ाँ के तीन मर्कज़ क़ायम कर दिए। उनमें बाक़ायदा तालीम भी शुरू हो गई।

अली अहमद को सलमान के वापस आने से बड़ी मदद मिली। अब हर काम मामूल पर आता जा रहा था। इंडस्ट्रियल-होम को स्काइ-लार्कों ने अपनी निगरानी में लेकर अज़-सर-नौ मुनज़्ज़म करना शुरू कर दिया था। दारुल्मुतालए फिर से क़ायम कर दिए गए। डिस्पेंसरी को भी दुरुस्त किया गया, मगर सबसे बड़ी दिक़्क़त फंड की थी, जिसके बग़ैर काम चलाना बहुत मुश्किल था।

स्काइ-लार्क अभी तक यह तय नहीं कर सकते थे कि फंड किस तरह मुहैया किया जाए। फंड की क़िल्लत के बाइस स्काइ-लार्कों ने एक वक़्त का खाना बन्द कर दिया था। अपनी तमाम ज़रूरियात कम-से-कम कर दी थीं। सिगरेटों के बजाय उन्होंने बीड़ियाँ पीना शुरू कर दी थीं। जिनके कपड़े फट गए थे, वे दूसरे स्काइ-लार्कों के कपड़ों से किसी-न-किसी तौर पर अपना काम चला रहे थे।

सलमान की सेहत अस्पताल से निकलने के बाद पहले ही ख़राब थी। सख़्त मुशक़्क़त और मुनासिब ग़िज़ा न मिलने के बाइस उसका जिस्म और लाग़र हो गया। चेहरे की हड्डियाँ उभर आई थीं। आँखें अन्दर धँस गई थीं। ख़ुश्क बाल तिनकों की तरह खड़े रहते। उसके चेहरे पर वीरानी बरसने लगी थी, मगर वह अपनी ज़ात से बेनियाज़ काम करने की धुन में मग्न था।

## [2]

एक शाम को सलमान शहर के बड़े बाज़ार से गुज़र रहा था। अचानक नियाज़ से उसकी मुठभेड़ हो गई। नियाज़ के साथ सुलताना भी थी। वह उस वक़्त ख़ासी मॉडर्न और तरहदार लग रही थी। जदीद तरज़ का रेशमी लिबास और हलका-हलका मेकअप! वह किसी शहज़ादी की तरह नज़र आ रही थी। दोनों एक दुकान से निकलकर बाहर जा रहे थे। सलमान ने चाहा कि उनकी नज़रें बचाकर निकल जाए, मगर नियाज़ ने उसे देख लिया। बेतकल्लुफ़ी से बोला, "हैलो सलमान!"

मजबूरन उसे रुकना पड़ा। नियाज़ उसके क़रीब आकर बोला, "अरे भई! कहाँ हो? कहीं नज़र नहीं आए?"

सलमान ने जवाब दिया, "मैं तो यहीं था!"

"मगर तुमने यह अपना क्या हुलिया बना लिया है?"

सलमान उसकी बात सुनकर क़दरे घबरा गया। वाक़ई उसका अजीब हुलिया था। ख़ुश्क बाल, बढ़ा हुआ शेव, चेहरे पर गर्द। लिबास गन्दा, जिसकी एक आस्तीन इस तरह फट गई

1. विद्यार्थियों, 2. व्यवस्थित

थी कि अन्दर की जिल्द साफ़ नज़र आती थी, और नियाज़ ऐसा लगता था, जैसे किसी लांडरी से अभी धुल-धुलाकर निकला है। शार्क स्किन की चमकती हुई सफ़ेद बुश्शर्ट, और कार्ड्राई की पतलून में वह ख़ासा स्मार्ट लग रहा था। चेहरे की रंगत निखर गई थी। रुख़सारों पर हलकी-हलकी सुर्ख़ी थी। आँखें शफ़्फ़ाफ़ थीं। सुलताना के हमराह किसी भी तरह ना-मौज़ूँ नहीं मालूम हो रहा था। सलमान ने उसके रू-ब-रू ख़ुद को कूड़े के ढेर से निकले हुए मरियल चूहे की तरह हक़ीर महसूस किया।

नियाज़ बोला, "कहीं नौकरी-वोकरी भी मिली या अभी तक बेरोज़गारी का चक्कर चल रहा है?"

"नौकरी का इरादा तो मुद्दत हुई, मैंने तर्क कर दिया।"

"तो फिर कैसे काम चल रहा है?" नियाज़ ने सलमान से पूछा।

"कुछ सोशल काम कर रहा हूँ आजकल!"

नियाज़ हँसने लगा, "अरे भई! इस सोशल काम-वाम के चक्कर में कहाँ पड़े हो! ज़रा अपनी हालत तो देखो। मैं पहले तो तुम्हें पहचान ही न सका!"

सलमान उसकी बातों से परेशान हो गया। कहने लगा, "बीमार था!"

नियाज़ बड़े सरपरस्ताना अन्दाज़ में बोला, "भई, यह लीडरी-वीडरी तुमको ज़ेब नहीं देती। यह तो बड़े आदमियों के चोंचले हैं। मेरा कहा मानो, तो इस झंझट पर लानत भेजो। कल किसी वक़्त आकर मुझसे मिलो। मैं तुम्हारे लिए नौकरी का बन्दोबस्त करा दूँगा। मेरा दफ़्तर पावर-हाउस के बराबरवाली सड़क पर है। वहाँ पहुँचकर जिस किसी से पूछोगे, दफ़्तर का पता बता देगा। मैं आम तौर पर नौ बजे दफ़्तर पहुँच जाता हूँ, और दो बजे तक ज़रूर रहता हूँ। और यह मेरा कार्ड रख लो," उसने जेब से विज़िटिंग-कार्ड निकालकर सलमान को दिया।

सलमान उसकी बातों पर सख़्त झुँझलाया। दिल-ही-दिल में कहा, यह साला कबाड़िया ख़ुद को क्या समझने लगा है। न जाने क्या चार सौ बीस करके कुछ रक़म पैदा कर ली। अब इस तरह बात कर रहा है, जैसे दौलत के साथ उसकी अक़्ल भी बड़ी हो गई। उसने किसी क़दर बेरुख़ी का मुज़ाहिरा किया।

"आपकी इस हमदर्दी का शुक्रिया! फ़िलहाल मुझे मुलाज़मत की ज़रूरत नहीं। अगर कभी ऐसा प्रोग्राम हुआ, तो आपसे ज़रूर मिलूँगा।"

सलमान ने कुरते की जेब में हाथ डालकर बीड़ी का बंडल निकाला, और एक बीड़ी होंठों से लगाकर सुलगाने ही वाला था कि नियाज़ ने अपनी सुनहरी सिगरेट-केस खोला और सलमान के सामने करते हुए बोला, "लो, यह 555 पियो!"

"शुक्रिया...मैं बीड़ी पीऊँगा!"

नियाज़ बेतकल्लुफ़ी से बोला, "अमाँ, इस ख़्वाहमख़्वाह के तकल्लुफ़ में क्या रखा है! अच्छी चीज़ें इस्तेमाल किया करो, तो बातें भी अच्छी-अच्छी सूझती हैं!"

उसी वक़्त सुलताना ने बेज़ारी से कहा, "चलिए, देर हो रही है!"

नियाज़ ने पलटकर सुलताना की जानिब देखा। मुस्कराकर बोला, "यह मिस्टर सलमान हैं। मेरे पुराने मिलनेवाले हैं। पढ़े-लिखे आदमी हैं। लीडरी के चक्कर में पड़कर अपनी यह हालत बना ली," वह सलमान की जानिब से सफ़ाई पेश करने लगा, मगर सुलताना ने सलमान का ज़रा भी नोटिस न लिया। बेनियाज़ी से अपने लम्बे-लम्बे सुर्ख़ नाख़ून देखती रही।

सलमान के लिए एक-एक लम्हा दूभर हो रहा था। वह शदीद ज़ेहनी-कर्ब[1] में मुब्तला था। घबराकर जल्दी से बोला, "अब मैं चलूँगा। मुझे एक ज़रूरी काम से जाना है!"

"अच्छा! अच्छा! जी चाहे, तो कभी दफ़्तर की तरफ़ चले आना," यह कहता हुआ नियाज़ आगे बढ़ गया।

सुलताना उसके साथ आहिस्ता-आहिस्ता चल रही थी। उसकी ख़ूबसूरत सुराहीदार गर्दन ऊपर उठी हुई थी। चाल में तमकनत[2] थी। दोनों क़रीब खड़ी हुई कार में बैठ गए। कार नियाज़ ड्राइव कर रहा था। सुलताना उसके बराबर ही बैठी थी। सलमान चुपचाप खड़ा उनको देखता रहा। उसे गुमान था कि सुलताना एक बार उसकी जानिब ज़रूर देखेगी, मगर सुलताना ने पलटकर भी न देखा। बड़े लाड़ से नियाज़ के शाने पर झुककर उसके कान में आहिस्ता से कुछ कहा। दोनों मुस्करा दिए।

कार स्टार्ट हुई और सड़क पर दौड़ने लगी। सलमान दूर तक उसे ख़्वाबनाक नज़रों से देखता रहा। उसने आगे बढ़ते हुए सोचा—सलमान! सुलताना अब बहुत दूर जा चुकी है और तुम दलदल में गिर पड़े हो और इस दलदल में गिरना तुमने ख़ुशी से मंजूर किया है। इसलिए कि तुम मुआशरे से ग़लाज़त साफ़ कर देना चाहते हो। तुम्हें हसीन चीज़ों के मुतअल्लिक़ नहीं सोचना चाहिए। ख़्वाह वह सुलताना हो या चौदहवीं का चाँद। तुम तो खूबसूरती के हुसूल के बजाय बदसूरती को हुस्न में ढालने के लिए जद्दोजहद कर रहे हो।

सलमान ने किसी-न-किसी तरह अपने दिल को समझा तो लिया, मगर वह यह न भूल सका कि उसकी ज़िन्दगी में एक लड़की सुलताना भी आई थी, जिसने एक रात उससे मुहब्बत की भीख माँगी थी, और जिसने आज उसे इस क़ाबिल भी न समझा कि एक निगाहे-ग़लत अन्दाज़ ही डाल लेती, क्या वह उससे इन्तक़ाम ले रही थी या वाक़ई सुलताना ने उसे हक़ीर समझा था? यह और ऐसे ही न जाने कितने सवालात उसके ज़ेहन में उभरते रहे, डूबते रहे। डूबते रहे, उभरते रहे! इसी उलझन में वह उस रोज़ पूरी यकसूई[3] के साथ पढ़ा भी न सका।

रात उसने बड़ी बेचैनी में गुज़ारी। फिर उसकी कितनी ही रातें बेचैनी में कटीं। आख़िर एक रोज़ वह उसी बेचैनी के आलम में अली अहमद के पास पहुँचा। यह उज़्र पेश किया कि उसकी माँ की तबीयत बहुत ख़राब है। वह चन्द रोज़ के लिए घर जाना चाहता है।

अली अहमद ने उससे सिर्फ़ इतना कहा कि जिस क़दर जल्द हो सके, वापस आने की कोशिश करे। उसने सलमान को बीस रुपए ज़ादे-राह[4] के तौर पर दिए और एक बार फिर जल्द आने की ताकीद की।

दूसरे दिन सलमान रात की ट्रेन से सफ़र पर रवाना हो गया।

## [3]

सितम्बर की एक धुँधली सुबह को सलमान चुपचाप अपने घर पहुँच गया। उसके हाथ में बोसीदा अटैची-केस लटक रहा था। लिबास मिलगुजा था और सिर के ख़ुश्क बाल बिखरे हुए थे। वह अपनी वज़ा-क़ता से किसी देसी दवाख़ाने का एजेंट मालूम होता था।

---

1. मानसिक यातना, 2. अहंकार, घमंड, 3. लगन, ध्यान से, 4. राह के ख़र्च

उसकी आमद पर न कोई हलचल पैदा हुई, न ही किसी ने तवज्जो दी।

घर का हर फ़र्द सर्द-मिहरी[1] से पेश आया। बाप ने तो बात तक करना गवारा न की, अलबत्ता माँ की ममता बिलख उठी। वह उसे सीने से लगाकर देर तक रोती रही। चन्द लम्हे उसके चारों तरफ़ हुजूम रहा। फिर हर शख़्स ख़ामोशी से अपने काम-काज में मसरूफ़ हो गया। न किसी ने ज़्यादा बातचीत की और न उस पर सवालात की बौछार की गई।

उसके झुलसे हुए चेहरे पर छाई हुई वीरानी, धँसी हुई आँखों और ढीले-ढाले मिलगुजे लिबास ने सब कुछ बता दिया था।

सलमान ने ग़ौर किया कि उसकी ग़ैर-मौजूदगी में घर में बहुत-सी तब्दीलियाँ आ गई थीं। बाप मुलाज़मत से रिटायर होकर पेंशन पर आ गया था। उसने लम्बी दाढ़ी रख ली थी। वह बड़ी पाबन्दी से पाँचों वक़्त नमाज़ पढ़ता। सवेरे तारों की छाँव पर उठ बैठता, और देर तक कलामे-पाक की तिलावत करता। रात को तहज्जुद[2] भी पढ़ता। उसका बेशतर वक़्त अपने कमरे में गुज़रता, जहाँ वह ख़ामोश बैठा हुक्का गुड़गुड़ाया करता और दीनी किताबों का मुताला करता।

मग़रिब की नमाज़ के बाद वह अपने कमरे से बाहर निकलता और सेहन से चुपचाप गुज़रता हुआ बैठक में जाकर बैठ जाता। पास-पड़ोस से उसके कुछ हम-सिन[3] बूढ़े आ जाते। वे हुक़्क़ा पीते। पान चबाते और बातें करते। उनकी गुफ़्तगू का दायरा बहुत महदूद होता। कुछ बीते दिनों की यादें, कुछ ज़ाती उलझनें। कभी दुनिया की बे-सबाती[4] का रोना। कभी नई पौद की बे-राह-रवी[5] पर कुढ़ना और कभी-कभार गर्द व पेश की ज़िन्दगी पर सरसरा-सा तबसरा।

बाप की बातों से ज़ाहिर होता था कि उसे इत्मीनाने-क़ल्ब हासिल है। उसे फ़ख़्र था कि उसने 36 साल तक बड़ी ख़ुश-उसूलबी से सरकारी मुलाज़मत की और दियानतदारी से अपने फ़राइज़ अंजाम दिए। हमेशा अफ़सराने-बाला को ख़ुश रखा। उसका रिकॉर्ड साफ़-सुथरा रहा। उसे सवा तीन सौ रुपए माहाना पेंशन मिल रही थी। मज़े से गुज़र-बसर होती थी। उसने अपनी तमाम औलादों को आला तालीम दिलाकर इस क़ाबिल बना दिया था कि वह अच्छी ज़िन्दगी गुज़ार सकते थे। उसे दुख था, तो सिर्फ़ इस बात का कि उसका बेटा सलमान नालायक़ रह गया। वह चाहता था कि सलमान नाइब तहसीलदार नहीं, तो कम-अज़-कम सब-इंसपेक्टर पुलिस ही बन जाता।

माँ अपनी उम्र से ज़्यादा बूढ़ी लगती थी। उसके मिज़ाज में चिड़चिड़ापन आ गया था। वह बात-बात पर रोना-पीटना शुरू कर देती। कभी उस घर में उसकी हुक्मरानी थी, मगर अब उसे काठ-कबाड़ की तरह नाकारा क़रार देकर घर के एक कोने में बिठा दिया गया था। वह एक कोठरीनुमा मुख़्तसर कमरे में पड़ी खाँसा करती। पान चबाया करती और छालियाँ कुतरा करती। बलग़म और पान की पीकों से उसने दीवारों पर ख़ूब गुलकारियाँ की थीं। वह अपनी औलाद को सरकश और बदतमीज़ समझती थी और औलाद उसे जाहिल और कोढ़-मग़ज़ क़रार देती थी। घर में जब कोई मेहमान आता, तो उसे घर में बाहर से ताला लगा दिया जाता। इसलिए कि वह बड़ी बे-सिरो-पा बातें करती थी। उसके लहजे से नफ़ासत और

1. रूखापन, 2. अर्द्धरात्रि की विशेष नमाज़, 3. हमउम्र, 4. नश्वरता, 5. स्वच्छन्दता

शाइस्तगी के बजाय फूहड़पन टपकता था। वह बातों की धुन में अक्सर ऐसी बातें कह जाती, जो बहुत मायूब[1] होती थीं, और जिनसे घर के वह राज़ अफ़शाँ हो जाते, जिनको सात परदों में छुपाने की कोशिश की जाती थी।

लेकिन यही एक ऐसा वक़्त होता, जब वह अपनी औलाद से इन्तक़ाम ले सकती थी। वह अपना मिलगुजा लिबास पहने, जूतियाँ घसीटती, बटर-बटर करती अदबदाकर मेहमानों के सामने आ जाती। दोनों लड़कियों और बहू के चेहरे सफ़ेद पड़ जाते। वह दाँत कटकटाकर उसे घूरतीं, ताकि वह जल्द-से-जल्द नज़रों से दूर हो जाए, लेकिन वह सब कुछ नज़रअन्दाज़ करके ऐन मेहमान के सामने आकर बैठ जाती और दुनिया-जहान के कज़ीए छेड़ देती। बाद में घर के अन्दर कुहराम मचता। हर तरफ़ से उस पर लताड़ पड़ती। वह चीख़-चीख़कर रोती। कोसने देती और अपनी बहन के घर हमेशा-हमेशा के लिए चले जाने की धमकी देती। फिर ट्रंकों और सन्दूक़ों से कपड़े निकलते। बिस्तर बँधता और स्टेशन जाने के लिए ताँगा बुलाया जाता। यह गोया सारे ड्रामे का नुक़्ता-ए-अरूज[2] होता। जाने से पहले माँ हर एक के गले लगकर सिसकियाँ भरती और यहीं से हालात मामूल पर आना शुरू हो जाते। सारा मुआमला रफ़ा-दफ़ा हो जाता।

जब भी घर में मेहमान आते, तो उनके जाने के बाद अक्सर यही ड्रामा होता। कभी ऐसा भी होता कि मेहमानों के आमद से पहले माँ को ढेरों मक्खन लगाया जाता। सौ-सौ तरह से उसकी ख़ुशामद होती। बार-बार हिदायतें दी जातीं और मिन्नत-समाजत करके उसे कमरे में बन्द कर दिया जाता, मगर यह उसकी मर्ज़ी पर मुनहिसर था, इसलिए कि वह कमरे के अन्दर से भी शोर मचा सकती थी और उसका यह अक़दाम बहुत ही ख़तरनाक होता था। चुनाँचे कभी तो हंगामा टल जाता और कभी पास-पड़ोसवालों को भी मेहमानों की आमद का पता चल जाता।

माँ को सबसे ज़्यादा शिकायत अपनी छोटी बेटी से थी, जिसके सुपुर्द उन दिनों ख़ानादारी का सारा इन्तज़ाम व इनसिराम[3] था। यह ज़िम्मेदारी सँभालकर उसने माँ के हक़ पर डाका डाला था, जिसे वह किसी क़ीमत पर बरदाश्त नहीं कर सकती थी। इस हक़ से महरूम[4] होने के बाद उसकी हैसियत घर में मुलाज़िमों से बदतर हो गई थी। अब छोटी बेटी की हुक्मरानी थी। वह इंटरमीडिएट के फ़ाइनल ईयर में थी। उसे जदीद तरज़ के भड़कदार लिबास, मेकअप और अपनी उस्तानियों को नित्य नए तोहफ़े देने का शौक़ था। इस फ़ुज़ूलख़र्ची का असर घर के बजट पर पड़ता और हमेशा नज़ला माँ के पानदान पर गिरता, जो उसका मूनिसे-तनहाई[5] रह गया था। माँ हर बात से बेनियाज़ हो चुकी थी। उसे सिर्फ़ पान से दिलचस्पी थी और जब पान मिलने में भी दुश्वारी पेश आती, तो वह शोले की मानिंद भड़क उठती।

सलमान की बड़ी बहन लाहौर के किसी कॉलेज में लेक्चरार थी और उन दिनों छुट्टियों पर घर आई हुई थी; उसने फ़लसफ़े में एम.ए. किया था, लेकिन वह ख़ुद एक ही फ़लसफ़े पर यक़ीन रखती थी, और वह फ़लसफ़ा यह था कि किसी गेज़ेटिड अफ़सर से शादी हो जाए। इसी इन्तज़ार में उसके बालों में सफ़ेदी झलकने लगी। लाख मेकअप के बावजूद आँखों के नीचे हलकी-हलकी झुर्रियाँ साफ़ नज़र आती थीं। वह घर में हर किसी से बहुत कम बातचीत करती और सब पर इस तरह हुक्म चलाती गोया वह उसके ताबेदार हों।

1. दूषित, लांछित, 2. चरमबिन्दु, 3. प्रबन्ध, 4. वंचित, 5. एकान्त का दोस्त

गेज़ेटिड अफ़सर शौहर से मायूस होकर अब वह ग़ैर-मुल्की स्कॉलरशिप के लिए कोशाँ[1] थी। उन दिनों उस पर यही धुन सवार थी और उसे हासिल करने के लिए उसने वज़ारते-तालीम[2] के एक बड़े अफ़सर के बँगले के इतने तवाफ़[3] किए थे कि उसके मुतअल्लिक़ तरह-तरह के स्कैंडल मशहूर हो गए।

मँझला भाई नहर के महकमे में मुलाज़िम था। वह सिर-ता-पा तसन्नो[4] था। उस पर मग़रिबियत दीवानगी की हद तक सवार थी। उसकी बीवी ग्रेजुएट थी। लिहाज़ा वह और भी ज़्यादा अंग्रेज़ बनता जा रहा था। वह सवेरे उठकर बेड-टी पीता। नाश्ते के साथ अख़बार का मुताला करता और अख़बार में हमेशा ऐसी ख़बरें तलाश करने की कोशिश करता, जिनमें उन अफ़सरों का ज़िक्र होता, जिनसे उसकी शनासाई[5] थी। दफ़्तर जाते वक़्त बीवी उसे दरवाज़े तक छोड़ने जाती थी, जहाँ वह उसकी पेशानी को बोसा देता और 'बाई-बाई' कहता हुआ चला जाता। बीवी को हमेशा डार्लिंग कहता। हालीवुड की फ़िल्में देख-देखकर नए-नए अन्दाज़ के लिबास पहनता और बड़ा अजीबो-ग़रीब नज़र आता।

वह घर में रोज़ाना नित्य नई तब्दीलियाँ करता रहता। एक रोज़ पीतल की एक घंटी ले आया, जो खाने की मेज़ पर रख दी गई। नाश्ते और खाने के वक़्त उसे बजाकर बाक़ायदा एलान किया जाता। कभी बीवी के लिए जिमनाज़ीय का सामान ले आता। सवेरे बहुत तड़के उठता और अपनी निगरानी में बीवी से वर्ज़िश करवाता। उसे तरह-तरह की हिदायतें देता। आम तौर पर वह अपना हर तजुर्बा बीवी पर आज़माता था। जब वह मोटी हो जाती, तो डाइटिंग करवाता। दुबली हो जाती, तो मक्खन और दूध की मिक़दार में नाप-नापकर इज़ाफ़ा करता। वह अपने बच्चों से हमेशा अंग्रेज़ी में बातचीत करता। अगर कभी उनकी ज़बान से उर्दू का लफ़्ज़ सुन लेता, तो आगबगूला हो जाता। उसके दो बच्चे थे, जो बहुत कमसिन थे, मगर उन्हें कानवेंट में दाख़िल कराने के लिए उसने अभी से कोशिश शुरू कर दी थी।

वह कोई बड़ा ओहदेदार नहीं था। आमदनी कम थी और इख़राजात बढ़ते जा रहे थे, जिन्हें पूरा करने के लिए वह रिश्वतख़ोरी के नित्य नए तरीक़े ईजाद करता था। उसकी सिर्फ़ एक ही ख़्वाहिश थी और वह यह थी कि उसे बड़ा आदमी समझा जाए, लेकिन माँ उसे बड़ा आदमी समझने के बजाय निरा काठ का उल्लू समझती थी, जिसका इन्तक़ाम वह इस तरह लेता कि अक्सर रात को बियर का एक गिलास चढ़ाता और नशे की तरंग में माँ को डाँटता-फटकारता।

छोटा भाई बी.ए. कर चुका था। वह तमाम वक़्त पढ़ने में जुटा रहता। उसकी ज़िन्दगी का एक ही मिशन था कि किसी तरह सी.एस.पी. बन जाए; शानदार बँगला, चमकती कार, अर्दली और 'सर' कहनेवाले मातहतों की पलटन!

इसी मक़सद के हुसूल के लिए वह अपनी बीनाई ख़राब कर चुका था। वह मोटे-मोटे शीशों की ऐनक लगाता था।

उसे अपने गिर्द व पेश से कोई इलाक़ा न था। वह हर वक़्त अपने कमरे में किताबों पर झुका हुआ नज़र आता।

सलमान कई बरस बाद आया था और इन कई बरसों में इतनी बहुत-सी तब्दीलियाँ आ चुकी थीं कि वह अपने ही घर में ख़ुद को अजनबी महसूस करने लगा।

---

1. प्रयत्नशील, 2. शिक्षा मन्त्रालय, 3. परिक्रमा, चक्कर, 4. सिर से पैर तक कृत्रिम, दिखावा, 5. परिचय

बज़ाहिर उसके भाई-बहनों के प्रोग्राम मुख़्तलिफ़ थे, मगर सबकी मंज़िल एक ही थी। वह उस सीढ़ी तक पहुँच जाना चाहते थे, जिस पर चढ़कर वह ऊपर के तबक़े में शामिल हो सकते थे, मगर वह ख़ला में मुअल्लक़[1] होकर रह गए थे। उनके सिर नीचे और टाँगें ऊपर थीं, ताकि नीचे न देख सकें। सिर्फ़ बुलन्दी को तका करें। वह नीचे उतरना नहीं चाहते थे और ऊपर पहुँचना उनके बस में न था। उन्हें एक ऐसे सहारे की ज़रूरत थी, जो उनका हाथ पकड़कर ऊपर खींच ले।

सलमान इसलिए घर आया था कि उसकी सेहत कुछ सँभल जाएगी, और जिस ज़ेहनी-इन्तशार[2] में मुब्तला है, उसमें कमी आ जाएगी, मगर हफ़्ता भी न गुज़रा था कि टाइफाइड में मुब्तला हो गया। ऐसा बीमार पड़ा कि हफ़्तों बिस्तर पर पड़ा रहा। यह उसकी ज़िन्दगी का बड़ा अज़ीयतनाक दौर था। उसके भाई-बहनों का रवैया बड़ा अफ़सोसनाक था। कोई उसके क़रीब आकर न फटकता। वह उससे इस तरह कतराते, जैसे वह मुजस्सम टाइफाइड की बला बन गया था, जो क़रीब आते ही उनसे चिमट जाती।

सब मिलकर क़हक़हे लगाते। फ़िल्मों पर तबसरे करते। लिबासों के नए डिज़ाइनों पर बहस करते, मगर कोई उसकी अलालत[3] से मुतअल्लिक़ बात भी न करता। वह बुख़ार में बेसुध पड़ा तड़पता रहता। बेचैनी से करवटें बदला करता। एक-एक चीज़ को तरसा करता। मँझले भाई को तो अपनी नित्य नई मसरूफ़ियात के बाइस उसके मुतअल्लिक़ सोचने तक की फ़ुरसत नहीं थी। छोटा भाई सी.एस.पी. बनने की तैयारी में ग़र्क़ था। वह सलमान को सिर्फ़ एक बार डॉक्टर के पास ले गया था और वापस आकर इस क़दर एहसान जताया था कि वह दोबारा उससे कुछ न कह सका। बड़ी बहन कभी-कभार भूले-भटके उसकी तरफ़ आ जाती, मगर वह भी इस तरह कि नाक पर रूमाल रखकर दरवाज़े की दहलीज़ ही पर ठिठक जाती। खड़े-खड़े इशारों से उसकी तबीयत का हाल पूछती और उलटे क़दमों वापस चली जाती।

एक माँ की ममता थी, जो हर वक़्त बेचैन रहती थी। वह उसके सिरहाने बैठी रहती और अक्सर सारी रात आँखों में काट देती। डॉक्टर की हिदायत के मुताबिक़ वक़्त पर दवा देती। उसका सिर दबाती। बुख़ार की शिद्दत होती, तो उसके तलवे सहलाती। पेशानी पर कपड़ा भिगोकर रखती। हर तरह उसे तसल्ली देती। कभी-कभी वह अपनी बेकसी पर बेक़रार होकर आब-दीदा[4] हो जाती, तो वह उसे समझाती और समझाते-समझाते ख़ुद भी रोने लगती।

महीने की आख़िरी तारीख़ें थीं। घर के सारे इख़राजात क़र्ज़ पर चल रहे थे। सलमान के लिए दवा भी क़र्ज़ पर आ रही थी।

वह मौसम्बी का रस पीना चाहता था। तवील-अलालत[5] ने उसे बच्चों की तरह ज़िद्दी बना दिया था। वह माँ से बार-बार मौसम्बियाँ मँगवाने के लिए इसरार कर रहा था। माँ पहले तो टालती रही, फिर अपनी मजबूरी पर रो पड़ी और आँसू पोंछती हुई उठकर चली गई।

सलमान को अपनी ग़लती का अचानक शिद्दत के साथ अहसास हुआ।

उसके कमरे के सामने सेहन था और सेहन के मशरिक़ी कोने पर उसके मँझले भाई का कमरा था, जो खुली हुई खिड़की से साफ़ नज़र आता था।

---

1. शून्य में लटके, 2. मानसिक विक्षिप्तता, 3. बीमारी, 4. सजल नेत्र, रोना, 5. लम्बी बीमारी

लेटे-लेटे सलमान की नज़र मँझले भाई के कमरे की तरफ़ चली गई। उसने देखा, कमरे में मेज़ पर बहुत-से ताज़ा फल रखे थे और उसका भाई ऊँची आवाज़ से बोल रहा था। वह बीवी के साथ अपने एक बीमार अफ़सर की अयादत के लिए अस्पताल जा रहा था और यह फल, जिनमें सुर्ख़-सुर्ख़ मौसम्बियों भी शामिल थीं, उसे पेश करने के लिए बतौर ख़ास मँगवाए गए थे। सलमान ने सब कुछ ख़ामोश नज़रों से देखा और किसी अन्दरूनी चोट से बिलबिलाकर रह गया।

एक रात बुख़ार की शिद्दत से उसे नींद नहीं आ रही थी। उसका बदन अँगीठी की तरह सुलग रहा था। प्यास की शिद्दत से हलक़ ख़ुश्क पड़ गया था। उसने कई बार माँ को अपनी नहीफ़[1] आवाज़ से पुकारा, मगर शाम से माँ को भी बुख़ार था। कोई तश्वीशनाक[2] मर्ज़ न था। मुसलसल-शबे-बेदारी[3] से बीमार पड़ गई थी और उस वक़्त इस क़दर गहरी नींद सो रही थी कि उसे कानों कान ख़बर न हुई।

सलमान कुछ देर तक आवाज़ें देता रहा। फिर हिम्मत करके पलंग से नीचे उतरा। घर पर सन्नाटा छाया था। रात का पिछला पहर था। डूबते चाँद की ज़र्द-ज़र्द चाँदनी छत की मुँडेर पर झलक रही थी। हवा सर्द थी और आहिस्ता-आहिस्ता चल रही थी। सलमान के क़दम डगमगा रहे थे। वह दीवार के सहारे चलता हुआ कमरे से बाहर आ गया। उसने लड़खड़ाते क़दमों से सेहन उबूर किया। उस कमरे के दरवाज़े पर पहुँचकर ज़ोर-ज़ोर से हाँफने लगा, जहाँ खाने की मेज़ थी। कमरे में धुँधली रोशनी थी और उस रोशनी में उसने मेज़ पर रखा हुआ थर्मस देख लिया।

चन्द लम्हों तक वह दरवाज़े का सहारा लिए हाँफता रहा। उसके माथे पर पसीने के क़तरे रेंग रहे थे और हलक़ में प्यास की शिद्दत से काँटे चुभ रहे थे। वह दीवार के सहारे-सहारे चलता हुआ मेज़ के क़रीब पहुँचा। थर्मस खोला। उसमें से बर्फ़ का एक टुकड़ा निकाला। अचानक उसके पैर ज़ोर-ज़ोर से कँपकँपाए और आँखों के सामने काले-काले परदे लहराने लगे। वह चकराकर वहीं गिर पड़ा।

उसे नहीं मालूम, वह कब तक कमरे के सर्द फ़र्श पर पड़ा रहा। कब वह अपने बिस्तर पर आया? कौन उठाकर लाया? उसे कुछ ख़बर न हुई।

होश आया, तो सबसे पहली आवाज़ जो उसने सुनी, वह उसकी भावज की थी। वह अपने शौहर से कह रही थी, "थर्मस गिरकर बिल्कुल तबाह हो गया। पिछले ही महीने तो ख़रीदा था!"

उसके शौहर ने सिर्फ़ इस क़दर कहा, "डार्लिंग! तुम इस तरह परेशान होकर अपनी सेहत ख़राब कर लोगी। मैं दूसरा थर्मस ले आऊँगा!"

मगर वह देर तक ग़ुस्से से बड़बड़ाती रही और सलमान बिस्तर पर पड़ा उसकी आवाज़ सुनता रहा। यह और ऐसे ही कितने ज़ख़्म उसने बीमारी के दिनों में अपने दिल पर खाए और हर बार दुख से तड़पकर रह गया।

बाप फ़जर की नमाज़ मस्जिद में पढ़ता था। वापसी पर सलमान के कमरे में भी आता। कमरे में दाख़िल होते ही वह झुककर सलमान की पेशानी को छूता। कलाई थामकर नब्ज़ देखता,

---

1. दुर्बल, 2. चिन्ताजनक, 3. निरन्तर रात्रि-जागरण

मगर ज़बान से एक लफ़्ज़ न निकालता। उसके सिरहाने खड़ा ज़ेरे-लब कोई दुआ पढ़ता रहता।

जब भी वह आता, सलमान की आँख खुल जाती। उस वक़्त उसे अपने बाप के चेहरे पर एक मुक़द्दस[1] नूर नज़र आता। उसकी सफ़ेद दाढ़ी आहिस्ता-आहिस्ता हरकत करती और आँखों में बेबसी और मज़लूमियत झलकती।

सलमान ख़ामोश लेटा सोचता रहता कि यह बूढ़ा किस क़दर बदक़िस्मत है। उसने अपनी सारी जवानी मोटी-मोटी फ़ाइलों में सिर खपाते गुज़ार दी। अफ़सरान की ख़ुशनूदी हासिल करने के लिए दस-दस बारह-बारह घंटे दफ़्तर में काटे। हमेशा मोटा-झोटा पहना और रूखा-सूखा खाया। न कभी बालाख़ाने पर जाने की उसे तौफ़ीक हुई, न उसे मै-ख़ाने से निकलते देखा गया, न किसी की बाँकी चितवन ने उसे घायल किया और न सुहानी रातों में उसकी जवानी ने अँगड़ाइयाँ लीं। उसने ज़ाइद-से-ज़ाइद मुशक़्क़त की। कम-से-कम ख़र्च किया और ज़ाइद-से-ज़ाइद पस-अन्दाज़ किया, और यह सब कुछ उसने सिर्फ़ इसलिए किया कि उसकी औलाद का मुस्तक़्बिल रोशन हो जाए।

वह हज़ारों रुपए, जो उसने अपनी ख़ुशियाँ नीलाम करके कमाए थे, औलाद की तालीम पर लगा दिए और उसकी तालीमयाफ़्ता औलाद और अनपढ़ नियाज़ में कोई फ़र्क़ नहीं था। सलमान सोचा करता कि वह बदक़िस्मत बूढ़ा किस क़दर अहमक़ है। उससे ज़्यादा समझदार तो नियाज़ का बाप था, जिसने उसे कोई तालीम नहीं दिलाई। अपनी गाढ़ी कमाई का एक पैसा उस पर सर्फ़[2] नहीं किया। नियाज़ को भी उसी सिमसिम की तलाश थी, जिसकी तलाश में उसके बहन-भाई सरगर्दां[3] थे, लेकिन नियाज़ से बाज़ी ले गया। कोठी, कार, और बैंक-बैलेंस। जीत के तीन कार्ड उसके पास थे। वह बड़ा आदमी बन चुका था, और वे तीनों अभी तक जीत के उन तीन कार्डों के ख़्वाब ही देख रहे थे।

सलमान को नियाज़ से नफ़रत थी और अपने बहन-भाइयों से भी। नियाज़ ने उसे इसलिए नज़रे-हिक़ारत से देखा था कि वह क़ीमती सिगरेट नहीं पी रहा था। शानदार सूट नहीं पहने था। उसके पास कार नहीं थी। वह मफ़लूक-हाल[4] इंसानों की ख़िदमत करना चाहता था। उनकी ज़िन्दगी सँवारना चाहता था, और उसके बहन-भाई इसलिए उसे हक़ीर और कमतर समझते थे कि उसने कोई ओहदा, कोई मंसब[5] हथियाने की कोशिश नहीं की। बैंक-बैलेंस क्यों न बढ़ाया? उनके नज़दीक अवाम की ख़िदमत महज़ मसख़रापन था। सरासर हिमाक़त थी। इसलिए कि वह बुलन्दी ही की तरफ़ देख रहे थे। उन्हें मुत्लक़ अहसास न था कि नीचे करोड़ों नंगे-भूखे, कीड़े-मकोड़ों की मानिंद रेंग रहे हैं, जो उन्हीं की तरह इंसान हैं, जिनकी ख़ुशियाँ और ग़म उनसे मुख़्तलिफ़ नहीं हैं।

बीमारी के दिनों में सलमान मुसलसल ऐसी ही बातें सोचता रहा और उनका नफ़सियाती रद्दे-अमल[6] यह हुआ कि वह पसमान्दा और परेशानहाल इंसानों का दुख-दर्द भूलकर अपने बहन-भाइयों से इन्तक़ाम लेने की सोचने लगा। उनको नीचा दिखाने का प्रोग्राम बनाने लगा।

---

1. पवित्र, 2. व्यय, ख़र्च, 3. प्रयत्नशील, 4. दरिद्रावस्था, 5. पद, उहदा, 6. मनोवैज्ञानिक प्रतिक्रिया

वह अपनी तहक़ीर[1] और ज़िल्लत[2] का उनसे बदला लेना चाहता था।

सेहतयाब होने के बाद सलमान ने फ़लक-पैमा के हेडक्वार्टर जाने का इरादा तर्क कर दिया और यह सोचने लगा कि वह क्या करे?

उन्हीं दिनों माँ ने इसरार करना शुरू कर दिया कि वह शादी कर ले। माँ की ख़्वाहिश थी कि उसकी ज़िन्दगी ही में वह अपना घर बसा ले।

यह प्रोग्राम दरअसल उसके बाप का था और बीवी के ज़रिए उसने सलमान तक पहुँचाया था। मुतवस्सित तबक़े के एक आम बाप की तरह उसे भी सलमान को राहे-रास्ते पर लाने का एक ही मुजर्रब[3] नुस्ख़ा समझ में आया और वह शादी का प्रोग्राम था।

सलमान ने साफ़ इनकार कर दिया।

मगर माँ ने बताया कि लड़की का चचा सूबाई असेम्बली का मेम्बर है। बाप का इन्तक़ाल हो चुका है। चचा ने औलाद की तरह उसे पाला-पोसा है। वह पाँच हज़ार नक़्द देगा और इसके अलावा मुलाज़मत भी दिलवा देगा। यह सुनकर सलमान को संजीदगी से ग़ौर करना पड़ा।

उसने सोचा, ज़िन्दगी में आगे बढ़ने और शादमानी[4] व कामरानी[5] हासिल करने के तमाम दरवाज़े बन्द हो चुके थे। सिर्फ़ चोर-दरवाज़े से अन्दर दाख़िल हुआ जा सकता है और सूबाई असेम्बली के मेम्बर के पास उस चोर-दरवाज़े की कुंजी ज़रूर होगी। चुनाँचे चन्द रोज़ तक सोच-विचार करने के बाद वह शादी पर रज़ामन्द हो गया।

शादी बड़ी धूमधाम से हुई।

उसके बाप ने रुपया क़र्ज़ लेकर ख़र्च किया। इसलिए कि सूबाई असेम्बली के एक मेम्बर का समधी बनने जा रहा था।

शादी में शहर के आला हुक्काम और मुअज़्ज़िज़[6] के अलावा तीन वज़ीर भी शरीक हुए, लिहाज़ा तमाम मुक़ामी अख़बरात में शादी की तक़रीब[7] की तसावीर[8] भी शाए हुईं, जिनमें सलमान के बजाय वज़ीर दूल्हा मालूम होते थे, बल्कि एक अख़बार ने, जिसे सरकारी इश्तहारात की अशद ज़रूरत थी, दूल्हा को भी निकाल दिया और तस्वीर में सिर्फ़ वज़ीरों को ही रहने दिया, जिसमें वज़ीरे-इत्तिलाआत[9] को नुमायाँ तौर पर पेश किया गया था।

सलमान को शबे-उरूसी ही पर अन्दाज़ा हो गया कि उसकी बीवी सीधी-सादी घरेलू लड़की है। उसने मैट्रिक तक तालीम पाई। उसका ज़ेहन गोया गीली मिट्टी था, जिसे वह कुम्हार की तरह जिस साँचे में चाहता, ढाल सकता था।

वह उसकी तवक़्क़ो[10] से ज़्यादा दिलकश और मासूम निकली। वह ख़ुश था कि उसने घाटे का सौदा नहीं किया। दहेज़ के अलावा पाँच हज़ार रुपए नक़्द मिले थे और मुलाज़मत के लिए चचिया ससुर ने हस्बेवायदा कोशिश शुरू कर दी थी।

शादी के तीसरे हफ़्ते ससुर का ख़त आया कि फ़ौरन कराची पहुँचो। मुलाज़मत का बन्दोबस्त हो गया है। सलमान ने बीवी को घर पर छोड़ा और उसी रोज़ पहली ट्रेन से कराची के लिए रवाना हो गया।

---

1. अपमान, 2. निरादर, 3. परखा हुआ, 4. प्रसन्नता, 5. सफलता, 6. सम्मानित व्यक्ति, 7. समारोह, 8. तस्वीरें, 9. सूचना मन्त्री, 10. आशा

# फ़सल अज़दहुम[1]

## [1]

गुलाबी जाड़ों की गुबार-आलूद दोपहर थी। नौशा ट्राम के इन्तज़ार में फुटपाथ पर खड़ा था। उस वक़्त वह अकेला ही था। चक्रम की ड्यूटी उस्ताद पैडरू ने नुमाइश पर लगा दी थी और नौशा को पोकर की टीम में शामिल कर दिया था। चार बजे उसे पोकर में सदर के एक ईरानी चायख़ाने में मिलना था। अभी कई घंटे बाक़ी थे। वक़्त गुज़ारने के लिए उसने सोचा, ट्राम पर कीमाड़ी तक एक चक्कर ही लगा लिया जाए। मुमकिन है, कोई शिकार फँस जाए।

अब वह कभी-कभार अकेले भी काम पर जाता था, हालाँकि उस्ताद पैडरू की सख़्त हिदायत थी कि बग़ैर टीम के कोई कारीगरी न दिखाई जाए। इसमें ख़तरा बहुत था, मगर अब नौशा जेबें-तराशने के फ़न में ख़ासा मँझ गया था और इस क़दर निडर हो गया था कि सैकड़ों के हुजूम में जेब साफ़ कर देता।

नौशा ख़ासी देर से ट्राम का इन्तज़ार कर रहा था, मगर कोई ट्राम आती नज़र नहीं आ रही थी। उकताकर वह पैदल ही चल दिया। राहगीर थके-थके नज़र आ रहे थे। दुकानों पर सन्नाटा था। दूर रिक्शावाले फुटपाथ के क़रीब अपने-अपने रिक्शाओं पर बैठे ऊँघ रहे थे। फ़िज़ा बड़ी बोझल थी। नौशा ने पतलून की जेबों में हाथ डाल लिए और हौले-हौले सीटी बजाता हुआ बिला-मक़सद बन्दर रोड पर चलता रहा। एक मोड़ पर किसी गदागर[2] ने सदा[3] लगाई :

"सख़ी बाबा! अल्लाह के नाम पर इस मोहताज को कुछ देता जा!"

नौशा उस सदा पर तवज्जो दिए बग़ैर आगे बढ़ गया। अचानक उसे महसूस हुआ कि आवाज़ कुछ मानूस और जानी-पहचानी-सी है। वह चलते-चलते ठिठका। पलटकर देखा। एक दीवार के साए में फुटपाथ पर एक गदागर सिकुड़ा-सिकुड़ाया पड़ा है। उसके जिस्म पर बहुत बोसीदा लिबास था। बाल बिखरकर मुँह पर आ गए थे। उसकी एक टाँग ग़ायब थी। दाहिना हाथ ख़ैरात के लिए आगे बढ़ा था।

नौशा ने ग़ौर से गदागर के चेहरे को देखा। ज़ेहन को ऐसा शदीद झटका लगा कि वह तकलीफ़ से काँप उठा। यह राजा था। उसकी दोनों आँखें बन्द थीं। सिकुड़ा-सिकुड़ा जिस्म किसी सड़ती हुई लाश की तरह घिनौना नज़र आ रहा था। नौशा ने गहरी साँस भरी और

---

1. बारहवाँ परिच्छेद, 2. भिखारी, 3. आवाज़

आहिस्ता-आहिस्ता चलता हुआ उसके क़रीब जाकर खड़ा हो गया। क़दमों की आहट पाकर राजा ने एक दर्दनाक सदा बुलन्द की। उसके बदन पर मक्खियाँ भिनभिना रही थीं। जगह-जगह फुंसियाँ थीं, जिनसे रुतूबत[1] बह रही थी।

नौशा ने आहिस्ता से आवाज़ दी, "राजा!"

राजा ने आँखें खोल दीं और नौशा को पहचानने की कोशिश करने लगा। फिर वह ख़ुशी से चीख़ पड़ा, "नौशा!" वह हाथ का सहारा लेकर उठ बैठा।

नौशा ने बेतकल्लुफ़ी से पूछा, "यार! यह तेरी क्या हालत हो गई?" वह उसके क़रीब बैठ गया।

उसकी बात से राजा को दुख पहुँचा। उसके चेहरे पर लम्हा-भर के लिए मसर्रत की जो रमक़[2] उभरी थी, उसने फ़ौरन दम तोड़ दिया। वह मरी हुई आवाज़ में बोला, "मेरी क़िस्मत में यही लिखा था," उसका लहजा बड़े-बूढ़ों की तरह संजीदा था। आवाज़ में ऐसी रिक्कत[3] थी, जैसे शदीद-कर्ब[4] में मुब्तला हो।

नौशा ने कहा, "यार! तू तो अस्पताल भेज दिया गया था। वहाँ इलाज नहीं हुआ?"

राजा के होंठों पर बड़ी तल्ख़ मुस्कराहट उभरी, "अस्पतालवालों ने मेरी एक टाँग काट डाली और कोढ़ियों के अस्पताल भेज दिया। कई रोज़ तक वहाँ पड़ा रहा, मगर अस्पताल में जगह नहीं थी। एक रोज़ चौकीदारों ने ज़बरदस्ती उठाकर मुझे एक दरख़्त के नीचे डाल दिया। जब से यूँही दर-ब-दर की ख़ाक छानता फिर रहा हूँ।"

नौशा ख़ामोश बैठा रहा। राजा आहिस्ता-आहिस्ता कहता रहा, "एक हकीमजी को दिखाया था। वह कहने लगे, तुमको पुरानी आतशक है!"

"यह आतशक क्या बीमारी होती है?"

"सुना है, रंडीबाज़ों को यह बीमारी हो जाती है!"

नौशा ने परेशान होकर कहा, "यार! तूने तो कभी ऐसी हरकत की नहीं!"

"मैंने हकीमजी से यही बात कही, तो वह बोले, तुम्हारे बाप को यह मर्ज़ होगा...वह ख़ानदानी बीमारी होती है। अक्सर मरीज़ों को विरसे में मिलती है!"

"तो फिर तुमने कुछ इलाज-विलाज करवाया?"

सड़ती हुई लाश में से पुराना राजा जाग उठा। वह अपने मख़सूस अन्दाज़ में बोला, "यार! तू भी कमाल करता है। अबे! इलाज कोई फोकट में होता है। उसमें रक़म लगती है!"

नौशा उसे नाराज़ नहीं करना चाहता था। उसने फ़ौरन बात का रुख़ बदल दिया, "यह तो बताओ, आजकल रहते कहाँ हो?"

"अपना भी कोई घर-बार है। जहाँ जी चाहा, पड़ रहा। कोई हफ़्ता-भर से तो यहीं पड़ा हूँ," लम्हा-भर के लिए राजा ख़ामोश रहा, "मगर यह तू बता। तू आजकल क्या कर रहा है? वैसे तो तेरे बड़े ठाठ दिखाई देते हैं। बड़ा लाइट मार रहा है। कहीं नौकरी-वोकरी कर ली!"

---

1. लसीका, 2. किरण, 3. रुदन, 4. तीव्र यातना

नौशा साफ़ बात न बता सका, "हाँ, यार! एक जगह नौकरी ही कर ली है!"

"मज़े में गुज़र-बसर होती है?"

"बिल्कुल!" नौशा ने मुख़्तसर जवाब दिया।

राजा ने अटकते हुए कहा, "यार नौशे! तू मुझे एक बैसाखी दिलवा दे!" उसने पास पड़े हुए डंडे की तरफ़ इशारा किया, "इस साले से दो क़दम चलना मुसीबत हो जाता है। मैंने बैसाखी के लिए दस रुपए जमा किए थे। कोई साला चोट्टा सोते में निकाल ले गया!" राजा ने उसे गन्दी गाली दी। दिल-गिरफ़्ता होकर बोला, "नौशा! तू मुझे बैसाखी ज़रूर दिलवा दे। तेरा बहुत बड़ा एहसान होगा। मुझे बहुत तकलीफ़ है!"

"यार! इसमें एहसान की कौन-सी बात है?" नौशा ने उसकी दिलजोई की, "मैं जल्द ही तुझे बैसाखी दिलवा दूँगा।"

वह घंटे-भर तक राजा के पास रहा और इधर-उधर की बातें करता रहा। उसे तसल्ली देता रहा। चलते वक़्त उसने राजा को एक रुपया दिया और खाने के लिए जो कुछ माँगा, ख़रीदकर दे दिया। राजा सुबह से भूखा था।

राजा से मिलकर नौशा की तबीयत मुकद्दर[1] हो गई। उसका दिल बैठा जा रहा था। बार-बार उसे राजा की बेकसी का ख़याल आता। उसने सोचा, राजा के लिए उसे ज़रूर कुछ-न-कुछ करना चाहिए। दूसरे रोज़ वह फिर उसके पास गया। इस दफ़ा वह उसके लिए कुछ खाने-पीने का सामान भी ले गया।

अब वह अक्सर राजा के पास जाता और कुछ-न-कुछ उसे देकर आता। राजा के लिए उसने एक बैसाखी ख़रीदी, जिसके सहारे वह चलने-फिरने लगा था। चूहे की खाल का-सा घिनौना लिबास उतरवाकर नया जोड़ा पहना दिया था। उसका इरादा था कि कहीं रहने की जगह मिल जाए, तो उसके एक हिस्से में राजा की रिहाइश का बन्दोबस्त कर दे।

सर्दी रोज़-ब-रोज़ बढ़ती जा रही थी। राजा रात-भर शबनम में पड़ा भीगा करता और सर्दी से काँपता रहता। रहने को मकान तो न मिल सका, अलबत्ता एक ऊँची इमारत की दीवार के साथ तिरपाल डालकर नौशा ने सायबान बना दिया, जिसके नीचे राजा रहने लगा।

राजा के लिए वह जो कुछ कर रहा था, उससे नौशा को बड़ी ख़ुशी होती। यह अजीब-सी ख़ुशी थी। ऐसा महसूस होता, जैसे उसकी ज़िन्दगी का भी कोई मक़सद है। वह महज़ जेबकतरा नहीं, बल्कि कुछ और भी है। उसकी सबसे बड़ी ख़्वाहिश यह थी कि राजा की बीमारी दूर हो जाए।

एक रोज़ वह राजा को एक डॉक्टर के पास ले गया, मगर वह इलाज करने पर आमादा न हुआ और यह मशविरा दिया कि उसे कोढ़ है। कोढ़ियों के अस्पताल ले जाओ, मगर नौशा उसे किसी अस्पताल न ले गया। उसे ख़ौफ़ था कि जिस तरह अस्पतालवालों ने टाँग काटकर उसे लँगड़ा बना दिया, उसी तरह उसके जिस्म का कोई और हिस्सा न काट दें।

डॉक्टरों से मायूस होकर वह राजा को एक हकीम के पास ले गया। उसने दोनों को बहुत ढाँढ़स बँधाई। उसका ख़याल था कि राजा का मर्ज़ लाइलाज नहीं है, अगर पाबन्दी से इलाज

1. क्षुब्ध, उदास

कराया जाए, तो वह सेहतयाब हो सकता है। इस इलाज के लिए उसने ढाई सौ रुपए तलब किए।

नौशा उस वक़्त तो राजा को ख़ामोशी से वापस ले आया, मगर अब उस पर यह धुन सवार थी कि किसी तरह ढाई सौ रुपए मुहैया किए जाएँ, ताकि राजा का बाक़ायदा इलाज हो सके। चुनाँचे पोकर के साथ जेब-तराशी करने के अलावा वह अकेला भी कारीगरी के हाथ दिखाने लगा और उस रक़म को उस्ताद पैडरू से पोशीदा रखता।

उसे ढाई सौ रुपए की ज़रूरत थी, ताकि राजा का इलाज करा सके।

नौशा ने मैरियट रोड से गुज़रते हुए एक राहगीर को भाँपा। वज़ा-कता से वह दुकानदार लगता था। नौशा का अन्दाज़ा था कि उसके पास लम्बी रक़म है। उसने सोचा, अगर दाँव लग जाए, तो आज ही राजा के इलाज की पूरी रक़म निकल आएगी। रात के नौ बजे थे। सर्दी में इज़ाफ़ा हो गया था। रास्तों पर सन्नाटा बढ़ गया था। दो बार नौशा ने उसे घेरा, मगर वह हत्थे नहीं चढ़ा। नौशा ने हिम्मत न हारी। बराबर उसका पीछा करता रहा। वह शख़्स सड़क से मुड़कर एक गली में घुस गया।

गली सुनसान थी और रोशनी कम थी। गली कुशादा भी न थी। दोनों जानिब कई-कई मंज़िला ऊँची-ऊँची इमारतें थीं। नौशा साए की तरह उसके साथ-साथ चलता रहा। उसने पतलून की जेब में पड़ा हुआ चाकू निकालकर आहिस्ता से खोल दिया और जब वह ऐसी जगह पहुँचा, जहाँ अँधेरा ज़्यादा था, नौशा झपाक से उसके सामने आकर खड़ा हो गया और खुला हुआ चाकू सीने पर रखकर बोला, "जो कुछ जेब में है, निकालकर चुपचाप दे दो!"

उसने घबराकर नौशा को देखा, जो अँधेरे में भूतों की मानिंद ख़ौफ़नाक नज़र आ रहा था। उसके हाथ में खुला हुआ चाकू था, जिसकी चमकती हुई नोक ऐन सीने पर थी। उसकी घिग्घी बँध गई। उसने ख़ौफ़ से मुँह फाड़ दिया, मगर आवाज़ न निकली। नौशा ने हवासबाख़्ता[1] ख़ामोश पाकर ख़ुद ही उसकी जेब से पर्स निकाल लिया।

नौशा ने पर्स निकालकर अपनी जेब में रखा ही था कि गली में क़दमों की आहट उभरी। दो साए एक फ्लैट की खिड़की से छन-छनकर आनेवाली रोशनी में नज़र आए। दोनों राहगीर उसकी तरफ़ आ रहे थे। नौशा ने उस शख़्स का बाज़ू पकड़कर अँधेरे में घसीटा। डपटकर बोला, "आवाज़ निकली, तो पूरा चाकू उतार दूँगा सीने में!"

वह ख़ौफ़ से काँप रहा था और फटी-फटी आँखों से नौशा को घूर रहा था। दोनों अँधेरे में एक दीवार से लगे खड़े थे। चाप गली के पथरीले फ़र्श पर उभर रही थी। उनके जूते भारी-भारी लगते थे। नौशा को शुबहा हुआ, कहीं वे पुलिसवाले न हों। इस ख़याल के साथ ही वह किसी क़दर घबरा गया।

क़दमों की आहट क़रीब आती जा रही थी। खट खट खट...क़रीब और क़रीब...क़रीब... अचानक नौशा के खुले हुए चाकू की ज़द में खड़े हुए ख़ौफ़ज़दा आदमी ने हलक़ से आवाज़ निकाली। यह आवाज़ इतनी हैबतनाक थी कि तंग व तारीक गली के दरो-दीवार लरजकर रह गए। साथ ही वह चिल्लाने लगा, "बचाओ...बचाओ..."

---

1. भयभीत

नौशा ने उसके खुले हुए मुँह पर पूरी क़ुव्वत से मुक्का मारा। वह दीवार से टकराकर गिर पड़ा, मगर सँभलने के साथ ही उसने फिर दहाड़ना शुरू कर दिया। अब नौशा के लिए वहाँ ठहरना ख़तरनाक था। उसने अँधेरी गली में भागना शुरू कर दिया। उस वक़्त तक फ़्लैटों की खिड़कियाँ खुलना शुरू हो गई थीं। घबराए हुए लोग बालकोनियों से नीचे गली में झाँक रहे थे। बाज़ ने ऊँची आवाज़ों से बोलना भी शुरू कर दिया।

गली में दाख़िल होनेवाले दोनों राहगीर वाक़ई पुलिसवाले थे। शोर सुनकर पहले तो वे ठिठके और अँधेरे में आँखें फाड़-फाड़कर देखने लगे। उसी वक़्त उनके सामने एक साया तेज़ी से लहराया। कोई तेज़-रफ़्तारी से भाग रहा था। यह नौशा था। दोनों ने फ़ौरन उसका तआकुब शुरू कर दिया।

नौशा कुछ दूर भागता रहा। फिर वह दाहिने हाथ मुड़नेवाली गली में घुस गया। वह गली भी तारीक थी। उसके क़दमों की आवाज़ें गली के पथरीले फ़र्श पर उभर रही थीं। वह गली में पड़े हुए कूड़े-कर्कट से ठोकरें खाता, लड़खड़ाता, सरपट भागता रहा। उसकी पुश्त पर मिली-जुली आवाज़ों का शोर उभर रहा था। तआकुब करनेवालों के क़दमों की आहट नज़दीक आती जा रही थी। दोनों कांसटेबिल ज़ोर-ज़ोर से सीटियाँ बजाकर ख़तरे का एलान कर रहे थे।

दौड़ते-दौड़ते नौशा की साँस फूल गई। क़दम डगमगाने लगे। अचानक एक नई मुसीबत सामने आ गई। अब गली के दूसरे नुक्कड़ पर भी आवाज़ें उभर रही थीं। धुँधली रोशनी में इंसानी शक्लें नज़र आ रही थीं। आगे जाना ख़तरे से ख़ाली न था। उसने अपनी रफ़्तार सुस्त कर दी और एक मकान की दीवार से लगकर खड़ा हो गया। दीवार में खिड़की थी। नौशा ने खिड़की पर हाथ रखा और मौहूम[1] उम्मीद के साथ सोचा कि शायद खिड़की खुल जाए।

खिड़की का एक पट हाथ रखते ही खुल गया। वह उचककर उस पर चढ़ा और अन्दर कूद गया। उसने फ़ौरन खिड़की बन्द कर दी और चौखट से लगकर खड़ा हो गया।

नौशा जिस जगह खड़ा था, वह एक तंग गुलाम-गर्दिश[2] थी। गुलाम-गर्दिश जहाँ ख़त्म होती थी, वहीं से जुनूबी[3] सिम्त लकड़ी का ज़ीना था, जिसकी सीढ़ियाँ ऊपर की मंज़िल को जाती थीं। ऊपर से हलकी-हलकी रोशनी उभर रही थी, जो ज़र्द धब्बे की तरह दीवार पर बिखरी हुई थी। नौशा धुँधली-धुँधली रोशनी में दम-बख़ुद खड़ा था।

उसकी पेशानी पर पसीने के क़तरे थे। वह मुँह खोले बुरी तरह हाँफ रहा था।

## [2]

गली में मिली-जुली आवाज़ों का शोर उभर रहा था। पथरीले फ़र्श पर भारी-भारी क़दमों की आहट गूँज रही थी और तेज़-तेज़ बजती हुई सीटियाँ चीख़ती हुई मालूम हो रही थीं। इसी दौरान में ज़ीने की बुलन्दी पर हलकी-रोशनी फैलने लगी। कोई आहिस्ता-आहिस्ता चोबी सीढ़ियों से नीचे उतर रहा था।

---

1. हलकी, भ्रामक, 2. गलियारा, 3. दक्षिणी

क़दमों की आहट उभरती रही। रोशनी ज़ीने से निकलकर गुलाम-गर्दिश की दीवारों पर फैलने लगी। देखते-देखते ज़ीने पर साया उभरा। एक बूढ़ा नमूदार हुआ। उसकी मुख़्तसर-सी दाढ़ी थी। सिर गंजा था। आँखों पर चश्मा था। वह गाउन पहने हुए था। उसके दाहिने हाथ में शमादान था, जिसमें मोमबत्ती रोशन थी। वह कमर को ज़रा-सा ख़म देकर चल रहा था। नौशा बदहवास होकर दीवार से चिमट गया। उसने खुला हुआ चाकू मज़बूती से थाम लिया और बूढ़े को सहमी हुई नज़रों से घूरने लगा।

बूढ़ा ज़ीने से उतरकर गुलाम-गर्दिश में दाख़िल हुआ, और आहिस्ता-आहिस्ता आगे बढ़ने लगा। जब फ़ासिला चन्द क़दम रह गया, तो उसकी निगाह नौशा पर पड़ी। वह रुक गया। उसका हाथ आहिस्ता से कँपकँपाया। मोमबत्ती की लौ ज़ोर से थरथराई। गुलाम-गर्दिश में बहुत-सी धुँधली-धुँधली परछाइयाँ झूमने लगीं। नौशा ने एक लम्हे का भी इन्तज़ार न किया। झपटकर उसके सामने खुला हुआ चाकू बढ़ाकर बोला, "आवाज़ निकली, तो पूरा चाकू सीने के अन्दर होगा।"

बूढ़े ने हैरतज़दा नज़रों से नौशा को देखा। खुले हुए चाकू को देखा। उसके चेहरे पर ख़ौफ़ का हलका-सा साया फैल गया। वह ख़ामोश खड़ा रहा। न उसने जिस्म को कोई हरकत दी और न ज़बान से एक लफ़्ज़ निकाला। नौशा अभी तक हाँफ रहा था। उसकी साँस तेज़-तेज़ चल रही थी। चेहरा पसीने से शराबोर था। उसके जिस हाथ में खुला हुआ चाकू था, उसमें हलकी-सी थरथराहट थी।

बूढ़े ने उसकी घबराहट और हाथ की थरथराहट महसूस की। सँभलकर नरमी से बोला, "घबराओ नहीं। तुम यहाँ क़तई महफ़ूज़ हो!"

नौशा खुला हुआ चाकू ताने उसी तरह खड़ा रहा। बूढ़ा उसे बड़ा अजीबो-ग़रीब मालूम हुआ।

"डरो मत!" इस दफ़ा बूढ़े का लहजा साफ़ और पुर-इतिमाद था, "मैं बूढ़ा आदमी हूँ। मुझसे तुम इस क़दर क्यों डर रहे हो? आओ, मेरे साथ!"

वह मुड़ा, लेकिन नौशा उसके हमराह जाते हुए झिझकने लगा, अलबत्ता उसने चाकू नीचे कर लिया था। बूढ़े ने बड़े माशफ़काना[1] अन्दाज़ में उसे मुख़ातिब किया, "भई, तुम मुझसे इस क़दर ख़ौफ़ज़दा क्यों हो? आओ, घबराओ मत!"

उसके लहजे में इस क़दर नरमी और अपनाईत थी कि नौशा के क़दम ख़ुद-ब-ख़ुद उठ गए। वह आहिस्ता-आहिस्ता उसके पीछे-पीछे चलने लगा। दोनों ने ज़ीने की सीढ़ियाँ तय कीं और ऊपर पहुँच गए। हर तरफ़ सन्नाटा था। ज़ीने के ऐन मुक़ाबिल दरवाज़ा था। बूढ़ा उसे खोलकर अन्दर दाख़िल हो गया। नौशा भी उसके साथ-साथ आगे बढ़ता गया। यह मुख़्तसर कमरा था। उसके आगे तंग रास्ता था। दोनों कमरे से गुज़रकर बाहर आ गए। सामने दरवाज़ा था, जिसकी झिरी से रोशनी फूटकर बाहर आ रही थी, मगर वह उस तरफ़ नहीं गया। दूसरी तरफ़ मुड़ गया। कुछ दूर आगे चलकर उसने एक दरवाज़ा खोला। नौशा ने देखा। कमरा ख़ासा कुशादा था। उसमें किताबों से भरी हुई तीन अलमारियाँ थीं। लम्बी मेज़ थी, जिस पर बहुत-सी किताबें और काग़ज़ात बिखरे हुए थे।

---

1. स्नेहपूर्ण

बूढ़े ने शमादान मेज़ पर रख दिया था, जिसमें जलती हुई मोमबत्ती की लौ हौले-हौले थरथरा रही थी। बूढ़ा एक कुर्सी पर थका हुआ-सा बैठ गया। उसने नौशा को बराबरवाली कुर्सी पर बैठने का इशारा किया। नौशा चुपचाप कुर्सी पर बैठ गया।

कमरे में ख़ामोशी थी। बूढ़े ने मेज़ पर रखा हुआ पाइप उठाया, तम्बाकू भरी और उसे सुलगाकर आहिस्ता-आहिस्ता कश लगाने लगा। अचानक रात के सन्नाटे में ऐसी आवाज़ उभरी, जैसे कोई रुक-रुककर कराह रहा हो। नौशा ने चौकन्ना होकर कान खड़े किए। वह किसी ना-मालूम ख़ौफ़ से लरज उठा। बूढ़ा ख़ामोशी से पाइप पर कश लगाता रहा और तम्बाकू का तेज़ बूदार धुआँ कमरे में बिखेरता रहा।

कमरे के बाहर चाप उभरी। सोलह-सत्रह बरस की एक सरो-क़द लड़की कमरे में दाख़िल हुई। उसका जिस्म ऊनी शाल में लिपटा हुआ था। वह आहिस्ता-आहिस्ता चलती हुई बूढ़े के पास जाकर बोली, "अब्बा जान! अभी तक बिजली नहीं आई। सारे घर में अँधेरा हो रहा है!"

वह जैसे चौंक पड़ा, "ओह बिजली! मेरा ख़याल है, मुझे डॉक्टर रफ़ीक़ के घर से टेलीफोन कर देना चाहिए!" लम्हा-भर के लिए उसने तवक़्क़ुफ़[1] किया, "मगर अब तो डॉक्टर सो गया होगा?"

वह बोली, "आप थोड़ी देर पहले टेलीफोन ही करने तो गए थे!"

"हाँ, गया तो मैं ज़रूर था," वह कुछ सोचने लगा। फिर उसने नौशा को देखा और हैरतज़दा होकर बोला, "तुम...यानी तुम?...मेरा मतलब है..." वह हकलाने लगा, "ओहो हो, भई, मुआफ़ करना। मैं बिलुकल भूल गया था कि तुम मेरे सामने बैठे हो। देखो नादिरा! यह हमारे मेहमान हैं। इनकी तबीयत कुछ ख़राब है। तुम इनको गर्म-गर्म दूध लाकर पिला दो, और भई, मुझे भी एक गर्म प्याला कॉफी मिल जाए, तो क्या बात है?" वह बेतकल्लुफ़ी से हँसने लगा।

नादिरा ने मज़ीद बातचीत नहीं की। कमरे से बाहर जाने के लिए मुड़ी। बूढ़े ने जाते-जाते उसे टोका, "क्या तुम्हारी माँ पर फिर दौरा पड़ा है?"

"जी हाँ, मगर अब उनको नींद आ गई है!"

बूढ़ा ख़ामोश हो गया और वह बाहर चली गई। कमरे में एक बार फिर ख़ामोशी छा गई। बूढ़ा किसी गहरे सोच में डूब गया, और आहिस्ता-आहिस्ता पाइप पर कश लगाने लगा। मोमबत्ती की रोशनी में उसका गंजा सिर चमक रहा था। चश्मे के मोटे-मोटे शीशों के पीछे उसकी आँखें ख़्वाबीदा-ख़्वाबीदा-सी मालूम हो रही थीं।

नादिरा दोनों हाथों में तश्त सँभाले हुए कमरे में दाख़िल हुई। तश्त पर दूध से भरा हुआ गिलास और कॉफ़ी की प्याली थी। उसने मेज़ पर झुककर तश्त रखा। उसका चेहरा मोमबत्ती की ज़र्द रोशनी के सामने आ गया। नौशा ने ग़ौर से देखा और सोचने लगा, लौंडिया ज़ोरदार है। उसका रंग साँवला था, अलबत्ता ख़दो-ख़याल[2] सुबुक थे। आँखें कँवल की तरह शफ़्फ़ाफ़ थीं, लेकिन उसके चेहरे पर किसी क़िस्म के तास्सुरात[3] नहीं थे। उस पर हलकी-हलकी

1. विराम, विलम्ब, 2. नयन-नक्श, 3. प्रभावों

संजीदगी छाई थी। उसने गिलास उठाया और बड़ी बेबाकी से नौशा को दे दिया। न वह झिझकी, न शरमाई।

वह कमरे में ज़्यादा देर न रुकी। नौशा ने दूध का गिलास ख़त्म किया, तो उसे अपने जिस्म में किसी क़दर ताज़गी महसूस हुई। उसने सोचा, अब ख़तरा टल गया है। रात भी ज़्यादा हो चुकी है। उसे चलना चाहिए। उसी वक़्त बूढ़े ने उससे पूछा, "तुमने किसी को क़त्ल किया है?"

"नहीं!" नौशा ने इनकार में गर्दन हिलाई।

"चोरी?" बूढ़े ने दूसरा सवाल किया।

नौशा ने आहिस्ता से कहा, "हाँ!" और नदामत से गर्दन झुका ली।

बूढ़े ने साँस भरी। ज़रा देर कुछ सोचता रहा। फिर बोला, "तुम्हारी उम्र ज़्यादा नहीं मालूम होती, मगर तुम जराइमपेशा कैसे बन गए?" फिर ख़ुद ही चौंककर उसने कहा, "मेरा ख़याल है कि तुमसे ऐसा सवाल नहीं पूछना चाहिए। यह बात तुम्हें ख़ुद भी नहीं मालूम होगी। तुम्हें अभी बहुत-सी बातें नहीं मालूम। मसलन, यह कि अगर मैं तुमसे कहूँ कि तुम इंजीनियर, डॉक्टर, क़ानूनदाँ, साइंसदान, माहिरे-तालीम, मुनसिफ़[1] और मुसव्विर[2] बन सकते हो, तो यह तुम्हारे लिए बड़ी हैरतअंगेज़ बात होगी!"

नौशा को वाक़ई उसकी बात पर ताज्जुब हुआ। वह हवन्नक़ की तरह मुँह फाड़कर उसका चेहरा तकने लगा। वह कहता रहा, "क्या तुम अपनी ज़िन्दगी की नहज[3] नहीं बदल सकते?" उसने रुककर एक बार फिर अपना जुमला दुहराया, "नहज तुम्हारे लिए मुश्किल लफ़्ज़ है। मुझे यह लफ़्ज़ नहीं इस्तेमाल करना चाहिए। यूँ समझो," वह फिर उलझा, "भई, मुआफ़ करना, हमने एक-दूसरे से अपना तआर्रुफ़ तो कराया ही नहीं। मेरा नाम कलीमुल्लाह है। मैं गवर्नमेंट कॉलेज में रियाज़ी[4] का प्रोफ़ेसर हूँ। क्या मैं तुम्हारा नाम पूछ सकता हूँ?"

"नौशा!"

प्रोफ़ेसर ने मुस्कराकर नौशा को देखा, "नौशा यानी दूल्हा! भई, तुम्हारा नाम तो ख़ूब है। गो, मैं इस बात का क़ायल नहीं कि नाम का असर किरदार पर पड़ता है, मगर तुम्हारे नाम में बड़ी रिज़ाईयत है। ग़ालिब की उर्फ़ीयत भी मिर्ज़ा नौशा थी। तुम्हें तो शायर होना चाहिए। मेरा ख़याल है कि जिसने यह नाम रखा होगा, उसका मिज़ाज ज़रूर शायराना होगा," कहते-कहते वह रुक गया। हस्बे-मामूल चौंककर बोला, भई, मुआफ़ करना। मैं ज़रा बहक गया था। हमारे मुल्क में लोगों को नामों की मानूइत[5] का इतना शऊर ही कहाँ है? सच पूछो, तो इतना शऊर[6] कहीं नहीं होता, वरना एक अच्छे-भले अदीब का नाम मिस्टर ड्रिंक-वाटर न होता। ड्रिंक-वाटर तुम जानते हो? इसका मतलब है, पानी पियो। लाहौल वला क़ूव्वत! क्या मसख़रापना है। यह भी भला कोई नाम हुआ!"

वह बेथकान बोलता जा रहा था। नौशा ख़ामोश बैठा उसका मुँह तक रहा था। प्रोफ़ेसर की बातें उसकी समझ में मुश्किल से दस फ़ीसद आ रही थीं। वह बहुत जल्द उकता गया। उसने थके हुए अन्दाज़ में जम्हाई लेकर अँगड़ाई ली। प्रोफ़ेसर ने नौशा की अदमे-दिलचस्पी[7] और उकताहट को महसूस किया।

---

1. लेखक, 2. चित्रकार, 3. पद्धति, 4. गणित, 5. अर्थ, 6. चेतना, 7. अरुचि

"ओहो हो, तुमको नींद आ रही है। तुमको अब सो जाना चाहिए।"

नौशा ने फ़ौरन कहा, "मैं अब जाऊँगा!"

"रात के ग्यारह बज रहे हैं। क्या इस वक़्त तुम्हारा जाना मुनासिब होगा?"

"मैं चला जाऊँगा। आप फ़िक्र न करें!"

"तुम मुझसे आइन्दा ज़रूर मिलना। तुम अभी आदी मुजरिम नहीं हो। मैंने देखा था कि जब तुम मुझ पर चाकू ताने खड़े थे, तो तुम्हारा हाथ काँप रहा था। मैंने उसी वक़्त अन्दाज़ा लगा लिया था कि तुम अभी अनाड़ी हो।" लम्हा-भर के लिए उसने तवक़्क़ुफ़ किया।

"क्या तुम कभी जेल भी गए हो?"

नौशा ने बड़ी सादगी से जवाब दिया, "हाँ।"

प्रोफ़ेसर बड़बड़ाने के-से अन्दाज़ में बोला, "तुम जेल भी जा चुके हो। फिर भी अनाड़ी हो। सिलसिले की कोई दरम्यानी कड़ी ज़रूर ग़ायब है। मेरा सारा तजज़िया[1] ग़लत हो गया," उसने हैरतज़दा नज़रों से नौशा को देखा, "बहरहाल, तुम मुझसे ज़रूर मिलना। आओ, मैं तुमको दरवाज़े तक पहुँचा दूँ!"

उसने शमादान उठाया और खड़ा हो गया। दोनों ज़ीने से उतरकर नीचे आए और गुलाम-गर्दिश उबूर करके दरवाज़े पर पहुँच गए। नौशा ने दरवाज़े से निकलते हुए मुड़कर प्रोफ़ेसर को देखा। मोमबत्ती की रोशनी में वह सर्कस के मसख़रे की तरह ऊल-जलूल नज़र आ रहा था।

नौशा बाहर गली में पहुँचकर सोचने लगा। यार, किस औंधी खोपड़ी से साबिक़ा[2] पड़ गया था। साला न जाने कौन-सी ईरान-तूरान की हाँक रहा था। कहने लगा, यह काम छोड़ दो। फिर क्या करूँ? झख मारूँ! क्या-क्या उड़ा रहा था! इंजीनियर, डॉक्टर, क़ानूनदाँ और न जाने क्या अनाप-शनाप बता रहा था। भई, हद हो गई। भला मैं कैसे इंजीनियर या डॉक्टर बन सकता हूँ? यह तो अपनी-अपनी क़िस्मत की बात है और अपनी क़िस्मत में तो हाथ की सफ़ाई दिखाना लिखी है।

यह सोचते-सोचते उसने जेब से पर्स निकालकर देखा। उसमें पौने दो सौ से ऊपर रुपए थे। ख़ुशी के मारे उसकी बाँछें खिल गईं। दिल-ही-दिल में कहा, "यार! अपने काम की भी क्या बात है! मिनटों में चाँदी कटती है। उस्ताद पैडरू सच कहता है, यह कच्ची कीमिया है। बस ज़रा-सी हाथ की सफ़ाई और थोड़ी-सी कारीगरी चाहिए।

वह इसी तरह सोचता हुआ आहिस्ता-आहिस्ता अड्डे की तरफ़ चल दिया।

## [3]

रात के साढ़े ग्यारह बजे का अमल था। उस्ताद पैडरू की महफ़िल जमी हुई थी। वह किसी महन्त की तरह आलथी-पालथी मारे बैठा था। चारों तरफ़ जेबकतरे हलक़ा बनाए बैठे थे। कमरे में तम्बाकू का धुआँ भरा था। मिली-जुली आवाज़ों का शोर गूँज रहा था।

---

1. विश्लेषण, 2. वास्ता

नौशा दरवाज़ा खोलकर अन्दर दाख़िल हुआ। उसे देखते ही उस्ताद की त्योरी पर बल पड़ गए।

"क्यों बे, तू अब तक कहाँ था?"

नौशा ने आहिस्ता से कहा, "सिनेमा चला गया था!"

"और तू उस्ताद अल्लाह रक्खा के इलाक़े में क्यों गया था? मैंने हज़ार दफ़ा कहा कि बोलटन मार्किट के उस पार का इलाक़ा अपना नहीं है, पर तुम तो सालो अपनी माँ के यार हो। अबे! तू अपनी बान्दगी दिखाने खारादार क्यों गया था? उस्ताद अल्लाह रक्खा के कारीगर तुमसे पतले मूतते हैं! सालो! तुम ख़्वाहमख़्वाह दिलों में फेर डलवा दोगे!" उस्ताद पैडरू ने उसे तीखी नज़रों से देखा, "ला, निकाल झुमकों की रानी!" गिरह-कटी की रक़म के लिए यह उस्ताद पैडरू की अपनी मख़सूस इसतिलाह[1] थी।

नौशा पहले तो सटपटाया, कि ज़रूर कुछ गोलमाल है। उस्ताद को कहीं से कुछ सुराग़ मिल गया है, मगर यह रक़म वह उस्ताद को देना न चाहता था। ढिठाई से बोला, "मैं तो उस तरफ़ गया भी नहीं। आग़ा पिलपिली होगा। यही उस तरफ़ जाता है!"

आग़ा पिलपिली कोने में सिकुड़ा-सिकुड़ाया बैठा ऊँघ रहा था। उसने कछुए की तरह अपनी सूखी बेडौल गर्दन निकालकर नौशा को देखा और नाक में मिनमिनाकर बोला, "अमाँ, देख रहे हो उस्ताद! साला ख़्वाहमख़्वाह के लिए मुझसे फ़लाशटीन कर रहा है। वह रानपटा दूँगा कि बत्तीसी निकल पड़ेगी। मैं तो बाहर निकला ही नहीं। दोपहर से बुख़ार से पड़ा भुन रहा हूँ और यह साला अपनी उड़ा रहा है!"

उस्ताद पैडरू ने उसे फ़ौरन डाँटा, "बन्द कर अपना लैक्चर! बहुत कह चुका!"

फिर वह दरवाज़े के क़रीब बैठे हुए अजनबी की तरफ़ मुतवज्जेह हुआ, "क्यों जी! तुमने ख़ुद इसे देखा था?" उसने नौशा की तरफ़ इशारा किया।

वह बोला, "हाँ जी! यही लौंडा था। शाम से शिकार के पीछे मँडला रहा था।"

नौशा ने इस अरसे में पहली बार उसे देखा। वह दोहरे बदन का मज़बूत नौजवान था और गर्दन ऊँची किए बड़ी बेबाकी से बोल रहा था, "उस्ताद! मैंने कई बार इसे इशारा भी किया कि यह अपना गाहक है। एक बार टोप-टाप मारा, तो यह आँखें निकालकर खड़ा हो गया!"

उस्ताद पैडरू मुस्कराने लगा, "यार! तू भी क्या बात कर रिया है, इसे अभी जुमा-जुमा आठ दिन हुए हैं। यह साला समझेगा उस्तादी के यह गुर। अभी तो..." उस्ताद ने एक गन्दी गाली दी।

"वह तो मैंने पहले ही भाँप लिया था कि अभी अनाड़ी है!"

नौशा हठधर्मी पर उतर आया, "अमाँ, बेफ़ुज़ूल में मेरे ऊपर इल्ज़ाम लगा रहे हो। मैंने तो तुम्हें देखा भी नहीं," वह ख़ूँख़्वार नज़रों से उसे घूरने लगा। उसी वक़्त उस्ताद ने ज़न्नाटे की गाली देकर कहा, "अब चुपका भी रहेगा या चख़-चख़ ही किए जाएगा। तेरी सारी हक्का-शाही का अभी पता चले जाता है!"

---

1. परिभाषा

नौशा ने चोरी का बटुआ फेंक दिया था और नोट पतलून की मोरी में सूराख़ करके छुपा लिए थे। उसे इत्मीनान था कि वहाँ तक किसी की नज़र न जाएगी, लिहाज़ा उसने चमककर कहा, "झूठ बोल रहा हूँ, तो मेरी तलाशी ले लो!"

उस्ताद ने गर्दन हिलाकर कहा, "क्या तू यह समझ रिया है कि मैं तुझे बिल्कुल तलूह[1] छोड़ दूँगा," उसने चक्रम को इशारा किया, "देख बे, नावाँ इसी के पास है या कहीं रख आया? ज़रा अंटी पर चढ़ा के...यह बड़ा हरामी दिखे है।"

चक्रम ने दोनों हाथ पकड़ के नौशा को खड़ा कर दिया। उस्ताद ने डपटकर कहा, "हाथ ऊपर कर..." नौशा ने दोनों हाथ ऊपर उठा दिए। चक्रम तलाशी लेने लगा।

उस्ताद बिल्ली की तरह तेज़ नज़रों से नौशा को घूरता रहा। चक्रम ने हर जगह टटोला। जिस्म का एक-एक गोशा कुरेदा। मगर रक़म बरामद न हुई। एक बार वह अपने हाथों को थपकी देता हुआ ऊपर से नीचे तक आया, तो उस्ताद की तजुर्बेकार नज़र ने ताड़ लिया कि जब चक्रम का हाथ पैरों पर आया, तो नौशा ज़रा-सा बिदका था। उसने हाथ उठाकर इशारा किया।

"ज़रा मेरे कने तो आइयो!"

नौशा उसके पास चला गया। उस्ताद का हाथ सीधा पतलून की मोरी पर पहुँचा। उसने उँगली डालकर नोटों का पलीता निकाला और बेनियाज़ी से उठाकर सामने डाल दिया। सबने हैरत से उसे देखा। नौशा के चेहरे पर मुर्दनी छा गई। उस्ताद पैडरू ने क़हरआलूद[2] नज़रों से नौशा को देखा। डपटकर बोला, "अबे! मेरे से ट्रिकें करने चला था। तेरे जैसे न जाने कितने लम्डे टाँग के नीचे से निकल चुके हैं। तीस साल से ऊपर हो गए यह काम करते हुए। झख नहीं मारी है!" उस्ताद पैडरू ने दोनों कान पकड़कर गर्दन हिलाई, "ऐसे उस्ताद का शागिर्द हूँ कि विलायत तक उसकी तस्वीरें खींचकर गईं," उस्ताद पैडरू कुछ देर यूँ ही लेक्चर देता रहा। फिर उसने चक्रम से कहा, "ज़रा गिन तो कितनी रक़म है?"

चक्रम ने मुड़े-तुड़े नोटों को उठाकर गिना। उस्ताद को बताया, "एक सौ तिरासी हैं!"

उस्ताद पैडरू ने अल्लाह रक्खा के आदमी से पूछा, "क्यों जी! तुम्हारा हिसाब क्या कहता है। ठीक है रक़म?"

"हाँ जी! बस इतना ही हमारा अन्दाज़ा था।"

"लो, यह सँभालो अपनी अमानत!"

उस्ताद ने नोट चक्रम से लेकर उसे दे दिए। उसने नोट लेकर गिने और उसमें से कुछ नोट निकालकर उस्ताद के आगे डालकर बोला, "यह 46 रुपए हैं। पच्चीस फ़ीसदी के हिसाब से तुम्हारा इतना ही मेहनताना बनता है। अगर तुम्हारा रेट कुछ और है, तो बता दो!"

"नहीं जी! यही ठीक है!"

वह उठकर जाने लगा, तो पैडरू ने कहा, "उस्ताद अल्लाह रक्खा से मेरा सलाम कहना! उनसे कह दीजिए, लम्डा अभी अनाड़ी है। क़ायदा-कानून नहीं जानता। वैसे मैं इसकी अच्छी तरह कंडी कर दूँगा।"

---

1. खाली, यूँ ही, 2. प्रलयंकारी

अल्लाह रक्खा का आदमी चला गया। कमरे में सन्नाटा छा गया। नौशा की सट्टी गुम थी। अब उसकी शामत आनेवाली थी। वही हुआ। उस्ताद पैडरू ने उसको ज़िबह करनेवाली तेज़ नज़रों से देखा। गालियाँ देकर बोला, "साले, तू मुझे चक-फेरियाँ देता है। हराम के तुख़्म ने नाक कटवा दी। अल्लाह रक्खा कहेगा, पैडरू ने न जाने क्या अल्लम-ग़ल्लम शागिर्द रख छोड़े हैं। इस झप-सट से अपनी यूँ ही लगती है। शहर के एक-एक अड्डे पर यह बात पहुँच जाएगी। तुफ़ है साली ऐसी उस्तादी पर। सारी इज़्ज़त किरकिरी हो गई!"

नौशा मुल्ज़िमों की तरह सिर झुकाए सहमा हुआ बैठा रहा। उस्ताद गुस्से से चीख़ता रहा। फिर उसने क़ादिर से कहा, "अबे ओ क़ादिरा! लगा इस हराम के जने को दो ठोंके!"

क़ादिर ने उठकर नौशा के एक ही ठोंका लगाया था कि वह तकलीफ़ से बिलबिलाकर चीख़ने लगा। उस्ताद ने क़ादिर को ललकारा, "अबे! ज़रा दबा के! क्या ज़नख़ों[1] के-से हाथ चला रिया है? यह साला तो यूँ ही फ़ैल मचा रहा है!"

क़ादिर ने कूदने जैसे अन्दाज़ में दोनों बाज़ुओं को तोला। पहले दाहिने हाथ को ज़रा-सा तिरछा किया और कुहनी की हड्डी की भरपूर ज़र्ब[2] लगाई। नौशा कराहता हुआ दीवार के पास पहुँच गया। क़ादिर आगे बढ़ा और झपटकर ज़ोर का ठोंका लगाया। एक, दो, तीन, वह ताबड़तोड़ ठोंके लगाता चला गया। क़ादिर बड़ा कड़ियल जवान था। भारी-भरकम कसरती जिस्म था। एक-एक बाज़ू का वज़न पंच सेरियों में था। पिंडलियाँ और पैर लोहालाट थे। नौशा लड़खड़ाकर धड़ाम से फ़र्श पर गिरा और ज़ोर-ज़ोर से चीख़ने-चिल्लाने लगा। फिर उसकी आवाज़ हलक़ से ग़ैं-ग़ैं करने लगी। उसका मुँह फटा हुआ था। चेहरा वहशतनाक नज़र आ रहा था। वह मछली की तरह फ़र्श पर लोटने लगा।

न जाने वह देव का देव क़ादिर कब तक अपने फ़न का मुज़ाहिरा करता कि इसी दौरान में उस्ताद की आवाज़ उभरी, "बस बे! साले को ज़रा साँस तो लेने दे!"

क़ादिर अपनी जगह पर जाकर बैठ गया। उसका चेहरा गैंडे की तरह डरावना नज़र आ रहा था। वह आहिस्ता-आहिस्ता हाँफ रहा था। कमरे में बैठे हुए सारे जेबकतरे दम-बख़ुद थे। नौशा अभी फ़र्श पर तड़प रहा था। उस्ताद पैडरू ने एक टाँग उठाकर दूसरी पर रख ली और जिस्म को हौले-हौले हरकत देने लगा। सामने दीवार पर उसका महीब साया झूम रहा था। कई मिनट इसी आलम में गुज़र गए। हर शख़्स ख़ामोश था। न कोई आहट थी, न आवाज़। नौशा तड़पते-तड़पते थककर शल[3] हो गया और ज़ोर-ज़ोर से हाँफने लगा। कमरे के सुकूत[4] में उसकी बोझल साँसों की आवाज़ साफ़ सुनाई पड़ रही थी।

थोड़ी देर बाद उस्ताद की भारी-भरकम आवाज़ उभरी। वह नौशा से कह रहा था, "उठ के बैठ। बहुत हो चुका नखरा! नहीं तो साले दो-चार और लगाऊँगा। जो कसर रह गई है, वह भी पूरी हो जाएगी!"

नौशा घबराकर उठ बैठा। उसके रुख़सार आँसुओं से भीगे हुए थे। बाल बिखरकर मुँह पर आ गए थे। वह मुँह बिसूर-बिसूरकर आहिस्ता-आहिस्ता सिसकियाँ भर रहा था, मगर उस्ताद पैडरू उसकी हालते-ज़ार से ज़रा भी मुतास्सिर न हुआ। मुड़कर चक्रम को इशारा किया।

"साले को थोड़ा-सा ज़िन्दा तिलिस्मात पिला। फिर इसको चलता कर!"

---

1. हिजड़ा, 2. चोट, 3. शिथिल, 4. ख़ामोशी

चक्रम कमरे से उठकर बाहर चला गया। ज़रा देर बाद वह क़ारूरे[1] की शीशी लिए हुए कमरे में दाख़िल हुआ। उसमें ज़र्द-ज़र्द पेशाब भरा था। शीशी देखते ही नौशा दुहाई देने लगा।

"उस्ताद! अल्लाह के लिए छोड़ दो। मर जाऊँगा!"

"अब ग़लती करूँ, तो जान से मार देना!"

वह गिड़गिड़ाता रहा। फ़रियाद करता रहा, मगर उसकी एक न सुनी गई। उस्ताद पैडरू की हिदायत पर एक जेब-कतरा नौशा के सीने पर चढ़ बैठा और उसके दोनों हाथों को दबोच लिया। दूसरे ने उसका मुँह चीर दिया। चक्रम ने क़ारूरे के कई क़तरे उसके हलक़ में डाल दिए। नौशा घबराकर उठ बैठा। उसकी आँखें बाहर निकल आई थीं। वह ज़ोर-ज़ोर से उबकाइयाँ ले रहा था। उस्ताद डपटकर बोला, "बाहर जाकर उलटी कीजियो। साले, यहाँ गन्दगी फैलाई, तो अभी और ज़िन्दा तिलिस्मात पिलाऊँगा। अब जा रिया है कि नहीं?"

नौशा लड़खड़ाता हुआ कमरे से बाहर चला गया। कमरे में एक बार फिर सन्नाटा छा गया। थोड़ी देर बाद नौशा कमरे के दरवाज़े पर नमूदार हुआ।

"अब यहाँ ठहरने की ज़रूरत नहीं," उस्ताद तीखे लहजे में बोला, "तुम अभी अपना टीन-पाट यहाँ से गोल करो!"

नौशा ने मरी हुई आवाज़ से कहा, "उस्ताद! ख़ुदा की क़सम! तुमसे सब कुछ सच-सच बताए देता हूँ। बात यह है..."

उस्ताद ज़ोर से दहाड़ा, "अब तू अपनी बात अपने पास ही रख!"

"मेरी बात तो सुन लो, उस्ताद!"

"मैं तुझे अच्छी तरह जान गया हूँ। तू एक नम्बर हराम का तुख़्म है!" उस्ताद पैडरू ने दस रुपए का एक नोट उसकी तरफ़ फेंका। हिक़ारत से मुँह बिगाड़कर बोला, "लो, साले ख़ाँ! यह अपने कफ़न के लिए लेते जाओ। यह काम तेरे बस का नहीं। तू तो मुझे भड़वा दिखे है। इन्हीं की तरह पटियाँ निकालता है। अब जा के अपनी माँ के लिए कोई यार ढूँढ़!"

नौशा उसे क़हरआलूद नज़रों से घूरने लगा। उस्ताद ने डाँटा, "साले! आँखें क्या दिखा रिया है! जाकर थाने में रपट लिखा दीजियो, कि उस्ताद पैडरू जेबकतरों का अड्डा चलाता है। तुझे भी क़सम है, जो जा के न कहियो, पर यह भी सुन ले कि दो हज़ार रुपए नकद भत्ता देता हूँ। साले किसी और हवा में न रहना, तू! यह समझ रिया हो कि मैं उस्ताद का कुछ बिगाड़ सकता हूँ।"

नौशा ने कोई जवाब न दिया। चुप खड़ा रहा।

उस्ताद ने डपटकर कहा, "अबे! जा रिया है या कुछ और तेरी कुन्दी कराऊँ। तुझे देखकर मेरी आँखों में ख़ून उतर रिया है। बस अब तू यहाँ से दफान हो जा!"

नौशा ने दस रुपए का नोट उठाया और आहिस्ता-आहिस्ता चलता हुआ अड्डे से बाहर आ गया।

## [4]

रात आधी से ज़्यादा गुज़र चुकी थी। सर्दी ख़ासी बढ़ चुकी थी। नौशा के सामने अब सबसे बड़ा मसला यह था कि रात कहाँ गुज़ारे? अचानक उसे राजा का ख़याल आ गया, मगर

---

1. मूत्र

उसकी याद आते ही वह झुँझला गया। उस साले की तो तक़दीर ही खोटी है। सोचा था, कि उस रक़म से उसका इलाज करा दूँगा। उलटा अपना डिब्बा गोल हो गया। न रहने को ठिकाना है, न कोई काम-धन्धा।

वह इसी तरह सोचता हुआ आहिस्ता-आहिस्ता चलता रहा। उस्मानाबाद की गलियों से गुज़रकर लारंस रोड पर आ गया। सड़क सुनसान थी। सन्नाटे में कहीं-कहीं कुत्ते भोंक रहे थे। गश्त करनेवाला एक कांसटेबिल उसके क़रीब से गुज़रा। उसने मुश्तबह[1] नज़रों से उसे देखा। नौशा घबरा गया। इस तरह रात गए आवारागर्दी करना मुनासिब नहीं था। सर्दी थी और वह बहुत थका हुआ भी था। आख़िर वह एक दरख़्त के नीचे फुटपाथ पर बैठ गया।

रात देव की तरह सिर उठाए खड़ी थी। सर्दी बढ़ती जा रही थी। शबनम के क़तरे दरख़्त के पत्तों से टप-टप फुटपाथ पर गिर रहे थे। उसके क़रीब ही एक शख़्स गठरी की तरह सिकुड़ा-सिकुड़ाया पड़ा था। उसे अपने आप का भी होश नहीं था। मज़े से पड़ा बेख़बर सो रहा था। नौशा को सर्दी के मारे नींद नहीं आ रही थी। उसने सिर घुटनों पर रख दिया और आँखें बन्द करके सोने की कोशिश करने लगा।

इसी तरह बैठे-बैठे एक दफ़ा उसने क़रीब पड़े हुए आदमी को देखा। अचानक उसे ख़याल आया कि उस शख़्स पर ज़रा हाथ की सफ़ाई का तजुर्बा करना चाहिए। यह सोचते ही उसकी उँगलियों में चुल होने लगी। वह खिसककर उसके क़रीब हो गया। हाथ बढ़ाकर उसकी जेबें टटोलने लगा। वह बोसीदा ऊनी कोट पहने था। उसकी एक जेब से काग़ज़ों के चन्द पुरज़े और एक टूटा हुआ कंघा निकला। दूसरी जेब बिल्कुल ख़ाली थी, अलबत्ता अन्दर की जेब से एक रुपया और चन्द आने की रेज़गारी निकली। पासपोर्ट साइज़ की एक तस्वीर भी निकली। तस्वीर को उसने धुँधली-धुँधली रोशनी में देखा। उसमें गोल-मटोल-सा एक बच्चा बैठा हुमक रहा था। उस तस्वीर का मक़सद उसकी समझ में नहीं आया। पहले तो नौशा ने सोचा, कि रक़म पार कर दे। फिर यह ख़याल करके वापस जेब में रख दी कि साला भूखा मर जाएगा। ख़्वाहमख़्वाह बददुआ देगा। उसे इस बात से ख़ुशी हुई कि अब वह बहुत सफ़ाई से काम कर सकता है। उसने उस आदमी की तमाम जेबों की तलाशी ले डाली, मगर उसे कानों कान ख़बर न हुई।

शबनम से नौशा के बाल भीग गए थे और सर्दी का अहसास शदीद हो गया था। बार-बार उसका जिस्म काँप उठता था। नींद का कोई इम्कान नहीं था। उसने सोचा, कोई-न-कोई चायख़ाना तो खुला ही होगा। जाकर चाय पी जाए। वह उठकर खड़ा हो गया।

दफ़अतन[2] नौशा को उस आदमी का ख़याल आ गया, जो बेख़बर सो रहा था। उसने सोचा कि उसे ख़बरदार कर दे, वरना कोई-न-कोई उसका भाई-बन्द जेब साफ़ कर जाएगा और सवेरे उठकर उसके पास चाय पीने को भी कुछ न होगा।

उसने झुककर उसे झिंझोड़ा और बेतकल्लुफ़ी से बोला, "ए भाई, नींद के मतवाले..." मगर वह न उठा।

नौशा को महसूस हुआ कि उसका हाथ बर्फ़ की तरह सर्द था और जिस्म लकड़ी की तरह अकड़ा हुआ था। न जाने वह कब का मरा हुआ पड़ा था। इस ख़याल के आते ही वह ख़ौफ़

1. सन्दिग्ध, 2. अकस्मात्

से काँप उठा। ऐसा लगा कि लाश उससे चिमट गई है। वह फ़ौरन आगे बढ़ गया और पीछे मुड़-मुड़कर लाश को देखता रहा। उसे बार-बार मालूम होता, जैसे कोई उसका तआक़ुब[1] कर रहा है।

इसी घबराहट के आलम में वह एक गली में मुड़ गया। तेज़-तेज़ क़दम उठाता हुआ बन्दर रोड पर पहुँचा। बन्दर रोड पर पनवाड़ियों की इक्का-दुक्का दुकानें अभी तक खुली थीं। ईरानी चायख़ाने भी खुले थे। वह ख़ामोशी से एक ईरानी चायख़ाने में दाख़िल हो गया। वहाँ उस वक़्त भी ख़ूब चहल-पहल थी। शब-ज़िन्दादारों का हुजूम था। क़हक़हे लग रहे थे। बातें हो रही थीं। उनमें सट्टेबाज़ थे। दलाल थे। रिक्शावाले थे। विक्टोरियावाले थे। पुलिस के कांसटेबिल थे और ऐसे कूचागर्द थे, जिनका नौशा की तरह कोई ठौर-ठिकाना न था।

नौशा ने गर्म-गर्म चाय के दो घूँट पिए, तो ज़रा सुकून मिला। एक प्याली चाय ख़त्म करने के बाद उसने बी.पी.के. दो मसकाबन खाए। एक और गर्म-गर्म डबल चाय चढ़ाई, मगर अभी तक वह सँभल नहीं सका था। उसे रह-रहकर मरे हुए आदमी का ख़याल आ रहा था, जिसकी जेबों से उसने एक रुपया और पाँच आने निकाले थे। यह अहसास बड़ा अज़ीयतनाक था। वह बार-बार सोचता—यह गिरहकटी का पेशा साला बड़ा वाहियात है। यार, इस पेशे को तो छोड़ ही देना चाहिए।

मगर सवाल यह था कि वह फिर करेगा क्या? इसी आलम में कोई उसके वजूद के अन्दर से बोला, "दुनिया में सब जेबकतरे ही तो नहीं हैं! इस ख़याल से उसे किसी क़दर तक़्वियत[2] पहुँची।

वह देर तक चायख़ाने में बैठा रहा। जब सुबह के आसार हुवैदा[3] हुए और हलकी-हलकी सफ़ेदी आसमान के किनारों पर उभरने लगी, तो वह चायख़ाने से निकलकर बाहर आ गया और सड़कों की आवारागर्दी शुरू कर दी।

दिन-भर वह काम-धन्धे के लिए मारा-मारा फिरता रहा, मगर उसका वह दिन बेकार गया। रात उसने रेलवे-स्टेशन के मुसाफ़िरख़ाने में गुज़ारी। कई रोज़ तक यही सिलसिला चलता रहा। दिन सड़कों पर और चायख़ानों के अन्दर गुज़रता और रात मुसाफ़िरख़ाने में। उसके दस रुपए ख़त्म होते जा रहे थे और इस अहसास से वह परेशान हो जाता।

आख़िर एक आटो-गैराज में उसे मैकेनिक का काम मिल गया। पचास रुपए महीना तनख़्वाह और सुबह आठ बजे से छज बजे शाम तक की ड्यूटी। सब शराइत उसने कुबूल कर लीं और काम शुरू कर दिया।

काम तो मिल गया, मगर रहने का कोई ठिकाना नहीं था। मअन[4] उसे प्रोफ़ेसर कलीमुल्लाह का ख़याल आया। उसने सोचा, चलकर उससे मिला जाए। बातें तो बहुत करता है। शायद कुछ काम बन जाए। चुनाँचे एक शाम को आटो-गैराज से निकलकर वह सीधा प्रोफ़ेसर के पास गया। वह उस वक़्त घर पर मौजूद था। उसे देखते ही बोला,

"आख़िर तुम आ ही गए। मुझे यक़ीन था कि तुम ज़रूर आओगे!"

"मैंने पुराना धन्धा छोड़ दिया है, और एक गैराज में नौकरी कर ली है," नौशा ने उसे मुत्तला[5] किया।

---

1. पीछा, 2. शक्ति, ढाढ़स, 3. प्रकट, 4. तत्क्षण, 5. सूचित

प्रोफ़ेसर हो-हो करके बेढंगेपन से हँसने लगा। इस ख़बर से उसे बड़ी ख़ुशी हुई। "बहुत अच्छा! बहुत अच्छा! तुम तो इंजीनियर बन सकते हो!" उसने नौशा का मोबलआयल से दाग़दार लिबास ग़ौर से देखा, "तुम तो अभी से इंजीनियर लगने लगे," वह उसकी पीठ ठोंककर शाबाशी देने लगा।

नौशा ने मौक़ा ग़नीमत जानकर मतलब की बात कह दी, "काम तो मिल गया, मगर रहने का कोई ठिकाना नहीं। स्टेशन जाकर मुसाफ़िरख़ाने में पड़ रहता हूँ!"

प्रोफ़ेसर ज़रा देर तक कुछ सोचता रहा। फिर उसने संजीदा लहजे में कहा, "नहीं! मैं तुमको रहने के लिए जगह दूँगा!" उसने फ़ौरन अपनी बेटी को बुलाया। नादिरा आ गई, तो वह बोला, "नादिरा! इनसे मिलो। यह नौशा हैं। हमारे दोस्त! अगर तुमको दोस्त के लफ़्ज़ पर इतराज़ है, तो मैं इस लफ़्ज़ को वापस लेता हूँ। बहरहाल, यह हमारे मेहमान ज़रूर हैं। यह हमारे साथ ही ठहरेंगे!"

"मगर अब्बा जान, घर में जगह कहाँ है?"

"वह एक अहमक़ाना-सी मिसाल है। जगह दिल में होनी चाहिए। तो इस वक़्त जगह दिल में ही निकालना पड़ेगी। दिल नहीं, दिमाग़ से सोचो, कि कहाँ जगह निकल सकती है!"

नादिरा ने कोई जवाब नहीं दिया।

प्रोफ़ेसर ज़रा देर तक बेचैनी से कमरे में टहलता रहा। फिर उसने चुटकी बजाकर कहा, "यह ठीक रहेगा। खाने के कमरे से मेज़ उठाकर तुम राहदारी में लगा दो। क्या मुज़ाइक़ा है। खाना ही तो खाना है। राहदारी भी बुरी जगह नहीं। ख़ासी कुशादा भी है। खाने की मेज़ उसमें आसानी से लगाई जा सकती है। जिस शहर में इंसान को सिर छुपाने के लिए छत तक मुय्यसर न हो, वहाँ किसी को डाइनिंग-रूम रखने का कोई हक़ नहीं। यह ख़ुदग़र्ज़ी है। मैं इसे हरगिज़ बरदाश्त नहीं कर सकता।"

नादिरा प्रोफ़ेसर की आदत से बख़ूबी वाक़िफ़ थी। वह जानती थी कि वह जो कुछ एक बार तय कर लेता है, उसे पूरा किए बग़ैर नहीं रहता। लिहाज़ा उसने कोई जवाब नहीं दिया। ख़ामोशी से बाहर चली गई और घर में मुलाज़िम की मदद से खाने की मेज़ निकालकर गुलाम-गर्दिश में डाल दी। कमरा नौशा के लिए ख़ाली कर दिया गया।

प्रोफ़ेसर ने उसके लिए चारपाई और बिस्तर का भी बन्दोबस्त कर दिया। उस रात नौशा कई रातों के बाद गहरी नींद सोया। सवेरे-ही-सवेरे प्रोफ़ेसर की आवाज़ सुनकर नौशा जाग उठा। वह उसे नाश्ते के लिए बुला रहा था। उसने गुसलख़ाने में जाकर जल्दी से मुँह-हाथ धोया और उसके पास चला गया। प्रोफ़ेसर और नादिरा खाने की मेज़ पर उसका इन्तज़ार कर रहे थे। मेज़ पर चाय और नाश्ते का सामान रखा था। वह उनके साथ बैठते हुए झिझकने लगा। प्रोफ़ेसर ने कहा, "तुम शदीद अहसासे-कमतरी[1] में मुबतला हो। आओ, इधर आकर बैठो!"

नौशा सिकुड़ा-सिकुड़ाया कुर्सी पर बैठ गया। प्रोफ़ेसर ने फिर कोई बात नहीं की और अख़बार के मुलाले में महव हो गया।

---

1. हीनभावना

नादिरा ने नौशा को चाय बनाकर दी। टोस्ट और एक अंडा दिया। नौशा आहिस्ता-आहिस्ता चाय पीता रहा। वह घबराया हुआ नज़र आ रहा था। उसे हर चीज़ अजनबी और ना-मालूम हो रही थी।

उस रोज़ वह आटो-गैराज पहुँचा, तो उसकी तबीयत बड़ी हश्शाश-बश्शाश[1] थी। काम भी मेहनत से किया। पहली बार उसे गैराज से छुट्टी होते वक़्त ख़ुशी महसूस हुई। वह सीधा घर आया और गुसलख़ाने में देर तक नहाता रहा। रात का खाना भी उसने प्रोफ़ेसर ही के साथ खाया।

चन्द ही रोज़ की रिहाइश के बाद ऐसा महसूस होने लगा कि उसकी ज़िन्दगी में बड़ी तेज़ी से तब्दीली रूनुमा हो रही है। अब वह सड़कों पर आवारागर्दी और घटिया चायख़ाने में वक़्त गुज़ारने के बजाय ज़्यादातर घर ही पर रहता। उसकी ज़िन्दगी में किसी क़दर इतिदाल[2] और सलीक़ा पैदा हो रहा था।

1. हर्षित, 2. न कम और न अधिक

# फ़सल सीज़दहुम[1]

## [1]

कराची आए हुए सलमान को कई महीने हो गए थे। चचा-ससुर के सियासी असरो-रसूख़ से उसे एक गैर-मुल्की फ़र्म में मुलाज़मत मिल गई थी। पाँच सौ रुपए माहाना तनख़्वाह थी। काम भी ज़्यादा न था। पाँच हज़ार रुपए, जो ससुराल से शादी पर सलामी में मिले थे, उसके पास मौजूद थे। उसमें से चार हज़ार रुपए पगड़ी देकर उसने शहर के एक बा-रौनक इलाक़े में रिहाइश के लिए फ्लैट ले लिया था।

उसमें तीन कमरे थे। फ्लैट रोशन और हवादार था। पास-पड़ोस भी बुरा नहीं था। उस चार मंज़िला इमारत में ज़्यादातर पारसी और ईसाई ख़ानदान आबाद थे। उनके रहन-सहन में नफ़ासत और मग़रिबियत थी। अक्सर रात गए तक ख़ूब चहल-पहल और हंगामा रहता।

आमदनी माकूल थी। मज़े से गुज़र-बसर हो रही थी। सलमान आम तौर पर घर ही में रहता था और अपना बेशतर वक़्त मुताले में गुज़ारता। उन दिनों उसका सिर्फ़ यही मशग़ला था। महीने की शुरू तारीख़ों में वह बाज़ार से नई-नई किताबें ख़रीदकर लाता।

फ्लैट का एक कमरा उसने मुताले के लिए वक़्फ़[2] कर दिया था। उसमें मुख़्तसर-सी लाइब्रेरी बन गई थी। किताबों की दो अलमारियाँ, मुतालसे की मेज़ और सोफ़ा-सेट लगाकर उसने कमरे को क़रीने से आरास्ता किया था। कुछ फ़र्नीचर उसने ख़रीदा था। कुछ किराए पर ले आया था।

कराची में उसका कोई शनासा[3] नहीं था, और न ही किसी के साथ उसने मरासिम बढ़ाने की कोशिश की। दफ़्तर में काम करनेवाले साथियों से उसे कभी उनसियत[4] पैदा न हुई। मगर वह हत्तल-वसा[5] कोशिश करता कि क़िसी को शिकायत का मौक़ा न मिले।

उसने आशुफ़्ता-मिज़ाजी[6] और बे-राहरवी[7] तर्क करके ज़िन्दगी में अब म्याना-रवी और सलीक़ा पैदा कर लिया था। चन्द मोटे-मोटे उसूल वज़ा कर रखे थे। उनमें एक उसूल यह भी था कि दफ़्तर के किसी शख़्स से बदमज़गी पैदा नहीं करेगा। उसका बुनियादी सबब यह था कि उसे रोज़ाना वहाँ सात घंटे गुजारना पड़ते थे, अलबत्ता दफ़्तर से बाहर आने के बाद वह उस माहौल को, उस फ़िज़ा को यकसाँ फ़रामोश कर देता। यही वजह थी कि किसी रफ़ीक़कार के साथ उसके ताल्लुक़ात दफ़्तर की चारदीवारी से आगे न बढ़ सके।

इतवार को आम तौर पर वह मैटनी-शो देखता या समन्दर के किनारे किसी पुर-फ़िज़ा मुकाम पर चला जाता और घंटों रेत पर बैठा शोर मचाती लहरों को देखता रहता। उसकी

---

1. तेरहवाँ परिच्छेद, 2. अरक्षित, 3. परिचित, 4. लगाव, 5. यथासम्भव, 6. उद्विग्नता-स्वभाव, 7. स्वच्छन्दता

ज़िन्दगी में एक तरह का ठहराव और तवाज़ुन[1] आ गया था और वह उससे मुतमईन भी था। कभी-कभी उसे खाने की दिक़्क़त का अहसास होता। होटल के खाने से वह उकता गया था। उसने एक मुलाज़िम रख लिया और घर पर खाना पकवाने का बन्दोबस्त किया, मगर वह हफ़्ता-भर भी न टिका। एक रोज़ दफ़्तर से लौटा, तो मुलाज़िम ग़ायब था। सूटकेस का ताला टूटा हुआ था। ख़ैरियत हुई कि महीने की आख़िरी तारीख़ें थीं और सूटकेस में सिर्फ़ 42 रुपए पड़े थे। उन 42 रुपयों के अलावा वह कुछ कपड़े चुराकर भी ले गया। नुकसान ज़्यादा न हुआ, लेकिन उसी रोज़ उसने तय कर लिया कि आइन्दा मुलाज़िम नहीं रखेगा। दूसरे रोज़ उसने बीवी को बुलाने के लिए ख़त लिखा और फिर हर ख़त में इसरार करने लगा।

जाड़ों की एक कुहर-आलूद सुबह को सलमान की बीवी रख़शन्दा कराची पहुँच गई। उसके हमराह एक अधेड़ ख़ादिमा भी थी। बीवी को लेने सुबह तड़के वह कैंट स्टेशन पहुँच गया। ट्रेन कुछ लेट थी। इस इन्तज़ार में उसने एक ख़ास कैफ़[2] महसूस किया। यह ऐसी मसर्रत थी, जो बहुत अरसे बाद महसूस कर रहा था। गाड़ी प्लेटफार्म पर पहुँची, तो उसका दिल धड़कने लगा। इंटर क्लास के एक ज़नाना डिब्बे से उसकी बीवी ख़ादिमा के साथ उतरी।

वह बुर्क़ा पहने हुए थी और बहुत शरमाई हुई नज़र आ रही थी। घर आकर भी उसका यही अन्दाज़ रहा। बात करती, तो निगाह नीचे झुकी रहती। चेहरे पर कुछ अजीब-सी घबराहट नज़र आती।

उस रोज़ उसने दफ़्तर से छुट्टी नहीं ली थी। लिहाज़ा वह फ्लैट में ज़्यादा देर न ठहर सका। दफ़्तर रवाना हो गया। तीसरे पहर होने तक उसका दिल काम से उचाट हो गया। उस रोज़ वह जल्द ही घर पहुँच जाना चाहता था। दफ़्तर से निकला, तो बहुत ख़ुश था।

वह घर जाने के बजाय सीधा बाज़ार गया। उसने सोहन हलवा ख़रीदा। ताज़ा फल लिए और गुलफ़रोश की दुकान से फूलों का एक गुलदस्ता भी ख़रीद लिया। घर पहुँचा, तो रख़शन्दा चाय पर उसका इन्तज़ार कर रही थी। उसने शायद कुछ ही देर पहले ग़ुसल किया था। उसका चम्पई चेहरा फूलों की तरह शगुफ़्ता था। हलके आसमानी लिबास में वह दिलकश और दिलआरा नज़र आ रही थी। सलमान को यह देखकर ख़ुशी हुई कि उसकी बीवी हसीन और ख़ूबसूरत है।

चाय पीते हुए वह इधर-उधर की बातें करके उसे छेड़ता रहा, ताकि उसका हजाब[3] किसी क़दर कम हो जाए। उस वक़्त वह एक खिलन्दरे नौजवान की तरह गैर-संजीदा नज़र आ रहा था। बात-बात पर क़हक़हे लगाता और ऊटपटांग बातें करता। उसकी यह शाम बड़ी ख़ुशगवार गुज़री।

सलमान को जल्द ही अन्दाज़ा हो गया कि रख़शन्दा बड़ी मेहनती और सुघड़ है। सूरज निकलने से पहले ही वह बेदार हो जाती। उसके कपड़ों पर इस्तिरी करती। शेव करने का सामान आईने के सामने रख देती। जितनी देर वह ग़ुसल करता, उस अरसे में वह नाश्ता तैयार करके मेज़ पर लगा देती, हरचन्द कि घर में खादिमा मौजूद थी, मगर उसका सारा काम वह ख़ुद करती और उसमें उसे मसर्रत भी महसूस होती। सलमान ने अक्सर ग़ौर किया कि अगर उसने किसी काम के लिए ख़ादिमा से कहा, तो रख़शन्दा ख़ुद ही वह काम कर देती।

1. सन्तुलन, 2. मस्ती, नशा, 3. संकोच, लज्जा

शाम को वापस आता, तो चाय तैयार मिलती। वह थका हुआ-सा कुर्सी पर बैठ जाता। बीवी उसके क़दमों पर झुककर जूते का फ़ीता खोलने लगती। सलमान ने मना भी किया, मगर वह बाज़ न आती। उसके कपड़े वह ख़ुद ही हैंगर पर टाँगती। उसकी एक-एक चीज़ क़रीने से लगी होती, हालाँकि वह रख़शन्दा के आने के बाद ख़ासा लापरवाह हो गया था। दफ़्तर जाता, तो सारा कमरा कबाड़ख़ाना बनाकर डाल देता, मगर शाम को हर चीज़ अपनी जगह आरास्ता[1] मिलती।

यह बड़े पुर-कैफ़ दिन थे। उसकी सेहत बहुत अच्छी हो गई थी। चेहरे पर ताज़गी आ गई थी। वह अच्छा-ख़ासा सजीला जवान नज़र आता, लेकिन उन दिनों वह जिस क़दर बातूनी हो गया था, रख़शन्दा उसी क़दर ख़ामोश रहती। बहुत कम बातचीत करती। कोई बात अच्छी लगती, तो सिर्फ़ मुस्करा देती। उसके सफ़ेद-सफ़ेद दाँत झलकते और सुर्ख़ लब कँपकँपा के रह जाते।

सलमान को उसकी मुस्कराहट बहुत पसन्द थी।

कराची आने के बाद सलमान की बीवी इब्तदाई दिनों में शदीद तनहाई महसूस करती थी। अजनबी शहर, अजनबी माहौल, अजनबी पास-पड़ौस। न किसी से मेल-मिलाप, न कहीं आना-जाना! सलमान दफ़्तर चला जाता, तो उसके लिए वक़्त काटना दूभर हो जाता, लेकिन सलमान ने ज़ोर दिया, तो उसने पड़ोसियों से राहो-रस्म[2] पैदा करने की कोशिश की और रफ़्ता-रफ़्ता ख़ासा मेलजोल पैदा कर लिया।

बिल्डिंग के ईसाई और पारसी ख़ानदानों की बेशतर नौजवान औरतें और लड़कियाँ बैंकों और तिजारती अदारों में सैक्रेटरी, टाइपिस्ट या स्टेनोग्राफर थीं। वे तंग स्कर्ट पहनतीं। मर्दों की तरह सिर पर छोटे-छोटे तराशे हुए बाल रखतीं और अपनी तनख़्वाह का बेशतर हिस्सा क़ीमती लिबास और मेकअप पर ख़र्च करतीं। वे अक्सर सलमान के फ्लैट में भी आतीं। उनकी मुस्कराहट मसनूई[3] थी। उनकी नज़रों का अन्दाज़ मसनूई था। जिस्म की हरकत मसनूई थी। वह बनी-सँवरी कठपुतलियों की तरह नज़र आतीं। उनकी बातें आम तौर पर लिबासों के जदीद-तरीन डिज़ाइनों, नई फ़िल्मों, डांस-पार्टियों, पिकनिक और शहर के बड़े-बड़े होटलों के मुतअल्लिक़ होती थीं। कभी-कभी वह शहज़ादी मारग्रेट के किसी नए स्कैंडल या शाह फ़ारूक़ और प्रिंस अली ख़ाँ के ताज़ातरीन मुआशक़े के बारे में भी बात कर लेतीं और उनके तज़्किरे में ख़ासा लज़्ज़त महसूस करतीं।

सलमान ने ग़ौर किया कि इन लड़कियों के साथ बढ़ते हुए मेलजोल ने उसकी बीवी में भी बाज़ तब्दीलियाँ पैदा कर दी थीं। वह बातों के दौरान ख़्वाहमख़्वाह अंग्रेज़ी के भोंडे अल्फ़ाज़ इस्तेमाल करती।

उसने अपने बालों का सीधा-सादा अन्दाज़ बदल दिया था। मेकअप करने लगी थी। अब उसकी यह भी ख़्वाहिश होती कि सलमान उसके हुस्न की तारीफ़ करे। पहले वह फ़िल्म देखने से परहेज़ करती थी, मगर अब दबे-दबे अल्फ़ाज़ में फ़िल्म देखने का इश्तियाक़ भी ज़ाहिर करती।

---

1. सुसज्जित, 2. मेलजोल, 3. कृत्रिम, बनावटी

एक इतवार को पिकनिक का प्रोग्राम बना, जिसे पड़ोसियों ने बनाया था। आमदोरफ़्त के लिए उन्होंने एक स्टेशन-वेगन का बन्दोबस्त किया। सब उसमें लद-लदाकर बाक्स-बे पहुँचे। उस रोज़ रखशन्दा का बुर्क़ा भी उतर गया।

पार्टी में ख़ासी तफ़रीह रही। समन्दर में ग़ुसल किया गया। रेत पर लेटकर सूरज की शुआओं से जिस्म सेंका गया। बहती-सी अल्लम-ग़ल्लम चीज़ें खाईं। ज़ोर-ज़ोर से क़हक़हे लगाए और जब सूरज बहरे-अरब[1] में ग़ुरूब[2] होने लगा और लहरों का रंग अरग़वानी[3] हो गया, तो वे थके-हारे वापस हुए।

उसके बाद अक्सर इतवार को पिकनिक-पार्टियाँ होती रहीं।

सलमान हफ़्ते की शाम को बीवी के साथ पिक्चर ज़रूर देखता। हर दूसरे-तीसरे दिन उसके हमराह शाम को टहलने निकल जाता। दोनों कुछ शॉपिंग करते और किसी चायख़ाने में बैठकर चाय पीते। महीने की शुरू तारीख़ें होतीं, तो वे शहर के किसी अच्छे होटल में रात का खाना भी खा लेते।

ज़िन्दगी हँसी-ख़ुशी गुज़र रही थी, अलबत्ता उसमें सुकून कम और हंगामे ज़्यादा हो गए थे, मगर यह हंमागे इस तरह दबे क़दमों ज़िन्दगी में दाख़िल हुए कि सलमान को मत्लक़[4] अहसास न हुआ। वह उनसे रफ़्ता-रफ़्ता मानूस होता जा रहा था, लेकिन जिस क़दर यह हंगामे बढ़ते जा रहे थे, मुताले का शौक़ कम होता जा रहा था। शुरू-शुरू में वह मामूल के मुताबिक़ रोज़ाना चालीस-पचास और कभी-कभी तो सौ-सवा सौ सफ़हात पढ़ डालता था। उन दिनों वह रात को देर तक पढ़ता रहता। उसके चेहरे पर टेबल-लैम्प के शेड का हलका अक्स लहराता। बीवी बार-बार करवट बदलती। ख़्वाहमख़्वाह बात करके उसे छेड़ती। वह मुताले में महूव रहता। अब यह महवियत[5] कम होने लगी थी।

बीवी में शॉपिंग की आदत बढ़ती जा रही थी। जूतों और सैंडलों की उसने दर्जनों जोड़ियाँ ख़रीद डाली थीं। हर फ़िल्म देखने के बाद वह नया लिबास तैयार कराने का प्रोग्राम बनाती। मेकअप का ख़र्च भी बढ़ गया था। वह नित्य नए लोशन ख़रीदकर लाती। कोई ग़ुसल करने के लिए होता। कोई सिर्फ़ हथेलियों की जिल्द नरम करने के लिए और किसी से चेहरे का रंग निखारा जाता। दोनों बाज़ार जाते और कोई शॉपिंग न भी होती, तब भी फ़ैशन-मैगज़ीन ज़रूर ख़रीदे जाते, जिनको पढ़कर वह रोज़ाना नए-नए अन्दाज़ से बाल सँवारती। दरज़ी से ऐसे लिबास सिलवाती, जिनसे सीने की जिल्द ज़्यादा-से-ज़्यादा उर्या[6] नज़र आती। उनकी फ़िटिंग इस तरह होती कि जिस्म का एक-एक ख़म नज़र आता।

अब वह काम करने से भी जी चुराने लगी थी। हर वक़्त ख़ादिमा को अहकामात देती रहती। काम करने से हाथों की जिल्द खुरदरी पड़ जाने का अन्देशा था और ज़्यादा मेहनत करने से रंगत सँवला जाने का ख़तरा था, अलबत्ता अब वह यह फ़न ज़रूर जान गई थी कि अपनी दिलकशी की ज़्यादा-से-ज़्यादा किस तरह नुमाइश की जाए। वह ख़ूबसूरत और तरहदार लड़की थी। सज-सजाकर शाम को चाय की मेज़ पर बैठती, तो कमरे में ताज़ा फूलों की शगुफ़्तगी और महक रची होती। सलमान दफ़्तर से थका-हारा आता। उसके दिलआवेज़

---

1. अरब सागर, 2. डूबने, अस्त होने, 3. उनाबी, 4. क़तई, 5. मग्नता, तल्लीनता, 6. निरावरण, नग्न

चेहरे और फड़कते हुए जिस्म को देखता, तो सारी थकन भूल जाता। उसकी क़ुर्बत[1] में मसर्रत और कशिश महसूस करता।

आमदनी नपी-तुली थी और इख़राजात बढ़ते जा रहे थे। किताबों की ख़रीदारी कम होते-होते सिफ़र रह गई। मुताला भी बन्द हो गया। तनख़्वाह मिलने से पहले ही ख़त्म हो जाती, बल्कि अक्सर बिलों की अदायगी भी रह जाती, जिनको आइन्दा माह पर टालना पड़ता।

सलमान अब सिगरेट गिन-गिनकर पीने लगा था और अपनी ज़रूरियात का सामान ख़रीदने से हत्तल-वसा[2] परहेज़ करता। अब वह अक्सर बग़ैर इस्त्री किया हुआ सूट पहनकर ऑफ़िस चला जाता। दफ़्तर में हर शख़्स से उसका लेन-देन शुरू हो गया था। कभी-कभी अदायगी में ताख़ीर[3] होती, तो बदमज़गी भी पैदा होती। पहले वह दफ़्तर के साथियों से मरासिम बढ़ाने से कतराता था, मगर अब कम-अज़-कम कर्ज़ख़्वाहों से उसे ज़्यादा घुल-मिलकर रहना पड़ता।

सलमान के मिज़ाज में रफ़्ता-रफ़्ता चिड़चिड़ापन आता जा रहा था। ज़रा-ज़रा-सी बात पर रख़शन्दा से उलझ पड़ता और फिर कई-कई रोज़ तक उसका सिलसिला चलता। नतीजा यह होता कि दफ़्तर से घर आने के बजाय किसी चायख़ाने में बैठ जाता। पिक्चर देखने चला जाता और रात गए वापस आता। उसमें अजीब-सा लाउबालीपन[4] आ गया था।

जाड़े जा चुके थे और गरमियों की आमद-आमद थी।

एक रोज़ दफ़्तर के कुछ दोस्तों के साथ मिलकर 'शबे-माह-ताब' मनाने का प्रोग्राम बना। वह एक होटल के खुले लॉन में रात-भर बियर पीता रहा और पूरे चाँद की चाँदनी से लुत्फ़-अन्दोज़ होता रहा। पार्टी में दफ़्तर की कुछ ईसाई और पारसी लड़कियाँ भी थीं, जिनको नशे में धुत होकर उसने बहुत सताया। एक लड़की का स्कर्ट फाड़ डाला। वह नीम-बरहना[5] हो गई। कई के गाल नोच लिए और वे बिल्लियों की तरह गुर्राकर चिल्लाने लगीं। एक मोटे-तगड़े नौजवान के चेहरे पर उसने बियर का पूरा गिलास उँडेल दिया और उससे लपा-डगी होते-होते रह गई।

यह बड़ी सुहानी रात थी। पूरा चाँद निकला हुआ था। हर तरफ़ उजली-उजली चाँदनी बिखरी थी। आर्केस्ट्रा पर तेज़ धुन बज रही थी। पीने के लिए अच्छी बियर थी और आसपास नौजवान और तरहदार[6] लड़कियाँ थीं, जो हलके-हलके सरूर[7] से लड़खड़ा रही थीं। घंटियों की तरह बजते हुए तेज़-तेज़ क़हक़हे लगा रही थीं और हर बेतकल्लुफ़ी को कभी प्यार से डाँटकर और कभी सिर्फ़ मुस्कराकर टाल देतीं। उस ख़ूबसूरत रात को उसने जी भरकर हंगामा किया और ख़ूब लुप्त-अन्दाज़ हुआ।

वापस घर पहुँचा, तो रात के तीन बज रहे थे। दरवाज़ा उसकी बीवी ने खोला। वह अभी तक जाग रही थी।

सलमान पहली बार उसके सामने शराब पीकर गया था। आलम यह था कि कहता कुछ था, बात मुँह से निकलती कुछ थी। जिस्म बेकाबू हो रहा था। आँखों के सामने धुँधली-धुँधली

---

1. सान्निध्य, 2. यथासम्भव, 3. विलम्ब, 4. स्वच्छन्दता, 5. अर्द्धनग्न, 6. सुन्दर, 7. नशे

परछाइयाँ लहरा रही थीं। उसने कपड़े भी तब्दील नहीं किए। झूमता-झूमता बिस्तर पर जाकर औंधे मुँह गिर पड़ा और उसी हालत में पड़ा रहा। थोड़ी देर बाद उसे अपने रुख़सार पर नमी महसूस हुई। वह नशे से चौंका। ज़रा देर बाद चेहरे पर एक और क़तरा गिरा।

सलमान ने गर्दन को ख़म देकर देखा। बीवी उस पर झुकी हुई बैठी थी। कमरे की रोशनी में उसका दिलकश चेहरा कुम्हलाया हुआ नज़र आ रहा था। आँखें आँसुओं से भीगी हुई थीं। सलमान ने गर्दन झुकाई और सोचने लगा कि उसे यह सब कुछ नहीं करना चाहिए। उसे इस तरह अपनी बीवी को दुख नहीं पहुँचाना चाहिए। साथ ही मसर्रत[1] भी हुई कि बीवी उससे टूटकर प्यार करती है। इस मसर्रत में रात-भर के सारे हंगामों से ज़्यादा लज़्ज़त थी।

## [2]

हफ़्ते[2] की शाम थी। सलमान दोपहर ही को दफ़्तर से घर वापस आ गया था। महीने की शुरू तारीख़ें थीं। तीसरे पहर को चाय पीते हुए दोनों मियाँ-बीवी ने तय किया कि शाम घर से बाहर गुज़ारी जाए। प्रोग्राम बना कि किसी पुर-सुकून रेस्तराँ में बैठकर आइस्क्रीम खाई जाए। उसके बाद फ़िल्म देखी जाए। फ़िल्म के इन्तख़ाब पर दोनों की पसन्द मुख़्तलिफ़ थी, लिहाज़ा फैसला यह हुआ कि फ़िल्म का इन्तख़ाब आइस्क्रीम खाते वक़्त किया जाए। फ़िल्म देखने के बाद रात का खाना भी बाहर ही खाना था और यह तय हुआ कि खाना चाहे किसी भी होटल में खाया जाए, मगर उसमें सीख़ के कबाब ज़रूर शामिल हों। गर्म हों और चटपटे हों।

दोनों घर से बाहर आए।

गरमी का मौसम था। दिन ढलते ही शहर की सारी आबादी सड़कों और बाज़ारों में आ गई थी। हर तरफ़ चहल-पहल थी। शोरोग़ुल था। दुकानों पर भीड़ थी। दोनों तफ़रीह के मूड में थे। और बेफ़िक्री से बाज़ार से गुज़र रहे थे।

एक मोड़ पर सलमान ने महसूस किया कि एक नौजवान पूरी तवज्जो से उसे देख रहा है। वह मामूली लिबास पहने हुए था। सिर पर उलझे हुए घुँघरियाले बाल, खिला हुआ रंग और चेहरे पर हलकी भूरी-भूरी मूँछें।

सलमान को पहले तो उसके अन्दाज़ पर ग़ुस्सा आया। फिर ऐसा मालूम हुआ, कि उसे कहीं देखा ज़रूर है। सलमान को शुबहा हुआ कि वह नौशा है।

वह वाक़ई नौशा था और उसने सलमान को पहचान लिया था। वह उसे देखकर ठिठका, मगर यह सोचकर शर्मिन्दगी का अहसास हुआ कि वह घर से भागकर आया है। सलमान को भी इसका पता होगा। मिलेगा, तो उसका ज़िक्र ज़रूर करेगा और इसके मुतअल्लिक़ वह कुछ सुनना नहीं चाहता था। वह तेज़ी से मुड़ा और राहगीरों के हुजूम में ग़ायब हो गया।

सलमान को देखने के बाद नौशा को अपना घर याद आ गया। न जाने अम्माँ किस तरह होगी? सुलताना कैसी होगी? अन्नू तो अब बड़ा हो गया होगा। ठाठ से स्कूल जाता होगा। शायद अम्माँ ने अन्नू को भी स्कूल से उठाकर कहीं काम-धन्धे पर लगा दिया होगा। उसके इस तरह चले जाने पर अम्माँ ज़रूर रोई होगी। उसे याद आया, कि एक बार वह घर

---

1. ख़ुशी, 2. शनिवार

की छत पर चढ़ते हुए गिर पड़ा था। उसका सिर फट गया था और सारा चेहरा लहूलुहान हो गया था। अम्माँ पहले तो उसे देखकर थरथर काँपती रहीं और फिर चीख़ मारकर ज़ोर-ज़ोर से रोने लगी थीं। अम्माँ उसके लिए ज़रूर रोई होगी। सुलताना भी रोई होगी। सब उसे याद करते होंगे।

उस रोज़ वह घर से हश्शाश-बश्शाश निकला था। एक रोज़ पहले उसे तनख़्वाह मिली थी, और अभी तक उसकी जेब में कुल बीस रुपए पड़े थे। कुछ देर पहले उसने अपने लिए दो सूती बुश्शर्टों के अलावा एक बनियान ख़रीदी थी। टाफियों का एक छोटा डिब्बा उसने यूँ ही ख़रीद लिया था। नादिरा के लिए प्लास्टिक के ख़ूबसूरत आवेज़े[1] भी ख़रीदे थे। आवेज़े ख़रीदते हुए उसने सोचा था, यार! इस लड़की की बदौलत खाने के अलावा गर्मागर्म चाय भी मिल जाती है। इसे राज़ी-ख़ुशी रखना बहुत ज़रूरी है। तमाम ख़रीदारी पर उसके पच्चीस से ज़्यादा रुपए खर्च हुए थे, मगर वह ख़ुश था और झूम-झूमकर चल रहा था, लेकिन सलमान को देखकर उसका दिल अफ़सुर्दा[2] हो गया। उसे घर की याद सताने लगी। बार-बार ख़याल आया कि वह कराची में ऐश कर रहा है और उधर घर पर न जाने सब किस हाल में होंगे? कैसे होंगे?

उसी अफ़सुर्दगी के आलम[3] में वह वापस पहुँचा। मुलाज़िम अपने घर जाने के लिए उसका बेचैनी से इन्तज़ार कर रहा था। नौशा ने उसे रुख़सत किया। दरवाज़े का बोल्ट चढ़ाया और ज़ीने की सीढ़ियाँ तय करता हुआ ऊपर चला गया। घर में सन्नाटा था। प्रोफ़ेसर के कमरे में रोशनी थी, लेकिन नौशा उस तरफ़ नहीं गया। गुलाम-गर्दिश से गुज़रकर उसने नादिरा के कमरे की जानिब देखा। दरवाज़ा खुला था। सामने मेज़ पर नादिरा सिर झुकाए पढ़ने में महव थी। टेबल-लैम्प की हलकी-हलकी रोशनी में उसके चेहरे के ख़दो-ख़ाल[4] पत्थर के मुजस्समों[5] की तरह तरशे-तरशाए नज़र आ रहे थे। एक-एक ज़ाविया, एक-एक ख़म उभरकर नुमायाँ हो गया था। खिड़की खुली थी और हवा के नरम-नरम झोंकों से उसके बाल बिखरकर पेशानी पर लहरा रहे थे।

नौशा ने नज़र भरकर उसे देखा और चुपके से कमरे में जाकर उसकी पुश्त पर खड़ा हो गया। नादिरा को उसकी आमद की ज़रा भी ख़बर न हुई। नौशा कुछ देर तो ख़ामोश खड़ा रहा। फिर उसने हाथ बढ़ाकर मेज़ के कोने पर प्लास्टिक के आवेज़े रख दिए। तेज़ रोशनी में वह ख़ूबसूरत नज़र आने लगे। नादिरा ने हैरत से आवेज़े देखे। फिर गर्दन मोड़कर नौशा पर उचटती हुई नज़र डाली। वह सँभलकर बैठ गई।

"तुमने रात का खाना भी नहीं खाया?"

"तुम इतनी देर तक कहाँ ग़ायब रहे?"

"ड्यूटी ख़त्म होने के बाद सीधे घर क्यों नहीं आए?"

उसने नौशा पर सवालात की बौछार कर दी। एक के बाद दूसरा सवाल करती चली गई। उसके लहजे में तीखापन था। चेहरे पर क़दरे झुँझलाहट थी। नौशा घबरा गया। कुछ कहते न बन पड़ा। ख़ामोश खड़ा टुकुर-टुकुर उसका चेहरा तकता रहा।

"अब्बा जान कई बार पूछ चुके हैं। तुम्हें इस क़दर ग़ैर-ज़िम्मेदार नहीं होना चाहिए!"

---

1. बुन्दे, 2. दुखी, 3. स्थिति, 4. शारीरिक संरचना, 5. मूर्तियाँ

नौशा ने सोचा, "यार! यह तो बला की तरह चिमट गई। साली बड़ी तेज़ लौंडिया है। ऐसे तमतराक से बात करती है, जैसे माँ बच्चे को डाँट रही हो, मगर उसने कुछ कहा नहीं। चुपचाप अहमकों की तरह आँखें फाड़े उसकी बातें सुनता रहा। नादिरा ने आवेज़े उलट-पुलटकर देखे और तेज़ी से बोली, "यह क्यों ले आए?"

नौशा फिर भी न बोला।

"मैं पूछती हूँ, कि तुमने यह टॉप्स क्यों ख़रीदे?"

नौशा ने घबराकर कहा, "तुम्हारे लिए लाया था।"

वह आँखें फाड़कर बोली, "मेरे लिए?" उसके होंटों पर ज़हरख़न्द[1] था, "जनाब आली! मेरे पास एक दर्जन से ज़्यादा कानों के टाप्स हैं और ज़रा आप अपनी यह क़मीज़ मुलाहज़ा[2] फ़रमाइए। मोबल-आयल के दाग़ों ने जैसे हर जगह जंगल उगा दिए हैं, और आपकी यह इकलौती क़मीज़ है!"

नौशा ने फ़ौरन वज़ाहत की, "दो बुश्शर्टें भी तो लाया हूँ," उसने हाथ में दबा हुआ पैकेट खोला और उसके सामने डाल दिया।

नादिरा ने बुश्शर्टों को एक नज़र देखा और आवेज़ों की डिबिया उठाकर उसके सामने रख दी, "आइन्दा कोई ऐसी चीज़ ख़रीदकर न लाना! इसे अपने पास रखो। मुझे इसकी कोई ज़रूरत नहीं!"

नौशा को उसका यह अन्दाज़ बहुत नागवार गुज़रा। उसने बुझी-बुझी नज़रों से उसे देखा और आवेज़ों की डिबिया उठा ली। जब वह जाने लगा, तो नादिरा ने पूछा, "तुमने खाना कहाँ खाया?"

नौशा बेरुख़ी से बोला, "कहीं नहीं!"

"तो फिर चलो, खाना खा लो!"

वह मुँह फुलाकर बोला, "मैं खाना नहीं खाऊँगा।"

वह उस वक़्त किसी ज़िद्दी बच्चे की तरह रूठा हुआ नज़र आ रहा था। नादिरा ने ख़ामोशी से उसे देखा, मगर कोई बात नहीं की। नौशा झुंझलाया हुआ कमरे से बाहर निकला। थके-थके क़दमों ज़ीना तय किया, और अपने कमरे में चला गया।

बिस्तर पर लेटकर वह देर तक बेचैनी से करवटें बदलता रहा। नादिरा के रवैए से उसके दिल को ठेस पहुँची थी। वह उसके लिए ख़ुशी-ख़ुशी आवेज़े ख़रीदकर लाया था, और उसने उस हिक़ारत से उनको वापस कर दिया कि वह तिलमिलाकर रह गया। नौशा को महसूस हुआ कि वह उसे घटिया और हक़ीर समझती है। वह बड़ा हस्सास[3] और ज़दरंज[4] था। यह बात काँटे की तरह उसके ज़ेहन में खटकने लगी। बहुत देर तक वह उस वाक़िए पर ग़ौर करता रहा और बेचैनी से करवटें बदलता रहा।

न जाने रात कितनी गुज़र चुकी थी। हर तरफ़ गहरा सन्नाटा छाया था। नौशा की आँखों पर हलकी-हलकी गुनूदगी तारी थी। कमरे के बाहर क़दमों की आहट उभरी। फिर अँधेरे में एक साया-सा लहराया और उसे अपने सिरहाने किसी के आहिस्ता-आहिस्ता साँस भरने की आवाज़ सुनाई दी। नौशा ने आँखें खोल दीं और अँधेरे में घूरने लगा। एक नरम-नरम हाथ उसके कन्धे पर आकर टिक गया। साथ ही आवाज़ आई, "नौशा!"

---

1. क्रोधयुक्त मुस्कान, 2. निरीक्षण, 3. भावुक, 4. जल्दी क्रोध में आनेवाला, आशुरोष

यह नादिरा थी। वह आहिस्ता-आहिस्ता उसे झिंझोड़कर बेदार कर रही थी। नौशा दम-बख़ुद पड़ा रहा। उसने सोचा, नादिरा उस वक़्त उसके पास क्यों आई है? जब नादिरा ने कई बार झिंझोड़ा, तो वह उठकर बैठ गया। आँखें मलता हुआ बोला, "नादिरा!"

"हाँ!" उसने मुख़्तसर जवाब दिया।

"क्या बात है?" नौशा ने हैरतज़दा होकर पूछा।

वह नरम लहजे में बोली, "खाना खा लो। तुमने सुबह से कुछ नहीं खाया!"

नौशा ने उठकर बिजली का स्विच दबा दिया। कमरे में तेज़ रौशनी फैल गई। उसने देखा, नादिरा खाना लेकर आई थी। उसने खाने की प्लेटें पलंग पर रख दीं और ख़ुद भी बिस्तर के एक किनारे पर बैठ गई।

"जाओ, हाथ धोकर आओ और खाना खा लो!"

नौशा सधे हुए जानवर की तरह चुपचाप ग़ुसलख़ाने में गया। हाथ धोए और कमरे में आकर खाना खाने लगा। उसे ख़ामोश देखकर नादिरा बोली, "लाओ, वह टॉप्स की डिबिया कहाँ है?" नौशा ने तकिए के नीचे से डिबिया निकालकर उसे दे दी।

डिबिया लेकर वह बोली, "देखो, अब कोई चीज़ न ख़रीदना। तुम्हें ख़ुद अभी बहुत-सी चीज़ों की ज़रूरत है!"

नौशा सिर झुकाए खाना खाता रहा।

वह कहती रही, "मालूम होता है, तुमने मेरी बात का बहुत बुरा माना!" वह ज़ेरे-लब मुस्कराई, "मैं तुमको सज़ा देना चाहती थी। देखो ना, यह कितनी बेतुकी-सी बात है!",

नौशा को इसमें कोई बेतुकापन न मालूम हुआ। उसने किसी क़दर ताज्जुब से आँखें फाड़कर उसे देखा। उसके चेहरे पर संजीदगी छाई थी। वह टाँग-पर-टाँग रखे इस तरह गर्दन उठाए बैठी थी, जैसे कोई उस्ताद अपने शागिर्द के रू-ब-रू बैठा हो। जब नौशा खाना खा चुका, तो वह प्लेटें उठाकर ऊपर जाने लगी। नौशा ने चाहा कि प्लेटें वह ख़ुद उठाकर ले जाए, तो वह डाँटने जैसे अन्दाज़ में बोली, "ख़्वाहमख़्वाह तकल्लुफ़ मत करो। तुमको सुबह तड़के जाना है। जल्दी सो जाओ!"

वह खटपट करती कमरे से बाहर चली गई। नौशा ख़ामोश बैठा लकड़ी के ज़ीने पर उसके क़दमों की आहट सुनता रहा।

यह पहला मौक़ा नहीं था। नादिरा हमेशा नौशा से इसी तरह पेश आती थी। उम्र में लगभग वह उसके बराबर ही थी, मगर उसका रवैया बुज़ुर्गों जैसा था। वह बात-बात पर उससे बाज़पुरस[1] करती।

"नौशा! तुम सुबह देर से क्यों उठते हो?"

"नौशा! तुम्हारे दाँत इतने गन्दे क्यों हैं? दोनों वक़्त दाँत साफ़ किया करो!"

"नौशा! तुम एक्टरों जैसे बाल मत बनाया करो। बिल्कुल लोफ़र लगते हो!"

"नौशा! तुमने फिर ग़लत ज़बान बोली। फ़लाशईन क़तई मोहमल[2] लफ़्ज़ है।"

वह हर वक़्त उसे टोकती रहती। नौशा, तुमने यह नहीं किया! नौशा, तुमने वह नहीं किया!"

---

1. पूछ-ताछ, 2. निरर्थक, बेहूदा

शुरू-शुरू में तो नौशा ने इस रवैए के ख़िलाफ़ एहतिजाज करने की भी कोशिश की, लेकिन रफ़्ता-रफ़्ता वह मानूस होता गया।

इस डाँट-डपट और रोक-टोक का नतीजा यह निकला कि उसमें ख़ासी शाइस्तगी पैदा हो गई। अब वह भौंडेपन से क़हक़हा नहीं लगाता था। बात करता, तो सँभल-सँभलकर बोलता। पहले उसकी वज़ा-क़ता फ़िल्म एक्टरों जैसी थी। अब उसने बाल छोटे करा दिए थे। पतलून की मोरियाँ उलटकर चढ़ाना छोड़ दी थीं। रात को मज़े में आकर कभी-कभी वह कोई फ़िल्मी-धुन गुनगुनाने लगता था। अब ऐसी कोई आवाज़ उसके कमरे से नहीं उभरती थी।

प्रोफ़ेसर से नौशा की मुलाक़ात सिर्फ़ नाश्ते की मेज़ पर होती, मगर उस वक़्त भी वह अख़बार पढ़ने में डूबा होता। बातचीत की गुंजाइश ही नहीं थी। कभी-कभार इत्तिफ़ाक़ से उसका नौशा से आमना-सामना हो जाता, तो इस तरह खोया-खोया गुज़र जाता, जैसे उसे देखा ही नहीं।

एक रोज़ प्रोफ़ेसर को न जाने क्या सूझी। अचानक नौशा के कमरे में आ गया और आते ही बोला, "मैंने अभी-अभी सोचा कि तुमको किसी स्कूल में दाख़िला ले लेना चाहिए!"

नौशा ने दबी ज़बान से कहा, "मैं काम करने गैराज जो जाता हूँ!"

"बहुत ठीक बात कही तुमने! मैं यह भूल ही गया था। नाइट-स्कूल कैसा रहेगा? मगर नाइट-स्कूल तो यहाँ सब वाहियात हैं। एक साहब को मैं जानता हूँ, जो रात को स्कूल चलाते हैं और दिन को कुर्क-अमीनी[1] करते हैं। नाइट-स्कूल और कुर्क-अमीनी में क़दरे-मुश्तरक[2] क्या है? यह मसला आज तक मैं हल नहीं कर सका। मुझे यक़ीन है कि वह तालीम देने के बजाय तुल्बा के ज़ेहन कुर्क करते होंगे," अपनी बात पर वह ख़ुद ही हँस पड़ा।

नौशा ख़ामोशी से उसकी बातें सुनता रहा।

"कोई वजह नहीं कि तुम इंजीनियर न बनो, मगर तालीम का मसला, मगर तालीम का मसला..." वह बेख़याली में आहिस्ता-आहिस्ता बड़बड़ाने लगा। फिर चौंककर बोला, "तुम गैराज की मुलाज़मत क्यों न छोड़ दो?"

नौशा ने कुछ कहना चाहा, तो उसने बोलने का मौक़ा न दिया, "नहीं, तुम्हें ज़रूर कुछ-न-कुछ कमाते रहना चाहिए, वरना ज़िन्दगी-भर अहसासे-कमतरी में मुब्तला रहोगे। कुछ और सोचना पड़ेगा!" यह कहता हुआ वह कमरे से बाहर चला गया।

एक अरसे तक नौशा से प्रोफ़ेसर की मुलाक़ात नहीं हुई।

नादिरा भी अपने बाप की तरह अजीबो-ग़रीब लड़की थी। ज़रा-सी बात पर उसकी भौंहें तन जातीं। आँखों में तेज़ चमक आ जाती। कभी ऐसा भी होता कि नौशा झुँझलाकर कोई उलटी-सीधी बात कर देता, तो वह मुस्कराकर चुप हो जाती। एक दिन तो उसने कमाल कर दिया। नौशा ने सुर्ख़ रंग की बुश्शर्ट ख़रीदी थी। उस पर फ़िल्मी अदाकारों की रंग-बिरंगी और हैजानअंगेज़ तसावीर छपी थीं। वह उसे पहनकर नादिरा के सामने से गुज़रा, तो उसने टोका, "नौशा, तुम्हारा मज़ाक़ बड़ा घटिया है!"

नौशा उसकी बात का मतलब नहीं समझ सका। कहने लगा, "क्यों? क्या हुआ?"

---

1. कुर्की का काम, 2. समानता

वह बोली, "यह बुश्शर्ट पहनकर तुम प्ले-ब्वाय से ज़्यादा लाइफ़ब्वाय साबुन का ट्रेड-मार्क मालूम होते हो!"

नौशा को ताव तो बहुत आया, मगर वह कुछ बोला नहीं। वह उसका मज़ाक़ उड़ाती रही, "इस लिबास में तुम बिल्कुल लोफ़र मालूम होते हो और वह भी तीसरे दर्जे के!"

नौशा को उस रोज़ वह कई बार डाँट-फटकार चुकी थी। वह पहले ही झुँझलाया हुआ था। जलकर बोला, "तुम जो यह रोज़ाना उलटे-सीधे बाल बनाती हो, और न जाने कैसी आड़ी-तिरछी कमीज़ें और फ्रॉक पहनती हो, तो मैंने कभी यह नहीं कहा कि तुम बिल्कुल चिड़ी की बेगम लगती हो। एकदम चिड़ी की बेगम!"

कहने को तो ग़ुस्से में नौशा ने जो मुँह में आया, कह दिया, मगर फ़ौरन ही सहम गया। उसने सोचा, अब शामत आ गई, मगर नादिरा खिसियानी हँसी हँसने लगी और जब नौशा जाने लगा, तो उसे रोककर नरम लहजे में बोली, "मुआफ़ करना, नौशा! मुझे तुमसे ऐसी बात नहीं कहना चाहिए थी। मैं अपनी ग़लती की मुआफ़ी चाहती हूँ!"

नौशा हक्का-बक्का होकर उसका मुँह तकने लगा और वह बार-बार माज़िरत करती रही।

यह और ऐसी ही बहुत-सी बातें थीं, जिनसे वह बिल्कुल अन्दाज़ा न लगा सका, कि वह किस क़िस्म की लड़की है, अलबत्ता उसकी माँ सीधी-सादी घरेलू-सी औरत थी। उसका नाम आरिफ़ा बेगम था। उसे गठिया का आरिज़ा[1] था। कभी-कभी दर्दे-गुरदा का भी दौरा पड़ता। वह बेशतर वक़्त बिस्तर पर पड़ी रहती। जब नौशा पहले-पहल उस घर में आया, तो उसने बड़ी नाक-भौंह चढ़ाई। उससे सीधे मुँह बात तक नहीं की। मुमकिन है, उसके ख़िलाफ़ शौहर से शिकायत भी की हो, मगर वह जल्द ही नौशा से मानूस हो गई। इसकी वजह यह थी कि नौशा बड़ी मुस्तैदी से उसकी ख़िदमत करता था। वह घंटों बैठा उसके पैरों पर मालिश किया करता। उसका सिर दबाता। ढूँढ़-ढूँढ़कर उसके लिए दवाएँ और इंजेक्शन लाता।

नौशा अक्सर रात को खाना खाने के बाद आरिफ़ा बेगम के कमरे में पहुँच जाता। सिरहाने बैठा उसका सिर दबाया करता और घंटों बातें किया करता। उसकी बातें सीधी-सादी आम घरेलू क़िस्म की होती थीं। उनमें कुछ माज़ी की यादें होतीं। अज़ीज़ों और रिश्तेदारों का तज़्किरा होता। किसी की ग़ीबत[2] और किसी की तारीफ़ होती और शौहर के ख़िलाफ़ गिले-शिकवे होते। प्रोफ़ेसर से उसे बहुत-सी शिकायतें थीं। यह बहुत मामूली और आम-सी बातें थीं, जिनको न कभी प्रोफ़ेसर कलीमुल्लाह सुनने की ज़हमत गवारा करता था और न नादिरा तवज्जो देती थी। नौशा ही घर भर में ऐसा फ़र्द था, जो आरिफ़ा बेगम की हर बात चुपचाप बैठा सुना करता। यही वजह थी कि अब वह उसे बड़ा अच्छा लड़का मालूम होता था। बहुत सआदतमन्द और फ़रमाँबरदार! चुनाँचे, जब वह कमरे में उठकर जाता, तो वह देर तक बड़ी-बूढ़ियों की तरह उसे दुआएँ देती रहती।

नौशा अब प्रोफ़ेसर कलीमुल्लाह के कुनबे का एक फ़र्द बन चुका था। शुरू-शुरू में जो झिझक और आर[3] महसूस करता था, अब ख़त्म हो चुका था। कभी खाने में देर हो जाती, तो वह बड़ी बेतकल्लुफ़ी से आवाज़ लगाता, "भई, आज तो शहर भर के सारे चूहे मेरे पेट में घुस गए हैं और ख़ूब ऊधम मचा रहे हैं!"

---

1. रोग, 2. चुग़ली, निन्दा, 3. संकोच, लज्जा

इसी तरह जब उसकी क़मीज़ों के बटन टूट जाते या कोई कपड़ा फट जाता, तो नादिरा के सिर पर सवार होकर उसे दुरुस्त करवाता। कभी ख़ुशामद करता। कभी नागवारी से मुँह बिगाड़ता, और अपना काम करवाए बग़ैर न टलता, अलबत्ता कलीमुल्लाह को वह अब तक न समझ सका था। वह पहले भी उसके लिए मुअम्मा[1] था और अब भी मुअम्मा था।

वह भुलक्कड़ और गायब-दिमाग़ होने के साथ-साथ ख़ब्ती और सनकी भी था। हर वक़्त खोया-खोया रहता था और अक्सर ऊटपटाँग बातें करता। बीवी का कहना था कि वह पहले ऐसा न था। उसका बड़ा ख़याल रखता था। उसे ज़रा-सी तकलीफ़ होती, तो बेचैन हो जाता। तरह-तरह से उसकी दिलजोई करता। बच्चों से भी टूटकर मुहब्बत करता और पहलोटी के बेटे सलीमुल्लाह की चाहत का तो यह आलम था कि उसे देखकर निहाल हो जाता। हर तरह उसकी नाज़-बरदारी करता। उसका मुस्तक्बिल सँवारने के लिए नित्य नए मंसूबे बनाता रहता। उसकी तालीम और तर्बियत पर पूरी तवज्जो सर्फ़ करता। सलीमुल्लाह ज़हीन और होनहार तालिबे-इल्म[2] था। सेहतमन्द और ख़ुश-शक्ल था।

डाऊ मेडिकल कॉलेज में पढ़ता था। एम.बी.बी.एस. का तीसरा ही साल था कि प्रोफ़ेसर कलीमुल्लाह ने उसे लाड़ में डॉक्टर कहना शुरू कर दिया था। उन्हीं दिनों वह अपने चन्द हम-जमाअत तुल्बा के साथ रोज़ सेंडस-पिट पर पिकनिक मनाने लगा। समन्दर में नहाते हुए बिफरी हुई सर्कश लहरों में ऐसा गुम हुआ कि दूसरे रोज़ ग़ोताखोरों की सख़्त जद्दोजहद के बाद उसकी लाश मिली। इस दिल-ख़राश सानिहे[3] से ऐसा शदीद सदमा पहुँचा कि प्रोफ़ेसर कलीमुल्लाह होशो-हवास खो बैठा। घंटों बुत बना ख़ामोश बैठा रहता था। बहकी-बहकी बातें करता। रातों को उठ-उठकर घर से निकल जाता। बेटे के इन्तक़ाल को कई साल हो गए थे, मगर उसके दिमाग़ की चूलें ऐसी ढीली हुईं, कि वह सँभल न सका। होलो और ख़ब्ती हो गया।

मगर नौशा के लिए वह रहमत के फ़रिश्ता से कम न था। वह उसकी इज़्ज़त करता था। एक बार ऐसा हुआ कि मुहल्ले के एक शख़्स ने, जो महकमा ज़राअत में चपरासी था, किसी बात पर प्रोफ़ेसर को उल्लू का पट्ठा कह दिया। नौशा को ऐसा ताव आया कि एक लम्हा भी इन्तज़ार न किया। ताबड़तोड़ उसके जबड़े पर कई मुक्के जड़ दिए। उसके होंठों से ख़ून रिसने लगा और वह चकराकर गिर पड़ा। पास-पड़ोस में खलबली मच गई। ख़ासा हंगामा हुआ। बात प्रोफ़ेसर तक पहुँची। उसने फ़ौरन उस शख़्स के पास जाकर बाक़ायदा मुआफ़ी माँगी और दस रुपए इसरार करके तावुन्न भी दिया। नौशा डरा कि अब वह उस पर नाराज़ होगा, मगर उसने नौशा से सिर्फ़ इस क़दर कहा, "तुम्हारे मुतअल्लिक मुझे अपनी राय बदलनी पड़ेगी। तुम्हें इंजीनियर के बजाय फ़ौजी बनना चाहिए। मुझे तुम्हारी स्पिरिट पसन्द आई।"

वह देर तक उसकी पीठ थपककर शाबाशी देता रहा।

## [3]

मौसमे-गरमा[4] की सुनसान दोपहर थी। हर तरफ़ बगूले मँडला रहे थे। गुबार में ढँकी इमारतें ऊँघती हुई मालूम हो रही थीं। सुलताना कमरे में थकी हुई-सी लेटी थी। दरवाज़े और

1. पहेली, 2. विद्यार्थी, 3. हृदयविदारक दुर्घटना, 4. ग्रीष्म ऋतु

खिड़कियाँ बन्द थीं। वह बहुत हलका लिबास पहने थी। उसके बरहना[1] बाज़ू तकिए पर झूल रहे थे। चेहरे पर गहरी ज़र्दी थी और आँखें धुली-धुली-सी मालूम हो रही थीं।

महीना-भर तक अस्पताल में रहने के बाद वह पिछले हफ़्ते वापस आई थी। उसके बराबर ही पालने में एक नन्हा-सा बच्चा आँखें बन्द किए सो रहा था। यह उसका बच्चा था। उसका चेहरा नियाज़ की तरह चौड़ा था। नाक के नथने उभरे हुए थे और दहाना[2] बड़ा था। उस बच्चे की पैदाइश में वह अठारह घंटे तक लेबर-रूम में मछली की तरह तड़पती रही और मौत और ज़िन्दगी के दरम्यान हिचकोले खाती रही।

वह रात के चार बजे पैदा हुआ था। उस रोज़ शाम ही से सुलताना की हालत ग़ैर थी। उस पर बार-बार ग़शी का दौरा पड़ रहा था। बारह बजे तक उसकी नब्ज़ें डूबने लगी थीं। जिस्म पसीने से शराबोर हो गया था और चेहरे पर स्याही मँडलाने लगी।

उसकी यह हालत देखकर लेडी डॉक्टर ने घबराकर नियाज़ को टेलीफ़ोन किया। वह गहरी नींद सो रहा था। उस रात उसने शराब ज़्यादा पी ली थी। मदहोश पड़ा था। बहुत देर बाद उसने टेलीफ़ोन उठाया और यह कहकर रिसीवर रख दिया कि वह सुबह से पहले अस्पताल नहीं आ सकता। नर्स ने कई बार नम्बर मिलाया। टेलीफोन की घंटी बजती रही, मगर नियाज़ ऐसा करवट बदलकर सोया कि फिर आँख ही न खुली।

चार बजे तक सुलताना पर नज़अ[3] की हालत तारी रही। बच्चे की पैदाइश के बाद भी उसे होश नहीं आया। उसके जिस्म में दो बोतल ख़ून दाख़िल किया गया। नियाज़ आठ बजे सुबह अस्पताल पहुँचा। बच्चे की पैदाइश पर वह बहुत ख़ुश था। उसका इसरार था कि मरीज़ा के पास जाकर बच्चे को एक नज़र देख ले, मगर उसे घंटा-भर तक इन्तज़ार करना पड़ा। वह तमाम वक़्त वार्ड के बाहर बेचैनी से टहलता रहा। जब नर्स ने बच्चा लाकर दिखाया, तो उसने झुककर बच्चे को बेसाख़्ता चूम लिया।

जब तक सुलताना अस्पताल में रही, वह पाबन्दी से उसे देखने जाता। दिन में कई-कई बार टेलीफ़ोन करता और हर बार बच्चे के मुतअल्लिक़ कुछ-न-कुछ पूछता। उसे अपने बच्चे से बेहद प्यार था। घर में वापस आकर सुलताना ने देखा कि नियाज़ ने बच्चे के लिए ढेर सारे खिलौने लाकर इकट्ठा कर दिए थे। सुबह उठते ही वह सुलताना के कमरे में आता। बच्चे की पेशानी को बोसा देता और देर तक उसके साथ खेलता रहता। रात को वापस आता, तो एक बार बच्चे को ज़रूर प्यार करता। अगर वह जागता होता, तो पालने के क़रीब बैठकर अजीबो-ग़रीब आवाज़ें निकालकर उसे हँसाने की कोशिश करता।

सुलताना ख़ुश थी कि नियाज़ बच्चे से इस क़दर प्यार करता है। वह ख़ुद भी उसे बहुत चाहती थी। उसने अपनी जान की बाज़ी लगाकर उसे जन्म दिया था, हालाँकि बच्चे की पैदाइश से पहले अक्सर सोचा करती थी, कि वह उसे माँ की ममता न दे सकेगी। सुलताना को उसके ख़याल ही से नफ़रत होती थी। एक रोज़ जब वह राज़ अफ़शा हुआ कि वह हामिला[4] है, तो तमाम दिन रोती रही। ज्यूँ-ज्यूँ वक़्त गुज़रता गया, उसकी नफ़रत बढ़ती गई। वह जलकर कभी-कभी उसे कोसने लगती, ''या अल्लाह! यह हरामी पैदा होते ही मर जाए!'' इसी कोफ़्त में वह बीमार हो गई। जिस्म लाग़र[5] पड़ गया। उन दिनों ज़रा-ज़रा-सी बात पर

1. नग्न, निरावरण, 2. मुख, 3. चन्द्रावस्था, जीवन व मृत्यु के बीच, 4. गर्भवती, 5. दुर्बल, कमज़ोर

नियाज़ को झिड़क देती। बिल्लियों की तरह गुर्राकर उस पर आँखें निकालती और घंटों बन्द कमरे में बैठी रोया करती। यूँ भी उसका बेशतर वक़्त कमरे के अन्दर ही गुज़रता था। वह बहुत ही कम बाहर निकलती। घर के नौकरों तक के सामने आते हुए ख़ौफ़ मालूम होता।

उसने सोचा था, कि पैदाइश के फ़ौरन ही बाद गला घोंटकर चुपके से उसे ख़त्म कर देगी, और अब यह हालत थी कि उसे देखकर जी रही थी। वह हर वक़्त बच्चे ही के किसी-न-किसी काम में मुन्हमिक[1] रहती। उसी की बदौलत वह अब नियाज़ में भी दिलचस्पी लेने लगी थी, वरना उसने हमेशा नियाज़ की कुर्बत से बेज़ारी महसूस की थी। वह उससे बहुत कम बात करती थी। कभी बोलती भी, तो उसमें तल्ख़ी होती। हिक़ारत होती, और दबी-दबी-सी नफ़रत, मगर अब यह होता कि नियाज़ जब सुबह-ही-सुबह बच्चे को देखने कमरे में आता, तो वह देर तक नियाज़ के पहलू में बैठी बातें किया करती। वह नियाज़ से क़रीबतर होती जा रही थी। बच्चा उनके ताल्लुक़ात के दरम्यान मज़बूत कड़ी बन गया था।

गरमी और बढ़ गई थी। दरो-दीवार अंगारों की तरह तपते। बाहर अहाते में ख़ुश्क पत्ते दिन-भर खड़खड़ाते।

एक रोज़ बड़ी ज़ोर की आँधी आई। आसमान का रंग सुर्ख़ पड़ गया। दरख़्तों की शाख़ें चटख़-चटख़कर झूलने लगीं। खिड़कियों के शीशे छन-छन टूटने लगे। आँधी का ज़ोर टूटा, तो मूसलाधार बारिश शुरू हो गई।

उस तूफ़ान से बड़ा नुक़सान हुआ।

बिजली के तार जगह-जगह से टूट गए। शाम का वक़्त था। सारा शहर तारीकी में डूबा हुआ किसी खंडहर की तरह हैबतनाक नज़र आता था।

तेज़ बारिश से जहाँ और बहुत-सा नुक़सान हुआ, उसमें म्यूनिस्पैलटी का नया मार्किट भी शामिल था। यह दो-मंज़िला इमारत थी। नीचे बाज़ार था। ऊपर की मंज़िल में रिहाइशी फ्लैट थे। बड़े ज़ोर का धमाका हुआ और इमारत के एक हिस्से की छत टूटकर नीचे आ गई। कई दीवारें शक़[2] होकर मुन्हदिम[3] हो गईं।

हर तरफ़ कुहराम मच गया। ऊपर के फ्लैटों में रहनेवालों में से कई ख़ानदान पूरे-के-पूरे ज़िन्दा-दर-गोर[4] हो गए। बड़ा बुरा वक़्त था। गहरा अँधेरा फैला था। बारिश मूसलाधार हो रही थी। फायर ब्रिगेडवाले रात-भर मलबे से ज़ख़्मियों को निकालते रहे। बारह अफ़राद उसी वक़्त हलाक हो गए थे, जिनमें चार बच्चे और तीन औरतों की लाशें भी शामिल थीं। पचपन ज़ख़्मियों को निकालकर अस्पताल पहुँचाया गया। बाज़ की हालत बहुत नाज़ुक थी।

दूसरे रोज़ अख़बरात ने स्याह हाशियों के साथ इस ख़बर को शाए किया। इदारियों[5] में इस अलमनाक-सानिहा[6] की तहक़ीक़ात का मुतालबा किया गया और म्यूनिस्पैलटी के ज़िम्मेदार हुक्काम के ख़िलाफ़ सख़्त इतिराज़ात किए गए।

म्यूनिस्पैलटी में एक ग्रुप ख़ाँ बहादुर के मुख़ालफ़ीन[7] का भी था। उन्होंने उस हादिसे की आड़ लेकर ऐसे बयानात जारी किए, जिनमें ख़ाँ बहादुर पर बहैसियत चेयरमैन बहुत संगीन इल्ज़ामात लगाए गए थे।

---

1. मग्न, तल्लीन, 2. फट, 3. धराशायी, तबाह, 4. जीते-जी दफ़न होना, 5. सम्पादकीयों, 6. दर्दनाक दुर्घटना, 7. विरोधियों

शहरियों की जानिब से एहतिजाब जलसा भी हुआ, जिसमें बड़ी इश्तआलअंगेज़[1] तक़रीरें की गईं। बाज़ मुकर्ररीन ने खुल्लम-खुल्ला नियाज़ का नाम लिया। इसलिए कि मार्किट की तामीर का ठेकेदार वही था। सूबाई हकूमत ने एहतिजाज से मरऊब होकर स्पेशल पुलिस के एक सीनियर अफ़सर की निगरानी में फ़ौरन तहक़ीक़ाती कमेटी मुक़र्रर कर दी। ख़ाँ बहादुर पहले ही क्या कम परेशान था। इस इत्तिला ने उसे और सरासीमा कर दिया। मुआमला बहुत संगीन हो गया था और मुख़ालफ़ीन तुले हुए थे कि उसे चेयरमैन ओहदे से हटाए बग़ैर न रहेंगे।

ख़ाँ बहादुर ने इस सूरतेहाल से घबराकर म्यूनिस्पैलटी का हंगामी इजलास तलब किया और सारी ज़िम्मेदारी नियाज़ पर डाल दी। इस तरह अदमे-इतिमाद की तहरीक[2] उसके ख़िलाफ़ कारगर न हो सकी। मुख़ालफ़ीन को मुँह की खाना पड़ी।

म्यूनिस्पैलटी की जानिब से मुतमइन होने के बाद वह तहक़ीक़ाती कमेटी की तरफ़ मुतवज्जेह हुआ। जो पुलिस अफ़सर उसका निगरान मुक़र्रर हुआ था, उसके मुतअल्लिक़ छानबीन शुरू की। मालूम हुआ कि वह अनक़रीब रिटायर होनेवाला है। ख़ाँ बहादुर को यह इत्तिला मिली, तो हाथ ऊँचा करके बोला, ''बस अब काम बन गया!''

ख़ाँ बहादुर उस अफ़सर से मिला। आदमी तजुर्बेकार था। उसकी बातों से थोड़ी ही देर में ख़ाँ बहादुर को अन्दाज़ा हो गया कि मुआमला बन सकता है। उसने बीस हज़ार रुपए मख़मल के डिब्बे में रखकर उसे 'नज़राना' दिया और बक़ौल शख़्से, मूँछों पर ताव देता हुआ अपने घर चला गया।

तहक़ीक़ात होती रही। ख़ाँ बहादुर हस्बे-मामूल रोज़ाना शाम को स्कॉच के तीन-चार पैग चढ़ाता और रात गए तक रमी खेलता, अलबत्ता नियाज़ की आमदो-रफ़्त उसने अपने यहाँ बिल्कुल बन्द करा दी, और यह मशविरा दिया कि कुछ अरसे के लिए वह शहर के बाहर चला जाए। नियाज़ पहले तो तैयार हो गया। फिर उसकी समझ में ख़ुद ही यह बात आ गई कि ग़ैर-हाज़िरी से ख़्वाहमख़्वाह शुबहा पैदा होगा। लिहाज़ा उसने बाहर जाने का इरादा तर्क कर दिया।

नियाज़ के लिए यह बड़ी परेशानी के दिन थे। वह घर में बहुत कम रहता। दौड़-दौड़कर उन ठेकेदारों के पास जाता, जिनके ज़रिए उसने मार्किट बनवाई थी। घर में जितनी देर रहता, खोया-खोया-सा बेचैनी के आलम में टहलता रहता। अक्सर रात गए बिस्तर से उठकर सुलताना के पास आता और उससे ऊटपटाँग बातें शुरू कर देता।

नियाज़ एक रात सुलताना के पास कमरे में बैठा था।

बाहर हलकी-हलकी फुहार पड़ रही थी। बादल ज़ोर-ज़ोर से गरज रहे थे। बच्चा अभी तक जाग रहा था। वह हुमक-हुमककर नियाज़ की जानिब देख रहा था, लेकिन नियाज़ बड़ा अफ़सुर्दा था। सुलताना ने दिलजोई की कोशिश की। बच्चे की जानिब इशारा करते हुए बोली, ''अपनी परेशानी में आपने नन्हे को भी भुला दिया। देखिए, तो आपको किस तरह देख रहा है!''

नियाज़ ने बच्चे को गोद में उठा लिया और उसका रुख़सार चूमकर बोला, ''बेटा! तुम्हारे बाप को सज़ा हो गई, तो फिर तुम किसके साथ खेलोगे?''

सुलताना ने फ़ौरन कहा, ''आप पर तो आजकल यही भूत सवार है!''

---

1. उत्तेजक, 2. अविश्वास का आन्दोलन या प्रस्ताव

नियाज़ मुस्कराकर चुप हो गया। सुलताना कुछ कहने ही जा रही थी कि दरवाज़े की घंटी ज़ोर-ज़ोर से बजने लगी। नियाज़ ने बच्चे को सुलताना की गोद में दिया और उठकर बाहर चला गया। बरसाती में पुलिस की गाड़ी खड़ी थी। एक इंसपेक्टर और कई मुसल्लह कांसटेबिल दरवाज़े पर मौजूद थे। वे गिरफ्तारी के वारंट लेकर आए थे। उन्होंने उसी वक़्त उसे हिरासत में ले लिया और गाड़ी में बिठाकर अपने हमराह ले गए।

नियाज़ की गिरफ़्तारी की इत्तिला मिली, तो ख़ाँ बहादुर घबरा गया। उसने जो स्कीम तैयार की थी, उसमें नियाज़ की गिरफ़्तारी के पहलू को नज़रअन्दाज़ कर दिया गया था। ख़तरा यह दरपेश था कि मार्किट के ठेके से जो मुनाफ़ा हुआ था, उसमें से अस्सी हज़ार रुपए ख़ाँ बहादुर के हिस्से में भी आए थे। इसके अलावा उसने जो गिलास-फैक्टरी लगाई थी, उसकी तामीर में सीमेंट और लोहा भी मार्किट ही के कोटे से गया था। यह सारा काम नियाज़ ही के ज़रिए हुआ था। उसने सोचा, नियाज़ कहीं घबराकर सब कुछ साफ़-साफ़ न उगल दे। ऐसी सूरत में उसके फँस जाने का क़तई इम्कान था।

पहली बार ख़ाँ बहादुर को अपनी ग़लती का अहसास हुआ। दरअसल कतराने के बजाय उसे नियाज़ को अपने क़ब्ज़े में रखना चाहिए था। बहरहाल, अब जो कुछ हो चुका था, उसका तदारुक[1] ज़रूरी था। चुनाँचे चन्द ही रोज़ बाद उसने दौड़-धूप करके नियाज को ज़मानत पर रिहा करा दिया।

दूसरे महीने तहक़ीक़ाती कमेटी ने अपनी रिपोर्ट हकूमत को दे दी। रिपोर्ट में बताया गया था कि मार्किट की तामीर में जो मैटरियल इस्तेमाल किया गया था, वह बहुत नाक़िस और ग़ैर-मियारी[2] था। इसके अलावा सीमेंट का तनासुब[3] बहुत कम था। उस कमी को रेत और बजरी से पूरा किया गया था। छतों पर कंक्रीट बराए नाम डाली गई थी। लोहा ज़रूरत से बहुत कम इस्तेमाल किया गया था। यह सारे इल्ज़ामात नियाज़ के ख़िलाफ़ थे।

तहक़ीक़ाती कमेटी ने हकूमत से पुरज़ोर सिफ़ारिश की थी कि ठेकेदार के ख़िलाफ़ सख़्त कार्रवाई की जाए। उसका बद-उन्वानियों[4] के बाइस बारह शहरियों की क़ीमती जनें तलफ़[5] हुई थीं। सात अफ़राद अपने जिस्मों के अक्सर आज़ा[6] ज़ाए[7] करके अपाहज हो गए और लाखों रुपए का माली नुक़सान हुआ।

रिपोर्ट में जगह-जगह नियाज़ के ख़िलाफ़ ठेकेदार की हैसियत से संगीन इल्ज़ामात लगाए गए थे। उसे हर तरह जानी और माली नुक़सानात का ज़िम्मेदार क़रार देने की कोशिश की गई थी, हालाँकि यह रिपोर्ट हनूज़ कान्फीडेंशल थी, मगर ख़ाँ बहादुर को उसकी एक नक़ल मिल गई। नक़ल के मिलते ही वह बदहवास हो गया। अब नियाज़ उसे अपनी सलामती के लिए बेहद ख़तरनाक नज़र आने लगा। उसे मालूम था कि मुआमला अदालत के रू-ब-रू भी जाएगा और वहाँ नियाज़ का बयान भी लिया जाएगा।

बहुत सोच-विचार के बाद ख़ाँ बहादुर को अपनी गुलूखलासी के लिए एक ही रास्ता नज़र आया, और वह था, नियाज़ का सफ़ाया! नियाज़ को क़त्ल किए बग़ैर कोई चाराकार न था। उसकी मौजूदगी से ख़ाँ बहादुर को हर वक़्त ख़तरा दरपेश था। नियाज़ उसके ख़िलाफ़ सारे सुबूत मुहैया कर सकता था।

---

1. निवारण, 2. कमज़ोर और लो स्टैंडर्ड, 3. अनुपात, 4. लापरवाहियों, 5. नष्ट, 6. अंग, 7. खोकर

नियाज़ ने क़त्ल का पूरा मंसूबा ख़ाँ बहादुर तैयार चुका था। उसे सिर्फ़ एक शख़्स का इन्तज़ार था, जो उन दिनों रावलपिंडी में था और जल्द ही आनेवाला था।

## [4]

हलकी-हलकी बूँदा-बाँदी हो रही थी।

आसमान पर घटा छाई थी। कमरे में नरम-नरम भीगे हुए झोंके आ रहे थे, जिनमें बरसात के पहले छींटे की महक थी। नादिरा गर्दन झुकाए काग़ज़ पर आहिस्ता-आहिस्ता लिख रही थी। उसके बराबर ही नौशा बैठा था। उसके सामने इब्तदाई क्लासों की खुली हुई किताब रखी थी। गुज़श्ता कई महीनों से वह पाबन्दी के साथ नादिरा की निगरानी में पढ़ रहा था।

नादिरा ने लिखते-लिखते फाउंटेन-पेन उठाकर एक तरफ़ रख दिया और थकी हुई-सी अँगड़ाई ली। टेबल-लैम्प की हलकी नीलगूँ रोशनी में उसके जिस्म पर लहरों का मद्दोजज़्र[1] फैलता चला गया। नादिरा ज़रा देर ख़ामोश बैठी रही। फिर उठकर खिड़की पर चली गई।

नौशा मक्तब[2] के किसी तालिबे-इल्म[3] की तरह झूम-झूमकर पढ़ रहा था। उसके लब आहिस्ता-आहिस्ता हिल रहे थे और निगाहें किताब पर जमी थीं। ज़रा देर बाद नादिरा की आवाज़ उभरी, ''नौशा! यहाँ आओ!''

वह चुपचाप जाकर उसके बराबर खड़ा हो गया। नादिरा ने कोई बात नहीं की। ख़ामोश खड़ी रही। सामने हदे-नज़र[4] तक रोशनियों का जाल फैला था। ऊँची-ऊँची इमारतों के झलकते हुए दरीचों ने चिराग़ाँ कर दिया था। रिमझिम-रिमझिम मेंह बरस रहा था। दूर उफ़क़ पर बार-बार बिजली कड़क रही थी। हवा के हलके-हलके झोंकों से नादिरा के बालों की एक लट बिखरकर रुख़सार पर लहरा रही थी। चन्द मिनट बाद नादिरा ने कहा, ''मालूम होता है, आज रात-भर बारिश होगी!''

नौशा ने मुख़्तसर जवाब दिया, ''हाँ!''

अचानक नादिरा ने बड़ा बेतुका-सा सवाल किया, ''नौशा! तुमने किसी लड़की से मुहब्बत की है?''

''नहीं,'' उसने इनकार में गर्दन हिलाई।

''तुम सख़्त बोर मालूम होते हो!''

नौशा ने कोई जवाब नहीं दिया।

फिर ख़ामोशी छा गई। नन्ही-नन्ही बूँदों की झालर रोशनी के पसमंज़र में लहराती रही। हवा में हलकी-हलकी ख़ुनकी थी। नादिरा का जिस्म बार-बार थरथराकर रह जाता। वह बेचैन नज़र आ रही थी। उसने नौशा की जानिब देखे बग़ैर पूछा, ''तुमने किसी लड़की को प्यार भी नहीं किया?''

उसकी आवाज़ में कँपकँपाहट थी। नौशा को उसकी बात बड़ी अजीब मालूम हुई। शरमाकर बोला, ''नहीं!''

---

1. ज्वारभाटा, 2. पाठशाला, 3. छात्र, 4. सीमा दृष्टि

इस दफ़ा नादिरा ने घूमकर उसकी जानिब देखा और आहिस्ता से बोली, "सच?"

नादिरा की नज़रें नौशा की जानिब उठी हुई थीं। उसकी आँखों में शहर की तमाम रोशनियों के अक्स झिलमिला रहे थे। उसने उलझी हुई आवाज़ से कहा, "नौशा!"

और नौशा ने बेइख़्तियार अपना मुँह उसके होंठों की जानिब बढ़ा दिया।

ऐन उसी वक़्त कमरे में कोई आहिस्ता से खँखारा। नौशा ने पलटकर देखा। सामने प्रोफ़ेसर खड़ा था। ऐनक के मोटे-मोटे शीशों के पीछे उसकी गोल-गोल आँखें चमक रही थीं। हाथ कमर के पीछे बँधे हुए थे। वह गर्दन ऊँची किए बा-वक़ार[1] अन्दाज़ में खड़ा था। नौशा उसे देखकर दम-ब़खुद रह गया। उसने नज़रें नीची कर लीं। प्रोफ़ेसर ने उँगली के इशारे से नौशा को अपने क़रीब बुलाया और कमरे से बाहर निकलते हुए बोला, "मेरे साथ आओ!"

नौशा उसके पीछे-पीछे चलने लगा। दोनों ने ज़ीने की सीढ़ियाँ तय कीं और नीचे आ गए। प्रोफ़ेसर कमरे का दरवाज़ा थामकर खड़ा हो गया। अब वह आहिस्ता-आहिस्ता बड़बड़ा रहा था—"क़तई नाक़ाबिले-बरदाश्त...हरगिज़ नहीं, हरगिज़ नहीं...यह इंसानी हमदर्दी का बेजा इस्तेमाल है," अचानक वह ग़ज़बनाक होकर दहाड़ा, "क्या समझे तुम?"

नौशा सिर झुकाए मुलज़िमों की तरह खड़ा रहा।

प्रोफ़ेसर कहने लगा, "मिस्टर!! तुम उस कमरे को फ़ौरन ख़ाली कर दो। मैं पाँच मिनट से ज़्यादा तुमको वक़्त नहीं दे सकता!" यह कहकर वह दहलीज़ के बीचोबीच टाँगें फैलाकर खड़ा हो गया।

नौशा हक्का-बक्का खड़ा उसका मुँह तक रहा था। उसकी समझ में नहीं आया कि क्या करे?

"मुझे अफ़सोस के साथ कहना पड़ता है कि तुम अभी तक जराइमपेशा हो। अपनी बरबादी का इन्तक़ाम तुम मुआशरे से लो। तुम मुझसे इसका बदला नहीं ले सकते...हरगिज़ नहीं! तुम सज़ायाफ़्ता हो। जेबकतरे हो। उठाईगीरे हो। मैं तुमको इस बात का हरगिज़ हक़ नहीं दे सकता तुम मेरी बेटी के साथ फ्लर्ट करो। तुम और नादिरा मिलकर मुकम्मल इकाई नहीं बन सकते। वह ख़ते-मुस्तक़ीम[2] और तुम ख़ते-मुन्हनी[3] दो ग़ैर-मसावी मिकदारें[4]। तुम समझते हो?"

नौशा हवन्नक़[5] की तरह ख़ामोश खड़ा उसकी जानिब देख रहा था।

प्रोफ़ेसर ज़ोर से चीख़ा, "मेरा मुँह क्या तक रहे हो? तीन मिनट हो चुके हैं। पाँचवें मिनट पर तुम्हारा एक क़दम घर के बाहर होना चाहिए। अपना सामान उठाओ और फ़ौरन यहाँ से निकल जाओ!"

नौशा ने घबराकर जल्दी-जल्दी अपना सामान एक चादर में बाँधा और गठरी उठाकर बग़ल में दबा ली। प्रोफ़ेसर ने मुआयना करनेवाले इंसपेक्टर की तरह नौशा को ऊपर से नीचे तक देखा और ऊँची आवाज़ से बोला, "बिल्कुल ठीक है। अब तुम जा सकते हो!"

---

1. प्रतिष्ठित, 2. सीधी रेखा, 3. टेढ़ी रेखा, 4. असमान मूल्य, 5. मूर्खों

नौशा कमरे से बाहर निकला। प्रोफ़ेसर उसके आगे-आगे चल रहा था। उसने ख़ामोशी से घर का सदर दरवाज़ा खोला। नौशा सहमा हुआ बाहर चला गया। उसने दरवाज़े का बोल्ट चढ़ाने की आवाज़ सुनी। अन्दर गुलाम-गर्दिश में क़दमों की आवाज़ आहिस्ता-आहिस्ता उभरी। चोबी ज़ीने पर ठप-ठप का दबा हुआ शोर हुआ। प्रोफ़ेसर ऊपर जा रहा था।

नौशा दरवाज़े के बाहर खड़ा एक-एक आवाज़ एक-एक आहट सुनता रहा। अभी तक बूँदा-बाँदी हो रही थी।

आसमान पर घटाटोप अँधेरा छाया था। उसे रह-रहकर प्रोफ़ेसर पर ग़ुस्सा आ रहा था। साला उल्लू का पट्ठा है। एकदम चिल्लाया। न जाने कैसी उलटी-सीधी बातें करता है।

लेकिन उस घर से निकलने का उसे बहुत अफ़सोस था। कई साल बाद उसे घरेलू माहौल मिला था, जहाँ वह ख़ुश था। मुतमईन था। उसने सोचा था कि स्कूल में पढ़ना शुरू कर देगा। बग़ल में मोटी-मोटी किताबें दबाकर ठाठ से पढ़ने जाएगा। फिर वह मैट्रिक का इम्तिहान पास कर लेगा। नादिरा ने यही कहा था, मगर उस साली ने तो अंग्रेज़ी का सबक़ पढ़ाते-पढ़ाते प्यारो-मुहब्बत का सबक़ पढ़ाना शुरू कर दिया और इस तरह शुरू किया कि अपना डिब्बा ही गोल हो गया। वह शाख़ ही न रही, जिस पै आशियाना था।

नादिरा पर उसे तैश आ रहा था और वह उसे याद भी आई। वह छरेरे जिस्म की नाजुक और दिलकश लड़की, जो बात-बात पर उसे डाँटती-फटकारती थी, और जिसके नाराज़ होने में उसे मज़ा आता था, अब वह उसे देख न सकेगा। यह सोचते-सोचते दिल बोझल हो गया। उसने बड़ी बेचारगी के आलम में सोचा कि वह कराची छोड़ देगा। सीधा अम्माँ के पास जाएगा। सब साला खटराग है। बस अब घर चलना चाहिए।

उसी वक़्त उसने तय किया कि सवेरे की ट्रेन से चला जाएगा। कराची को हमेशा-हमेशा के लिए छोड़ देगा।

बारिश रुकने का नाम नहीं ले रही थी और रात सिर पर खड़ी थी। नौशा ने स्टेशन के मुसाफ़िरख़ाने में रात बसर करने का प्रोग्राम बनाया। मअन[1] राजा याद आ गया। सोचा, चलते-चलते उससे भी मिल लेना चाहिए। जाने अब उससे कभी मुलाक़ात हो भी कि नहीं।

प्रोफ़ेसर के दरवाज़े पर खड़े होने से उसे वहशत हो रही थी। नौशा ने गठरी सिर पर रखी। आगे बढ़ा और सड़क पर चलने लगा।

वह राजा के पास पहुँचा, तो पहर रात गुज़र चुकी थी। राजा एक कोने में सिकुड़ा-सिकुड़ा पड़ा था। क़रीब ही एक कुत्ता लेटा था। तिरपाल से बारिश का पानी टप-टप कर रहा था। अन्दर कीचड़ थी। सड़ाँध थी और गहरा अँधेरा था। नौशा ठिठककर बाहर ही रह गया। अँधेरे में कुछ भी सुझाई नहीं दे रहा था। कुत्ता गुर्राकर ज़ोर-ज़ोर से भौंकने लगा। साथ ही राजा की आवाज़ उभरी, ''कौन है?''

नौशा ने बेकतल्लुफ़ी से कहा, ''अरे यार! मैं हूँ नौशा, पर यहाँ तो बड़ा अँधेरा है!''

''अबे! अपनी क़िस्मत में तो अँधेरा-ही-अँधेरा है,'' राजा ने दिल-गिरफ़्ता[2] होकर कहा, ''बाहर क्यों खड़ा है। अन्दर आ जा!''

---

1. अकस्मात्, 2. हृदयविदीर्ण

नौशा गर्दन झुकाकर अन्दर दाख़िल हुआ, तो नथनों पर तेज़ बू ने अचानक हमला कर दिया। वह चुपचाप जाकर राजा के क़रीब बैठ गया।

राजा ने पूछा, "इस वक़्त बारिश में कैसे आ गया?"

नौशा ने जवाब दिया, "मैं सुबह की गाड़ी से घर जा रहा हूँ!"

"सच?" राजा को यक़ीन न आया, "यार, ठीक-ठीक बता!"

"अबे! मैं कोई झूठ बोल रहा हूँ।"

"मगर तू तो कहता था कि मैंने पढ़ाई शुरू कर दी है। स्कूल में नाम लिखवानेवाला हूँ। मैट्रिक का इम्तिहान दूँगा। यह करूँगा, वह करूँगा! वह सारा प्रोग्राम क्या होगा?"

"बात तो कुछ ऐसी ही थी, पर यार, अपनी साली तक़दीर ही खोटी है!"

राजा गर्दन हिला-हिलाकर अपनी भौंडी और बेसुरी आवाज़ से गुनगुनाने लगा :

*तक़दीर बनी, बनकर बिगड़ी, दुनिया ने हमें बरबाद किया...*

नौशा ने बेज़ारी से कहा, "अबे! बन्द कर अपनी यह भैरवी। मैं बात कर रहा हूँ और तुझे गलेबाज़ी की सूझी है। साले, तुमको कभी अक़्ल न आई!"

राजा खिसियाना होकर बोला, "यार! यूँ ही दिल पिशोरी कर लेते हैं। तू आ गया, तो ज़रा बातचीत भी कर ली, वरना शाम से अकेला पड़ा हूँ। बुख़ार भी है।"

राजा ज़ोर-ज़ोर से खाँसने लगा। नौशा ने उसके माथे को छूकर देखा। वह बुख़ार से तप रहा था। राजा के सारे कपड़े बारिश की बौछार से भीग गए। वह इस वक़्त धोबी के नाद में पड़े हुए गीले कपड़ों की पोट मालूम हो रहा था।

"अबे! तूने कुछ खाया-पिया भी?" नौशा ने पूछा।

राजा ने जवाब दिया, "नहीं! भूख ही नहीं लगी!"

"अच्छा! ले, एक सिगरेट तो पी!"

"यार नौशे! क्या बात कही तूने? क़सम अल्लाह की, दिल ख़ुश कर दिया!"

दोनों ने सिगरेटें सुलगाईं और लम्बे-लम्बे कश लगाने लगे। बारिश के क़तरे तिरपाल पर टप-टप गिर रहे थे। हवा सर्द थी और सरसराती हुई चल रही थी। दोनों देर तक बातें करते रहे। फिर नौशा ने दीवार से पीठ लगाकर आँखें बन्द कर लीं। राजा पर भी नींद की ग़ुनूदगी तारी हो गई। दोनों थककर सो गए।

रात के पिछले पहर नौशा की आँख खुल गई।

कुत्ता बारिश से भीगकर कूँ-कूँ करता हुआ उसकी टाँगों के अन्दर घुस आया था। वह बड़बड़ाकर उठ बैठा और कुत्ते को गालियाँ देने लगा।

"धत तेरे की! मार दिया साले ने!"

राजा भी उसकी आवाज़ सुनकर जाग उठा, "अबे! नौशे! क्या हो गया?"

नौशा बनकर बोला, "हो क्या गया! यह साला तेरा कुत्ता है। हरामीपन कर रहा है। तूने भी झमेला पाल रखा है!"

राजा ने ठंडी साँस भरी, "यार, इंसानों का साथ तो छूट गया। अब जानवरों से भी दोस्ती न करूँ?"

उसके लहजे में बला का कर्ब[1] था। नौशा काँप उठा।

मेंह बरसना बन्द हो गया। आसमान शफ़्फ़ाफ़ नज़र आ रहा था। हलकी-हलकी काफ़ूरी रोशनी फैलने लगी थी। नौशा ने झुककर बाहर देखा।

"सवेरा होनेवाला है। अब मैं स्टेशन चलूँगा।"

"अबे! चले जाना। थोड़ी देर तो और बैठ!"

नौशा के पास उस वक़्त चालीस रुपए थे और कुछ रेज़गारी। उसने जेब से पाँच रुपए का नोट निकाला और राजा को देते हुए बोला, "ले, यह रुपए रख ले!"

"नहीं, यार! मैं तेरे रुपए नहीं लूँगा। मेरा तो किसी-न-किसी तरह काम चल ही जाता है। तू इतने दिनों बाद घर जा रहा है। ख़ाली हाथ जाएगा, तो सब क्या कहेंगे?"

नौशा इसरार करने लगा, मगर राजा ने नोट नहीं लिया, "तू मुझे एक सिगरेट और पिला दे। गला सूख रहा है!"

दोनों ने एक-एक सिगरेट सुलगाई। तम्बाकू का धुआँ हर तरफ़ बिखर गया। राजा ने तकिए के नीचे से टटोलकर बड़ा-सा चाकू निकाला। नौशा की तरफ़ बढ़ाकर बोला, "ले, इसे रख ले। कुछ काम ही दे जाएगा। मेरे लिए तो अब यह बेकार हो गया है!"

"मैंने चाकू-वाकू रखना छोड़ दिया है," नौशा ने चाकू लेने से साफ़ इनकार कर दिया, "इसे तो अपने पास ही रख!"

"तू इसे मेरी निशानी ही समझकर रख ले," उसकी आवाज़ दर्दनाक हो गई, "मेरे पास रहेगा, तो किसी दिन अपने ही हाथों अपना सीना न चीर डालूँ। यार, साली इस ज़िन्दगी में रखा ही क्या है? तुफ़ है ऐसे जीने पर!"

नौशा ने चाकू लेकर चुपचाप अपने पास रख लिया। राजा के चेहरे को देखा, जो सुबह-सवेरे ही धुँधली-धुँधली रोशनी में बड़ा ख़ौफ़नाक नज़र आ रहा था। राजा हाँफने जैसे अन्दाज़ में गहरी-गहरी साँसें भर रहा था। वह बार-बार बेचैनी से करवट बदलने लगता। आख़िर जब नौशा उठकर जाने लगा, तो राजा ने आजिज़ी[2] से कहा, "थोड़ी देर और ठहर जा। एक तेरा ही तो सहारा रह गया था। इस दुनिया में अब अपना कोई नहीं रहा।"

उसकी आवाज़ भर्रा गई। वह सिसकियाँ भरने लगा। उसने तड़पकर नौशा का हाथ मज़बूती से दबोच लिया। उस पर अपना मुँह रखकर बोला, "नौशे! ख़ुदा के लिए मुझे छोड़कर न जा। मेरा कोई नहीं। हाय अल्लाह! मेरा कोई नहीं रहा!" वह चीख़ें मार-मारकर रोने लगा। नौशा का दिल भर आया। उसकी आँखों से आँसू निकल-निकलकर राजा के चेहरे पर टप-टप गिरने लगे।

दोनों कुछ देर इसी तरह रोते रहे। उनकी सिसकियाँ गहरी ख़ामोशी में उभरती रहीं। फिर राजा ने उसका हाथ छोड़ दिया और सँभलकर बैठ गया। उसने नौशा से कहा, "जा यार! तुझे देर हो रही है। माँ तो इन्तज़ार कर रही होगी!"

नौशा ने उसकी बात का कोई जवाब न दिया। जेब से सिगरेट का पैकेट निकाला और राजा को दे दिया। उसने अपनी गठरी उठाई और आगे बढ़ा।

---

1. यातना, पीड़ा, 2. याचना, विनम्रता

बाहर आकर उसने मुड़कर राजा को देखा। उसकी आँखें आँसुओं से डबडबाई हुई थीं। नौशा को रुकते देखकर वह तल्ख़ी से बोला, "यार! अब तू जा! क्यों ख़्वाहमख़्वाह देर कर रहा है" यह कहते-कहते खाँसी का दौरा पड़ा और वह ज़ोर-ज़ोर से खाँसने लगा। नौशा बढ़कर सड़क पर आ गया। दूर तक राजा की खाँसी उसे सुनाई देती रही।

वह स्टेशन पहुँचा, तो गाड़ी प्लेटफार्म पर खड़ी थी। उसने टिकट खरीदा और तीसरे दर्जे के एक डिब्बे में जाकर बैठ गया। अभी गाड़ी छूटने में देर थी, मगर मुसाफ़िरों की आमद शुरू हो गई थी।

घंटा भर बाद ट्रेन रवाना हो गई। ड़िब्बा मुसाफ़िरों से खचाखच भरा था। लोग हँस रहे थे। बातें कर रहे थे।

नौशा एक कोने में ख़ामोश बैठा था। उसे अपना शहर याद आ रहा था। अपना मुहल्ला और मुहल्ले की वह गली, जिसके नुक्कड़ पर म्यूनिस्पैलटी की लालटेन थी, जहाँ रातों को सब लड़के मिलकर खेलते थे, ऊधम मचाते थे। मुहल्ले की नीची-नीची दीवारोंवाले वह मकान, जिनमें उसका भी घर था। अम्माँ, सुलताना, और अन्नू। न जाने सब लोग अब कैसे होंगे? उसे देखकर क्या कहेंगे? एक के बाद दूसरा ख़याल। एक के बाद दूसरी याद!

ख़यालात का सिलसिला था कि फैलता ही जा रहा था। ट्रेन आहनी पटरियों पर तेज़ी से दौड़ रही थी, और वह यादों की भूल-भूलैयों में भटकता फिर रहा था।

नौशा ट्रेन से अपने शहर के स्टेशन पर उतरा, तो रात हो चुकी थी। उसने ख़ामोशी से प्लेटफ़ार्म तय किया और स्टेशन की इमारत से बाहर आ गया। एक रिक्शावाले की जानिब बढ़ते हुए शुबहा हुआ कि कहीं उसे देखा है। वह दुबला-पतला नौजवान था। सिर पर बड़े-बड़े बाल। लम्बे-लम्बे हाथ-पाँव और अन्दर धँसी हुई छोटी-छोटी आँखें।

रिक्शावाले ने भी ग़ौर से देखा और चीख़कर बेइख़्तियार उसके गले से चिमट गया।

"अबे नौशे, तू आ गया?"

वह शामी था। उससे मिलकर नौशा को बड़ी ख़ुशी हुई, "अबे! यह धन्धा तूने कब से शुरू कर दिया?"

शामी मरी हुई आवाज़ से बोला, "यार! अब्बा के मरने के बाद तो साली मुसीबतों ने अपना घर देख लिया!"

"अबे! तेरे अब्बा का इन्तक़ाल हो गया? कब?"

"यार! उनको मरे हुए यह तीसरा साल है!"

नौशा ने पूछा, "दुकान भी तो थी तेरी?"

"वह तो अब्बा की बीमारी के ज़माने ही में बेच दी थी," शामी अपनी परेशानियाँ सुनाने लगा। वह सुबह के वक़्त अभी तक अख़बार बेचता था और रात को साइकिल-रिक्शा चलाता था। घर में सात खानेवाले थे और उन सबका बोझ तनहा उसके कन्धों पर था। उसकी सेहत ख़राब हो गई। वह रुक-रुककर खाँस रहा था। बातें करते-करते अचानक उसने नौशा से पूछा, "मगर इस वक़्त तुम जाओगे कहाँ?"

नौशा को उसके सवाल पर किसी क़दर हैरत हुई, "घर जाऊँगा, और कहाँ?"

“कौन-सा घर?” शामी ने दर्याफ़्त किया।

नौशा घबरा गया, “अबे! क्या उड़ा रहा है? अपने घर जाऊँगा। वही गलीवाला घर। और मेरा कौन-सा घर है?”

शामी ने गर्दन नीची कर ली और रसान से बोला, “तो, यार, तुझे कुछ भी पता नहीं है?”

नौशा का दिल ज़ोर-ज़ोर से धड़कने लगा। उसने डरते-डरते सिर्फ़ एक लफ़्ज़ कहा, “क्या?”

“उस घर में तो हाजी हकीम बख़्श रहते हैं!”

नौशा ने घबराकर कहा, “और मेरी अम्माँ?”

शामी ने अटकते हुए कहा, “उनका तो दो साल हुए इन्तक़ाल हो गया!”

नौशा के सीने पर ज़बरदस्त घूँसा लगा। वह शामी के गले से लिपटकर बेइख़्तियार रोने लगा। देर तक उसकी सिसकियाँ उभरती रहीं। फिर उसने भर्राई हुई आवाज़ से पूछा, “मेरी बड़ी बहन और अन्नू कहाँ हैं?”

शामी ने टालना चाहा, “तुम्हारे जाने के बाद घर में बड़ी अजीब-अजीब बातें हुईं। तुम मेरे साथ घर चलकर बैठो, तो इत्मीनान से सब कुछ बताऊँगा। बड़ी लम्बी दास्तान है!”

नौशा ने इसरार करते हुए दर्याफ़्त किया, “यार! कुछ तो बता दे। तूने मुझे यह ख़बर बताकर बे-मौत मार दिया। हाय अम्माँ! तुमको देखना भी नसीब न हुआ,” नौशा फिर मुँह बिसूरकर रोने लगा।

“अच्छा, अब तुम रिक्शे पर बैठ जाओ। मैं तुमको रास्ते में बता दूँगा। बादल घिरे हुए हैं। मेंह बरसने लगा, तो घर पहुँचना मुश्किल हो जाएगा।”

नौशा रिक्शे पर सवार हो गया। शामी ने पैडल पर पैर मारा। रिक्शा आगे रवाना हुआ। थोड़ी दूर जाने के बाद नौशा ने अपना सवाल दुहराया, “यार! यह तो बता दे कि सुलताना और अन्नू कहाँ हैं?”

“अन्नू की न पूछो! उस साले ने तो नाक कटवा दी!”

“क्यों?” नौशा ने चौंककर पूछा।

“साला हिजड़ों के साथ रहता है। रोज़ाना शाम को ख़ूब पाउडर लगाकर उनके साथ बाज़ार में घूमता है। फटाफट तालियाँ पटख़ारता है। औरतों की तरह इठला-इठलाकर कमर लचकाता है। उसे ज़रा भी शरम नहीं आती। यार! बुरा न मानना! मेरा भाई होता, तो साले के चार टुकड़े करके डाल देता। उसने तो बेग़ैरती की हद कर दी!”

नौशा का ख़ून खौल उठा। तड़पकर पूछा, “वह साला रहता कहाँ है?”

“न जाने कहाँ रहता है? पर शाम को बाज़ार में ज़रूर नज़र आता है!”

नौशा ने एक लम्बी “ऊँ” की। पूछा, “सुलताना का भी कुछ अता-पता है। वह आजकल कहाँ है?”

शामी उस वक़्त सड़क की चढ़ाई पर रिक्शा ले जा रहा था। उसकी साँस फूलती हुई थी। उसने कोई जवाब न दिया। नौशा ने ज़रा देर बाद अपनी बात दुहराई, तो उसने बताया, “वह तो नियाज़ के साथ रहती है!”

नौशा भौचक्का होकर बोला, “नियाज़ के साथ?”

"हाँ, बे! वही नियाज़ कबाड़िया, जिसकी बाज़ार में दुकान थी। अब तो वह बड़ा आदमी बन गया है। कोठी में रहता है। एकदम साहब बहादुर लगता है। कोट-पतलून पहनता है और मोटरकार से नीचे बात नहीं करता। अब यार, उसके तो बड़े ठस्से हैं। देखेगा, तो पहचान भी न सकेगा!"

"मगर सुलताना उसके यहाँ क्यों चली गई?"

"यार! बात यह है न कि तेरी अम्माँ ने नियाज़ से निकाह पढ़वा लिया था। तू नाराज़ न हो, तो एक बात बताऊँ," शामी ने बात कहते-कहते क़दरे ताम्मुल[1] किया। फिर दबी ज़बान से बताया, "मैंने सुना है कि सुलताना की और नियाज़ की कुछ लग-सट हो गई थी। इसलिए नियाज़ ने तेरी अम्माँ को मरवा दिया। सारे मुहल्लेवाले यही कहते हैं," वह रिक्शा चलाता जा रहा था और रुक-रुककर बोल रहा था, "साले ने कुछ हरामीपन किया। एक नम्बर बदमाश है!"

नौशा ख़ामोश बैठा उसकी बातें सुनता रहा। चन्द लम्हे बाद उसने शामी से दर्याफ़्त किया, "तुझे नियाज़ का घर मालूम है?"

"हाँ, मालूम है!"

"तू मुझे वहीं ले चल!"

"यार! इस वक़्त वहाँ जाकर क्या करेगा? वह तो यहाँ से बहुत दूर है!"

वह नियाज़ की कोठी पर जाने के लिए इसरार करने लगा। शामी ने मजबूरन रिक्शा उस तरफ़ मोड़ दिया। अब नौशा बहुत कम बोल रहा था। कभी-कभार हूँ-हाँ कर देता। शामी रुक-रुककर मुहल्ले के बारे में इधर-उधर की बातें सुनाता रहा।

नियाज़ की कोठी के फाटक पर पहुँचकर शामी ने रिक्शा ठहराया। रात के ग्यारह बजे थे। नौशा ने रिक्शा से उतरकर शामी को किराए का एक रुपया देना चाहा, तो उसने खुश होकर गाली दी। मुँह बिगाड़कर बोला, "यार! तू कराची से चन्द टक्के कमा लाया, तो मुझ पर रोब झाड़ रहा है। यह रुपया अपने पास रख। सुबह घर आना। दोनों साथ खाना खाएँगे, और देख, नियाज़ के हाँ तेरा ज़्यादा ठहरना ठीक नहीं," वह उचककर रिक्शे पर सवार हुआ। पैडल पर पैर मारा और तेज़ी से आगे बढ़ गया।

नौशा कोठी के फाटक पर ख़ामोश खड़ा रहा। हर तरफ़ हू का आलम था, अलबत्ता एक खिड़की से हलकी-हलकी रोशनी फूट रही थी, मगर यह रोशनी इस क़दर धीमी थी कि तारीकी-ही-तारीकी नज़र आती थी। नौशा ने आहिस्ता से फाटक खोला, और अहाते के अन्दर चला गया, मगर बरसाती की तरफ़ जाने के बजाय वह दरख़्तों की जानिब मुड़ गया। वहाँ गहरा अँधेरा था। वह सँभल-सँभलकर चलने लगा। ख़ुश्क पत्ते उसके जूतों के नीचे आहट पैदा करते। किसी नामालूम ख़ौफ़ से वह बार-बार चौंक पड़ता।

उसने आहिस्ता से जूते उतारे और दरख़्तों के नीचे एक तरफ़ रख दिए। क़रीब ही अपनी गठरी भी रख दी। उसने दबे-दबे क़दमों चलकर कोठी का एक चक्कर लगाया। हर तरफ़ से मुआयना किया। फिर अपनी गठरी के पास आया। चाकू निकालकर खोला और उसे दाँतों में दबाकर दीवार पर चढ़ गया। कोठी के अन्दर गहरी ख़ामोशी थी। वह एक खुली हुई

1. संकोच

खिड़की से अन्दर चला गया, और हौले-हौले क़दम रखता हुआ उस कमरे के क़रीब पहुँचा, जहाँ रोशनी थी। कमरे का दरवाज़ा खुला था।

उसने बरामदे के एक सूतन की आड़ लेकर कमरे के अन्दर नज़र डाली। नियाज़ सामने सोफे पर एक तरफ़ झुका हुआ नीम-दराज़ था। उसकी आँखें बन्द थीं। वह रुक-रुककर गहरी साँस भर रहा था। नौशा आहिस्ता-आहिस्ता चलता हुआ कमरे के दरवाज़े पर पहुँचा। नियाज़ को ज़रा भी ख़बर न हुई। नौशा ख़ामोशी से कमरे के अन्दर चला गया।

अचानक उसका पैर किसी चीज़ से टकराया। आहट हुई। नियाज़ ने चौंककर हैरतज़दा नज़रों से नौशा को देखा, मगर इससे पहले कि वह कुछ कहता, नौशा आन की आन में उसके सिर पर पहुँच गया। खुला हुआ चाकू हाथ में था। उसने पहला ही वार भरपूर किया। तीन पसलियाँ चीर डालीं। नियाज़ ज़ोर से चीख़ा, "हाय! मार डाला!"

वह कुर्सी से लुढ़ककर फ़र्श पर गिर पड़ा। नौशा एक टाँग के बल झुककर बैठ गया और पै-बा-पै वार करना शुरू कर दिए। उसने नियाज़ के सीने को, पेट को, गर्दन को, बाज़ुओं को, हर-हर हिस्से को चीर डाला। नियाज़ का जीता-जीता ख़ून कमरे में हर तरफ़ फैल गया। वह ज़रा देर तक तड़पता रहा। कराहता रहा! फिर उसने दम तोड़ दिया।

नौशा लाश के सिरहाने बैठा बुरी तरह हाँफ रहा था। ख़ून से भरा हुआ चाकू अभी तक हाथ में था। इसी दौरान में कमरे के बाहर आहट उभरी। नौशा ने पलटकर देखा। सुलताना कमरे में दाख़िल हो रही थी।

उसने हैरत से आँखें फाड़कर नौशा को देखा। फिर नियाज़ की ख़ून में डूबी हुई लाश देखी। उसकी आँखें ख़ौफ़ गईं।

"हाय, नौशा! तूने यह क्या कर दिया?"

नौशा ख़ामोशी से उठकर खड़ा हो गया, और आहिस्ता-आहिस्ता क़दम उठाता हुआ दरवाज़े की जानिब बढ़ने लगा। सुलताना उसकी सुर्ख़-सुर्ख़ आँखें देखकर सरासीमा[1] हो गई। उसने आहिस्ता से पूछा, "अब तू कहाँ जा रहा है?"

नौशा ने ख़ूँख़्वार नज़रों से उसे मुड़कर देखा। गर्दन हिलाकर बोला, "थाने!" उसकी आवाज़ ढोल की तरह गरजदार थी।

सुलताना छपाक से आगे बढ़ी। दरवाज़े पर पहुँची और उसका रास्ता रोककर खड़ी हो गई, "मैं तुझे नहीं जाने दूँगी!"

नौशा गुर्राकर चीख़ा, "हट जा, हरामज़ादी, छिनाल मेरे सामने से! टुकड़े करके यहीं तेरे यार के पास डाल दूँगा।"

वह पागलों की तरह बोलती चली गई, "तू मुझे भी मार दे। तू मुझे भी मार दे!"

नौशा ने क़रीब पहुँचकर उस ज़ोर से धक्का दिया कि वह दरवाज़े से टकराकर गिर पड़ी। नौशा कमरे से बाहर निकल गया।

सुलताना दौड़कर उसके क़दमों से लिपट गई, "नौशा! मेरे भाई! अल्लाह के लिए रुक जा! मेरी बात तो सुन ले!" वह गिड़गिड़ाकर रोने लगी।

---

1. घबरा गई

नौशा के सिर पर ख़ून सवार था। उसने पैर को ज़ोर से झटका दिया। सुलताना लुढ़ककर दूर जा गिरी। वह तेज़-तेज़ क़दम उठाता हुआ आगे बढ़ गया। सुलताना फ़र्श पर पड़ी हुई रुक-रुककर कह रही थी, "नौशा! ख़ुदा के लिए रुक जा!"

"नौशा! नौशा!!"

उसकी आवाज़ देर तक उभरती रही।

नौशा कोठी से निकलकर बाग़ीचे में आ गया। दरख़्तों के ख़ुश्क पत्तों पर उसके क़दमों की आहट साफ़ सुनाई दे रही थी। कोठी में खादिमा बदहवास होकर ज़ोर-ज़ोर से चीख़ रही थी। नौशा ने अहाता तय किया। फाटक खोला और बाहर सड़क पर आकर बोझल क़दमों से चलने लगा। उसके हाथ में ख़ून से लुथड़ा हुआ चाकू था। वह पुलिस-स्टेशन जा रहा था।

ठप...ठप...ठप...

सुनसान सड़क पर नौशा के क़दमों की आवाज़ रुक-रुककर उभरती रही।

# फसल चहारदहुम[1]

## [1]

क़दमों की आहट पर सलमान ने मुड़कर देखा। उसकी पुश्त पर लम्बे क़द का एक गोरा-चिट्टा नौजवान खड़ा बेतकल्लुफ़ी से मुस्करा रहा था। सलमान लम्हा-भर तक ख़ामोश बैठा उसे पहचानने की कोशिश करता रहा। फिर कुर्सी से उठकर खड़ा हो गया। अजनबी ने अपना तआर्रुफ़[2] कराते हुए कहा, "मेरा नाम अनीस ए जैफरे है!"

उसने हाथ बढ़ाकर इस गर्मजोशी से मुसाफ़िहा किया कि सलमान की उँगलियों का कचूमर निकल गया। उसने फ़ौरन पहचान लिया कि वह कौन है? वह उसके सेक्शन का इंचार्ज अनीस अहमद जाफ़री था। वह कम्पनी का सीनियर आफ़ीसर था और साल भर तक अमेरिका में ट्रेनिंग लेने के बाद इसी हफ़्ते लौटा था, लेकिन दफ़्तर में उस रोज़ पहली बार आया था, और अपने सेक्शन के हर रुक्न से ज़ाती तौर पर मुलाक़ात कर रहा था।

उसकी पेशानी तंग थी। नाक सुतवाँ थी। सिर पर भूरे-भूरे ख़शख़शी बाल थे। वह टख़नों से ऊँची ढीली-ढाली पतलून और नाइलोन की चमकती हुई सफ़ेद क़मीज़ पहने था। कालर में शोख़ रंग की टाई भी थी। बातें करते हुए वह बार-बार अपने कन्धे उचकाता जा रहा था। उसका लहजा उखड़ा-उखड़ा था। वह ख़ालिस अमेरिकी लहजे के साथ रवानी से अंग्रेज़ी बोल रहा था। गुफ़्तगू के दौरान जितनी बार उसने सलमान को मुख़ातिब किया, हर बार मिस्टर सालोमन कहता रहा। सलमान को उसके ख़िताब का अन्दाज़ बड़ा अजीब-सा लगा। मगर पहली ही मुलाक़ात में अन्दाज़ा हो गया कि अनीस अहमद जाफ़री दिलचस्प नौजवान था।

बाद में दफ़्तरी उमूर[3] के सिलसिले में सलमान को बारहा[4] उससे मिलना पड़ा, और हर बार उसने महसूस किया कि जाफ़री में अफ़सरोंवाली रिवायती रुऊनत[5] नाम को न थी। मुस्करा-मुस्कराकर नरमी से बात करता। अपने मातहतों के साथ उसका अन्दाज़ मुशफ़िक़ाना[6] होता। अपने इसी रवैए की बदौलत वह उन्हें नाराज़ किए बग़ैर ज़्यादा-से-ज़्यादा काम कराता था। यह तकनीक उसने साल-भर की ट्रेनिंग में बड़ी महारत के साथ सीखी थी। दफ़्तर के मुक़र्रर औक़ात के अलावा अगर वह सलमान को रोकना चाहता, तो पूछता, "मिस्टर सालोमन! क्या मैं दर्याफ़्त कर सकता हूँ कि आज शाम के लिए आपका क्या प्रोग्राम है?"

सलमान फ़ौरन समझ जाता कि इस इसतिफ़सार[7] का क्या मतलब है?

---

1. चौदहवाँ परिच्छेद, 2. परिचय, 3. मामले, 4. बार-बार, 5. परम्परागत अहंकार, 6. स्नेहपूर्ण, 7. प्रश्न

अगर उसका कोई प्रोग्राम भी होता, तब भी उसका इज़हार न करता। इसलिए कि वह उसे नाख़ुश करना नहीं चाहता था। वह बिला झिझक कह देता, "जी नहीं! आज शाम मेरा कोई ख़ास प्रोग्राम नहीं!"

जाफ़री बड़े रस्मी अन्दाज़ से कहता, "क्या आप मुझे इजाज़त देंगे कि मैं आपकी इस शाम का कुछ वक़्त ले लूँ?" उसके बाद वह कोई काम सलमान के सुपुर्द कर देता।

अक्सर वह सेक्शन के दूसरे मुलाज़मीन की तरह सलमान को भी इतवार और दूसरी छुट्टियों में बुला लेता। जब कभी ऐसी ज़रूरत पेश आती, तो वह घंटी बजाकर पहले चपरासी को बुलाता। कैंटीन से चाय या कॉफी मँगवाता और अपना अमेरिकी ब्रांड का सिगरेट पेश करके कहता, "मिस्टर सालोमन! क्या आप अपनी डायरी देखने की ज़हमत गवारा करेंगे? मैं दर्याफ़्त करना चाहूँगा कि इतवार के लिए आपके क्या-क्या एंगेजमेंट्स हैं? मैं समझता हूँ कि आप आउटिंग के मूड में तो हरगिज़ नहीं हैं और पिकनिक के लिए मौसम बड़ा रफ़ है!"

सलमान बग़ैर डायरी देखे कह देता, "मेरी डायरी में इस इतवार का सफ़्हा[1] बिल्कुल ख़ाली है!"

जाफ़री सरपरस्ताना अन्दाज़ में मुस्कराकर कहता, "इस उम्र में लड़कों को इतना सूफी नहीं बनना चाहिए," लम्हा-भर तवक़्क़ुफ़ करने के बाद वह हुरूफ़े-मतलब[2] पर आ जाता। हस्बे-मामूल बड़े तकल्लुफ़ के साथ कहता, "अगर आप हॉली-डे के मूड में नहीं हैं, तो मैं आपसे यह तवक़्क़ो रख सकता हूँ कि आप अपना क़ीमती वक़्त बिस्तर पर सर्फ़ करने के बजाय दफ़्तर को दे दें। अगर यह मुमकिन हो सकता है, तो आप मुझे ज़ाती तौर पर ममनून[3] होने का मौक़ा देंगे!"

जब कोई सीनियर अफ़सर अपने मातहत से इस क़दर इनकिसार[4] के साथ मुतालबा करे, तो इनकार का सवाल ही पैदा नहीं होता। सलमान भी सेक्शन के दूसरे मुलाज़मीन की तरह उसकी बात मान लेता। अक्सर ऐसा भी हुआ कि सलमान ने पहले ही इरादा कर लिया कि वह ऐसे बेजा मुतालबात हरगिज़ क़ुबूल नहीं करेगा, मगर जब वह जाफ़री के रू-ब-रू गया, तो उसके नरम और शगुफ़्ता रवैए से ऐसा पसीजा कि इनकार न कर सका।

इन ही ख़िदमात के सिले में कम्पनी ने जाफ़री को डेढ़ हज़ार रुपए माहाना तनख़्वाह के अलावा और भी बहुत-सी मुराआत[5] दे रखी थीं। जाफ़री जिस कोठी में रहता था, वह उसे कम्पनी की जानिब से मिली थी। हर माह एक हज़ार रुपया मुख़्तलिफ़ अलाउंसों की सूरत में मिल जाता था। वह बड़े ठाट-बाट से रहता था। आला दर्जे का रहन-सहन था और आला तबक़ों में उसका उठना-बैठना भी था।

सलमान पर या तो वह ज़्यादा मेहरबान था या सलमान को यह गुमान था कि वह उसे ज़्यादा मानता है, अलबत्ता इतना ज़रूर था कि वह उसके साथ मुहब्बत से पेश आता था। अगर दफ़्तरी उमूर में सलमान से कोई ग़लती सर्ज़द हो जाती, तो वह ख़ुगी का इज़हार न करता, बल्कि नरमी से समझा देता। कभी तम्बीह भी करता, तो हमेशा बराहे-रास्त न कहता।

"मैं सोचता हूँ कि आजकल आप ज़ेहनी तौर पर परेशान हैं। क्या आप मुझे यह हक़ देंगे कि मैं इस सिलसिले में कुछ पूछ सकूँ? मुझे ख़ुशी होगी कि मैं आपकी कुछ मदद करूँ!"

---

1. पृष्ठ, 2. मतलब की बात, 3. कृतज्ञ, 4. विनम्रता, 5. रिआयतें

सलमान इनकार करता कि वह किसी ज़ेहनी उलझन में मुब्तला नहीं है, तो वह पूछता, "क्या आपने फ़ायल पर मेरा नोट देखा है? मैं मालूम करना चाहूँगा कि आप इससे किस हद तक इत्तिफ़ाक़ राय रखते हैं?" और फिर अपने सवालों के जवाब का इन्तज़ार किए बग़ैर कहता, "क्या मैं आइन्दा यह उम्मीद रखूँ कि आप मुझे फ़ायलों पर सुर्ख़ पेंसिल चलाने का मौक़ा नहीं देंगे?"

जाफ़री आम तौर पर अंग्रेज़ी में बात करता था। कभी-कभी उर्दू में बात करता, तो पहले वह अंग्रेज़ी में सोचता। फिर उसका तर्जुमा करता। गुफ़्तगू का यह अन्दाज़ उसने अपनी इन्फ़िरादियत[1] नुमायाँ करने के लिए इख़्तियार किया था। वैसे वह अलीगढ़ यूनिवर्सिटी का ग्रेजुएट था और उसके बी.ए. के निसाब[2] में उर्दू लाज़िमी मज़नून की हैसियत से शामिल था, बल्कि तालिबे-इल्मी के ज़माने में वह शायरी भी करता था और कुछ इस क़िस्म की रूमानी नज़्में कहता था :

*तुम मिरे वास्ते यूँ अश्क बहाया न करो*
*महफ़िले-हुस्न में यूँ दीप जलाया न करो*
*मेरी तस्वीर को सीने से लगाया न करो*
*मेरी महबूब, मुझे भूल भी जा, भूल भी जा...*

हालाँकि नौजवान लड़कियाँ उसे निरा उल्लू का पट्ठा समझती थीं। चेहरे-मोहरे से वह यतीम और वज़ा-क़ता से कांजी हाउस का मुहर्रिर लगता था, मगर अब उसे लड़कियाँ डान ज़वान कहती थीं, और यह हक़ीक़त है कि जब वह बन-सँवरकर शाम को अपनी नई शेव कार में निकलता, तो बड़ा बाँका-सजीला जवान नज़र आता।

जाफ़री की शख़्सियत में सलमान के लिए रोज़-ब-रोज़ कशिश पैदा होती जा रही थी। इस कशिश में एक अक़ीदतमन्दाना[3] जज़्बा कारफ़र्मा था। वह उसके रू-ब-रू जाता, तो इस अन्दाज़ से बात करता, जैसे मनों बोझ तले दबा हो।

एक रोज़ सलमान दफ़्तर से निकला, तो बस-स्टाप पर बहुत भीड़ थी। देर तक इन्तज़ार करने के बाद भी किसी बस में जगह न मिली, तो पैदल ही चल दिया। वह थके-थके क़दमों घर की तरफ़ जा रहा था। अचानक एक चमकती हुई कार उसके क़रीब आकर रुकी।

सलमान ने देखा, जाफ़री स्टेयरिंग-व्हील सँभाले बैठा है। उसने इशारे से सलमान को क़रीब बुलाया। मुस्कराकर बोला, "अगर आप चहलक़दमी के मूड में न हों, तो मैं आपको घर तक लिफ्ट देने में ख़ुशी महसूस करूँगा।"

उसने कार का दरवाज़ा खोल दिया। सलमान चुपचाप अगली निशस्त पर उसके बराबर बैठ गया। रास्ते में दोनों के दरम्यान कोई गुफ़्तगू नहीं हुई। जाफ़री ने उससे सिर्फ़ मकान का पता दर्याफ़्त किया और आहिस्ता-आहिस्ता किसी नई अंग्रेज़ी फ़िल्म की धुन गुनगुनाने लगा।

कार जब सलमान के फ्लैट के सामने रुकी, तो उतरते हुए सलमान ने सोचा, क्यों न जाफ़री को चाय पर मदऊ कर लिया जाए। उसने हिचकिचाते हुए अपनी इस ख़्वाहिश का

1. पहचान, 2. पाठ्यक्रम, 3. श्रद्धापूर्ण भावना

इज़हार भी कर दिया। जाफ़री ज़रा देर सोचता रहा। फिर कार से निकलकर बाहर आ गया।

दोनों ज़ीने की सीढ़ियाँ तय करके ऊपर पहुँचे। दरवाज़ा घर की ख़ादिमा जन्नत ने खोला। वह उस वक़्त गन्दा लिबास पहने हुए थी। सलमान को उस पर सख़्त ग़ुस्सा आया और कुछ शर्मिन्दगी भी महसूस हुई। कमरे में उसकी बीवी मौजूद नहीं थी। उसने जाफ़री से इजाज़त ली और पिछले कमरे में चला गया। बीवी बिस्तर पर लेटी थी। सलमान ने जाते ही कहा, "रखशी! मेरे आफ़िस के जाफ़री साहब आए हैं। चाय हम ड्राइंग-रूम में पिएँगे!"

वह उठकर बैठ गई, "अच्छा, वहीं भिजवाए देती हूँ!"

"ख़ुदा के लिए जन्नत के हाथ चाय न भिजवाना। उससे कहो, कभी-कभार तो नहा लिया करे। कपड़ों से ऐसी बू आ रही है, कि मैं तुमसे क्या बताऊँ। जाफ़री बड़ा नफ़ासतपसन्द है। वह चाय लेकर गई, तो पीने से इनकार कर देगा।"

"अच्छा, तो फिर ख़ुद ही ले आऊँगी!'

सलमान ने बीवी को नाक़िदाना[1] नज़रों से देखा। वह उस वक़्त आम घरेलू लिबास में थी। सलमान को उसका लिबास ना-मुनासिब मालूम हुआ। मुँह बिगाड़कर बोला, "तुम ज़रा अपना हुलिया तो ठीक कर लो। सख़्त वाहीयात लिबास पहन रखा है। देखो, जल्दी चाय लेकर आना!" वह कमरे से बाहर चला गया।

ड्राइंग-रूम में जाकर सलमान ने देखा। जाफ़री एक मैगज़ीन का मुताअला कर रहा था। सलमान चुपचाप उसके क़रीब ही एक सोफ़े पर बैठ गया। दोनों में कोई बातचीत न हुई। ख़ामोश बैठे-बैठे सलमान की नज़र उस कुशन पर पहुँच गई, जो जाफ़री के पहलू में रखा था। उसका ग़िलाफ़ ख़ासा मैला था। उस गन्दे कुशन को देखकर जाफ़री ने न जाने क्या सोचा होगा। उसका जी चाहा कि किसी तरह कुशन उठाकर सोफ़े के पीछे डाल दे, ताकि जाफ़री की उस पर नज़र न पड़े। अभी वह कुशन ही के मुतअल्लिक़ ग़ौर कर रहा था कि हवा के झोंके से खिड़की का परदा लहराने लगा। सलमान ने ग़ौर किया कि परदे के किनारे पर जगह-जगह चिकनाई के धब्बे हैं। उसने दिल-ही-दिल में ख़ादिमा को बुरा-भला कहा, जिसके फूहड़पन के बाइस परदे इस क़दर गन्दे और बदनुमा हो गए थे। आख़िर उसने उठकर परदे को इस तरह समेट दिया कि दाग़-धब्बे किसी हद तक छुप गए।

चाय आने में देर हो रही थी। जाफ़री ने मैगज़ीन का मुताला करते हुए कई बार कलाई पर बँधी हुई घड़ी देखी, मगर सलमान से कुछ न कहा। वह कुछ बेचैन मालूम हो रहा था। उससे ज़्यादा बेचैन सलमान था। उसे रह-रहकर बीवी पर ग़ुस्सा आ रहा था।

कोई बीस मिनट बाद जन्नत चाय का सामान लेकर आई। अब उसने कपड़े तब्दील कर लिए थे और किसी हद तक साफ़-सुथरी नज़र आ रही थी। सलमान को क़दरे इत्मीनान हुआ। चाय का सामान रखा ही जा रहा था कि रखशंदा परदा हटाकर कमरे में दाख़िल हुई। उस वक़्त वह हलका गुलाबी लिबास पहने हुए थी। उसने मेकअप में ख़ासा इहतिमाम[2] किया था। सलमान ने बीवी को देखा। वह उस वक़्त कुछ ज़्यादा ही हसीन और दिलकश नज़र आ रही थी। जाफ़री एहतिरामन[3] खड़ा हो गया। सलमान ने जाफ़री से बीवी का तआरुफ़ कराते हुए

1. आलोचनात्मक, 2. व्यवस्था, 3. सम्मान के रूप में

ख़ुशी महसूस की। यह ख़ुशी ऐसी ही थी जैसे जदीदतरीन माडेल की कार, शानदार कोठी या आला नस्ल का कुत्ता रखकर महसूस की जाती है।

जाफ़री ने रख़शंदा से बातचीत करने की कोशिश की, मगर वह इस क़दर हिजाब[1] महसूस कर रही थी कि जाफ़री ज़्यादा बात न कर सका। वह तमाम अरसा नज़रें झुकाए ख़ामोश बैठी रही, अलबत्ता सलमान बहुत चहक रहा था। वह ख़्वाहमख़्वाह बीवी से छेड़-छेड़कर बातें कर रहा था और बात-बात पर हँस रहा था। उसकी मसर्रत में बच्चों जैसी सादगी थी।

चाय पीने के बाद जाफ़री ज़्यादा देर न ठहरा। उसे किसी से मिलने के लिए जाना था। वह सलमान और रख़शंदा का शुक्रिया अदा करके चला आया। सलमान उसे कार तक रुख़सत करने गया।

चन्द ही रोज़ बाद दफ़्तर में छुट्टी होने से कुछ देर पहले जाफ़री उसके पास आया। मुस्कराकर बोला, "सालोमन! उस रोज़ चाय पर तुम्हारे यहाँ क्या चीज़ थी?" लम्हा-भर के लिए वह रुका, "मैं ग़लती नहीं कर रहा हूँ, तो शायद वह पकौड़े थे। क्या तुम मेरे ख़याल की ताईद करोगे?"

"जी हाँ! वह पकौड़े ही थे। क्या आपको पसन्द आए थे?"

"मैं समझता हूँ कि मुझे उनका ज़ाइक़ा पसन्द आया था। क्या तुम आज शाम मुझे चाय की दावत दे रहे हो? लेकिन पकौड़े का आइटम ज़रूर हो। उनके लिए मैं शाम का बेहतरीन प्रोग्राम भी क़ुरबान कर सकता हूँ।"

सलमान उसे चाय पिलाने पर ख़ुशी से तैयार हो गया।

शाम को वह जाफ़री के साथ कार में बैठकर घर पहुँचा। चाय के साथ ख़ास तौर पर पकौड़े तैयार किए गए। जाफ़री ने बड़े शौक़ से खाए। उस रोज़ वह क़तई बेतकल्लुफ़ी के मूड में था। चाय के दौरान उसने दिलचस्प लतीफ़े सुनाए। सलमान और रख़शंदा को ख़ूब हँसाया।

चाय से फ़ारिग़ होने के बाद उसने पिक्चर का प्रोग्राम बनाया और इसरार करके दोनों को अपने हमराह ले गया।

सिनेमाघर में भी वह बड़ा हँसमुख और ख़ुश-तबअ[2] नज़र आ रहा था। पिक्चर देखकर बाहर निकले, तो जाफ़री उनको छोड़ने घर तक गया। सलमान ने खाने के लिए कहा, तो वह मज़ीद इसरार के बग़ैर आमादा हो गया। खाना खाकर भी वह रात गए तक बैठा बातें करता रहा।

वह सलमान के फ्लैट से निकला, तो साढ़े ग्यारह बज रहे थे।

## [2]

नियाज़ के क़त्ल के चन्द घंटे के बाद एक पुलिस सब-इंसपेक्टर तीन कांसटेबिलों के हमराह कोठी पर पहुँचा। उसने जाए-वारदात का मुआयना किया। नियाज़ की लाश अभी तक ख़ून में डूबी फ़र्श पर पड़ी थी। उसकी आँखें ख़ौफ़नाक तरीक़े पर फटी हुई थीं। सिर

---

1. लज्जा, शर्म, 2. प्रसन्न, स्वभाव

के बाल बिखरकर पेशानी पर आ गए थे। चेहरा स्याह पड़ गया था। वह दीवार के क़रीब चित पड़ा था।

लाश के कुछ फ़ासिले पर सुलताना सिर झुकाए बैठी थी। न वह रो रही थी, न जिस्म को हरकत दे रही थी। उसके साथ ख़ानसामा था और ख़ादिमा भी क़रीब ही सहमी हुई थी। फ़र्श पर, दीवारों पर लाल-लाल ख़ून बिखरा हुआ था। कमरे का माहौल बड़ा हैबतनाक[1] था।

सब-इंसपेक्टर कमरे में तफ़्तीश के लिए दाख़िल हुआ। सुलताना ने देखा कि नौशा भी पुलिस के हमराह था। वह कांसटेबिलों की हिरासत में सिर झुकाए आहिस्ता-आहिस्ता चल रहा था। उसके हाथों में हथकड़ियाँ पड़ी थीं। कपड़ों पर जगह-जगह ख़ून के धब्बे थे। आँखें सुर्ख़ और वहशतनाक थीं। सुलताना लम्हा-भर तक टकटकी बाँधे नौशा को देखती रही। फिर दोनों हाथों से मुँह छुपाकर बेइख़्तियार रोने लगी।

फ़िज़ा पर हौलनाक सुकूत[2] तारी था और उस सुकूत में सुलताना की सिसकियाँ आहिस्ता-आहिस्ता उभर रही थीं। अचानक कोठी के पिछवाड़े दरख़्तों तले गीदड़ों की आवाज़ें उभरीं। ढलती रात का सन्नाटा उन ख़ौफ़नाक आवाज़ों से दरहम-बरहम हो गया। लाश की खुली हुई आँखें हर शख़्स को घूर रही थीं।

सब-इंसपेक्टर झुककर लाश का मुआयना करने लगा। वह एक-एक ज़ख़्म देख रहा था और हेड-कांसटेबिल को हिदायतें देता जा रहा था, जो उसकी हर बात निहायत मुस्तैदी से क़लमबन्द[3] कर रहा था। सब-इंसपेक्टर ने तक़रीबन आधे घंटे में लाश के मुआयने की रिपोर्ट मुकम्मल ली। उसके बाद नियाज़ के मुरदा जिस्म को सफ़ेद चादर से ढाँप दिया गया।

लाश और जाए-वारदात का मुआयना करने के बाद सब-इंसपेक्टर ने सबसे पहले सुलताना का बयान लिया। उसने रुक-रुककर सिसकियाँ भरते हुए बताया कि नौशा उसका छोटा भाई है और कई साल बाद आया है। नियाज़ का और उसका किसी बात पर झगड़ा हो गया था। जिस वक़्त दोनों का झगड़ा हुआ, वह अपने कमरे में सो रही थी। वह नियाज़ की चीख़ें सुनकर वहाँ आई थी। नियाज़ उस वक़्त दम तोड़ चुका था। उसका जिस्म ख़ून में डूबा हुआ था। जगह-जगह ज़ख़्मों के निशानात थे।

इंसपेक्टर ने दर्याफ़्त किया, "जिस वक़्त आप मौक़ा-ए-वारदात पर पहुँचीं, क्या उस वक़्त मुलज़िम कमरे में मौजूद था?"

वह लम्हा-भर के लिए झिझकी। फिर न मालूम क्या सोचकर साफ़ झूठ बोल गई, "नहीं! वह यहाँ से जा चुका था!"

नौशा ने हैरत से सुलताना को देखा, जो सिर झुकाए आहिस्ता-आहिस्ता सिसकियाँ भर रही थी।

इंसपेक्टर ने पूछा, "फिर आपको कैसे मालूम हुआ कि मुलज़िम यहाँ आया था और मक़तूल से उसका झगड़ा हुआ था?"

"मैंने पहली बार उसे आपके साथ देखा है!"

"अगर मुलज़िम को यहाँ पुलिस की हिरासत में न देखतीं, तो आपको उस पर शुबहा न होता?"

---

1. भयानक, 2. ख़ामोशी, 3. लिखना

"जी नहीं," सुलताना ने साफ़ इनकार कर दिया।

"तो फिर आपने क़त्ल की इत्तिला अब तक पुलिस को क्यों न दी?"

"मेरी समझ ही में नहीं आया कि मैं क्या करूँ? अब तक मेरे होशो-हवास दुरुस्त नहीं!"

वह अपनी सूझ-बूझ के मुताबिक़ सब-इंसपेक्टर के हर सवाल का रुक-रुककर जवाब दे रही थी। जो कुछ समझ में आया, कहती चली गई, मगर उसकी आवाज़ से, उसके चेहरे के इत्मीनान से अन्दाज़ा होता था कि वह ख़ौफ़ और घबराहट पर क़ाबू पाती जा रही है। उसने रोना बन्द कर दिया था और इंसपेक्टर के हर इसतिफ़सार के लिए ख़ुद को तैयार करने की कोशिश कर रही थी।

इंसपेक्टर ने पूछा, "मक़तूल से आपकी कब शादी हुई?"

सुलताना इस सवाल पर घबरा गई। उसने नियाज़ के ख़िलाफ़ शदीद नफ़रत महसूस की। वह इंसपेक्टर के सवाल का कोई जवाब न दे सकी। उसकी पेशानी पर पसीने के क़तरे झलक रहे थे। उस वक़्त वह सख़्त अज़ीयत महसूस कर रही थी।

इंसपेक्टर ने अपने सवाल पर ज़ोर देते हुए दर्याफ़्त किया, "क्या वह आपके शौहर नहीं थे?"

सुलताना ने गर्दन झुकाकर कहा, "वह रिश्ते में मेरे सौतेले बाप थे।" उसकी आवाज़ लरज रही थी। उसका जी चाहा कि वह नियाज़ की लाश पर थूक दे और फूट-फूटकर रोने लगी। उसने नजरें नीची कर लीं। ऐसा महसूस हुआ, जैसे वह कमरे में बैठे हुए इतने बहुत-से लोगों के सामने अचानक बरहना[1] हो गई है।

इंसपेक्टर ने सुलताना से और भी बहुत-से सवालात किए, मगर वह अब क़ुव्वते-मुदाफ़अत खो चुकी थी। उसने घबराहट में न जाने क्या-क्या उलटे-सीधे जवाबात दिए।

पुलिस ने ख़ानसामा और ख़ादिमा के भी बयानात लिए।

इंसपेक्टर कांसटेबिलों और नौशा के हमराह कोठी से बाहर चला गया। सुलताना दरवाज़े पर खड़ी नौशा को जाते हुए दूर तक देखती रही। उसके हाथों में हथकड़ियाँ पड़ी थीं। वह सिर झुकाए कांसटेबिलों के नुर्ग़े[2] में चुपचाप चल रहा था।

रात-भर तक पुलिस-कांसटेबिल नियाज़ की लाश पर पहरा देता रहा। सवेरे सूरज निकलने से पहले मुरदा-गाड़ी आई और लाश पोस्टमार्टम के लिए अस्पताल ले गई।

सब-इंसपेक्टर कई बार तफ़्तीश के सिलसिले में कोठी पर आया और सुलताना के अलावा ख़ादिमा और ख़ानसामा से क़त्ल के मुतअल्लिक़ तरह-तरह की बातें पूछता रहा। सुलताना को उसके सवालात से बड़ी वहशत होती, मगर उससे भी ज़्यादा वहशत उसे उस कोठी से होने लगी थी, जो अब मरघट की तरह डरावनी मालूम होती। कोठी पर हर वक़्त 'हू' का आलम तारी रहता। दरो-दीवार पर मुर्दनी छाई रहती। ख़ाली कमरे भायँ-भायँ करते। तमाम दिन उकता देनेवाला सन्नाटा छाया रहता। शाम होते ही हर तरफ़ धुँधली-धुँधली परछाइयाँ नज़र आतीं। बाहर अहाते में घने दरख़्तों तले ख़ुश्क पत्ते खड़खड़ाते। दबी-दबी आहटें उभरतीं।

रात को अक्सर सोते-सोते सुलताना की आँख खुल जाती। ऐसा मालूम होता कि नियाज़ ख़ून में डूबा हुआ सामने खड़ा है। उसकी आँखें सुर्ख़ होतीं। वह ख़ूँख़्वार नज़रों से घूरता। सुलताना घबराकर बिस्तर पर उठकर बैठ जाती। घंटों जागती रहती।

---

1. निरावरण, नग्न, 2. आवाज़ों

नियाज़ का कमरा ऐन उसके कमरे के सामने था। हर शाम वह उस कमरे में जाकर ख़ुद रोशनी करती। ऊद[1] व लोबान सुलगाती, ताकि नियाज़ की रूह ख़राब होकर भटकती न फिरे, मगर रात गए जब वह उस कमरे की जानिब देखती, तो धुँधली-धुँधली रोशनी में कोई आहिस्ता-आहिस्ता टलहता हुआ मालूम होता। हवा ज़ोर से चलती। दरख़्तों के नीचे सूखे पत्ते खड़खड़ाते और सुनसान रात में किसी के तेज़-तेज़ भागने की आहटें उभरतीं। ख़ौफ़ से आँखें बन्द कर लेती। तमाम रात आँखों में कट जाती।

मुसलसल शबे-बेदारी[2] और पै-बा-पै दुखों ने उसकी सेहत ख़राब कर दी। चेहरा ज़र्द हो गया। आँखों के गिर्द हलक़े पड़ गए। उन दिनों उसे शिद्दत से किसी सहारे की ज़रूरत थी, मगर कोई भी ऐसा न था, जो उसे ढाँढ़स दे सकता, ग़म-गुसारी कर सकता। कोठी में ख़ादिमा के अलावा सिर्फ़ ख़ानसामा था। दोनों हर वक़्त सहमे-सहमे रहते बल्कि ख़ादिमा तो मुलाज़मत छोड़ने का इरादा कर चुकी थी, मगर सुलताना ने इसरार करके उसे रोक लिया। फिर भी वह रात को कोठी में रहने के बजाय अपनी बेटी के घर जाकर सोती थी। उसे सुलताना से भी ज़्यादा ख़ौफ़ मालूम होता था।

उस शाम ख़ाँ बहादुर कोठी पर आया। उसके हमराह एक अधेड़ आदमी था। उसका जिस्म भद्दा था। साँवला रंग। बड़ी-बड़ी बेरौनक़ आँखें और कनपटी के पास ज़ख़्म का गहरा निशान। वह वज़ा-क़ता से ख़ासा बदसूरत और ऊल-जलूल लगता था। उसके चेहरे की करख़्तगी[3] देखकर ख़ौफ़ मालूम होता था। ख़ाँ बहादुर ने सुलताना से उसे यह कहकर मिलाया कि वह नियाज़ का बड़ा भाई है। रावलपिंडी में रहता है और नियाज़ के मरने की इत्तिला पाकर आज ही आया है, हालाँकि नियाज़ ने सुलताना से उसका कभी तज़्किरा नहीं किया था और नियाज़ की उसमें शबाहत[4] भी नहीं थी। ताहम सुलताना ने उसके मुतअल्लिक़ किसी शको-शुबहे का इज़हार नहीं किया।

ख़ाँ बहादुर फ़र्ज़न्द अली को वह मुअज़्ज़िज़[5] और ज़िम्मेदार आदमी समझती थी। लिहाज़ा उसकी बातों पर सुलताना को फ़ौरन इतिबार आ गया।

ख़ाँ बहादुर कुछ देर बैठकर चला गया, अलबत्ता वह शख़्स कोठी ही में ठहरा रहा। उसका नाम फ़य्याज़ था। रावलपिंडी में उसकी कपड़े की दुकान थी। नियाज़ के क़त्ल की इत्तिला उसे नियाज़ के एक दोस्त के ख़त से मिली थी, और वह ख़त मिलते ही चला आया था। उसके बीवी-बच्चे अभी तक रावलपिंडी ही में थे। उसने अपने मुतअल्लिक़ सुलताना को यही बताया था।

मगर न तो उसने नियाज़ की मौत पर आँसू बहाए और न उसके चेहरे पर किसी गहरे ग़म का तास्सुर[6] था। सुलताना ने उससे बातचीत भी कम की और उसके बच्चे को देखकर न किसी इलतिफ़ात[7] का इज़हार किया, न शफ़्फ़त[8] का! रात का खाना उसने वहीं खाया। वह जबड़े हिला-हिलाकर बदतमीज़ी से खाना खाता रहा। खाने से फ़ारिग़ होकर उसने ज़ोर-ज़ोर से डकारें लीं, जिससे उसका उजड्डपन ज़ाहिर होता था। यूँ भी उसका लहजा बड़ा आमियाना[9] था, मगर सुलताना को उसके आने से किसी क़दर इत्मीनान हो गया था। कोठी पर रात-भर जो हौलनाक सन्नाटा तारी रहता था, कुछ कम हो गया।

---

1. अगरबत्ती, 2. निरन्तर रात्रि-जागरण, 3. कर्कशता, 4. समानता, 5. सम्मानित, 6. प्रभाव, 7. बात, उपेक्षा, 8. स्नेह, 9. आम-सा, बाज़ारियों-सा, अश्लील

सुलताना ने उसकी रिहाइश के लिए कोठी के एक कमरे में बन्दोबस्त कर दिया। वह सरे-शाम ही सोने के लिए बिस्तर पर चला गया। उस रात सुलताना कई रातों के बाद गहरी नींद सोई। सवेरे उठकर उसने फ़य्याज़ के लिए नाश्ता अपनी निगरानी में तैयार कराया और उसमें ख़ासा इहतिमाम किया। वह उसके सामने जिस वक़्त भी जाती, दुपट्टे के आँचल से सिर ढँक लेती। बात करती, तो नज़रें नीची करके। वह उसका एहतिराम[1] बिल्कुल अपने जेठ की तरह कर रही थी।

फ़य्याज़ तीसरे पहर तक अपने कमरे में रहा। फिर वह कोठी से बाहर चला गया। रात को वापस आया।

उसका यह मामूल हो गया था कि शाम को बाहर रहता। सुलताना के साथ पहले ही दिन से उसका जो रवैया था, वह बरक़रार रहा। वह उससे बहुत बातचीत करता। उसका ज़्यादातर वक़्त कमरे के अन्दर ही गुज़रता।

फ़य्याज़ को आए हुए चौथा या पाँचवाँ दिन था। दोपहर का वक़्त था। सुलताना अपने कमरे में सो रही थी। अचानक शोर सुनकर उसकी आँख खुल गई। वह घबराकर उठ बैठी। उसने सुना, फ़य्याज़ ख़ादिमा को डाँट रहा था। उसकी आवाज़ ऊँची थी। वह गन्दी-गन्दी गालियाँ बक रहा था। सुलताना सकते के-से आलम में ख़ामोश बैठी थी। इसी दौरान में ख़ादिमा रोती हुई दरवाज़े पर नमूदार हुई। उसने कमरे में दाख़िल होते ही कहा, ''बेगम साहिबा! मेरा हिसाब कर दीजिए! मैं अब आपकी नौकरी नहीं कर सकती!''

सुलताना ने उसे समझाने की कोशिश की, मगर वह सख़्त नाराज़ मालूम होती थी। मुँह बिगाड़कर बोली, ''मैं आपकी टहल-चाकरी करती हूँ, पर इसका मतलब यह नहीं कि मैंने इज़्ज़त भी बेच दी। मैं इस तरह गालियाँ नहीं सुन सकती!''

ख़ादिमा बराबर बड़बड़ा रही थी और सुलताना उसे समझा रही थी कि मुलाज़मत छोड़कर न जाए। इसी दौरान में सामने से फ़य्याज़ आता हुआ नज़र आया। उसकी बड़ी-बड़ी बेरौनक़ आँखें चढ़ी हुई थीं। पेशानी पर बल थे। उसका करख़्त[2] चेहरा झुलसा हुआ लग रहा था। आते ही गरजकर बोला, ''यह हरामज़ादी यहाँ बैठी क्या फ़ैल[3] मचा रही है?''

ख़ादिमा ने फ़ौरन कहा, ''देखिए, बेगम साहिबा! फिर उन्होंने गाली दी। मैं अगर कुछ कह-सुन दूँगी, तो फिर मुझे न कहिएगा!''

फ़य्याज़ ने उसे क़हर-आलूद नज़रों से देखा और डपटकर बोला, ''अभी यहाँ से निकल जा! मैं तेरी सूरत देखना नहीं चाहता। सूअर की बच्ची, हरामज़ादी, कंजरी!''

फ़य्याज़ गालियाँ देने लगा। ख़ादिमा थी तो अधेड़, मगर दबंग औरत थी। उसने भी तुर्की-बा-तुर्की जवाब दिया। फ़य्याज़ मारने के लिए झपटा। सुलताना अगर न रोकती, तो शायद वह ख़ादिमा को मारता भी। वह पागलों की तरह गला फाड़-फाड़कर चीख़ रहा था।

ख़ादिमा रोती-पीटती घर से चली गई।

सुलताना को ख़ादिमा के चले जाने का बहुत अफ़सोस हुआ। वह काम भी मुस्तैदी से करती थी और उसकी ग़म-गुसार[4] भी थी। जब से नियाज़ मरा था, उस वक़्त से सुलताना के लिए उसकी अहमियत और बढ़ गई थी। वह हर मुआमले में उससे मशविरा कर लेती। दिल

1. सम्मान, 2. कड़ा, 3. कर्म (दुष्कर्म), 4. दुख में सहभागी

घबराता, तो घंटों उसके साथ बैठी इधर-उधर की बातें किया करती। इस तरह उसका दिल बहल जाता था।

सुलताना को फ़य्याज़ का रवैया सख़्त नागवार गुज़रा!

शाम को ख़ानसामा पर भी नज़ला गिरा। फ़य्याज़ ख़्वाहमख़्वाह उस पर बरसने लगा। उसे भी उसने चीख़-चीख़कर गालियाँ दीं, मगर ख़ानसामा ठंडे मिज़ाज का आदमी था। उसने ज़बान से उफ़ तक न की। सिर झुकाए ख़ामोशी से फ़य्याज़ की गालियाँ सुनता रहा। थोड़ी देर बाद सुलताना उसके पास गई। उसने देखा, ख़ानसामा बावर्चीख़ाने में चुपचाप बैठा था। उसका चेहरा बहुत अफ़सुर्दा नज़र आ रहा था। सुलताना ने तसल्ली देने की कोशिश की, तो वह आबदीदा हो गया। भर्राई हुई आवाज़ में बोला, "बेगम साहब! अपनी क़िस्मत ही में दर-ब-दर की ठोकरें खानी लिखी हैं। मैंने तो सोचा था कि आप ही के क़दमों में सारी ज़िन्दगी गुज़ार दूँगा, मगर ऐसा मालूम होता है कि अब यहाँ से भी मेरा आबो-दाना उठ चुका है!"

सुलताना देर तक ख़ानसामा को समझाती रही। जब उसे समझा-बुझाकर बावर्चीख़ाने से बाहर निकली, तो उसने फ़य्याज़ को अपने कमरे के सामने टहलते हुए पाया। वह उसे देखते ही बोला, "देखो जी! तुम्हारी यह आदतें मुझे बिल्कुल पसन्द नहीं। तुमने नौकरों को बहुत सिर पर चढ़ा रखा है। साले एक नम्बर कामचोर हो गए हैं।" सुलताना ने उसकी बात का कोई जवाब नहीं दिया। चुपचाप अपने कमरे में चली गई। नन्हा अयाज़ रो रहा था। वह उसे गोद में लेकर कमरे के अन्दर टहलने लगी।

फ़य्याज़ का रवैया ख़ानसामा के साथ रोज़-ब-रोज़ ख़राब होता गया। वह बात-बात पर उस पर बरस पड़ा। गन्दी-गन्दी गालियाँ देता। सुलताना अगर बात रफ़ा-दफ़ा करने की ग़र्ज़ से कुछ कहती, तो वह आँखें निकालकर उस पर भी गुर्राने लगता। अब वह घर के हर मुआमले में टाँग अड़ाने लगा था। एक-एक बात की छानबीन करता। यह क्यों हुआ? यह किसलिए किया गया? वह क्या है? उसकी इन हरकतों ने चन्द ही रोज़ में सुलताना को परेशान कर दिया।

फिर और भी नई-नई बातें सामने आईं। फ़य्याज़ ने ड्राइवर को अलाहिदा कर दिया और कार गैराज से निकालकर न जाने कहाँ ले गया। सुलताना ने पूछा, तो उसने बड़ी बेरुख़ी से कहा, "मरम्मत के लिए गई है," हालाँकि कार बिल्कुल ठीक चल रही थी, मगर फ़य्याज़ ने इस तरह त्योरी पर बल डालकर बेरुख़ी से जवाब दिया कि वह मजीद इसतिफ़सार[1] न कर सकी।

कुछ अरसे बाद वह अपनी ही वज़ा-क़ता के एक और शख़्स को भी ले आया। वह चौबीस-पच्चीस साल का नौजवान था। सूरत-शक्ल से औबाश[2] मालूम होता था। तमाम दिन ड्राइंग-रूम में पड़ा रहता। लहक-लहककर फ़िल्मी गीत गाता। घटिया क़िस्म के सिगरेट पीता और माचिस की जली हुई तीलियाँ और सिगरेट के टुकड़े कमरे के अन्दर बिखेर देता। सोफ़ों पर उसने जगह-जगह तेल के दाग़-धब्बे डाल दिए थे। खिड़कियों और दरवाज़ों के परदों से तौलिया का काम लेता। दोनों वक़्त ढेर भर खाना खाता और चाय के कई-कई कप एक ही वक़्त में पी जाता। वह काम-काज कुछ नहीं करता था। बस हर वक़्त ड्राइंगरूम में बैठा

---

1. पूछताछ, 2. बदमाश

रहता। रात होती, तो फ़य्याज़ के कमरे में जाकर सो जाता। कहीं आता-जाता भी नहीं था। हर वक़्त कोठी में मौजूद रहता।

सुलताना जब उसके सामने आती, तो बराबर घूरता रहता। लफ़ंगों की तरह ठंडी-ठंडी साँसें भरता और घटिया फ़िल्मी गीत गुनगुनाना शुरू कर देता। उसका नाम करम इलाही था, मगर वह चन्द ही रोज़ में सुलताना के लिए क़हर-इलाही[1] बन गया।

सुलताना इन तब्दीलियों पर ग़ौर कर ही रही थी कि फ़य्याज़ ने एक रोज बड़ी अजीब हरकत की। उसने नियाज़ का सारा सामान उठवाकर एक कमरे में बन्द कर दिया। हर कमरे की तलाशी लेने लगा। हर अलमारी और ट्रंक खोलकर देखा। उसने सुलताना के ज़ेवरात और कपड़े देखने की ख़्वाहिश का भी इज़हार किया और अलमारियों की कुंजियाँ भी तलब कीं। सुलताना ने पहले तो टालना चाहा, मगर जब वह बार-बार इसरार करने लगा, तो उसने साफ़ इनकार कर दिया।

वह बिगड़कर बोला, ''अगर तुमने कुंजियाँ न दीं, तो मैं तुम्हारी सारी अलमारियाँ और बक्से उठवाकर दूसरे कमरे में बन्द कर दूँगा!''

इस धमकी पर सुलताना भी झुँझला उठी, ''देखिए, मैं आपकी हर बात ख़ामोशी से बरदाश्त करती रही। अब आप हद से गुज़रते जा रहे हैं। मैंने कह दिया कि न मैं अपने सन्दूक और अलमारियों की आपको कुंजियाँ दूँगी और न उन पर किसी को हाथ लगाने दूँगी!''

''तो फिर पछताओगी,'' फियाज़ ने खुलकर धमकी दी।

सुलताना जलकर बोली, ''जाइए, जो आपसे किया जाए, कर लीजिए!''

फ़य्याज़ आँखें निकालकर बोला, ''मैं तुमको खड़े-खड़े यहाँ से निकाल सकता हूँ!''

''तुम कौन होते हो मुझे यहाँ से निकालनेवाले?''

''अच्छा, तो तुमको अब तक यह पता नहीं कि इस घर का मालिक कौन है?''

सुलताना ने तिलमिलाकर कहा, ''इस घर की मालिका मैं हूँ। मैं हूँ। कान खोलकर सुन लो!''

फ़य्याज़ बेढंगेपन से ठट्ठा मारकर हँसने लगा, ''कहीं इस गुमान में भी न रहना। जिस वक़्त चाहूँगा, हाथ पकड़कर बाहर खड़ा कर दूँगा। भीख माँगती फिरोगी!''

सुलताना ने तीखे लहजे में कहा, ''ज़रा निकालकर तो देखो!'' वह ग़ुस्से से बड़बड़ाने लगी, ''न जांने कहाँ से आ गए मरनेवाले के बड़े भाई बनकर! उसकी ज़िन्दगी में तो कभी यह भी न पूछा कि ज़िन्दा है या मर गया? अब मरने के बाद उसके माल पर कफ़न-खसूटों की तरह क़ब्ज़ा करने आ गए। अगर ख़ाँ बहादुर साहब न कहते, तो मैं तुमको यहाँ घुसने भी न देती!''

अभी वह ग़ुस्से में न जाने और क्या कुछ कहती कि फ़य्याज़ ने चीख़कर कहा, ''अब तुम अपनी ज़बान बन्द कर लो, वरना अच्छा न होगा!''

सुलताना उसकी लाल-लाल आँखें देखकर चुप हो गई। शोर सुनकर करम इलाही और उसके पीछे ख़ानसामा भी आ गया।

---

1. प्रलयंकारी

फ़य्याज़ ख़ामोश बड़ा क़हरआलूदा नज़रों से सुलताना को घूरता रहा और फिर तेज़-तेज़ क़दम उठाता हुआ कोठी से बाहर चला गया।

रात से नन्हे अयाज़ की तबीयत ख़राब थी। वह मुसलसल रो रहा था। सुलताना ने झुँझलाकर बच्चे की कमर पर इस ज़ोर का दोहत्थड़ मारा कि वह बिलबिला उठा। चीख़-चीख़कर रोने लगा। सुलताना निढाल होकर बिस्तर पर दराज़ हो गई। बच्चा बिलख-बिलखकर रोता रहा। आख़िर ख़ानसामा उसे उठाकर कमरे से बाहर ले गया। पुचकार-पुचकारकर बहलाने की कोशिश करने लगा।

तमाम दिन वह कमरे में मुज़्महिल[1] पड़ी रही। शाम को ख़ाँ बहादुर फ़र्ज़न्द अली आया। फ़य्याज़ उसके हमराह था। उसने सुलताना को ड्राइंगरूम में बुलवाया। बातचीत का आग़ाज़[2] करने से पहले उसने फ़य्याज़ और करम इलाही को दूसरे कमरे में भेज दिया।

जब दोनों चले गए, तो ख़ाँ बहादुर ने बड़े सरपरस्ताना अन्दाज़ में सुलताना से कहा, ''मैं तुमको बहुत समझदार लड़की समझता था, मगर तुमने बड़ी नासमझी का सुबूत दिया। तुमको फ़य्याज़ से इस तरह लड़ाई-झगड़ा नहीं करना चाहिए!''

वह तीखे लहजे में बोली, ''आपको क्या ख़बर कि वह किस-किस तरह मुझे परेशान कर रहे हैं?''

''भई, फ़य्याज़ तो मुझे बड़ा भलामानस लगता है,'' ख़ाँ बहादुर ने हैरत का इज़हार करते हुए कहा, ''बहरहाल, मैं उसे समझा दूँगा कि वह कोई ऐसी बात न करे, जिससे तुमको तकलीफ़ पहुँचे, मगर इसके साथ ही मैं तुमसे भी यह कहूँगा कि ज़्यादा ग़ुस्सा करना छोड़ दो!'' उसने खँखारकर गला साफ़ किया, ''बात दरअसल यह है कि तुम्हारी क़ानूनी पोज़ीशन बहुत नाज़ुक है!''

सुलताना ने चौंककर ख़ाँ बहादुर की जानिब देखा, मगर ख़ामोश रही।

ख़ाँ बहादुर अपने मख़सूस अन्दाज़ में सँभल-सँभलकर बोलता रहा, ''मुसीबत यह है कि नियाज़ के साथ तुम्हारा बाक़ायदा निकाह भी नहीं हुआ!''

सुलताना दिल-गिरफ़्ता होकर बोली, ''मैंने तो कई बार कहा, मगर वह हमेशा टालते रहे!''

''वह टालता नहीं रहा, बल्कि ऐसा कर भी नहीं सकता था,'' ख़ाँ बहादुर ने बताया, ''उसने मुझसे भी इस सिलसिले में ज़िक्र किया था, मगर मैंने उसे मना कर दिया!''

''क्यों?'' सुलताना के लहजे में इसतिअजाब[3] था।

''वह ऐसा है कि तुम्हारी माँ चूँकि नियाज़ की बीवी रह चुकी थी, लिहाज़ा शरई तौर पर नियाज़ के साथ तुम्हारा निकाह नहीं हो सकता। यह फ़िक़ही[4] मसला है। मैंने सही सूरतेहाल बता दी। तुम चाहो, तो किसी आलमे-दीन[5] से इसकी तसदीक़[6] कर सकती हो।'' ख़ाँ बहादुर ने अपनी बात पर ज़ोर देते हुए कहा, ''बुरा न मानना। सच पूछो, तो तुम्हारी हैसियत नियाज़ की दाश्ता[7] से ज़्यादा नहीं!''

---

1. शिथिल, सुस्त, 2. शुरुआत, 3. आश्चर्य, 4. धार्मिक, 5. धर्म-विद्वान, 6. पुष्टि, 7. दासी

सुलताना के दिल पर शदीद ठेस लगी। वह ग़म व ग़ुस्से से तिलमिलाकर रह गई। ख़ाँ बहादुर उसके जज़्बात व अहसासात से बेनियाज़ बोलता रहा, ''मैं तुमको यही मशविरा दूँगा कि फ़य्याज़ से न बिगाड़ो। जो कहता है, मान लो,'' उसने तसल्ली देने की कोशिश की, ''भई, क्या किया जाए! अल्लाह ने तुम पर वक़्त ही ऐसा डाला है!''

सुलताना ने कहा, ''उन्होंने हर चीज़ पर क़ब्ज़ा कर लिया है। अब वह मेरे ज़ेवरात और कपड़े-लत्ते भी हथियाना चाहते हैं। आख़िर मेरा भी तो कोई हक़ है। फिर मेरा बच्चा है। वह किसी की औलाद है? क्या बाप की जायदाद पर उसका कोई हक़ नहीं?''

''मैंने तुमको मसले की शरई नौईयत बता दी,'' ख़ाँ बहादुर नरम लहजे में बोला, ''अपनी क़ानूनी हैसियत के बारे में जानना चाहती हो, तो मैं यह कहूँगा कि तुम्हारा नियाज़ की जायदाद पर कोई हक़ नहीं बनता!'' उसने नज़र भरकर सुलताना को देखा, जो सिर झुकाए बुझी-बुझी-सी बैठी थी, ''नियाज़ को तुम्हारे बाप की हैसियत से देखा जाए, तब भी सौतेली औलाद होने के रिश्ते से उसके तरके[1] में तुम्हारा कोई हिस्सा नहीं हो सकता। रह गया बच्चा, वह भी नियाज़ की नाजायज़ औलाद है। उसका भी हक़ नहीं बनता!''

सुलताना ने ख़ाँ बहादुर को क़ायल करने की आख़िरी कोशिश की, ''मगर इसके बाप की हैसियत से तो हर जगह उन्हीं का नाम लिखा गया है।''

ख़ाँ बहादुर मुस्कराकर बोला, ''तुम किसी का भी नाम लिखवा दो, मगर क़ानून तो यह नहीं तस्लीम करेगा कि इस बच्चे का बाप नियाज़ ही था। उसने अपने हाथ से तो लिखा नहीं कि यह मेरा बच्चा है!''

सुलताना ने झट कहा, ''अस्पताल के रजिस्टर में उन्होंने ख़ुद दस्तख़त किए थे। आप जाकर दर्याफ़्त कर लें!''

''अगर ऐसा भी है, तब भी मुझे पता नहीं कि इस सिलसिले में क़ानून क्या कहता है, मगर मैं यह जानता हूँ कि इसके बावजूद बहुत-सी पेचीदगियाँ पैदा होंगी। अदालत में और भी बहुत-से सुबूत मुहैया करने होंगे। तुम चाहो, तो किसी वकील से मशविरा कर लो!''

''मैं किस वकील के पास जाऊँगी,'' सुलताना ने अपनी मजबूरी ज़ाहिर की, ''आप ही मेरी मदद कर सकते हैं। मेरा तो कोई भी नहीं,'' उसकी आवाज़ भर्रा गई।

''तुम परेशान न हो,'' ख़ाँ बहादुर ने उसे तसल्ली दी, ''मैं तो चाहता हूँ कि अदालत में जाने और मुक़दमेबाज़ी के चक्कर में पड़ने की नौबत न आ जाए। तुम इत्मीनान से यहाँ रहो। मैं फ़य्याज़ को समझा दूँगा। अब वह यहाँ कम ही रहेगा। नियाज़ के कारोबार की फ़िलहाल मैं देखभाल कर रहा हूँ, मगर मैं इसी महीने 'उमरा'[2] करने मक्का-मुअज़्ज़मा जा रहा हूँ। लिहाज़ा जल्द ही सब कुछ फ़य्याज़ के सुपुर्द कर दूँगा। वह कारोबार के चक्कर में फँस जाएगा, तो तुमसे उलझने की उसे फुरसत ही कब मिलेगी। तुमको घर के ख़र्च के लिए हर माह जो कुछ मिलता था, वह मिलता रहेगा। तुम कुंजियाँ और ज़रूरी काग़ज़ात फ़य्याज़ को दे देना, ताकि बैंक में और दूसरी जगह जो रुपया पड़ा है, उसे निकालकर कारोबार चलाया जाए!''

---

1. जायदाद, 2. हज जैसी एक धार्मिक यात्रा

मगर सुलताना कुंजियाँ देने पर रज़ामन्द नहीं हुई।

ख़ाँ बहादुर ने ज़्यादा इसरार नहीं किया। मुस्कराकर बोला, "तुम फ़य्याज़ से बहुत बदगुमान मालूम होती है। ख़ैर, उसकी बात छोड़ो। मैं जो कुछ कह रहा हूँ, उस पर दो-चार रोज़ ग़ौर कर लो। फिर इत्मीनान से जवाब देना!"

ख़ाँ बहादुर ज़्यादा देर न ठहरा। उठकर चला गया।

सुलताना को ख़ाँ बहादुर की बातों से क़दरे इत्मीनान हो गया। उसने सोचा, अगर ख़ाँ बहादुर ने ज़्यादा इसरार किया, तो वह तमाम कुंजियाँ और काग़ज़ात उसी के हाथ में दे देगी। वह उसे शरीफ़ और माक़ूल आदमी समझती थी। उसे यक़ीन था कि वह जो कुछ करेगा, उसकी बेहतरी के लिए करेगा। सुलताना बहुत देर तक इन्हीं बातों पर ग़ौर करती रही।

न मालूम कितनी रात गुज़र चुकी थी, दफ्अतन[1] आहट से सुलताना की आँख खुल गई। कमरे की उस खिड़की पर जो बाग़ीचे में खुलती थी, एक साया नज़र आया, लेकिन ज़रा ही देर बाद ग़ायब हो गया। बाहर धुँधली-धुँधली चाँदनी फैली थी। हवा सनकी हुई थी। दरख़्तों के नीचे ख़ुश्क पत्तों पर क़दमों की आहटें उभर रही थीं। कोई आहिस्ता-आहिस्ता चल रहा था। सुलताना ख़ौफ़ से थर्राकर रह गई। नियाज़ के कमरे में फीकी-फीकी रोशनी फैली थी। वह टकटकी बाँधे उसी तरफ़ देखती रही।

नींद अब आँखों से ओझल हो चुकी थी। वह सहमी हुई ख़ामोश पड़ी रही। थोड़ी देर बाद खिड़की के क़रीब आहट हुई। सुलताना ने घबराकर देखा। कोई गर्दन निकाले झाँक रहा था। देखते-देखते वह खिड़की पर चढ़कर धम से कमरे के अन्दर कूदा। सुलताना की घिग्घी बँध गई। उसने चीख़ने के लिए मुँह फाड़ा। उसी वक़्त किसी ने अपना चौड़ा-चकला हाथ उसके मुँह पर रख दिया। कमरे में अँधेरा था। धुँधली-धुँधली चाँदनी में उसने देखा। फ़य्याज़ उसके सीने पर झुका हुआ खड़ा है। उसकी आँखें तेज़ी से चहक रही थीं।

सुलताना ने मज़ाहमत[2] की, तो फ़य्याज़ ने उसके मुँह पर एक भरपूर हाथ मारा। सरनोशी के अन्दाज़ में आहिस्ता से बोला, "चुपकी पड़ी रह, हरामज़ादी!"

उसने दूसरा थप्पड़ मारा। फ़य्याज़ क़वी-हैकल[3] आदमी था। सुलताना के मुँह पर दो भरपूर हाथ पड़े, तो उसकी बत्तीसी हिल गई। फ़य्याज़ दस्तदराज़ी करने लगा। पागलों की तरह उसका लिबास नोचने लगा।

सुलताना बराबर मुज़ाहमत करती रही। उसने चीख़ने-चिल्लाने की कोशिश की, लेकिन फ़य्याज़ ने उसका मुँह अपने चौड़े-चकले मज़बूत हाथ से इस तरह दबोच रखा था कि आवाज़ न निकल सकी। वह सिर्फ़ ग़ै-ग़ै करती रही। साथ ही फ़य्याज़ बेदर्दी से मारता भी रहा। आख़िर वह थककर शल[4] हो गई। उसने बेबसी से फ़य्याज़ के आगे हाथ जोड़ दिए। बिलख-बिलखकर रोने लगी, मगर फ़य्याज़ दीवाना हो रहा था। वह बाज़ न आया।

बाहर फीकी-फीकी चाँदनी फैली थी। दरख़्तों के नीचे सूखे पत्ते सरगोशियाँ कर रहे थे। नियाज़ के कमरे में रोशनी मद्धिम पड़ गई थी। फ़य्याज़ खिड़की से कूदकर बाहर चला गया। उसके जाते ही करम इलाही उसी रास्ते से कमरे के अन्दर आ गया।

---

1. अकस्मात्, 2. विरोध, 3. हट्टा-कट्टा, 4. शिथिल

सुलताना ने जलकर उसके मुँह पर थूक दिया, मगर वह बेहयाई से हँसने लगा और रंडीबाज़ों की तरह छेड़छाड़ करने लगा। सुलताना ने एक बार किचकिचाकर उसके बाज़ू पर काट लिया। वह फिर भी नाराज़ न हुआ। ढीठ बना मुस्कराता रहा।

करम इलाही के जाने के बाद वह सुबह तक बिस्तर पर बेहाल पड़ी रही। उसका जिस्म मुरदे की तरह बेजान हो गया था। रोते-रोते आँखें सूज गई थीं। गला ख़ुश्क पड़ गया था। क़रीब ही पालने में उसका बच्चा गहरी नींद सो रहा था। बहुत देर बाद वह लड़खड़ाती हुई उठी। बच्चे को लम्हा-भर तक झुककर देखती रही। फिर उसे सीने से लगाकर सिसकियाँ भरने लगी।

बाहर सुबह का उजाला फैल रहा था। उसने कँपकँपाते हाथों से अपने बिखरे हुए बाल दुरुस्त किए और थकी-सी बिस्तर पर गिर पड़ी। उस रोज़ उसने नाश्ता भी कमरे में ही किया। दोपहर का खाना भी वहीं खाया। बरामदे में फ़य्याज़ और करम इलाही के ज़ोर-ज़ोर से बोलने की आवाज़ आ रही थी। उनके सामने जाते हुए उसे शदीद ज़ेहनी कोफ़्त[1] महसूस हो रही थी।

शाम होने से कुछ देर पहले दोनों कोठी से बाहर चले गए।

अव्वल शब को बूढ़ा खानसामा घबराया हुआ सुलताना के पास आया। वह बड़ा ख़ौफ़ज़दा मालूम हो रहा था। उसने चौकन्ना नज़रों से इधर-उधर देखकर राज़दाराना लहजे में कहा, ''बेगम साहिबा! आप कोठी फ़ौरन छोड़ दीहिए। ये दोनों नन्हे को क़त्ल करने का प्रोग्राम बना रहे हैं। मैंने ख़ुद अपने कानों से सुना है!''

सुलताना उस वक़्त बच्चे को गोद में लिए बैठी थी। उसने झट से नन्हे अयाज़ को सीने से चिमटा लिया। घबराकर बोली, ''या अल्लाह! क्या होनेवाला है। तुम मुझे ख़ाँ बहादुर साहब के पास ले चलो!''

वह बोला, ''वही तो यह सब कुछ करा रहे हैं। आपको यह भी पता नहीं!''

इस इनकिशाफ़[2] पर वह शशदार[3] रह गई। यक़ीन न आने के-से अन्दाज़ में बोली, ''नहीं, ख़ानसामा, वह इस क़दर बेरहम नहीं हो सकते!''

''आप कैसी बातें कर रही हैं? किसी और ने नहीं, ख़ुद करम इलाही ने मुझे बताया है। यह फ़य्याज़ नियाज़ मियाँ का भई-वाई कहाँ है? ख़ाँ बहादुर साहब ने ख़्वाहमख़्वाह का ढोंग रचाया है। यह तो जायदाद पर क़ब्ज़ा करने का चक्कर है!''

वह बेबसी से बोली, ''तो अब तुम ही बताओ, मैं क्या करूँ? कहाँ जाऊँ? किसके पास जाऊँ?'' उसकी आवाज़ भर्रा गई। वह बिलख-बिलखकर रोने लगी।

बूढ़ा ख़ानसामा ज़रा देर ख़ामोश रहकर बोला, ''मेरा छोटा भाई यहीं शहर में रहता है। आप मेरे साथ वहाँ चली चलें। मुझे भी इन लोगों से बहुत डर लगता है। करम इलाही मुझे कई बार धमकी दे चुका है। उसके ख़ौफ़ से तो मैं आपके पास अब तक आया नहीं। ख़ुदा क़सम! मैं तो कब का यहाँ से काम छोड़कर चला जाता, मगर आपकी वजह से अब तक पड़ा हूँ?''

---

1. मानसिक क्षुब्धता, 2. रहस्योद्घाटन, 3. विस्मित

दोनों आहिस्ता-आहिस्ता बातें करते रहे कि अब क्या किया जाए? आख़िर यही तय हुआ कि फ़ौरन कोठी छोड़ दी जाए। यह मंसूबा बनाने के बाद सुलताना ने सोचा कि वह अपने ज़ेवरात और क़ीमती कपड़े लेकर फ़य्याज़ और करम इलाही की वापसी से पहले ख़ानसामा के हमराह चली जाए, मगर उसने जब उस कमरे में, जिसमें सारा क़ीमती सामान रखा था, जाकर देखा, तो उसकी आँखें फटी-की-फटी रह गईं। फ़य्याज़ ने रातों रात सारे ट्रंक और सूटकेस कमरे से निकालकर ग़ायब कर दिए थे। उसकी आँखों तले अँधेरा छा गया।

वह देर तक दरवाज़े का पट पकड़े दिलगिरफ्ता खड़ी रही। ख़ानसामा ने तसल्ली दी तो वह किसी क़दर सँभली। उस वक़्त उसके पास सौ से कुछ ऊपर रुपए थे। उसने एक सूटकेस में ज़रूरी सामान रखा और ख़ानसामा को ताँगा लाने के लिए भेज दिया।

ज़रा देर बाद ताँगा आ गया। सूटकेस और सामान उसमें रख दिया गया। सुलताना कोठी से बाहर जाने लगी, तो अचानक उसने अपना इरादा बदल दिया। सोचा, कहाँ ठोकरें खाती फिरेगी? इससे तो अच्छा यही है कि कोठी में रहकर आनेवाली मुसीबतों का मुक़ाबला करे, मगर उसे फ़ौरन नन्हा अयाज़ याद आ गया। अब वही उसका सहारा रह गया था। वह उसकी जान ख़तरे में डालने के लिए किसी तरह भी तैयार न थी।

उसने हसरत-भरी नज़रों से कोठी के दरो-दीवार को देखा और आहिस्ता-आहिस्ता चलती हुई बाहर सड़क पर आ गई।

ताँगे में बैठकर एक बार फिर उसने कोठी को देखा। उसकी आँखें भर आईं। ताँगा आगे रवाना हो गया।

## [3]

सलमान दफ़्तर से देर में लौटा। उसने देखा, फ़्लैट के नीचे सड़क पर जाफ़री की कार खड़ी है। सलमान को किसी क़दर हैरत हुई। इसलिए कि जाफ़री को अच्छी तरह पता था कि वह छह बजे से पहले वापस नहीं आएगा। उसने ख़ुद ही तो सलमान से छह बजे शाम तक दफ़्तर में काम करने के लिए कहा था, और जब यह बात थी, तो उसकी ग़ैर-हाज़िरी में वह यहाँ क्यों आया? जाफ़री को मालूम था कि जब वह उसके फ़्लैट पर आता, तो हमेशा दफ़्तर से उसे अपने हमराह ले लेता। गुज़श्ता चार साढ़े चार माह के अरसे में, जब से जाफ़री की उसके कमरे में आमदो-रफ़्त शुरू हुई थी, सिर्फ़ एक बार ऐसा हुआ कि जाफ़री अकेला ही आया था, मगर आने से पहले उसने सलमान को बता दिया था, वह किस वक़्त उसके फ़्लैट पर पहुँचेगा। सलमान ने नई चमकती हुई कार ग़ौर से देखी, जो सड़क के किनारे राजहंस की तरह पर फैलाए खड़ी थी।

बिल्डिंग के दरीचों से दो नौजवान ईसाई लड़कियाँ झुक-झुककर कार को देख रही थीं। सलमान ने सोचा, चमकती हुई शानदार कार दरवाज़े पर खड़ी हो, तो लड़कियों पर रोब तो ख़ूब पड़ता है। उसने ग़ौर किया कि दोनों लड़कियाँ उसे देखकर मुस्कराई भी थीं। सलमान ने अपनी टाई की गिरह दुरुस्त की। उँगलियों से सिर के बालों में कंघी की और गर्दन ऊँची करके ज़ीने की सीढ़ियों पर चढ़ने लगा।

कमरे में जाकर उसने देखा। जाफ़री सोफ़े की पुश्त से गर्दन टिकाए, टाँगों को बेतकल्लुफ़ी से फैलाए, इत्मीनान से सिगरेट पी रहा था। उस वक़्त वह हलक़ा सलेटी सूट पहने हुए था। टाई शोख़ रंग की थी। क़रीब ही दूसरे सोफ़े पर रख़शंदा बैठी थी। सामने मेज़ पर अभी तक चाय के बर्तन बिखरे हुए थे। दोनों फ़िल्मों के बारे में आहिस्ता-आहिस्ता बातें कर रहे थे। सलमान को देखते ही जाफ़री ने ज़ोरदार नारा लगाया, "हैलो सालोमन! मेरा ख़याल है, तुम्हें इतनी देर नहीं होनी चाहिए थी," उसने कलाई पर बँधी हुई घड़ी देखी, "मैं 37 मिनट 18 सेकेंड से बैठा तुम्हारा इन्तज़ार कर रहा हूँ। सख़्त बोरियत में मुब्तला रहता, अगर मिसेज़ सालोमन मेरी मदद को न आतीं। तुम्हें मेरी तरफ़ से पहले इनका शुक्रिया अदा करना चाहिए!"

जाफ़री ने हलका क़हक़हा लगाया। वह उस वक़्त बड़ी बेतकल्लुफ़ी से बातें कर रहा था। उसने सलमान को कुछ कहने का मौक़ा ही नहीं दिया। उसका हाथ पकड़कर क़रीब बिठाते हुए बोला, "तुम थके हुए मालूम हो रहे हो। मेरा ख़याल है, तुम्हें फ़ौरन एक गर्म-गर्म प्याला चाय का पीना चाहिए। चाय बहुत ख़ुश-ज़ाइक़ा है। क्या तुम आजकल औरंज पीको इस्तेमाल कर रहे हो? यक़ीनन वही है। उसकी महक मुझे धोखा नहीं दे सकती," वह बड़ी रवानी से बोलता रहा।

रख़शंदा ने चाय बनाकर दी।

सलमान आहिस्ता-आहिस्ता चाय पीने लगा। चाय ठंडी पड़ चुकी थी। न उसमें औरंज पीको की महक थी और न ख़ुश-ज़ाइक़ा थी।

जाफ़री पर उस रोज़ बातें करने का दौरा पड़ा था। वह बेथकान बोल रहा था और बेतकल्लुफ़ी से ज़ोरदार क़हक़हे लगा रहा था।

रात का खाना भी उसने सलमान के साथ ही खाया। खाने से फ़ारिग़ होने के बाद कलफ्टन जाने का प्रोग्राम बना। रात के नौ बजे थे। रुपहली चाँदनी छिटकी हुई थी। हवा तीखी थी। रख़शंदा भी उनके साथ थी।

वह बड़ी मसरूर नज़र आ रही थी। बच्चों की तरह हँस-हँसकर सादगी से अपनी मसर्रत का इज़हार कर रही थे।

खुली गाड़ी में उस वक़्त बैठना पड़ा ख़ुशगवार लग रहा था। फरियर गार्डन के सामने से गुज़रकर जब वे कलफ्टन जानेवाली सड़क पर आ गए, तो रास्ता और भी दिलफ़रेब हो गया। सड़क पर हदे-निगाह तक दो-रूविया रोशनियों की क़तार चली गई थी।

वे समन्दर के किनारे पहुँचे, तो फ़िज़ा और भी ज़्यादा हसीन हो गई। चाँदनी दूर तक बिखरी हुई रेत पर अफ़शाँ की तरह झिलमिला रही थी। समन्दर की लहरें शोर करती उठतीं और साहिल पर दूर तक बिखर जातीं। तीनों रेत के एक टीले पर जाकर बैठ गए और लहरों का उतार-चढ़ाव देखने लगे। ठीक उस मुकाम पर जहाँ समन्दर और आसमान की सरहदें मिल रही थीं। चन्द कश्तियाँ आबी-परिन्दों की तरह अपने सफ़ेद-सफ़ेद बादबान लहरा रही थीं। फ़िज़ा बड़ी सुहानी थी और उस सुहानी फ़िज़ा में जाफ़री की मौजूदगी पुर-लुत्फ़ मालूम हो रही थी। वह हलके-फुलके मज़ेदार लतीफ़े सुनाकर ख़ुद भी हँस रहा था और उन दोनों को भी हँसा रहा था।

तीनों कलफ्टन से वापस हुए, तो रात ढल चुकी थी। सड़कें शबनम से भीगी हुई थीं। रख़शंदा का जिस्म सर्द हवा से कँपकँपा रहा था।

सलमान के घर में जाफ़री की आमदो-रफ़्त जारी रही। अब वह अक्सर सलमान की ग़ैर-हाज़िरी में भी आ जाता और घंटों बैठा बेतकल्लुफ़ी के साथ रख़शंदा से बातें करता रहता। एक बार वह उसके लिए एक क़ीमती घड़ी लेकर आया। हँसकर बोला, "लन्दन से मेरा एक दोस्त लाया था। उसे यह भी पता नहीं कि मैंने अभी शादी नहीं की। जब घर में बीवी मौजूद न हो, तो भला लेडीज़ वॉच का क्या मसरफ़ हो सकता है?"

उसने ख़ुद अपने हाथ से रख़शंदा की कलाई पर घड़ी बाँध दी। घड़ी वाक़ई खूबसूरत थी और रख़शंदा की गोरी-गोरी कलाई पर सज रही थी। उसके बाद बारहा ऐसा इत्तिफ़ाक़ हुआ कि रख़शंदा के लिए जाफ़री कुछ-न-कुछ लेकर आता। सलमान ने एक दफ़ा दबी ज़बान से मना भी किया, मगर जाफ़री ने उसकी बात क़हक़हों में उड़ा दी।

"अगर मेरे पास एक अदद बीवी नहीं है, तो इसका मतलब यह नहीं हो सकता कि मैं कोई ख़ूबसूरत चीज़ नहीं ख़रीद सकता। सालोमन! तुम मुझ पर इस तरह ज़ुल्म नहीं कर सकते। शॉपिंग मेरा महबूब मशग़ला है, और किसी ख़ूबसूरत चीज़ को ख़रीदकर अलमारी में सजाने का मैं क़ायल नहीं...मैं अपना घर म्यूज़ियम बनाना नहीं चाहता, और अब तो यह घर भी मेरे घर का ही एक हिस्सा बन गया है!"

बात भी कुछ ऐसी ही थी। अब वह सलमान के यहाँ बड़ी बेबाकी से मुस्कराता हुआ आता और आते ही लाउबालीपन से कोट उतारकर सोफ़े पर डाल देता। टाई की गिरह ढीली करता और सलमान की बीवी से कहता, "क्या आज रात के खाने पर शामी कबाब मुमकिन हो सकते हैं? मेरा ख़याल है कि आज शामी कबाब ज़रूर खाए जाएँ।"

वह अपनी फ़रमाइश बेधड़क बता देता। ज़रा भी तकल्लुफ़ी से काम न लेता।

सलमान से उसके मरासिम रोज़-ब-रोज़ गहरे होते जा रहे थे। दफ़्तर में भी वह उससे इसी तरह पेश आता। इस बढ़ते हुए रब्त-ज़ब्त[1] का असर यह हुआ कि दफ़्तरवालों पर सलमान का भी रोब पड़ने लगा। अब उसकी ख़ूब-ख़ूब ख़ुशामदें होतीं, तरह-तरह से उसे ख़ुश करने की कोशिश की जाती। किसी का जाफ़री से कोई काम होता, वह सिफ़ारिश के लिए सलमान को पकड़ता। बात भी कुछ ऐसी थी कि सलमान अगर जाफ़री से किसी की सिफ़ारिश कर देता, तो उसका काम बन जाता।

मगर इन तमाम बातों के बावजूद सलमान उन दिनों परेशान-परेशान रहता। उसे अपने घर पर जाफ़री का रोज़-रोज़ आना-जाना पसन्द न था। जब से जाफ़री की आमदो-रफ़्त शुरू हुई थी, रख़शंदा उससे बेनियाज़ी बरतने लगी थी। उसकी हैसियत जाफ़री के मुक़ाबले में घटकर दूसरे दर्जे पर आ गई थी। जाफ़री की मौजूदगी में वह अहसासे-कमतरी में मुब्तला रहता।

इन्हीं दिनों एक तीसरे पहर वह दफ़्तर से वापस आया, तो बीवी घर पर मौजूद नहीं थी। जन्नत ने बताया कि वह जाफ़री के साथ कार में बैठकर गई है। यह पहला मौक़ा था कि वह

1. मेल-जोल

इस तरह जाफ़री के साथ तनहा गई थी। सलमान को उसकी यह हरकत सख़्त नागवार गुज़री। झुँझलाहट में उसने चाय भी न पी।

शाम हो गई, मगर दोनों वापस न आए। सलमान बेचैनी से कमरे में टहलने लगा। अँधेरा गहरा होता जा रहा था। रात हो गई। उसने घड़ी देखी। आठ बज रहे थे। फिर नौ बजे। दस बजे। रात सुनसान हो गई। सन्नाटा फैलने लगा। सलमान थककर बिस्तर पर लेट गया। ग्यारह बजे के कुछ देर बाद दोनों वापस आए। दरवाज़ा सलमान ने उठकर खोला।

जाफ़री ने उसे देखते ही कहा, "अरे! तुम अभी तक सोए नहीं। तुम यक़ीनन जाग रहे थे। मैं शर्त बदने को तैयार हूँ।" वह बेतकल्लुफ़ी से हँस रहा था। रख़शंदा अलबत्ता ख़ामोश थी। वह सलमान की नज़र बचाकर झट दूसरे कमरे में चली गई।

दोनों फ़िल्म देखकर आए थे। जाफ़री कुछ देर फ़िल्म की तारीफ़ करता रहा। फिर उठकर चला गया, मगर चलते-चलते सलमान से कहता गया, "सालोमन! आर.डी. ब्रांच से तुम्हारे ख़िलाफ़ बड़ा सख़्त नोट आया है। तुम काम से नफ़रत बरत रहे हो। यह दुरुस्त नहीं। कल सुबह दफ़्तर में मुझसे मिल लेना!"

सलमान का निस्फ़ ग़ुस्सा तो इस इत्तिला से रुख़सत हो गया। वह सोचने लगा। आर. डी. ब्रांचवालों ने उसके ख़िलाफ़ क्यों शिकायत की? ज़रूर उससे कोई ग़लती सर्ज़द हो गई। इन दिनों वह काम की तरफ़ से लापरवाही भी बहुत बरत रहा था। वह इसी सोच में बैठा था कि बीवी ने आकर कहा, "आपने खाना खाया?"

सलमान ने रूखेपन से कहा, "नहीं!"

रख़शंदा पहले ही सहमी हुई थी। उसने सलमान से कहा, "मैं अभी खाना गर्म करके लाती हूँ!" ख़ादिमा को जगाने के बजाय वह ख़ुद ही झपाक से बावर्चीख़ाने में चली गई। सलमान ने मना भी किया, मगर वह बाज़ न आई। बावर्चीख़ाने में बराबर बर्तनों के खड़कने की आवाज़ें उभरती रहीं।

ज़रा देर बाद रख़शंदा खाना लेकर आ गई। वह अभी-अभी आग के सामने से उठकर आई थी। उसके रुख़सार शोलों की तपिश से तमतमा रहे थे। आँखों में सितारे झिलमिला रहे थे। बालों की लट बिखरकर माथे पर आ गई थी। इस आब-व-ताब ने उसकी दिलकशी और बढ़ा दी थी। वह उस वक़्त ख़ूबसूरत और दिलरुबा नज़र आ रही थी। वह जल्दी से छोटी मेज़ उठाकर लाई। उस पर खाना लगाया और क़रीब बैठकर इन्तज़ार करने लगी कि वह खाना शुरू करे, मगर सलमान रूठे हुए बच्चे की तरह मुँह फुलाए ख़ामोश बैठा था।

आख़िर बीवी ने निवाला बनाया और उसके मुँह के क़रीब ले जाकर बोली, "आपको मेरी क़सम! थोड़ा-सा खा लीजिए!" लेकिन सलमान ने उसका हाथ झटक दिया। बिगड़कर बोला, "एक बार कह दिया कि मुझे भूख नहीं है। फिर तुम मुझे क्यों परेशान कर रही हो? मैं इस वक़्त खाना नहीं खाऊँगा।"

वह दूसरे कमरे में जाकर बिस्तर पर लेट गया। रख़शंदा देर तक खाने के क़रीब सिर झुकाए ख़ामोश बैठी रही। फिर बर्तन उठाकर बावर्चीख़ाने में गई। रात के सन्नाटे में ज़रा देर तक बर्तनों की खड़खड़ाहट उभरती रही। बावर्चीख़ाने से निकलकर वह सड़क पर खुलनेवाली

खिड़की पर जाकर खड़ी हो गई...फिर आहिस्ता-आहिस्ता कमरे के फ़र्श पर टहलने लगी। सलमान बिस्तर पर लेटा बीवी की हर हरकत देखता रहा। हर आवाज़, हर आहट सुनता रहा।

चन्द मिनट बाद वह कमरे में आई और हौले-हौले चलती हुई उसके सिरहाने खड़ी हो गई। वह उसके चेहरे पर झुकी। सलमान ने आँखें बन्द कर लीं और रख़शंदा की तेज़-तेज़ साँसों का लम्स महसूस करने लगा।

वह कमरे से बाहर चली गई। फिर अन्दर आई। कई बार वह कमरे में आई और चन्द लम्हे रुककर दूसरे कमरे में चली गई।

वह उस वक़्त बड़ी बेचैन मालूम हो रही थी। सलमान ने बिस्तर पर लेटे-लेटे सोचा : उसे इस तरह बीवी को परेशान नहीं करना चाहिए। वह ख़्वाहमख़्वाह जज़्बाती हो गया था। उसे अपनी बीवी पर शुबहा नहीं करना चाहिए। वह जाफ़री के साथ पिक्चर देखने ही तो गई थी। कौन-सा ऐसा बड़ा जुर्म हो गया, जिसकी वह यह सज़ा दे रहा है। उसे रख़शंदा पर इतिमाद करना चाहिए। आख़िर वह उसकी शरीके-हयात है। उससे प्यार भी करती है, वरना वह इस क़दर बेक़रार न होती। यह यक़ीनन उसके क़दामत-पसन्द[1] ख़ानदानी पस-मंज़र का असर है, जो वह इस तरह शको-शुबहा की नज़रों से उसे देख रहा है। उसके बाप में और उसकी उम्र में चौथाई सदी से भी ज़्यादा का फ़र्क़ है और इस चौथाई सदी में ज़िन्दगी कहाँ-से-कहाँ पहुँच चुकी है। उसे ज़िन्दगी को अपने बाप की आँखों से नहीं देखना चाहिए। वह सख़्त क़दामतपसन्दी का मुज़ाहिरा कर रहा है।

सलमान बिस्तर छोड़कर उठा और आहिस्ता-आहिस्ता चलता हुआ दूसरे कमरे में गया। रख़शंदा सोफ़े पर थककर सो गई थी। तेज़ रोशनी में उसका चेहरा बड़ा मासूम नज़र आ रहा था। उसके जिस्म का एक हिस्सा सोफ़े के नीचे झूल रहा था। खिड़की से हवा के सर्द झोंके अन्दर आ रहे थे। वह बेख़बर सो रही थी। सलमान ने आहिस्ता से झिंझोड़ा और बड़े प्यार से बोला, "यहाँ खुली हवा में क्यों लेटी हो? तबीयत ख़राब हो जाएगी!"

रख़शंदा ने आँखें खोलकर देखा और उसके बाज़ू का सहारा लेकर उठ बैठी।

सलमान दफ़्तर से वापस आया, तो उस रोज़ भी रख़शंदा घर पर मौजूद न थी। वह जाफ़री के साथ सलमान की ग़ैर-हाज़िरी में बाहर चली गई थी। अब वह अक्सर इस तरह जाफ़री के साथ घूमने चली जाती, मगर न तो सलमान ने कोई बाज़पुरस की और न रख़शंदा ने कभी सफ़ाई पेश करने की कोशिश की। फिर ऐसा हुआ कि वह मौजूद भी होता, तो जाफ़री सिर्फ़ तकल्लुफ़न पूछता, "क्या तुम पिक्चर देखने के मूड में हो?" और फ़ौरन कहता, "तुम यक़ीनन थके हुए हो। तुमको आराम करना चाहिए!" वह घड़ी देखकर उसकी बीवी को आवाज़ देता, "तुम अभी तक तैयार नहीं हुईं, रख़शी?" अब रख़शंदा को वह रख़शी भी कहता था। ज़रा देर बाद रख़शंदा की आवाज़ उभरती, "अभी आई!" फिर वह बन-सँवरकर इस तरह आती कि कमरा जगमगाने लगता।

बाद में जाफ़री ने सलमान से तकल्लुफ़न पूछना भी छोड़ दिया। रोज़ाना शाम को सलमान के घर आता। वह और रख़शंदा मुस्कराते हुए बाहर चले जाते।

---

1. रूढ़िवादी, प्राचीनताप्रिय

सलमान कमरे में तनहा बैठा सोचा करता कि उसे क्या करना चाहिए? क्या उसे दोनों का हद से बढ़ता हुआ यह मेलजोल रोक देना चाहिए? वह अल्टरा-मार्डन बनने की कोशिश के बावजूद मॉडर्न भी नहीं बन सका था। उसे दोनों के इस रवैए से सख़्त तकलीफ़ होती थी।

वह अन्दर-ही-अन्दर सुलग रहा था। उसकी मेहनत पर बुरा असर पड़ रहा था। उसने बार-बार सोचा कि उसे ज़रूर कुछ-न-कुछ करना चाहिए, वरना वह मुस्तक़िल[1] आज़ार बन जाएगा।

एक रोज़ उसने संजीदगी से तय किया कि जाफ़री की आमदो-रफ़्त बन्द कर देना चाहिए, लेकिन इस तरह जाफ़री के नाराज़ हो जाने का ख़दशा[2] था और जाफ़री की नाराज़गी से मुलाज़मत ख़तरे में पड़ जाती, लिहाज़ा ऐसा क़दम उठाने से पेश्तर दूसरी मुलाज़मत तलाश कर लेना ज़रूरी था, चुनाँचे उसने मुलाज़मत की तलाश में दौड़-धूप शुरू कर दी, मगर कई हफ़्तों की दौड़-धूप के बाद उसे पाँच सौ के बजाय दो सौ रुपए की भी नौकरी न मिली। चचिया ससुर इस दुनिया में नहीं रहा था, जिसकी सिफ़ारिश और असरो-रसूख से नई मुलाज़मत मिल जाती। चचिया ससुर उसकी शादी के कुछ ही अरसे बाद अल्लाह को प्यारा हो गया था।

दूसरी मुलाज़मत न मिली, लिहाज़ा वह जाफ़री को नाराज़ करने की जुर्रत न कर सका। सलमान ने सोचा कि अब एक ही तरीक़ा है और वह यह है कि रख़शंदा को जाफ़री के साथ तनहा न जाने दे। ख़ुद भी उसके हमराह जाया करे। इस तरह उस तकलीफ़ से तो बच जाएगा, जो उन दोनों के जाने के बाद महसूस करता था। चुनाँचे एक रोज़ जब दोनों बाहर जाने लगे, तो सलमान भी उनके हमराह चला गया।

मगर उस रोज़ और भी ज़्यादा अज़ीयत पहुँची। शाम की चाय उन्होंने शीज़ान में पी। वहाँ जाफ़री के कुछ दोस्त भी आ गए, और जब उसने सलमान और रख़शंदा का तआर्रुफ़ मिस्टर और मिसेज़ सलमान कहकर कराया, तो हर एक ने चौंककर इस तरह सलमान को देखा, जैसे उन्हें जाफ़री की बात पर यक़ीन नहीं आया। सलमान ने दिल-गिरफ़्ता होकर सोचा क्या वह वाक़ई बदसूरत हो गया है या अपनी वज़ा-क़ता से इस क़ाबिल नहीं लगता कि उसे रख़शंदा का शौहर समझा जाए!

जाफ़री ने अपने एक दोस्त से उसका तआर्रुफ़ कराया, तो वह मुस्कराकर बोला, "तो गोया आप हैं मिस्टर सलमान!" उसके लहजे में तन्ज़ था, "आपकी बेगम से जाफ़री के साथ अक्सर मुलाक़ात हुई, मगर आपसे भी मिलने का इश्तियाक़[3] था। आप तो जी बहुत दिलचस्प आदमी मालूम होते हैं!"

सलमान ने पूछा, "आपको यह कैसे मालूम हुआ कि मैं बहुत दिलचस्प आदमी हूँ?"

"किसी रोज़ मेरे यहाँ आकर चाय पीजिए, तो मैं बताऊँगा कि आप कितने दिलचस्प आदमी हैं। इत्मीनान से बातें होंगी। बेगम को अपने साथ ज़रूर लाइएगा!" उसने अपना टेलीफोन नम्बर और घर का पता बताया। वह वज़ारते-सनअत व तिजारत[4] में डिप्टी-सैक्रेटरी था, "तो आप दोनों कब आ रहे हैं? टेलीफोन कर लीजिएगा। मैं अपनी कार भेज दूँगा!"

---

1. स्थायी मुसीबत, 2. आशंका, 3. उत्सुकता, कौतूहल, 4. उद्योग-व्यापार मन्त्रालय

सलमान उसका मुँह देखता रह गया। उसने झुँझलाकर दिल-ही-दिल में कहा। यह साला रिश्वत की कमाई पर पला हुआ मुस्टंडा एम.ए. नवाज़, क्या मुझे भड़वा समझ रहा है या महज़ उल्लू का पट्ठा, जो इस तरह ख़शंदा को अपनी कोठी पर लाने के लिए मुझसे बेबाकी से बात कर रहा है? उसका जी चाहा, कि नवाज़ के मुँह पर कस के ऐसा थप्पड़ रसीद करे कि अक़्ल ठिकाने आ जाए।

जाफ़री फ़ौरन भाँप गया कि सलमान को नवाज़ की बात नागवार गुज़री है। मुस्कराकर बोला, "नवाज़! मेरा मशविरा है, तुम डेल कारनेगी को ज़रूर पढ़ो। मेरी मुराद उसकी किताब 'हाऊ टू विन फ्रेंड्ज' से है..."

उस रोज़ के बाद सलमान फिर उन दोनों के हमराह न गया। अन्दर-ही-अन्दर कुढ़ता रहा, सुलगता रहा। उसकी समझ में नहीं आ रहा था कि क्या करे? ख़शन्दा बड़ी बेबाकी से जाफ़री के साथ घूमती-फिरती थी। अब जाफ़री का बेशतर वक़्त सलमान ही के फ़्लैट में गुज़रता।

उस रोज़ छुट्टी थी, लेकिन जाफ़री ने सलमान की ड्यूटी दफ़्तर में लगा दी। वह ख़ुद भी दफ़्तर गया, मगर ज़्यादा देर न ठहरा और यह कहकर चला गया कि कुछ दोस्तों के साथ दहाबे जी आउटिंग के लिए जा रहा है। जनरल मैनेजर का शायद फ़ोन आए, तो कह दे कि वह किसी रिश्तेदार को रुख़सत करने एयरपोर्ट गया है।

सलमान तीन बजे तक दफ़्तर में काम करता रहा। उसके सिर में शदीद दर्द था। लिहाज़ा वह जल्द ही दफ़्तर से उठ गया। वापस घर आया। देखा, जाफ़री की कार उसके फ़्लैट के नीचे खड़ी है। कार देखते ही उसके तन-बदन में आग लग गई।

सलमान ग़ुस्से से दीवाना हो गया। उसी दीवानगी के आलम में उसने बाज़ार में जाकर चाकू ख़रीदा और यह तय करके घर में घुसा कि वह आज जाफ़री और ख़शन्दा दोनों को ठिकाने लगा देगा। उसके सिर पर ख़ून खेल रहा था। आँखें सुर्ख़ हो रही थीं। कोट की जेब में पड़े हुए चाकू को वह दाहिने हाथ में मज़बूती से पकड़े हुए था। अपनी ज़िल्लत का इन्तक़ाम लेने का उसकी समझ में यही तरीक़ा आया। रोज़-रोज़ के चरकों[1] ने ज़िन्दगी अज़ाब[2] बना दी थी।

उसने तेज़-तेज़ क़दमों से ज़ीने की सीढ़ियाँ तय कीं। ग़ुस्से में दरवाज़ा ज़ोर से धक्का देकर खोला।

ड्राइंग-रूम ख़ाली था। वह लम्बे-लम्बे डग भरता हुआ दूसरे कमरे में गया। सामने मसहरी पर जाफ़री लेटा था। उसकी बीवी सिरहाने बैठी जाफ़री का सिर दबा रही थी।

सलमान का ग़ुस्सा और तेज़ हो गया। वह दहलीज़ पर सीना तानकर खड़ा हो गया। चाक़ू मज़बूती से उँगलियों में भींच लिया, और डपटकर बोला, "ख़शी?"

बीवी ने घबराकर देखा और फ़ौरन उसके क़रीब आ गई। उसने सरगोशी की, "आहिस्ता बोलिए। जाफ़री की तबीयत ख़राब है!"

सलमान ने ख़ूँख्वार नज़रों से ख़शन्दा को देखा। उसी वक़्त जाफ़री की आवाज़ उभरी, "सालोमन! क्या बात है? मेरे पास आओ!"

---

1. घावों, ज़ख़्मों, 2. यातनापूर्ण

जाफ़री उठकर बैठ गया। वह आहिस्ता-आहिस्ता कराह रहा था। सलमान को ख़ामोश देखकर उसने कहा, "तुम रूठे हुए बच्चों की तरह वहाँ क्यों खड़े हो? यहाँ तो आओ। आओ भई!" उसका लहजा सरपस्ताना[1] था और तहक्कुमाना[2] भी।

सलमान आहिस्ता-आहिस्ता चलकर उसके क़रीब पहुँच गया।

"क्या तुम मुझे किसी डॉक्टर के पास ले चलोगे?" जाफ़री ने थके हुए लहजे में कहा, "मेरी तबीयत अचानक ख़राब हो गई।"

वह हाँफ़ने के-से अन्दाज़ में गहरी-गहरी साँस भर रहा था। सलमान ने ख़ामोशी से उसकी पेशानी पर हाथ लगाया। उसकी पेशानी पसीने से शराबोर थी। उसने घबराकर कहा, "अरे! आपको तो बड़ा तेज़ बुख़ार है!"

"बहुत ख़राब हो रही है तबीयत!"

"मैं अभी डॉक्टर को लाता हूँ!"

"नहीं, मैं ख़ुद चलूँगा!"

सलमान ने सहारा देकर नीचे उतारा और उसे सँभाले हुए कार तक ले गया। रख़शन्दा भी साथ थी। कार वही चला रही थी।

सलमान को पहली बार मालूम हुआ कि वह कार चलाना भी सीख गई है।

तीनों डॉक्टर के क्लीनिक पहुँचे। वापसी पर वह जाफ़री को छोड़ने उसकी कोठी गया और रात गए तक वहाँ रहा। रख़शन्दा बड़ी मुस्तैदी से जाफ़री की तीमारदारी करती रही। सलमान ख़ामोश बैठा उसे देखता रहा।

जब वह घर लौटा, तो चाकू उसकी जेब में पड़ा था और जाफ़री की तीमारदारी और देखभाल के सिर रख़शन्दा वहीं ठहर गई थी।

## [4]

सुलताना को बूढ़े ख़ानसामा के भाई के साथ रहते हुए दो महीने से ऊपर हो गए। वह अधेड़ आदमी था। मिज़ाज में नरमी थी। बड़े भाई की तरह कम-सुख़न[3] और मरंजाँ-मरंज[4] था। बाज़ार में उसकी छोटी-सी परचून की दुकान थी। वह सुबह का निकला रात गए घर में दाख़िल होता। तमाम दिन दुकान पर बैठा रहता।

वह सुलताना की बड़ी इज़्ज़त करता था और हमेशा इस बात का ख़याल रखता कि उसे कोई तकलीफ़ न हो, मगर उसकी बीवी बड़ी सर्कश और मुँहफट थी। ज़रा-सी बात पर आँखें निकालकर खड़ी हो जाती। हर साल उसके यहाँ बच्चा पैदा होता था। अब तक ग्यारह की पलटन तैयार कर चुकी थी। दर्जन का आख़िरी बच्चा उसके पेट में था। वह दिन-भर बच्चों को चीख़-चीख़कर कोसने देती। हर वक़्त उसकी नाक पर गुस्सा रहता। ज़रा कोई बात मिज़ाज के ख़िलाफ़ हुई और उसने दहाड़ना शुरू कर दिया। उसका रंग खिलता हुआ गन्दुमी था। क़द ठिगना और निचला धड़ फैला हुआ था। देखने में अच्छी-ख़ासी भूरी भैंस मालूम होती थी।

---

1. स्नेहपूर्ण, 2. अधिकारपूर्ण, 3. कम बोलनेवाला, 4. न किसी को दुखी करनेवाला और स्वयं दुखी होनेवाला

सुलताना को पहले ही दिन से वह अच्छी नहीं लगी। वह उससे बहुत कम बातचीत करती। सुलताना ने कभी उससे मेलजोल बढ़ाने की कोशिश नहीं की। छोटा-सा घर था, जिसमें कुल दो कमरे थे। कमरों के आगे बरामदा भी थी, मगर सुलताना को रिहाइश के लिए एक कमरा मिल गया था। वह अपना बेशतर वक़्त कमरे के अन्दर गुज़ारती।

नन्हे अयाज़ की उन दिनों तबीयत ख़राब थी। दाँत निकल रहे थे। वह हर वक़्त माँ की गोद में रहता। माँ लम्हा-भर को जुदा होती, तो वह रीं-रीं करना शुरू कर देता।

बूढ़ा ख़ानसामा अभी तक बेरोज़गार था और मुलाज़मत की तलाश में मारा-मारा फिर रहा था। सुलताना अपने साथ जो रुपए लाई थी, खर्च हो चुके थे। दोनों वक़्त का खाना वह घर में खाती थी, अलबत्ता बच्चे के दूध और दूसरी ज़रूरियात पर वह अपने पास से ख़र्च कर रही थी। जब सारे रुपए ख़र्च हो गए, तो एक रोज़ उसने ख़ानसामा को बुलाया और कानों में पड़े जुए सोने के आवेज़े निकालकर ख़ानसामा को दिए कि उनको फ़रोख़्त[1] कर दे।

ख़ानसामा ने परेशान होकर कहा, "बेगम साहिबा! यह आप क्या कर रही हैं?"

सुलताना बोली, "देखो बाबा! तुम मुझे बेगम साहिबा न कहा करो। मुझे बड़ी शर्म मालूम होती है," वह अब ख़ानसामा के बजाय उसे बाबा कहने लगी थी।

वह मुस्कराकर बोला, "तो फिर क्या कहा करूँ?"

"जो आपका जी चाहे। वैसे आप मेरा नाम तो जानते ही हैं!"

वह हँसने लगा, "चलो, भई, अल्लाह मियाँ ने मुझे इतनी बड़ी पाली-पोसी बेटी दे दी।" उसने सुलताना के सिर पर शफ़क़त[2] से हाथ फेरा, "अच्छा, अब तुम यह बुन्दे पहन लो। मेरे पास अभी रक़म पड़ी है। फ़िलहाल तुम इससे काम चलाओ। तब तक अल्लाह मेरा काम लगा देगा!"

सुलताना ने बहुत इसरार किया, मगर वह आवेज़े फ़रोख़्त करने पर रज़ामन्द न हुआ। उसी वक़्त जाकर उसने अपना सन्दूक खोला और पचास रुपए लाकर सुलताना को दे दिए।

सुलताना ने रुपए तो ले लिए, मगर उसे बहुत शर्मिन्दगी महसूस हुई। उसने सोचा, इस तरह कब तक काम चलेगा? कब तक वह ख़ानसामा से रुपए लेती रहेगी? वह उधेड़बुन में देर तक सिर झुकाए बैठी रही।

शायद जुमा था। ख़ानसामा का छोटा भाई दुकान से सरेशाम ही वापस आ गया था। जुमे को वह आम तौर पर जल्द ही घर आ जाता था। उस रोज़ वह बाज़ार से मिठाई लाया था। उसने सुलताना को भी मिठाई भिजवाना चाही, तो बीवी बिगड़कर बोली, "बस रहने दो! बहुत हो चुकीं ख़ातिरदारियाँ। अपने घर में खानेवाले कुछ कम हैं, जो तुझे-तुझे खिलाते फिर रहे हो। ख़्वाहमख़्वाह के लिए बड़े भैया ने एक मुसीबत लाकर हमारे सिर पर डाल दी। बेगम होंगी उनके लिए! उन्होंने नमक खाया है। हमारे साथ क्या कर दिया, जो दोनों वक़्त पलंग पर बिठाकर दस्तरख़्वान लगाएँ!"

वह बड़ी तेज़ और तर्रार औरत थी। एक ज़बान में दस बातें कहती थी। तड़ाक-तड़ाक बोलती चली गई। सुलताना उस वक़्त अपने कमरे में थी। दरम्यान में दीवार थी, मगर आवाज़

1. विक्रय, 2. स्नेह

साफ़ सुनाई दे रही थी। वह इससे पहले भी उसके मुँह से ऐसी जली-कटी बातें बातें कई बार सुन चुकी थी। ज़रा देर बाद उसके शौहर की आवाज़ उभरी, "नेकबख़्त? क्यों ऐसी बातें कर रही है। ख़ुदा किसी पर बुरा वक़्त न डाले। बेचारी मुसीबत की मारी हुई है। हमारा क्या लेती है! दो वक़्त का खाना खा लेती है, तो इसमें क्या जाता है। अल्लाह न जाने किसके नसीब से देता है!"

बीवी उसके समझाने पर और भड़क उठी। चीख़कर बोली, "बस, बस, रहने दो। अपनी ख़ुदा-तरसी। हम कौन-से बड़े धन्ना सेठ हैं। न जाने किस तरह रूखा-सूखा खाकर गुज़ारा हो रहा है। ऊपर से यह मुसीबत और सिर पर आ गई। यह बड़े भैया अच्छे-ख़ासे दफ़ान हो गए थे। अब आए हैं, तो अपने साथ यह दुम-छल्ला लगा के ले आए। ख़ुद भी ठूँस रहे हैं, और अपने उलफ़ंती को भी ठुँसवा रहे हैं।"

वह ऊँची आवाज़ में बोल रही थी। सारे घर में उसकी आवाज़ गूँजने लगी। शौहर ने टोका, "आहिस्ता बोलो। वह बेचारी सुनेगी, तो क्या कहेगी?"

वह और ज़ोर से चीख़ने-चिल्लाने लगी, "सुन रही है, तो सुनने दो। मैं किसी के लिए अपने मुँह में कुफ़्फ़ुल[1] नहीं डालूँगी। मेरा घर है। जिस तरह चाहूँ, बात करूँ। देखो, मैंने तुमसे कह दिया कि मुझसे अब नहीं खिलाया जाएगा। तुम बड़े भैया से साफ़-साफ़ कह दो कि अपनी मुसीबत अपने साथ ले जाएँ। यह सराय या होटल नहीं है। जिसका जी चाहा, आकर ठहर गया। वाह! वाह! यह भी ख़ूब रही। ख़ुद मज़े से ऐंड़ते फिरते हैं," उसने हाथ नचाकर नफ़रत से मुँह बिगाड़ा, "भई, नौकरी नहीं लगती। उसे नौकरी मिले, तो कैसे? कोई तलाश भी करे। अल्लाह दे खाने को, तो बला जाए कमाने को!"

शौहर मरी हुई आवाज़ में बोला, "अच्छा, अच्छा! मैं उनसे बात करूँगा। अब तो तुम चुप हो जाओ।"

मगर वह बाज़ न आई। कहती रही, "अगर तुमने उनसे न कहा, तो ख़ुदा क़सम, मैं सामान बाहर रखवा दूँगी और दोनों से कहूँगी कि बढ़ाओ अपना टट्टू यहाँ से। बहुत हो चुकी मेहमानदारी!"

वह ज़िच[2] होकर बोला, "ख़ुदा के लिए तुम अब चुप हो जाओ। बहुत कह चुकीं!"

वह बजाय चुप होने के और ज़्यादा ज़ोर-ज़ोर से चीख़ने लगी। जो मुँह में आया, कहती चली गई। उसने रोना भी शुरू कर दिया। शौहर सीधा-सादा दब्बू आदमी था। हंगामों से जल्द घबरा जानेवाला। बजाय इसके कि वह बीवी को डाँटता-डपटता, उलटा उसकी ख़ुशामद करने लगा।

सुलताना दम-बख़ुद बैठी एक-एक बात, एक-एक आवाज़ सुनती रही। उसने सोचा, अब इस घर में वह ज़्यादा अरसे नहीं ठहर सकती। वह रात गए तक बिस्तर पर पड़ी सोचती रही कि उसे क्या करना चाहिए? मगर उसकी समझ में नहीं आया कि वह क्या करे? किसके पास जाए? कहाँ जाए? कई बार उसने इन्तहाई ना-उम्मीदी के आलम में सोचा कि इस ज़िन्दगी से तो मौत भली! फिर उस रात एक ऐसा लम्हा भी आया कि उसने संजीदगी से ख़ुदकुशी करने का मंसूबा तैयार किया।

---

1. ताला, 2. खिन्न, क्षुब्ध

बहुत दिनों की बात है। एक बार माँ ने उसे बताया था कि मुहल्ले की एक औरत ने टिंक्चर आयोडीन पीकर ख़ुदकुशी कर ली थी। सुलताना को थोड़े-से टिंक्चर आयोडीन की ज़रूरत थी। उसने सोचा, जब रात सुनसान हो जाएगी, और घर में सब सो जाएँगे, तो पहले वह नन्हे अयाज़ को टिंक्चर पिलाएगी। फिर ख़ुद पी लेगी। किसी को कानों-कान ख़बर न होगी। सुबह को बिस्तर पर सिर्फ़ लाशें ही मिलेंगी। रात-भर वह यही सोचती रही और चुपके-चुपके आँसू बहाती रही।

सुबह उसकी आँख देर से खुली। बिस्तर से उठने के साथ ही उसने पहला काम यह किया कि तरकारी काटनेवाली छुरी से अपनी पिंडली चीर डाली। छुरी कुन्द थी। सुलताना को ज़ख़्म लगाने में बड़ी तकलीफ़ हुई। बार-बार उसका हाथ लरज जाता, मगर पिंडली को ज़ख़्मी करना ज़रूरी था, वरना वह टिंक्चर-आयोडीन क्या कहकर मँगवाती!

पिंडली ज़ख़्मी करने के बाद वह टिंक्चर के लिए ख़ानसामा का इन्तज़ार करने लगी। वह सवेरे बहुत तड़के उठकर कहीं चला गया था, और अब तक वापस नहीं आया था। दिन ख़ासा चढ़ गया था। हर तरफ़ धूप फैल गई थी। सुलताना निढाल बैठी थी। बच्चा उसकी गोद में सो रहा था। इसी दौरान में सुग़रा आ गई। वह छरेरे जिस्म की ज़र्द-रू औरत थी। दो-चार मकान छोड़कर उसका घर था। अक्सर आया करती थी। सुलताना से भी उसकी थोड़ी-बहुत याद-अल्लाह हो गई थी।

सुग़रा उन दिनों सख़्त परेशान थी। उसके शौहर ने एक तवायफ़ को घर में डाल लिया था और अब उसी के साथ रहता था। शुरू-शुरू में वह सुग़रा और उसके बच्चों के इख़राजात के लिए कुछ-न-कुछ देता रहा, मगर पिछले कई माह से ख़र्च देना तो एक तरफ़, वह उसकी तरफ़ आकर झाँका तक नहीं। सुग़रा पर कई-कई वक़्त के फ़ाके पड़ रहे थे। सुलताना ख़ुद मुसीबत की मारी थी, इसीलिए सुग़रा से उसे हमदर्दी थी।

सुग़रा घर में दाख़िल होते ही सीधी उसके पास आई। उस रोज़ ख़िलाफ़े-तवक़्क़ो[1] उसका चेहरा खिला हुआ था। होंठों पर मुस्कराहट थी।

सुलताना का उस वक़्त बातचीत करने को जी नहीं चाह रहा था। वह तनहाई चाहती थी, और उस तनहाई में बैठकर वह उन बातों को सोचना चाहती थी, जो पिछली रात से उसके दिमाग़ में मँडला रही थीं, जिनको दुहराने में मज़ा आ रहा था। यह मौत का ज़ाइक़ा था। मर जाने की हसरत थी।

उसके चारों तरफ़ गरी तारीकी[2] का जाल फैला था और उस जाल में उलझी हुई वह अपनी उखड़ी हुई साँसों को महसूस कर रही थी। उन लम्हों को देख रही थी, जब वह अपने बच्चे को तेज़ बदबूदार तेज़ाबी टिंक्चर पिलाएगी। बच्चा पहले घबराकर रोएगा। फिर तड़पेगा। उसकी आँखें उबल पड़ेंगी। मनका ढलक जाएगा। वह मर जाएगा। उसकी लाश उठाकर वह सीने से चिमटा लेगी। ठंडी-ठंडी पेशानी को चूमेगी। दूसरे लम्हे आयोडीन की शीशी उसके हाथ में होगी और तेज़ाबी मादा उसके हलक़[3] से नीचे उतर रहा होगा। फिर उसका दिल कटने लगेगा। वह तड़पने लगेगी। आँखों के सामने हर चीज़ धुँधली पड़ती जाएगी। एक हिचकी, दूसरी हिचकी, और फिर क़िस्सा ख़त्म!

---

1. आशा के प्रतिकूल, 2. अन्धकार, 3. कंठ

सुबह बिस्तर पर उसकी लाश पड़ी होगी। उसके बराबर नन्हे अयाज़ का मुरदा होगा। सबसे पहले कमरे में ख़ानसामा जाएगा, और उसकी लाश देखकर रो पड़ेगा। वह ज़रूर रोएगा। उसे ज़रूर दुख होगा। और उसकी भावज ज़रूर उसे कोसने देगी। हरामज़ादी को यहीं आकर मरना रह गया था। वह ज़ोर-ज़ोर से चीख़ेगी। उसका ज़न-मुरीद शौहर उसे चुप कराने के लिए मिन्नत-समाजत करेगा, और बिस्तर पर लाश सर्द पड़ चुकी होगी। उसे कुछ भी ख़बर न होगी।

इन तमाम बातों को वह सोच चुकी थी। सोच रही थी, और देर तक सोचना चाहती थी। बार-बार उसका दिल भर आता। वह रो पड़ती।

रोने से उसे तस्कीन[1] मिल रही थी।

सुग़रा हश्शाश-बश्शाश[2] नज़र आ रही थी। उसने ख़ुद ही बात छेड़ी, "अल्लाह मियाँ ने मेरी तो सुन ली," लेकिन सुलताना ने उसकी बात बिल्कुल न सुनी। वह पत्थर की तरह ख़ामोश थी। सुग़रा कहती रही, "न अब उस हरामज़ादे के आगे हाथ फैलाने की ज़रूरत है, न तेरे-मेरे एहसान उठाने की। अपने हाथ-पाँव सलामत! अब तो दो-चार को बिठाकर खिलाने का दम है!"

सुलताना ने उसकी बातों पर ज़बान से एक लफ़्ज़ न निकाला।

सुग़रा लम्हा-भर रुककर बोली, "ए, कैसी तबीयत है तुम्हारी?"

सुलताना ने बेनियाज़ी से कहा, "अच्छी है!"

"बड़ी चुप-चुप नज़र आ रही हो। बात क्या है?"

"कुछ भी नहीं," सुलताना ने टालने की कोशिश की।

"मैं तो आजकल ठाठ से काम पर जा रही हूँ। इसीलिए कहीं आना-जाना नहीं होता।"

इस दफ़ा सुलताना ने चौंककर उसे देखा। बेसाख़्ता उसकी ज़बान से निकल गया, "कहाँ मिल गया काम?"

"ए, वह क्या नाम है उसका? इंडस्ट्रियल होम! अंग्रेज़ी में नाम रखा है। याद भी तो नहीं रहता।"

सुलताना की दिलचस्पी बढ़ने लगी, "क्या काम होता है वहाँ?"

"फ़िलहाल तो मैं सिलाई का काम करती हूँ। वैसे काम सीख भी रही हूँ। वहाँ तो न जाने कितनी तरह के काम होते हैं। बहुत-सी औरतें काम करती हैं। ख़ुदा-क़सम, बड़े अच्छे-अच्छे घरों की औरतें आती हैं।"

"तुम्हें तनख़्वाह मिलती है?"

"जितना काम करो, उतनी ही आमदनी! हफ़्ते-के-हफ़्ते हिसाब मिल जाता है!"

सुलताना ने हिचकिचाते हुए पूछा, "मुझे भी वहाँ काम मिल जाएगा?" मरने की तमन्ना पर ज़िन्दा रहने की ख़्वाहिश[3] हावी हो गई। सुलताना बिल्कुल भूल गई कि पिछली रात से अब तक वह क्या-क्या सोचती रही। उसने किस-किस तरह मौत का अरमान किया था, और किस-किस तरह ख़ुद को मरते हुए देखा था, मगर ज़िन्दगी फिर ज़िन्दगी है। हरकत-और-हरकत। जद्दोजहद, मुसलसल[4] जद्दोजहद!

---

1. सान्त्वना, 2. उल्लसित, 3. आकांक्षा, 4. निरन्तर

सुग़रा ने हैरत से सुलताना को देखा, "तुम काम करोगी?"

"क्यों? क्या हुआ?"

"तो फिर किसी दिन मेरे साथ चलो!"

सुलताना बोली, "आज ही ले चलो!"

"मैं दस बजे जाऊँगी। तैयार हो जाओ। मैं आकर तुमको अपने साथ ले चलूँगी।"

सुलताना आमादा हो गई।

सुग़रा चली गई। सुलताना ने उठकर जल्दी-जल्दी मुँह-हाथ धोया। साफ़-सुथरे कपड़े पहने। न पिंडली का ज़ख़्म याद आया, न उसने तवज्जो दी।

दस बजे से कुछ देर पहले ही सुग़रा आ गई। सुलताना उस वक़्त तक तैयार हो चुकी थी। उसने नन्हे अयाज़ को ख़ानसामा की बड़ी भतीजी के सुपुर्द किया और सुग़रा के हमराह घर से निकली। सुग़रा उसे इंडस्ट्रियल-होम के बजाय पहले फ़लक-पैमा के हेडक्वार्टर ले गई। इंडस्ट्रियल-होम में दाख़िले की इजाज़त वहीं से मिलती थी।

दोनों वहाँ पहुँचीं, तो दस बजे चुके थे। हेडक्वार्टर देखकर सुलताना को शुबहा-सा हुआ कि उस इमारत को पहले भी कभी देख चुकी है, मगर वह ज़्यादा तवज्जो न दे सकी। सिर्फ़ शुबहा की हद तक रहा। इस इमारत को जब पहली बार उसने देखा था, तो अँधेरी रात थी। वैसे भी उसकी ज़िन्दगी में उस वक़्त से अब तक इतनी तेज़ी से तब्दीलियाँ रुनुमा हुई थीं कि बहुत-सी बातों की याद तक धुँधला गई थी।

हेडक्वार्टर में उस वक़्त अली अहमद ड्यूटी पर था। सुग़रा ने सुलताना को उससे मिलाया। वह सुलताना को इंडस्ट्रियल-होम में दाख़िल करने पर रज़ामन्द हो गया। उसने उसी वक़्त सुलताना का नाम रजिस्टर में दर्ज किया और दाख़िले का टिकट बनाकर दे दिया। सुलताना चाहती थी कि इंडस्ट्रियल-होम ही में उसकी रिहाइश का भी बन्दोबस्त हो जाए, मगर अली अहमद ने उसकी हौसला अफ़ज़ाई नहीं की। साफ़ कह दिया, "देखिए, हम आपको रहने की जगह न दे सकेंगे। इसका बन्दोबस्त तो आपको ख़ुद ही करना पड़ेगा!"

सुलताना ने आजिज़ी से कहा, "मैं जहाँ रहती हूँ, वह लोग मुझे ज़्यादा अरसे अपने साथ ठहराना नहीं चाहते। मेरा यहाँ कोई नहीं है, जिसके पास जाकर ठहर जाऊँ!"

"कोई-न-कोई तो ज़रूर होगा। मेरा मतलब है, कोई अज़ीज़, कोई रिश्तेदार!"

"अगर इतना ही साया होता, तो मैं आपसे इस तरह क्यों कहती?"

अली अहमद ज़रा देर तक सिर झुकाए ख़ामोश बैठा रहा। फिर उसने कुछ सोचकर कहा, "आप कल इसी वक़्त आइएगा, तो मैं कुछ बता सकूँगा। फ़िलहाल मैं कोई वायदा नहीं कर सकता?"

सुलताना के लिए अब ज़्यादा इसरार करने की गुंजाइश नहीं थी। सुग़रा के साथ वापस घर आ गई।

दूसरे रोज़ वह फिर हेडक्वार्टर पहुँची। अली अहमद दफ़्तर में मौजूद था। सुलताना को देखकर बोला, "इंडस्ट्रियल-होम में तो हमारे पास कोई जगह नहीं। वहाँ जाएँगी, तो आपको ख़ुद इसका अन्दाज़ा हो जाएगा। सरे-दस्त यह हो सकता है कि आप हेडक्वार्टर में ठहर जाएँ।

यहाँ आपको रहने के लिए एक कमरा मिल जाएगा, मगर यह आपकी आरिज़ी[1] रिहाइश होगी। स्काइ-लार्क कोशिश कर रहे हैं कि बस्ती में आपके लिए मकान का बन्दोबस्त कर दिया जाए।

सुलताना ने ख़ामोशी से उसकी बात मान ली।

वह उसी रोज़ अपना सामान लेकर वहाँ पहुँच गई। स्काइ-लार्कों ने सुलताना के लिए कमरा ख़ाली कर दिया। कमरा बहुत मुख़्तसर था, मगर साफ़-सुथरा था।

चन्द रोज़ तो सुलताना को हेडक्वार्टर में बड़ी वहशत मालूम हुई। वहाँ सब मर्द-ही-मर्द थे। वह इंडस्ट्रियल-होम से शाम को लौटती, और ज़्यादातर अपने कमरे में रही। कभी-कभार किसी काम से बाहर निकलना पड़ता, तो उसे बड़ी शर्म मालूम होती, लेकिन नन्हा अयाज़ बहुत जल्द स्काइ-लार्कों में मक़बूल[2] हो गया। वह घंटों उनके साथ खेलता रहता।

सुलताना दस बजे इंडस्ट्रियल-होम चली जाती। सीने-परोने के अलावा उसे थोड़ी बहुत कशीदाकारी भी आती थी। उसे इसी काम पर लगा दिया गया। उसके साथ-साथ वह ज़रदोज़ी और लकड़ी के खिलौने बनाने का कोर्स भी मुकम्मल कर रही थी। काम में सबसे बड़ी मुश्किल नन्हा अयाज़ था, जिसने शुरू-शुरू में रो-रोकर उसे परेशान किया।

इंडस्ट्रियल-होम में काम करनेवाली औरतों में बहुत कम ऐसी थीं, जो नन्हे-नन्हे बच्चों को अपने साथ लाती थीं। बच्चों से चूँकि काम में गड़बड़ पैदा होती थी, इसलिए आम तौर पर इंडस्ट्रियल-होम में बच्चोंवाली औरतों को बहुत कम दाख़िला मिलता था। वैसे बच्चों के लिए इंडस्ट्रियल-होम में एक लम्बा-सा दालान था, जिसमें कई पालने पड़े थे। जो बच्चे घुटनों चलनेवाले थे, उनके वास्ते लकड़ी की बाड़ लगाकर छोटा-सा अहाता बना दिया गया था, जहाँ वे खेलते रहते।

उनकी देखभाल के लिए एक आया भी मुक़र्रर थी।

सुलताना रफ़्ता-रफ़्ता हेडक्वार्टर के माहौल से मानूस[3] होती गई।

अली अहमद से वह एक बार बातचीत कर चुकी थी, लिहाज़ा वह कभी-कभार उससे बात कर लेती। नन्हा अयाज़ अली अहमद से बहुत हिल गया था। इसलिए गुफ़्तगू करने का रोज़ाना कोई-न-कोई बहाना निकल ही आता। ज़रा इत्मीनान नसीब हुआ, तो उसे नौशा का ख़याल सताने लगा। उसे कुछ पता न था कि वह कहाँ है? और किस हाल में? उसने आख़िरी बार उसे पुलिस की हिरासत में देखा था। उसके हाथों में हथकड़ियाँ पड़ी थीं।

वह नौशा के बारे में अली अहमद से बात करना चाहती थी, मगर हिम्मत न पड़ती। उसे डर था कि अगर उसने नौशा के मुतअल्लिक़ कुछ कहा, तो उसे और भी ऐसी बातें बतानी पड़ेंगी, जिनको वह बताना नहीं चाहती थी। मुमकिन है, उन्हें सुनकर अली अहमद बदगुमाँ हो जाए और उसे हेडक्वार्टर से भी निकलना पड़े।

वैसे स्काइ-लार्कों को भी सुलताना से ख़ासी मदद मिलती थी। वह उनके फटे हुए चमड़ों की मरम्मत कर दिया करती। क़मीज़ों में बटन टाँक देती। हफ़्ते[4] की रात को फ़लक-पैमा का इजलास होता, तो वह स्काइ-लार्कों के लिए चाय तैयार कर देती। सारे स्काइ-लार्क उसकी

---

1. अस्थायी, 2. लोकप्रिय, 3. परिचित, 4. शनिवार

बड़ी इज़्ज़त करते थे। वह उससे बात करते, तो नज़रें नीची करके। कभी बिला-वजह उससे बातचीत करने की कोशिश न करते, मगर वह उनका छोटा-मोटा काम कर देती, तो वे बार-बार उसका शुक्रिया अदा करते।

सुलताना को स्काइ-लार्क बड़े अजीबो-ग़रीब मालूम हुए। वे बिला किसी ग़र्ज़ के सबकी ख़िदमत करते थे और ख़ुश रहते थे। वे अपना सारा काम ख़ुद ही करते थे। मोटा-झोटा खाते। मोटा-झोटा पहनते और बड़े मुतमइन[1] नज़र आते। बात करते वक़्त उनका लहजा नरम होता। वे नन्हे अयाज़ के साथ खिलन्दरे नौजवानों की तरह क़हक़हे लगाकर खेलते थे, और वह भी इस क़दर मानूस हो गया था कि हुमक-हुमककर उनके पास जाता और घंटों माँ के पास आने का नाम न लेता।

एक रोज़ ऐसा हुआ कि अली अहमद उसके पास अपनी क़मीज़ में रफ़ू कराने के लिए आया। उसने बिला किसी तम्हीद[2] के सुलताना से कहा, ''आप पढ़ाई क्यों नहीं शुरू कर देतीं?''

सुलताना फ़ौरन आमादा हो गई, ''आप मुझे पढ़ा दिया करेंगे?''

अली अहमद ज़रा देर ख़ामोश रहा। फिर उसने कहा, ''मैं सिर्फ़ आध घंटा आपको दे सकूँगा।''

इसी वक़्त प्रोग्राम तय हो गया। दूसरे रोज़ सूरज ग़ुरूब[3] होते ही अली अहमद पढ़ाने आ गया। वह अली अहमद की तवक़्क़ो से ज़्यादा ज़हीन निकली। पढ़ने से उसे दिलचस्पी भी थी। बचपन में क़ुरआन पाक का नाज़िरा[4] भी कर चुकी थी, लिहाज़ा मुक़र्रर मुद्दत से पहले ही उसने तालीमे-बालिग़ाँ का पहला कोर्स ख़त्म कर दिया। उसकी गहरी दिलचस्पी और लगन देखकर अली अहमद ने पढ़ाई के वक़्त में पन्द्रह मिनट का इज़ाफ़ा कर दिया। वह वक़्त का सख़्ती से पाबन्द था। सबक़ शुरू करने से पहले घड़ी देख लेता और जैसे ही 45 मिनट पूरे होते, फ़ौरन उठकर खड़ा हो जाता। पढ़ाई के दौरान वह कभी ग़ैर-मुतअल्लिक़ बात नहीं करता था। कई बार सुलताना ने सोचा कि नौशा के बारे में अली अहमद से बात करे, मगर अली अहमद का संजीदा चेहरा और सोचती हुई आँखें देखकर उसकी हिम्मत जवाब दे जाती।

वह नौशा के लिए बड़ी बेचैन थी। आख़िर एक रोज़ उसने हिम्मत करके अली अहमद से कह दिया, ''मेरा छोटा भाई जेल में है। उस पर क़त्ल का मुक़दमा चल रहा है!''

अली अहमद ने चौंककर सुलताना को देखा और हैरतज़दा होकर बोला, ''किसको क़त्ल किया था उसने?''

सुलताना ने अपने बच्चे की तरफ़ इशारा करते हुए कहा, ''इसके बाप को!''

अली अहमद और ज़्यादा हैरतज़दा हो गया, ''अपने बहनोई को क़त्ल कर दिया। बड़ा बेरहम नौजवान है!''

''वह इतना बुरा नहीं, जितना आप समझ रहे हैं!''

''क्यों?'' अली अहमद बदस्तूर हैरतज़दा था।

''इस 'क्यों?' का वह क्या जवाब देती।'' इसी बात के खुल जाने से तो वह डर रही थी। फिर अली अहमद ने ख़ुद ही कहा, ''मेरी समझ में तुम्हारी बात का मतलब नहीं आया। ठीक

---

1. आश्वस्त, 2. भूमिका, 3. डूबते, 4. पाठ अभ्यास

है कि वह तुम्हारा भाई है और तुम्हें उससे मुहब्बत है, मगर तुम्हारी सारी तबाही तो उसी के हाथों से हुई। कम-अज़-कम मेरा तो यही अन्दाज़ा है!"

सुलताना ने सोचा, अगर अली अहमद ने नौशा के मुतअल्लिक़ ऐसी ही राय क़ायम की, तो वह नौशा की कोई मदद न कर सकेगा। नौशा को फाँसी हो जाएगी। उसका भाई हमेशा-हमेशा के लिए उससे जुदा हो जाएगा। उसने यही सोचकर दबी ज़बान से रुक-रुककर अली अहमद को सारी बातें साफ़-साफ़ बता दीं और जब वह सब कुछ बता चुकी, तो उसने भर्राई हुई आवाज़ में कहा, "मैं वाक़ई बहुत बुरी हूँ। वाक़ई बहुत बुरी हूँ। आप मुझे जितना चाहें, ज़लील समझ लें, मगर दुनिया में मेरा कोई नहीं है...कोई नहीं..." उसने दोनों हाथों से अपना चेहरा छुपा लिया और बिलख-बिलखकर रोने लगी।

कमरे की फ़िज़ा अचानक ग़मनाक हो गई। बाहर रात की तारीकी थी और कमरे में सुलताना की सिसकियाँ उभर रही थीं। अली अहमद सिर झुकाए ख़ामोश बैठा था। वह सोच रहा था, वाक़ई यह लड़की मुसीबतज़दा है। वह रबड़ की गेंद की तरह एक जगह से दूसरी जगह जाकर गिर रही थी और हर जगह उस पर ठोकर लगाई जा रही थी। यह अजीब मुआशरा है, जहाँ औरत रबड़ की गेंद और ख़ूबसूरती चोरी का माल बन जाती है।

लैम्प की ज़र्द-ज़र्द रोशनी में सुलताना सिर झुकाए बैठी थी। उसका चेहरा बुझी हुई मोमबत्ती की तरह आँसुओं में डूबा हुआ था। वह बड़ी मज़लूम नज़र आ रही थी। अली अहमद ने हमदर्दी का इज़हार करते हुए कहा, "तुम परेशान न हो। मैं तुम्हारे भाई की रिहाई के लिए पूरी-पूरी कोशिश करूँगा!"

सुलताना ने भीगी हुई पलकों से अली अहमद की जानिब देखा और सिसकियाँ भरते हुए बोली, "आपका बहुत बड़ा एहसान होगा। मुझे एक सहारा मिल जाएगा। मेरा कोई नहीं!" वह फूट-फूटकर रोने लगी।

अली अहमद उसके रोने से परेशान हो गया। वह बेचैन होकर खड़ा हो गया। लम्हा-भर तक सुलताना के चेहरे को तकता रहा। फिर आगे बढ़कर उसने सुलताना का सिर आहिस्ता-आहिस्ता थपथपाया, "रोओ मत! रोने से कुछ नहीं होता!" उसने क़दरे ताम्मुल[1] किया, "चलो, उठकर मुँह धो लो। तुम बहुत देर तक रो चुकी हो!"

सुलताना उठकर खड़ी ही गई। उसने नज़रें उठाकर अली अहमद को देखा। वह उसके ऐन मुक़ाबिल खड़ी थी।

फिर एक लम्हा ऐसा आया, जब अली अहमद ने बड़े जज़्बाती अन्दाज़ से सोचा, सुलताना वाक़ई खूबसूरत है, और बहुत मज़लूम भी है। उसने गहरी साँस भरी और अपना कँपकँपाया हुआ हाथ सुलताना के शाने[2] पर रख दिया।

---

1. विलम्ब, 2. कन्धे

# फसल पांज़दहुम[1]

## [1]

सुनसान रात में दरवाज़े की घंटी ज़ोर-ज़ोर से बजने लगी।

रात आधी से ज़्यादा गुज़र चुकी थी। हर तरफ़ सन्नाटा छाया था। सलमान अभी तक जाग रहा था। उसने ख़ामोशी से उठकर दरवाज़ा खोल दिया। रख़शंदा और जाफ़री दरवाज़े पर खड़े थे। जाफ़री फ़ौरन वापस चला गया। सलमान से उसकी कोई बातचीत नहीं हुई। वह आहिस्ता-आहिस्ता ज़ीने की सीढ़ियाँ तय करता हुआ नीचे उतर गया। ज़रा देर बाद कार के स्टार्ट होने की आवाज़ उभरी। जाफ़री जा चुका था।

सलमान दरवाज़ा बन्द करके लौटा। सामने सोफ़े पर उसकी बीवी थकी हुई नीम-दराज़ थी। वह चुपचाप दूसरे कमरे में आया, मगर फ़ौरन ही वापस आ गया। रख़शंदा उसी तरह लेटी थी। उसके बाल बिखरकर माथे पर लहरा रहे थे। होंठों की लिपस्टिक धुँधला गई। आँखों में काजल फीका पड़ गया था। सलमान ने उसके चेहरे पर उचटती-सी नज़र डाली और उसके रू-ब-रू जाकर सोफ़े पर बैठ गया। रख़शंदा ने उसे देखकर बड़े नाज़ से कहा, ''उफ्फोह! भई, आज तो मैं बहुत थक गई!''

सलमान ने उसकी बात का कोई जवाब नहीं दिया और न ही उसकी तरफ़ देखा। ख़ामोश बैठा रहा। वह रोशनी की तरफ़ पीठ किए बैठा था। उसका चेहरा अँधेरे में था, मगर इतना ज़रूर मालूम होता था, कि वह किसी गहरे सोच में ग़र्क़ है। कमरे में उकता देनेवाली ख़ामोशी छाई थी। थोड़ी देर बाद रख़शंदा उठकर दूसरे कमरे में जाने लगी। सलमान ने कहा, ''बैठ जाओ,'' उसकी आवाज़ ख़िलाफ़े-मामूल बहुत भारी लग रही थी।

वह बेनियाज़ी से बोली, ''क्यों?''

''मुझे तुमसे कुछ बात करनी है!''

''सुबह बात कर लीजिएगा। मुझे नींद मालूम हो रही है,'' वह बदस्तूर लापरवाही से बोल रही थी। उसने जम्हाई लेने के लिए मुँह खोला और मुलहिका[2] कमरे की तरफ़ का इरादा किया। सलमान ने टोका, ''मैं कहता हूँ, बैठ जाओ!'' उसका लहजा तहक्कुमाना[3] था।

वह धम से सोफ़ें पर पड़ी और तेज़ी से बोली, ''लीजिए, बैठ गई। कहिए, क्या कहना चाहते हैं आप?''

---

1. पन्द्रहवाँ परिच्छेद, 2. निकटवर्ती, 3. अधिकारपूर्ण

सलमान लम्हा-भर तक उसका चेहरा तकता रहा। फिर बड़े इत्मीनान से बोला, "मुझे तुम्हारी वह हरकतें क़तई पसन्द नहीं। मैं अब ज़्यादा अरसा बरदाश्त नहीं कर सकता!"

"आपकी तबीयत कुछ ख़राब मालूम होती है। कल मेरे साथ डॉक्टर मनोहर के पास चलिएगा!"

"यह मेरी बात का जवाब नहीं है!"

"मेरा ख़याल है, इस वक़्त आपको आराम की ज़रूरत है। चलिए, चलकर बिस्तर पर लेटिए। दो ख़्वार-आवर गोलियाँ खा लीजिए अच्छी नींद आ जाएगी। दरअसल रात..."

वह अपनी बात पूरी भी न कर सकी थी कि सलमान ने उसे झिड़क दिया, "रख़शी! ज़्यादा स्मार्ट बनने की कोशिश न करो!"

वह बेसाख़्ता मुस्करा दी, "लीजिए, इसमें स्मार्ट बनने की कौन-सी बात है? आप ख़्वाहमख़्वाह उलटी-सीधी बातें सोचा करते हैं!"

वह तेज़ी से बोला, "मैं चाहता हूँ कि तुम मुझे उलटी-सीधी बातें सोचने का मौक़ा न दो, वरना..." उसने झट अपना दायाँ हाथ निकालकर सामने कर दिया, और कमानीदार चाकू कड़कड़ाता हुआ खुल गया। रोशनी में उसका फल इस तरह झिलमिला रहा था कि रख़शंदा की आँखें झपक गईं। उसने दहशतज़दा नज़रों से सलमान को देखा। उसकी आँखें दहकते हुए अंगारों की तरह सुर्ख़ थीं। चेहरे पर इस क़दर वहशत और दीवानगी थी कि वह डरकर पीछे हट गई।

चन्द लम्हों तक ख़ामोशी छाई रही। फिर रख़शंदा की सहमी हुई आवाज़ उभरी, "यह आज आप क्या कर रहे हैं?"

"यह अब तुम्हारे सोचने की बात है कि मैं क्या कर रहा हूँ और क्या करनेवाला हूँ?"

"आख़िर आप चाहते क्या हैं?"

"मैं चाहता हूँ कि तुम जाफ़री से मिलना-जुलना बन्द कर दो!"

"मगर यह तो बहुत बुरी बात होगी!"

सलमान ऊँची आवाज़ से बोला, "अगर तुमको अपने ऊपर इतिमाद नहीं रहा, तो कुछ अरसे के लिए अपने मैके चली जाओ!"

इस दफ़ा रख़शंदा ने ग़ज़बनाक नज़रों से उसे देखा। सलमान की बात से उसके तन-बदन में आग लग गई। तीखे लहजे में बोली, "मैके में मेरा अब कौन बैठा है, जिसके पास चली जाऊँ!" उसका लहजा और तीखा हो गया, "मैं कहीं नहीं जाऊँगी। मैं यहीं रहूँगी!"

"मगर बात फिर भी साफ़ नहीं हुई," सलमान उस रोज़ दो-टूक बात करना चाहता था। वह कई बार यही बात पहले इशारों में और फिर नरमी से कह चुका था।

रख़शंदा तिलमिलाकर खड़ी हो गई, "जो आप चाहते हैं, वही होगा," वह मुड़ी और तेज़ी से दूसरी कमरे में चली गई। सलमान ज़रा देर सोफ़े पर ख़ामोश बैठा रहा। फिर वह भी सोने के लिए अपने बिस्तर पर चला गया।

शाम को जाफ़री आया। सलमान उस वक़्त घर ही में था। अलबत्ता उसकी बीवी जाफ़री की आमद से पहले ही बराबरवाले फ़्लैट में चली गई।

जाफ़री सीटी बजाता हुआ कमरे में दाख़िल हुआ और बड़ी बेतकल्लुफ़ी से पुकारने लगा, "रख़शी?"

कोई जवाब न मिला।

इस दफ़ा उसने ऊँची आवाज़ से कहा, "रख़शी! झटपट तैयार हो जाओ। ऐसी ख़ूबसूरत शाम को सिर्फ़ बूढ़े घर पर रहते हैं या बच्चों की आयाएँ! मुझे इस वक़्त में ज़्यादा देर क़ैद न रखना!" वह तेज़ी से बोलता चला गया।

वह रख़शंदा को तलाश करता रहा। पुकारता रहा। सलमान ख़ामोश बैठा उसकी आवाज़ सुनता रहा। थोड़ी देर बाद जाफ़री वापस आया।

"सालोमन! क्या तुम बता सकते हो, रख़शी इस वक़्त कहाँ है?"

सलमान ने आहिस्ता से जवाब दिया, "मुझे कुछ पता नहीं!"

जाफ़री ने लम्हा-भर रुककर कहा, "तुम्हारे ख़याल में वह इस वक़्त कहाँ जा सकती है?"

"मैं जब वापस आया, तो वह मौजूद नहीं थी," वह साफ़ झूठ बोल गया।

"तो गोया तुम्हें उसके प्रोग्राम का कोई पता नहीं। तुम अजीब शौहर हो, यानी तुमको यह नहीं मालूम कि तुम्हारी बीवी इस वक़्त कहाँ होगी?"

सलमान ने जाफ़री की बात का कोई जवाब न दिया। दिल-ही-दिल में कहा : वाक़ई मैं अजीब शौहर हूँ। अजीब न होता, तो जाफ़री तुम मुझसे मेरी बीवी के मुतअल्लिक़ इस तरह बात न करते। मुझे इतना उल्लू का पट्ठा और बेग़ैरत न समझते। उसका जी चाहा, कि वह जाफ़री के मुँह पर थप्पड़ रसीद करे और धक्के देकर बाहर निकाल दे, मगर यह थप्पड़ बहुत महँगा पड़ता। उसमें पाँच सौ रुपए माहाना का नुक़सान था, और इतना बड़ा नुक़सान झेलने के लिए वह फ़िलहाल आमादा नहीं था।

जाफ़री उठकर कमरे में टहलने लगा। फिर खिड़की पर जाकर खड़ा हो गया। देर तक वहाँ खड़ा रहा। आख़िर थका हुआ-सा सोफ़े पर आकर बैठ गया। वह बड़ा बेचैन नज़र आ रहा था। उसकी बेचैनी से सलमान को लुत्फ़ आ रहा था। घंटा भर तक वह उसी बेचैनी के आलम में रख़शंदा का इन्तज़ार करता रहा। कमरे में दाख़िल होते वक़्त उसके चेहरे पर जो ताज़गी थी, धुँधला गई थी, वह मज़्महिल[1] और थका हुआ नज़र आ रहा था। उसी आलम में उठकर बाहर चला गया।

सलमान ने ग़ौर किया कि जाते वक़्त वह झुँझलाया हुआ था।

सलमान ने खिड़की की ओट से देखा। जाफ़री ने तेज़ी से सड़क उबूर की। अपनी कार के पास पहुँचा। उछलकर अगली निशस्त पर बैठा। स्टीयरिंग-व्हील सँभाला। ज़ोर से कार का दरवाज़ा बन्द किया और तेज़-रफ़्तारी से कार दौड़ाता हुआ आन-की-आन में नज़रों से ओझल हो गया। यह तमाम हरकतें इस बात की ग़म्माज़ी[2] कर रही थीं कि वह चोट खा के गया है। कम-अज़-कम हफ़्ता-भर तक नहीं आएगा।

मगर सलमान यह देखकर हैरतज़दा रह गया कि नौ बजे के क़रीब वह फिर मौजूद था। उसका चेहरा अभी तक परेशान था। वह कमरे में जिस अन्दाज़ से दाख़िल हुआ था, उससे

1. थका हुआ, शिथिल, 2. चुग़ली खा रही

साफ़ ज़ाहिर हो रहा था कि वह ख़ुशी से नहीं आया था। वह चुपचाप सोफ़े पर बैठ गया और देर तक बैठा न जाने क्या सोचता रहा। फिर उसने सलमान से पूछा, "रख़शी वापस आ गई?"

"हाँ!" सलमान ने मुख़्तसर जवाब दिया।

"तुमने पूछा नहीं, वह कहाँ गई थी?"

"नहीं!" सलमान ने आहिस्ता से गर्दन हिलाई।

"क्यों?" जाफ़री के लहजे में बेक़रारी नुमायाँ थी।

"वह कुछ नाराज़ मालूम होती है। मेरी हिम्मत न पड़ी!"

सलमान झूठ-पर-झूठ बोलता चला गया। कुछ ही देर पहले उसने रख़शंदा के साथ खाना खाया था। ज़रा देर इधर-उधर की बातें भी हुई थीं। फिर वह सोने के लिए कमरे में चली गई और अब शायद कोई नावेल पढ़ रही थी।

जाफ़री ने सलमान की बात सुनी और बड़ी तीखी नज़रों से उसे देखा, "तुमने उससे कुछ भी नहीं पूछा?"

सलमान ने आहिस्ता से कहा, "नहीं!"

जाफ़री ने कोई बात नहीं की। बेचैनी से अपनी हथेलियाँ रगड़ने लगा। फिर उठकर उस कमरे में चला गया, जिसमें रख़शंदा मौजूद थी।

वह बिस्तर पर ख़ामोश लेटी थी। कमरे में धुँधली रोशनी थी। उस रोशनी में रख़शंदा का चेहरा थका हुआ नज़र आ रहा था। जाफ़री जाकर उसके सामने खड़ा हो गया। शिकवा करने के-से अन्दाज़ में बोला, "मैं पूछ सकता हूँ, शाम को तुम कहाँ थीं? मैंने तुम्हारा मुकम्मल एक घंटा इन्तज़ार किया है। तुमने मेरी आज की पूरी शाम ख़राब कर दी!"

वह ख़ामोश रही। उसने जाफ़री की बात का कोई जवाब न दिया।

जाफ़री ने इस दफ़ा नरमी से कहा, "क्या बात है? तुम कुछ उदास मालूम हो रही हो?"

वह बेज़ारी से बोली, "मेरे सिर में दर्द है!"

"ओहो! तुमने यह बात पहले क्यों न कही? मैं डॉक्टर को ले आऊँ?"

वह त्योरी पर बल डालकर बोली, "जी नहीं, शुक्रिया!" उसने ख़ुशमगीं[1] नज़रों से उसे देखा, "जाफ़री साहब! आप आइन्दा मेरे कमरे में इस तरह बग़ैर पूछे न आया करें। यह मेरा बेडरूम है, ड्राइंग-रूम नहीं है!"

जाफ़री सन्नाटे में आ गया। घबराकर बोला, "तुम तो बहुत नाराज़ मालूम होती हो!"

वह उसी तरह तेज़ लहजे में बोली, "बेहतर होगा कि आप ड्राइंग-रूम में जाकर बैठें।"

इस दफ़ा जाफ़री तिलमिलाकर रह गया। रख़शंदा की यह सारी बातें उसके लिए बिल्कुल अनोखी थीं। इनसे हिक़ारत[2] टपक रही थी। उसने तीखी नज़रों से रख़शंदा को देखा और झुँझलाया हुआ कमरे से बाहर निकल गया।

सलमान दरवाज़े से लगा चोरों की तरह उनकी बातें सुन रहा था। जाफ़री को आते देखकर मुड़ा और सोफ़े पर जाकर बैठ गया।

---

1. उद्विग्न, 2. उपेक्षा

जाफ़री कमरे में आया, तो वह उठकर खड़ा हो गया। जाफ़री ने उससे कोई बात नहीं की। सीधा बैरूनी दरवाज़े की जानिब बढ़ा।

सलमान भी उसके साथ-साथ दरवाज़े तक गया। जब वह दरवाज़े से बाहर निकलने लगा, तो सलमान ने नरमी से पूछा, "मैंने पहले ही कहा था, वह बहुत नाराज़ है!"

जाफ़री ने मुश्तबह नज़रों से उसे देखा और चुपचाप बाहर चला गया।

सलमान दफ़्तर पहुँचा, तो थोड़ी देर बाद जाफ़री का चपरासी उसे बुलाने आया। सलमान ने उसके कमरे में जाकर देखा। जाफ़री ख़ामोश बैठा एक फ़ाइल देख रहा था। सलमान पर नज़र पड़ते ही उसकी त्योरी पर बल पड़ गए। तीखे लहजे में बोला, "मिस्टर सालोमन! आपके ख़िलाफ़ बड़ी सख़्त शिकायत आई है। आप बिल्कुल लापरवाह होते जा रहे हैं। मैं आपको आख़िरी वार्निंग दे रहा हूँ। इसके बाद अगर इस दफ़्तर को छोड़ना पड़े, तो आपको हैरत न होनी चाहिए।"

यह सीधी-सीधी धमकी दी। सलमान ने वह धमकी ख़ामोशी से सुन ली। आइन्दा पूरी इहतियात बरतने का वायदा किया और कमरे से बाहर आ गया। इस धमकी ने उसे परेशान कर दिया। तनख़्वाह से उसने इतना भी पस-अन्दाज़[1] नहीं किया था कि एक महीना भी बेरोज़गारी का गुज़ार सके और फ़ौरी मुलाज़मत मिलने की कोई उम्मीद न थी।

वह परेशानी के आलम में बैठा था कि जाफ़री ने उसे फिर बुलवाया। इस दफ़ा उसने खुलकर बात की, "क्या तुम्हारा रख़शी से झगड़ा हुआ था?"

"नहीं!" सलमान ने साफ़ इनकार कर दिया।

"तुम मुझसे छुपाने की कोशिश न करो। ज़रूर ऐसी बात है!"

सलमान ने उसे यक़ीन दिलाने की कोशिश की, "आप यक़ीन मानिए, ऐसी कोई बात नहीं!"

"क्या तुम्हें मुझसे कोई शिकायत है?" जाफ़री के दिल का चोर बोल उठा। वह सलमान से साफ़-साफ़ कहना चाहता था, मगर सलमान ने उसे मौक़ा न दिया। मिसकीन-सी सूरत बनाकर बोला, "आपसे मुझे क्या शिकायत हो सकती है?"

"फिर रख़शी कल इस क़दर नाराज़ क्यों थी?"

"नाराज़ तो वह मुझसे भी है। आज सुबह उसने मेरे साथ नाश्ता भी नहीं किया। आप ही उससे पूछिए। मेरी तो बात करने की हिम्मत नहीं पड़ती," सलमान उस वक़्त बड़ा मासूम और सादा-लोह मालूम हो रहा था। उसकी इस सदा-लोही पर जाफ़री मुस्करा दिया।

"मेरा ख़याल है, वह ज़रूर तुम्हारी किसी बात से नाराज़ है। वह बड़ी जज़्बाती लड़की है। तुम उसे अभी समझ नहीं सके?"

वह देर तक सरपरस्ताना अन्दाज़ में बातें करता रहा।

शाम को वह सलमान के घर पहुँचा। रख़शंदा उस वक़्त मौजूद थी। सलमान भी दफ़्तर से ज़रा देर पहले वापस आया था। वह और जाफ़री बैरूनी कमरे में बैठे थे। रख़शंदा उस कमरे में आई। न तो उसने जाफ़री से बात की, न उसकी जानिब देखा। चुपचाप दरवाज़ा

1. बचत

खोलकर बाहर चली गई। वह उस वक़्त आम घरेलू लिबास में थी, जिससे यह बात वाज़ेह थी कि वह पड़ोस के किसी फ़्लैट में गई है। कम-अज़-कम उस लिबास में वह बाज़ार नहीं जा सकती थी।

जाफ़री देर तक रख़शंदा की वापसी का इन्तज़ार करता रहा। आख़िर शाम गहरी हो गई और रात शहर में उतर आई, तो जाफ़री चुपचाप उठकर चला गया।

कई रोज़ तक यही होता रहा। जाफ़री आता। रख़शंदा या तो घर में मौजूद ही न होती या जाफ़री के आते ही उठकर पड़ोस में चली जाती और जब तक वह घर में रहता, वापस न आती। कभी आमना-सामना होता और जाफ़री ज़बरदस्ती बात करने की कोशिश करता, तो वह बेरुख़ी से जवाब देती। जाफ़री तिलमिला के रह जाता।

इन दिनों वह सख़्त परेशान था। दफ़्तर में भी खोया-खोया नज़र आता। सलमान के घर आता, तो बेचैनी से कमरे में टहलता रहता। घंटों सोफ़े पर गर्दन टिकाए ख़ला[1] में घूरा करता। थक जाता, तो कार लेकर कहीं चला जाता, मगर ज़रा ही देर बाद फिर वापस आ जाता। उसका तरोताज़ा चेहरा चन्द ही रोज़ में झुलसकर रह गया। आँखों की चमक-दमक बुझ गई थी। तेज़ लहजे में जल्दी-जल्दी बात करने के बजाय वह अब रुक-रुककर और आहिस्ता-आहिस्ता बात करने लगा था।

रख़शंदा भी उन दिनों उजड़ी-उजड़ी नज़र आती। उसने लिबास में इहतिमाम बरतना छोड़ दिया था। मेकअप की तरफ़ से भी लापरवाह हो गई थी। हर वक़्त घरेलू लिबास में रहती। कई-कई दिन कपड़े न बदलती। बाल बिखरे हैं, तो शाम तक बिखरे रहते। बहुत हुआ, तो लम्बे-लम्बे बालों का बेतुका-सा जूड़ा बाँध लिया। उसके हुस्न की सारी सिहरअंगेज़ी[2] और दिलकशी मंद पड़ गई थी। वह बिल्कुल मामूली लड़की मालूम होती। वह रख़शंदा, जो हर शाम क़दम-क़दम पर अपने हुस्न का जादू जगाती हुई घर से निकलती थी, न जाने कहाँ रूपोश हो गई थी। उसकी आवाज़ में जो लोच और नग़मगी[3] था, वह भी न रही। वह अब चिड़चिड़ी हो गई थी। बात-बात पर उसकी पेशानी पर बल पड़ जाते। वह हर वक़्त उखड़ी-उखड़ी-सी रहती।

सलमान चुपचाप दोनों की यह हालत देखता रहा। उनकी बेचैनी से, उनकी परेशानी से, उसे तस्कीन मिलती। इस तस्कीन में उस ज़ेहनी अज़ीयत के इन्तक़ाम का जज़्बा भी शामिल था, जो जाफ़री और रख़शंदा से उसे पहुँचा था और जिसकी तकलीफ़ से वह दिल-ही-दिल में कुढ़ता रहता था।

लेकिन उसके इन्तक़ाम का जज़्बा जल्द ही आसूदा[4] हो गया। कुछ ऐसा महसूस होने लगा, जैसे वह उन दोनों के दरम्यान आहनी दीवार बनकर खड़ा हो गया। दोनों बेचैन थे, बेक़रार थे।

ख़ुद अपनी आग में जल रहे थे। एक-दूसरे से मिलना चाहते थे, मगर मिल न सकते थे। इस सारे ड्रामे में उसका किरदार बिल्कुल विलेन का-सा था, और जब वह इस पर ग़ौर करता, तो ख़ुद अपनी नज़रों में गिर जाता। उसे अजीब-सी ज़िल्लत का अहसास होता, जो ख़ुद बड़ा अज़ीयतनाक था।

---

1. शून्य, 2. सम्मोहन, 3. मधुरता, 4. सन्तुष्ट

कुछ यही सोचकर उसने एक रोज़ रख़शंदा से कहा, "रख़शी! तुमको जाफ़री की इस तरह बेइज़्ज़ती नहीं करना चाहिए। तुम उससे बातचीत तो कर लिया करो!"

"आख़िर आप चाहते क्या हैं? ख़ुद ही तो उनसे मिलने-जुलने पर मना किया। अब ख़ुद ही सिफ़ारिश भी कर रहे हैं।" उसका लहजा तल्ख़ था।

"मगर मैंने यह तो नहीं कहा था कि तुम इतना सख़्त रवैया इख़्तियार कर लो। यह तो उस बेचारे के साथ बड़ी ज़्यादती होगी।"

उसने रख़शंदा को समझा-बुझाकर किसी-न-किसी तरह राज़ी कर लिया।

उस शाम रख़शन्दा ने जाफ़री के साथ चाय पी। बातचीत भी की। फिर तीनों पिक्चर देखने चले गए। रख़शंदा और जाफ़री बहुत ख़ुश नज़र आ रहे थे। रख़शंदा ने उस रोज़ एक अरसे बाद नफ़ासत से मेकअप किया था। बालों को एक ख़ास अन्दाज़ से आरास्ता किया था। लिबास से भी ख़ुश-ज़ौकी साफ़ झलक रही थी। वह एक बार फिर दिलकश और दिल-आरा नज़र आ रही थी। उसकी यह दिलकशी देखकर सलमान को भी मसर्रत हुई। बहरहाल, वह उसकी बीवी थी। वह उसे छू सकता था। उसे चूम सकता था। उसकी गुदाज़ बाँहों पर सिर रखकर सो सकता था।

रख़शंदा और जाफ़री शाम होते ही सैर-सपाटे के लिए निकल जाते। सलमान घर में बैठा कुढ़ता रहता। रख़शंदा रात गए जाफ़री के साथ मुस्कराती हुई आती। उसकी मुस्कराहट सलमान के ज़ेहन में ज़हर बनकर सिरायत[1] कर जाती।

वह उस दर्द से, उस कर्ब[2] से बिलबिला उठता। आख़िर इस अज़ीयत[3] से बचने का उसने यह तरीक़ा निकाला कि अपना बेशतर वक़्त घर से बाहर गुज़ारने लगा। अक्सर ऐसा होता कि वह सुबह दफ़्तर के लिए घर से निकलता और आधी रात के बाद वापस आता।

एक शाम वह अपने दफ़्तर के एक साथी के साथ फ़िल्म देखने गया। ग्यारह बजे दोनों सिनेमा-हाउस से निकले, तो पीने-पिलाने का प्रोग्राम बन गया। कुछ अरसे से उसने मै-नोशी[4] का शग़ल भी शुरू कर दिया था। उस रोज़ उसके हमराह इनायत था। उसे तनख़्वाह माकूल मिलती थी और अभी तक क्वाँरा था। बड़ी बेफ़िक्री से ख़र्च करता था। उसकी तहरीक पर दोनों शहर के एक मशहूर होटल में शराब पीने चले गए।

होटल का बॉर ख़ासा वसीअ था, मगर रोशनी बहुत कम थी।

बॉर में उस वक़्त ख़ासी चहल-पहल थी। ज़्यादातर ग़ैर-मुल्की नज़र आ रहे थे। उनमें औरतें भी थीं और मर्द भी। नौजवान भी थे और बूढ़े भी। वे धीमी-धीमी रोशनी में शग़ल-बादा-नोशी[5] कर रहे थे। बेतकल्लुफ़ी से हँस रहे थे। बातें कर रहे थे। ताज़गी और हरारत हासिल कर रहे थे। फ़िज़ा में रंग व बू की फ़रावानी[6] थी। यह जाड़ों की सर्द रात थी। क्वेटा की बर्फ़पोश वादियों से आनेवाली ख़ुनक हवाएँ चल रही थीं। लोग मोटे-मोटे ऊनी लिबासों में मलबूस थे। उनके चेहरे सुर्ख़ हो रहे थे।

दोनों एक टेबल के पास जाकर बैठ गए।

---

1. प्रवेश, 2. यातना, 3. सन्त्रास, 4. मदिरापान, 5. मदिरापान का मनोविनोद, 6. अधिकता, बहुतायत

इनायत ने ऑर्डर दिया। वेटर गिलासों में स्कॉच-व्हिस्की ले आया। दोनों आहिस्ता-आहिस्ता व्हिस्की की चुस्की लगाने लगे। इनायत ख़ासा बातूनी नौजवान था। वह अपना ताज़ा मुआशरा सुनाने लगा। यह साबित करने के लिए कि वह बड़ा ऊँचा फलर्ट है। सलमान उसकी बातों में ज़्यादा दिलचस्पी नहीं ले रहा था। वह हॉल में बैठे हुए लोगों की मज़्हकाखेज़[1] हरकतों से लुत्फ़-अन्दोज़ हो रहा था। अचानक एक गोशे में उसकी नज़र गई। वह दम-बख़ुद रह गया।

सामने जाफ़री और रख़शंदा बैठे थे। उनके साथ एक अधेड़ और तनोमन्द[2] आदमी था। वज़ा-क़ता से ग़ैर-मुल्की नज़र आता था। वह छिछोरी हरकतें कर रहा था, और मुँह फाड़-फाड़कर हँस रहा था। ग़ालिबन[3] बहुत ज़्यादा पी गया था। सलमान ने देखा। रख़शंदा ने जाम उठाया और अपने होंठों से लगाया। हाँ! वह शैम्पियन पी रही थी। सलमान का सारा जिस्म लरजकर रह गया।

वह अपनी आँखों से रख़शंदा को मै-नोशी करते देख रहा था। वह रुक-रुककर आहिस्ता-आहिस्ता बोल रही थी। उसकी एक-एक हरकत और हर-हर अन्दाज़ को वह बग़ौर देख रहा था। इनायत ने एक बार उसे टोका भी।

"कहाँ खो गए तुम? यह पैग तो ख़त्म करो!"

सलमान ने ख़ामोशी से अपना गिलास उठाया और होंठों से लगाकर एक ही साँस में ग़टाग़ट ख़ाली कर दिया। यह तीसरा पैग था। एक छोटा उसने और मँगवाया, और बज़ाहिर इनायत की बातों में दिलचस्पी लेने लगा, मगर उसकी पूरी तवज्जो उस गोशे की जानिब थी, जहाँ वे तीनों बैठे थे।

कोई आध घंटे बाद तीनों उठ खड़े हुए और आहिस्ता-आहिस्ता चलने लगे। रख़शंदा के क़दमों में हलकी-सी लड़खड़ाहट थी। तनोमन्द ग़ैर-मुल्की ने अपना बाज़ू आगे कर दिया और रख़शंदा उसके बाज़ू में झूलती हुई आगे बढ़ गई। दोनों आगे-आगे थे। जाफ़री उनसे दो क़दम पीछे हटकर चल रहा था। वह दोनों हाथों में कई पैकेट उठाए हुए थे। वह अपनी झुकी हुई गर्दन और चाल-ढाल से बिल्कुल चमड़-कनातिया[4] मालूम हो रहा था।

सलमान्न ख़ुद को उनकी नज़रों से बचाने की कोशिश कर रहा था और तीखी नज़रों से तीनों को देख भी रहा था। ऐन उस वक़्त इनायत की आवाज़ उभरी, "ओहो हो हो! तुम जाफ़री को देख रहे हो? यार! वह आजकल अपने प्रोमोशन के चक्कर में लगा है!"

सलमान ने हैरत से इनायत को देखा, मगर कुछ कह न सका।

इनायत झूमकर बोला, "यार! बड़ी ज़ोरदार लौंडिया एम.डी. को पेश की है। देखो तो कैसा चिमटाए हुए चल रहा है। रात तो उस साले की गुज़रेगी। हाय! क्या ग़ज़ब का दाना है!"

उसने रख़शंदा के गुदाज़ जिस्म के बारे में ऐसी गन्दी बात कही कि सलमान तड़पकर रह गया। ऐसा महसूस हुआ, जैसे इनायत ने उसके मुँह पर थूक दिया हो। उसने घबराकर पूछा, "क्या यही कम्पनी का वह मैनेजिंग डाइरेक्टर है, जो पिछले हफ़्ते न्यूयार्क से आया है?"

---

1. हास्यास्पद, 2. हृष्ट-पुष्ट, 3. शायद, 4. नीच, दुष्ट

"मिस्टर ब्राइट को क्या तुमने पहले कभी नहीं देखा। तीन साल पहले इन्हीं दिनों दौरे पर आया था, मगर उस वक़्त तक तुम कम्पनी में मुलाज़िम नहीं थे। ज़ालिम इस उम्र में भी बड़ा रंगीन मिज़ाज है। जाफ़री का प्रोमोशन तो समझो, पक्का हो गया!"

सलमान को यक़ीन न आया, "नहीं पार्टनर! ऐसा कैसे हो सकता है?"

"शर्त बद लो। इसी हफ़्ते तुम सुन लेना कि जाफ़री को प्रोमोशन मिल गया। इतनी बड़ी रिश्वत पर तो सल्तनत मिल सकती थी। तुम प्रोमोशन की बात कर रहे हो। उस्ताद! तरक़्क़ी करना चाहते हो, तो यह टेकनीक सीख लो। सबसे आसान नुस्ख़ा है," इनायत से क़हक़हा लगाया, "हिन्दुस्तानी रजवाड़ों और देसी रियासतों के बारे में मशहूर है कि वहाँ दोशीज़ाएँ[1] एक ज़माने में सच्चे ख़्वाब देखा करती थीं। अगर कोई नौजवान लड़की सुबह-ही-सुबह अपने भाई से यह कह देती थी कि रात उसने ख़्वाब में देखा कि वह फौज में कैप्टन बन गया है, तो वह उसी रोज़ कैप्टन बन जाता था। सरकारी हरकारा ख़ुद ऑर्डर लेकर घर आता था। क्या समझे?" वह बेतकल्लुफ़ी से हँसता रहा, "यार, वालियाने रियासत की भी क्या बात थी! सब ही साले अपने वक़्त के राजा इन्द्र थे!"

वह नशे की धुन में बोलता जा रहा था और सलमान को उसकी बातों से उलझन हो रही थी।

थोड़ी ही देर बाद वह उठ खड़ा हुआ। इनायत कुछ देर और ठहरना चाहता था, मगर सलमान ने ज़्यादा इसरार किया, तो वह भी चलने के लिए आमादा हो गया। वापस जाते हुए सलमान ने देखा, जाफ़री अकेला बैठा शग़ले-बादानोशी कर रहा था। सलमान के ज़ेहन को शदीद झटका लगा। उसने सोचा, क्या इनायत सच कह रहा है? जाफ़री रख़शंदा को ब्राइट के सुपुर्द करके चला आया? मगर उसे यक़ीन न आया। नहीं, ऐसा नहीं हो सकता। रख़शंदा घर पर होगी।

मगर जब वह अपने फ़्लैट पर पहुँचा, तो रख़शंदा वहाँ नहीं थी।

सलमान बहुत देर तक जागता रहा। बेक़रारी से बिस्तर पर करवटें बदलता रहा। फिर थककर सो गया। सुबह जब वह नींद से बेदार हुआ, तो रख़शंदा बिस्तर पर बेख़बर सो रही थी। न जाने वह रात को किस वक़्त लौटी थी।

ख़ादिमा ने दरवाज़ा खोला था और उसी की ज़बानी सलमान को मालूम हुआ कि रख़शंदा जिस वक़्त आई थी, पड़ोस की मस्जिद में फ़ज़र की अज़ान हो रही थी।

सलमान ने अपना शिकारी चाकू निकाला। उसे खोला। चाकू की कमानी ज़ोर से कड़कड़ाती हुई चीख़ी। अब तनहाई में वह अक्सर चाकू खोलता। उसकी कमानी चीख़ती। सलमान उसकी धार पर अँगूठा फेरकर तेज़ी का अन्दाज़ा लगाता।

अव्वल शब को रख़शंदा जब जाफ़री के साथ घर से बाहर चली जाती, तो सलमान कमरा बन्द करता। चाकू खोलता और अलमारी के पीछे से डमी निकालकर बलन्दी पर रख देता। वह डमी उसने मोटे ऊनी कपड़े के एक बड़े थैले में रूई भरकर तैयार की थी। वह होंठों को ज़ोर से भींचकर डमी पर चाकू से वार-पर-वार करता। फिर थककर बैठ जाता और देर तक हाँफता रहता। कभी यह उसी जाफ़री का रूप इख़्तियार कर लेती कभी रख़शंदा बन जाती।

---

1. युवतियाँ

सरमा[1] की ठिठुरती सुनसान रातों में उसने अपने ज़ेहन में न जाने कितनी बार जाफ़री और रख़शंदा को क़त्ल किया था। उनके ख़ून में डूबे हुए जिस्मों को फड़कते हुए देखा था और ख़ौफ़ से बदन में झुरझुरी महसूस की थी।

दोनों को क़त्ल करने का हर रात वह नया मंसूबा तैयार करता, मगर दूसरे रोज़ उस मंसूबे में कोई-न-कोई ख़ामी नज़र आती।

अभी उसका मंसूबा तैयार नहीं हुआ था कि एक शाम जाफ़री हस्बे-मामूल मुस्कराता हुआ कमरे में दाख़िल हुआ। उस वक़्त रख़शंदा और सलमान बैठे चाय पी रहे थे। जाफ़री बड़ा मसरूर नज़र आ रहा था। दोनों के क़रीब पहुँचकर वह सीना तानकर खड़ा हो गया, और बड़े खिलन्दरे अन्दाज़ में बोला, "आप दोनों चाहें, तो मुझसे बड़ी शानदार पार्टी ले सकते हैं। आज और अभी!"

रख़शंदा ने बेतकल्लुफ़ी से पूछा, "आज तो बड़े जोवेल मूड में नज़र आ रहे हैं। बात क्या है?"

"पहले तुम मुझे एक गर्मागर्म मुबारकबाद दो!"

रख़शंदा बोली, "कोई बहुत ऊँची ख़ुशख़बरी मालूम होती है, जो इस तरह पेशगी मुबारकबाद का मुतालबा किया जा रहा है," उसकी गुफ़्तगू का अन्दाज़ साफ़ चुग़ली खा रहा था कि उसे इस ख़ुशख़बरी का पहले से ही पता था।

वह गर्दन को ख़म देकर एक्टरों की तरह लम्हा-भर तक उसे तकता रहा। फिर उसने सीने पर हाथ रखा और किसी क़दर गर्दन झुकाकर कहा, "आपका यह ख़ाकसार[2] कम्पनी का ब्रांच मैनेजर मुक़र्रर हो गया है। दो हज़ार तनख्वाह मिलेगी। इसके साथ और भी बहुत-से ठाठ होंगे। क्यों है न बहुत बड़ी ख़ुशख़बरी?"

सलमान का जी चाहा कि वह जाफ़री के मुँह पर थूक दे। साला भड़वा! किस ढिठाई से अपना कारनामा बयान कर रहा है। कम-अज़-कम रख़शंदा के सामने तो उसे अपनी इस तरक़्क़ी का इस तरह एलान नहीं करना चाहिए। इस ओहदे की बलन्दी पर पहुँचने का ज़ीना तो वही बनी थी। यह सोचते-सोचते सलमान को अचानक अपना ख़याल आ गया। उसने महसूस किया कि वह जाफ़री से बड़ा भड़वा है, जिसकी बीवी रात-रात-भर दूसरों के पहलू गर्म करती है। वह सब कुछ देख रहा है। फिर भी कुछ नहीं कह सकता। कुछ नहीं कर सकता...कितनी ज़िल्लत की बात है! उसे डूब मरना चाहिए। नफ़रत, हिक़ारत, ग़म व ग़ुस्से के मिले-जुले अहसासात ने अचानक उस पर हमला कर दिया। वह बौखलाकर रह गया।

रख़शंदा और जाफ़री उठकर बाहर चले गए। रख़शंदा ने लिबास में ख़ास इहतिमाम किया था। मेकअप पर भी ख़ासी तवज्जो सर्फ़ की थी। वह कुछ ज़्यादा ही हसीन और तरहदार नज़र आ रही थी। जाफ़री ने अपनी तरक़्क़ी की ख़ुशी में कुछ दोस्तों को रात के खाने पर बोट-क्लब में बुलाया था, जिसका वह बाक़ायदा मेम्बर था। हरचन्द कि मेहमानों की फ़ेहरिस्त में सलमान का नाम शामिल न था, मगर उसने तकल्लुफ़न सलमान को मदऊ[3] किया और उसने हस्बे-मामूल उनके हमराह जाने से गुरेज़ किया। सिर-दर्द का बहाना तराशकर घर ही में ठहर गया।

---

1. सर्दियों, 2. सेवक, दास, 3. आमन्त्रित

दोनों के जाने के बाद वह ख़ामोश बैठा पेचो-ताब खाता रहा। फिर इन्तहाई झुंझलाहट के आलम में उसने तय किया कि दोनों को जिस क़दर जल्द हो सके, ठिकाने लगा दिया जाए। अपनी तज़्लील[1] का वह इसी तरह बदला ले सकता था, मगर थोड़ी ही देर बाद एक दूसरे ख़याल ने ज़ेहन में सिर उभारा, जो बिल्कुल मुख़्तलिफ़ था। उसने सोचा, उन दोनों के लिए क्यों अपनी ज़िन्दगी दाँव पर लगाना चाहता है? यह तो ऐसी ही बात हुई, जैसे कोई जंगली सुअर का शिकार करते हुए मारा जाए।

उसी वक़्त उसने एक नया मंसूबा बनाया और उसका आग़ाज़ दूसरे दिन दफ़्तर में उस वक़्त हुआ, जब उसने जाफ़री के सामने अपना इस्तीफ़ा डाल दिया। जाफ़री हक्का-बक्का होकर उसका मुँह तकने लगा। हैरतज़दा होकर बोला, "तुम मुलाज़मत छोड़ रहे हो? तुमको हो क्या गया?" उसने क़दरे ताम्मिल[2] किया, "मैंने तो तुम्हारे प्रोमोशन की सिफ़ारिश की है। मुझे यक़ीन है कि तुमको जल्द ही प्रोमोशन मिल जाएगी!"

"शुक्रिया! मुझे न अब इस मुलाज़मत से कोई दिलचस्पी है, और न प्रोमोशन से," सलमान ने तीखे लहजे में कहा, "अभी मैं एक इस्तीफा और देना चाहता हूँ और उसके लिए मैं आपकी मदद चाहता हूँ," लम्हा-भर के लिए वह ख़ामोश रहा। उसने जाफ़री का चेहरा ग़ौर से देखा, "मैं अपनी बीवी को तलाक़ देने का फ़ैसला कर चुका हूँ!"

"मैं इस सिलसिले में तुम्हारी क्या मदद कर सकता हूँ?"

"मैं चाहता हूँ कि वह मुझसे मेहर वग़ैरह तलब न करे!"

"तुमने इसके बारे में रख़शंदा से गुफ़्तगू की? मेरे ख़याल में तुम्हें पहले से उससे बात करनी चाहिए!"

"मैं चाहता हूँ कि मेरी जानिब से वह तमाम बातें आप तय कर लें!"

जाफ़री ज़रा देर तक ख़ामोश बैठा रहा। फिर उसने सलमान को समझाने की कोशिश की, "मेरा मशविरा है कि तुम्हें ऐसा नहीं करना चाहिए। रख़शंदा बड़ी अच्छी लड़की है। उसे छोड़ते हुए तुम्हें दुख नहीं होगा!"

सलमान ने इत्मीनान से जवाब दिया, "हरगिज़ नहीं!" उसने क़दरे तवक़्क़ुफ़ किया, "आज आप रख़शंदा से इस सिलसिले में बात करेंगे?"

जाफ़री को इस मुआमले में सलमान से क़तई हमदर्दी नहीं थी, मगर वह ख़्वाहमख़्वाह हमदर्द बनने की कोशिश करने लगा, "मैं रख़शंदा से बात तो कर लूँगा, लेकिन मेरा ख़याल है कि तुम्हें ऐसा नहीं करना चाहिए!"

सलमान ने जलकर कहा, "जाफ़री साहब! आप क्यों मुझे ख़्वाहमख़्वाह मशविरा देने की कोशिश कर रहे हैं। दो हज़ार रुपए तनख़्वाह पाने का यह मतलब नहीं है कि आपकी समझ भी मुझसे चार गुणा क़ीमती हो गई है!"

जाफ़री नाराज़ होने के बजाय नरम पड़ गया। उसने सोचा, इस वक़्त सलमान का पारा चढ़ा हुआ है। मज़ीद कुछ कहा, तो वह बरस पड़ेगा। आहिस्ता से बोला, "ठीक है। मैं रख़शंदा से आज ही बात करूँगा!"

सलमान ख़ामोशी से चला गया।

---

1. अपमान, 2. विलम्ब

उसने दफ़्तर में भी बैठना मुनासिब न समझा। शाम तक सड़कों पर आवारागर्दी करता रहा। जब वह अपने फ़्लैट पर पहुँचा, तो जाफ़री वहाँ मौजूद था। रख़शंदा भी क़रीब ही बैठी थी। सलमान ने किसी से कोई बात नहीं की। चुपचाप एक सोफ़ा पर जाकर बैठ गया। रख़शंदा का चेहरा मुरझाया हुआ था। वह किसी क़दर परेशान नज़र आ रही थी।

कमरे में ख़ामोशी छाई थी।

तीनों चुप बैठे थे और अपनी-अपनी जगह कुछ-न-कुछ सोच रहे थे। दिसम्बर की यह सर्द शाम बड़ी उदास थी। कमरे के कर्बनाक सुकूत[1] से ऐसा महसूस होता, जैसे यहाँ कोई मर गया है और वे तीनों लाश के सिरहाने बैठे सोग मना रहे हैं।

बहुत देर बाद जाफ़री की आवाज़ उभरी, "मैंने तुम्हारे आने से ज़रा देर पहले रख़शंदा से बात की थी। उसे तुम्हारे फ़ैसले से बहुत दुख पहुँचा है। मैं एक बार फिर कहूँगा कि तुम बहुत ग़लत क़दम उठा रहे हो।"

जाफ़री की बात सुनकर रख़शंदा की गर्दन झुक गई। उसके चेहरे पर दुख का साया मँडलाने लगा, लेकिन सलमान ने उसकी बात का कोई जवाब न दिया।

वह तेज़ी से उठकर दूसरे कमरे में गया। चाकू निकाला और फ़ौरन वापस आ गया और उन दोनों के दरम्यान टाँगें फैलाकर इस तरह सीना तानकर खड़ा हो गया कि वह उसके सामने बहुत हक़ीर मालूम होने लगे।

सलमान ने क़हर-आलूद[2] नज़रों से जाफ़री को देखा, "हाँ, तो मिस्टर जाफ़री! तुम क्या कह रहे थे?"

उसने एक झटके से चाकू खोला। उसकी कमानी कड़कड़ाती हुई ज़ोर से चीख़ी, जाफ़री और रख़शंदा की आँखें ख़ौफ़ से फट गईं। दोनों सहमी हुई नज़रों से सलमान को देखने लगे। सलमान ने ऊँची आवाज़ से कहा, "मेरे फ़ैसले से इस औरत को दुख हुआ है। यह औरत, जो इत्तिफ़ाक़ से मेरी बीवी है और जिसे बीवी कहते हुए मुझे शर्म मालूम होती है," लम्हा-भर के लिए वह रुका और तीखे लहजे में बोलने लगा, "मेरा पहला फ़ैसला यह था कि तुम दोनों के सीने में यह चाकू पैवस्त कर दूँ। मुझे इसी तरह तस्कीन मिल सकती थी। तुम दोनों ने मिलकर मेरे सुकून को, मेरी ख़ुशियों को लूटा है। दिन का चैन और रातों की नींद हराम कर दी। तुमने मेरा सब कुछ छीन लिया है। मैं अब बिल्कुल क़ल्लाश[3] हूँ। एक हारा हुआ जुआरी। तुम दोनों ने मुझे पागल बना दिया। मुझे कुत्ते से ज़्यादा ज़लील कर दिया!"

सलमान की आवाज़ भर्रा गई। वह ख़ामोश हो गया।

जाफ़री और रख़शंदा सरासीमगी के आलम में दम-बख़ुद बैठे थे। उनकी आँखें फटी हुई थीं। चेहरों पर दहशत छाई थी। सलमान ने ताम्मिल के बाद कहा, "डरो मत! मैं तुमको क़त्ल नहीं करूँगा। मेरी ज़िन्दगी इतनी नाकारा नहीं है कि तुम दोनों के ख़ून से अपने हाथ रँगकर फाँसी के फन्दे पर लटक जाऊँ। मेरे लिए यह कोढ़ी होकर मरने से ज़्यादा घिनौनी मौत होगी," ज़रा देर के लिए वह रुका, "जाफ़री! तुम रंडी के भड़वे हो। मैं भी भड़वा हूँ और यह सामने वह रंडी बैठी है!"

---

1. यातनाजनक मौन, 2. प्रलयंकारी, 3. कंगाल

उसने रख़शंदा की जानिब उँगली उठाकर इशारा किया, "मगर अब मैं इस रंडी का भड़वा बनना नहीं चाहता। तुम अपनी यह अमानत अपने साथ ले जाओ, वरना सच कहता हूँ, मुझे वह ज़लील मौत इख़्तियार करना पड़ेगी, जो मैं किसी क़ीमत पर गवारा नहीं कर सकता। बोलो, क्या कहते हो? मेरे सिर पर इस वक़्त ख़ून खेल रहा है। मैं सारी बातें अभी और इसी वक़्त तय करना चाहता हूँ!"

जाफ़री ने मरी हुई आवाज़ में कहा, "मुझे तुम्हारी तजवीज़ मंज़ूर है। मैं रख़शंदा को अपने साथ ले जाऊँगा!"

मजीद बातचीत नहीं हुई।

सलमान ने ख़ुद अपने हाथों से रख़शंदा का सारा सामान उठा-उठाकर जाफ़री की कार में भरा। ख़ादिमा को भी रख़शंदा के साथ रुख़सत किया, और जब वे चले गए, तो निढाल होकर धम से सोफ़े पर गिर पड़ा। वह देर तक लम्बी-लम्बी साँसें भरता रहा।

सलमान और रख़शंदा ने अदालत में इलाक़ा-मैजिस्ट्रेट के रू-ब-रू तलाक़नामे पर दस्तख़त कर दिए। रख़शंदा ने मेहर मुआफ़ कर दिया था। जाफ़री गवाह की हैसियत से अदालत में पेश हुआ। दूसरा गवाह उनका वकील था, जिसने तलाक़नामे की दस्तावीज़ात तैयार की थी।

अदालत से बाहर निकलते वक़्त रख़शंदा रो रही थी।

जाफ़री उसे तसल्ली देने की कोशिश कर रहा था। सलमान ने दोनों को देखा और तेज़ी से उनके क़रीब से गुज़र गया।

सलमान शाम तक कमरे में मुरदे की तरह ख़ामोश पड़ा रहा। उस रोज़ न उसने खाना खाया और न तीसरे पहर की चाय पी। जो कुछ उसने किया था, उसका उसे भी दुख था।

रख़शंदा के साथ उसने इस घर में एक तवील अरसा गुज़ारा था। हर चीज़ से उसकी याद बावस्ता थी। दरो-दीवार से उसकी आवाज़ उभर रही थी। हर तरफ़ उसका साया मँडला रहा था।

बहुत दिनों की बात है, जब एक रात रख़शंदा दुल्हन बनकर आई थी। वह हज्ला-अरूसी[1] में शराबियों की तरह झूमता हुआ दाख़िल हुआ था। सामने फूलों से ढँकी हुई मसहरी पर वह सुर्ख़ लिबास में सिमटी-सिमटाई बैठी थी। उसका जिस्म ख़ुशरंग फूलों की मानिंद महक रहा था। वह चुपचाप उसके क़रीब जाकर बैठ गया। फिर कँपकँपाते हुए हाथों से उसने रख़शंदा का मेहँदी से रचा हुआ गोरा-गोरा नाज़ुक हाथ थामकर कहा था, "हाथ तो बहुत ख़ूबसूरत है!" वह सिमटकर दोहरी हो गई थी। सलमान ने मुस्कराकर उसे मुख़ातिब किया था, "मेरी शहज़ादी!" वह शर्म से सिमटी-सिमटाई बैठी रही—"बोलो, मेरी शहज़ादी!" उसने बड़े प्यार से इसरार किया था, "जी!" बड़ा मुख़्तसर जवाब मिला था, और उसने बेसाख़्ता हाथ बढ़ाकर दुल्हन का घूँघट उलट दिया। दुल्हन ने दोनों हाथों से अपना चेहरा छुपा लिया। सलमान ने उसका कँवल की तरह दिल-आवेज़[2] चेहरा देखकर दिल में कहा था। यह तो बड़ी ख़ूबसूरत लड़की है, और फिर उस ख़ूबसूरत लड़की के साथ मिल-जुलकर उसने ख़ूबसूरत ज़िन्दगी का ख़्वाब देखा था। पुर-सुकून दुनिया बसाने का तहैया किया था, और आज वह ख़ूबसूरत ख़्वाब बिखर गए थे। पुर-सुकून दुनिया जहन्नुम बनकर उजड़ गई थी।

---

1. सुहाग-कमरा, 2. सुन्दर, आकर्षक

सलमान को एक-एक बात याद आ रही थी। उनको याद करते-करते वह तकिए में मुँह छिपाकर रोने लगा।

जब रोने से दिल का बोझ ज़रा हलका हो गया, तो उसने सोचा, अब क्या करना चाहिए? अचानक उसे अली अहमद याद आ गया। फिर फ़लक-पैमा और उसके स्काइ-लार्क याद आ गए। अब अली अहमद ही उसे सहारा दे सकता था और फ़लक-पैमा के साथ ही उसकी उजड़ी हुई बेरौनक़ ज़िन्दगी में हरारत और नमू[1] पैदा हो सकती थी।

उसने उठकर मुँह-हाथ धोया। कपड़े तब्दील किए और घर से बाहर चला गया। होटल में खाना खाया।

रात के शो में फ़िल्म देखी और वापस आकर इत्मीनान से सो गया।

चन्द ही रोज़ में उसने घर का सारा सामान फ़रोख़्त कर दिया। दफ़्तर से तनख़्वाह ली। फ़्लैट उसने साढ़े चार हज़ार रुपए लेकर पगड़ी पर दे दिया।

दिसम्बर की एक सर्द रात को वह एक सूटकेस और बिस्तर लेकर सफ़र के इरादे से स्टेशन पहुँच गया।

## [2]

गुमटी की गुंजान आबादी के छोटे-छोटे बोसीदा मकानों के दरम्यान फ़लक-पैमा के हेडक्वार्टर की सफ़ेद दीवारोंवाली इमारत मिनारा-ए-रोशनी[2] की तरह सिर ऊँचा किए खड़ी थी। पहर दिन गुज़र चुका था। जाड़ों की हलकी-हलकी बसन्ती धूप दरो-दीवार पर फैली थी। गली-कूचों में नंग-धड़ंग बच्चे खेल रहे थे। शोर मचा रहे थे। औरतें ऊँची आवाज़ों से बोल रही थीं। हर तरफ़ चहल-पहल और गहमा-गहमी थी।

सलमान सदर-दरवाज़े से अन्दर दाख़िल हुआ। हेडक्वार्टर में गहरी ख़ामोशी छाई थी। कोई स्काइ-लार्क नज़र नहीं आ रहा था। वह इधर-उधर झाँकता हुआ लाइब्रेरी की तरफ़ मुड़ गया। क़रीब पहुँचा, मगर झिझककर दरवाज़े पर रुक गया।

लाइब्रेरी की लम्बी मेज़ पर एक औरत झुकी हुई निहायत इनहिमाक[3] से अख़बार पढ़ रही थी। उसका लिबास साफ़-सुथरा था। पीठ सलमान की जानिब थी।

औरत ने दरवाज़े पर चाप सुनकर गर्दन मोड़ी।

सलमान शशदर रह गया। वह सुलताना थी। लम्हा-भर तक वह हैरत से आँखें फाड़े उसे तकता रहा। फिर उसने ताज्जुब से कहा, "सुलताना!"

वह आहिस्ता से बोली, "जी!"

सुलताना भी हैरतज़दा नज़र आ रही थी। उसने सोचा, सलमान यहाँ कैसे आ गया है? और यही बात वह सुलताना के बारे में सोच रहा था।

"तुम यहाँ किस तरह आईं?" वह आहिस्ता-आहिस्ता चलता हुआ उसके सामने जाकर खड़ा हो गया।

सुलताना ने जवाब दिया, "मैं यहीं रहती हूँ!"

---

1. बढ़ने की शक्ति, विकास, 2. प्रकाश-स्तम्भ-लाइट-हाउस, 3. तन्मयता

"यानी तुम हेडक्वार्टर में रहती हो?"

"जी हाँ! पिछले ही महीने मुझे रुकनियत[1] मिली है!"

सलमान ने ग़ौर किया कि सुलताना के चेहरे पर अभी तक वही मानूस मासूमियत थी। वह हमेशा की तरह नज़रें नीची किए शरमा-शरमाकर बोल रही थी। वही सादगी। वही बड़ी-बड़ी रोशन आँखों पर झुकी हुई घनी पलकों के साए। वही गर्दन का का हलका-सा ख़म! सुलताना ज़रा भी तो नहीं बदली थी। वह अभी तक वैसी ही ख़ूबसूरत और दिल-आवेज़ थी।

वह ज़िन्दगी का एक तवील सफ़र तय करके वापस आया था। रास्ता ना-हमवार था। उसने तो क़दम-क़दम पर ठोकरें खाई थीं। दुख झेले थे। वह बहुत थक चुका था। उसे ख़ुशी हुई कि सुलताना इस तरह अचानक मिल गई। वह भी इस क़दर क़रीब कि दोनों हँसते-खेलते एक-दूसरे के दोश-ब-दोश[2] चल सकते थे। अब तो सुलताना उसकी राह में हाइल[3] भी नहीं हो सकती थी। दोनों की एक ही राह थी। एक ही मक़सद था और एक ही मंज़िल थी।

यह सोचते-सोचते मअन[4] नियाज़ याद आ गया, और उसका ख़याल आते ही सलमान को ऐसा महसूस हुआ, जैसे अभी कोई उसका रास्ता रोके खड़ा है। उसने धड़कते दिल के साथ सुलताना से पूछा, "नियाज़ कहाँ है?"

सुलताना ने उसकी जानिब देखे बग़ैर जवाब दिया, "कई महीने हुए उनका इन्तक़ाल हो गया।"

सलमान ने इत्मीनान की साँस ली। ऐन उस वक़्त अली अहमद लाइब्रेरी में दाख़िल हो गया। उसके साथ सुर्ख़-सुर्ख़ गालोंवाला एक तन्दुरुस्त बच्चा था। यह अयाज़ था। अली अहमद ने हैरत से सलमान को देखा और ख़ुशी से चीख़ पड़ा, "सलमान, तुम आ गए?"

दोनों बाँहें फैलाकर बड़े जोशो-खरोश के साथ एक-दूसरे से बग़लगीर हो गए। अहमद उसकी पीठ थपथपाकर बोला, "मुझे यक़ीन था, सलमान, एक रोज़ तुम ज़रूर वापस आओगे। मुझे ख़ुशी है कि तुम आ गए। मुझे बहुत ख़ुशी है। मैं बहुत ख़ुश हूँ।"

सलमान माज़िरत[5] करने लगा, "तरह-तरह की परेशानियों में ऐसा घिरा रहा कि आपको ख़त भी न लिख सका। फुरसत से बताऊँगा। मुझ पर इस अरसे में क्या-क्या बीत गई?"

अली अहमद ने ज़ोर से उसकी पीठ पर हाथ मारा। मुस्कराकर बोला, "तुम ज़िन्दगी की एक चमक-दमक पर रीझ गए, जो दूर से बहुत ख़ूबसूरत और बड़ी दिलकश नज़र आती है, मगर सोने का जगमग-जगमग करता पहाड़ सिर्फ़ देखने के लिए है। जितना उसके क़रीब जाने की कोशिश करो, उतना ही दूर हटता जाता है। यह अजीब गोरख-धन्धा है। एक तार सुलझाओ, दस उलझते हैं। सारी उम्र ताना-बाना ही सुलझाते गुज़ार दो। सिरा कभी हाथ नहीं आएगा!"

अली अहमद पर फ़लसफ़ियाना मूड तारी था। वह अभी न जाने जितनी देर ज़िन्दगी के इसरार व रमूज़[6] पर गुफ़्तगू करता। इसी दौरान में नन्हा अयाज़ उसके कुरते का दामन पकड़कर ज़ोर-ज़ोर से रोने लगा।

अली अहमद ने बच्चे को गोद में उठा लिया। उसके रुख़सारों का बोसा लिया। हँसकर बोला, "सलमान! यह सबसे छोटा स्काइ-लार्क अयाज़ है!"

---

1. सदस्यता, 2. कन्धे-से-कन्धा मिलाकर, 3. बाधक, 4. तत्क्षण, 5. क्षमायाचना, 6. रहस्य व भेद

सलमान ने बच्चे के गोल-मटोल सिर पर शफ़क़त से हाथ फेरकर पूछा, "किसका बच्चा है?"

अली अहमद ने मुस्कराकर कहा, "फ़िलहाल तो यह मेरा ही बच्चा है," मगर बच्चे को शायद उसकी बात नागवार गुज़री। वह मुँह फाड़कर रोने लगा। पीछे से सुलताना की आवाज़ आई, "लाइए! इसे मुझे दे दीजिए!"

अली अहमद ने घूमकर सुलताना को देखा और सलमान की तरफ़ इशारा करके कहने लगा, "सुलताना! तुम इनसे नहीं मिलीं। यह फ़लक-पैमा के बहुत सीनियर स्काइ-लार्क हैं सलमान!"

सुलताना ने नज़रें उठाईं।

सलमान ने देखा। वही चमकती हुई शफ़्फ़ाफ़ आँखें। वही सीने में उतर जानेवाली नज़रें। वही घबराया-सा मासूम चेहरा। उसने दिल-ही-दिल में कहा, "सुलताना! मैं मरकर भी तुमको नहीं भूल सकता! यह आँखें, यह आरिज़[1], यह लब![2] सलमान लम्हा-भर के लिए बिल्कुल भूल गया कि सुलताना और उसके अलावा वहाँ कोई और मौजूद है।

यह अली अहमद था। उसने खँखारकर सलमान को अपनी जानिब मुतवज्जेह किया, "सलमान! यह सुलताना है—मेरी बीवी!"

अड़ा अड़ा धम! दरो-दीवार तक लरज उठे। सलमान लड़खड़ाकर रह गया। पल भर के लिए उसके दिल की हरकत रुक गई। उसने फटी-फटी आँखों से अली अहमद को देखा। उसकी ज़बान से एक लफ़्ज़ न निकल सका। अली अहमद किसी क़दर शरमाकर बोला, "हाँ! भई, मैंने शादी कर ली!"

यह कहते-कहते अली अहमद की नज़रें झुक गईं। उसकी कुशादा पेशानी दमक रही थी। चेहरे पर हलकी-सी सुर्ख़ी लहराने लगी थी।

हमेशा संजीदा रहनेवाला अली अहमद बहुत मासूम और भोला-भाला नज़र आ रहा था।

सलमान पर लम्हे भर तक सकते का-सा आलम तारी रहा। फिर उसने चौंककर कहा, "मुबारक हो!" इससे ज़्यादा वह एक लफ़्ज़ न कह सका। उसकी आवाज़ में दबी-दबी थरथराहट थी।

अली अहमद ने कहा, "तुम सफ़र से थके-हारे आ रहे हो! किसी कमरे में जाकर आराम करो। रात को इत्मीनान से बातें होंगी। इस वक़्त मुझे एक मुक़दमे के सिलसिले में कोर्ट जाना है!"

सलमान ने पूछा, "क्या उस रात के हंगामे वाला मुक़दमा अभी तक चल रहा है?"

"नहीं! यह तो कब का ख़त्म हो गया। उस मुक़दमे में जान ही कब थी! वह तो धाँधली से इलेक्शन जीतने के लिए स्काइ-लार्कों के ख़िलाफ़ पुलिस ने बनाया था। यह दूसरा ही मुक़दमा है!"

अली अहमद ने सुलताना को मुख़ातिब किया, "सुलताना! तुम भी कोर्ट चलोगी?"

"जी हाँ! मैं तो बहुत देर से आपका इन्तज़ार कर रही थी!"

अली अहमद माज़िरत करने लगा, "भई, मुआफ़ करना, सुलताना, मुझे देर हो गई!"

---

1. गाल, 2. होंठ

सुलताना बोली, "आप थके हुए हैं। ज़रा आराम तो कर लीजिए! कहिए, तो चाय बना दूँ?" उसने क़दरे तवक़्क़ुफ़ किया, "मगर आप ज़्यादा चाय पीना बन्द कर दें। बहुत चाय पीने लगे हैं!"

अली अहमद मुस्कराकर बोला, "अच्छा, भई, अब चाय कम पिया करूँगा। तुम्हारा हुक्म कैसे टाल सकता हूँ!"

दोनों बड़े घरेलू अन्दाज़ से गुफ़्तगू कर रहे थे। उनके लबो-लहजे में एक-दूसरे के लिए खुलूस था, प्यार था, अपनाईत थी।

सलमान से यह सब देखा न गया। उनकी एक-एक बात उसे नागिन की तरह डस रही थी। उसके लिए वहाँ ठहरना अज़ाब हो गया।

"मैं आपसे शाम को मिलूँगा!"

अली अहमद बोला, "तुम स्काइ-लार्क अफ़ज़ल के कमरे में ठहर जाओ। उसका कमरा सबसे आख़िर में है!"

सलमान ने ख़ामोशी से अपना बिस्तरबन्द और सूटकेस उठाया और बाहर जाने के लिए दरवाज़े की जानिब बढ़ा।

"सलमान, मैं तुम्हारी कुछ मदद करूँ?"

"जी नहीं, शुक्रिया! इन दोनों का वज़न ज़्यादा नहीं है," यह कहता हुआ वह बाहर चला गया।

अफ़ज़ल के कमरे में पहुँचकर उसने अपना बिस्तरबन्द खोला और सिगरेट सुलगाकर थका हुआ-सा लेट गया। उसका दिल बोझल हो रहा था। ज़ेहन पर बर्फ़ की तहें जमती जा रही थीं। वह बार-बार सोचता, यह क्या हो गया? इसी सुलताना के बाइस एक बार उसने फ़लक-पैमा छोड़ा था और घर जाकर तरह-तरह के झमेलों में फँस गया था। क्या वह फिर उसके लिए फ़लक-पैमा छोड़ दे? यहाँ रहकर उसे अली अहमद से इस तरह हँसते-बोलते, प्यार और मुहब्बत से मिलते-जुलते नहीं देख सकता। यह उसके लिए मुस्तक़िल-आज़ार[1] बन जाएगा।

इन्तहाई बेबसी के आलम में सलमान ने सोचा : ख़ुदाया! वह अब क्या करे? ज़िन्दगी है कि उससे रूठती ही चली जा रही है। हालात हैं कि बिगड़ते ही जा रहे हैं। जीने की हर आस, हर उम्मीद उसे ठुकराकर आगे निकल जाती है। वह यहाँ आया था कि ज़िन्दगी के दुख भरे सफ़र में अली अहमद उसकी रहनुमाई करेगा। उसे सहारा देगा, मगर अली अहमद ने मिलते ही सीने में ख़ंजर उतार दिया। क्या वह यहाँ से चला जाए?

अभी उसके पास पाँच हज़ार रुपए मौजूद थे, जिससे वह साल भर तक गुज़ारा कर सकता था, और इस अरसे में कोई-न-कोई मुलाज़मत तलाश कर लेना ऐसा मुश्किल नहीं था। फिर वही मुलाज़मत। वही घर और उस घर को आबाद करने के लिए एक अदद बीवी की ज़रूरत! फिर वही पुराना चक्कर! वही शब व रोज़ और उन शब व रोज़ को ख़ुशगवार बनाने के लिए वही बासी हंगामे, जिनका ज़ाइक़ा वह चख चुका था, जिनका उसे बहुत तल्ख़ तजुर्बा था।

---

1. स्थायी मुसीबत

अचानक उसके ज़ेहन को झटका लगा। कोई उसके वजूद में चीख़ा—"नहीं...नहीं...यह फ़रार है...ख़ुदकुशी है। वह ज़िन्दा रहेगा और एक स्काइ-लार्क की तरह ज़िन्दा रहेगा। इस ज़िन्दगी में, इस जद्दोजहद में हरकत थी। हरारत थी। मसर्रत थी और यह मसर्रत बड़ी मुकद्दस और पाकीज़ा थी। पहले पूरे मुआशरे को ख़ूबसूरत बनाओ। उसके चेहरे से ग़लाज़त और गन्दगी साफ़ करो। फिर ख़ूबसूरत चीज़ों की तमन्ना करो। ज़िन्दगी, हसीन औरत का एक तबस्सुम, शराब का एक जाम नहीं है। ज़िन्दगी अमल और हरकत का नाम है। इंक़लाब और तग़य्युर[1] का नाम है। इस तग़य्युर से तुम मुँह नहीं मोड़ सकते। तुम्हारे ज़ेहन में वह काँटा चुभ गया है, जो तुम्हारे शऊर को कभी ख़ुदकुशी करने न देगा।

सलमान ने फ़लक-पैमा छोड़ने का इरादा तर्क कर दिया। आँखें बन्द किए तीसरे पहर तक कमरे में पड़ा गहरी नींद सोता रहा।

शाम को सलमान लाइब्रेरी में गया। तमाम स्काइ-लार्क वहाँ मौजूद थे।

नए स्काइ-लार्कों से उसका तआर्रुफ़ कराया गया। सबने उसका पुरजोश खैर-मुक़द्दम किया। वह एक-एक से गले मिला। ख़ूब ज़ोर-ज़ोर से क़हक़हे लगाए।

उसकी आमद की ख़ुशी में स्काइ-लार्कों ने एक छोटी-सी पार्टी दी। उसमें चाय थी। फल थे। और गर्म-गर्म समोसे थे, जो सुलताना ने तैयार किए थे। चाय की मेज़ पर उसने ख़ूब बातें कीं। तरह-तरह के लतीफ़े सुनाकर सबको ख़ूब हँसाया।

बहुत अरसे तक उसकी एक दिलचस्प और वलवलाअंगेज़ शाम गुज़री।

मगर वह अब फ़लक-पैमा का रुकन नहीं रहा था। तवील ग़ैर-हाज़िरी से बाइस उसकी रुकनियत[2] मंसूख कर दी गई थीं। वह दोबारा रुकनियत हासिल करने का मुतमन्नी[3] ज़रूर था और अपनी इस ख़्वाहिश का अली अहमद और तंज़ीम के दूसरे अरकान से इज़हार कर चुका था।

चन्द रोज़ बाद फ़लक-पैमा का इजलास हुआ।

डॉक्टर ज़ैदी ने इजलास की सदारत की। अब वही फ़लक-पैमा का सदर भी था। अली अहमद बदस्तूर सैक्रेटरी जनरल था।

उसने सलमान की रुकनियत बहाल करने की तजवीज़ इजलास में पेश की।

तजवीज़ पर मुख़्तसर बहस हुई और उसे इत्तिफ़ाक़े-राय[4] से मंजूर कर लिया। साथ ही सलमान को सख़्त तम्बीह[5] दी गई कि वह आइन्दा ऐसी ग़ैर-ज़िम्मेदाराना हरकत न करे।

सलमान उस वक़्त अपने कमरे में था। उसे बुलाया गया और इजलास के फ़ैसले से आगाह कर दिया गया। रुकनियत बहाल होने पर अरकान ने उसे मुबारकबाद दी। उसे इजलास की कार्रवाई में शिरकत करने की भी इजाज़त मिल गई।

सलमान का चेहरा ख़ुशी से दमकने लगा। आँखों में चिराग़ रोशन हो गए। उसने इजलास से ख़िताब भी किया। सदर और दूसरे अरकान का शुक्रिया अदा किया। उन्हें यक़ीन दिलाया कि वह न सिर्फ़ मोहतात रहेगा, बल्कि पूरी-पूरी कोशिश करेगा कि उससे जो ग़लत सर्ज़द हुई है, आइन्दा उसका इआदा[6] न हो! साथ ही उसने पशेमानी का इज़हार किया और अपने ग़ैर-ज़िम्मेदाराना रवैए का खुले दिल से इतिराफ़[7] भी किया।

---

1. परिवर्तन, 2. सदस्यता, 3. अभिलाषी, 4. आम सहमति, 5. चेतावनी, 6. पुनरावृत्ति, 7. समर्थन

एजेंडे की अहम शिक[1], अमजद ख़ाँ की रिपोर्ट थी।

अमज़द ख़ाँ पिछले सालाना इन्तख़ाबात में फ़लक-पैमा का ख़ाज़िन[2] मुन्तख़ब हुआ। रिपोर्ट में माली-मुश्किलात[3] का ज़िक्र तफ़्सील से किया गया था और यह बताया गया था कि फ़लक-पैमा का काम अपने हमदर्दों के चन्दे और इंडस्ट्रियल होम की आमदनी से चल रहा है, मगर फंड की कमी के बाइस तंज़ीम की सरगर्मियों का आगे बढ़ना रोज-ब-रोज़ मुश्किल होता जा रहा है। इस ज़मन में डिस्पेंसरी का ज़िक्र ख़ास तौर पर किया गया, जो माली मुश्किलात के बाइस ग़ैर-इत्मीनान-बख़्श हालत में थी।

सलमान ने सदर से इजाज़त ली। अपने कमरे में गया। सूटकेस खोला। पाँच हज़ार रुपए निकाले। इजलास में वापस गया। सदर के सामने नोटों की गड्डी रखते हुए निहायत इनकिसार[4] से कहा, "फ़लक-पैमा के फंड के लिए यह मेरी हकीर पेशकश है!"

स्काइ-लार्कों ने ज़ोर-ज़ोर से तालियाँ बजाकर सलमान के ख़ुलूस को सराहा। उन्होंने इस क़दर जोशो-ख़रोश का इज़हार किया कि ज़रा देर के लिए इजलास की संजीदा फ़िज़ा दरहम-बरहम हो गई। सलमान का सीना फ़ख़्र से तन गया।

ज़िन्दगी में इतनी ज़बरदस्त ख़ुशी उसने पहले कभी महसूस न की थी।

रियाज़ पिछले महीने जेल से रिहा होकर आया था और फ़लक-पैमा का बाक़ायदा रुक्न बन चुका था। वह भी इजलास में शरीक था और देर से ख़ामोश बैठा सिगरेट के कश लगा रहा था।

वह सदर की इजाज़त से तक़रीर करने के लिए खड़ा हुआ, तो ख़ामोशी छा गई। उसने इजलास से ख़िताब करते हुए कहा, "मैं स्काइ-लार्क सलमान के ईसार[5] के जज़्बे की क़द्र करता हूँ। यह इस हक़ीक़त का खुला सुबूत है कि उन्हें फ़लक-पैमा से किस क़दर लगाव है। फ़लक-पैमा एक जमाअत है, एक तंज़ीम है और तंज़ीम महज़ तंज़ीम नहीं होती। वह अपने अग़राज़ व मक़ासिद[6] से, यानी अपने समाजी और इक़्तिसादी[7] प्रोग्राम से पहचानी जाती है। फ़लक-पैमा का भी एक समाजी और इक़्तिसादी प्रोग्राम है। उसे अमलीजामा पहनाने और कामयाब बनाने के लिए हमको उन तबक़ात, समाजी तंज़ीमों और जमाअतों का ज़्यादा-से-ज़्यादा तआवुन[8] हासिल करना चाहिए, जिन्हें उसने अग़राज़ व मक़ासिद से पूरी तरह इत्तिफ़ाक़ है।"

अफ़ज़ल ने मुदाख़लत[9] की, "मैं समझता हूँ कि स्काइ-लार्क रियाज़ यह कहना चाहते हैं कि हमें अमली सियासत में सरगर्मी के साथ बढ़-चढ़कर हिस्सा लेना चाहिए!"

"मैंने अपनी बात अभी ख़त्म नहीं की है," रियाज़ ने मुस्कराकर कहा, "लेकिन स्काइ-लार्क अफ़ज़ल अगर दिलों का हाल पढ़ लेते हैं और ज़ेहनों के भेद मालूम कर लेने का गुर जानते हैं, तो मैं अर्ज़ करूँगा और उनका क़यास[10] दुरुस्त है। मैं यही कहना चाहता था।"

इस दफ़ा अफ़ज़ल के बजाय साजिद ने उठकर कहा, "मैं स्काइ-लार्क रियाज़ पर वाज़ेह कर देना चाहता हूँ कि फ़लक-पैमा ने पहले भी अमली सियासत में हिस्सा लिया था। मेरी मुराद म्यूनिस्पैलटी के इलेक्शन से है। यह हमारे लिए बड़ा तल्ख़ तजुर्बा साबित हुआ। हमें उसके नतीजे में बहुत बड़ी क़ुरबानी देनी पड़ी। उसने दीवार पर आवेज़ाँ[11] सफ़दर बशीर की

---

1. खंड, 2. कोषाध्यक्ष, 3. आर्थिक कठिनाइयों, 4. अत्यन्त विनम्रता, 5. क़ुरबानी, 6. उद्देश्यों और लक्ष्यों, 7. आर्थिक, 8. सहयोग, 9. हस्तक्षेप, 10. अनुमान, 11. लटकती हुई

तस्वीर की तरफ़ इशारा किया, "यह तस्वीर आप देख रहे हैं। यह फ़लक-पैमा के बानी और हमारे निहायत मोहतरम रहनुमा की तस्वीर है और आप यह भी जानते हैं कि इनकी अलमनाक मौत क्यों, कैसे और किन हालात में वाक़िया हुई!"

"ऐसी क़ुरबानियाँ तो हमें आइन्दा भी देनी पड़ेंगी और ज़ेहनी तौर पर उसके लिए ख़ुद को तैयार करना पड़ेगा," रियाज़ ने निहायत इतिमाद से कहा, "आपने यह भी सोचा कि जो कुछ आप कर रहे हैं, वह क्या है? सियासत सिर्फ़ कारोबारे-हकूमत में हिस्सा लेने का नाम नहीं। यह बुनियादी तौर पर मुआशरे में इक़्तिसादी रिश्तों का इज़हार है। उसे इस तरह समझने की कोशिश कीजिए। कारख़ानेदार भी मुआशरे का एक फ़र्द होता है और मज़दूर भी! दोनों ही इंसान होते हैं। इनमें कोई बुनियादी फ़र्क़ नहीं होता, मगर जब कारख़ानेदार कोई कारख़ाना या फैक्टरी लगाता है, तो उसे मज़दूरों की ज़रूरत पड़ती है। यह एक तरह का इक़्तिसादी मुआहिदा होता है। मज़दूर, जिस्म व जाँ का रिश्ता बरक़रार रखने के लिए अपनी मेहनत बेचता है और कारख़ानादार उसे ख़रीदता है। दोनों एक-दूसरे के लिए लाज़िम व मलज़ूम[1] हैं, मगर जब मज़दूर अपने मफ़ादात[2] और हक़ूक़[3] के तहफ़्फ़ुज़[4] के लिए ट्रेड-यूनियन बनाते हैं, तो उसी वक़्त से इक़्तिसादी रिश्तों की नौईत बदल जाती है। दोनों ही अपने-अपने मफ़ादात के लिए जद्दोजहद करते हैं। यही जद्दोजहद, वही समाजी और इक़्तिसादी रिश्तों की तब्दीली सियासत है।

"इसी तरह जब आप ग़ुर्बत, पसमान्दगी और समाजी और इक़्तिसादी अदमे-तवाज़ुन ख़त्म करके मसावात क़ायम करने और मुआशरे को सेहतमन्द और ख़ूबसूरत बनाने के लिए जद्दोजहद करने का अज़्म करते हैं, तो यह जद्दोजहद उन तबक़ात और समाजी गिरोहों के ख़िलाफ़ होती है, जो मेहनतकश अवाम की ग़ुर्बत और पसमान्दगी के बाइस हैं। जो उनकी मेहनत इस इस्तहसाल[5] करते हैं। यही जद्दोजहद सियासत है। फ़र्क़ सिर्फ़ सियासत की नौईत का है। एक इस्तहसाल करनेवाले तबक़ात की सियासत होती है। इस इस्तहसालज़दा ग़रीब तबक़ात की सियासत है। कहने का मतलब यह है..."

मगर अली अहमद ने रियाज़ को मज़ीद कहने का मौक़ा न दिया। उसने मुस्कराकर कहा, "मुझे स्काइ-लार्क रियाज़ के मौक़िफ़[6] से क़तई इत्तिफ़ाक़ है, मगर बहस के लिए जो बला-शुबह[7] एक सेहतमन्द रुझान है, मुनासिब जगह यह इजलास नहीं, स्टडी-सर्कल है। मैं गुज़ारिश करूँगा कि स्काइ-लार्क रियाज़ के ज़ेहन में इस इजलास के सामने पेश करने के लिए कोई तजवीज़ है, तो उसे सामने लाएँ, ताकि उस पर ग़ौर किया जाए!"

रियाज़ ने अली अहमद की बात मान ली। उसने एक तजवीज़ की सूरत में फ़लक-पैमा की सरगर्मियों का दायरा-ए-कार वसीअ करने और तक़सीमकार की अहमियत पर ज़ोर दिया। तफ़्सील में जाने से गुरेज़ किया। मुख़्तसर तौर पर बताया कि वह ऐसा क्यों चाहता है।

उसकी तजवीज़ पर ज़्यादा बहस नहीं हुई। उसे मंज़ूर कर लिया गया।

इसी इजलास में इत्तिफ़ाक़े-राय से सुलताना को इंडस्ट्रियल-होम का इंचार्ज, अली अहमद को तालीमे-बालिग़ाँ का इंचार्ज, डॉक्टर ज़ैदी को तिब्बी इमदाद के कामों का इंचार्ज और

1. अन्योन्याश्रित, 2. हितों, 3. अधिकारों, 4. रक्षा, 5. शोषण, 6. उद्देश्य, 7. निस्सन्देह

रियाज़ को ट्रेड-यूनियन सरगर्मियों का इंचार्ज मुंतख़ब किया गया। सईद अहमद को, जो हनूज़[1] तालिबे-इल्म था, तुल्बा में काम करने की ज़िम्मेदारी सुपुर्द की गई।

रियाज़ की दूसरी तजवीज़ यह थी कि फ़लक-पैमा और स्काइ-लार्क, चूँकि अवाम के लिए ना-मानूस नाम हैं, लिहाज़ा तंज़ीम का नाम ऐसा रखा जाए, जो हमारे मुआशरे की रिवायात और अक़्दार से मुताबक़त[2] रखता हो!

इस तजवीज़ पर तवील बहस शुरू हो गई।

रात लगभग आधी हो चुकी थी और स्काइ-लार्कों को सुबह तड़के उठना पड़ता था। चुनाँचे सदर ने बहस मुल्तवी करते हुए यह फ़ैसला दिया कि तजवीज़ पर आइन्दा इजलास में ग़ौर किया जाए। इजलास ख़त्म हो गया।

सलमान को उसकी ख़्वाहिश पर रियाज़ के साथ वाबस्ता कर दिया गया। वह पहले भी ट्रेड-यूनियन सरगर्मियों में हिस्सा लेता रहा था। मज़ूदरों में काम करने का उसे बख़ूबी तजुर्बा था।

सुबह हुई, तो वह रियाज़ के हमराह ट्रेड-यूनियन के दफ्तर की जानिब रवाना हो गया।

सलमान एक बार फिर पूरे जोशो-ख़रोश और लगन के साथ फ़लक-पैमा की सरगर्मियों में हिस्सा लेने लगा।

अब अम्दन[3] ख़ुद को बेहद मसरूफ़ रखने की कोशिश करता, ताकि सुलताना के बारे में सोचने का मौक़ा न मिले। इस तरह जाँफिशानी[4] और मुस्तैदी से काम करने में मसर्रत हासिल हो रही थी, ज़ेहनी आसूदगी मिल रही थी।

वह ट्रेड-यूनियन सरगर्मियों के सिललिसे में अक्सर रात गए वापस आता। उसका बेशतर वक़्त मज़दूरों के साथ गुज़रता। वह उनके मसाइल में गहरी दिलचस्पी लेता।

रियाज़ की निगरानी में उसकी ज़ेहनी-तर्बियत[5] हो रही थी। उसका सियासी शऊर ज़्यादा-से-ज़्यादा बेदार होता जा रहा था। ज़ेहन में नए दरीचे खुल रहे थे। वह मारूज़ी हालात समझने की कोशिश करता। उनका तजज़ीया[6] करता और इस तजज़ीए की रोशनी में मज़दूरों की जद्दोजहद के लिए हिक्मत-अमली[7] वज़ा करता।

हेडक्वार्टर में वापस आते ही सलमान खाना खाता और लाइब्रेरी में चला जाता। घंटों मुताला में ग़र्क़ रहता। स्टेडी-सर्कल के मुबाहसों के लिए नोट तैयार करता और आधी रात को थका-हारा इस तरह बिस्तर पर जाकर सोता कि सुबह होने से पहले उसकी आँख न खुलती।

यह उसकी ज़िन्दगी के बड़े तूफ़ानी रोज़ व शब थे। काम, काम और काम...इन दिनों उस पर यही धुन सवार थी। वह अपनी ज़िम्मेदारियों को रोज़-ब-रोज़ बढ़ाता जा रहा था। अभी उसके ख़िलाफ़ ग़ैर-ज़िम्मेदारी या काम से ग़फ़लत का इल्ज़ाम न लगा। जब तक हेडक्वार्टर में रहता, मुताला करता था। अपनी डायरी बार-बार देखता कि किस वक़्त उसे कहाँ पहुँचना है और क्या काम करना है।

कभी-कभी सुलताना से मुठभेड़ हो जाती, तो वह सिर्फ़ यह सोचकर रह जाता, यह सुलताना थी। हाँ, सुलताना ही थी। वही होगी। अली अहमद की बीवी। नन्हे अयाज़ की माँ। अब वह उसे सुलताना से ज़्यादा अली अहमद की शरीके-हयात और नन्हे अयाज़ की माँ की

---

1. सम्प्रति, 2. अनुकूलता, समानता, 3. जान-बूझकर, 4. परिश्रम, 5. मानसिक प्रशिक्षण, 6. विश्लेषण, 7. कूटनीति

हैसियत से पहचानने की कोशिश करता। इस कोशिश में वह उस सुलताना को भूलता जा रहा था, जो दिलकश ख़दो-ख़ालवाली एक ख़ूबसूरत लड़की थी, और जिससे उसे मुहब्बत भी थी।

सलमान के शबो-रोज़ इसी तरह गुज़रते रहे। मसरूफ़ दिन। मसरूफ़ रातें। मवेशियों की-सी ज़िन्दगी बसर करनेवाले पसमान्दा और मज़लूम अवाम को इंसान बनाने की जद्दोजहद। उनके दिल इल्म की रोशनी, शऊर की बालीदगी, तरक़्क़ी और ख़ुशहाली की तमन्ना। इस जद्दोजहद की कोई सरहद नहीं। यह रवाँ-रवाँ और हर आन आगे बढ़ने का अमल है। यह मुआशरे की तब्दीली का ऐसा मुसलसल सफ़र है, जिसमें ज़िन्दगी नित्य नई मंज़िलों की जानिब जादापैमा[1] है। इस सफ़र में इंसानी जद्दोजहद अपनी जिस्मानी और ज़ेहनी मेहनत के कस-बल पर, दरियाओं का रुख़ मोड़ती, समन्दरों का सीना रौंदती, चाँद-सितारों पर कमन्दें डाल रही है। फ़ितरत से सरबस्ता[2] इसरार और रमूज़ अफ़शा कर रही है। कायनात की तस्ख़ीर[3] कर रही है। यह इंसानी ज़िन्दगी का इरतक़ाई-अमल[4] है।

## [3]

नौशा जेल में था। वह ज़िन्दगी और मौत के दोराहे पर खड़ा अपनी क़िस्मत का फ़ैसला सुनने का इन्तज़ार कर रहा था।

वह इक़बाले-जुर्म कर चुका था।

नियाज़ के क़त्ल के इल्ज़ाम में उस पर मुक़दमा चला। न उसका कोई गवाह था, न हमदर्द और न ही किसी ने उसके मुक़दमे की पैरवी की। लिहाज़ा ताज़ीराते-पाकिस्तान की दफ़ा 302 के तहत मैजिस्ट्रेट की अदालत से उसे सेशन सुपुर्द कर दिया गया।

शामी अक्सर जेल में उससे मिलने आता। वही उस भरी दुनिया में उसका तनहा हमदर्द, ग़मगुसार था। फिर उसकी आमदो-रफ़्त का सिलसिला भी मनक़ते[5] हो गया।

मुलाक़ात के दिन नौशा उसका बेचैनी से इन्तज़ार करता।

मगर शामी को तपेदिक हो गई थी। वह ख़ून थूकने लगा। हर वक़्त बुख़ार में भुनता रहता। तपेदिक के मूज़ी मर्ज़ ने उसके मेहनती जिस्म को तोड़-फोड़कर रख दिया था।

वह हड्डियों का ढाँचा रह गया था। कुछ अरसा ख़ैराती अस्पताल में रहा। अब अपने घर के एक गोशे में पड़ा ज़िन्दगी के दिन गिन रहा था।

अली अहमद ने जब नौशा के मुक़दमे की पैरवी शुरू की, तो आलम यह था कि नौशा के सिर पर मौत का साया मँडला रहा था। वह बिल्कुल बे-यार-मददगार[6] था। दूसरी तरफ़ इस्तग़ासा के गवाह भी पैदा हो गए थे। पुलिस को यह शहादतें ख़ाँ बहादुर फ़र्ज़न्द अली ने मुहैया की थीं।

वह नौशा के मुक़दमे में गहरी दिलचस्पी ले रहा था। वह नौशा को क़त्ले-अम्ल के जुर्म में सज़ाए-मौत दिलवाने की हर मुमकिन कोशिश कर रहा था। पुलिस का मुक़दमा बहुत मज़बूत था।

---

1. पथिक, राहगीर, 2. गोपनीय, 3. वशीभूत, 4. विकासशील क्रिया, 5. समाप्त, भंग, 6. बेसहारा, असहाय

अली अहमद ने नौशा के मुक़दमे के लिए जिस वकील की ख़िदमात हासिल की थी, वह नियाज़ के क़त्ल में ख़ाँ बहादुर फ़र्ज़न्द अली और उसके मैनेजर को भी मुलज़िमों के कटहरे (कठघरे) में खड़ा करने की कोशिश कर रहा था। उसका मौकूफ़[1] यह था कि नियाज़ को क़त्ल से पहले ज़हर दिया जा चुका था। अपने उस मौकूफ़ की ताईद में उसने यह दलील सुबूत के साथ पेश की थी, कि क़त्ल की रात ख़ाँ बहादुर अपने मैनेजर नज़र मुहम्मद के हमराह नियाज़ के पास आया था। उनके जाने के बाद नियाज़ ने अपने पेट में शदीद दर्द महसूस किया था। उसे ख़ून की कै भी हुई थी। इस वाक़िए की ऐनी गवाह सुलताना और उसकी ख़दिमा थी। उनके अलावा बूढ़ा ख़ानसामा था, लेकिन दो महीने पहले उसका इन्तक़ाल हो गया था।

दूसरी ही पेशी पर ख़ादिमा अपने बयान से मनहरिफ़[2] हो गई। ख़ाँ बहादुर ने एक हज़ार रुपए देकर उसे तोड़ लिया था।

अब सिर्फ़ सुलताना वाहिद गवाह रह गई थी।

इस मरहले पर नौशा के वकील ने अदालत के रू-ब-रू एक दरख़्वास्त पेश की, जिसमें वह इसतिदआ[3] की गई थी कि नियाज़ की लाश एक मैजिस्ट्रेट की निगरानी में क़ब्र से निकाली जाए। उसका दोबारा पोस्टमार्टम किया जाए, लेकिन अदालत ने सुलताना की गवाही इसलिए क़ाबिले-इतिना[4] क़रार न दी कि वह नौशा की हक़ीक़ी बहन थी, लिहाज़ा दरख़्वास्त मुस्तरद[5] कर दी गई।

अदालत के इस फ़ैसले में भी ख़ाँ बहादुर फ़र्ज़न्द अली के असरो-रसूख़ और दौलत का बहुत बड़ा दख़ल था।

सलमान भी नौशा के मुक़दमे में दिलचस्पी ले रहा था। वह दोबारा मुलाक़ात के दिन नौशा से मिलने जेल गया। उसके लिए फल और मिठाई भी ले गया। उसने नौशा को जेल की सलाख़ों के पीछे देखा, तो तड़प उठा। उसका चेहरा बुझ गया और दिल बैठने लगा।

अली अहमद बड़ी तनदिही[6] से नौशा के मुक़दमे के लिए भाग-दौड़ कर रहा था। वह वकील से मिलता। मुक़दमे के सिलसिले में तबादला-ए-ख़यालात करता। हर पेशी पर अदालत में मौजूद रहता।

मुक़दमे की समाअत[7] तारी रही।

एक रोज़ अदालत से वापसी पर अली अहमद ने दुख भरे लहजे में सलमान को बताया कि नौशा को सज़ाए-मौत देने का फ़ैसला किया गया है और सेशन जज के इस फ़ैसले के ख़िलाफ वकील ने हाईकोर्ट में अपील भी दायर कर दी है।

अब नौशा की ज़िन्दगी और मौत का फ़ैसला हाईकोर्ट के हाथ में था।

इस अरसे में सलमान को और भी बहुत-सी बातें मालूम हुईं। यही कि नन्हा अयाज़ असल में नियाज़ का बच्चा है, जिसे अली अहमद अपनी औलाद की तरह पाल रहा है। नियाज़ के क़त्ल के बाद ख़ाँ बहादुर फ़र्ज़न्द अली ने अपने गुरगे फ़य्याज़ के ज़रिए सुलताना को कोठी छोड़ने पर मजबूर कर दिया था और एक जाली दस्तावेज़ की बुनियाद पर नियाज़ के तमाम जायदाद और कारोबार पर क़ब्ज़ा कर लिया था।

---

1. मक़सद, 2. विमुख, 3. प्रार्थना, 4. विश्वसनीय, 5. अस्वीकार, 6. तल्लीनता, 7. सुनवाई.

ख़ाँ बहादुर म्यूनिस्पैलटी का चेयरमैन था। कई कारख़ानों का मालिक था। उसके पास सिन्ध और पंजाब में ज़रई ज़मीनें और जागीर थी। अब वह सूबाई असेम्बली का इन्तख़ब लड़ने की तैयारी कर रहा और मेम्बर मुन्तख़ब होने से पहले वज़ीर बनने के लिए सियासी जोड़-तोड़ में मसरूफ़ था।

वुज़रा[1] और आला हुक्काम से उसके गहरे मरासिम[2] थे। उसके ताल्लुक़ात और असरो-रसूख़ का दायरा मुल्क से निकलकर बैरून-मुल्क[3] तक फैल चुका था।

उसका एक बेटा कोलम्बू प्लॉन के तहत लन्दन में ट्रेनिंग हासिल कर रहा था। दूसरा फ़ोर्ड फाउंडेशन के स्कॉलरशिप पर कोलम्बिया यूनिवर्सिटी में ज़ेरे-तालीम था।

ख़ाँ बहादुर फ़र्ज़न्द अली, जो अब अलहाज[4] ख़ाँ बहादुर फ़र्ज़न्द अली बन चुका था, इस्लाम की सरबुलन्दी का अलम-बर्दार[5] था। नूरानी मस्जिद के पुर-शुकोह मीनार उसकी ईमानी के जज़्बे का जीता-जागता सुबूत थे। वह मुल्क और क़ौम का बहीख़्वाह[6] और मुहिब्बे-वतन[7] था। स्काइ-लार्कों को वतन-दुश्मन और तख़रीबकार[8] क़रार देता था। उन्हें पब्लिक-सेफ्टी एक्ट के तहत जेल में बन्द कराने की खुल्लम-खुल्ला धमकियाँ देता था। वह उन लोगों में से था, जिन्होंने पाकिस्तान में मतरूका[9] जायदाद की तरह इस्लाम और हुब्बे-वतनी[10] के जुमला-हक़ूक़[11] भी अपने नाम अलाट करा लिए हैं।

नौशा जेल में था और फाँसी के फन्दे के साए में खड़ा था और ख़ाँ बहादुर फ़र्ज़न्द अली के फ़र्ज़न्द अरजमन्द बैरूनी-ममालिक[12] में आला तालीम हासिल कर रहे थे और अपने मुस्तक़्बिल की रोशन सुबह की दहलीज़ पर खड़े थे। अपनी-अपनी क़िस्मत है। यह ख़वास[13] और अवाम की क़िस्मत का फ़र्क़ है। ख़वास ख़ाँ बहादुर फ़र्ज़न्द अली पैदा करते हैं और अवाम नौशा, राजा, शामी, और अन्नू को जन्म देते हैं। इनमें कोई क़त्ल करके जेल जाता है। कोई कोढ़ी बनकर एड़ियाँ रगड़-रगड़ के मौत का इन्तज़ार करता है। कोई रिक्शा खींचता है और तपेदिक में मुब्तला होकर ख़ून थूकता है और कोई हिजड़ों के साथ तालियाँ चटख़ारकर कूल्हे मटकाता है।

नौशा का मुक़दमा हाईकोर्ट में ज़ेरे समाअत था। उसे कराची सेंट्रल जेल में मुन्तक़िल कर दिया गया। मुक़दमे की पेशियाँ पड़ती रहीं।

फिर वह दिन भी आ गया, जब उसकी अपील पर अदालत ने अपना फ़ैसला सुनाया।

अली अहमद चन्द रोज़ पहले ही कराची पहुँच गया था। उसके हमराह वकील था। सुलताना थी। सलमान था। दो और स्काइ-लार्क भी थे।

उस रोज़ सुबह ही से सुलताना बेहद परेशान थी। उसका चेहरा उतरा हुआ था। आँखों के पपोटे सूजे हुए थे।

वह रात-भर बेचैन रही। पल भर के लिए भी न सो सकी। वह खोई-खोई-सी इधर-उधर घूमती फिर रही थी। न बोल रही थी, न किसी से बात कर रही थी। फ़ैसला सुनने की ग़र्ज़ से जब सब अदालत में पहुँचे, तो सुलताना की बेक़रारी और बढ़ गई।

---

1. मन्त्रीगण, 2. सम्बन्ध, 3. विदेश, 4. हाजी, 5. नेता, ध्वजावाहक, 6. शुभचिन्तक, 7. देशभक्त, 8. आतंकवादी, चरमवादी, 9. छोड़ी हुई, 10. देशभक्ति, 11. पूर्ण अधिकार, 12. विदेशों, 13. विशेष लोग

नौशा मुलज़िमों के कटहरे में सिर झुकाए ख़ामोश खड़ा था। उसके रुख़सारों पर हलकी-हलकी दाढ़ी थी। दाढ़ी के भूरे-भूरे सुनहरी बालों में उसका चेहरा, बहरीया[1] के नौ-उम्र मल्लाहों की तरह ख़ूबसूरत नज़र आ रहा था। उसे देखकर ऐसा महसूस होता, जैसे कोई मासूम बच्चा अपनी माँ से रूठा हुआ खड़ा है।

अदालत में मौत की-सी ख़ामोशी छाई थी। फिर उस ख़ामोशी में एक भारी-भरकम आवाज़ उभरी। यह जज की आवाज़ थी। वह फ़ैसला सुना रहा था।

नौशा क़ातिल था। क़ानून का यही फ़ैसला था।

इस्तग़ासा ने नौशा के ख़िलाफ़ शहादतों के साथ पूरा-पूरा सुबूत भी मुहैया कर दिया था। उसे मौत की सज़ा दी जा चुकी थी। हाईकोर्ट ने मातहत अदालत के फ़ैसले से इत्तिफ़ाक़े-राय किया था। उसे बरक़रार रखा था, अलबत्ता नाबालिग़ होने के बाइस अदालत ने सज़ाए-मौत के बजाय नौशा के लिए चौदह साल क़ैद-बामुशक्कत की सज़ा का फ़ैसला दिया।

इंसाफ़ ने अपना तक़ाज़ा पूरा कर दिया।

नौशा को मुलज़िमों के कटहरे से निकाला गया और जिन हाथों को क़लम की ज़रूरत थी, उनमें हथकड़ियाँ डाल दी गईं, हथकड़ियाँ पहनकर नौशा पागलों की तरह चीख़ने लगा :

"मुझे फाँसी दे दो!"

"मुझे गोली मार दो!"

"मैं जीना नहीं चाहता!"

"ख़ुदा के लिए मुझे फाँसी दे दो!'

"जज साहब! अल्लाह के लिए मुझे फाँसी दे दो!"

नौशा ठीक ही कह रहा था। वह पहली बार जेल गया, तो वापसी पर जेबकतरा बन गया। तब वह सिर्फ़ साल भर के लिए जेल गया था। अब उसे चौदह साल की सज़ा मिली थी। चौदह साल की तवील-मुद्दत[2] में वह ज़्यादा बड़ा और ज़्यादा ख़तरनाक जराइमपेशा बन सकता था, मगर वह जराइमपेशा बनना नहीं चाहता था। इस ज़िन्दगी से मौत बेहतर थी।

वह मौत चाहता था। वह बिलख-बिलखकर फाँसी की दरख़्वास्त कर रहा था, मगर अदालत उसे फाँसी देने के हक़ में नहीं थी। इंसाफ़ का यही तक़ाज़ा था।

कांसटेबिल उसे घसीटकर अदालत से बाहर ले गए।

नौशा ने एक बार बेक़रार होकर हाथ बुलन्द किए और आहनी हथकड़ियों से दीवानावार अपना सिर टकराने लगा।

आन-की-आन में उसकी पेशानी पर सुर्ख़-सुर्ख़ लोथड़े उभरने लगे। चेहरा लहूलुहान हो गया। कांसटेबिलों ने झपटकर उसकी मुश्कें कस लीं।

सुलताना चीख़ मारकर उसकी जानिब लपकी।

"नौशा! मेरा भैया! ख़ुदा के लिए मुझे छोड़कर न जा!"

"न जा! नौशा, न जा! मैं मर जाऊँगी।"

"नौशा! नौशा!"

---

1. नौसेना, 2. लम्बे समय

अली अहमद ने आगे बढ़कर उसका बाजू थाम लिया। सुलताना उसके सीने पर सिर रखकर फूट-फूट के रोने लगी।

अली अहमद प्यार से उसकी पीठ थपककर तसल्ली देने लगा। उसका चेहरा जज़्बात की शिद्दत से सुर्ख़ पड़ गया। ऐनक के मोटे-मोटे शीशों के पीछे उसकी आँखों में आँसुओं के क़तरे झिलमिला रहे थे।

सलमान लम्हा-भर तक दोनों को टकटकी बाँधे देखता रहा। अचानक उसकी आँखें भर आईं। आँसुओं के गर्म-गर्म क़तरे पलकों से ढलककर टप-टप फ़र्श पर गिरने लगे। सलमान ने मुँह फेरकर आँसू पोंछे और चुपचाप अदालत से बाहर चला गया।

कराची, अक्टूबर, 1957